Aus Freude am Lesen

Buch

London 1775: Elizabeth Cook wartet in ihrem Haus auf die Heimkehr ihres Mannes James, der eben seine zweite große Entdeckungsreise beendet hat. Obwohl sie immer regen Anteil an seiner Arbeit genommen hat, hofft sie, dass er nun endlich bei ihr und den Kindern bleibt und seinen wohlverdienten Ruhm genießt. Immerhin hat er es vom Bauernsohn bis zum Admiral der englischen Flotte gebracht.
Trotz der Aussicht auf ein beschauliches gemeinsames Leben nagen auch Zweifel an Elizabeth: Wie wird es James ohne seine geliebte Seefahrt ergehen, und vor allem, wie wird sie, die sechs Kinder mehr oder weniger allein geboren und aufgezogen hat, mit ihrer neuen Rolle fertig werden – als Frau eines ehrgeizigen, befehlsgewohnten Kapitäns an Land? Doch ihr Mann lässt sich zu einer dritten Reise überreden, von der er nicht zurückkehren wird.
Wie Elizabeth damit umgeht, wie sie trotz Widerstands der Admiralität die unklaren Umstände seines Todes aufdeckt und wie sie die schweren Schicksalsschläge meistert, die das Leben ihr auferlegt – sie überlebt alle ihre Kinder –, das erzählt Anna Enquist spannend und eindringlich, facettenreich und bewegend.

Autorin

Anna Enquist wurde 1945 in Amsterdam geboren, ist ausgebildete Konzertpianistin und arbeitete lange Jahre als Psychoanalytikerin. Seit 1991 veröffentlicht sie Gedichte, Romane und Erzählungen, wurde mit mehreren Preisen ausgezeichnet und in fünfzehn Sprachen übersetzt. Inzwischen widmet sich Anna Enquist nur noch dem Schreiben; sie lebt in Amsterdam.

Anna Enquist bei btb

Das Meisterstück. Roman (73695)
Die Erbschaft des Herrn de Leon. Roman (73747)
Die Verletzung. Erzählungen (73138)
Die Eisträger. Roman (73235)

Anna Enquist

Letzte Reise

Roman

Aus dem Niederländischen
von Hanni Ehlers

btb

Die Originalausgabe erschien 2005 unter dem Titel »De thuiskomst«
bei De Arbeiderspers, Amsterdam.

FSC
Mixed Sources
Product group from well-managed
forests and other controlled sources

Cert no. GFA-COC-001223
www.fsc.org
© 1996 Forest Stewardship Council

Verlagsgruppe Random House FSC-DEU-0100
Das FSC-zertifizierte Papier *Munken Pocket* für Taschenbücher aus dem btb Verlag liefert Arctic Paper Munkedals AB, Schweden.

6. Auflage
Genehmigte Taschenbuchausgabe Oktober 2008,
btb Verlag in der Verlagsgruppe Random House GmbH, München

Umschlaggestaltung: semper smile, München
Umschlagbild: © akg-images
Satz: Greiner & Reichel, Köln
Druck und Einband: CPI – Clausen & Bosse, Leck
CP · Herstellung: BB
Printed in Germany
ISBN 978-3-442-73776-5

www.btb-verlag.de

Für Wouter

I, who had ambition not only to go further
than anyone had been before, but as far as it was
possible for man to go, was not sorry at meeting
with this interruption, as it relieved us.

James Cook (1728–1779)

Inhalt

Erster Teil

1

Er erwartet einen leeren Tisch, wenn er zurückkommt, dachte sie. Er wird Koffer und Taschen voll Journale, Skizzen und Karten ins Haus tragen. Die müssen flach liegen, auf einem sauberen Tisch, gewachst und gewienert, daß er blinkt wie ein Teich. Ein Tisch, der dazu einlädt, Mappen darauf zu legen und Bücher und Papiere in vollkommenen Stapeln zu ordnen. Kein Müllabladeplatz. Das Gartenzimmer, in dem der Tisch steht, das fast ganz von dem Tisch ausgefüllt wird – nein, es ist Platz genug, es ist eher so, daß der Tisch Mittelpunkt dieses Zimmers ist, an ihm führt kein Weg vorbei, das Zimmer scheint um ihn herumgebaut zu sein, ein Tabernakel für einen hölzernen Altar –, muß saubergemacht und vielleicht geweißt werden.

Elizabeth schritt langsam am Tisch entlang zum Erker und schaute durch die kleinen Scheibenquadrate in den Garten hinaus. Durch die Unebenheiten im Glas sah es aus, als schwebten die Blumen über dem Gras; je nachdem, wie sie Kopf und Hals bewegte, stülpten sich die blaßblauen Irisblüten zu monströsen Gebilden aus, und die Gartenbank schoß auf und ab. Elizabeth stieß die Fenster auf; die weiß gestrichenen Leisten, in denen die Scheiben gefangen waren, sahen schmutzig aus. Mit dem Zeigefinger wischte sie eine tote Fliege weg.

Frühlingsluft kam herein. Elizabeth stemmte die Hände in die Seite und schnupperte. Weißdorn, Levkojen, die fad-süßlichen Ausdünstungen von der Ginfabrik um die Ecke. Bald würde die Linde über der Gartenbank zu blühen beginnen und Honig auf Möbel und Grasdecke tropfen. Dichte Wolken emsig summender Insekten würden sich um die hellgrünen Blüten drängen. Demnächst.

Sie wandte sich zu dem dunklen Zimmer um. Wie eine Bergkette ragte das Durcheinander auf dem Tisch vor ihr auf. Er kommt zurück, dachte sie, in einem Monat, im Sommer, vielleicht erst im Herbst, aber er kommt. Irgendwo auf der Welt ist er in dieser beengten hölzernen Hulk unterwegs, die er so stolz sein Schiff nennt. Die Entdeckungen sind gemacht, die Küsten kartiert, die fremden Völker beschrieben, und die Rückfahrt ist angetreten. Länger als drei Jahre kann so eine Reise nicht dauern. Höchste Zeit also, mit der Räumung des Tisches zu beginnen. Das wird sein, als trüge ich einen Schutthaufen ab, auf den jemand jahrelang sein Gerümpel geworfen hat. Eine archäologische Unternehmung, die ich als Herausforderung betrachten könnte.

Die Zugluft blies kühl in ihren Rücken, die schwere Stubentür setzte sich in Bewegung und fiel mit einem Knall ins Schloß.

Mit den Armen über den Tisch fegen und alles hinunterbefördern. Klar Schiff machen mit dem Bodensatz dieser einsamen Jahre. Weg mit den Kinderzeichnungen, den Rechnungen, der vergessenen Flickwäsche, den ungelesenen Büchern und vergilbten Zeitungen. Alles im Garten auf einen Haufen werfen und dann, bei windstillem Wetter, in Brand setzen. Sie würde mit einem Stock die auf Abwege geratenen Papiere ins Feuer zurückschieben, die Jungen würden mit Blasebälgen und Besenstielen helfen, und alles, alles würde ungesehen in dichtem Rauch aufgehen und über die Dächer hinweg zum Fluß hin wehen.

Doch es mußte alles gesichtet werden. Man konnte erst etwas wegwerfen, wenn man wußte, was es war. Jeder Schnipsel Papier würde durch ihre Hände gehen müssen. Sie zog die Schürzenbänder fester zu und trat an den Tisch.

Die Hand ausstrecken, um einen Brief aufzunehmen, und dann rasch zurückziehen. Um den Tisch herumgehen und die Gegenstände von allen Seiten betrachten und taxieren. Ein Ordnungssystem entwerfen: Einen Korb hinstellen für alles, was weg kann, eine Mappe für Geschäftsbriefe, die aufbewahrt werden müssen, ein Stapel für Zeichnungen von den Kindern, für persönliche Briefe, ein Berg mit Büchern, die man zur Hand haben will, und einer mit solchen, die besser verborgen auf den richtigen Moment warten können. Platz schaffen auf dem breiten Dielenboden, damit man die Stapel in gehörigem Abstand voneinander hinlegen kann. Sie wußte, wie sie es anfangen würde, doch sie zögerte und zauderte immer noch.

Zehn Uhr war es, ein Vormittag Anfang April, die Jungen waren in der Schule, und Besuch erwartete sie nicht. Es war Zeit vorhanden, die sie nicht nutzte. Worauf wartete sie? Nicht auf Hilfe, sie erledigte diese Aufgabe am liebsten allein. Sie setzte sich nicht auf das schmale Bänkchen am Fenster, sondern ging weiter umher, als suchte sie etwas.

Sie war müde. Alles in ihrem vierunddreißigjährigen Körper wollte nach unten, auf den Boden, und dort liegenbleiben. Lieber noch draußen, im Gras unter der Linde. Die Müdigkeit war nicht zu erklären, denn sie hatte in dieser Woche gut geschlafen, sie aß genug und hatte keine besonderen Anstrengungen hinter sich. Dennoch fühlte sich ihr Rücken an, als hätte sie ein Joch mit schweren Milcheimern zu tragen.

Zwischen den Briefen und Zeitungen pflückte sie die Dinge heraus, die auf keinen Fall dorthin gehörten: eine Haube mit Bändern, ein Taschentuch, eine vertrocknete Orange. Die Kerne klapperten gegen die lederartige Schale, als sie die Frucht auf den Boden warf. Bücken. In den Korb. In einer Bewegung aus der gebückten Haltung hochkommen und gleich in die Papiere greifen. Gut so.

Ein Brief von Stephens über Geld: *Gemäß dem Wunsch Eu-*

res Gemahls hat die Admiralität beschlossen, Euch für die Dauer der Reise eine Summe von zweihundert Pfund jährlich auszubezahlen. Aufbewahren. James würde ihn lesen wollen. Es war sein Geld, verdient damit, daß er in der Welt herumsegelte. Völlig unbegründet, deswegen dieses ärgerliche Gefühl zu entwickeln, man sei zu Dank verpflichtet. Das war keine Mildtätigkeit, das war kein Trinkgeld. Der Betrag, und mehr als das, stand ihr rechtmäßig zu. In Gedanken sah sie die Herren von der Admiralität auf einer Sitzung versammelt, aufgeregt über James' Unternehmung, voller Stolz, Vaterlandsliebe und Dünkel. »Ach, seine Frau muß ja auch leben. Hübsches Sümmchen, sorgst du dafür, daß sie es bekommt?«

Sie zuckte die Achseln. Der nächste Brief, in der Handschrift Hugh Pallisers, betraf die Jungen. *Ich vernahm, liebe Elizabeth, daß Euer Ältester, der wackere James junior, nach dem Sommer seinen Antritt an der Seefahrtsschule zu Portsmouth nehmen wird. Er wird es gewiß kaum erwarten können, in die Fußstapfen seines Vaters zu treten. In dessen Kielwasser, sollte ich vielleicht sagen! Es ist freilich schön für Dich, daß Du den kleinen Nathaniel noch ein Jahr zu Hause behalten kannst, sonst wärst Du wohl doch sehr einsam. Wir hoffen natürlich, daß James dieses Jahr wohlbehalten zurückkehrt, aber die Unwägbarkeiten bei derlei Expeditionen sind Dir bekannt. Du weißt auch, daß ich für Dich da bin, wann immer Du mich brauchen solltest.*

Palliser, der Schatzmeister der Marine, der James unterstützt und empfohlen und das Augenmerk der Herren mit Gewalt auf ihn gelenkt hatte. Sie lächelte und legte den Brief zu ihren eigenen Papieren. Sie würde ihn auf eine Tasse Tee im Garten einladen, damit er mit Jamie und Nat sprechen konnte.

Sie suchte Rechnungen zusammen und warf Zeitungsausschnitte weg. Das Fundament des Stapels, den sie abtrug, kam zutage: drei dicke, dunkle Bücher über Entdeckungsreisen in der Südsee. Der Name des Autors war mit goldenen Lettern in das Leder geprägt: John Hawkesworth. Sie hob die Bände hoch und klopfte vorsichtig den Staub herunter.

James würde wütend sein. Hawkesworth hatte sich seine Journale angeeignet und die Reise beschrieben, als hätte er selbst sie gemacht. Sie hatte den Text mit den urschriftlichen Logbüchern verglichen und sich über die Übertreibungen und Fehler, über den Verfasser, aber auch über ihren Mann geärgert. Was für eine Dummheit, seine Geschichte so naiv aus der Hand zu geben. Schön und gut, James haßte die Welt der eingebildeten Kunst- und Literaturliebhaber mit bäurischer Bitterkeit, aber er schnitt sich ins eigene Fleisch, wenn er seine Schriften ablieferte und es ablehnte, sich um deren Redaktion zu kümmern. Er sagte, er schäme sich – seine Orthographie sei fehlerhaft, und er könne keine guten Sätze bilden. Das stimmte, doch was er zu sagen hatte, war allemal der Mühe wert. Jemand mußte ihm helfen. Ich, dachte sie, ich.

Neben den Hawkesworth-Folianten lag eine Zeichnung von einem Boot, eine sorgfältig ausgearbeitete Kinderzeichnung. Jamie. Die Seitenwand des Schiffes hatte er durchbrochen dargestellt, so daß die Vorratskammern mit Tonnen und Ballen, der Schiffsraum und die verschiedenen Kajüten zu sehen waren. In die Kapitänskajüte hatte er einen Mann gezeichnet, der mit dem Rücken zum Betrachter schreibend an einem Tischchen saß. Auf dem Achterdeck standen eine Kuh und eine Ziege.

Warum sollte sie James nicht beim nächsten Buch helfen können? Nachher saß er hier am Tisch und seufzte und fluchte, verdarb seinen Text mit übertriebenen Dankesbezeigungen und falschen Ergebenheitsadressen, während seine Laune immer schlechter wurde. Schade drum. Laß mich das machen. Wenn er zum Herbst hin zurückkam, wurden die Tage schon kürzer, und es standen lange, dunkle Abende bevor. Zusammen an etwas Wichtigem zu arbeiten, würde eine Ablenkung sein, ein guter Beginn für ein gemeinsames Leben.

Bei seiner Rückkehr würden sie mehr als zwölf Jahre verheiratet sein, doch sie hatten noch nie ein ganzes Jahr am

Stück zusammen im selben Haus verbracht. Immer wieder fuhr James im Frühjahr weg, um erst im November zurückzukehren. Weihnachten. Am Tisch Karten und Küstenlandschaften zeichnen. Er hatte zwei Leben. Sie auch. Es entstand ein Rhythmus und mit ihm einhergehend Beruhigung. Ein einziges Mal hatte sie Angst bekommen, als er mit einer groben, kaum verheilten Narbe über die ganze rechte Hand zurückgekehrt war. Ein Pulverhorn sei explodiert, sagte er, es hätte schlimmer kommen können. Die Verletzung unversehrter Haut vergegenwärtigte ihr, daß er bei der Marine arbeitete und Kämpfen und Zerstören Teil dieser Arbeit sein konnten. Nach ein, zwei Tagen legte sich ihre Angst. Es war ja schon geschehen, er lief durchs Haus, sie hörte seine Stimme und sah, was er tat. Seine Anwesenheit lenkte ihre Aufmerksamkeit von der Wunde und deren Bedeutung ab.

Er trug seither einen Handschuh, rechts. Schämte er sich für die Verunstaltung, oder wollte er andere nicht damit erschrecken? Die Wunde war wulstig und blaß verheilt, die Narbe bewegte sich wie eine weißliche Schlange über seinen Handteller zum Gelenk. Sie konnte sie fühlen, nachts, wenn er die Hände von ihren Schenkeln zu ihren Schultern wandern ließ. Die Narbe drückte gegen ihre Haut. Sie sollte seine Hand fassen und langsam mit der Zunge über die Verwundung fahren, sie sollte sich die Narbe einverleiben, diese Narbe mußte in die Kartographie des Körpers ihres Mannes aufgenommen werden, von ihr.

Es gab viel zu tun. Mahlzeiten hatten überlegt, zubereitet und gegessen zu werden; die Kleidung der Jungen mußte gewaschen, ausgebessert, ersetzt werden. Im Gemüsegarten mußte sie säen, düngen, jäten. Sie hatte Hilfe, da waren Menschen, die ihr bei diesen Aufgaben zur Seite standen und sie ermunterten oder rundheraus zwangen, tätig zu werden. Nat, der demonstrativ in den zu klein gewordenen Schuhen durchs Zimmer stolperte. Das Mädchen, das sich mit dem Einkaufskorb auf dem Schoß zu ihr setzte, um über den Speiseplan zu reden. Der Gärtner, der sich erkundigte, wo die Möhren und wo die Pastinaken gesetzt werden sollten, und sich erst an die Arbeit machen konnte, wenn sie einen Entschluß gefaßt hatte. Es gab viel zu tun. Mehr als früher schien es, mehr als in den ersten Jahren dieser zweiten Weltreise. James' Rückkehr warf ihre Schatten voraus und färbte schon die täglichen Aufgaben. Auch er würde eine Meinung haben, wo das Gemüse stehen sollte, eine fundierte Meinung, basierend auf einer vernünftigen Erwägung von Sonnenstand und Feuchtigkeitszufuhr. Sie begann, Haus, Garten und Kinder durch seine Augen zu betrachten, und konstatierte, daß viel verändert, saubergemacht und weggeworfen werden mußte. Als ließe sie alles verlottern, sobald er weg war, aber das war nicht so. Ihre Ordnung war anders. Oder war es Einbildung, existierte der kritische Kapitän nur in ihren Gedanken? Daß der kleine Nat jeden Morgen kurz zu ihr ins Bett gekrochen kam, das ging bald nicht mehr. Das ging nie mehr.

Nach dieser Reise mußte es vorbei sein. Nach dieser Reise begann ein anderes Leben, ein Sommerleben.

Zwölf Jahre lang war sie sommers allein gewesen. Das war nicht schlimm, sie hatte es ja gewußt und sich klargemacht, als sie sich dafür entschieden hatte, diesen Seemann zu heiraten, sie kam gut damit zurecht und hatte sich, zumal am Anfang, sogar auf diese Einsamkeit gefreut. Immer hatte es die Wiedervereinigung gegeben; das Bett war zu groß oder zu klein; es herrschte Bewegung und Abwechslung. Als Jamie geboren war, genoß sie das Alleinsein, das Zusammensein mit dem kleinen Kind noch stärker. Jeden Herbst kehrte das Schiff über den Atlantischen Ozean zurück. Die Äpfel reiften, die Blätter färbten sich und begannen von den Bäumen zu fallen, und plötzlich kam eine Kutsche in die Straße gerattert, und die Eingangstür flog auf. Wind fegte durchs Haus, und alles wurde anders.

Dann, im Frühjahr 1768, wurde er mit der ersten großen Reise beauftragt. Die Südsee sollte er befahren, die Bahnen von Sternen und Planeten beobachten und neue Kontinente kartieren. Erstaunlich gut hatte er sich in die Rolle des Kommandanten hineingefunden. Nicht die leiseste Untertänigkeit oder Unsicherheit war zu erkennen gewesen, als er seine Ansprüche an das Schiff, die Ausrüstung und die Instrumente zum Ausdruck brachte. Er forderte das Beste und Teuerste und bekam es auch. Doch zum Kapitän wollten sie ihn nicht befördern, der Titel war dem Hochadel vorbehalten. Er blieb Kapitänleutnant. Es schien James nicht zu stören, solange er nach eigenem Ermessen handeln konnte. Wissen anhäufen, schauen, beschreiben, sehen, wie die Welt wirklich ist – das wollte er.

Die Reise sollte drei Jahre dauern. Als das Schiff – eine plumpe, flache Kohlenschaluppe – auslief, hatte Elizabeth drei kleine Kinder und ging mit dem vierten schwanger. Sie war erleichtert gewesen, als James' Nichte zweiten Grades, Frances, ins Haus kam, um ihr Gesellschaft zu leisten. Siebzehn war sie, ein halbes Kind noch, ein Mädchen mit einer Fülle roter Locken und scheuen Augen. Sie erweckte den Eindruck, als werde sie mit ihren staksigen Gliedmaßen überall anstoßen, das Geschirr aus den Händen fallen lassen und mit gefülltem Tablett gegen die Tür laufen, doch nichts dergleichen. Sie war gewandt, sah, wo es etwas zu tun gab, und hatte Spaß daran, behilflich zu sein. Sie ging mit den Jungen, damals drei und vier Jahre alt, in den Garten, während Elizabeth die kleine Elly badete. Frances' Bett stand im Jungenzimmer, und die Kinder waren schon bald ganz vernarrt in sie.

Für Elizabeth war es, als habe sie endlich eine Schwester bekommen. Frauen im Haus, ein Töchterchen, eine Schwester. Sie kannte das nicht, immer waren da Männer gewesen: der Stiefvater, der Onkel, die Vettern. Der Ehemann. Die Söhne. Der Vater, den sie nie gekannt hatte, der starb, als sie erst zwei war, und von dem ihr absolut nichts mehr in Erinnerung geblieben war. Was sagte er zu mir, hob er mich hoch, wenn er nach Hause kam, tanzte er mit mir durchs Zimmer? Ihre Mutter antwortete nicht. Was früher gewesen war, tat jetzt nichts zur Sache, jetzt saß ein schwarzhaariger, gedrungener Mann in der Küche, der Pfannkuchen wollte. Er lehrte Elizabeth rechnen und die Bücher führen. Neue Kinder kamen nicht. Sie blieb das einzige, die Tochter.

Der Bruder ihrer Mutter hatte zwei Jungen, mit denen Elizabeth aufwuchs. Sie war die Älteste und dachte sich die Spiele aus, bis die Jungen in die Schule kamen und ihnen das mädchenhafte Getue zuwider wurde. Wenn sie eine Schwester gehabt hätte, dachte sie, hätte es wenigstens zwei gegen zwei geheißen. Sie hatte sich zurückgezogen. Sie konnte gut lesen, und der Stiefvater, den sie Vater nannte, besaß eine stattliche Anzahl Bücher, zu denen sie freien Zugang hatte. Sie konnte sticken und stricken. Sie wußte sich schon zu helfen.

Zur Schenke ihres Stiefvaters hatte sie keinen Zutritt, aber sie verzeichnete seine Ausgaben und Einnahmen in länglichen, gebundenen Kassenbüchern. Ihre Handschrift war deutlich und gleichmäßig; sie war eine Zierde für ihre Eltern. Wenn eine Schwester dagewesen wäre, hätte sie dann unnütze, kindische, leichtsinnige Dinge gemacht? Arm in Arm am Fluß entlangspazieren, unter einem Sonnenschirm hervor zu Jungen hinüberschielen und dann, wenn sie zurückblicken, rasch etwas Wichtiges besprechen, einander in den Arm zwikken und in prustendes Gelächter ausbrechen?

Onkel Charles sah sie abends die Buchhaltung machen. »Das kannst du?« fragte er. »Donnerwetter! An dir ist ein Kerl verlorengegangen. Gebt mir so eine Tochter!«

Sie richtete sich kurz auf und beugte sich wieder über das Kassenbuch, ohne etwas zu erwidern. Mit fester Hand notierte sie die Tageseinnahmen, tupfte die Tinte mit Löschpapier trocken und stellte die Lampe um, damit sie ihre Arbeit besser sehen konnte. Eine Schwester hätte jetzt den Kopf zum

Fenster hereingestreckt und ihr zugerufen, sie solle noch kurz nach draußen kommen, raus aus dem Zimmer mit der niedrigen Decke, wo es nach Tabakrauch und schwelendem Holz roch, wo die alten Leute mit einem Stolz und einer Zufriedenheit von ihr sprachen, als wäre sie auch schon so alt.

Onkel Charles hatte ihre Mutter gefragt, ob Elizabeth bei ihm arbeiten dürfe. Er hatte einen kleinen Betrieb für Schiffsbedarf nahe am Fluß. Seine Kundschaft nehme zu, es werde ihm zuviel, und seine Gehilfen seien längst nicht so helle wie seine gescheite Nichte. Sie war nur zu gern darauf eingegangen, sie fand es aufregend, daß ihr Onkel ihr vertraute und sie höher einschätzte als seine eigenen Mitarbeiter. Sie bekam in dem vollgestopften Laden einen kleinen Schreibtisch zugewiesen und erfreute sich an den geheimnisvollen Waren: Ferngläser in Lederfutteralen, Sextanten, Barometer, eine reiche Auswahl an Globen in verschiedenen Formaten und die furchterregenden Koffer für die Schiffsärzte. Dazwischen saß sie, Elizabeth Batts, und führte Buch über die ein- und ausgehenden Gegenstände. Meistens hatte sie den Kopf über ihre Papiere gebeugt und lauschte dabei der munteren Stimme ihres Onkels. Sie versuchte, Herkunft und Charakter der Kunden anhand ihrer Stimmen einzuschätzen. Manchmal schaute sie auf, neugierig geworden durch ein ungebräuchliches Wort oder eine länger anhaltende Stille. So war ihr Blick auf James gefallen.

Er wollte einen Quadranten haben, ein kompliziertes Instrument aus schimmerndem Messing mit allerlei Schrauben und verschiebbaren Zeigern. Onkel Charles ging ins Magazin und kam mit einem Stapel Kartons zurück. Den ganzen Morgen lang sah er die Instrumente zusammen mit dem hochgewachsenen, ernsten Mann durch, der aufrecht vor dem Ladentisch stand. Die nicht in Frage kommenden Quadranten rieb er mit einem Flanelltuch ab und packte sie wieder ein. Elizabeth hatte den kritischen Kunden hinter ihren herabhängenden Haaren hervor beobachtet, bis er, ohne einen Kauf getätigt zu haben, den Laden verließ. Die Kartons wurden ins Magazin zurückgebracht, und der Laden sah aus, als wäre nichts geschehen. Onkel Charles pfiff ein Liedchen, Elizabeth schrieb errötend ihre Zahlen, gleich würden sie essen gehen.

Eine Blitzentscheidung sah ihr ähnlich. Sie wußte immer sofort, welches Kleid sie wollte, sie hatte ohne Zögern im Laden ihres Onkels zu arbeiten begonnen, und sie erkannte ihren zukünftigen Ehemann, als er in ihr Leben trat. Ein Unvermögen zu zweifeln oder die Fähigkeit, treffsicher zu beurteilen, was gut für sie war? Sie war aufgestanden, hatte energisch die Falten in ihrem Rock glattgestrichen, sich mit den Fingern auf die spitzen Hüftknochen getrommelt und war zu ihrem Onkel gegangen, um ihn über den beeindruckenden Kunden auszuhorchen, der nichts gekauft hatte. Drei Monate später heirateten sie.

»Er weiß genau, was er haben will«, sagte Onkel Charles, »und wenn die Qualität nicht einwandfrei ist, will er es nicht. Finde ich nicht schlimm, ich mag Kunden mit Sachverstand. Er kommt wieder, ich mache eine Bestellung für ihn. Ja, Kind, den Langen wirst du hier schon wiedersehen.«

Es hatte ihr natürlich geschmeichelt, daß sie offenbar genau diejenige war, die er haben wollte. Er war dreizehn Jahre älter als sie. Egal, sie war es gewohnt, unter Erwachsenen zu verkehren, da fühlte sie sich wohler als unter Gleichaltrigen. Er war zielstrebig, es schien, als wisse er, womit er sein Leben ausfüllen wollte, und alles, was ihm dabei im Wege stand, würde er zwar wahrnehmen und studieren, aber letztlich nicht an sich heranlassen. Diese Haltung hatte sie angezogen. Zweifel kamen ihr gar nicht in den Sinn. Er ging auf alle ihre Fragen ein und erweckte nicht den Eindruck, als brauche er sie, wie ihr Stiefvater und ihr Onkel sie brauchten – um die Dinge zu tun, zu denen sie selbst keine Lust hatten.

James hatte sie wie eine Ebenbürtige in seine Pläne einbezogen, die schon bald zu ihren gemeinsamen Plänen wurden. Ihre Verbundenheit stand ihr deutlich vor Augen, doch was vorausgegangen war, konnte sie sich weniger gut in Erinnerung rufen. Er hatte auf sie gewartet. Er stand auf der gegenüberliegenden Straßenseite, als sie aus der Tür trat. Es wurde bereits dunkel, und ihr Rücken schmerzte vom Sitzen. Er sah sie an. Sie überquerte die Straße und stellte sich neben ihn. Es war Flut, der Fluß schwappte weit oben gegen die Kaimauer. Gemeinsam blickten sie auf das graue Wasser. Sie wußte, daß sie ein Stück gegangen waren, doch wer hatte den Anfang gemacht, wer hatte bestimmt, wohin? Was war gesagt worden? Er hatte sie mit einem langen Umweg nach Hause gebracht. Er hatte gefragt, ob sie am nächsten Morgen wieder im Laden sein werde und ob der bestellte Quadrant schon gekommen sei. Sie hatte ihm nachgeschaut, als er ging, und sich über seinen entschlossenen, aber doch irgendwie anmutigen Gang gewundert.

Am nächsten Tag stand er wieder da. Nun folgten die Treffen Schlag auf Schlag, eine Wanderung, ein Vorstellungsbesuch bei ihrer Mutter, ihrem Stiefvater, sie hatte ihm gezeigt, wo die Schenke war, sie hatten sich irgendwo vor einem Regenschauer untergestellt, in einer Galerie mit Säulen wie Buchenstämmen, der Wind blies einen Laubteppich über die Fliesen, es sah aus wie ein Wald, wo jeden Moment ein Hirsch vorüberstürmen konnte, es war eiskalt, doch sie schwitzte, weil sie mit seinen großen Schritten hatte mithalten müssen, er hatte ihr die Haare aus dem Gesicht gestrichen und sich zu ihr herabgebeugt.

Seltsamerweise hatte sie nicht das Gefühl gehabt, daß er sie drängte, was er, im nachhinein betrachtet, sehr wohl getan hatte. Er war noch keine Woche von einer schweren Kartierungsreise in Neufundland zurück und wollte seinen nächsten Auftrag als verheirateter Mann angehen. Er war vierunddreißig. Sie war einundzwanzig. Aber er zwang sie nicht.

Er untersuchte. Er schaute. Er beobachtete von ganz nah, so nah, daß sie jedes einzelne Härchen seiner schweren Augenbrauen sehen konnte, die kleinen roten Äderchen in seinen straffen Wangen und die blitzenden Zähne hinter seinen schmalen Lippen. Noch nie hatte sie sich so konzentriert und wohlmeinend betrachtet gefühlt. Seine Finger, trotz des kalten Regens warm, streichelten ihre Ohrmuscheln. Er nahm ihr nasses Gesicht zwischen seine Handflächen. Ja, so war es gegangen. Er hatte ihre Lider geküßt. Er hatte ihren Namen geflüstert. Sie hatte sich von sich aus in seine Arme geschmiegt, hatte ihren Körper von sich aus an den seinen gedrückt, einen Schritt auf ihn zugemacht hatte sie, es geschah einfach. Es war, als habe er sich in der Umarmung verändert, als habe er nicht länger der Beobachter sein können und sich endlich in das verloren, was in dem Moment zählte – und das war sie.

Der Kuß. Der Kuß, der dauerte und dauerte, aber keine wirkliche Zeit in Anspruch nahm. Da war nur Raum. Mühelos hielten sie die Zeit um sie herum an. Die Sanduhr lief sich fest, der ingeniöse Chronometer von Herrn Harrison setzte aus, und die Erde drehte sich nicht mehr.

Später bemerkten sie verwundert, daß sie in ein Kirchenportal geraten waren, sie hatten sich in einer Kirche geküßt, was für ein Einfall, aber es war kein Einfall, es hatte sich vollzogen, es hatte sich unaufhaltsam ergeben. Keuchend und glühend und lachend waren sie Hand in Hand wieder in den Regen hinausgerannt. Die Straßen waren ihr Königreich, der Fluß strömte, weil sie es wollten, und die Zeit hatte wieder zu ticken begonnen.

Elizabeth hatte sich noch mehr als zuvor von ihrer Familie und ihren Freundinnen entfernt, um sich diesem aufsehenerregenden neuen Projekt zu widmen. Gemeinsam hatten sie ihr Haus so eingerichtet, wie man sich die Einrichtung eines Schiffes denkt: solide, zweckmäßig, schnörkellos. Als er abreiste, war sie schwanger.

Die ersten Jahre in diesem neuen Rhythmus – einsame Sommer, Winter mit James – half ihre Mutter ihr bei den Sommeraufgaben: Ernte, Einmachen, Großreinemachen in Haus und Garten. Vermißte sie James? Wenn sie etwas vermißte, war es die Eigenschaft, die er nur ihr gegenüber zeigte: seine Fähigkeit, sich in ihren Körper zu verlieren. Daß sie ihn dazu bringen konnte, erfüllte sie mit einem eigentümlichen Stolz, den sie ein knappes halbes Jahr aufrechterhalten konnte, ehe sie mißmutig wurde. Dann war es Herbst, und er kehrte zurück.

Er nahm seine Arbeit leidenschaftlich ernst. Sie hatte ihn über mathematischen Abhandlungen seufzen sehen, Berechnungen am Rand anstellend, und wie er die Bücher am Ende des Tages fluchend oder triumphierend zuschlug; mit Bewunderung hatte sie sich seine Karten und Zeichnungen von jenen kalten, unbekannten Küsten angeschaut – welche Präzision, welche Liebe zum Detail, welches Vermögen, sich zu konzentrieren und Blatt über Blatt voll unendlicher Kleinigkeiten in das große Ganze einzufügen, das er stets im Kopf hatte. Er hegte eine innige Liebe zur Welt, doch nicht um in ihr aufzugehen, sondern um sie zu beobachten und zu beschreiben. An diesem Tisch, den sie jetzt freiräumen mußte. Für ihn.

Sie hatte andächtig zugehört, wenn er von seiner Arbeit erzählte. Von den Stürmen, dem Nebel, den saufenden und widersetzlichen Matrosen, der grausamen Rache mit Peitsche oder Karbatsche. Aber auch von dem Offizier, der ihn lehrte, wie man die Küste maß, und mit dem er Abend für Abend in der Kajüte Karten gezeichnet hatte. Und von Hugh Palliser, dem Kapitän, der ihm Aufgaben anvertraute, die weit über die zu seiner Position gehörigen Pflichten hinausgingen. Sein leiblicher Vater war ein ungehobelter Klotz, doch seine Lehrer, Vorgesetzten und Kommandeure inspirierte James zu einer väterlichen, ermutigenden Haltung. Dieses Vermögen, anderswo zu bekommen, was zu Hause nicht vorhanden war, war eine Gabe. In jener schmutzigen Arbeiterwohnung in

Yorkshire hatte er nichts verloren, und eine bewundernde Autorität nach der anderen hatte ihn zu sich geholt, bis er auf einer Werft in Whitby zu arbeiten begann. Von dort stürzte er sich aufs Meer, es war der Weg, den alle Küstenbewohner gingen, der einzige Weg. James hatte das freilich noch nicht genügt, dieses Hin- und Herfahren nach Danzig und Medemblik, Oslo und Ostende. Auf der anderen Seite von England lag ein Ozean und jenseits dieses Ozeans ein anderer Kontinent. Er hatte sich zur Marine gemeldet.

Zehn Jahre später, in dem Winter nach seiner ersten Weltreise, waren sie gemeinsam in den Norden gefahren, um seinen Vater, seine Schwester und die Männer zu besuchen, die er seine Freunde von früher nannte. Für Elizabeth ein Schrecknis sondergleichen. Die Reise in der kalten, stinkenden Kutsche war ein Graus gewesen, und sie hatte sich in dem beengten Haus von James' Schwester Margaret nicht wohl gefühlt. Der Alte hatte in seinem Sessel am Feuer gehockt und sie ununterbrochen angestarrt. Er reagierte nicht, wenn sie ihn ansprach, stierte immer nur weiter. Sie wußte nicht, wie sie ihn nennen sollte. Herr Cook? Vater? Sie schwieg.

James hatte sich ein Pferd geborgt, um nach Whitby zu reiten. Sie war allein. Sie vermißte die Kinder. Frances paßte auf sie auf, da mußte sie sich keine Sorgen machen, doch sie vermißte sie. Margaret war mit großen Schritten durchs Zimmer gelaufen, hatte dem Alten ein Glas gebracht, das sie mit einem Knall auf seine Armlehne stellte, und war danach stehen geblieben. Warum setzt sie sich nicht, hatte Elizabeth gedacht, sie und der alte Mann starren nur, es ist lähmend, ich will das nicht, ich will fort. Doch die grobknochige Frau – James im Kleid, James mit gefältelter Haube auf dem Kopf – behielt ihre Position bei und musterte Elizabeth.

»London, he«, sagte sie. Elizabeth mußte sich anstrengen, um den Dialekt der Frau zu verstehen. »Kinderchen nicht dabei, das ist nicht nett für uns. Haben doch einen Großvater, oder? Ja, James weiß, was er macht. Von jeher schon. Dunkel hier, he? Licht gibt's bei uns nicht, das brauchen wir nicht. Bestimmt kalt in dem Kleid, he? Und kalt im Bett? So ist das hier. London, das ist ein Lichtermeer, sagen sie. Kriegt Pa das noch mal zu sehen? Oder ich? Hat James eine Laterne vor seinem Haus?«

Elizabeth hatte sich keinen Rat gewußt. Sollte sie die Leute zu einem Besuch einladen? Sollte sie einen Vortrag über das Stadtleben halten? Dieses öde Landleben loben? Eine Gegenfrage. Interesse zeigen. Unwissenheit vortäuschen. Sie fragte ihre Schwägerin nach James' schulischer Laufbahn und bekam eine hämische Antwort. Lehrers Liebling sei er gewesen, Extraunterricht habe er bekommen, sein Schulgeld sei vom Gutsherrn bezahlt worden, der sich auch jedes Trimester nach seinen Fortschritten erkundigt habe. Sie und ihre Schwester seien in die Küche gejagt worden, sobald sie mit dem Kopf über die Spüle reichten, für sie habe man kein Schulgeld bezahlt. Das seien übrigens alles Erzählungen, denn James sei schon aus dem Haus gewesen, als sie geboren wurde. Erzählungen, die sie sich immer wieder habe anhören müssen. Bis heute!

Sie ist jünger als ich, hatte Elizabeth gedacht, auch wenn sie ein verwittertes Gesicht und rauhe Hände hat, sie ist noch jung. Die Frau hatte die Arme verschränkt und stand breitbeinig da. Ihre rohe Stimme donnerte über Elizabeth hinweg und verhinderte die genaue Wahrnehmung des Inhalts der Botschaft. Der Ton klang nach Vorwurf und Mißgunst. Aber Margaret hat James nie gekannt, er ist eine Märchenfigur, die zufällig mit ihr verwandt ist, ein Prinz, der nichts von ihr wissen will und dieses dreckige Dorf verlassen hat. Jetzt wohnt er mit seiner Städterin für zehn Tage in ihrem Haus, sie müßte sich freuen, doch sie empfindet etwas anderes.

Wir wären besser zu Hause geblieben, fand Elizabeth. Sie hatte kalte Füße, traute sich aber nicht, um ein Kohlenbekken zu bitten oder ihren Stuhl näher an den Kamin zu rükken. Wenn James doch zurückkäme. Der alte Mann spie ins Feuer, wandte das Gesicht aber sogleich wieder ihr zu, ohne etwas zu sagen.

Mit einem Mal hatte sie restlos genug gehabt von diesen mürrischen Menschen, die sich alles mögliche über sie und ihr Leben zurechtreimten, ohne sich auch nur einen Moment für den wirklichen Stand der Dinge zu interessieren. Machte sich dieser verbitterte Mann überhaupt eine Vorstellung davon, wie sehr sein Sohn in dem famosen London gegen mächtige Adlige ankämpfen mußte, wie sehr er schleimen und sich erniedrigen mußte, um zu bekommen, was er wollte? Wußte diese neidische Frau überhaupt, wie das war, jahrelang allein für die Kinder und das Haus verantwortlich zu sein? Niederzukommen, während der Mann auf See war? Ein ums andere Mal Abschied zu nehmen, ohne zu wissen, ob man sich je wiedersehen würde? Wie es war, wenn man seinem Mann, der nach drei Jahren glücklich und aufgekratzt zurückkehrte, erzählen mußte, was unterdessen zu Hause geschehen war? Sie hatte der Familie ihres Mannes eine gute Nacht gewünscht und war nach oben gegangen, mit geradem Rücken.

Zwei Tage später war James zurückgekehrt, die Wangen kalt und rot vom Reiten. Er war gut gelaunt und sprach begeistert von dem Wiedersehen mit John Walker, dem Mann, bei dem er in der Ausbildung gewesen war, der ihn gelehrt hatte, wie ein Schiff gebaut wurde und wie man damit umging, der Mann, der ihn bei sich aufgenommen hatte, als er sich für die Seefahrt entschieden hatte.

»Du mußt ihn kennenlernen! Wir fahren morgen zu ihm. Er hat mit seinen Freunden dagestanden und mich erwartet, als ich über die Heide geritten kam. Mary, die alte Haushälterin, war auch dabei, sie fiel mir um den Hals, als ich absaß, ganz außer sich vor Freude!«

»Ich komme nicht mit«, hatte sie gesagt. »Ich habe Angst vor Pferden.«

Sie könnten sich doch eine Kutsche nehmen, es sei wichtig, daß seine Frau mit seinen Freunden auf gutem Fuß stehe, in London habe er keine Freunde wie diese, Freunde von früher, die ihn kannten, wie er war, die sich über seinen Erfolg freuten und sich nicht von Eigennutz oder Neid leiten ließen.

Das war neu für sie. James brauchte sie nie zu etwas zu überreden, immer wenn er sie um etwas bat und es ihr erklärte, war sie sich mit ihm einig und willigte ein. So war es auch gewesen, als sie sich am ersten Sonntag nach ihrer Hochzeit anschickte, in die Kirche zu gehen. Er mache dabei nicht mit, hatte er gesagt und war auf Strümpfen an den Tisch geschlurft, auf dem seine neueste Karte ausgebreitet war. Seine Zeit zu Hause sei ihm zu kostbar, um sie an gesellschaftliche Konventionen und Rituale zu verschwenden, deren Nutzen er nicht einsehe. Er verstehe, daß sie in der Kirche hatten heiraten müssen, denn die Bücher mußten genau geführt werden. Doch damit habe es für ihn sein Bewenden. Glauben sei etwas, das er nicht begreife und nicht mit seiner Wahrheitsliebe in Einklang bringen könne.

Sie hatte ihm aufmerksam zugehört, bei ihrem einsamen Gang in die kleine Kirche ernsthaft nachgedacht und versucht, der Predigt wie ein unvoreingenommener Beobachter zu lauschen. Genau hinschauen, sagte James immer, und dann erst zu erklären versuchen, was du gesehen hast. Sie sah einen Mann auf einem Podest gewaltig gegen etwa vierzig müde, fügsam in Bänken sitzende Menschen wettern, die sich auf Befehl hinknieten, wieder aufstanden und in Singen ausbrachen.

Sie hören zu, weil sie auf jemanden hören wollen, hatte sie auf dem Nachhauseweg gedacht. Sie brauchen es, daß ihnen jemand erzählt, wie es zu sein hat. Und sie wollen beieinander sein, einander ansehen, etwas zusammen machen. Seither war sie im Winter nicht mehr in die Kirche gegangen. Wenn James auf See war, ging sie hin und wieder. Um etwas mit anderen zu machen. Um beieinander zu sein.

Er konnte sie nicht zu einem Besuch in Whitby überreden.

Sie verstand seinen Wunsch durchaus, aber sie wollte nicht. Nachts, zusammen in dem muffig riechenden Bett, sagte sie einfach nein. War sie schon wieder schwanger und wollte sie deshalb nicht mehr reisen als nötig? Sie wollte nicht länger angegafft und begutachtet werden, das war's. Aber das sagte sie nicht.

»Nicht jeder verträgt Yorkshire«, hatte James gesagt, als er begriff, daß es ihr ernst war. Vielleicht war sie in jener Nacht schwanger geworden, zwischen den klammen Laken in seinem Elternhaus.

Es könnte sein; ihr Bauch war jedenfalls gerundet, als James mitten im Sommer seine zweite Weltreise antrat.

Obwohl sie so ungern reiste, war sie mit den Jungen – sie waren damals noch klein, sieben und acht – nach Sheerness gefahren, um das Schiff auslaufen zu sehen. Ich muß mehr mit ihnen machen, hatte sie gedacht, ich muß sie am Lebenswerk ihres Vaters teilhaben lassen, ich muß ihnen die verführerische See zeigen, ich muß die Keime legen, aus denen ihre Sehnsucht erwachsen wird. Jamie hatte der Anblick der Schiffe überwältigt. Er erhob sich auf die Zehenspitzen, um die frisch gestrichenen Spaken des Gangspills anzufassen, und ließ sich bei einer Rolle Ankertau entzückt auf die Knie nieder. Dann wieder rannte er aufgeregt über das Deck zu der Ziege, die unbehaglich mit den Hufen auf die Planken klopfte. Der kleine Nathaniel hatte nur Augen für die Musikanten. Da war ein Mann mit einem Dudelsack, ein anderer mit einer Trommel. Marinesoldaten in schmucken Uniformen. Der Trommler drehte sich um und nahm eine Geige aus einem Holzkasten zu seinen Füßen. Er zog den Bogen an und stimmte die Saiten. Dann begann er zu spielen.

Atemlos stand der Junge da und lauschte. Beinahe unmerklich wiegte er seinen kleinen Körper im Takt des Tanzliedes. Der Dudelsackspieler fiel ein und breitete mit seinen durchdringenden Tönen einen festen Boden unter die quirlige Melodie. Es dauerte lange, und Nat lauschte. Elizabeth hatte die Szene aus einiger Entfernung beobachtet, unruhig und von einem vagen Kummer erfüllt. Ihr Mann empfing in der Kapitänskajüte bedeutende Gäste, ihre Söhne verliebten sich in verschiedene Aspekte der Welt, und sie fühlte unter ihrer Haut die Bewegungen eines neuen Kindes. Sie war zu Nathaniel hinübergegangen, und sie hatten dem Geiger Hand in Hand zugeschaut.

Unvermittelt mußten die Gäste von Bord. Schiffssirene, knarrende Taue, laute Stimmen und Trommelwirbel. »Ich schreibe dir noch vom Kap aus«, versprach James, aufgeräumt, entschieden. Er hatte die Jungen an sich gedrückt, und alle murmelten die zu erwartenden Sätze: Gut auf Mama aufpassen, brav sein, bringst du uns Geschenke mit, eine Flöte, ein Äffchen, paß auf dich auf, ich schreib dir, solange es noch geht, vom Kap.

Jenseits des Kaps gab es keinen Postdienst mehr. Jenseits des Kaps gab es eigentlich nichts. Jahrelang würde er durch dieses Nichts vagabundieren und dafür sorgen, daß es auf die Karte kam, einen Namen erhielt. Sie sah ihn an. Der Spannung in seinen Armen konnte sie entnehmen, daß er ungeduldig wurde. Auf diesem Schiff voll gesalzenem Fleisch, Wassertonnen, Kanonenkugeln, Sauerkrautfässern, Mehlsäcken, Sämereien, mit einer Schmiede, einer Bibliothek und einem Backofen wollte er in dieses nasse Nichts fahren. Jetzt.

Er hatte nicht gesagt: Du bist meine Bake, auf dich halte ich zu, bis ich zu Hause bin. Das hatte sie auch nicht erwartet. Für ihn ging es um das Auslaufen. Sie würde von sich aus dafür sorgen, daß ein Zuhause bestehen blieb, egal wie, ein Zuhause, wohin er zurückkehren konnte. Sie hatte seine Hand genommen, die rechte, und hatte die weißliche Narbe geküßt. Einen Moment lang hatte er versonnen bei ihr gestanden, dann hatte er gelächelt und ihr vorsichtig über den Bauch gestreichelt.

Sie sahen einander in die Augen und sagten nichts mehr. Jamie und Nat lehnten an Elizabeths Beinen. Sie hatte die Jungen bei der Hand genommen und war gegangen.

Bevor sie die Laufplanke erreichte, wurde sie von einem hoch aufgeschossenen Jungen mit braunen Locken aufgehalten. »Ach, Isaac«, sagte sie, »ich wollte dich suchen, habe es aber wieder vergessen. Es geschieht zuviel.« Sie wußte nicht, was sie noch sagen sollte, befangen von einer eigentümlichen Verlegenheit. Der Junge, ihr Vetter, war neunzehn und hatte sich begeistert gemeldet, als er hörte, daß eine zweite Reise vorbereitet wurde. Er hegte uneingeschränkte Bewunderung für James, seit er als Leichtmatrose die erste Weltreise mitgemacht hatte und, mit James' Hand im Rücken, in Neu-Holland als erster den Fuß an Land setzte. Abendelang hatte er bei James und Elizabeth zu Hause gesessen und von den kommenden Abenteuern geredet. Sie hatte ein wenig darüber gelächelt, sie betrachtete ihn als Kind, und sein Enthusiasmus rührte sie. Jetzt schien er plötzlich größer geworden zu sein, ein junger Mann in Seemannskleidung, dem Heer der Getreuen um ihren Mann angeschlossen. Einer, der bewußt auszog. Er würde Landschaften sehen, die sie niemals zu sehen bekäme, was er erlebte, würde ihr nur in Bruchstücken zu Ohren kommen, und die Begeisterung, mit der er jedermann verließ, verstand sie nicht.

Sie gab ihm einen Kuß. »Gib ein bißchen auf James acht, wenn du kannst«, sagte sie. Isaac nickte und winkte den Kindern.

Die Jungen hatten natürlich warten wollen, um das Schiff auslaufen zu sehen, doch der launische Wind hatte schon wieder gedreht, und die Matrosen gingen an die Arbeiten zurück, die sie wegen der bevorstehenden Abfahrt hatten ruhen lassen. »Es dauert zu lange«, hatte sie gesagt. »Es dauert vielleicht sogar bis morgen.« Sie hatte sich plötzlich davor gescheut, sich die tatsächliche Abreise anzusehen. Das mühsame Hissen der Segel, das Losmachen der Leinen am

Kai, die dann noch kurz durchs Wasser schleiften, bis ein Matrose sie an Bord zog, dieser Moment des Schauderns, bevor der Wind die Segel erfaßte – nein, sie wollte es nicht sehen.

Zu Hause, als die Jungen schliefen, hatte sie über die mangelnde Post nachgedacht. »Du kannst ja ein Haustagebuch schreiben«, hatte James gesagt, »so wie ich das Schiffstagebuch führe. Du kannst so viel besser schreiben als ich. Ich könnte es lesen, wenn ich zurück bin. So kannst du mir alles erzählen. Und du liest mein Journal. Dann wissen wir genau, was passiert ist, nur einige Jahre später. Es liegt lediglich Zeit dazwischen.«

Sie hatte sich gedemütigt gefühlt und verstand nicht, warum. Monate später hatte sie seinen Brief vom Kap empfangen, den er einem schnellen Frachtschiff mitgegeben hatte. Sie war gerade niedergekommen und lag noch im Bett. Sie sah das runde Köpfchen des Kindes in seiner Wiege. George hieß der Kleine, das hatten sie vereinbart, und daran hielt sie sich. Sie richtete sich auf, um den Brief zu lesen.

Ich schreibe seit Tagen in großer Hast. Ich gebe Briefe für Banks, für die Admiralität und für Walker mit. Ich vertraue darauf, daß Du und die Jungen wohlauf seid und bei der Geburt alles gut verlaufen ist. Du weißt, daß die Admiralität Geld für Dich zurückgelegt hat. Wenn Du mehr brauchst, mußt Du es Stephens schreiben. Nur keine Scheu! Der Fisch, den Banks für mich an Bord bringen ließ, war verdorben! Ich habe auf Madeira tausend Bund Zwiebeln gekauft und hier ein Dutzend Gänse. Isaac läßt Dich grüßen, er entwickelt sich zu einem umsichtigen Seemann.

Sie hatte sich in die Kissen zurückfallen lassen. In der Tat, es lag Zeit dazwischen.

Ich muß alles ganz intensiv erleben, hatte sie gedacht, dann vergesse ich es nicht und kann es erzählen, wenn er wieder da ist. Wie die Jungen wachsen, was sie mir beim Essen erzählen. Wie dieses neue Kind auf die Welt gekommen ist, wie benommen und erschöpft es jetzt daliegt und schläft – alles muß ich erleben und mir merken.

Über seine Bemerkung zu Banks' Abschiedsgeschenk mußte sie kichern. Der adlige Botaniker hatte ihren Mann zur Verzweiflung getrieben und es verstanden, die Abreise um Monate zu verzögern. Mit dem ganzen Gewicht der Akademie der Wissenschaften im Rücken hatte er sich seinerzeit einen Platz für die erste Reise gekauft und war mit einer riesigen Gesellschaft aus Wissenschaftlern und Bediensteten sowie einigen Windhunden an Bord gegangen. James hatte Vorbehalte gehabt, jedoch keine Möglichkeit gesehen, ihm den Zutritt zur *Endeavour* zu verwehren. Im Laufe der Zeit war der Groll freilich in Wertschätzung umgeschlagen. Banks erwies sich, als er sich einmal von der Anfängerseekrankheit erholt hatte, als ein unermüdlicher und begeisterter Forscher. Er sprang als erster an Land, wenn sie irgendwo anlegten, und schleppte seinen Kollegen, den dicken Schweden Solander, auf botanische Beutezüge mit. Die gefundenen Pflanzen und Samen wurden gezeichnet, beschrieben und aufbewahrt. Das gefiel James. Banks hatte sich alles mögliche erlaubt, ohne ein Hehl daraus zu machen, hatte mit einheimischen Frauen geschlafen und einen schlauen Tahitianer an Bord geholt, den er mit nach England nehmen wollte. Der arme Teufel war zwar in Batavia am hitzigen Fieber gestorben, aber dennoch. Obwohl Banks mit seinen Taten Cooks Autorität zu untergraben schien, nahm dieser ihm das alles nicht übel, weil es auf eine so natürliche und entwaffnende Art geschah.

Auch bei Tisch fanden die Männer zusammen. Sie hatten Spaß daran, besonders ausgefallene und unappetitliche Tiere zu essen: Kormorane, Känguruhs, Hunde. Aus einer Verabredung zum Affenessen war aber nichts geworden, weil Banks den an Stöcken festgebundenen und ängstlich kreischenden Affen in letzter Minute freiließ. James hatte ihn mit dem Messer im Anschlag auf den Affen zugehen sehen und dachte, er wolle das Tier schlachten. Doch dann fielen die Fesseln ab, und er sah den Affen davonspringen. Auch in seinem Kampf gegen den Skorbut hatte James Banks, der überall Löffelkraut und wilden Sellerie zu finden wußte, zur Seite gehabt. Darüber hinaus war sich Banks nicht zu fein dafür gewesen, sich neben den Matrosen an die Pumpen zu setzen, wenn Not am Mann war. Am Ende der Reise waren sie Freunde.

Zurück in London, hatten sich ihre Leben auseinanderentwickelt. Banks feierte Triumphe und zeigte Herzögen und Gräfinnen seine ausgestopften Tiere, exotischen Kleidungsstücke und Waffen. Er besuchte den König, hielt Vorträge und protestierte nicht, als man von »Banks' Reise« sprach. James plagte sich mit seinen Karten und dem Schiffstagebuch, das umgeschrieben werden mußte, und wurde nicht in die Huldigungen einbezogen.

Als die zweite Reise anstand, kam Banks mit noch weiter reichenden Forderungen daher. Gut zwanzig Menschen, darunter natürlich der gutmütige Solander, aber auch zwei Hornisten, sollten an Bord der *Resolution* untergebracht werden, eines Schiffes, das zwar größer als die *Endeavour*, aber für eine solche Invasion nicht ausgelegt war. Banks zwang die Marineautoritäten, das Schiff umbauen zu lassen. Es bekam ein Stockwerk dazu, und James verlor die Kapitänskajüte an Wissenschaftler und Künstler. Bei der Probefahrt drohte das Schiff zu kentern, und ein jeder kam zur Besinnung. Die nagelneuen Aufbauten wurden wieder abgerissen, Banks bekam auf der Werft von Sheerness einen Wutausbruch und ließ sein gesamtes Hab und Gut von Bord holen. Es folgte ein unerquicklicher Briefwechsel zwischen Banks, Lord Sandwich und Hugh Palliser. James reiste mit acht Kisten gesalzenem Fisch als Abschiedsgeschenk ab, der also offenbar verdorben war, brachte es aber dennoch fertig, Banks einen versöhnlichen Brief zu schreiben. Wenn die Gefahr gebannt ist, hatte Elizabeth gedacht, während sie auf das kahle Köpfchen ihres neuen Sohnes starrte, kann er es. Sobald er weiß, daß er sich dem so hochgestellten Herrn nicht zu beugen braucht, kann er sich wieder an die Wertschätzung und die vergnüglichen Seiten erinnern.

Von James' Korrespondenzeifer beeindruckt, hatte sie dann doch das Haustagebuch angefangen. Es mußte hier irgendwo auf dem Tisch liegen, in der untersten Papierschicht. Sie beschleunigte die Aufräumarbeit und kippte ganze Stapel von Pamphleten und Zeitungen ungelesen in den Korb. Hie und da wurde die nackte Tischplatte sichtbar. Matt, schmutzig.

Sie fand ihr Tagebuch unter einem Katalog für Schiffsinstrumente. Sie hatte in ein noch unbenutztes Kassenbuch von ihrem Stiefvater geschrieben; sich wie gewohnt über ein solches Buch zu beugen würde helfen, hatte sie gedacht. Sie klappte das Buch auf, die Blätter sprangen unter ihrem Daumen weg. Lange hatte sie nicht durchgehalten, die Seiten waren bis auf einige am Anfang unberührt und weiß. Sie setzte sich und legte das Buch auf den schmutzigen Tisch.

Daß er lesen würde, was sie schrieb, hatte sie angespornt. Sie wollte doch, daß er wußte, was sich hier im Haus abspielte. Daß er die Entwicklung seiner Kinder verfolgen, sich eine Vorstellung davon machen konnte, wie das häusliche Leben aussah, wer zu Besuch kam, wenn er nicht da war. Ja, ja, ja. Aber wenn die Kinder schliefen und sie sich mit Feder und Tinte an die Lampe setzte, hatte sie sich unbehaglich und gehemmt gefühlt. Es steckte ein Zwang dahinter, sie kam sich vor wie ein Schulmädchen mit einer Strafarbeit. Sie hatte gemerkt, daß sie versuchte, schöne Sätze zu schreiben und das Geschehene so darzustellen, daß sie dabei einen erwachsenen und verantwortungsbewußten Eindruck machte. Für wen strenge ich mich so an, was ängstigt mich, warum schreibe ich nicht einfach, was ich denke? Für mich selbst. Ich muß es doch niemanden lesen lassen! Die Gedanken hatten sie verwirrt.

Sie schlug das Buch auf. Daten in sauberer Handschrift.

Heute waren wir auf dem Markt. Nat hat den Korb getragen,

der ziemlich schwer war: Äpfel, Schwarzwurzeln und Sellerie. Wir sahen schönen Kabeljau auf dem Fischmarkt.

Öde, fade Tage, wenn man das so las. Nach einigen Seiten veränderte sich die Handschrift, wurde unregelmäßig, es tauchten Gedankenstriche und Ausrufezeichen auf, und manchmal blieb eine halbe Seite leer.

Jamie heute nachmittag um fünf zur Hebamme geschickt. Nur NICHT allein sein heute nacht! Schmerzen!! Kann kaum noch an mich halten. Die Jungen dürfen mich nicht hören, sie müssen fort. Ruhig jetzt.

Nach der Geburt einige kurze Sätze: *Sehr müde, aber zufrieden. Das Kindchen sieht gesund aus, kräftig. Jamie und Nat Hand in Hand mit Nachbarin. Trauten sich nicht näher. Roch es eigenartig? Das Bett ist doch frisch bezogen. Kann überhaupt nicht schlafen.*

Es folgten zwei unbeschriebene Seiten. Dann, in steifen, kleinen Buchstaben, ein Datum: 30. Oktober 1772.

James, vor drei Tagen bist Du vierundvierzig geworden. Ich schreibe Dir einen verspäteten Geburtstagsbericht. Du hast Deiner Besatzung wahrscheinlich eine Extraration Rum geben lassen, man hat Dir bestimmt ein Ständchen gebracht, und Ihr hattet einen festlichen Tag. Tanz auf dem Achterdeck mit Geige und Dudelsack, so stelle ich es mir vor. Wenn ich daran denke, kann ich den Alkoholdunst beinahe riechen und fühle die Hitze der tropischen Bucht, in der Ihr überwintert.

Die Phantasie ist trügerisch, man sieht, was man sehen möchte. Du hast bestimmt an uns gedacht, daran, wie wir hier um den Küchentisch sitzen, wie das Feuer im Kamin lodert und wir Dir zu Ehren ein Festmahl essen. Hab ich recht? Falsch. Es ist hier anders. Wir haben keinen Appetit und keine Kraft, das Feuer anzumachen. Nathaniel lehnt blaß an meinen Knien, und Jamie ist den ganzen Tag draußen auf der Straße. Ich weiß nicht, was er dort treibt. Abends kommt Mama mit einem Topf Essen. Du weißt, wie erbärmlich sie kocht, sie kann meistens die Hälfte wieder mitnehmen.

Wie soll ich es Dir sagen? Ich muß es Dir sagen. Ich muß es aufschreiben: Georgie ist tot.

Er starb am 1. Oktober. Ich war nicht darauf vorbereitet. Vor vier Jahren, als der kleine Joseph starb, wußte ich, daß es geschehen würde. Ich sah es ihm an, gleich nach der Geburt, daß er dahinsiechen und verlöschen würde. Und so war es auch. Ihm fehlte das, was man haben muß, um am Leben zu bleiben. Es war furchtbar, daß ich ihn nicht wärmen und er meine Milch nicht trinken konnte, aber ich wußte es.

Georgie war anders. Robust, lebhaft, mit roten Wangen. Er trank so gierig, daß er sich verschluckte und wütend mit den Fäustchen gegen meine Brust trommelte.

Ich legte ihn auf dem Schaffell aus Yorkshire vor den Kamin, und er schaute in die Flammen. Er strampelte mit seinen dicken Beinchen und plapperte gegen das Feuer an. Die Jungen saßen bei ihm auf dem Boden, sobald sie aus der Schule kamen. Sie waren vernarrt in ihn. Er krähte vor Freude, wenn er ihre Stimmen hörte. Ich nahm ihn auf den Schoß, wenn wir aßen, in den letzten Wochen gab ich ihm schon etwas gestampftes Gemüse oder Apfelmus. Ich dachte an Dich.

Ich muß das schreiben. Ende September bekam er Fieber. Ich muß Dir das sagen. Ganz kurz also: Arzt, Aderlaß, Einreibung mit Balsam, noch höheres Fieber, Zuckungen, Tod. Er lag bei mir im Bett. Gegen Morgen ist er gestorben. Onkel Charles hat einen kleinen Sarg getischlert. Ich habe die Wiege auf den Dachboden getragen. Und die kleinen Kleider. Und das Schaffell.

Immer wenn er mich sah, lachte er und streckte die Ärmchen nach mir aus. Wir hatten so viel Freude an ihm.

Ein Monat ist seither vergangen. Die Frauen in der Straße fragen sich, warum ich noch nicht nach draußen komme. Aber ich möchte hier drinnen sein. Es ist, als wäre es nicht wahr, solange Du es nicht weißt. Du denkst an ein gesundes Baby, einen George oder eine Georgina. In Deinem Kopf ist er noch da. Mit diesen Worten töte ich ihn.

Du würdest zu mir sagen: Sei tapfer, den Jungen zuliebe, sie brauchen dich. Das versuche ich auch, lieber James, aber noch fehlt mir der Mut. Es ist grausam, daß unsere Kinder sterben. Ich kann mich nirgendwo beklagen. Der Protest rutscht mir wie Blei in die Beine und macht mich unbeweglich.

Ich glaube nicht, daß ich dieses Haustagebuch hiernach noch weiterführen werde. Ich glaube nicht, daß ich Dich lesen lassen werde, was ich heute geschrieben habe.

Sie schlug das Buch zu und ging zum Korb. Verbrennen war das beste; das hier zu lesen tat niemandem gut. Doch ihre Finger ließen das Buch nicht los, es schwebte einen Moment über den zerknüllten Zeitungen, aber es fiel nicht. Sie legte es behutsam auf den kleinen Stapel persönlicher Dokumente. Nachher in einen Karton stecken, dachte sie, und dann in irgendeinen entfernten Winkel damit, oben in einen Schrank.

Sie blickte über die Tischplatte. Beinahe fertig. Bald kamen die Jungen, und es mußte gegessen, geredet und zugehört werden. Beeilung, schneller, damit die Aufgabe vollbracht wird und in den Tag paßt, damit sie sagen kann: Heute morgen habe ich den Tisch freigeräumt.

Es blieb ein Stapel Briefe. Manche noch versiegelt, an James gerichtet, aber angekommen, als er bereits fort war. Und einer für sie, von Frances.

Liebe Elizabeth – ich hörte – ja, sie schreiben mir noch hin und wieder, die Damen aus der Straße, wenn es Neuigkeiten gibt –, ich hörte, daß James wieder auf Reisen mußte, mit zwei Schiffen diesmal, und daß Du, genau wie vor vier Jahren, schwanger zurückgeblieben bist! Ach, Elizabeth, könnte ich doch bei Euch sein. Ich kann Dir gar nicht sagen, wie groß meine Sehnsucht ist. Versteh mich nicht falsch, es ist herrlich, verheiratet zu sein und Frau McAllister zu heißen! Es ist hier so anders als zu Hause. Weißt Du noch, wie wir an so einem stillen Morgen nach draußen gingen und Nebel über den Weiden hing und die Kühe, deren Beine vom Weiß verschluckt wurden, darauf zu schweben schienen? Wie es roch? Das ist England. Unser Haus hier ist groß und gut gebaut. Auch ist enorm viel Land darum herum, ich habe Obstbäume und einen Gemüsegarten. Es ist hier oft windig. Die Nachbarn wohnen weit entfernt. Alte Leute ohne Kinder. Alle sind hier immerzu am Bauen und Zimmern. Gestern habe ich dabei geholfen, die Sturmläden anzubringen, denn wir erwarten einen Orkan. Alles, was nicht gut befestigt ist, wird weggeblasen, der Wind wirbelt alles in die Luft, Tiere, Bäume, ganze Scheunen!

Ach, was schwatze ich, Elizabeth. Schreib mir, ob Du schon niedergekommen bist und wie es den Jungen geht. Ich bin Euch untreu geworden, als ich geheiratet habe und nach Amerika gegangen bin. Aber was blieb mir anderes übrig? Schiffe im Wind sind wir. Ich könnte heulen, und dann bin ich plötzlich wieder heiter und weiße die Küche. Ob ich schwanger bin? Ich denke viel an Dich, ob Du beunruhigt bist, ja, das bist Du natürlich. Weißt Du, daß ich einen Brief von James' Schwester bekommen habe? Honigsüß! Verstehst Du das? Oh, ich hoffe so sehr, daß diese Jahre für Dich weniger stürmisch und kummervoll sind als die, die wir gemeinsam verbracht haben! Vielleicht hast Du, wenn Du diesen Brief erhältst, schon eine gesunde Tochter bekommen. Das wäre doch am schönsten. Söhne frißt die See. Ach, was rede ich. Ich kann hier kein Personal bekommen und mache praktisch alles selbst. Nicht, daß ich das schlimm finde, es ist schön, etwas zu tun zu haben.

Ich rede um den heißen Brei herum, Elizabeth. Ich mache mir Sorgen. Ich wünsche Dir ein gesundes und starkes Kind. Sollte es anders sein, würde es mir das Herz umdrehen vor Bedauern, daß ich nicht bei Dir bin. Schreib mir bald! Küß die Jungen von mir, und sei umarmt von Deiner Freundin Frances.

Sie warf den Brief in den Korb und bückte sich tief, um ihn hochzuheben und in die Küche zu tragen. Der Herd würde bullern. Der Tisch sah aus wie ein stiller Teich.

2

Sie öffnete die Küchentür und lief barfuß in den Garten hinaus. Tau heftete sich in kleinen Tropfen an ihre Fesseln und ihren Rocksaum. Das Gras war zu hoch gewachsen, die Bäume und Sträucher prunkten fast stolz mit ihrer ungestutzten Blätterpracht. Es war früh, das Sonnenlicht fiel noch bleich durch die Zweige, windstill war es, und sie roch den Fluß, wenn sie einen Moment reglos und mit geschlossenen Augen stehenblieb. Ein weiterer Tag. Gleich würden die Jungen aufwachen, mußte Brei gekocht und Tee aufgegossen werden, würde die Küche beben vor schrillen Kinderstimmen.

Jetzt, hier, in der beinah beklemmenden Stille, war sie mit sich allein in dem Garten, den sie als ihr Haus betrachtete. Langsam machte sie einen Rundgang. Die Quitte mit ihren weißrosa Blüten, man konnte sich kaum etwas Verletzlicheres vorstellen, und doch würden sich die Blüten zu steinharten, faustgroßen Früchten auswachsen; die Stachelbeeren mit ihren niederträchtigen, nadelspitzen Stacheln, die Maulbeere und die Mispel voller Versprechen. Hier und da erhoben sich nichtheimische Gewächse, ausländische Gäste in Londoner Erde. Eine kleine Ananas auf einem Stengel, die protzigen Blätter der Bananenpflanze, eine Palme und eine Agave im wärmsten Winkel, an der Mauer. Auf einem unordentlichen, halb umgegrabenen Beet im hinteren Teil lag welkes Grün, das wie Kartoffellaub aussah, aber keines war, zwischen seltsamen dunklen Knollen in den unregelmäßigen Furchen.

James nahm Samen und Wurzelstöcke mit, wenn er auf die Reise ging. Überall, wo er den Fuß an Land setzte, hatte er kleine Kartoffelfelder angelegt und Senfsamen gesät. Möhren, Melonen und Erbsen brachte er den Eingeborenen. Er grub den Boden um, legte die Samen behutsam in ihre Beete, deckte sie zu und gab ihnen Wasser. Er hatte sich auf das Wiedersehen mit den Versuchsgärten gefreut: Hatten die Wilden alles unreif von den Zweigen gerupft, oder hatten sie begriffen und war geerntet und wieder neu gesetzt worden? Von den Inseln brachte er Pflanzen mit, am liebsten eßbare Gewächse. Das meiste davon ging an Banks' Botanische Gärten in Kew, doch einige übrige Exemplare hatte er hierherbringen lassen und sorgfältig in feuchte Erde gesetzt. Hin und wieder starb etwas ab, und sie räumte es heimlich weg, unsicher, was die Ursache für sein Eingehen war. Lag es am Klima, am Boden oder an den sich niederschlagenden Dämpfen von der Ginfabrik nebenan? Sie wußte es nicht.

Apfel- und Holunderbaum standen neben der Waschküche. Unverwüstlich, jedes Jahr wieder.

Seit dem Tag der Tischräumung, vor nunmehr zwei Monaten, stellte sie fest, daß sie mit zweifachem Blick auf Haus, Garten und Kinder schaute. James hatte schon im vorhinein Einzug in ihre Sichtweise gehalten. Dieser zweifache Blick kündigte Veränderungen an, sie war schon nicht mehr ganz allein. Über die Ananas würde er jauchzen. Daß sie den Holunder nicht hatte zurückschneiden lassen, würde ihn verstimmen, er würde zwar nichts sagen, um nicht die fragile Harmonie der Wiederkehr zu zerbrechen, aber er würde kurz die Augenbrauen zusammenziehen. Hinter den gefiederten Holunderblättern wohnte ein Amselpaar. Das Weibchen mit seinem dicken, fahlbraunen Leib schoß in den Garten und landete auf dem Gras. Der Vogel machte kein Gewese, tat nichts Überflüssiges, sondern pickte rasch einen Wurm aus der nassen Erde und flog geradewegs zum Nest zurück. Gezwitscher, Blättergeraschel, ein ganz leises Piepsen. Die Jungen waren geschlüpft.

Sie blieb mit dem verklebten Topf und den Breitellern zurück, als die Jungen in die Schule gingen. Nicht zaudern, gleich Wasser pumpen, spülen, scheuern. Verbissen rieb sie das Geschirr trocken und stellte es weg. Die Teller in den Schrank, den Topf aufs Reck, die Löffel in die Schublade. Es muß nicht gleich alles saubergemacht werden, dachte sie, warum treibe ich mich so an, er ist noch lange nicht da. Ihre Schultern schmerzten von der Anspannung, und als sie sich an den Küchentisch setzte, merkte sie, daß ihr Tränen in den Augen standen.

Zwischen Fortsein und Zurückkehren befand sich eine Zwischenregion. In der war sie jetzt. Die Küchenwände müßten geweißt, die Stühle, auf denen die Jungen immer wippten, repariert werden. Sie sollte sich ein neues Kleid schneidern lassen.

Es klopfte. Als die Tür aufging, war sie noch in Gedanken versunken. Ein großer Mann in Kapitänsuniform stand im Schatten neben dem Herd. Sie erschrak.

»Ich überfalle dich, verzeih!« Er streckte den Arm aus, um einige Briefe auf den Tisch zu legen. Ein goldbestickter Ärmel.

»Hugh! Bringst du Neuigkeiten?«

Palliser lehnte seinen Stock an einen Stuhl und setzte sich neben sie. Wie hatte sie ihn mit James verwechseln können, er hatte eine Umgänglichkeit, eine selbstverständliche Herzlichkeit, die James abging. Vor einigen Wochen hatte sie mit ihm im Garten gesessen; die Jungen waren nach Hause gekommen, und es hatte sich ein munteres Gespräch über das Leben an Bord entsponnen. Fragen und Antworten kamen Schlag auf Schlag – wie hoch die Wellen, wie groß die Fische, wie eklig das Essen.

Sie hatte gelauscht, nicht dem, was die Kinder fragten und Palliser antwortete, sondern der Musik aus den aufgekratzten Kehlen der Jungen und dem Kontrapunkt von Pallisers tiefem Baß.

»Prachtjungen hast du«, hatte er beim Abschied gesagt. »Du bist ihnen eine gute Mutter, aber ich hoffe, daß ihr Vater nicht zu lange fortbleibt. Den brauchen sie auch. Prachtjungen, Elizabeth.«

Er gab ihr einen ungeöffneten Brief. Ihr Name stand in James' Handschrift auf dem Kuvert. Sie senkte den Kopf.

»Sie sind auf dem Heimweg. James hat der *Dutton* am Kap der Guten Hoffnung eine Kiste mit Karten, Briefen und Logbüchern mitgegeben. Kauffahrtei, ein schnelles Schiff. Dem Brief an Stephens habe ich entnommen, daß die *Resolution* in gut einem Monat hiersein kann. Er hat eine unglaubliche Reise hinter sich, aber das möchte er dir natürlich selbst erzählen. Kerngesunde Besatzung, allerfeinste Karten, ein sehr interessantes Journal, ganz James. Als wäre es das Normalste von der Welt.«

Sie schwieg. Ein Monat. Das Haus würde sich plötzlich zu klein anfühlen, als paßte es nicht. Ein großer Körper würde neben ihr im Bett liegen, die Nacht von unvermitteltem Knarren und Schnarchen erfüllt sein. Sie würde ihm gegenübersitzen. Zögernd würden sie anfangen, ihre Geschichten zu erzählen, du zuerst, nein, lieber erst du. Hier am Tisch. Daß kein kleines Kind da war, würde er schon sehen, riechen, spüren, sobald er über die Schwelle trat. Ich muß mich freuen, dachte sie, das gehört sich so. Sie zerknüllte den Brief zwischen den verkrampften Händen. Palliser legte seine Hand auf die ihre und zog vorsichtig das Papier heraus. Er berührte kurz ihre Schulter.

»Ach, Mädchen«, sagte er sanft, »ich helf dir schon. Danach muß er nie mehr fort, dafür sorge ich.«

Ja, dachte sie, ja. Ein erstrebenswertes Ziel, ein Versprechen. Einem Mann am Ende seiner glänzenden Laufbahn, zweimal um die Erde, Zierde für die Wissenschaft und die Kartographie, ist es vergönnt, sich in seinem Ruhm zu sonnen und fortan zufrieden zu Hause zu bleiben. Genug zu tun. Er konnte seine Reisebeschreibung diesmal selbst bearbeiten und herausgeben und brauchte sie sich nicht von einem verderben zu lassen, dem es nur ums Geld ging. Er konnte seine Söhne kennenlernen, unbehelligt von der Aufregung einer bevorstehenden Abreise. Er würde seine Frau sehen.

Er zählt darauf, daß ich das normale Leben aufrechterhalte, ich muß die Hüterin des Heimathafens sein, ich muß den Kindern Tag für Tag das Bild ihres Vaters vorhalten, damit sie nicht erschrecken, wenn er plötzlich leibhaftig hereinkommt. Ich muß die Stachelbeeren einmachen, ich muß dafür sorgen, daß im Garten nichts zugrunde geht. Daß ich das alles tue, ist Voraussetzung dafür, daß er fortkann. Daß ich dazu in der Lage bin, ist Grund dafür, daß er zurückkommen kann. Der Wind bläst ihn am Treibeis des Südpols entlang, doch in seinem Kopf existiert ein blühender Garten in einer Straße in London, ein Garten mit fröhlich spielenden Kindern und einer Frau, die sich freuen kann.

Eine Frau, die glücklich sein kann für ihn, mit ihm. Eine Frau, die ihn in seinem Kampf gegen Grafen und Barone unterstützt, eine standhafte Frau, die weiß, was sie will, und danach handelt.

So eine Frau war sie gewesen und war sie in seinen Gedanken zweifellos noch immer. In einem Monat würde er sie sehen. Sie spürte, wie alle Kraft, die sie noch besaß, aus ihrem Körper wegfloß. Ich muß sitzen bleiben, dachte sie, nicht umfallen, nicht auf den Boden.

Der neben ihr, der verständnisvolle Nachrichtenüberbringer, hatte den Arm um ihre Schultern gelegt. Er wußte, wie das war, wie Haus und Schiff jedes seinen eigenen Weg gingen, und wie erschreckend es sein konnte, wenn die beiden Linien nach einiger Zeit wieder zusammenkamen. Daß er das verstand, daß sie zumindest dachte, daß er es verstand, ließ den letzten Rest ihrer Gefaßtheit dahinschmelzen. Sie wurde eins mit dem heillosen Durcheinander in ihrem Innern. Unbeherrschter, fliegender Atem, Tränen wie Frühlingsregen, ein Körper, der schamlos fröstelt und bebt.

Der Mann neben ihr knöpfte seine Manschette auf, schob den blaßblauen Ärmel seiner Jacke hinauf und krempelte sein Hemd bis über den Ellbogen hoch. Ohne nachzudenken, legte sie die Wange an die warme Haut, ihre Lippen fühlten die festen Muskeln darunter, sie rieb mit dem Gesicht über den behaarten Unterarm, ließ Speichel und Tränen freien Lauf. Er strich ihr mit der anderen Hand übers Haar und deckte ihren Kopf zu, so daß sie auf dem tröstenden Arm liegenbleiben konnte, solange es nötig war. Ein nasses Gesicht. Ein nackter Arm.

Als bekäme sie einen Schwall Luft. Ihre Schultern entspannten sich, das Schluchzen wurde gleichmäßig, und schließlich beruhigte sie sich. Still lag sie an seinem Arm.

So hatte sie früher ihr Kind besänftigt, wenn so ein kleines Baby verstört war und nicht fassen konnte, warum – sie hatte es auf ihre nackte Haut gelegt und beruhigt. So machte man das, von selbst, ohne Plan. Es geschah einfach. Sie lächelte, und seine Härchen kitzelten an ihrem Mund. Jedes Zeitgefühl war verschwunden, als hätte der Tröster sie für eine Weile aus diesem Vormittag herausgehoben. Sie trocknete ihre Wangen – mit dem Geschirrtuch, seinem Taschentuch? – und hörte eilige Schritte durch die Waschküche hallen.

»Mam! Bist du da?« Ihr ältester Sohn stürmte herein und blieb abrupt stehen, als er Kapitän Palliser am Tisch sitzen sah. Jamie hatte eine kräftige, gedrungene Statur, das Hochaufgeschossene, Knochige seines Vaters fehlte ihm gänzlich. Dickes Haar, das sich auf seinem Schädel kringelte, fröhliche Augen, kurze, schnelle Bewegungen. Nat würde ihm bald über den Kopf wachsen. Es war ihr unfaßbar, wie diese beiden Jungenkörper etwas miteinander zu tun haben konnten. Die Söhne sind vom Vater, dachte sie, James findet sich in verschiedenen Teilen seiner Söhne wieder. Der Jüngere hat seinen Körperbau bekommen und der Ältere seine Tatkraft, seine Unternehmungslust.

Nicht mehr lange, und Jamie würde zur Seefahrtsschule in Portsmouth abreisen. Sie stand mit dem ungelesenen Brief in der Hand am Fenster und lauschte dem Gespräch, das sich zwischen dem Mann und dem Jungen entspann. Aufregung über die Rückkehr der *Resolution*; würde Jamie noch zu Hause sein, wenn das Schiff ankam, oder schon auf der Schule, vielleicht würde ja Portsmouth der Anlaufhafen sein, das lag nahe, dann würde er seinen Vater als erster sehen, mit der ganzen Klasse würden sie das Schiff erwarten, er in der neuen Uniform mit den Stiefeln, da würde er seinem Vater noch eher begegnen als sein Bruder und seine Mutter.

Während Palliser ihren Sohn mit Erzählungen von der Expedition überhäufte, zog sich Elizabeth in den Garten zurück. Den Brief hatte sie in den Halsausschnitt ihres Kleides gesteckt. Die Sonne hatte Kraft bekommen. Gib dich doch der Wärme hin, dachte sie, dem, was jetzt geschieht: ein Sohn, der begeistert die Projekte seines Vaters verfolgt, ein Freund, der dich tröstet. Schieb doch das Schwierige beiseite, und leb einfach, jetzt. Sie wischte die Gartenbank sauber, setzte sich und öffnete den Brief. Er ist vom Entdecken gesättigt, dachte sie, er ist auf dem Weg nach Hause.

Hugh Palliser wird Dir zweifellos erzählen, wo ich gewesen bin und was ich dort vorfand. Es ist eigenartig, hier am Kap wieder in unsere Welt zu kommen. Ich tafele auf Banketten und Diners und tausche mich mit Kollegen aus. Ich begegnete einem vertrauenswürdigen Franzosen, Crozet, der gleichfalls die Südsee befahren hat. Wie gern würde ich meine Daten über die seinen legen, damit sich die Lücken schließen. Was wir wissen! Wo vorher nur Leere war, die man mit stupiden, inakkuraten Phantasien ausfüllte, ist jetzt Gewißheit. Exakte Ortsbestimmungen, Beschreibungen von Inseln und Völkern. Ich hörte Geschichten, die Dich in Staunen versetzen werden, über Kriegsführung und Eßgewohnheiten, und kann sie aus eigener Erfahrung bestätigen. Muß jetzt aufhören. In einem Monat bin ich bei Dir, das Ruder wird noch repariert. Ich hatte erwartet, hier eine Nachricht von Dir vorzufinden, und machte mir schon ein wenig Sorgen, als nichts aus Mile End auf mich wartete. Verlorengegangen? Ich baue auf Dich und kann nicht glauben, daß irgend etwas sein sollte. Sage mir also, daß irgend etwas mit dem Transport fehlgegangen sein muß. Wir werden diesen Winter hart arbeiten müssen, ich habe einen Berg Daten, aus denen ein Buch zu machen ist. Bekam übrigens ein Exemplar von Hawkesworth' Buch unter die Augen und bin fast geplatzt vor Wut. Nie wieder! Diese sogenannten Intellektuellen kratzen alles aus dir heraus und brüsten sich dann mit Dingen, an denen sie keinerlei Anteil hatten und von denen sie nichts verstehen! Eine Schande ist das. Und wenn ich mir vorstelle, daß er ein Vermögen damit verdient hat! Aber ich muß das von mir schieben, geschehen ist geschehen. Es wird mir kein zweites Mal passieren.

Liebe Elizabeth, bald werde ich bei Dir sein, und wir können alles besprechen. Frag Palliser nach meiner Route. Ich versiegele die Briefe jetzt und lasse sie wegbringen. Umarme die Kinder!

Drängewasser. Wie durch einen Deich sickerndes Wasser war ihr Kummer mühsam, unter hohem Druck zum Vorschein gekommen. Sie sollte sich nichts mehr fragen, sie sollte sich umdrehen und das Gesicht dem vollen Fluß zuwenden. Aus der Küche tönten die Stimmen von Palliser und Jamie herüber.

»Aber sie haben doch genug zu essen«, sagte ihr Sohn, »sie haben Schweine und Vögel, wieso machen sie es denn? Das ist verboten!«

»Es ist das andere Ende der Welt, Junge. Wir verstehen sehr viele Dinge nicht. Sie sprechen eine andere Sprache. Vielleicht sind sie davon überzeugt, daß sie so die Kraft ihrer Feinde in sich aufnehmen. Aus ihrer Sicht tun sie nichts Falsches, es ist ihre Art, Kämpfe auszutragen. Dein Vater findet, daß man sie nicht nach unseren Regeln beurteilen kann. Es ist so anders dort, das kann man sich nur schwer vorstellen. Schaurig, nicht?«

»Ich würde sie bestrafen«, entgegnete Jamie heftig. »Wenn ich der Kapitän wäre, würde ich scharf schießen. Um es ihnen auszutreiben. Ich glaube, daß mein Vater zurückgefahren ist und sie alle totgeschossen hat.«

Sie brauchen einen Vater, dachte sie. Die Stadt schwirrt von Geschichten, natürlich schnappen sie alles mögliche auf und reimen sich etwas zurecht, sie bekommen Angst, sie stellen Fragen, und ich tue so, als wären sie noch klein und ich könnte sie mit Schweigsamkeit schützen.

Das Schwesterschiff von James' Expedition war im vergangenen Jahr zurückgekehrt, allein. In dem unvorstellbaren Nebel am Südpol hatten sich die Schiffe verloren, und das verabredete Rendezvous war mißglückt. Als das Schiff in London einlief, war ein Passagier zuviel an Bord: Der Kapitän hatte einen Eingeborenen mitgenommen, um ihn dem englischen Volk zu zeigen. Er hieß Omai und wurde sogleich von Banks adoptiert. Es fehlten auch einige: Die vollzählige Bemannung eines Beibootes war an einer fernen Südküste von Wilden verspeist worden. Sie hatte die Zeitungsberichte gelesen und gehofft, es den Kindern verschweigen zu können.

»Das glaube ich nicht, Jamie«, hörte sie Palliser sagen. »Ich denke, daß dein Vater versucht, diese Menschen zu verstehen. Das ist nicht feige, sondern vernünftig.«

»Vielleicht essen sie ihn auch auf!«

Sie ging in die Küche zurück und sah Palliser beruhigend den Kopf schütteln. »Dein Vater ist auf der Hut, er läßt es nicht so weit kommen. Und außerdem: Er ist schon beinahe wieder hier, und alle seine Männer leben noch.« Er stand auf, um sich zu verabschieden.

Frances. Sie würde Frances schreiben, damit es für einen Moment so war, als spräche sie mit ihrer Freundin. So viele Männer, auf Schiffen, in Küchen, mit Geschichten und Urteilen. Heute abend, wenn die Jungen im Bett lagen, würde sie sich ihrer Freundin in Amerika gegenüber aussprechen. Sie würde von den hastig hingeworfenen Sätzen aus James' Brief schreiben, von der Selbstverständlichkeit, mit der die Seefahrt ihre Söhne einforderte, von den Gesprächen mit Palliser – sollte sie von der bizarren Szene mit seinem nackten Arm erzählen? Vielleicht war es gar nicht wirklich passiert, es konnte fast nicht wahr sein, auch wenn sie das Muster der Haare auf seinem Arm deutlich vor sich sah. Auch wenn sie seine Wärme noch auf ihren Wangen fühlte.

Daß der Tisch im großen Zimmer gescheuert und gewachst glänzte, leer und kahl, das würde sie erzählen.

Du solltest wieder jemanden zu dir nehmen, der dir hilft, hatte James vor seiner Abreise gesagt. Gesellschaft, wie Frances. Sie hatte das abgelehnt. Was sollte sie mit einer fremden Frau im Haus, einer neuen Stimme, bei der noch abzuwarten stand, ob sie sich mit der ihren mischen würde? Sie war diesmal lieber allein geblieben. Und jetzt konnte sich kein Unglück mehr ereignen, der kleine George war schon vor zweieinhalb Jahren gestorben, sie hatte sich wieder im Griff, sie würde ihrem zurückgekehrten Mann wie ein Fels in der Brandung gegenüberstehen. Gegen Ende so einer Reise durfte nichts geschehen, was einen aus dem Gleichgewicht warf, es galt, alles wie gewohnt auf Vordermann zu bringen, die Pflanzen, die Möbel, die Menschen. Bitte keine Störungen.

Heute morgen hatte sie kurz die Zügel schleifen lassen. Das ging jetzt nicht mehr, das mußte vorbei sein. Auch das verschwommene Zeitempfinden mußte ein Ende haben; sie hatte keine Ahnung, wie weit der Tag fortgeschritten war, und kam sich vor, als sei sie immer noch in jenen eigentümlichen Moment am Küchentisch eingetaucht. Sie rieb sich über das Gesicht und schüttelte den Kopf wie ein Tier, das eine lästige Fliege loswerden muß.

Jamie kam mit einem Eimer nach draußen und begann zu pumpen. Nat, sie ging Nat abholen. Natürlich gab es einen Plan für den Tag. Ein Spaziergang, ein Gespräch, eine Mahlzeit. Ein Zeitplan, in den man einstieg wie in ein Boot.

Hinter ihr fiel das Gartentor ins Schloß. Sie überquerte die Straße und betrat den Pfad, der zwischen zwei Reihen Gärten zum Fluß führte. Das Wasser blinkte in der Ferne. Sie freute sich darauf, es gefiel ihr, daß dort Wasser war, das ließ sich nicht leugnen. Dennoch war James der Wasserliebhaber, nicht sie. Eingegrenztes Wasser, dachte sie, Wasser in Gräben, in einem Fluß mit sichtbaren Deichen, in einem von Weiden gesäumten Teich – das liebe ich. Seine Liebe zum Meer hatte sie nie richtig nachempfinden können, ihr machte die Weite und die unvorstellbar große Masse jenes Weltgewässers angst, wenn sie darüber nachzudenken versuchte. Keine Baken, keine Wege, keine Begrenzungen. Für James lag jeder Weltteil in Wasser, und für sie war jedes Gewässer an Land gebunden.

Sie stützte sich auf die Kaimauer und schaute zu, wie die kleinen Wellen gegen die Steine schlugen. Die Kräusel kamen fröhlich an, wie hüpfende Kinder, wurden gleichgültig zurückgeschickt und sprangen wohlgemut in die entgegengesetzte Richtung. Unbegreiflich.

James konnte nicht schwimmen. Eigentlich hatte sie noch nie von einem Seemann gehört, der es konnte. Es ist besser, sagte er, du bist verloren, wenn du ins Wasser gerätst, ob du schwimmen kannst oder nicht. Ein rascher Tod ist einem langen Ringen vorzuziehen, das ohnehin einen verhängnisvollen Ausgang nimmt. Auch das verstand sie nicht recht. Wenn ich das Wasser liebte, würde ich mich darin zu Hause fühlen wollen, dachte sie, dann würde ich hineintauchen und wie ein glücklicher Fisch in meinem Element schwimmen wollen. Wie kann man sein Leben nur so einrichten, daß eine Haut aus Holz von der größten Liebe trennen muß?

Auf der anderen Seite des Flusses lagen die perlweißen Paläste von Greenwich vor den Hügeln; sie sah kleine Gestalten hin- und herlaufen und ein kleines Boot am Steg anlegen. In diesen Gebäuden schlug das Herz der Admiralität, dort wurde über ihrer beider Leben entschieden. Elizabeths Leben.

In wenigen Wochen würde James dort in einer schnellen Kutsche vorfahren, er würde die Treppen hinaufrennen und eilends seine Auftraggeber aufsuchen, um von seiner Reise zu berichten. Erst danach würde er übersetzen und seine Familie begrüßen. Sein Haus betreten. Seine Frau umarmen.

Aber es war so, als zwänge sich ein früheres Wiedersehen vor das jetzige, als stehe ein aufgelöstes junges Mädchen zwischen ihren Rippen. Mit großen Schritten war er damals, nach der ersten Weltreise, ins Haus getreten, den Hut in der Hand, braungebrannt, muskulös. Sie hatte niedergeschlagen am lauen Herd gestanden. Frances war mit den Jungen an ihrer Seite in den Flur ausgewichen. Anderthalb Meter von ihr entfernt blieb er stehen, sein Blick huschte rasch über Wände und Fußboden – keine Puppe, kein Kinderstuhl, kein zerknittertes Schürzchen mit Breiflecken. Sie sah seine Wangen grau werden.

Ja, sie hätte sich in seine Arme schmiegen müssen, natürlich, er war Jahre fort gewesen und kehrte zurück, es entstand auch eine Umarmung, doch Elizabeth zerfloß nicht, sie blieb sich ihrer Haut bewußt, die die Geschichte einfriedete, welche sie noch erzählen mußte. Steif wie ein Stück Holz hatte sie in jener Nacht neben ihm gelegen. Er war verzweifelt gewesen, untröstlich, doch sie war schon über die Untröstlichkeit hinaus. Die Geschehnisse mußten ihm in ihrer traurigen Reihenfolge unterbreitet werden. Sie hatte sich im Bett aufgesetzt und die Worte mit unbewegter Stimme gesprochen, geradeaus auf die bleiche Wand starrend, in viel zu hohem Tempo.

Nie krank, das Kind, das Mädchen, ihr Mädchen, ihrer beider Mädchen. Beglückt über jeden Morgen, über jede Gelegenheit, durch Küche und Zimmer zu tapsen, über die Blumen im Garten, die sie bei ihrem Namen nennen konnte, oder über das Gemüse auf dem Markt, bei dessen Auswahl sie ganz ernsthaft mithalf. Sie war vernarrt in ihre Brüder, konnte stundenlang neben Jamie stehen und ihm beim Zeichnen zusehen. Ihre Augen blitzten vor Vergnügen, wenn Nat ihr ein Liedchen beibrachte. Als die Nachbarsfrau mit einer Tüte Zuckerkugeln kam, teilte sie sie auf dem Tisch in drei Häuflein auf: für Jamie, für Nathaniel, für sie selbst.

Weiter. Nicht ausweichen. Das geht später noch.

Frances holte das Pferdchen vom Dachboden, du weißt schon, das Pferd auf dem Brett mit Rädern, mit dem die Jungen früher spielten, es hatte eine echte Mähne, und man konnte es an einem alten Stück Schiffstau hinter sich herziehen. Entzückt war sie, hingerissen. Sie zog das Tier durch den Garten, gab ihm Gras und Äpfel und Brot. Wir haben nicht aufgepaßt. Ich habe nicht aufgepaßt. Frances und ich waren in der Waschküche und wuschen die Laken. Mit einem Mal war es still im Garten. Wir vermißten ihre Stimme und sahen einander über dem ausgewrungenen Laken in unseren Händen an. Das war unmittelbar vor dem Knall. In der Stille hörten wir Pferdehufe. Jemand schrie. Ein Krachen, donnerndes Getöse von Holz auf Stein. Es ist meine Schuld. Ich habe nicht aufgepaßt.

Ein Pferd schnaubte ohne Unterlaß. Menschen kamen in den Garten gerannt und riefen, doch ich stand schon auf der Straße, als erstes sah ich das Spielzeugpferd unversehrt mitten auf der Fahrbahn stehen, aber dann blickte ich zu meinen Füßen hinunter, meinen bloßen Füßen, die Holzpantinen hatte ich wohl abgestreift, keine Haube hatte ich auf, nein –

»Erzähl einfach«, sagte James. Er hatte sich umgedreht. Sie sprach gegen seinen Rücken. »Die Tatsachen«, sagte er. Tatsachen.

Elly lag am Boden. Keine Verletzungen, heil. Einen Moment lang hatte sie Erleichterung verspürt: Wir sind davongekommen, es ist nichts! Doch das Kind war weiß und bewegungslos. Sie hatte sich mit bloßen Knien in den Schlamm gekniet, hatte das Kind auf ihren Schoß gezogen, hielt ihre Tochter fest. Über ihrem Kopf schrien die Menschen, sie erkannte Frances' Stimme, schrill und starr zwischen den Männerstimmen. Irgendwer spannte das Pferd aus. Es geschah sehr lange nichts. Seltsamerweise schien die Sonne unverwandt weiter, es blieb einfach Tag, ein Vormittag in London.

Frances schickte einen Jungen hinüber, um Palliser zu holen. Er sputete sich in spritzendem Wasser über den Fluß. Zum Glück war Palliser in Greenwich und nicht auf der Werft. Er war sofort mitgekommen. Merkwürdig, daß sie sämtliche Kleinigkeiten noch genau vor sich sehen konnte. Seine Schuhe und Hosenbeine waren naß gewesen vom ungestümen Rudern. Matte Schnallen.

»Die Tatsachen«, sagte der Mann neben ihr. »Wo waren die Jungen?«

Der Doktor kam. Das war später, als Elly schon im Zimmer lag. Daß James etwas fragte, war gut, ein Anzeichen dafür, daß er zuhörte. Vielleicht hatte die Nachbarin Jamie und Nat aus der Schule geholt. Frances nicht, die war bei ihr geblieben, das wußte sie genau. Frances hatte so gezittert und gebebt, daß sie kaum dabei helfen konnte, Elly das Hemd anzuziehen, das Totenhemd. Elizabeth hatte eine feste Hand gehabt, sie hatte das Mädchen gewaschen, hergerichtet, angezogen. Es war der 9. April 1771.

Hugh Palliser regelte alles. Er saß in ihrer Küche und löffelte die Suppe, die Frances gekocht hatte. Er empfing den Tischler, den Totengräber, den Pfarrer. Er drängte Elizabeth, sich hinzulegen, aber das konnte sie nicht. Sobald sie den Kopf aufs Kissen legte, breitete sich die Angst über sie wie eine erstickende Decke. Sie saß neben dem Kind. Sie versuchte, die Geräusche aus der Küche wegzuschieben und der Stimme des Kindes zu lauschen, die noch in ihrem Kopf sein mußte, irgendwo, unauffindbar. Sie wartete.

Frances war zu ihr in das große Bett gekrochen, in jener Nacht und in den folgenden Nächten. Zu wenige Frauen im Haus. Die Tochter war die Frau der Zukunft gewesen, durchfuhr es sie, und diese Zukunft war nun auch rettungslos verlorengegangen. »Die Tatsachen«, sagte James.

Begräbnis. Das war Männersache. Frauen blieben zu Hause, um etwas zu essen zuzubereiten für die Trauerfeier. Palliser würde in James' Namen gehen. Doch als Elizabeth am Morgen des Begräbnisses aus dem Bett stieg – sobald es hell wurde, eine Erlösung, daß sich der Himmel blaß tönte, daß sie nicht mehr schlaflos war, sondern einfach wach –, wußte sie, daß sie selbst gehen würde. Frances hielt sie nicht davon ab, sondern half ihr mit dem schwarzen Kleid und holte von irgendwoher einen Schleier, den sie vor ihr Gesicht drapieren konnte. Palliser erschien mit den Trägern. Er sah sie neben dem kleinen Sarg stehen und nickte. Sie nahm seinen Arm – ja, derselbe Arm, damals schon, damals schon –, und zusammen waren sie Elly über den Fußweg zum Friedhof gefolgt. Neben den im Gras versunkenen Klinkern blühten weiße Primeln, die Blattrosetten scharf abgezeichnet im schräg einfallenden Sonnenlicht, ein Blütenläufer, soweit sie blicken konnte. Das hatte sie gesehen. Wer zwischen den Bänken stand, als sie sich in die kleine Kirche schoben, wußte sie nicht mehr. Palliser drückte sie auf einen Platz in der ersten Reihe. Er ließ ihre Hand nicht los. Hinter dem durchsichtigen schwarzen Schleier hervor starrte sie auf den Sarg vor ihr. Sie dachte nicht, sie schaute nur.

Tatsachen, flüsterte James. Es gab keine Tatsachen. Welche Psalmen, welcher Text, welche Gebete – sie hatte es vergessen. Hatte sie damals schon an die Haare ihrer Tochter denken können, an ihren Mund, ihre Kinderknochen, daran, daß sie selbst in die Erde kriechen wollte, um das zarte Skelett zu halten? Nein, das kam erst später.

Die Leute knieten und hielten die Augen geschlossen. Sie nicht. Sie schaute zur Orgel empor und sah Herrn Hartland am Doppelmanual sitzen. Seine großen, weißen Hände lagen in seinem Schoß, und er spähte vornübergebeugt in die Partitur, die auf seinem Notenständer stand. Er drehte den Kopf zu ihr um, als habe er ihren Blick gespürt. Nein, sie hatte sich nicht geschämt, sie hatte geradezu hungrig zu dem alten Mann hinaufgeschaut, seine zerknitterten Wangen und der glänzende Schädel unter den spärlichen Haarsträhnen hatten sich in ihr Gedächtnis eingegraben, sie hatte ihm lange und ohne zu blinzeln ins Gesicht geschaut. Sie hatten sich nicht angelächelt.

Erst als der Pfarrer das Amen sprach, hatten sich ihre Blicke voneinander gelöst, und sie hatte auf die Steine vor ihren Füßen geschaut. Stein, hatte sie gedacht, Stein, Holz, Erde. Es näherte sich der Moment, da der Sarg nach draußen getragen werden würde. Sie hatte versucht, ruhig zu atmen. Obwohl sie von einem Meer schwarzgekleideter Menschen umgeben war, fühlte sie sich völlig allein. Aufstehen. Die Träger herbeitreten sehen. Sich langsam drehen, um den schleppenden Fortgang der Prozession zu verfolgen. Ein unnahbarer, allein stehender Baum auf einer Wiese, das war sie. Da hatte Herr Hartland zu spielen begonnen. Im ersten Moment hatte sie der volle Orgelklang erschreckt, denn es ertönte ein schwungvolles, freudiges Lied, das nicht zu dem zu passen schien, was sich unten auf dem Kirchenboden abspielte. Sie sah den Pfarrer verstört aufblicken; Palliser neben ihr hielt den Atem an. Dann drückte er ihre Hand und lächelte ihr kurz zu. Händels *Wassermusik*, wußte sie plötzlich. Sie erkannte die Melodie. Der alte Organist rief das Meer wach, erinnerte sie daran, daß es James gab, daß ihr Mann dort draußen, weit weg, auf dem Wasser fuhr und zu ihr zurückkehren würde, daß nicht alles verloren war. Der kleine Sarg war bis zur Hälfte des Mittelgangs vorgerückt. An Pallisers Arm folgte sie, von Musik umspült. Der volle Klang machte reinen Holzbläsertönen Platz. Es war, als spielten Oboen, Flöten und Fagotte das zarte Trio in vollendeter Einheit. Dem ersten Anschein nach hörte es sich wie ein fröhliches Lied an, doch sie wußte es besser, und Herr Hartland auch. Die Art, wie er die kurzen, schmachtenden Phrasen jeweils abschloß, brach ihr das Herz. So war es. Ein hüpfendes Mädchen auf der Straße. In der Sonne. Unter der schwarzen Kutsche.

»Tatsachen«, fragte James. »Wer lenkte den Wagen?«

Natürlich. Ja. Der Kutscher hatte sich nicht getraut, ihr seine Aufwartung zu machen. Er hatte seine Frau vorbeigeschickt, mit einem halben Spanferkel als Sühneopfer. Frances hatte sie empfangen, während Elizabeth oben, im Schlafzimmer, reglos vor dem Fenster stand.

James drehte sich auf den Rücken. »Was hast du mit dem Ferkel gemacht?«

Sie sah den halbierten Tierleib vor sich, wie er auf einem Jutesack am Herd gelegen hatte, rosa, mit weißen Knochensplittern, so groß wie ein Kind.

»Frances hat sich darum gekümmert. Verschenkt. Begraben. In den Fluß geworfen. Ich weiß es nicht, wir haben nie mehr darüber gesprochen.«

Ich liege mit meinem Mann, den ich drei Jahre nicht gesehen habe, im Bett und rede von einem Schwein, hatte sie gedacht. Unsere Tochter ist gewaltsam ums Leben gekommen, und er fragt mich, was wir mit dem Schwein gemacht haben. Ich antworte, aber unter diesem Gespräch liegt eine Frage, der wir nicht die Stirn bieten können. Ich kann sie nicht einmal laut aussprechen. Ich kann sie kaum denken. Aber es muß sein.

Sie ließ sich zurücksinken, bis sie den Kopf neben den seinen aufs Kissen legen konnte. Sie schaute zur Seite und sah, daß er weinte. Es ist meine Schuld. Ich hätte sie behüten müssen. Ich war die Mutter. Die Treppe habe ich mit einem Gitter verriegelt, und die Fleischmesser legte ich aus ihrer Reichweite. Das Gartentor habe ich nicht geschlossen. Ich beschützte sie bis zu diesem einen Mal, es war beinahe vollbracht, du warst schon auf dem Heimweg, beinahe ...

James schneuzte sich die Nase und begann zu sprechen. Sie

begriff anfangs nicht, wovon er redete, und ließ die Sätze wie Wellen über sich hinwegschwappen. Ein Korallenriff, Dunkelheit, ein Schlag, ein Krachen. Das Schiff hatte sich festgelaufen und füllte sich mit Wasser. Von Todesangst getrieben, hatten alle an den Pumpen gestanden, auch die Offiziere und die Wissenschaftler. Sie hatten die Kanonen über Bord gekippt, den Wasservorrat, die Fleischtonnen. Nach einem Etmal waren sie wie durch ein Wunder wieder flottgekommen und trieben auf dem havarierten Schiff steuerlos am Riff vorüber. Er hatte seine Mannschaft um Rat gefragt, im Morgengrauen, im eisigen Wind hatten sie in einem Kreis an Deck gestanden, während wenige Meter unter ihnen das Wasser durch ein großes Leck in den Schiffsraum strömte. Der Bruder des Wundarztes hatte eine Lösung gewußt. Auf seine Anweisungen hin zurrten sie ein mit Dung und zerfasertem Tau eingeschmiertes Segel um die zerborstene Schiffswand, ein gewaltiger Akt mit Seilen und Taljen; ein jeder hatte die Befehle schweigend, mit starrer Miene befolgt.

Es funktionierte. Das Segeltuch haftete auf der Schiffshaut und verschaffte ihnen ausreichend Luft, um den Strand zu erreichen. Dort lagen sie anderthalb Monate, um das Schiff zu reparieren.

»Ich habe ein großes Risiko in Kauf genommen«, sagte er, »und ich frage mich noch immer, ob ich es anders hätte machen können.«

Elizabeth schwieg. Durch das offene Fenster wehte der Geruch des Flusses herein. Wo ist sie, wo ist sie – sie ist auf dem Friedhof, sie ist allein. Still, weg mit diesen Gedanken, hör zu.

Das Schiff war provisorisch instand gesetzt, doch es machte weiterhin Wasser. Die Segel hingen in Fetzen herab, die Taue waren zerfranst. Sie hatten im Hafen von Batavia angelegt. Es blieb ihnen nichts anderes übrig.

»Kein Skorbut auf meinem Schiff«, sagte James. »Ich war drei Jahre unter den ärgsten Bedingungen umhergefahren und hatte nicht ein einziges Besatzungsmitglied durch die

Seemannskrankheit verloren. Niemanden. Wir gingen in Batavia kerngesund von Bord. Die Holländer trauten ihren Augen nicht. Der Zustand des Schiffes bewies, was wir hinter uns hatten, aber die kräftigen Körper und vollen Wangen der Männer ließen sich nicht damit in Einklang bringen. Darauf war ich stolz. Ich saß in meiner Kajüte und schrieb nach London: Keinen Mann verloren!

Es ist eine Frage der Willenskraft. Der Disziplin. Ich drohte mit Peitschenhieben, wenn sie sich nicht wuschen. Nicht, daß ich meine Androhung je in die Tat umgesetzt hätte. Bettzeug lüften, Kleidung säubern, sobald es das Wetter zuließ. In Meerwasser, die Hemden knarrten vor Salz, aber trotzdem. Ich behielt die Alkoholration ein, wenn sie das Schiff verunreinigten. Anfänglich weckte das Widerstand, weil sie es nicht gewohnt waren. Ein Seemann kommt sich ganz groß vor, wenn er drei Jahre im selben Hemd herumläuft. Den Gestank bemerken sie nicht mehr, oder er ist ihnen lieb geworden.«

Er ist noch nicht zu Hause, hatte sie gedacht. Er hat nicht Schritt gehalten mit der Schnelligkeit seines Schiffes und hinkt hinterher. Er kann noch nicht in seinem eigenen Bett liegen und um das Kind weinen, er steht noch an Deck und schreit und verteilt Eimer aus Segeltuch, um Wasser heraufzuziehen. Er liegt zwar hier, aber er ist noch nicht da.

Die Ernährung war von größter Wichtigkeit. Wenn es ihm gelänge, ein Mittel gegen die Krankheit zu finden, wäre das in der Geschichte der Seefahrt ein Riesenschritt. Die Ernährung mußte der Schlüssel sein. Es war eine Gesetzmäßigkeit, daß Zahnfleisch nach etwa sechs Wochen auf See anzuschwellen begann. Die Zähne lockerten sich und fielen aus. Unter der Haut entstanden blauschwarze Stellen, weil die Adern das Blut nicht mehr halten konnten. Es sickerte in Muskeln und Gelenke, bis jede Bewegung unmöglich wurde. Die Schmerzen waren unerträglich, sie zwangen den Kranken, still liegenzubleiben, bis der Tod eintrat. Die Herren von der Marine fanden das normal, ein Naturgesetz! Sie kalkulierten es bei der Anmusterung mit ein: Immer mehr Leute einstellen als nötig, denn die Hälfte würde ohnehin sterben. Das galt als vernünftig. Er fand es dumm. Warum wurde ein Mensch auf See krank, nicht aber an Land? Was war der Unterschied? Es mußte einen Grund dafür geben. Achtgeben. Nachdenken. Experimentieren. Sich nicht mit unverstandenen Tatsachen abfinden, sondern versuchen, sie zu ergründen.

Elizabeth wußte noch, daß sie leise Mißgunst verspürt hatte, als sich sein Erzähltempo beschleunigte und seine Stimme tiefer wurde. Er regte sich über etwas auf, er hatte etwas, was ihn umtrieb, was er wollte. Und was wollte sie? Sturm, sie wünschte sich einen eisigen Sturm, der die Wellen auf der Themse gegen die Kaimauern peitschen würde. Sie würde sich eine Haube fest um den Kopf binden, das schwere Umschlagtuch nehmen und losgehen. Nach nirgendwo, gegen den Wind an, Schritt für Schritt. Doch der Fluß war ein stiller Spiegel, und die Luft war lau.

An Land bekamen die Männer Frischkost, man rührte die Vorräte nicht an, wenn es Wild zu schießen und Obst zu pflücken gab. Dort irgendwo verbarg sich die Lösung. Auf See aßen sie eingesalzenes Fleisch, das einen unsäglichen Gestank verbreitete, und steinharten Schiffszwieback, in den die Maden Löcher gebohrt hatten. Das Schiff mußte zum Festland werden, mußte eine Insel sein, auf der Tiere und Pflanzen leben konnten. Hühner! Kleine Gärten in Kisten hinter dem Mast! Doch der Wind blies die Vögel von Bord, und der Regen spülte die Erde fort. Dennoch hatte er sein Heil darin gesucht, so gut wie möglich die Bedingungen an Land nachzuahmen. Als erstes hatte er den Koch entlassen, einen faulen und dummen Mann, den das Ernährungsproblem nicht scherte. Sein Nachfolger, der sich im Auftrag der Marine vorstellte, war ein großer Kerl, mit dem man sich gut und fruchtbar beraten konnte. Er hatte nichts dagegen, pürierte Erbsen, Möhrensaft und Suppenextrakt in seinen Gerichten zu verarbeiten, und regte von sich aus getrocknete Feigen und Rosinen an. Leider war ihm von einer abgesprungenen Trosse der linke Arm abgeschlagen worden, doch mit dem rechten hatte er eine verblüffende Geschicklichkeit entwikkelt.

Hörte sie noch zu? Sie hörte ihn schon, die Worte wogten durchs Schlafzimmer, und sie fühlte, wie seine Rippen, sein Brustkasten mitvibrierten. Es kam ihr seltsam vor, daß sie nicht mehr allein war; eigenartig, daß jemand Löcher in ihre Gedanken stach, sich mit Bildern und Begriffen zu Wort meldete, die für sie jetzt nicht wichtig waren. Er ist dein Mann, hatte sie gedacht, hör zu, sammle dich.

Das Gartenprojekt war fehlgeschlagen, doch das Verlangen nach Gemüse blieb der Leitfaden für die Umstellung der Verpflegung an Bord. Wer an Land ging, mußte neben seinen regulären Aufgaben – Füllen der Wassertonnen, Aufstellen des astronomischen Fernrohrs – Ausschau nach allem Grünen halten und durfte ja nicht ohne einen Blätterstrauß im Hemd, Giersch, Malve, Beinwell und was dem auch nur entfernt ähnelte, wiederkommen. Der Kochsmaat sammelte die Gaben ein und brachte sie seinem Chef, der alles mit seinem einen Arm auf dem Hackblock zerkleinerte. Das bittere Mus rührte er dann am nächsten Morgen in den Graupenbrei. Frühstück.

Wenn es kein Land gab? Dann gab es Sauerkraut. Alle hatten ihn für verrückt erklärt, als er die stinkenden Fässer an Bord schleppen ließ. Der in dünne Streifen geschnittene Kohl vergor in Salz, Explosionen wurden durch schwere Steine auf den Deckeln verhindert. Wie sollte man dieses saure, verdorbene Zeug hinunterbekommen? Die Matrosen liefen würgend durch den Vorratsraum. James hatte bezweifelt, daß die Androhung von Stockschlägen hier etwas ausrichten konnte.

»Ich mußte an unsere Jungen denken«, sagte er und drehte sich zu ihr um. Die gebräunte Haut seines Halses ging dort, wo sein Uniformkragen gesessen hatte, in fahles Weiß über. Wenn Jamie und Nat ihre Eltern etwas essen sähen, was sie nicht bekämen, seien sie ganz begierig darauf und quengelten so lange, bis sie auch davon kosten dürften. Er hatte dem Koch aufgetragen, das Sauerkraut ausschließlich den Offizieren zu servieren, und die wurden instruiert, sich reichlich davon aufzutun und den Geschmack des Gerichts lauthals zu rühmen. Die Mannschaft protestierte gegen die Ungleichbehandlung. Alle verlangten Sauerkraut.

Was soll das, hatte sie gedacht. Wie gelähmt lagen ihre gefalteten Hände auf ihrem Magen. Sie sah in der Ferne, dort, wo ihre Füße sein mußten, eine Wölbung in der Decke, fühlte jedoch nichts. Auch in ihrem Kopf schien sich kein Funke mehr zu regen.

Das Kind starb, weil ich nicht achtgab.

Die Worte waren da, hatten aber keine Bedeutung. Schuld. Unglück. Sauerkraut.

James' Stimme: »So ist das gelaufen. Alle blieben gesund. Keine losen Zähne, keine Kniegelenke wie blaue Kanonenkugeln. Kräftig und wohlauf kamen wir in Batavia an. Ich wollte meine eigenen Zimmerleute die Reparaturen machen lassen. Aber die geldgierigen Holländer verweigerten uns das, sie wollten natürlich an uns verdienen. Streitereien, Verzögerungen. Am Ende gewann ich, aber da war es schon zu spät, und das Sumpffieber hatte zugeschlagen. Was ich auch verordnete: entseuchen, ausschwefeln – es half nichts mehr. Meine Männer wanden sich in Fieberphantasien und konnten keine Nahrung mehr bei sich behalten. Nun konnten die Holländer ihr Geld mit der Reparatur des Schiffes verdienen, aber die Rechnungen habe ich nicht bezahlt! Einer nach dem anderen starb. Sogar den Arzt mußten wir begraben. Ich habe ohne Genehmigung des Hafenmeisters abgelegt. Auf See ging das Sterben weiter, jeden Tag mußten wir Besatzung über die Reling gleiten lassen. Männer, mit denen wir drei Jahre lang alle Abenteuer geteilt hatten. Aber ich nahm es kaum wahr, weißt du. Ich war nur wütend auf diese Holländer mit ihren dreckigen, stinkenden Kanälen. Derweil war mein triumphierender Brief auf dem Weg nach London.«

Sie hatte versucht, sich das Totenschiff vorzustellen, die in Segeltuch eingenähten Leichen, die, mit Steinen beschwert, auf einer Planke über die Reling geschoben wurden. Irgendwer mußte dann wohl aus der Heiligen Schrift lesen und ein anderer ein Signal auf der Trompete spielen. Die Überlebenden standen wohl ängstlich oder mißmutig im Halbkreis an Deck. Während ich in der Waschküche Laken wusch, dachte sie. Während ich nicht achtgab. Wie sollen wir diese beiden Welten zusammenbringen? Hoffnungslos, vergebliche Liebesmüh. In der Ferne, am Fluß, schrien plötzlich die Gänse. Das beunruhigende Geräusch schwoll an und erstarb wieder. Wer las an Bord Bibeltexte vor? Das war die Aufgabe des Arztes, weil James keinen unnützen Pfaffen mitnehmen wollte, aber der Arzt war tot. Wenn keiner mehr am Leben war, der auf dem Bügelhorn spielen konnte, vollzog sich die Zeremonie dann im stillen? Knarrende Taue, die gegen die Reling schlagende Planke, der Plumps, wenn die Leiche die Wasseroberfläche durchschnitt.

»Elizabeth«, sagte James, »ich verlor binnen weniger Wochen dreißig Mann. Dreißig Mann. Man könnte sagen, daß es meine Schuld war. Ich führte das Kommando. Ich entschied, den Hafen von Batavia anzulaufen. Ich erlaubte der Mannschaft, an Land zu gehen. Ich hätte so für meine Männer sorgen müssen, daß sie sicher nach Hause kommen würden. Das war meine Aufgabe, und die habe ich versäumt. Ich bin Risiken eingegangen. Daß wir auf das Riff aufliefen, war die Folge so eines Risikos. Es ist erstaunlich glimpflich abgelaufen, aber es hätte auch ganz böse enden können. Batavia war ein weiteres Risiko. Und dort ging es böse aus. Unter meinem Befehl. Ich habe viel darüber nachgedacht, das hat mich während der gesamten Heimreise um den Schlaf gebracht. Habe ich dreißig Männer in den Tod getrieben? Ermordet? Ich weiß es nicht. Die Reue hat mich verzehrt, verzehrt mich auch jetzt noch, Reue, daß ich meine Hoffnung in die Holländer und ihre stinkende Niederlassung gesetzt habe. Gewissensbisse, Schuldgefühle. Aber auch Wut, so unbändige Wut, daß es mich nicht im Bett hielt. Was da geschah, hintertrieb meine Pläne. Ich wollte meine Männer nicht dahinsiechen sehen, ich habe uns diese Krankheit nicht aufgehalst, ich –«

Er verstummte. Sie hörte sein erregtes Atmen allmählich gleichmäßig und ruhig werden. Das Zimmer tönte sich grau, der Tag kündigte sich an.

»Es geschah. Ein Unglück geschieht. Man kann es nicht vorhersehen, nicht immer. In gewissem Sinne ist man den Umständen ausgeliefert. Man ist verpflichtet, so gut wie möglich achtzugeben. Aber man ist nicht unfehlbar. Die eigene Macht reicht, so weit sie reicht. Nicht weiter. Es bleibt immer ein Bereich, wo man machtlos ist. Ich kann das eigentlich nicht akzeptieren, aber ich denke schon, daß es so ist. Verstehst du?«

Blaßgelb war der Himmel vor dem Fenster. Es war, als werde es auch in ihrem Kopf heller. Sie zog die Beine an und dehnte ihre steifen Muskeln. Sie spürte die Wärme des Mannes, der neben ihr lag. Es geschieht, dachte sie, man verhandelt mit seiner Angst und seinem Verstand und trifft eine Entscheidung, die sich meistens als richtig erweist und manchmal, fatalerweise, nicht. Das Schuldgefühl bleibt, denn man ist an seine Entscheidung gebunden. Dennoch sind wir dem ausgeliefert, was geschieht. Ich. Er.

Die Starre war aus ihrem Körper gewichen. Sie hatte sich an James geschmiegt. Es war schon Morgen gewesen, als sie erschöpft eingeschlafen waren.

Wieviel Zeit hatte sie noch? Einen Monat, sechs Wochen? Sie schauderte und atmete den metallischen, süßen Geruch des Flußwassers ein. Diese Rückkehr würde anders sein. Die Aussicht auf ein beständiges Leben mit einem Mann, der zu Hause war und zu Hause blieb, sollte sie stark machen. Sie trat von der Kaimauer zurück und war sich der Kraft in ihren Waden bewußt. Ihre Haube hatte sich gelockert, sie zog sie vom Kopf, damit sie den Wind in den Haaren spüren konnte. Ich stehe aufrecht am Fluß, dachte sie, ein neues Leben kommt, und ich werde einsteigen, ohne Bedenken. Sie wandte dem Wasser den Rücken zu. Die Sonne hatte endlich die grauen Wolken aufgelöst und erwärmte den dunklen Stoff ihres Kleides. Es ist nichts, fühl doch, sogar das Sonnenlicht stützt dich.

Sie spähte den Kai hinab und sah in der Ferne eine schmale Gestalt gehen, einen schwarzen Kasten in der Hand.

Geraume Zeit nach Ellys Begräbnis war sie an einem windigen Tag dem Organisten auf der Straße begegnet. Sie hatte ihn zuerst nicht erkannt, blickte bei diesen täglichen Verzweiflungswanderungen auch kaum um sich; sie mußte laufen, mußte weiter, ein Bein vor das andere setzen, die Minuten mußten vorbeigehen, die Stunden mit Taten gefüllt werden, die nicht auf eine ohnehin nicht zu ertragende Zukunft hinzielten. Die Blicke der Menschen auf der Straße konnte sie nicht ertragen, und sie tat, als wäre sie allein in der vollen Stadt. Entstellt fühlte sie sich, sichtbar beschädigt und gedemütigt. Sie mußte sich verstecken, erstickte aber in dem düsteren Haus. Also lief sie.

»Frau Cook?« hatte eine sanfte Stimme nah bei ihrem Gesicht gesagt. Erschrocken schaute sie auf, blinzelte, um das Bild scharf zu bekommen, und sah Hartlands freundliches Gesicht. Er lächelte nicht, sondern sah sie eindringlich an. Sie entsann sich ihres eigentümlichen Kontakts während des Gottesdiensts, und wie er sie später mit seiner wohlgewählten Musik hatte trösten wollen.

Sie sei willkommen, hatte er bei der ungemütlichen Begegnung gesagt. Er denke oft an sie und würde sie gern empfangen, wenn sie, von den Wanderungen ermüdet, kurz bei jemandem zur Ruhe kommen wolle. Zu ihrem eigenen Erstaunen hatte sie das ein paarmal getan. Seine Haushälterin hatte Tee gebracht oder Bier, wenn es ein warmer Tag war, und sie hatte in dem extrem unordentlichen Arbeitszimmer des Organisten gesessen, ohne etwas zu sagen. Er blätterte in seinen Partituren und sprach von der Kraft der Musik. An der Wand hingen Instrumente: Flöten, eine Oboe, eine Geige.

Was tue ich hier, hatte sie gedacht, was habe ich hier zu suchen? Ich verstehe nichts von Musik, was will ich von diesem Mann, das ist doch widersinnig. Nach und nach hatte sie begriffen, daß es durchaus nicht widersinnig war. Er war ein Geächteter, ein Außenstehender wie sie, zur damaligen Zeit. So wie er darum kämpfte, im Gottesdienst Raum und Aufmerksamkeit für die Musik zu schaffen, so wollte sie um die Erinnerung an ihr Töchterchen kämpfen.

Seit der kleine Nathaniel an Deck der *Resolution* den Geigenspieler gehört hatte, ließ ihn das nicht mehr los. Tagaus, tagein hatte er ihr in den Ohren gelegen, daß er das auch können wolle, diese Lieder spielen, er wolle Geiger werden, er wolle eine Geige.

Sie fragte Hartland um Rat, und Nat bekam Geigenunterricht. Zu Beginn rannte der Junge jedesmal, wenn er üben wollte, zu dem Organisten, um das Instrument stimmen zu lassen. Doch schon bald konnte er es selbst. Wenn er spielte, saß sie am Küchentisch und lauschte. Er erzählte ihr Geschichten ohne Worte. Daß er eine leidenschaftliche Liebe zu einer Sache entwickeln konnte, die er ganz aus eigener Kraft entdeckt hatte, machte sie glücklich.

Dort lief er, ihr jüngster Sohn. Der Geigenkasten schlenkerte an seinem langen, mageren Arm, und der Wind blies ihm das dünne blonde Haar in die Augen. Er sah sie und winkte mit der freien Hand. In einem Jahr würde auch er zur Seefahrtsschule gehen, was konnten Kapitänskinder anderes tun, das war der Lauf der Welt. Er wollte zwar nicht, wußte aber nichts dagegen zu sagen – jetzt freilich, hier, lief er mit seiner Geige und lachte seiner wartenden Mutter zu.

Alles wird gut werden, wußte sie plötzlich. Die Jungen würden einen Vater haben, der nicht mehr fortginge, der mit ihnen sprechen würde, über die Seefahrt und den Sternenhimmel und die Wissenschaft, der zufrieden wäre mit dem, was er erreicht hatte, und seine ganze Aufmerksamkeit der Laufbahn seiner Kinder widmete.

Blitzartig sah sie das kantige Gesicht Hugh Pallisers vor sich. In ihrer Küche war heute morgen etwas passiert, woran sie nicht zurückdenken konnte. Sie fühlte noch die Haut seines Arms an ihren Lippen und erschrak und ächzte unwillkürlich. Es ist nichts, dachte sie, eine Schwäche, unerklärlich und vorübergehend – es ist nichts. Mit aller Kraft schob sie die Erinnerung an den Mann, der für sie seinen Arm entblößt hatte, beiseite. Da kam Nathaniel. Er rannte auf sie zu, und sie fing ihn in ihren Armen auf.

3

Der letzte Tag im langen Monat Juli war ein Montag, ein Anfang und ein Ende zugleich. Elizabeth war mit einer gewissen Entschlußkraft aufgewacht und hatte den Vormittag mit dem Packen von Jamies Reisekiste zugebracht. Würde er seinen Vater noch sehen, bevor er nach Portsmouth abreiste? Durfte sie ihn zu Hause behalten, bis James zurück war? Sie hatte keine Geduld mehr, sich mit dieser Art von Fragen zu befassen. Die Schule fing an, Jamie war als Schüler angenommen und eingeschrieben worden, alles mußte reisefertig gemacht werden. Daß ihre Söhne zur See fahren würden, stand fest, darüber war nie ein Gespräch möglich gewesen. Als James die Besatzung für seine erste Weltreise zusammenstellte, hatte er der Liste die Namen seiner Söhne hinzugefügt. Sie waren damals drei und vier gewesen, sie blieben zu Hause bei ihr und Frances, doch sie standen als »Bediensteter des dritten Wachoffiziers« und »Zimmermannsgehilfe« auf der Musterrolle. Elizabeth hatte Bedenken geäußert, es sei doch eine Lüge, die Knirpse als angehende Matrosen aufzuführen, und das könne James' Karriere gefährden. Wenn nämlich jemand den Betrug entdeckte und meldete, würde James ein für allemal aus der Marine entlassen werden. Daß sie sich über die ganz selbstverständliche vorzeitige Berufswahl für ihre Kinder ärgerte, sagte sie nicht. Das fiel ihr ein, wenn James weg war, doch wenn er ihr gegenübersaß, lagen ihr solche Überlegungen fern.

»Sie müssen Erfahrung haben«, hatte er erklärt. »Je mehr Dienstjahre, desto schneller die Beförderungen. Ich selbst habe viel zu spät angefangen; wenn Palliser mich nicht immer wieder empfohlen und aller Aufmerksamkeit auf mich gelenkt hätte, wäre ich jetzt noch ein einfacher Steuermann. Die Laufbahn der Jungen darf nicht durch derlei Zufälle bestimmt werden. Ich möchte, daß sie eine bessere Ausgangsposition haben als ich.«

Sie hatte verstanden; als Jamie und Nat auch auf der Musterrolle für die zweite Reise auftauchten, hatte sie geschwiegen.

Ungeachtet des Weitgereistseins auf dem Papier stand ihr ältester Sohn erst am Beginn seiner Ausbildung. Sie hatte die weißen Hemden mit dem offenen Kragen gewaschen und gebügelt. Jetzt legte sie sie zusammen und tat sie oben in die Kiste. Kinderhemden. Sie wußte nicht recht, warum ihr Jamies Abreise so viel ausmachte. Gut, er würde ihr natürlich fehlen, es würde schrecklich sein, seine Stimme nicht mehr Tag für Tag zu hören, seinen robusten Leib nicht mehr im Haus zu wissen, nicht mehr über seine Geschichten lachen zu können. Doch hinter dem anstehenden Verlustempfinden verbarg sich etwas anderes, eine Unruhe, ein Mißbehagen, das sie nicht fassen konnte.

Jamie selbst freute sich schon seit Monaten. Er konnte es gar nicht erwarten, seine Klassenkameraden kennenzulernen, und paradierte in seinen neuen Stiefeln durchs Zimmer. Seinetwegen brauchte sie nicht niedergeschlagen zu sein, er folgte seinem Vater furchtlos und voll kindlicher Erwartung. Sie straffte die Schultern und klappte die Kiste zu.

Mit der Gartenschere in der Hand ging sie nach draußen. Eigentlich müßte sie sich auf die Knie niederlassen, um die frischen Triebe des unausrottbaren Gierschs herauszureißen, doch statt dessen schnitt sie einen Strauß von den unbändig blühenden rosafarbenen Malven. Ihre Hand lag schon auf dem Gartentor, sie wollte kurz zum Friedhof laufen, zu einem raschen Besuch bei ihrer Tochter, als sie jemanden an die Eingangstür klopfen hörte. Sie ging aufmachen, die Blumen im Arm.

Ein Junge stand vor der Tür, vielleicht ein, zwei Jahre älter als Jamie, ein keuchender, aufgeregter Matrosenlehrling mit roten Wangen. Er hielt seine Mütze in der Hand und schaute ihr direkt ins Gesicht.

»Der Kapitän!« rief er. »Der Kapitän ist zurück! Ich soll es Euch sagen. Er ist drüben. Anschließend kommt er nach Hause. Damit Ihr es wißt. Er kam in einer Karosse, mit den anderen Herren. Sie hatten die Uhr bei sich. Die lief immer noch! Herr Solander sagte, ich soll zu Euch gehen, um es zu sagen. Mile End, sagte er. Er wartete auch auf den Kapitän, alle liefen auf und ab. Ich auch, denn ich wollte ihn sehen. Mein Dienst war um, aber ich blieb. Er sprang aus der Kutsche und rannte die Stufen hinauf! Ich habe ihn gesehen!«

Sie nahm den Jungen mit in die Küche und gab ihm etwas zu trinken. Er war so aufgeregt, daß er nicht sitzen bleiben konnte; er sprang von seinem Stuhl auf und strich um sie herum, während sie die Blumen ins Wasser stellte. Sie ordnete die Stiele in der Vase und lauschte der hohen, lauten Stimme. Ob das der Teller des Kapitäns sei, das sein Stuhl? Wie strahlend weiß die Kapitänshose auf den sonnenüberströmten Stufen des Admiralitätsgebäudes ausgesehen habe, wie prächtig die goldenen Tressen, wie vornehm die graue Perücke! Sie tastete in ihrer Schürzentasche nach einer Münze und bugsierte den Jungen hinaus. Vor der Tür blieb er stehen und starrte sie verblüfft an, das Geld in der Faust. Dann drehte er sich um und rannte die Straße hinunter.

Die Blumen, plötzlich zum Willkommensstrauß geworden, prunkten in Rosa und zartem Grün in der Tischmitte. Sie schüttelte den Kopf und setzte sich. Die Arme um den Leib geschlungen, schaukelte sie langsam vor und zurück. Einen Kilometer entfernt saß James jetzt auch an einem Tisch und erstattete Lord Sandwich, Stephens, vielleicht auch Palliser Bericht über seine Reise – in Kurzform, denn er würde es eilig haben und nach Hause wollen. Zu ihr. Je mehr Ortswechsel und Bewegung sie sich ausmalte, desto größer wurde die Verstummung, die sie erfaßt hatte. Die Bratpfanne, Fleisch mußte sie braten, Gemüse schneiden, das Bett frisch beziehen, die Siebensachen der Kinder aus dem Blickfeld räumen, ein anderes Kleid anziehen, es ging noch, sie hatte noch eine Stunde, eine halbe Stunde, einen Augenblick –

Er kam hinten herum. Ein Schatten fiel über das Küchenfenster, sie schaute auf und sah ihn im Garten stehen. Er riß sich die Perücke vom Kopf und warf sie auf den Gartentisch. Mit beiden Händen massierte er seine Kopfhaut unter dem spröden dunkelbraunen Haar. Breitbeinig stand er im Garten und schaute zur Quitte, zur Agave, zur Palme. Jetzt, dachte sie, jetzt. Hierauf habe ich jahrelang gewartet. Er hält sich noch im Garten auf, muß den Kopf im Wind haben. Er geht zunächst zu seinen Auftraggebern und dann erst zu mir. Warum fühlen sich meine Beine so schwer an, leicht wie eine Feder müßte ich ihm in die Arme springen, denn schau, dort steht er! Flüchtig schossen ihr die Gedanken durch den Sinn, ohne einen Platz zu bekommen, sie dachte was, machte was. Ihre Hand fuhr durch die rosafarbenen Blumen, wie zart sie waren, zart und zugleich stabil, na los, lauf zur Tür, zieh sie auf und geh hinaus, es gibt keinen anderen Weg als den in den Garten.

Sie zog ihre Jacke zurecht und rieb sich kurz über den Hals. Zehn Schritte. Er lief, schwungvoll mit einem Mal, auf sie zu. Sie hob das Gesicht zu ihm auf. Beide stockten sie in ihrer Bewegung. Ein Graben von einem halben Meter blieb zwischen ihren Körpern. Seine Arme hoben sich, sie sah die Hand mit der blassen Narbe, sie schwebte vor ihrem Gesicht, und für einen Moment war sie völlig gelähmt. Dann küßte sie seine Finger und trat einen Schritt vor, bis sie in seinen Armen stand.

Er ging durchs Haus, als inspiziere er ein Schiff. Als er über die Schwelle trat, senkte er den Kopf, so wie er es tat, wenn er die niedrige Kajüte betrat. In Küche und Stube schaute er sich um, und sie sah, wie die Maße unter seinem Blick schrumpften.

Er mußte das Fehlen von Spielzeug, einem Kinderjäckchen, einem bekleckerten Lätzchen registrieren, es konnte nicht anders sein. Mit seinen langen Beinen lief er an den Wänden entlang und durchmaß mit wenigen Schritten die armselige Tiefe der Räume. Hin und wieder nahm er kurz einen Gegenstand in die Hand – eine kleine Schale, einen Zeichenstift; er strich über den gerundeten Boden eines Kupfertopfs und legte die Hand einen Augenblick auf den freigeräumten Tisch. In der Küche beugte er sich über den Blumenstrauß und atmete über den rosafarbenen Blüten tief ein. Schließlich saßen sie einander gegenüber.

Sie stellte die Füße auf den Steg ihres Stuhls, so daß sie die Arme um die Knie schlingen konnte. Es gibt nur einen Tod, dachte sie, und alle Tode danach rühren wieder die eisige Verzweiflung über jenen ersten auf. Weinte er über George, ein Kind, das er nie im Arm gehalten hatte, ein Kind aus einer Erzählung? Über das Einstürzen der Erwartungen, die er wegen ihrer Schwangerschaft gehegt hatte? Über das Bild von der Seemannsfrau, die ihr Kind allein begraben mußte? Sie konnte es sich nicht anders vorstellen, als daß sämtliche Tränen nur einen Ursprung hatten und er, ohne es sagen zu können oder es zu wagen, um den Verlust der Tochter weinte, die schon vier Jahre unter der Erde lag. Obwohl sie sich selbst fest umschlungen hielt, spürte sie, wie der machtlos machende Sog dieses Verlusts an ihrem Körper zerrte. Was sie daran hinderte, in Bewegung zu kommen, seinen Kopf an ihre Brust zu ziehen, seine Hand zu ergreifen, ihm zur Not auch nur ein Taschentuch zu reichen. Sie blieb stocksteif sitzen und wartete darauf, daß sich sein Kummer legte. Sie studierte den Stoff ihres Rocks, nicht den zurückgekehrten Mann, nicht ihren Mann.

Das Eintreffen der Kinder durchbrach die beklemmende Lähmung mit Fußgetrappel, überraschten Ausrufen und Umarmungen. Plötzlich schien die verkleinerte Küche wieder ihre vertraute Form anzunehmen, und Elizabeth konnte sich erheben, Teller und Becher aus dem Schrank nehmen und etwas zu essen machen, während sie den Kindern mit belanglosen Sätzen zuredete – laßt euren Vater erst mal in Ruhe sitzen, später bekommt ihr eure Geschenke, für die Geschichten bleibt noch alle Zeit der Welt, zuerst zu Tisch –, deren Normalität sie selbst beruhigten.

Erst als sie zu ihrer Stimme zurückgefunden hatte, konnte sie auch wieder schauen. Jamie stand breitbeinig vor seinem Vater und erzählte begeistert von der Seefahrtsschule, an der er nächste Woche anfangen würde. Der kleine Nathaniel hatte sich zunächst zu ihr gesellt und beobachtete James von der anderen Seite des Tisches aus. Sie spürte, wie sich seine schmale Hand in die ihre stahl, und legte den Arm um ihn. Der Junge sah sie an, die glatten Haare hingen ihm über die Augen – doch noch vergessen, sie ihm zu schneiden, dachte sie –, und sie lächelte. Nach einer Viertelstunde saß er bei James auf dem Schoß und erzählte stammelnd von Herrn Hartland und der Geige, um danach seinen Vater mit Fragen zu überhäufen, ohne ihm Zeit zum Antworten zu lassen. Jamie fragte, wie kalt der Südpol sei, wie schnell das Schiff fahre, wenn alle Segel gesetzt seien, wie alt man sein müsse, um mitfahren zu dürfen. Nat dachte an die Tiere und wollte wissen, ob sie die Hühner aufgegessen hätten und wer sich getraut habe, das Schwein zu schlachten.

Da saß er, im Gespräch mit den einzigen, ihm verbliebenen Kindern. Da saß er, und er ging auf ihre Fragen genauso ernst und seriös ein wie auf die Fragen von Stephens und Sandwich vor wenigen Stunden. Sie sah, daß er dicker geworden war. Die weiße Weste spannte über seinem Bauch, und in Höhe seines Magens hatte er zwei Knöpfe aufgemacht. Er hatte volle Wangen. Sein Gesicht war braungebrannt.

Die Zeit verging wie im Flug; ehe sie sich's versah, waren die Jungen schlafen gegangen, und im Garten wurde es dämmrig. Abend, und bald die Nacht. Sie widmete sich dem Abwasch und war sich dabei störend des Mannes bewußt, der hinter ihr am Tisch saß. Ein Gast in ihrem Haus, den sie willkommen heißen und dem sie zu Willen sein mußte. Aber so war es nicht, er wohnte hier und würde hier bleiben. Sie mußte sich aus ihren Zimmern zurückziehen, um Platz für ihn zu machen. Schweiß prickelte an ihrem Hals, und sie dachte an ihre Haut unter dem Sommerkleid, an die unbekannt gewordene, salzige Haut des anderen unter seiner Uniform. Sie wollte aufstampfen vor Wut, weil sie das Verlangen nach ihm nicht wachrufen konnte. Wo war das Feuer all der einsamen Sommernächte, warum empfand sie keine Freude, sondern nichts als Unbehagen? Er saß einfach nur da, die langen Beine unter dem Tisch ausgestreckt, er saß nur da und schaute. Nachher würden sie nach oben gehen. Ins Bett.

»Möchtest du auch noch?« fragte er. Sie drehte sich um und nickte. Er schenkte die beiden Gläser voll. »Komm, setz dich, laß doch die Teller stehen.«

Sie schob die Blumen beiseite und legte die Hände auf die Tischplatte. Es geht nicht, dachte sie plötzlich mit seltsamer Klarheit. Er hatte die ganze Welt im Kopf, er hatte Dinge erlebt, von denen sie sich keine Vorstellung machen konnte, er hatte für hundert Männer sorgen müssen, unter Umständen, die ihr völlig fremd waren. Wie konnte er sich da jetzt auf diese Küche beschränken, wie konnte er da von einer Stunde auf die andere wieder zu einem Vater, zu einem Ehemann werden? Es war unmöglich, hier, in der kurzen Zeit zwischen Dämmerung und Dunkelheit, drei ganze Jahre aufzuholen. Sie mußten diese Kluft überspringen und darauf vertrauen, daß sie die Lücke in den kommenden Wochen und Monaten schon schließen würden. So mußte es gehen. So war es immer gegangen.

Er trank. Sie hörte ihn schlucken und sah, wie sich sein

Adamsapfel bewegte. Ein hartes Tack!, und das Glas stand wieder auf dem Tisch. Er kämpft sich ins Haus hinein, dachte sie, er drückt den Dingen seinen Stempel auf, alles soll wieder ihm gehören. Ich auch. Aber ich bin doch auch die Seine, oder? Er hat doch freien Zugang zu allem, was ich denke, oder?

Sie spürte, daß sie errötete. Er wußte ganz und gar nicht, was sie dachte; nicht, daß sie fest damit rechnete, daß er nie wieder auf die Reise gehen würde, nicht, daß sie an diesem Tisch an einem nackten Männerarm geweint hatte, nicht, daß sie krampfhaft den Gedanken an das Bett oben verbannte.

Er stand auf und trat schweigend hinter ihren Stuhl. Er legte die Hände in ihren Nacken, schob ihren Kragen zur Seite und rieb mit den Daumen über ihre Wirbel, aufwärts in ihre Haare, abwärts über ihren Rücken. Sie hörte die Sohlen seiner Stiefel auf dem Boden quietschen, sie fühlte die Wärme seines Körpers, sie sah durch das Fenster die Schwärze der Nacht.

Aufstehen. Sich langsam in diese warmen Arme drehen. Die Weste riechen, den fremden Geruch von Kleidern, die die Erde umrundet hatten. Den Kopf an seine Brust legen und das Pochen eines starken Herzens hören, spüren. Dann aufschauen und behutsam die Hand an seine Wange legen. Das Gesicht berühren, die wilden Augenbrauen, die unerwartet zarten Augenlider, die schmalen Lippen.

Er biß ihr sanft in die Finger, leckte über ihren Handteller. Er löschte die Lampe. Arm in Arm gingen sie nach oben.

Vorsichtig trug sie die Uniform nach draußen, um sie im Garten zu lüften. Mit dem Zeichen seiner Kapitänswürde auf den Unterarmen steuerte sie auf den Abfallhaufen zu. Weg damit, dachte sie, verbrennen, für immer unbrauchbar machen. Sie hängte die Sachen in den Schatten des Quittenbaums, damit die Sonne das Blau der Jacke nicht ausblich. James saß in Zivilkleidung, die der Körper mehr ausfüllte, als sie es in Erinnerung hatte, auf einem Stuhl an der Mauer. Sein Gesicht sah entspannt und ausgeruht aus. Sie ging zu ihm; das Gras unter ihren Fußsohlen fühlte sich weich an.

Lange würde er nicht sitzen bleiben, schon bald würde er aufspringen und in Aktion treten. Das war seine Art. Sobald die Trägheit der Nacht wich, wollte er rege sein, Pläne machen und Menschen sprechen. Jetzt noch nicht, jetzt waren sie einen Moment still zusammen in ihrem Garten.

Von Seefahrt und Wind verstand sie nichts, sie wollte auch gar nichts darüber wissen, aber dennoch kam das Bild von einer friedlichen Windstille zwischen zwei Stürmen bei ihr auf. Wenn sich der Wind legte, veränderte sich das Tempo an Bord. Unter den schlaff herabhängenden Segeln machten sich die Matrosen an überfällige Arbeiten. Saubermachen, reparieren. Vielleicht erzählte jemand Geschichten, oder der musikalische Marinesoldat spielte auf seiner Geige. Manche hingen über der Reling, um Fische zu fangen, andere wuschen ihr Hemd. James saß dann wohl in seiner Kajüte, um das Tagebuch auf den neuesten Stand zu bringen.

Er konnte nicht viel tun. Die *Resolution* war auf dem Weg von Portsmouth nach London und würde erst in einer Woche mit allen zusammengetragenen Schätzen im Dock von Deptford ankommen. Die Karten und die Logbücher lagen drüben in Greenwich, auf Tischen und Sekretären im Admiralitätsgebäude. Sandwich und Stephens würden sich andächtig und voller Bewunderung darüberbeugen, Seite über Seite mit ihren Blicken verschlingen. Bis sie ausgelesen hatten, herrschte diese Windstille, und die Welt war nicht viel größer als der Garten. James bückte sich und streichelte ihren nackten Rist. Dann erhob er sich. Was sollte sie machen? Dicke Bohnen enthülsen, für das Essen später. Die schwarzen Johannisbeeren pflücken. Letzte Hand an Jamies Reisekiste legen.

Sie saß auf einem Hocker zwischen den Johannisbeersträuchern und ließ die schweren Trauben, noch warm von der

Sonne, auf ihrer Handfläche ruhen, bevor sie sie in die Schüssel auf ihrem Schoß gleiten ließ. Sie hörte James mit den Jungen reden. Er hatte den kleinen Globus aus dem Zimmer geholt und auf den Gartentisch gestellt, um den Kindern zu zeigen, wo er gewesen war. Im weiten, leeren Ozean zeigte er, wo er Land gefunden hatte. Verblüfft und stolz waren die Jungen, es war ein Triumph, daß ihr Vater mehr wußte, als auf dem Globus angegeben war.

»Wenn du ein Land findest«, fragte Nat, »woher weißt du dann, wie es heißt?«

»Das fragt man doch die Wilden«, sagte Jamie ungeduldig. »Es ist ihr Land, sie werden den Namen schon wissen.«

»Aber wenn da keine Menschen sind? Oder wenn man sie nicht verstehen kann? Sie sprechen nämlich ganz anders als wir!«

»Wenn man ein Land entdeckt, gibt man ihm einen Namen«, sagte James. »Man mißt, wo es genau liegt, man zeichnet es auf der Karte ein, und man denkt sich einen Namen aus. Den schreibt man dann dazu.«

Aber wie das denn gehe, wollten sie wissen, und James erzählte von Buchten, die er danach benannte, was sie dort vorfanden, wie die Bucht der Fülle und die Armutsbucht; von Kaps und Klippen, denen er die Namen seiner Freunde und Vorgesetzten gab. Manchmal benannte er eine Insel nach dem Matrosen, der sie als erster gesehen hatte.

Die Sonne schien ihr heiß auf die Schultern. Sie nahm ihr Umschlagtuch ab und legte es neben sich ins Gras. Aus der Schüssel stieg der Geruch der Johannisbeeren auf, so stark, daß er fast schon ins Widerliche umschlug, aber noch war er köstlich. Es gebe kein Südland, hörte sie James erklären, der Südkontinent existiere nicht. Die sogenannten Gelehrten dachten, es müsse ihn geben, die Landmassen im Norden müßten doch durch entsprechende Massen am anderen Ende der Erde im Gleichgewicht gehalten werden. Sie hörte, wie sich der Globus unter seinen Händen drehte. Aber da sei nichts! Nichts als eiskalte See mit riesigen treibenden Inseln aus Eis darin. Sturm, der das Gesicht gefrieren lasse, Wasser, das unter den Augen zu Eis erstarre. Die Segel hätten wie Metallplatten geklappert, und die Taue seien zu Eisstöcken geworden. Wenn dort, hinter den Eisbergen, Land wäre, könnte niemand dort leben und nichts dort wachsen. Eine weiße Wüste, aus der man so schnell wie möglich wegzukommen sehen müsse, bevor das Schiff zerquetscht werde.

Sie versuchte, es sich vorzustellen, und dachte an Matrosen mit unhandlichen Fäustlingen und Strickmützen, die auf dem gefrorenen Deck ausrutschten, an die zerspringenden Taue, die ihnen aus den Händen schossen. Sie schimpften und fluchten bestimmt und wünschten sich sehnlichst, daß Befehl gegeben wurde, den Kurs nach Norden zu verlegen, wo sie die warmen Inseln wußten, bewachsen mit Palmen und blühenden Sträuchern, die behaglichen Buchten von heißem Sand gesäumt. Aber James gab sich nicht so schnell geschlagen. Sie wußte, er stand gewiß konzentriert an der Reling, hielt nach den geheimen Zeichen von Wellenschlag und Farbveränderungen des Wassers Ausschau. Ein ums andere Mal ließ er Kurs auf den gefrorenen Süden nehmen, gegen jedermanns Wunsch, er wollte weiter segeln, als je ein Mensch gesegelt war, er würde sich nur durch das Unmögliche davon abhalten lassen. Bestimmt war er frohgemut, im Gegensatz zu seinen Matrosen; die Stubengelehrten zu übertrumpfen, die aufs Geratewohl Kontinente auf der Weltkarte einzeichneten, ohne je gesehen oder vermessen zu haben, was sie mit ihren Sticheln eingravierten, bereitete ihm Freude.

Das Gespräch in ihrem Rücken war verstummt. Sie reckte sich und trug die Schüssel Johannisbeeren in die Küche.

Gemeinsam gingen sie durch den Garten hinaus; er öffnete das Gartentor und ließ sie vorangehen. Es war nichts geschehen an diesem Tag, keine Boten, keine Briefe, keine Besucher. Die träge Windstille hielt an, noch ein Weilchen. Schweigend spazierten sie zum Fluß. Sie merkte, daß es ihr nicht gelang, Gleichschritt mit ihm zu halten, seine Schritte waren zu groß. Am Ufer blieben sie stehen. James zeigte zum Admiralitätsgebäude auf der anderen Flußseite hinüber. »Sie konferieren, die Herren«, sagte er. »Ich werde befördert. Darum kommen sie nicht herum.«

Sie nickte. Natürlich ließen sie ihn in den höchsten Kapitänsrang aufrücken. Und auch alle Besatzungsmitglieder, über die er eine günstige Beurteilung geschrieben hatte, würden in der Schiffahrtshierarchie aufsteigen. Er brauchte nicht mehr um seine Position zu kämpfen, sondern war zum glanzvollen Aushängeschild der Admiralität geworden. Sie würden ihm jeden Gefallen tun.

Nichts sagen jetzt. Laß die Dinge ihren Lauf nehmen und schau es dir an. Palliser würde ihr helfen. Ein hoher Posten an Land? Ehrenvolle Entlassung mit großzügiger Pension? Sie hielt den Mund. James wandte sich ihr zu und nahm ihre Hand. Langsam liefen sie am Wasser entlang, in vollendetem Gleichtakt.

Schon bald hatten sie die Paläste von Greenwich hinter sich gelassen und liefen durch die Wiesen.

Heute morgen war Nat zum erstenmal nicht ins Schlafzimmer gekommen. Sie hatte neben dem großen, heißen Körper von James wach gelegen, der schwer atmete, in tiefem Schlaf, und hatte die nackten Kinderfüße über die Treppenstufen huschen gehört. Vorsichtig war sie aus dem Bett gestiegen.

In der Küche saß ihr jüngster Sohn im Nachthemd am Tisch und schaute unter seiner Stirnlocke zu ihr auf. Sie hatte sich neben ihn gestellt und ihm über das blonde Haar gestrichen, hatte die Hand auf seinen gewölbten Hinterkopf gelegt.

»Bleibt er jetzt hier?«

»Ich hoffe es«, hatte sie gesagt. »Ich glaube, er ist jetzt genug gereist.«

»Aber wer bestimmt das? Wer ist der Chef?«

Er wollte nichts essen oder trinken und wartete gespannt auf ihre Antwort. Sie hatte ihm erklärt, daß Stephens den Befehl führe und Lord Sandwich oberster Vorgesetzter sei.

»Deshalb hat Papa so viele Inseln nach ihm benannt«, sagte der Junge. »Ich dachte, daß der Kapitän, der neulich hier war, der Chef ist. Wie hieß er noch?«

»Hugh Palliser.« Sie spürte, daß sie errötete, und drehte sich zur Anrichte um, Teller mußte sie aus dem Schrank nehmen, Löffel, ein Messer – nein, sie mußte ein Gespräch mit ihrem Sohn führen.

»Palliser hat das Sagen über die Schiffe, die Ausstattung, die sie benötigen, die Besatzung, wer auf welchem Schiff arbeitet. Ich denke, daß Sandwich, Stephens und er gemeinsam entscheiden, wie es weitergeht. Und dein Vater hat selbst auch etwas dazu zu sagen. Wenn er etwas nicht will, geschieht es auch nicht.«

Der Weg zwischen den Weiden war von blühenden Böschungen gesäumt. Sie sah Margeriten, Wiesenkerbel und dazwischen die roten Tupfen vom Klatschmohn. Sie fragte sich, ob er das vermißt hatte, diese fruchtbare, feuchte Landschaft, diesen schweren Geruch von Gras und Schafsmist, die Hekken mit ihren kunstvoll verflochtenen Zweigen und die runden Rücken der Schafe dahinter. Sie blieben bei einem Gatter stehen. Er wandte sich ihr zu, ließ sie sich gegen die Bretter lehnen und fuhr mit den Händen langsam von ihren Hüften aus über ihre Rippen aufwärts. Mit viel Nachdruck und Kraft streichelte er ihren Brustkasten, die gerippten Wände, hinter denen ihr Herz hämmerte, das Gitter, das ihre gierige Lunge umschloß.

»Das bin ich«, sagte sie, »hier, das bin ich.«

Es war, als wären alle einsamen Sommer, die Ratlosigkeit, die Unruhe, die Wut vergessen. Er flüsterte ihr Worte ins Ohr, die sie nicht verstand, doch das war einerlei, sie standen wie früher im Flußland und hatten ein Leben vor sich, zusammen. Er ist wieder da, dachte sie. Er ist wirklich zurückgekehrt und an Land gegangen.

Es kam ein Brief auf schwerem Papier, versiegelt mit einer Krone in blutrotem Lack.

»Ich werde beim König erwartet«, sagte James. »Nächste Woche. Du mußt mit.«

Er legte den Brief in den Schrank. Sie würde seine Uniform ausbürsten. Hatte sie ein Kleid, mit dem sie sich im Palast sehen lassen konnte? Wie auch immer, sie würde mitgehen. Wenn er nun an Land lebte, wollte sie an seinem Leben teilnehmen. Sie würde schweigend beobachten können, wie es war, wenn er mit den hochgestellten Herren sprach, und später, zu Hause, würden sie über alles reden.

Sie saßen zu viert am Tisch. Sie hatte keinen Hunger, und der Essensgeruch verursachte ihr leichten Widerwillen. Mit verschränkten Armen lehnte sie an der Rückenlehne ihres Stuhls und schaute zu, wie ihr Mann und ihre Söhne aßen. Sie hätte neben mir gesessen, dachte sie, ein achtjähriges Mädchen. Eigenartig, daß die gestorbenen Jungen wirklich verschwunden sind, sie aber noch da ist, daß sie mit mir mitwächst und immer neben mir geht. Ich sage es niemandem. Es ist undankbar. Es ist nicht gut. Aber es ist so.

»Wenn ihr zum König geht, bin ich weg!« rief Jamie. Seine Kiste stand im Flur. In ein paar Tagen brachten sie ihren Ältesten weg; er würde unerschütterlich am Fenster der Postkutsche sitzen, mit seinem gedrungenen, stämmigen Leib. Sie würden ihm winken, bevor die Kutsche, die Ladung auf dem Dach festgezurrt, davonratterte und verschwand.

»König George hat Interesse an der Seefahrt«, sagte James. »Er finanziert unsere Expeditionen und läßt sich ausführlich unterrichten. Ich hörte, daß er auch sehr von Omai angetan ist. Banks und mein werter Kollege Furneaux sind natürlich sofort mit ihrer Beute zum Palast gezogen.«

Seine Stimme wurde flach und scharf vor Verärgerung. Er hatte nicht viel übrig für den Kapitän des Schwesterschiffs, der Mann war nachlässig und interessierte sich nicht für die Entdeckung und sorgfältige Kartierung von neuem Land. Überdies ignorierte er James' Anweisungen, nahm es nicht so genau mit dem Lüften des Raums und zwang seine Matrosen nicht, Frischkost zu essen und sich täglich zu waschen. Das tat er selbst auch nicht, vermutete James. Aber einen putzigen Eingeborenen nach England schleppen, das konnte er. Omai selbst war überglücklich und hatte sich mit Haut und Haar ins Londoner Leben gestürzt. Ein jeder wollte ihn sehen und ihn den Gruß aussprechen hören, den ihm die Matrosen an Bord beigebracht hatten. Ein Wunder, diese verballhornte Sprache aus dem Munde eines Menschen, der am anderen Ende der Welt lebte! Man hatte ihn begeistert auf Bällen und Banketten empfangen, hatte ihm ohne Erfolg Reitunterricht erteilt und ihn leidlich Schlittschuhlaufen gelehrt. Er besaß einen Jagdanzug und ein Gewehr. Er konnte elegant in Schuhen laufen. Sandwich und Solander hatten ihn dem König präsentiert, den er begeistert und unbefangen begrüßte.

Schon während seines Aufenthalts am Kap hatte James vom gesellschaftlichen Leben des charmanten Wilden erzählen hören. Er war außer sich geraten. Was hatte es für einen Sinn, einen Eingeborenen aus seiner Umgebung herauszureißen? Die Londoner begafften den eitlen Mann, als wäre er ein Nashorn oder ein Känguruh, und würden ihn in der nächsten Saison fallenlassen wie einen Stein. Und dann? Auch fand er Omai dumm und kindisch; wenn man schon jemanden aus der Südsee nach England holte, sollte man einen auswählen, der etwas zu erzählen hatte, so daß man ein Wörterbuch seiner Sprache erstellen konnte und eine Beschreibung der Geschichte seiner Insel. Schlittschuhlaufen! Der Mann mußte zurückgebracht werden. Wobei seine mißgünstigen Stammesgenossen ihn zweifellos bestehlen und ausstoßen würden.

»Was wirst du dem König sagen?« fragte Nat.

»Ich werde dem König vorschlagen, Omai zurückbringen zu lassen. Er gehört nicht hierher. Er wird hier unglücklich werden.«

Der Junge erschrak. »Bringst du ihn selbst zurück?«

James schwieg. Mit einem Mal hing eine angespannte Stille über dem Tisch. Besteck fiel klappernd herunter.

»Wir werden erst einmal beraten. Mal sehen, was geschieht.«

Beide Kinder beugten sich über ihre Teller. Ein Messer kratzte auf Steingut. Elizabeth hörte kauenden Kiefern und schluckenden Kehlen zu. Sie versuchte, an nichts zu denken.

Der König hatte eine Karosse geschickt, die sie zum Palast bringen sollte. Nach dem Empfang stand dieselbe Karosse am Fuße der Treppe bereit, um sie über den langen Weg entlang dem Fluß wieder nach Hause zu bringen. James und Elizabeth lauschten dem Stampfen der Pferdehufe und blickten über das Wasser. James befreite sich von seinen Handschuhen und stopfte sie in seine Hosentasche. Einen Augenblick legte er die rechte Hand an ihre Wange.

Eine Woche war vergangen. Sie hatte gesehen, wie er den Tagen schon bald ein festes Schema gab. Morgens las er an dem freigeräumten Tisch die Post und schrieb Briefe. Mittags verschwand er durchs Gartentor, um in seiner Stammschenke einzukehren, wo er gewiß stürmisch von Freunden und Bekannten willkommen geheißen wurde, die seine Geschichten hören wollten. Wenn er genug davon hatte, erhob er sich und ging nach Hause. Dort war Elizabeth, im Garten oder in der Küche beschäftigt. Sie sprachen kaum miteinander über die Reise. Sie sprachen nicht über die Zukunft. Sie bewegten sich aneinander vorbei durch die Zimmer und Flure, ohne einander zu stören. Nachts, in dem engen Bett unter dem Fenster, fanden sie einander wieder.

Jamie war am Tag des Empfangs beim König abgereist.

Sein glattes Jungengesicht verriet keinerlei Unsicherheit oder Angst, er tat, was getan werden mußte, trug selbst seine Kiste nach draußen und putzte ein letztes Mal seine Stiefel. James hatte ihn beiseite genommen, um ihm zu sagen, wem er Grüße überbringen solle. Sie sah Vater und Sohn bei der Palme hinten im Garten stehen und hatte plötzlich Mitleid mit dem Jungen, der so selbstverständlich dem Vater nachfolgte, an den er niemals würde heranreichen können. Jamie konnte nicht über die gebahnten Wege hinausblicken. Mußte das denn sein? Vielleicht war er am glücklichsten, wenn er das Nächstliegende tat. Er war kein ängstliches Kind, und Kummer schien an ihm abzugleiten. Sie mußte ihn an den Todestag seiner Schwester erinnern, denn von sich aus dachte er nicht daran. Er ging mit ihr zum Grab, wenn sie ihn darum bat, sonst nicht.

Am Morgen seiner Abreise gab er James die Hand und küßte seine Mutter. Nathaniel, der sich das Getriebe mit großen Augen ansah – das Festzurren der Seile, mit denen die Kiste vertäut wurde, das Anschieben der dicken Pferdehintern, das Herumgerenne des Kutschers, der Befehle schrie –, bekam einen Puff gegen die Schulter. Lachend stieg Jamie in die Kutsche. Nat stellte sich näher zu Elizabeth und suchte ihre Hand. Er fürchtet sich, hatte sie gedacht, er schon. Er denkt an seine Zukunft, daran, daß er in genau einem Jahr auch in eine Kutsche gesetzt und weggefahren wird. Er fragt sich, ob er das möchte, ob er das kann. Er macht sich eine Vorstellung von der Schule, von den wilden, lärmenden Schülern, den einsamen Betten im Schlafsaal unter dem Dach, dem freudlosen Essen. Er empfindet etwas dabei. Er schon.

James stieß sie an und zeigte nach draußen. Langsam und majestätisch trieb ein Schiff über das spiegelglatte Wasser; es stimmte sie traurig, wenn sie auch nicht wußte, warum, doch James' Augen blitzten. Sein Verhalten beim König hatte sie erstaunt. Sie hatte damit gerechnet, daß er steif und stur am Rand stehen oder auch, daß er sich den anwesenden hohen

Herrschaften gegenüber geradezu kriecherisch geben würde. Das schmutzige Haus seines Vaters in Yorkshire war ihr eingefallen; diese Herkunft störte und verpflichtete ihn, mit dem Ergebnis, daß ihn ein innerer Zwiestreit zwischen Untertänigkeit und Verachtung für gewöhnlich lähmte.

Aber er hatte Lord Sandwich begeistert die Hand geschüttelt und ihn sogleich in ein lebhaftes Gespräch verwickelt. Sie schaute. Nicht der Graf und der Landarbeiter, sondern zwei gleichwertige Männer, so sah es aus. Philip Stephens gesellte sich zu ihnen. Sie hörte James laut lachen, entspannt und natürlich. Das Eintreten des Königs störte die Atmosphäre nicht. Er hatte ein rundes, freundliches Gesicht und trat von sich aus auf James zu, der eine Verbeugung machte, die ihm keinerlei Mühe zu bereiten schien. Seltsam. Hatte diese letzte Reise ihn verändert? Wie denn und warum? Was war in der Südsee geschehen, daß er jetzt seine Wut fahrenlassen und sich so wohlanständig benehmen konnte?

Ansprachen, Lob, Huldigungen. Die erwartete Beförderung. James nahm das alles mit Zufriedenheit entgegen und richtete selbst einige Dankesworte an die Anwesenden, die er allesamt in der Reihenfolge ihres Ranges beim Namen nannte. Er schloß mit einem Salut an seine Mannschaft und rief so das Bild von hundert abgerissenen Seeleuten wach, die sich zwischen die in Brokat und Samt gehüllten Mächtigen drängten.

»War es nach deinem Geschmack?«

Er nickte. Sie waren fast da, die Kuppel der Sternwarte auf dem grünen Hügel war schon zu sehen.

»Er mag vielleicht wie ein Dümmling aussehen, der König, aber er hat einen Kopf auf dem Hals. Sein Interesse an Harrisons Uhren war eigentlich meine Rettung. Er hat sich selbst damit befaßt, hat im Palast experimentiert. Die Admiralität versprach sich kaum noch etwas davon, die Herren fanden das Ganze zu teuer beziehungsweise Harrison zu lästig. Der König machte weiter und scheiterte. Die Uhr ging mal vor, dann wieder nach und blieb am Ende stehen. Er gab sich dennoch nicht geschlagen, er liebte diese Apparate und wollte, daß sie zu ihrem Recht kamen. Es stellte sich heraus, daß in dem Saal mit der Versuchsanordnung ein starker Magnet lag, direkt daneben. Als man den weggetragen hatte, ging die Uhr gleichmäßig und genau. Der König hat mir mit seiner Dickköpfigkeit einen großen Dienst erwiesen.«

Durch den stetig laufenden Chronometer an Bord wußte er jederzeit, wie spät es in London war. Wo immer er sich auch befand, konnte er anhand der örtlichen Zeit, die er nach dem Stand der Himmelskörper bestimmte, die Differenz zur heimischen Zeit berechnen. Diese Zeitdifferenz übersetzte er in Abstand, und er wußte, wo er war. Exakt. Er hatte es ihr erklärt, und manchmal verstand sie es auch. Sie wußte, daß er unendlich sorgsam mit der Uhr umging. Nach seiner Rückkehr hatte er dem knurrigen und argwöhnischen Uhrmacher sogleich einen Besuch abgestattet. Später hatte er ihm ein Faß Portwein bringen lassen.

James wollte schlafen gehen, als sie nach Hause kamen. Sie hörte seine Füße in ungewöhnlich trägem Tempo die Stufen hinaufschlurfen. Hatte er nicht blaß ausgesehen, grau eigentlich, auf dem Rückweg? Vor lauter Erleichterung über den guten Verlauf des Empfangs hatte sie dem keine Aufmerksamkeit geschenkt. Vielleicht war er einfach nur müde, hatten die Huldigungen ihn erschöpft. Sie war dem König und der Königin, einer schmalen Frau, die kein Wort gesagt hatte, begegnet und hatte ihnen die Hand geschüttelt. Sie hob die Hand in den Lichtkegel der Lampe und betrachtete sie. Es mußte einfach gutgehen. Wenn James sich ohne Ärger in dieser Gesellschaft behaupten konnte, gab es eine Zukunft an Land. Zuvor hatte er sich nur als Kommandant frei gefühlt; während der ersten Reise hatte er diese Position erfolgreich gegen Banks verteidigt, und während der zweiten Reise hatte er nicht mehr gezweifelt und es vollkommen selbstverständlich gefunden, daß man ihm gehorchte und ihn respektierte. So hatte er heute nachmittag auch ausgesehen.

Berater der Admiralität könnte er werden, ein weiser, erfahrener Kapitän, der andere auf seine Anweisungen hin die Entdeckerarbeit machen ließ. Er könnte die Bevorratung überwachen, den Schiffsbau, die Beförderungen. Er würde abends nach Hause kommen, zu ihr und Nat, dessen Geigenspiel lauschen, über die Zukunft dieses zweiten Sohnes sprechen. Sie zuckte die Achseln. Es war nicht an ihr, darüber zu entscheiden.

Er hatte am Nachmittag den Befehl über eines der größten Schiffe bekommen, mit vierundsiebzig Kanonen an Bord. Sie wußte nicht, wie sehr ihn das reizte. Vermutlich nur mäßig, er interessierte sich mehr für Kartographie und Navigation. Sie könnte mit Palliser reden, doch davor schreckte sie zurück, so als könnte es sich später rächen, wenn sie sich aktiv eine Strategie zurechtlegte. Es mußte von selbst gehen, alles mußte ohne ihr Eingreifen gut werden.

Am nächsten Tag kam Nachricht von der Admiralität: Die Ernennung sei zurückgezogen worden und Kapitän Cook werde höflich ersucht, sich um die Stellung des Kommandeurs des Marinehospitals zu bewerben. Der Befehl über die vierundsiebzig Kanonen war eine Formalität gewesen. Nur Kapitäne, die solche Riesenschiffe unter sich gehabt hatten, kamen für das Hospital in Frage.

»Sitzen«, sagte er. »Man braucht dort nur zu sitzen den ganzen Tag. Es gibt dort vier Kapitäne, und sie haben alle vier nichts zu tun. Es ist nicht mal mehr ein richtiges Krankenhaus, sondern ein Heim für alte Matrosen. Eine enorm gut bezahlte Stellung. Wir bekommen eine Dienstwohnung. Eine verkappte Pensionierung ist das. Sehr ehrenvoll. Feuer und Licht gratis. Ich muß einen Brief schreiben.«

Sie unterdrückte die Anwandlung, loszurennen und Feder und Papier zu holen. Bildete sie es sich ein, oder sah er tatsächlich schlecht aus? Es schien, als sei er eingesunken, er stützte sich mit den Armen auf dem Gartentisch ab.

»Fühlst du dich nicht gut?« Die Frage rutschte ihr heraus, und sie bedauerte es sofort. Er richtete sich auf und stellte die Füße nebeneinander. Unzugängliches Gesicht.

»Wie sollte ich mich hier anders als gut fühlen können?«

Schweißtröpfchen standen ihm auf der Oberlippe. Aber es war auch warm, selbst im Schatten der Quitte war es warm.

»Was meinst du, Elizabeth, ziehen wir nach drüben in den Palast?«

Ja, wollte sie sagen, ja! Ein sanft ansteigender Rasen vor der Tür. Flure aus Marmor. Ruhe. Zeit, ein neues Kind zur Welt kommen zu lassen, ein Kind, das sie gemeinsam aufwachsen sehen können. Das den Hügel der Sternwarte hinauf- und hinabrennen kann in dem Bewußtsein, daß sein Vater am Tisch sitzt, wenn es vom Spielen müde nach Hause kommt. Eine Tochter würden sie bekommen, wenn er diese Chance ergriff. Davon war sie überzeugt. Sie schwieg.

Doch die hoffnungsvolle Stimmung hielt an. Elizabeth ergriff jede Gelegenheit, aus dem Haus zu gehen und einen Abstecher an den Fluß zu machen. Sie schaute zum anderen Ufer hinüber. Eine Dienstwohnung mit Personal. Das betagte Tempo des Hospitals. Die Gewißheit, daß er neben ihr liegen würde, jede Nacht.

Palliser kam und sprach mit James. Die beiden Männer liefen um den großen Tisch herum, auf dem schon wieder Stapel von Briefen lagen, eine Karte der Südsee, ein Tintenfaß, eine Schere. Elizabeth, die gerade in der Küche Zwiebeln und Sellerie schnitt, hörte ihre Stimmen. Wenn sie sich konzentrierte, konnte sie Fetzen des Gesprächs verstehen.

»Wir müssen ihn zurückbringen. Clerke könnte das machen, mit der *Resolution*, sobald das Schiff ausgebessert ist.«

Der tiefe Baß Pallisers. Stille. Dann James: »Ein Schiff mit neunzig Mann ausrüsten, um *einen* zu Unrecht mitgenommenen Eingeborenen zurückzubringen? Ich sehe ein, daß die Verpflichtung besteht, Omai hätte niemals herkommen dürfen, aber ich würde so eine Expedition mit weiteren Anweisungen verbinden. Der nördliche Teil des Großen Ozeans ist noch unzulänglich erforscht.«

»Darüber müssen wir beraten«, sagte Palliser. »Fest steht auf jeden Fall, daß Omai zurückgeht, mit allen seinen unsinnigen Geschenken und Habseligkeiten.«

»Keine Feuerwaffen. Die Pistolen und das Jagdgewehr müssen hierbleiben. Der Mann ist ein Kind, womöglich erschießt er seine Landsleute im Zorn oder Übermut. Sie werden ihn unter Garantie berauben und ihm den Schädel einschlagen. Er ist gut ein Jahr hiergewesen, er hätte etwas lernen können, damit er dort von Nutzen ist. Dann würden sie ihn vielleicht akzeptieren.«

»Tja«, sagte Palliser, »er kann die Polka tanzen. Er kann einen Krebs mit der Krebszange essen. Seine Verbeugung ist sehr elegant, und er flaniert mit einem Spazierstock durch die Stadt. Ich bin ganz deiner Meinung, James, wir hätten ihn zum Zimmermann oder dergleichen ausbilden sollen.«

»Sie bauen dort in einer Weise, die für das Klima perfekt geeignet ist. Unsere Nägel verrosten dort, wenn sie nicht zuvor schon gestohlen werden. Gärtner, daran habe ich schon gedacht. Daß er etwas über die Bodenbearbeitung lernt, übers Säen, Jäten, Ernten. Er könnte eine Plantage anfangen und junge Insulaner schulen, die die Arbeit fortsetzen. Getreide. Kartoffeln. Aber er hat keine Geduld. Samen sind in seinen Augen dazu da, geröstet und gegessen zu werden. Er ist dumm und eitel. Wenn auch fröhlich und munter wie ein Kind. Wir werden seine Rückkehr mit großer Sorgfalt vorbereiten müssen. Omai kann nichts dafür, er ist Opfer der modischen Neugier der Öffentlichkeit hier. Wann läuft Clerke aus?«

Sie hörte es. Clerke läuft aus, nicht er. Palliser wird dafür sorgen, der sieht ja auch, wie erschöpft und müde er ist. Palliser ist auf meiner Seite. Ist es denn ein Kampf, gibt es Parteien? Ich möchte, was für James am besten ist. Rückzug aus dem aktiven Dienst und den Erfolg auskosten. Ich möchte, daß er Zeit und Ruhe hat, um seine Karten zu vervollständigen und herauszubringen. Daß er seine Tagebücher genau so überarbeitet und veröffentlicht, wie er es möchte, ohne Hast. Ich möchte nicht mehr allein sein. Ich habe ein Recht auf ein Eheleben, auf eine richtige Familie. Aber das Recht existiert nicht. Es existiert nur diese Chance, diese Möglichkeit, den Fluß zu überqueren und ins Hospital einzuziehen.

Sie rührte kräftig in der Suppe. Das Geräusch von Suppenkelle gegen Topfwand verdrängte die Männerstimmen.

An diesem Abend zog er sich ins große Zimmer zurück. Elizabeth lief im Halbdunkel durch den Garten, um die ausgetrockneten Blumen zu gießen, und sah ihn durch die kleinen Scheiben gekrümmt am Tisch sitzen. Er schrieb. Später kam er in die Küche.

»Ich habe es getan«, sagte er. Der strahlend weiße Brief blitzte in seiner Hand.

Die *Resolution* war endlich im Dock von Deptford angekommen, und das Ausräumen des Schiffes konnte beginnen. Doch zuerst wurde gefeiert. Lord Sandwich, der Marineminister, hatte beschlossen, die Rückkehr mit einem Empfang und einem Festessen an Bord zu begehen. Er stand selbst an der Reling, flankiert von seiner Geliebten, und begrüßte die Gäste. Auf dem Achterdeck spielte die Kapelle der Marinesoldaten in der grellen Sonne, die sich in den Schalltrichtern der Trompeten spiegelte. Der gesetzte Solander wackelte mit übertrieben vorsichtigen Schrittchen die Laufplanke hinauf, Clerke war da und Stephens. Palliser kam in einer schnellen Kutsche der Admiralität angeprescht; seine Frau hatte er zu Hause gelassen. Forster, der Mann der Wissenschaft, stand mit mißbilligendem Gesichtsausdruck schweigend neben seinem Sohn, und in dem Wirrwarr fröhlich gekleideter Menschen erkannte Elizabeth den Maler Hodges und Wales, den Astronomen. Es war ein strahlender, klarer Augusttag. In der Ferne konnte sie die Kuppeln des Marinehospitals ausmachen. Jetzt habe ich die nötige Ruhe, um mir das Schiff einmal genau anzusehen, dachte sie, diese so unschuldig wirkende hölzerne Hülle, mit der er über das Meer gefahren ist, die beinahe zwischen Eisschollen zerquetscht und wie ein dürres Blatt vom Sturm über die Wellen geworfen wurde. Ich kann mir das alles bewußt machen, denn es ist Vergangenheit geworden, es war einmal.

Sie ging hinter James her an Deck, wo sie in die ausgelassene Menge aufgenommen wurde. Jemand reichte Wein herum, und eine Frau in gelbem Kleid prostete ihr auf die wohlbehaltene Heimkehr zu, auf den Erfolg, auf die Zukunft! Sandwich stieg auf ein Podest und begann, als der kräftige Applaus verstummt war, eine lange Ansprache. Elizabeth lehnte sich an die Reling und schaute. Sie ähneln Rennpferden, die hohen Herren, sie haben längliche Pferdeköpfe und dünne Beine. Ihr James war ein Zugpferd, das im falschen Stall gelandet zu sein schien. Er hatte sich von den Unterschieden einschüchtern lassen, doch das war nun offenbar vorbei. Sie sah ihn neben Hugh Palliser stehen. Die beiden waren aus dem gleichen Holz geschnitzt. Palliser sah sie an, sie nickte und wandte ihre Aufmerksamkeit der Ansprache zu.

Sandwich zog eine Liste aus seiner Jackentasche und begann unter lautem Jubel der Anwesenden, die Beförderungen zu verlesen. Als erstes waren die Offiziere an der Reihe, danach ernannte er Clerke zum Kapitän der *Resolution* und bot ihm mit eleganter Gebärde das Schiff dar, auf dem sie sich befanden. Die Gläser wurden nachgefüllt, und ein Matrose ging mit einem Tablett voll Pastetchen herum. Zum Schluß nannte Sandwich James. Eine Stille trat ein, in der er langsam und deutlich den Admiralitätsentscheid vorlas, Kapitän Cook zum vierten Kapitän am Marinehospital zu ernennen. Elizabeth blickte auf das Gesicht ihres Mannes, dem keinerlei Ausdruck zu entnehmen war.

»Um Ihnen einen Eindruck vom Leben auf diesem wunderbaren Schiff zu vermitteln, bietet Ihnen Leutnant Pickersgill eine Führung an«, schloß Sandwich.

Der Leutnant, ein muskulöser kleiner Mann mit kantigem Gesicht, stand an der Tür zur großen Kajüte bereit. Ein Grüppchen von Gästen, vor allem Frauen, drängte sich um ihn. Er mahnte zur Vorsicht, Böden und Treppenstufen seien rutschig, und zeigte auf die Satinschuhe, die glatten Sohlen.

Sie wollte das ganze Schiff sehen, sie wollte alles sehen. Die gackernde Neugierde der Gesellschaft, in der sie sich ungewollt befand, beschämte sie. Die Frauen wollten schaudern und sich gruseln, sie stießen spitze Schreie aus, als Pickersgill drohend eine Peitsche schwang, und schlugen die Hände vors Gesicht, als er ihnen die Öffnungen zeigte, die der Besatzung als Latrine dienten.

Worauf sie aus gewesen war, wußte sie nicht genau. Es fühlte sich wie ein Abschied an. In der großen Kajüte stand der kleine dunkle Sekretär, den James gern mitnahm, um daran zu schreiben. Sie unterdrückte die Anwandlung, die Schubladen aufzuziehen. Was wollte sie finden? Ein zusammengefaltetes Papier mit einer Kinderlocke darin? In wenigen Tagen würden Admiralitätsdiener das Möbel über ihren Gartenweg hereintragen, an seinen festen Platz in der Diele.

Sie löste sich von der Gruppe und irrte durch die niedrigen Räume, stieg Treppen hinunter und wand sich durch enge Gänge. Die Luft hier unten war erstickend, sie atmete tief ein und schmeckte Fäulnis, scharfe Verwesung unter einem Deckmantel aus Essig und Schwefel.

Alle übriggebliebenen Vorräte waren bereits von Bord gebracht und vernichtet worden: die Fässer mit gepökeltem Fleisch, die Kisten mit von Maden und Mäusen angefressenem Schiffszwieback und die Tonnen mit fauligem Wasser, doch im Holz hing noch ein Hauch von Gestank.

Die Arme eng an den Körper gedrückt, stand sie in der kleinen Kombüse. Boden und Wände waren gekachelt und saubergeschrubbt. Wie konnte man in diesem winzigen Raum Essen für mehr als hundert Mann zubereiten? Jeden Tag dreimal, während eines Sturms, einer Hitzewelle?

Sie stieg zu den Räumen hinunter, wo die Vorräte gelagert wurden. Vor der Abreise verbrachte James Tage damit, ein Lagerungssystem zu entwerfen. Er berücksichtigte eine Vielzahl von Faktoren: Leicht verderbliche Waren mußten trocken bleiben, Schießpulver und Alkohol hatten bewacht zu werden, Geschenke für die Einheimischen brauchten nicht vorn zu liegen, und noch vieles mehr. Bis ihn sein Plan schließlich zufrieden stimmte. Den betrachtete er als Geheimnis, das er nur einer ausgewählten Gruppe von Schauerleuten anvertraute. Alle staunten über die Riesenmengen, die er an Bord unterzubringen verstand.

Beengt, begrenzt, das war der Eindruck, den das Schiff vor allem auf sie machte. Die Menschen dachten an Weite und Unendlichkeit, wenn sie sich eine Seereise vorstellten. Das müsse man aushalten können, ohne sich von Angst übermannen zu lassen. Aber so war es gar nicht. Das war eine Fehleinschätzung. Wer zur See fuhr, mußte sich mit Gefangenschaft abfinden, mußte Kopf an Gesäß mit stinkenden Männern liegen und ertragen können, daß die Haut des Schiffes ihn einzwängte. Man konnte nicht vom Schiff herunter. Man war dem Lärm, der schlechten Luft, einander ausgeliefert.

An Deck hatte sich eine kleine Gruppe um Pickersgill versammelt. Er stand inmitten von Kisten und Kartons, die er Stück für Stück öffnete, um den mitgebrachten Inhalt zu zeigen. Mit beiden Händen streute er feuerrote Vogelfedern über die entzückten Damen, er drapierte kunstvoll gewebte Tücher aus unbekannten Garnen um die Schultern von Sandwichs Freundin und wedelte furchterregend mit bunt bemalten, geschnitzten Speeren. Elizabeth zog sich an die Reling zurück und schaute zu, wie sich die Frauen gegenseitig Federn ins Haar steckten, prüfend über den Stoff strichen und den Leutnant ermunterten fortzufahren. James war nirgendwo zu entdecken, er würde wohl in seiner Kajüte sitzen, zum letztenmal Herr und Meister auf seinem Schiff.

Sie spürte seinen Körper, bevor sie ihn sah. Palliser hatte sich neben sie geschoben und sah sie fragend an.

»Der reinste Jahrmarkt«, sagte sie. »Sie haben keine Ahnung, was sie sehen, was sie berühren. Machen sich keine Vorstellung davon. Es interessiert sie gar nicht.«

»Meistens sehen die Menschen nur, was sie schon wissen. Deshalb stecken sich die Damen Federn ins Haar. Du hast recht, wirkliche Neugierde, was die Dinge für einen anderen bedeuten, ist selten. James besitzt sie. Er ist eine Ausnahme. Dazu gehört auch Mut.« Seine Schulter drückte gegen die ihre. Sie ließ es geschehen, rückte nicht zur Seite.

Pickersgill hatte einen Glasbehälter aus einer Kiste genommen und hielt ihn in die Höhe, so daß die Flüssigkeit, die sich darin befand, hin und her schwappte. Das Kreischen der Umstehenden verstummte, als die Flüssigkeit zur Ruhe kam und die Schwebstoffe darin auf den Boden gesunken waren. Aus dem leicht getrübten Alkohol schimmerte ein Büschel schwarzes Haar hervor, und nach und nach wurden zwei Reihen funkelnder Perlen sichtbar, die sich plötzlich zu einem Gebiß formierten. Da erst sahen die Zuschauer die Augenhöhlen, die flache, fleischige Nase, die Hautfetzen am abgeschnittenen Hals.

Sandwichs Freundin schrie auf und rannte zur Reling, um sich zu übergeben. Frauen klammerten sich aneinander, und selbst die Männer wurden bleich.

»Menschenfresser!« rief Pickersgill. »Man glaubt es nicht, aber wir sind dabeigewesen. Wir haben das wissenschaftlich untersucht. Zuerst dachten wir, es seien nur Schauermärchen. Doch es ist wahr, sie verspeisen ihre Feinde. Wir haben sie an Bord geholt, sie hatten diesen Kopf dabei, in einem Korb.

Unser Koch schnitt ein paar Scheiben davon ab, die er wie Rinderfilets gebraten hat. Dann haben wir den Wilden das Menschenfleisch angeboten. Sie aßen alles auf!«

An Deck wurde ungläubig gestarrt, gewürgt und geschaudert. Manche kamen näher und wollten den geschundenen Kopf genau studieren, andere wandten sich ab und steuerten zögernd auf die Laufplanke zu. Da erschien Sandwich in der Tür zur großen Kajüte und lud die Gäste zu Tisch.

»Essen«, sagte Palliser neben ihr. »Alles dreht sich ums Essen. Man denkt, daß man ißt, um gesund zu bleiben, doch es steckt viel mehr dahinter. Kommst du mit?«

Sie konnte eine leichte Übelkeit nicht unterdrücken und wandte den Blick zur Stadt.

»Er hat es getan«, sagte der Mann neben ihr leise. »Er hat den Brief geschrieben, sein Gesuch ist erwogen und bewilligt worden, es ist alles beschlossen und festgelegt. Bei den Kuppeln dort werdet ihr wohnen.«

Sie nickte. Es war still geworden an Deck. Sie legte die Hand auf seinen Arm und sah ihn an.

»Danke«, sagte sie, »ich kann dir gar nicht sagen, wie dankbar ich dir bin.«

Kisten und Kartons wurden ins Haus getragen. In Ecken und Nischen erschienen leuchtende Farben. Ein riesenhafter Federmantel glühte orangerot auf einem Ständer im Flur, in der Stube lagen bemalte Masken und geflochtene Körbe auf dem Fußboden. James trug selbst eine kleine Kiste mit Nüssen und Samen in die Waschküche. Er stellte sie vorsichtig neben Besen und Kehrschaufel und trat hinaus, um sich den Himmel anzusehen. Tief atmete er die Sommerluft ein, mit hochgerecktem Kinn.

»Zu trocken. Sobald Regen kommt, säe ich aus. Es ist eigentlich schon zu spät, der Herbst steht vor der Tür, aber ich versuche es trotzdem. Ich decke alles ab, wenn es friert. Du wirst Augen machen, was da aus dem Boden sprießt.«

Auch der große Tisch lag voll. Logbücher, Karten und Aufzeichnungen waren von den Herren drüben rasch gesichtet worden, dann hatte man sie wieder eingepackt und in das Haus in Mile End gebracht. Elizabeth sah die ungeordneten Stapel anwachsen, täglich kamen Briefe und Forschungsberichte hinzu; auch die eingezogenen Tagebücher der Offiziere wurden nach und nach freigegeben. Auf dem Tisch lag ein immenses Chaos, eine Aufgabe für den Winter, eine Verheißung von Zusammenarbeit, Einheit, Erfolg.

James hatte den Spaten genommen und legte Saatbeete entlang der Hecke an; sie sah ihn die aufgeworfene Erde unter die Sträucher rechen. Sie legte die Schürze ab und ging in den Garten.

Er erhob sich und stemmte die Hände ins Kreuz. Er verzog kurz das Gesicht, dann wandte er sich ihr zu und ergriff ihre Hand.

»Ich habe Zwiebeln mitgebracht, die wir bei ihr einpflanzen können. Kleine blaue Blumen mit einem ganz besonderen, zimtähnlichen Duft. Ich habe sie beiseite gelegt, für dich und für sie.«

Zusammen liefen sie durch den Flur, vorsichtig, um nicht die kunstvoll bearbeiteten Ruder und meterhohen Speere umzustoßen, die an der Wand lehnten.

»Wir werden das alles ordnen. Verschenken, aufbewahren. Aber erst möchte ich alles den Jungen zeigen. Es wird schon werden.«

Es störte sie nicht. Sie sei froh über das volle Haus, versicherte sie ihm, froh und neugierig auf die Geschichten, die all diese hier angespülten Gegenstände mit sich trugen. Seine rechte Hand lag um ihre Schulter, und in der linken trug er das Säckchen Blumenzwiebeln.

Schweigend gingen sie zu der kleinen Kirche. Das Tor stand offen, und sie ging ihm voran zum Grab. Der kleine Stein, der ihren Namen und die ihr so knapp zugemessene Zeit trug, stand aufrecht im Gras. Davor war ein dunkles Blumenbeet, in dem Löwenmäulchen, Klatschmohn und Veilchen wuchsen. Mit Daumen und Zeigefinger zupfte sie verwelkte Blüten heraus. Sie legte die Hand auf den Stein.

James holte Wasser und goß die ausgetrocknete Erde. Mit einem Stock stieß er Löcher in den Boden, in die sie die Zwiebeln drücken konnte. Mit bloßen Händen harkte sie die feuchte Erde wieder glatt, ein Geruch nach Eisen stieg ihr in die Nase; weitermachen, dachte sie, diese Arbeit muß getan werden, oben, über der Tiefe, verrichte ich eine Aufgabe, es muß geschehen, es ist eine Oberfläche, um die ich mich kümmern muß, nichts weiter.

Sie schob die letzte Blumenzwiebel in den Boden und deckte sie zu. James hatte sich ins Gras gesetzt und streckte die Arme nach ihr aus. Sie setzte sich zwischen seine Beine und lehnte sich an seine Brust. Wie verschwommene Farbflecken tanzten die Blumen vor ihren Augen. Er sieht ein einjähriges Kind, dachte sie, ein Kind, das noch nicht sprechen kann, das freudestrahlend auf ihn zutapst. Eines der Kinder.

Ich sehe etwas anderes. Mein Mädchen kennt er nicht. Das ist etwas zwischen ihr und mir. Unser zerstörtes Bündnis liegt einen Meter unter uns begraben.

Er hielt sie in seinen Armen. Starr blickte sie vor sich hin: grün, weiß, schwarz. Es ist zum Weinen, dachte sie, aber sie weinte nicht.

4

»Er geht nicht weg«, sagte Nat. »Ja, nachmittags geht er schon aus dem Haus, aber abends kommt er wieder zu uns zurück. Wenn er nicht fährt, ist er dann trotzdem Kapitän? Bleibt das jetzt so? Darf er denn die Uniform anziehen, wenn er kein Schiff hat? Wenn ich auf der Seefahrtsschule bin, ist er dann noch hier?«

Sie hatte ihn in der Mitte der Küche auf einen Stuhl gesetzt und ihm ein Laken über die Schultern gelegt. Die glatten, blonden Jungenhaare hingen ihm weit über den Kragen. Mit ruhigen, langen Strichen zog sie den Kamm hindurch und übte mit der freien Hand stets Gegendruck aus, damit es ihm nicht weh tat, wenn sie Verfilzungen aufzog.

»Stillsitzen jetzt, Nat, ich schneide.« Der Junge kniff die Augen zu und erwartete die Schere.

»Man denkt, oh, das wird weh tun«, sagte er, »aber man spürt es gar nicht. Man hört es nur: krrrrt, krrrrt!«

Sorgfältig schnitt sie das flächserne Haar dicht unterhalb der Kinderohren ab. Von Zeit zu Zeit trat sie einen Schritt zurück und schaute, ob sie auch nicht von der angestrebten geraden Linie abwich. Ein Kranz abgeschnittener Haare lag rundum auf dem Fußboden.

»Er bleibt Kapitän«, antwortete sie, »in seiner Uniform. Er selbst hat kein Schiff mehr, aber er wird die Schiffe für andere Kapitäne aussuchen. Er ist Berater geworden, er gibt anderen gute Ratschläge. Und er wird sein Buch schreiben. Wenn es fertig ist, kannst du alles über die letzte Reise lesen. Oder ich lese es dir vor.«

Er schüttelte den Kopf und lachte, als ihn die kurzen Haare kitzelten. »Es kribbelt in meinen Ohren!«

Sie wischte ihm mit einem Zipfel des Lakens Ohren und Nacken sauber. Der Junge sprang vom Stuhl und sauste hinaus. Kurz darauf hörte sie ihn die Geige stimmen.

Er ist anders, dachte sie, er sieht die Dinge nicht so wie sein Vater und sein Bruder. Er interessiert sich nicht sonderlich für die Maße der Erde, und er hat keine Sehnsucht nach dem Meer. Ich sollte ihn zu Hause behalten. Er wird auf der Seefahrtsschule unglücklich sein, sie werden ihn hänseln, seine Geige verstecken oder demolieren, er wird von den rüden Jungen dort unterdrückt werden. Ich muß ihn beschützen, aber ich kann es nicht. Seine Laufbahn ist festgelegt, unabänderlich, schnurgerade von hier nach Portsmouth und von dort auf die See. Dagegen läßt sich nichts einwenden, jeder andere Junge würde ihn um seine Möglichkeiten, seine Position beneiden. Ihn wird es zugrunde richten.

Eine blonde Locke behielt sie zurück, den Rest kehrte sie zusammen, um ihn ins Kaminfeuer zu werfen. Blaugrüne, knisternde Funken sprühten kurz auf, und ein Geruch nach Versengtem quoll in die Küche. Sie wickelte die Locke um einen Finger und lauschte den Geigenübungen.

Seit kurzem wußte sie, daß sie schwanger war. Alles paßte ihr noch, ihrem Körper war noch nichts anzusehen, aber sie wußte es. Unwillkürlich flammte die Freude in ihr auf, doch sie schämte sich sogleich ihres Übermuts. Beherrschung, darauf kam es an. Ruhig und beherrscht mußte sie jetzt ihre Aufgaben erfüllen. Für Nathaniel sorgen, regelmäßig zu Ellys Grab gehen, James' Logbücher von Anfang bis Ende durchgehen. Es ziemte sich nicht, sich still und leise in ein geheimes Bündnis mit einem Kind zurückzuziehen, das noch nicht da war. Freude konnte sie sich nicht genehmigen, zuerst mußte sie sich in diesem Herbst einrichten und in diesem Haus mit seiner neuen, gewöhnungsbedürftigen Ordnung Frieden finden.

Obwohl James die Stelle im Hospital angenommen hatte, blieben sie vorerst in ihrem eigenen Haus wohnen, und er ließ sich über den Fluß rudern, wenn er drüben zu tun hatte. Er war häufig fort, denn was sich im Laufe der Jahre im Schiff angesammelt hatte, mußte sorgfältig untersucht und verteilt werden. Die Pflanzen und Samen wurden verpackt und nach Kew gefahren, die Skizzen von Landschaften und tätowierten Gestalten gingen ans Atelier des Malers Hodges, um in beeindruckende Ölgemälde verwandelt zu werden, und das Wissen, das Residuum an Erfahrung, das James im Kopf angesammelt hatte, mußte Wissenschaftlern verschiedener Disziplinen zuteil werden. Jeden Nachmittag diskutierte er in der einen oder anderen Taverne, mal mit Geographen und Astronomen, mal mit Biologen und Medizinern. Die Verbreitung von Krankheiten, die Verhütung des tödlichen Skorbuts, der südliche Sternenhimmel, die soziale Struktur der Inselbevölkerung, religiöse Rituale, exotischer Bootsbau, Kleidung beziehungsweise deren Fehlen – er steckte so voller interessanter Beobachtungen und Gedanken, daß er diese Fülle unbedingt so schnell wie möglich anderen gelehrten Köpfen anvertrauen mußte.

Man begegnete ihm mit Respekt, ja Bewunderung. Er hatte einen festen Platz in dem Gasthaus, in dem die Mitglieder der Akademie der Wissenschaften miteinander konversierten.

»Manchmal habe ich das Gefühl, sie würden sich am liebsten erheben und sich verbeugen, wenn ich hereinkomme«, sagte er, »es wird immer verrückter.«

Aber es tat ihm gut, und er genoß die scharfsinnigen Gespräche. Die übermäßige Verehrung ärgerte ihn weniger als die Sensationsgier mancher Gesprächspartner. Dann kam er mit verschlossener Miene nach Hause und rückte erst nach einer geraumen Weile mit seinem Unmut und seiner Verachtung heraus.

»Keinerlei aufrichtiges Interesse. Nackte Frauen, davon wollen sie hören. Greueltaten, Hinrichtungen. Orgien. Mögen sie auch von Adel sein und die besten Universitäten besucht haben, sie sind nur auf Pikanterien aus. Sie können nicht denken, das ist es. Und sie haben keine Augen im Kopf. Lord Monboddo zum Beispiel, ein Richter wohlgemerkt, du weißt schon, dunkle Haare und solche traurigen, ewig in Wasser schwimmenden Augen – ich sprach ihn heute nachmittag, aber er hörte mir gar nicht zu, er wollte nur bestätigt wissen, daß die Insulaner sprechende Affen sind, denn er ist der Meinung, daß wir von den Affen abstammen. Was er sieht und hört, verdreht er so lange, bis es in seine Theorie paßt. Menschen, sagte ich, es sind Menschen wie Ihr und ich. Er trollte sich, enttäuscht. Ich konnte sehen, daß er mir nicht glaubte.«

James' reges Leben verschaffte Elizabeth Zeit. Wenn er weg war, setzte sie sich an den großen Tisch und las die Journale. Die Ortsbestimmungen, die Aufzeichnungen des Astronomen, die Wetterbeschreibungen, die Beobachtungen zu Farbe und Oberflächenbeschaffenheit des Meeres nahm sie pflichtschuldig zur Kenntnis, um sie sogleich wieder zu vergessen. Andächtig beugte sie sich über die Passagen, in denen sie James über das Verhalten der Mannschaft und über die wundersamen Menschen und Tiere, die am anderen Ende der Erde lebten, nachdenken und sprechen hörte.

Immer war sie angespannt. Dabei wollte sie nichts anderes, als das Material so gut und ansprechend wie möglich zu ordnen, damit sich zukünftige Leser ein Bild vom Genie und von der Unerschrockenheit ihres Mannes machen konnten. Doch unterschwellig hatte sie Angst, und die Angst schoß von Zeit zu Zeit Warnpfeile in ihr empor. Angst wovor?

Störung, das war es wohl am ehesten. Ab und zu, gerade an diesem Morgen noch, als sie reglos im Garten gestanden und festgestellt hatte, daß der Bund wirklich straffer um ihre Taille saß als in der Woche zuvor – sie legte die Arme über den Bauch, atmete ein –, war ihr plötzlich vollkommen klargeworden, wie sehr die Geschichte von der glücklichen Heimkehr sie aufrechterhielt. Nicht nur, daß jetzt alles gut werden würde, daß ihre Einsamkeit und Tapferkeit wie von selbst aufgehoben und belohnt werden würden, sondern daß das auch so zu sein hatte. Eine zwingende Notwendigkeit zeichnete in ihr das Bild von dem Mann, der nach seinen Irrfahrten erfüllt an der Seite der Frau zur Ruhe kommt, die voll Vertrauen auf ihn gewartet hat. Diese Vorstellung hatte sie jahrelang aufgerichtet, und jetzt mußte sie Wirklichkeit werden.

Die Arme schützend um das wachsende Kind geschlungen, begriff sie, daß ihr Gedankengang wie ein seidenes Band war, das über die Wirklichkeit gespannt wurde, ein schimmernder Leitfaden, der ihr den Weg zu dem Ort wies, wo alles gut sein würde. Alles. Darunter tobten die alltäglichen Schatten. Aus dunklen Winkeln und Löchern tauchten halb formulierte Gedanken auf, sie sah kaum erkennbare Schemen von Menschen, Kindern – wenn sie sich wie jetzt totenstill verhielt, wenn sie sich an den festen Stamm der Quitte lehnte, konnte sie einen Augenblick lang die Bedrohung spüren, die ihre Knie einknicken ließ.

Vielleicht war der Mann, der nach Hause kam, nicht der Mann, auf den sie gewartet hatte. Ja, sie hatte in jener ersten Nacht seinen Geruch wiedererkannt, sie hatte sich an seinen Körper geschmiegt wie Wasser, wie ein Bach in sein vertrautes Bett, doch es war Morgen geworden. Sie hatten ihre Nachtkörper in die Kleider verpackt, die auf Stühlen warteten, und die Einheit war im Tageslicht auseinandergebrochen. Er kehrte in ein anderes Haus heim, sie konnte es seiner starren Miene, dem Hochziehen der schweren Augenbrauen, sobald er Nats Geige hörte, ansehen. Sie sah, wie er sich Fragen und Bemerkungen verkniff und sie, vorerst, für sich behielt, als gebe auch er sich alle Mühe, auf der Suche nach einem makellosen, duftigen Rasen über die Unebenheiten und Fallgruben des vorhandenen hinwegzuleben.

Freude über diese neue Schwangerschaft gehörte ins Reich

der Illusion. Nein, sie rief sich zur Ordnung, eine Illusion war es nicht, der paradiesische Rasen existierte, mußte dasein; aber er war nur eine Schale, nur die Oberseite von etwas Vielschichtigem, das sie nicht überblicken konnte. Hinter dem neuen Kind verbargen sich die Schemen anderer Kinder, gähnte eine Schlucht voller Unterschiede und Vorwürfe. Sie hatte Georgie sterben sehen. Er nicht. Sie hatte durch ihre Unachtsamkeit Elly in den Tod laufen lassen. Nicht er. Wo blieb seine Wut, wo war seine Neugierde, warum weigerte er sich, die Kinder, die er nicht gekannt hatte, durch ihre Erzählungen zum Leben erwecken zu lassen, warum überschüttete er sie nicht mit Vorwürfen, warum wurde sie nicht bestraft?

In dieser Finsternis halb verstandener Gedanken und Ängste waren sie nicht zusammen. Nein, das Zusammensein schwebte darüber und war glorreich und triumphierend, es würde sich in einem neuen Leben abspielen, es wurde von einem strahlenden Neubeginn eingeleitet. Greenwich, die neue Tochter, das perfekt geschriebene Reisebuch. Das war die Wahrheit, die sie am Zwicken ihres Rockbunds fühlen konnte, die Wahrheit, die drinnen auf dem Tisch lag in Form von Logbuch und Journal, die Wahrheit, die sie beide verband und vereinte. Sie löste den Rücken vom Baumstamm und ging ins Haus, ihrer beider Haus.

»Komm, wir gehen ein Stück«, sagte er. »Zieh was Warmes an.« Er saß zurückgelehnt am Küchentisch, mit ausgestreckten Beinen. Im Hintergrund war Geigenmusik zu hören, eine trübsinnige Melodie, mit stets anderen Akzenten und neuen Ausschmückungen wiederholt. Sie blieb stehen und lauschte, fasziniert, zerstreut, bis James sie beim Arm faßte und nach draußen zog. Er schlug den Pfad zwischen den Wiesen ein, graues Oktoberlicht hing über den Feldern, lila fast, mit Dampfschwaden darin. Sie hakte sich bei ihm ein und paßte ihre Schritte unwillkürlich den seinen an, rechtes zu rechtem Bein, linkes zu linkem. Er lächelte und drückte fest ihre Hand.

»Wir müssen reden. Das Haus lenkt mich ab. Draußen ist es besser.«

Ja, ein Gespräch, dachte sie. Sagen, was ich denke, auch die beschämenden, schiefen Dinge erzählen. Sie schwieg.

»Es ist ein Brief aus Portsmouth gekommen«, sagte er, »ein Bericht über Jamie. Er macht sich gut dort, vor allem im Zeichnen ist er überdurchschnittlich. Sie nehmen die Schüler auf einem Küstenschiff mit und lassen sie von dort aus das Land zeichnen, all die Klippen und Einbuchtungen und Felsformationen. Jamie ist gut darin. Er wird ein guter Kartograph. Zuverlässig. Genau.«

Weil er keine Phantasie hat, dachte sie. Ihr ältester Sohn war ein ernsthafter Junge, der das Leben nahm, wie es kam. Sie konnte sich genau vorstellen, wie er mit der Zeichentafel auf den Knien auf dem Achterdeck des Schulschiffes saß und unverwandt zur Küste hinüberspähte. Dort würde er geschichtete Felsen sehen und Bäche, die durch Schluchten ins Meer hinabstürzten. Keine Ritter auf trabenden Pferden, keine brennende Festung, keine verzweifelte Frau auf einer Klippe.

»Ich hoffe, daß sich Nathaniel nächstes Jahr genauso gut machen wird«, brummte James neben ihr. »Ich mache mir Sorgen um ihn. Er sieht so blaß aus und scheint keinerlei Interesse an Dingen zu haben, für die sich Jungen seines Alters erwärmen. Hat er Freunde? Er spielt nie draußen. Ich sehe ihn nur zu diesem alten Organisten aus dem Haus gehen. Ich kenne ihn nicht gut genug, du weißt mehr darüber. Ist er noch nicht reif für die Seefahrtsschule, soll er lieber noch ein Jahr damit warten?«

Jetzt muß ich es sagen, dachte sie. Daß es Menschen gibt, die auf einem Schiff nicht glücklich sind, und daß dieser Sohn so einer ist. Er wird es nicht verstehen. Nein, er wird es nicht akzeptieren.

»Nat interessiert sich für Musik.« Sie versuchte, ihre Stimme tief und ruhig zu halten. »Herr Hartland hält ihn für begabt, für einen talentierten Musiker. Nat sollte seiner Meinung nach bei einem richtigen Geiger weiterlernen. Hartland sagte: Dieser Junge ist eine Freude für einen Lehrer, er erfaßt alles sofort, und es ist ein Genuß, ihm zuzuhören.«

»Und dann?« James blieb stehen und wandte sich ihr zu. »Geiger werden? Was ist das? Undenkbar! Das ist kein Beruf. Meine Söhne werden Seeleute. Ich habe sie beide praktisch von ihrer Geburt an auf meine Besatzungslisten setzen lassen. Niemand sonst bekommt eine solche Chance. Die dürfen sie nicht wegwerfen. Trompeter bei der Marine zur Not, aber zur See wird er gehen!«

»Er möchte nicht, James.«

Seine Augen wurden dunkler. »Alle meine Söhne gehen zur See. Zwei sind gestorben. Die anderen beiden stehen nicht nur für ihre eigene Laufbahn ein, sondern sind auch für ihre toten Brüder verantwortlich. Nat hat nichts zu wollen.«

Er drehte sich wieder um und marschierte weiter. Nur mit Mühe blieb sie auf gleicher Höhe, verwandte ihre ganze Aufmerksamkeit darauf, mit seinem Tempo Schritt zu halten, so daß ihr keine Energie mehr blieb, auf seine Worte zu reagieren.

»Musik ist nichts als schmückendes Beiwerk«, fuhr er fort. »Ein Maler kann etwas zeigen, was Menschen in der Wirklichkeit nicht so leicht zu sehen bekommen. Ein Schriftsteller kann etwas erklären oder erzählen. Aber Musik? Die spielt sich nur am Rande ab, das ist nicht mehr als Firlefanz.«

Sie mußte an das Orgelspiel Hartlands bei Ellys Begräbnis denken. Firlefanz? Es war das einzig Wesentliche, woran sie sich von jenem Morgen noch erinnerte.

»Ich möchte nicht, daß meine Söhne am Rande verkehren, sie sind dazu geboren, eine Rolle im Zentrum zu erfüllen. Das kann durchaus eine bescheidene Rolle sein, vielleicht auch ohne Ansehen, aber schon eine im Brennpunkt des Fortschritts. Selbst der jüngste Zimmermannsgehilfe bei mir an Bord arbeitet daran mit. Es ist meine Aufgabe und auch die ihre, die Welt zu erforschen und zu beschreiben. Auf der Grundlage von dem, was wir wissen, können wir Verbesserungen anbringen. Nicht moralisieren, nicht urteilen, sondern schauen. Es gibt nur *eine* Wirklichkeit, und die muß gesehen werden. So verhält sich das.«

Kein Einwand möglich, dachte sie. So, wie er es sagt, ist es ganz einfach. Ein jeder würde ihm beipflichten. Und doch stimmte etwas nicht. *Eine* Wirklichkeit? Sie merkte doch jeden Tag, daß das Haus, in dem er umherlief, nicht dasselbe war wie das Haus, in dem sie wohnte!

Nimm zum Beispiel die Küche. Schau dich mit dem Blick des Forschers darin um. Du siehst einen Vater, eine Mutter, einen blassen zehnjährigen Sohn. Sie essen. Die Mutter räumt, wenn sie fertig sind, die drei Teller weg. Aber so ist es nicht. Dahinter ist eine andere Wirklichkeit. Dort wimmelt es von Kindern. Der siebenjährige Joseph hängt schlapp auf seinem Stuhl, er ist kränklich geblieben, sitzt aber hier am Tisch und wird von seiner achtjährigen Schwester gefüttert. Im Kinderstühlchen sitzt der robuste kleine George und hämmert fröhlich mit einem Holzlöffel auf seinen leeren Teller. Der Forscher hat keinen Blick für dieses Gedränge, sie schon. Oft muß sie sich bremsen, um nicht für die anderen zu decken. Drei Teller, nicht mehr.

»Verstehst du?« fragte James. Er hatte seinen Schritt etwas verlangsamt. »Ich möchte ihnen helfen. Sie brauchen nicht alles allein zu machen. Ich gebe ihnen Hilfestellung, ich stehe hinter ihnen. Du wirst sehen, das renkt sich alles ein. Nat ist lustlos, weil er zu schnell gewachsen ist. Du mußt ihm viel frisches Fleisch zu essen geben und abwechslungsreiches Gemüse. Er ist ein guter Junge. Anders als Jamie, aber ein guter Junge.«

Sie hatten eine große Schleife durch die Wiesen gemacht und sahen das Haus wieder vor sich liegen. Hirngespinste, dachte sie, durch die ganzen Anspannungen und Veränderungen habe ich mir etwas eingebildet. Ich habe so lange allein denken müssen, daß es mir schwerfällt, mich jetzt auf ihn zu verlassen. Das muß aber sein. Er muß seinen Frieden machen mit dem, was hier ist, und ich muß ihm das ermöglichen. Nicht jammern und aufbegehren, sondern mich in das vertiefen, was er möchte, wie er es sieht. Zusammenarbeiten, zuhören. Dann bekomme ich auch meinen Frieden.

Das Bild von der übervollen, fröhlichen Küche, das sie gerade eben noch fast greifbar und hörbar in sich gehabt hatte, verflüchtigte sich.

Sie kehrten in ein leeres Haus zurück. Elizabeth zündete die Lampen an und huschte kurz in Nats Zimmer. Leer. Keine Geige, keine Notenblätter. Er war bei seinem Lehrer.

James werkelte in der Waschküche herum, sie hörte einen dumpfen Rums und das Gluckern einer Flüssigkeit in Glas.

»Prost!« Er hob die Flasche, als sie hereinkam. »Ausgezeichneter Portwein, von Banks geschickt. Als Dank für die Lieferung nach Kew. Ich schenk dir was ein.«

Braunrote Farbe mit hellen Funken darin; zähflüssig klebte der Likör an der bauchigen Innenseite des Glases. Sie trank, ein süßer, angenehmer Geschmack. Der Alkohol kribbelte in ihrem Rachen und ihrer Nase, so daß sie niesen mußte. Er schenkte ihr nach.

»Saatgutverkehr über den ganzen Globus. Schade, daß man dessen Bedeutsamkeit noch nicht ausreichend erkennt. Banks ist eine Ausnahme. Die Admiralität strebt den Ausbau von Handelsrouten an, der König will sein Gebiet vergrößern, und die Akademie ist auf die Wissensvermehrung aus. Die Frage der Ernährung genießt keine Priorität, es sei denn, sie hat direkten Nutzen, wie das Sauerkraut. Schade.«

Sie spürte, wie sich unter dem Alkoholeinfluß ihre Muskeln entspannten. Sein Vater, der böse alte Mann aus Yorkshire, hatte immer auf dem Land gearbeitet. Bei James zu Hause am Tisch war bestimmt über die Qualität des Roggens, den richtigen Zeitpunkt für das Setzen von Steckzwiebeln, eine drohende Mißernte gesprochen worden. Er hatte das Land hinter sich gelassen, dachte aber weiterhin in der Sprache des Befruchtens und Erntens. Er hatte sie auch Jahr für Jahr befruchtet und war dann wie ein wahrer Bauer gegangen, um zurückzukehren, wenn Erntezeit war. Mißernte. Fäulnis. Es mußte ihn geschmerzt und gekränkt haben. Mehr als das.

»Auf den meisten Südseeinseln ist das Klima so günstig, daß man mindestens zweimal im Jahr ernten könnte. Deshalb wächst dort auch ohne irgendwelche Anstrengungen der Bevölkerung genug. Wer Hunger hat, wirft einen Stein hoch, und dann fällt eine Kokosnuß herab. Den Boden umgraben, damit Luft hineinkommt, Raum für Würmer und Insekten, die Samen nicht gleich aufessen, sondern in die Erde legen, zudecken, bewässern, jäten – immer wieder habe ich es erklärt und vorgemacht. Selten wurde es begriffen. Etwas vorauszuplanen und die zeitliche Verzögerung auszuhalten ist keine leichte Sache. Sie rissen die Trauben von den Ranken, wenn sie noch klein wie Wassertropfen waren, und spuckten das saure Zeug dann mit schiefen Fratzen wieder aus. Versuch das mal zu erklären in einer Sprache, die du eigentlich nicht beherrschst.

Auf dieser Reise habe ich einige Plantagen vom letzten Mal wiedergesehen: verwildert, verwahrlost. Ganz vereinzelt hatte sich eine Senfpflanze oder ein Kürbis behauptet und war gewuchert. Aber meistens war gar nichts mehr zu finden. Eigentlich müßte Omai das Gärtnern lernen und dabeibleiben, bis geerntet werden kann. Doch ihm fehlt der richtige Charakter dafür. Bei ihm muß auch immer gleich etwas dabei herauskommen. Schade.«

Sie tranken weiter von dem berauschenden Port. Zuhören, dachte sie. Es ist wichtig, wenn ich auch nicht verstehe, warum. Ich höre die Leidenschaft. Ich sehe ihn vor mir, wie er nach einem ebenen Stück Land Ausschau hält, wo er die Pflanzen setzen kann. Die Matrosen schwimmen mit den einheimischen Mädchen in der Bucht, Geschrei und Gekicher, auch dort wird gesät. James wendet sich verärgert ab, er befürchtet die Verbreitung von Krankheiten, kann aber nicht verhindern, was dort geschieht. Nein, er wird sich nicht mit der Prinzessin unter die Palmen zurückziehen, das brauche ich nicht zu befürchten; er treibt seinen aus England mitgebrachten Spaten in den Boden und gräbt das fremde Land um. Dahinein wirft er sorgsam den ausgewählten Samen, mit einem von seiner Mannschaft unverstandenen Ernst.

Sie nickte. Er sah sie aus seinen tiefliegenden Augen, die im Lampenlicht beinah schwarz aussahen, freundlich an. Sie würde ihm helfen, sie mußte, nein, sie wollte ihm helfen, dieses neue Buch zu einem Erfolg zu machen. Ein Buch, das auf jeder Seite Zeugnis ablegen würde von seiner Seemannskunst und seiner Sorgsamkeit, ein Buch, das sprühen würde von seinen Ideen zu Nahrungsmittelanbau und Ernährung, so daß sich ihnen keiner mehr verschließen konnte. Morgen.

Ein Poltern in der Küche störte ihren Gedankengang. Nat kam herein, den Geigenkasten auf dem Rücken. Seine Haare waren feucht vom Nebel.

»Hast du schön gespielt?« fragte Elizabeth. »Du warst so lange fort.« Er brummte etwas und sah sie nicht an. Sein Blick schweifte über den Tisch, auf dem die Portweinflasche und die geschliffenen Gläser funkelten. Er drehte sich um und brachte seine Geige weg. Diese schmalen Schultern, dachte sie, diese viel zu langen, viel zu dünnen Beine. Was soll nur werden aus diesem Kind? Vor wenigen Monaten kam er noch zu mir ins Bett geschlüpft, und jetzt will er mich nicht sehen.

»Zu Bett, Junge, es ist Zeit«, sagte James. »Schlaf gut!«

Nat blieb kurz im Türrahmen stehen und sah seine Eltern an. Er schluckte, schien etwas sagen zu wollen, rannte dann aber die Treppe hinauf.

Noch ein Glas. James legte die Hand an ihre Wange, als er ihr einschenkte. »Er wird sich schon wieder fangen. Es ist für ihn auch gewöhnungsbedürftig, so ohne Bruder und mit Vater. Bis morgen ist es wieder vorbei. Wir achten von jetzt an besser auf die Mahlzeiten.«

Sie schaute von ihrem Stuhl aus zu ihm auf. Für einen Mann, der so aufs Essen fixiert war, sah er schon sehr mager aus. Er hatte abgenommen, seit er wieder zu Hause war. In ihm brannte das Feuer stärker als bei anderen Menschen.

Er saß wieder. Sprach davon, welche Mühe es kostete, die Männer ausreichend mit frischem Fleisch zu versorgen.

»Wenn wir vor Anker liegen, können sie fischen, dann ist eher zuviel als zuwenig da. An Land beginnen wir meistens sogleich zu handeln. Schweine im Tausch für Glasperlen, Messer, Stoffe. Das Problem liegt vor allem in den langen Überfahrten; Wochen, manchmal Monate, ohne eine Möglichkeit, Proviant zu beschaffen. Deshalb nehme ich die Tiere mit. Der helle Wahnsinn, denn es ist voll und unübersichtlich an Deck, und es bedarf vieler Arbeitskräfte, sie zu füttern und ihre Ställe sauberzuhalten. Wenn eine Welle übers Deck schlägt, werden die Hühner und die Gänse naß, und das Fieber fliegt sie an. Halte ich sie unter Deck, ist die Wahrscheinlichkeit groß, daß sie ersticken, und unsereins geht ein vor Gestank. Und das ist nur das Geflügel. Ich hatte Schafe mit. Eine Ziege für die Milch. Rinder! Die Leute haben selbst auch öfter Tiere dabei, zur Gesellschaft, zur Unterhaltung. Den Matrosen kann ich es verbieten – Affen, Katzen, über Bord damit. Die sogenannten Wissenschaftler muß ich gewähren lassen. Ich verlange aber schon, daß sie die Tiere in ihrer Kajüte einschließen. Dieser kleine Kläffer von dem sauertöpfischen Forster! Der Mann hatte für niemanden ein freundliches Wort, aber sein Hündchen hatte er immer auf dem Schoß. Als ich krank war, haben sie es für mich geschlachtet, das muß ich ihm lassen. Er weinte, sagten mir die Offiziere später. Ich bekam Bouillon, gekocht aus Forsters kleinem Kameraden, und drei Tage hintereinander Hundefilet. Das hat mir gutgetan.«

Krank? James war nie krank. Sie mußte so schnell wie möglich die Tagebücher zu Ende lesen. Er antwortete ausweichend auf ihre Frage.

»Eine Kolik. Etwas Falsches gegessen vielleicht. Ich bekam einen fürchterlichen Schluckauf von all den elenden Brechmitteln, die der Doktor mir verordnete. Aber nach dem Hund ging es mir besser. Es ist nicht wichtig, es war im Nu vorüber.«

Im Bett. Die zwischen ihm und ihr gähnende Schlucht ungeteilter Erfahrung wurde überbrückt, mühelos. Ihre Sorgen in bezug auf Nat wurden zu bloßen Worten. Ihre Angst in bezug auf James' Krankheit erschien ihr plötzlich absurd. Sie sanken schwer in tiefen Schlaf.

»Lord Sandwich will ein einziges Buch«, sagte James. Den ganzen Vormittag war er drüben zur Beratung gewesen. Es hatte eine zwiespältige Wirkung auf ihn, die sie nicht ganz deuten konnte. Energisch machte es ihn, gewiß, er machte größere Schritte und erhöhte das Tempo seiner Bewegungen. Hatte er die Überfahrt im Boot der Admiralität genossen, hatte er sich kurz auf See gewähnt? Aber da war auch noch eine andere Seite, eine minimale Verletztheit, die sie seinem Blick entnehmen konnte. Unter den Männern der Wissenschaft und der Literatur war er nicht der Kommandant, höchstens ein Gleicher unter Gleichen, doch in seinen eigenen Augen weniger als das. Diese Unsicherheit konnte sie sehen.

»Forster schreibt die Hälfte. Beobachtungen und Betrachtungen über Pflanzen und Tiere und Bodenbeschaffenheit. Sein Sohn assistiert ihm. Den mag ich schon, ein aufgeschlossener Bursche. Spricht viel besser Englisch als sein Vater. Aber über das Geschäftliche muß ich mich, fürchte ich, mit dem Alten einigen. Arroganter Kerl. Er weiß viel, er ist äußerst gelehrt, aber das sollen wir auch alle wissen. Sandwich schien mir ziemlich verärgert zu sein. Er war kurz angebunden, fast schon spitz.«

»Was erwarten sie von dir?«

»Es geht um *meine* Reise. Ich schreibe die Geschichte. Die Wissenschaft kann ihre Randbemerkungen in Form von Forsters Philosophien anbringen. Ich sehe sie als eine Art Illustrationen, genauso wie die Stiche von Hodges und die Karten, die ich in den Text einfügen möchte. Ich will am Ruder stehen. Ich habe während der Reise so hart an diesem Journal gearbeitet. Was dort liegt, ist die fünfte Fassung!«

Er erhob sich und legte die Hände auf das aufgeschlagene Manuskript. Es war ein einziges Chaos auf den Seiten, ein Heidenwirrwarr zwischen den Zeilen. Durchgestrichene Sätze, in winziger Schrift Hinzugefügtes, begleitet von Pfeilen und Verbindungslinien, schräg an den Rand geschriebene Passagen, halb festgeklebte Zettel mit weiteren Ergänzungen, und quer durch alles hindurch fette Striche in roter Tinte und Ausrufezeichen.

Sie setzten sich nebeneinander an den großen Tisch.

»Noch einmal«, sagte Elizabeth. »Du kannst jetzt eine definitive Version machen, jetzt hast du die Zeit und die Ruhe, darüber nachzudenken.«

Nein, er lasse sich nicht hetzen. Nicht von dem raffgierigen Forster, der sich für seine Mitarbeit gewaltige Summen ausbedinge, und nicht durch drohende vorzeitige Veröffentlichungen von Besatzungsmitgliedern, die es verstanden hätten, ihre geheimen Aufzeichnungen vor der Admiralität verborgen zu halten. Sein Buch. Sein Tempo.

Daß die nautischen Daten für ein Laienpublikum ruhig etwas weniger ausführlich sein könnten, sagte sie. Mehr als Angaben zur Zeit, zum Ort und zum Wetter seien nicht nötig. Viel interessanter seien die Dinge, die er Tag für Tag unter der Überschrift »Bemerkenswerte Begebenheiten« vereinigt habe. Wie die Eingeborenen in Neuseeland, auf Tahiti, auf der geheimnisvollen Osterinsel aussähen, ihre Kleidung, ihre Tätowierungen, wie er Kontakt zu ihnen hergestellt habe, was er an Geschenken gegeben und bekommen habe, die Feste, die Zeremonien, die Sprache, die Mißverständnisse, die wunderlichen Freundschaften – darum gehe es, das wolle das Publikum lesen.

Er hörte ihr zu. Sie blätterten die Seiten durch. Hier und dort blieb sein Blick an einer Passage hängen, die er lächelnd durchlas und ihr zeigte.

»Als ich von Raiatea abfuhr«, erzählte er, »das ist eine Insel nördlich von Tahiti, verabschiedete ich mich von Häuptling Orio. Er hatte uns fürstlich empfangen, hatte seine Tochter für uns tanzen lassen. Er mochte mich und wollte, daß wir unsere Namen tauschen, damit ich in gewissem Sinne bei ihm bleiben würde, wenn ich fortging. Meine Söhne würden immer willkommen sein, sagte er. Es war ein dramatischer Abschied. Ich sollte ihm versprechen, daß ich wiederkommen würde, er flehte mich darum an. Das konnte ich aber nicht, und ich wollte ihn nicht anlügen. Als er begriff, daß es mir ernst war, wollte er den Ort meines ›marai‹ wissen. So nennen sie ihren Friedhof. Es ist aber mehr als das, vielleicht eher so etwas wie eine Kirche unter freiem Himmel. Sie bringen dort Opfer und halten Zusammenkünfte ab. Er wollte also wissen, wo ich begraben werde. Das rührte mich, und ich mußte kurz über meine Antwort nachdenken. Wie kann ein Seemann das mit Gewißheit sagen? Ich scheute mich vor solchem Hochmut und mußte an die Männer denken, die wir auf dem Weg von Batavia nach Hause ins Meer hatten gleiten lassen müssen, während ich noch einen Monat zuvor so überzeugt gewesen war, daß wir alle wohlbehalten heimkehren würden. Es gibt keine Gewißheit.«

Elizabeth hörte ihm still zu und hatte die Hände in den Schoß gelegt. Sie sah, daß ihm die Tränen kamen.

»Stepney, sagte ich. Hier, wo wir wohnen, hier in unserer Gemeinde. Sie konnten das fremde Wort nur mühsam aussprechen. Orio wiederholte es, bis es annähernd so klang. Dann sprachen sie ihm nach, alle Insulaner, die dort am Strand Abschied von uns nahmen, es ertönte aus hundert Mündern: ›Stepney ist die Begräbnisstätte von Cook, Stepney, Stepney!‹«

»Vielleicht hast du die Wahrheit gesprochen«, sagte Elizabeth. »Du lebst jetzt hier. Und es sieht so aus, als würdest du auch hier bleiben. Dein fremder Freund kann sich ruhig den Friedhof von Stepney ausmalen. Du hast nicht gelogen.«

Die Bearbeitung des Schiffstagebuchs gab den Tagen Struktur. Morgens, wenn Elizabeth zum Markt ging oder Blumen auf das Kindergrab brachte, schrieb James an der Endfassung seines Reiseberichts. Nach dem Mittagessen ging er in die Stadt, um sich mit diesem oder jenem zu beraten, um Verabredungen nachzukommen oder einfach in seiner Stammschenke etwas zu trinken. Dann setzte sich Elizabeth an den großen Tisch und las, was er geschrieben hatte. Mit Bleistift verbesserte sie Rechtschreibung und Satzbau. Hin und wieder setzte sie auch ein Fragezeichen an eine Passage, die ihr nicht klar war. Anfänglich verspürte sie eine gewisse Scheu davor, sich in Aufzeichnungen zu vertiefen, die so offensichtlich nicht für sie bestimmt waren; sie kam sich wie eine heimliche Beobachterin vor, die ungesehen die Männergemeinschaft bespitzelte, wie eine, die sich in eine Welt hineinziehen ließ, in der für sie eigentlich kein Platz war.

Sie sagte sich, daß sie ihn vor dummen Fehlern bewahren mußte. Die Verhandlungen mit der Admiralität waren schon kompliziert genug; herablassende Bemerkungen Forsters über die Ungebildetheit und den mangelnden literarischen Stil mancher Navigatoren konnten sie nicht brauchen.

Das war alles vernünftig und realistisch. Doch die Wahrheit war, daß sie die Geschichte über alle Maßen faszinierte. Es beschäftigte sie, sie dachte daran, wenn sie an den Marktständen entlangschlenderte, ja sogar wenn sie Nats Geigenspiel lauschte, ließ es sie nicht los. Natürlich ging es um die Angst, die Gefahren der schrecklichen Schneestürme am Südpol, der haushohen Wellen, der tückischen Untiefen. Auch um die ungewöhnlichen, mitunter paradiesischen Situationen, in welche die Männer gerieten – die halbnackten Mädchen mit Tätowierungen auf dem Gesäß, die Stammesoberhäupter, die großherzig ihre Ehefrauen anboten, die wilden nächtlichen Tänze.

Am meisten faszinierte sie jedoch das aus den Journalen zutage tretende Bild von James. Der Mann, den sie liebte, der ein Teil von ihr war, der Vater ihrer Kinder, wurde in dem Buch zu einem Unbekannten. Nicht zu einem Fremden, denn die Auswahl der beschriebenen Szenen und Themen, die Art der Betrachtung und des Nachdenkens und die stark ins Detail gehende Schreibweise kamen ihr vertraut vor. Dennoch sah sie einen wundersam anderen James durch die Geschichte gehen. Einen grausamen Mann, der Matrosen Schläge erteilen ließ und Rationen einbehielt, der seine Männer bis zur völligen Erschöpfung mit gefrorenen Tauen schuften ließ und der stets wieder Kurs auf den Südpol nahm, obwohl das gesamte Schiff nach den Tropen lechzte. Ein gepeinigter Mann, der in seinem Logbuch darüber jammerte, welches Elend den Inselbewohnern mit dem Besuch von Entdekkungsreisenden angetan wurde. Diese Menschen, die glücklich zu sein schienen und alles hatten, was sie zum Leben brauchten, griffen begierig nach Unsinnigem: gefütterten Jacken mit Tressen, Zinntellern und Jagdflinten. Die größten Gewissensbisse bereitete ihm die Tatsache, daß er offenbar nicht in der Lage war, die Verbreitung von Geschlechtskrankheiten zu verhindern. Bevor die Matrosen an Land gingen, ließ er sie in einer Reihe am Schiffsarzt vorbeidefilieren. Sie mußten die Hose runterlassen, damit der Doktor mit Spatel und Vergrößerungsglas ihre Genitalien inspizieren konnte. Die nicht beanstandeten Matrosen rannten jubelnd von Bord, aber nach zwei Wochen sah James, daß die Einheimischen verdächtig breitbeinig gingen und sich entsprechend vorsichtig hinsetzten.

Elizabeth sah den freundlichen, interessierten Mann, der keine Furcht vor dem Fremden und Abstoßenden zu kennen schien. Er ließ sich an eine unbekannte Küste rudern, wo die Eingeborenen sie mit Steinen und Speeren in der Hand erwarteten. Er trat an den Strand, allein, er breitete die Arme aus, um zu zeigen, daß er keine Waffen hatte, und ging auf die Menschen zu, bis sie ihre Speere erhoben und zu schreien begannen. Dann setzte er sich auf den Boden. Er machte sich klein. Aus den Taschen und Ärmeln seiner Uniformjacke zog er Gegenstände, die er um sich herum in den Sand legte: ein Taschentuch, einige Glasperlen, Münzen, eine Zwiebel. Er wartete. Jenseits der Brandung wartete das Beiboot mit der atemlos zusehenden Besatzung.

So gut wie immer löste sich schließlich jemand aus dem Kreis der Eingeborenen – der Neugierigste, der Mutigste, der Jüngste. James ließ ihn ruhig näher kommen, ohne sich zu erheben. Er reichte ihm die Gegenstände Stück für Stück und nahm sie wieder zurück, wenn der Mann kein Interesse daran hatte. Nach einiger Zeit hockte sich der Mann hin, und ihre Gesichter waren auf gleicher Höhe. Dann beugte sich James vor und rieb die Nase an der des fremden, bemalten, stinkenden Mannes.

Solche Passagen las Elizabeth mit prickelnden Wangen und heißen Ohren. Erst später wurde sie sich bewußt, daß es sie wütend machte: Ihr Mann hätte hier bei ihr auf dem Küchenfußboden sitzen müssen, zwischen seinen eigenen Kindern. Er war ein Vater für die Eingeborenen. Wie ein Vater sorgte er für seine Besatzung, er fütterte sie mit Sauerkraut, er bestrafte sie streng für Verstöße, und er vertiefte sich in ihre Geschichten und ihre Ambitionen. Sie dachte an Nat, der, ohne ein Wort zu sagen, die Treppe hinaufschoß.

Alles würde anders werden. Alles *war* jetzt anders. Diese Logbücher waren Historie, jetzt begann das häusliche Leben, in einer ungeteilten Gegenwart, in der sie beide anwesend bleiben würden.

Anwesend war er, in dieser kahlen zweiten Herbsthälfte. Er kam jeden Tag in ihre Küche und erzählte von den Gesprächen, die er geführt hatte. Er bestand darauf, daß sie mit ihm zu Empfängen und Diners ging. Sie ließ sich ein Kleid mit einem Leibchen aus tahitianischem Gewebe schneidern. Die seltsam steifen Fasern schlossen ihre Brüste fest ein, und die tiefrote Farbe paßte gut zum schwarzen Taft des Rocks. Dennoch hatte sie das Empfinden, kein Recht auf diese Kleidung zu haben, und sie schämte sich, als sie das Kleid anprobierte, um es James zu zeigen. Hölzern und unwillig stand sie in der Mitte des Zimmers, sie wollte aufstampfen, schreien, davonrennen, doch sie drehte sich langsam um die eigene Achse, bis sie direkt vor ihm stand. »Gut«, sagte er. »Schön. Wir essen morgen mit Sandwich. Zieh es an!«

Sie tat es und war sich den ganzen Abend ihres feurigen Oberkörpers bewußt. Es war, als könne sie bei solchen Gesellschaften nur halb anwesend sein. Sie dachte an Nat, der zu Hause mit ihrer Mutter kaltes Fleisch und Suppe aß. Sie lauschte den Gesprächen über Schiffbau und königliche Subventionen und sah mit Wohlgefallen, wie andächtig ein jeder zuhörte, wenn James das Wort ergriff. Sie selbst sprach kaum, weniger aus Verlegenheit, denn weil sie ihre Aufmerksamkeit dafür benötigte zu beobachten, was um den Tisch herum geschah. Die Weite der Welt hängt über unseren Köpfen, dachte sie. Schiffe, die sich einen Weg um den gesamten Erdball suchen, unbegrenzte Möglichkeiten, man kann ein gerade entdecktes Land beziehen wie ein neues Haus, Gewächse und Schiffbautechniken austauschen, nichts ist zu weit und zu fremd. Sie sah es, kam aber nicht näher heran, dazu war sie sich zu sehr ihres Kerns bewußt, des neuen Kindes, das unter ihrem taftseidenen Kleid wuchs.

Hugh Palliser hatte sich neben sie gesetzt. Vorsichtig rieb er kurz über den exotischen Stoff, der ihren Oberarm umspannte, und lächelte.

»Du hältst James in Atem«, sagte er. »Er scheint gar keine Zeit für seine Berateraufgaben zu haben. Ich versuche ihn schon seit Wochen mit auf die Werft zu bekommen, ich möchte, daß er sich die *Resolution* einmal gründlich anschaut und sich zum Umfang der Reparaturen äußert, doch immer führt er Verpflichtungen in der Stadt an. Was treibt ihr denn nur?«

Ihr Arm prickelte noch vom Druck seiner Finger, sie hörte kaum, was er sagte, registrierte aber den Lärm der allgemeinen Unterhaltung, in dem sie beide beisammen waren wie im ruhigen Zentrum einer Windhose.

»Ich bin schwanger«, sagte sie.

Er hob sein Glas und prostete ihr zu. Es war absolut unpassend, ihm eine solche Intimität anzuvertrauen. Sie errötete. Beide blickten sie zu James, der auf der anderen Tischseite in ein Gespräch mit Stephens verwickelt war.

»Warum ist James nicht Mitglied der Akademie?« fragte sie.

»Das wird er«, sagte Palliser. »Auch wenn er keinen akademischen Grad besitzt, werden sie stolz sein, wenn er einer der Ihren wird. Ich hörte, daß eine Sitzung stattgefunden hat, sie haben sich mit ihm befaßt. Es ist eine Petition in Arbeit, in der einige prominente Mitglieder ihn vorschlagen. Keine Sorge, er bekommt die Anerkennung, die er verdient. Es wird alles gut.«

Auf der anderen Tischseite ging es um Eis. Sie hörte James erzählen, daß er immer gedacht habe, nur Süßwasser könne gefrieren. Die riesigen Eisinseln, auf die er im Südpolgebiet gestoßen sei, müßten also Bruchstücke von Gletschern oder Flüssen sein. Und wo Eis sei, könne Land nicht fern sein.

»Unsinn! Quatsch! Ihre Argumentation ist untauglich«, krähte der alte Forster von seinem Platz am Kopf des Tisches aus. James ignorierte den Wissenschaftler und sprach weiter. Er habe die Temperatur des Meerwassers gemessen: Unter Null, und doch sei das Wasser flüssig gewesen. Bei strenger Kälte sei das gestapelte Packeis jedoch so rasch und in solchen Massen aufgetaucht, daß seine etwaige Herkunft von Land undenkbar sei. Es müsse so sein, daß auch Salzwasser gefriere, wenn es nur kalt genug werde. Vielleicht brauche es zunächst irgend etwas, woran sich das Eis anheften könne, einen treibenden Baumstamm oder einen Walfischkadaver, aber daß es Meereseis gebe, sei unbestreitbar.

»Das habe ich von jeher behauptet«, rief Forster. »Aber natürlich hat keiner zugehört.«

»Aber das Salz«, sagte James, »wo bleibt das Salz? Wir dachten zuerst, es würde ins Eis aufgenommen, doch als wir einen Eisklumpen aus dem Meer schmelzen ließen, wurde das reinste Süßwasser daraus.«

Sei es also doch ein ausgestoßener Block gefrorenen Flußwassers? Das könne nicht sein, in keinem einzigen Eisblock habe man je etwas gefunden, das von Land zu stammen schien: Erde, Zweige, Gras. Nie.

Forster schnaubte verächtlich. Er war mager und von kleinem Wuchs, aß jedoch Unmengen und ließ sich mehrmals nachlegen.

»Wir haben so allerdings eine neue Möglichkeit der Wasserbevorratung entdeckt«, sagte James, der keine Zeit hatte, seinen Teller zu leeren. »Wir nahmen die treibenden Eisberge an Bord. Wir zogen sie, wenn es einmal geglückt war, ein Tau darum zu spannen, mit Winden hoch und füllten die Beiboote an Deck damit, und wenn wir Wasser brauchten, zerhackten wir einen Klumpen und schmolzen die Stücke im Kessel. Köstliches Wasser. Es könnte sein, daß das Salz beim Gefrieren herausgedrückt wird, so daß das Eis selbst salzfrei bleibt. Wenn das so sein sollte, müßte das Meer immer salziger werden. Das Problem ist noch nicht zufriedenstellend gelöst, aber wir wissen jetzt zumindest, daß auch Salzwasser erstarren kann, genau wie es der gelehrte Forster sagt!«

Forster, der den Mund schon geöffnet hatte, um James zu widersprechen, schnappte nach Luft und schwieg.

Palliser schüttelte den Kopf und zog die Serviette auf Elizabeths Schoß zurecht. »Wie ein Korb Krabben, diese Wissenschaftler«, sagte er leise. »Sie zwacken einander die Beine ab, wenn man nicht aufpaßt. Sandwich hat restlos genug davon, jede Beratung mit Forster endet in Geschrei und Handgreiflichkeiten. Wie denkt denn James über die Zusammenarbeit?«

»Es gibt keine Zusammenarbeit. Jeder schreibt sein eigenes Buch, ohne Abstimmung, ohne Themenabgrenzung. Ich glaube, James würde am liebsten allein publizieren, aber er ist sich unsicher. Du mußt ihn selbst fragen.«

Er setzte sich anders hin und zog eine Grimasse. »Hast du Beschwerden?« fragte sie. Als junger Mann war er bei einem Unfall an Bord schwer verletzt worden; seither war sein linkes Bein so gut wie gelähmt, und er hatte ständig Schmerzen. Er ließ sich nie etwas davon anmerken.

»Ja. Wird wohl der Wetterumschwung sein. Im Herbst ist es meistens schlimmer. Beachten wir es gar nicht, Elizabeth, es hat keinen Sinn. Sollen wir James einen guten Redakteur schicken, würde ihm das beim Schreiben helfen? Vielleicht gewinnt er ja größere Freude daran, wenn ihn jemand ermuntert.«

Nein, dachte sie, bloß nicht, das gehört uns, *ich* will ihm helfen, da soll sich keiner von der Admiralität einmischen.

»Er schreibt an einer neuen Fassung. Ich helfe ihm dabei. Wir könnten es aber jemandem vorlegen, wenn wir damit fertig sind. Laß uns ein andermal darüber reden, ja? Wie geht es deiner Frau, hat sie nie Lust, mitzukommen?«

Palliser sah sie von der Seite an und legte Gabel und Messer auf seinen Teller.

»Einzig und allein unangenehme Themen heute abend. Wenn wir nebeneinandersitzen, sollten wir von etwas Heiterem reden. Es geht ihr nicht gut. Eigentlich ist sie verrückt. Ich lasse sie konstant bewachen, damit sie sich nichts antun kann. Ich möchte nicht darüber reden.«

Elizabeth suchte nach Worten, um ihn abzulenken, ihre Gedanken kreisten aber weiterhin um die Frau Pallisers. Eine schwere Melancholie, hatte er irgendwann einmal gesagt. Sie hatte diese Krankheit mit der Kinderlosigkeit in Zusammenhang gebracht. Sie spürte, wie ihr die Röte in die Wangen stieg, hatte sie Palliser doch soeben erzählt, daß sie schwanger war. Sie legte entschuldigend die Hand auf seinen Arm – was war nur mit seinen Armen –, sagte aber nicht, wofür sie sich entschuldigte.

»Musik! Laß uns über Musik sprechen.«

Seine Hand umfaßte die ihre. Er lachte. Vorigen Monat habe er ein Konzert besucht, bei dem eine Sinfonie von einem neuen, noch nahezu unbekannten Komponisten gespielt worden sei, der als Kapellmeister bei einem ungarischen Fürsten arbeite, sagte Palliser. Haydn. Noch nie habe er so etwas gehört: frisch, einfallsreich, fröhlich und zugleich mit einem unerhörten Tiefgang. »Das wäre etwas für dich gewesen, Elizabeth. Und für Nat.«

Es war Zeit, die Tafel aufzuheben. Man erwartete, daß die Damen eine Weile zusammen im Salon verbrachten, während die Herren ihren Diskurs bei Portwein und Tabak fortsetzten. Sollte sie mit Palliser über Nat sprechen, ihn um Rat bitten? Würde er ihre Sorge verstehen? Nein, das konnte sie nicht machen. Jetzt war James da. Jetzt hatte sie ausschließlich mit ihm zu sprechen. Es wäre auch einerlei, für Palliser war die See genauso unausweichlich wie für James.

Sie lüpfte ihren taftseidenen Rock und verließ den Speisesaal.

Regenböen peitschten gegen die kleinen Scheiben des Zimmers, in dem der Tisch stand. Schon früh am Morgen mußte jetzt die Lampe angemacht werden, und den ganzen Tag hingen dunkelgraue Wolken über London. Wintergemüse sollten sie jetzt essen, James sprach mit Heimweh davon, er hatte nach Wintermöhren und Rosenkohl gelechzt. Elizabeth ekelte sich vor dem leichten Schwefelgeruch des Kohls, und sie überließ das Kochen gern dem Mädchen.

Sie machte sich mit neuer Begeisterung an die Überarbeitung des Schiffstagebuchs, so als wolle sie beweisen, daß

James und sie keine Hilfe benötigten. Dennoch hatte das Gespräch mit Palliser sie verunsichert. Das Verbessern der Rechtschreibung, das Straffen oder Unterteilen der langen Sätze ging ihr gut von der Hand, doch wenn sie versuchte, ein ganzes Kapitel zu überblicken und die Reihenfolge der Szenen oder die Strukturierung eines Gedankengangs zu überdenken, war ihr, als entgleite ihr der Text, und sie sei außerstande, die Passagen frei zu verschieben. Oder zu streichen. Sie konnte sich des Eindrucks nicht erwehren, daß ihr die ganze Zeit ein gestrenger Lehrer mit Samtbarett auf dem Kopf über die Schulter schaute, bereit, ihre Arbeit zu kommentieren und zu beanstanden.

James war mit ihrer Hilfe zufrieden. In dem Wissen, daß sie später mit dem Korrekturstift darübergehen würde, schrieb er frisch von der Leber weg. Sie beschloß, Pallisers Vorschlag vorläufig nicht zu erwähnen.

Im Garten lag ein Teppich aus braunem Laub. Es focht sie nicht an. Die Regenwürmer würden die Blätter Stück für Stück in die Erde ziehen; mitunter sah sie ein Blatt aufrecht in der Erde stehen wie eine kleine Vase. Warten mußte sie, ruhig warten, dann wurden die meisten Dinge von selbst gut. Bis auf die Dinge, die nie mehr gut werden würden. Sie beugte sich über den Text. Achtgeben. Sich konzentrieren. Mit der Gemächlichkeit der Würmer den Blick über jedes Wort wandern lassen.

»Sie haben mich vorgeschlagen!« Mit großen Schritten kam James ins Zimmer. Regentropfen lagen auf seiner Jacke, und seine Haare waren feucht. »Fünfundzwanzig Mitglieder! Drei braucht es nur, aber ich habe fünfundzwanzig. Alle: Banks, Solander, Stephens natürlich und Maskelyne – sogar der alte Forster! Ich werde Mitglied der Akademie!«

Er sieht auf einmal zehn Jahre jünger aus, dachte sie, mit entspanntem Gesicht, fröhlichen Augen, lachend. Sie stand auf, um ihn zu umarmen, den Stift hinter seiner Schulter erhoben.

»Ich muß einen Antrittsvortrag halten«, sagte er über ihren Kopf hinweg, »im Frühjahr. Es soll eine Art Abhandlung sein, ein wissenschaftliches Traktat.«

Aus seiner Stimme sprach Begeisterung, nicht die leiseste Spur von Unsicherheit oder Rankünе.

»Worüber willst du sprechen?« fragte sie. Sie fühlte, daß er tief Luft holte, sein Brustkasten weitete sich.

»Essen«, sagte er. »Ich werde über Ernährung schreiben und sprechen.«

Sie saßen zu dritt am Tisch. Elizabeth hatte eine riesige Pastete zubereiten lassen, gefüllt mit Gemüse, Pilzen und Schafsfleisch. Nat hatte sich zum zweitenmal aufgetan und lauschte andächtig dem Gespräch über die Akademie.

»Erzählst du auch von den Menschenfressern? Sie verspeisen dort doch Menschen?«

James legte sein Besteck hin und sah seinen Sohn an. »Ja, sie essen Menschen, aber ich habe noch nicht herausgefunden, warum sie das tun. Ich weiß nicht, ob ich darüber sprechen werde. Es ist besser, wenn ich nur von Dingen spreche, über die ich mir sicher bin.«

»Kapitän Palliser hat es uns erzählt. Als du noch weg warst. Sie haben ein ganzes Beiboot voller Männer verspeist! Zehn Männer!«

»In Neuseeland«, sagte James. »Das war in Neuseeland. Da gab es ein Geplänkel, ein Mißverständnis. Es kam zu einem Gefecht. Sie essen die, die sie besiegt haben, das ist dort so üblich. Es ist schwer, das zu begreifen, dazu reichen unsere Kenntnisse ihrer Sprache auch nicht aus. Ich wollte die Menschen dort nicht bestrafen, weil ich sie nicht verstand. Wir sind weggefahren, ohne Rache zu nehmen.«

»Und wenn du wieder dorthin kommst, bestrafst du sie dann?«

Elizabeth horchte auf.

»Ich glaube nicht, Nat«, sagte James. »Sie kennen es nicht

anders, und ich kann nicht viel dagegen ausrichten. Wir sind nur Passanten, wir gehen wieder fort. Aber wie auch immer, ich werde nicht mehr dorthin kommen. Ich bleibe hier.«

Sie atmete auf. Das Licht kam ihr mit einem Mal schöner vor, wärmer. Sie sog den Duft der heißen Pastete ein und war zufrieden.

»Auf Tahiti war es anders«, sagte James zu Nat, der seinen Vater immer noch andächtig ansah. »Dort opfern sie Menschen, bewußt. Das wissen sie vorher, das wird ausgemacht, so wie hier ein Verbrecher bestraft wird.«

»Warst du dabei? Hast du es gesehen?«

James seufzte. »Ja, ich habe es gesehen. Später habe ich versucht, darüber zu reden, zu fragen, ob es eine Hinrichtung war, eine Form der Bestrafung, oder ob es sich um etwas anderes handelte, ein Opfer, um ihre Götter günstig zu stimmen oder so etwas. Es wurde mir nicht klar. Ich hatte den Eindruck, daß sie es nicht erzählen wollten, aus Scham oder weil es ein Geheimnis ist. Hodges hat eine Zeichnung davon gemacht, die werde ich dir zeigen.«

»Essen sie auch Kinder? Und Babys?«

»Nein«, sagte James, »ich habe nie gesehen, daß sie Kinder oder Babys aßen.«

Nat beugte sich über seinen Teller. Elizabeth faltete die Hände über ihrem Bauch. Wir. In dieser Küche. Eine Familie, dachte sie, eine beschädigte, aber glückliche Familie beim Essen.

Zweiter Teil

5

Es sah nicht danach aus, daß es Weihnachten schneien würde. Die Tage waren kurz, die Wolken hingen tief, doch die Temperaturen erinnerten an September. Im Garten lugten die standfesten Blätter der Hasenglöckchen zwischen dem frisch-grünen Gras hervor, dazu verdammt, im Januar zu erfrieren. Mit Stroh abdecken? Elizabeth zuckte die Achseln. Das war vergebliche Liebesmüh, und warum sollte sie einen Garten schützen, wenn so viele andere Aufgaben danach schrien, erledigt zu werden?

Jamie war nach Hause unterwegs, um hier seine Weihnachtsferien zu verbringen. Sie mußte eine Gans für das Weihnachtsessen bestellen, Rotkohl und Goldrenetten auslesen, ihre Kleider weiter machen lassen, damit sie bei ihrem wachsenden Bauchumfang noch atmen konnte. Und sie mußte mit James über Nathaniel sprechen.

Der Junge schien sich an seine Geige zu klammern. Er begann schon zu spielen, bevor er morgens in die Schule ging, und Elizabeth mußte ihn zum Frühstücken zwingen. Dann saß er abwesend vor seinem Teller Brei und aß mit langen Zähnen, bis er den noch halb vollen Teller stehenließ und mit unvermittelter Eile zur Tür hinausstürmte. Sobald er zurück war, hörte sie die Geige wieder. Ein Weihnachtskonzert, sagte er, als sie fragte, was er denn übe. Hartland und er würden bei der Weihnachtsmesse ein Konzert aufführen, er nannte einen Komponisten mit italienischem Namen – Corelli? Vivaldi? Sie hatte es nicht behalten.

»Möchtest du, daß wir zuhören kommen, ist dir das recht?«

fragte sie. Er schaute weg und rührte in dem grauweißen Brei. Dumm, dachte sie. Das fragt man doch nicht. Wir gehen einfach, Heiligabend, James auch, wir gehen in die Kirche und hören Nat zu, ob er das nun möchte oder nicht. Jamie muß auch mitkommen. Da gibt es nichts zu überlegen.

Sie erhob sich, die Hände im Kreuz, als müsse sie dabei nachhelfen, ihren Körper aufzurichten. Sie erkannte das Gefühl wieder: Noch bevor etwas zu sehen war, abgesehen von einer etwas umfangreicheren Taille, machte sich die Schwangerschaft durch ein inneres Erschlaffen bemerkbar. Bänder und Sehnen gaben nach, um dem neuen Kind Platz zu machen. Sie spürte es, eigentlich war es schmerzhaft, aber sie konnte es noch nicht Schmerz nennen.

Nat blickte auf ihren Bauch. Er weiß es, dachte sie. Es schien, als wolle er etwas fragen, doch er hielt den Mund. Warum war es auf einmal so schwierig geworden, mit ihm zu reden? Es lag an ihr, es kam dadurch, daß sie nicht aufhören konnte zu denken und sich bei jeder Äußerung fragte, ob sie auch das Richtige sagte, ob sie nicht etwas anderes sagen mußte oder gar nichts. In den Umgang mit Nat hatte sich eine Befangenheit geschlichen, die sie nicht einordnen konnte. Sie streckte die Hand aus, um ihm über den Kopf zu streichen, doch er scheute vor ihr zurück, als komme sie ihm zu nahe. Wieder hatte er seinen Teller nicht geleert. Sollte sie ihm nachlaufen, war es das, was er im Grunde wollte? Und dann?

Von oben waren die noch ungespannten Saiten der Geige zu hören. Er stimmte das Instrument ruhig und genau; ein Schlag ins Gesicht, ein Hinweis, daß sie Abstand zu wahren hatte. Er war erst elf, ein Kind noch, mit dem ging man doch nicht um wie mit einem erwachsenen Mann, einem Liebhaber. Sie mußte für Nat sorgen und ihm von den Schultern nehmen, was ihn beschwerte. Nicht zaudern, nicht grübeln und nicht verhandeln.

Morgen würde Jamie kommen, mit Erzählungen von der

Seefahrtsschule. Sie konnte sich gar nicht richtig darauf freuen, war sie doch besorgt, daß die Konfrontation für Nat eine einzige Bedrohung sein würde. Sie durfte nicht alles so schwarz sehen. Es wurde Weihnachten, sie war schwanger, sie würde essen, damit das Kind wuchs. Ende Mai würde es ausgetragen sein, hatte sie ausgerechnet. Wenn Nat aus dem Haus ging, würden James und sie mit einem neuen Kind zurückbleiben. Es kam ihr wie ein Verrat vor.

Sie spazierte in dem sonderbar milden Wetter zu Ellys Grab. James arbeitete an seinem Buch, und sie war aus dem Haus gegangen, ohne ihn zu stören. Schämte sie sich für die häufigen Besuche bei ihrer Tochter? Man müsse loslassen, wurde immer gesagt, man müsse akzeptieren, daß Kinder sterben und man sie der Erde übergibt. Es war gefährlich, sich an einem Kind zu erfreuen, denn die Wahrscheinlichkeit, daß es einem genommen wurde, war groß. James wußte das, er hatte drei Schwestern und einen Bruder jung sterben sehen. Sein älterer Bruder starb, zwanzig Jahre alt, als James gerade in Whitby bei Walker in die Lehre gekommen war. Es gab keine Sicherheit und kein Anrecht. Daß sie insgeheim, tief in ihrem Innern, wußte, daß das Kind, das sie jetzt trug, es schaffen würde, entbehrte jeder Grundlage. Es stimmte nicht, daß jedem Verlust eine Belohnung gegenüberstand, daß man ein Kind am Leben erhalten konnte, indem man ein anderes verlor. Im Grunde traf nichts von dem zu, was die Leute sagten. Die Vorstellung, daß es einen Gott gibt, der die Kinder, die ihm lieb sind, vorzeitig zu sich ruft, hielt sie für eine böswillige Erfindung, genauso wie die, daß mit dem Tod eines Kindes die Eltern gestraft werden sollten.

In der Woche nach Ellys Tod war der Pfarrer zu Besuch gekommen, um eine Theorie über das Leiden darzulegen. Frances hatte ihm etwas zu trinken gegeben. Elizabeth hörte ihn schlürfen und schlucken, während er ihr weismachte, daß sie auserwählt sei: Gott stelle sie damit auf die Probe, daß er sie so viel Leid und so viele Verluste erfahren lasse. Sie müsse sich glücklich schätzen, daß sie sich diesen Prüfungen unterziehen dürfe. Mann fort, Baby tot, Töchterchen verunglückt. Er nahm ein Stück von dem Kuchen, den Frances gerade gebakken hatte, und kaute nachdenklich. Dann leckte er sich die Finger ab.

»Frances«, hatte Elizabeth gesagt, »läßt du den Herrn Pfarrer jetzt bitte hinaus?«

Es hatte sie für einen kurzen Moment gewaltig erleichtert, daß sie diesem salbadernden Orakel die Tür weisen konnte, doch als er sich getrollt hatte, hatte die Lähmung um so härter zugeschlagen. Wenn es keinen Gott gab, der über Tod und Leben entschied, wenn dem Sterben keinerlei Sinn zugrunde lag, regierte nur der Zufall. Sie war machtlos. Ein jeder war machtlos. Die Menschen ersannen Geschichten von Schicksal und dem Sinn des Leidens, um diese zum Wahnsinn treibende Ohnmacht nicht spüren zu müssen.

Frances war schockiert gewesen, erschrocken über die ihr aufgezwungene Unhöflichkeit gegenüber dem Pfarrer, aber sie hatte, ohne zu zögern, getan, was Elizabeth ihr aufgetragen hatte.

»Wie soll das jetzt weitergehen?« fragte sie. Elizabeth zuckte die Achseln.

»Es geht nicht weiter. Ich höre nicht mehr auf den Mann. Er hält den Gottesdienst ab, das können wir nicht ändern. Aber wir brauchen nicht auf ihn zu hören.«

Das auszusprechen hatte sie extreme Mühe gekostet, noch nie hatte sich ihr Körper so schwer und unbeweglich angefühlt. Dennoch tat es ihr gut, daß sie die schleimige Milde, die die meisten Menschen als Trost ansahen, durchschaut und zurückgewiesen hatte. Aber dann, aber dann. Frances fand, daß sie sich ein Weilchen hinlegen solle, einfach nach oben gehen, eine halbe Stunde ins Bett, ausruhen. Angst flackerte in ihr auf; sobald sie lag, ging es unbeherrschbar in ihrem Kopf rund, war sie den furchtbaren Bildern ausgesetzt, die ungefragt Besitz von ihr ergriffen, und überblickte nichts mehr.

Nicht liegen, niemals.

Resolut öffnete sie das Tor und betrat den Friedhof. An der Kirchenmauer hoben zwei Männer ein Grab aus. Sie nickte kurz und wandte das Gesicht ab. Ich sollte einen Schleier tragen, dachte sie, eine Maske, um mich vor den Blicken von Menschen zu schützen, die im normalen Leben stehen, die gedankenlos im Takt der Zeit laufen. Aber tue ich das denn nicht auch? Das Weihnachtsessen, das Buch, das Kind! Nicht, wenn ich hier bin, bei ihr. Dann ist mein Gesicht bei der Stunde ihres Todes zurückgeblieben. Ihr Zugrundegehen ist mir von den Wangen abzulesen, und niemand darf das sehen.

»Wir schlafen in Hängematten; man kann jemandem einen Streich spielen und den Knoten aufmachen. Dann knallt er auf den Boden, wenn er hineinsteigen will!«

Jamies Stimme war tiefer geworden. Verwundert betrachtete Elizabeth ihren ältesten Sohn – diese kurzen, kräftigen Arme, dieses Selbstvertrauen, der Stolz, mit dem er von seiner Ausbildung erzählte!

Sie lächelte James zu. Wie gut es war, wieder zu viert zu sein. Sogar Nathaniel schien aufzuleben und fragte seinem Bruder Löcher in den Bauch. Was bringen sie euch bei, wann mußt du essen und was, bist du oft auf dem Wasser, wie heißen deine Freunde, darfst du die Hängematte aufhängen, wo du willst, wirst du oft bestraft? Bist du seekrank gewesen, hattest du Angst, hast du Heimweh?

Sie verschwanden zusammen nach draußen. Elizabeth begann, den Tisch abzuräumen, und warf einen Blick auf die Zeichung von einer felsigen Küste, die Jamie seinem Vater mitgebracht hatte. Die Linien schienen ohne Zögern gezogen worden zu sein, und mit Liebe zum Detail waren die Klippen mit Bewuchs versehen worden. Einrahmen und aufhängen, dachte sie.

»Gestern habe ich mit Sandwich gesprochen«, sagte James. »Er hat von Forster gründlich die Nase voll. Mit dem Mann könne man einfach nicht reden, sagt er. Den Laufpaß geben will er ihm freilich noch nicht. Die Admiralität hat viel Geld in Forster investiert. Seine Aufzeichnungen enthalten so viele Informationen, schwer, das einfach wegzuwerfen. Wie Sandwich das lösen will, ist mir noch nicht ersichtlich. Ich bin froh, daß ich nicht in seiner Haut stecke.«

»Habt ihr über dein Buch gesprochen?« fragte Elizabeth. Im großen Zimmer lagen dreizehn dunkelblaue Hefte auf dem Tisch, die Endfassung des Reisetagebuchs. James hatte in den vergangenen Wochen hart daran gearbeitet. Stundenlang studierte er die vorangegangene Version, um zwischen den Zeilen, aus dem Wirrwarr loser Notizen und ergänzter Anmerkungen das Wesentliche der Geschichte herauszufiltern. Beim Schreiben hemmte ihn die Vorstellung, daß ein Publikum seine Sätze lesen würde, und er bat sie wiederholt um ihr Urteil über Passagen, die anstößig sein könnten. Sie hatte nichts daran zu bemängeln. Seine Beschreibung einer zeremoniellen Entjungferung, die von der Bevölkerung leidenschaftlich kommentiert wurde, seine Spekulationen über Treue und Untreue, seine Anspielungen auf das zügellose Verhalten der Mannschaft faszinierten sie. Sie konnte beinahe den Duft von Tahiti riechen, wenn sie las. Er erzählte, wie es war – warmes, grünes Meer, in dem sich nackte Mädchen schamlos auf dem Rücken treiben ließen –, was er vorgefunden und welche Gedanken das bei ihm hervorgerufen hatte. Sich mißbilligend darüber zu äußern lag ihr fern. Sie achtete auf den Satzbau und die Interpunktion. Mit dem Inhalt nahm sie vorlieb.

»Er hat mir angeboten, das Ganze von einem Berater durchsehen zu lassen. Er nannte einen Namen, ein Kanonikus aus Windsor. Sandwich ließ durchblicken, daß der König dahintersteckt, aber du weißt, wie er ist, wenn er nichts preisgeben möchte, hält er höchst diplomatisch den Mund. Ich habe den Eindruck gewonnen, daß uns keine andere Wahl bleibt.«

Elizabeth dachte über den königlichen Wunsch nach, das Reisebuch redigieren zu lassen. Sie erwartete, daß sie es als Beleidigung, als Mißfallensvotum empfinden und es sie grämen würde, doch alles, was sie registrierte, war Erleichterung. Da lag ein tadelloses Manuskript, dessen Rechtschreibfehler und schiefe Sätze weitgehend behoben waren. Sie hatten ernsthaft und einträchtig an der Geschichte gearbeitet. Es war Weihnachten, James würde zu Hause bleiben, sie bekam ein Kind. Vielleicht war es gar nicht mehr notwendig, so eine gemeinsame Aufgabe zu verrichten. Laß ihn das ruhig mit diesem Kanonikus beratschlagen. Laß ihn ruhig.

»Du kannst den Mann doch mal einen Blick darauf werfen lassen. Schick ihm die ersten fünf Hefte und schau, was er sagt.«

»Und es macht dir nichts aus?« Er nahm die Hefte vom Stapel und legte sie gesondert hin.

»Nein. Wenn du damit einverstanden bist.«

Er kam zu ihr und strich ihr übers Haar. »Du hast mir so sehr geholfen«, sagte er. »Ich bin kein Schriftsteller. Es kostet mich die größte Mühe, und ich weiß nie, wann etwas fertig ist. Wie soll ich von der einen zur nächsten Szene kommen? Was soll ich mit all den Kleinigkeiten machen, die ich unbedingt darin haben möchte, die den Erzählfluß aber so verlangsamen? Ich habe gestern noch einmal einen Blick in dieses fürchterliche Buch von Hawkesworth geworfen. Was die Fakten betrifft, macht er alles falsch, aber es ist trotzdem fesselnd, weil er weiß, wie man eine Geschichte erzählen muß. Ich habe kein Gefühl dafür.«

Sie griff zu den Heften, die er gesondert hingelegt hatte. »Pack sie ein, schick sie weg. Laß dir einfach von dem Mann helfen. Wenn er sich als eine Art Hawkesworth entpuppt, sehen wir weiter.«

Die Erleichterung verlieh ihr Flügel. Das Weihnachtsessen! Palliser und seine Frau wurden eingeladen; Nat und Jamie würden beim Tischdecken helfen. Nüsse, Äpfel, Konfitüren und Käse wurden aus dem Keller heraufgeholt. Die Gans im Bräter, mit ihrer Füllung aus Brotkrumen und Pflaumen, begann leise zu duften. Zum erstenmal seit Wochen lehnte sich Nat in der Küche an sie.

»Du hast gestern so wunderschön gespielt«, sagte sie. »Ich habe alles um mich herum vergessen, als ich dir zuhörte.« Der Junge schöpfte mit einer Suppenkelle das flüssige Fett auf und ließ es über den Gänserücken tröpfeln. Oben bei der Orgel hatte er gestanden, schmächtig und kerzengerade, die Geige hoch erhoben. Sie hatte gesehen, daß er die Augen schloß, als er nach dem Vorspiel des Organisten den Bogen auf die Saiten legte. In der Kirche war es totenstill geworden, sogar Jamie, der hinter James und ihr mit einem Schulfreund herumgealbert hatte, war verstummt und hatte sich vom Spiel seines Bruders in den Bann ziehen lassen.

»Es ging gut«, sagte Nat. »Ich wußte genau, wie ich es wollte, und das ist mir auch gelungen. Es ging wie von selbst. Darf ich den Pudding stürzen, wenn er fertig ist? Ja?«

Ein kalter Windhauch aus dem Flur kündete von Pallisers Eintreffen. James kam mit einem mächtigen Schinken in den Armen in die Küche. Palliser folgte, allein.

»Es geht nicht«, sagte er. »Sie fühlt sich nicht gut. Sie läßt sich entschuldigen. Aber ich bin da. Tag, Nat, ich habe dein Spiel gestern sehr genossen. Richtig gut war das. Da lohnt es sich doch direkt, am Heiligabend in die Kirche zu gehen.«

Er sah Elizabeth an, mit Augen, die im warmen Kerzenlicht strahlend hellblau waren. Vielleicht ist er ganz einfach froh, hier zu sein, dachte sie. Auf der Werft ruht die Arbeit, die Admiralität hat ihre Amtszimmer geschlossen, und er ist lieber in dieser Küche als in seinem eigenen Haus bei der kranken, der kinderlosen Frau.

Jamie kam herein, den Geruch von frischer Luft um sich.

Er gab Palliser höflich die Hand und zog ihn dann mit in das große Zimmer, um ihm etwas zu zeigen. Nat ging ihnen nach. Durch die offenstehende Tür konnte sie das Gespräch verfolgen.

»Aber wer ist denn dann der Chef?« fragte Jamie.

»Papa natürlich«, sagte Nat sofort.

»Das ist kompliziert.« Palliser räusperte sich. »Es gibt mehrere Chefs. Lord Sandwich ist der Marineminister. Er ist der oberste Chef, er untersteht direkt dem König und unterhält Kontakt zur Regierung. Die Admiralität selbst, das Amt, wird von Philip Stephens geleitet. Er ist Herr über alles, was mit der Schiffahrt zu tun hat. Und mit Geld.«

»Und Ihr?« fragte Jamie.

»Ja, Junge, ich bin auch eine Art Chef. Kontrolleur der Flotte, könnte man es nennen. Ich muß dafür sorgen, daß Schiffe für die Expeditionen da sind, die sich Sandwich und Stephens ausgedacht haben. Ich kaufe sie, ich schaue, ob sie in gutem Zustand sind, ich lasse sie reparieren, wenn das nicht der Fall ist. Wenn ich mir nicht sicher bin, frage ich euren Vater um Rat. So verhält sich das.«

Die Gans brutzelte so laut, daß Elizabeth nicht mehr verstehen konnte, was im Zimmer gesagt wurde. Sie nahm den Bräter vom Feuer. Nicht mehr lange, und das Mahl konnte beginnen.

Sie hatten das schwere Damasttuch auf den Tisch gelegt. Teller und Besteck für Pallisers Frau hatte Elizabeth im letzten Moment heruntergenommen. Jetzt saßen sie zu fünft am Tisch: James zwischen seinen Söhnen auf der einen Seite, Palliser und sie auf der anderen. Im Kamin brannte ein unbändiges Feuer, und bleiche neue Kerzen beleuchteten die Tafel.

Es entspann sich ein Schiffahrtsgespräch, wie konnte es anders sein. Palliser und James unterhielten sich über die Heimreise Omais, die Jungen lauschten atemlos, und Elizabeth lehnte sich mit den Armen über dem Bauch auf ihrem Stuhl zurück. Die Gans war perfekt gebraten.

Kapitän Clerke sollte Omai zu seiner Insel zurückbringen, und dazu sollten zwei Schiffe ausfahren, die ausgebesserte *Resolution* und ein neues, von James auszuwählendes Schiff.

»Nimmt Omai so viel mit, daß dafür zwei Schiffe nötig sind?« fragte Nat. Jamie begann eine Aufzählung: Kleider, Gewehre, Bretter, um ein Haus zu bauen, Marmorfliesen, Pferde, ein Ochse!

»Vielleicht machen sie noch etwas anderes, wenn Omai nach Hause gebracht worden ist. Ich weiß nichts Genaues, die Ordern an den Kapitän sind immer geheim. Und noch gibt es gar keine Ordern, denn offiziell gibt es noch nicht einmal einen Kapitän.« Palliser hielt kurz inne und sah James an. Als er weitersprach, war sein Ton nüchtern und sachlich.

»Gestern hat der König einen Preis für den Mann ausgelobt, der eine nördliche Durchfahrt findet. Eine beträchtliche Summe.«

James blickte überrascht, und die Jungen hatten Fragen über Fragen. Palliser erläuterte, wie umständlich der Weg nach China und zu den Inseln Indonesiens sei, wenn man stets um das Kap Hoorn oder das Kap der Guten Hoffnung segeln müsse. Man stelle sich vor, man könnte einfach an Schottland entlang nach Norden fahren, oberhalb von Skandinavien Kurs gen Osten nehmen und würde so schließlich in den nördlichen Teil des Stillen Ozeans gelangen. Welch ein Unterschied in der Reisedauer, welche Möglichkeiten für Handel und Verkehr!

»Man hat das zwar schon einmal versucht, aber ich habe den Eindruck, daß die Expeditionen schlecht vorbereitet und erbärmlich ausgerüstet waren. Es ist kalt dort oben, man muß sich seinen Weg zwischen dem Eis hindurch suchen, und die Proviantierung ist natürlich ein großes Problem. Bevor man ans Handeltreiben denken kann, muß die Route kartiert werden. Küsten, Inseln, Strömungen, die Reichweite des Polareises. Zwanzigtausend Pfund.«

»Ich wußte, daß das kommen würde«, sagte James, »aber nicht, daß es so viel sein würde. Ich würde sagen: westlich, über Neufundland.«

Er verstummte plötzlich und versank in Nachdenken. Palliser versuchte, den Kindern zu erklären, was man mit zwanzigtausend Pfund so alles machen könnte, und sagte, daß der König den Preis nach Weihnachten offiziell ausloben werde.

»Von der Südsee aus. Zuerst nach Tahiti, dann nach Norden«, murmelte James. Elizabeth ging mit der Gans herum und gab ihrem Mann eine zweite Portion. Er schien es nicht zu bemerken.

»Papa!« Nats Stimme durchschnitt die häusliche Geräuschkulisse von Löffeln auf Porzellan und knisterndem Holz im Kamin. »Papa, wirst du den Preis gewinnen?«

Sie trug die Schale mit den Resten der Gans in die Küche. Die Antwort brauche ich nicht zu hören, dachte sie. Weihnachten. Alles muß bleiben, wie es jetzt ist. Sie verzögerte jedoch den Schritt und blieb auf der Schwelle zur Küche stehen, die Schale auf den erhobenen Unterarmen. Sie hielt den Atem an.

»Nein, Junge«, sagte James. »Ich werde den Preis nicht gewinnen, denn ich gehe nicht mehr auf die Reise. Kapitän Clerke bekommt jetzt die Gelegenheit, und ich werde gute Schiffe für ihn aussuchen. Es wäre großartig, wenn es ihm gelänge, die Passage zu finden. Gar nicht mal des Geldes wegen, sondern unserem Wissen über diese nördlichen Meere zuliebe. Ich fahre nicht mit, ich bin lange genug gefahren.«

Sie sind enttäuscht, dachte sie, während sie die fettige Schale abwischte. Jamie überlegt bestimmt schon, was man mit so einer gewaltigen Summe alles kaufen könnte. Für Nat ist es vielleicht vertrauter, wenn sein Vater weg ist. Er denkt sich womöglich, daß er nicht auf diese Schule und zur See muß, wenn James nicht da ist.

Sie rief ihren Jüngsten in die Küche, damit er ihr mit dem Weihnachtspudding half. Gemeinsam legten sie einen Kranz aus Stechpalmenblättern um den dunklen, duftenden Kuchen, in dem die Rosinen glänzten wie Schrotkugeln. Nat trug das Ungetüm ins Zimmer, sie folgte mit dem Sahnekännchen. So leichtfüßig, daß der Rock um ihre Waden tanzte, erleichtert, wie sie sich seit Jahren nicht gefühlt hatte. Sorgsam verteilte sie die Portionen auf die Teller, mit gesenktem Kopf. Sie sah James erst in dem Moment an, als sie ihm seinen Teller reichte. Der Kuchen schwebte über dem Damast, einen endlosen Augenblick lang schauten sie sich ins Gesicht. Liebe Augen, dachte sie, er hat liebe Augen.

Mitten in der Nacht wurde sie wach, allein. Sie setzte sich auf und spitzte die Ohren. Im Obergeschoß war es still, doch von unten drangen vage Geräusche herauf. Sie glitt aus dem Bett und lief barfuß die Treppe hinunter. Tastend trat sie in die Küche, wo noch der Fettgeruch von der gebratenen Gans in der Luft hing. Auf der Anrichte mußte eine Kerze stehen. Sie ließ ihren Augen einen Moment Zeit, sich an die Dunkelheit zu gewöhnen. Ja, dort. Anzünden. Die Flamme leuchtete flackernd auf. Sie stieß die Tür zur Waschküche auf.

James übergab sich in einen Eimer. Das Haar hing ihm in feuchten Strähnen um den Kopf, und das Nachthemd klebte klatschnaß an seinem Rücken. Sein Würgen und Ächzen hallte laut zwischen den kahlen Wänden wider. Er kniete auf den unebenen Klinkern des Fußbodens; die Rückseite seiner nackten, mageren Beine sah fahlgrau und leblos aus.

»Was ist denn, James?« fragte sie erschrocken.

Er reagierte nicht. Sein Gesicht wurde von dem Eimer verdeckt, den er mit beiden Armen umklammerte. Sie ging neben ihm in die Hocke und legte ihm die Hand in den Nacken. Klammer Schweiß.

»Tür zu!« keuchte er schließlich. »Die Jungen!«

Sie erhob sich, schloß die Tür, nahm ein Handtuch und goß

Wasser in einen Becher. Jetzt nicht in Panik geraten, dachte sie, einfach nur tun, was zu tun ist.

Er hob den Kopf, und sie begann ihm das Gesicht abzuwischen, wie sie das früher bei Jamie getan hatte, wenn er in den Matsch gefallen war. Aus dem Eimer stieg ein ekelhafter Gestank nach säuerlichem, halb verdautem Essen auf.

Sie gab ihm zu trinken. Prompt zogen erneute Krämpfe durch seinen Oberkörper. Streicheln. Halten. Geduld. Er kam zur Ruhe und schob den Eimer beiseite. Wie Haubentaucher auf dem Wasser knieten sie einander gegenüber. Sie erschrak über sein eingefallenes, gelbliches Gesicht, in dem die Augen dunkel und groß glänzten.

»Es ist nichts«, sagte er krächzend. »Verdauungsstörung. Eine Weihnachtskrankheit.«

Er versuchte, sich zu erheben, und stützte sich schwer auf ihre Schultern. Auf ihre Frage, ob er laufen könne, nickte er kurz, mit zusammengepreßten Lippen. Schleppend kämpften sie sich zusammen die Treppe hinauf. Mit aller Kraft klammerte er sich am Geländer fest, es schien, als ziehe er sich mit den Armen hoch. Sie blieb ein wenig hinter ihm, aus Furcht, daß er fallen könnte. Wenn das geschah, würde sie wenig ausrichten können, er würde sie mit seinem langen Leib mitreißen, bis sie beide am Fuße der Treppe auf dem Boden lagen. Dennoch stützte sie vorsichtig seinen Rücken.

Er verzog das Gesicht zu einer als Lächeln gedachten Grimasse, als er wieder im Bett lag. Unter ihren Augen fiel er in Schlaf.

Am nächsten Morgen schien es, als sei nichts gewesen. Gut gelaunt saß er mit den Jungen am Tisch und aß Brei. Elizabeth ging in die Waschküche. Der Eimer stand saubergeschrubbt auf dem Reck.

Darüber reden, dachte sie, fragen, ob er häufiger Beschwerden hatte, auf der Reise war er so krank gewesen, sie mußte wissen, was los war. Einfach fragen, so schwer war das doch nicht. Aber sie schwieg.

»Schau«, sagte James, »ein Brief von Douglas. Er hat die Hefte durchgesehen, die ich ihm neulich geschickt habe. Lies du mal, ich bin gespannt, was du davon hältst.«

Sie nahm den Brief von ihm entgegen. Douglas' Ton war freundlich-höflich, seine Formulierungen zurückhaltend. Er beglückwünschte James zu seinem Journal, die beschriebenen Geschehnisse hätten ihn sehr fasziniert. Es würde ihm eine Ehre sein, das Buch mit James zusammen druckfertig zu machen, schrieb er, und er lud den Autor ein, ihn in Windsor zu besuchen, damit sie das eine und andere in Ruhe besprechen könnten. James brauche keine wesentlichen Eingriffe zu befürchten, weder was den Inhalt noch was den Stil betreffe, denn seiner bescheidenen Meinung nach sei die direkte und realistische Art der Darstellung Teil der Anziehungskraft des Buches. Mit größter Achtung und Bewunderung und den herzlichsten Grüßen.

Elizabeth schaute auf und nickte. »Ich würde es machen. Klingt doch sympathisch, findest du nicht? Er wird sich deine Geschichte gewiß nicht aneignen. Wann gedenkst du zu fahren?«

»Ich fahre nicht«, sagte James. »Das kostet mich zuviel Zeit. Ich brauche ein paar Tage, um die folgenden Hefte versandfertig zu machen, die schicke ich ihm dann mit der Postkutsche. Ich muß auf die Werft, kommende Woche. Dort liegen jetzt drei Schiffe, die vielleicht geeignet sind. Darauf muß ich meine Zeit verwenden. Ich werde diesem Douglas schreiben. Er versteht das schon. Und wenn nicht, dann eben nicht.«

Sie sah ihn plötzlich wieder auf dem Achterdeck der *Resolution* stehen: breitbeinig, dezidiert, mit schnellen Bewegungen und einem Blick, der alles überschaut. Dieses Bild vertrug sich nicht mit dem des knieenden, sich übergebenden Mannes, den sie in der Waschküche vorgefunden hatte. Sie scheute sich, ihn nach seiner Gesundheit zu fragen, jetzt, da er so energiegeladen aussah, doch was passiert war, nagte in ihren Gedanken weiter.

»Banks hat uns zu seinem Neujahrsempfang eingeladen«, sagte James. »Alle kommen, das heißt, wen Banks so unter ›alle‹ versteht. Grafen und Herzoginnen.«

Die Galauniform heraushängen und ausbürsten, dachte sie. Sie selbst würde ihr Tahiti-Kleid anziehen, eine gute Wahl für eine Gesellschaft, die ein solches Interesse für die Südseeinseln hegte. Und sie paßte gerade noch hinein.

»Er hat bestimmt auch seine Freunde von der Akademie eingeladen«, sagte sie. »Solander wird gewiß dasein, und vermutlich noch andere, die er gern um sich hat. Omai natürlich. Und die Burneys.«

James schnaubte. »Sie meinen es gut, aber sie haben keine Ahnung. Sie glauben, sie seien interessiert, aber ihr Interesse gilt vor allem sich selbst. Sie sind ja so froh, daß sie die beste Ausbildung genossen haben, so zufrieden, daß sie alle neuen Bücher lesen und allen Konzerten beiwohnen können – und nun auch noch diese interessante neue Welt, die ihnen in den Schoß fällt, nein, so ein Glück aber auch! Sie benehmen sich, als stünde ihnen das alles rechtmäßig zu. Als ich zu meiner Reise aufbrechen sollte, hielt es der alte Burney für selbstverständlich, daß sich sein Sohn einschiffen konnte, wo der Junge es doch so gern wollte!«

»Aber sie *haben* Interesse, James«, sagte Elizabeth. »Und der Junge, wie du ihn nennst, hat immerhin eine komplette Ausbildung bei der Marine absolviert. Warum sollte er sich da nicht bei dir melden, wenn er mitreisen möchte?«

James setzte sich, die Hefte im Arm, die er Douglas schikken wollte. Er dachte kurz nach und sagte dann: »Du hast recht. Natürlich muß so ein Junge mit. Das ist es nicht. Er hat sich auch bewährt. Es geht um etwas anderes. Um die Selbstverständlichkeit, mit der diese Leute alles in der Welt für sich beanspruchen. Sie fragen sich nie, ob sie irgendwo willkommen sind, sondern gehen davon aus, daß ein jeder ihnen die Tür öffnen wird. Sie *fühlen* sich überall willkommen, und dann *sind* sie es auch. Zu Hause haben sie eine Bibliothek voll der kostbarsten Bücher, sie lassen sich von den berühmtesten Malern porträtieren, sie sitzen jeden Abend in der eigenen Opernloge und finden das alles ganz normal. Das bringt mich in Harnisch, auch wenn ich weiß, daß sie nichts dafürkönnen.

Als ich zu einer Soiree bei ihnen war, nach der ersten Reise, kam ich mir bäurisch und ungeschickt vor. Ein plumper Seemann. Dazu bestand gar kein Anlaß, denn sie hingen an meinen Lippen, der Vater, der Sohn und diese furchtbare Tochter. Sie stellten gute Fragen und lauschten andächtig auf das, was ich antwortete, aber dennoch kann ich nicht dazugehören. Weißt du, daß ich ihr Exemplar von Bougainvilles Reisebuch verunziert habe? Auf ihren eigenen Wunsch! Der Alte wollte wissen, wie ich um die Erde gefahren war, und da habe ich einen Bleistift aus der Tasche gezogen und meine Route in die Übersichtskarte am Anfang des Buches eingezeichnet. Die Tochter, diese Fanny, hing mit offenem Mund vor Verblüffung über meiner Schulter, weil ich so einfach in ihr Erbstück hineinschmierte, aber kurz darauf kreischte sie, daß dies ein historischer Moment sei und sie die Bleistiftlinie fixieren müßten, damit sie für die Ewigkeit bewahrt bleibe! Siehst du, sie gehen davon aus, daß ihre Bücher und Atlanten für immer in Museumsvitrinen liegen werden!«

Am Tag des Festes setzte er seine Perücke auf und zog die Galauniform an. Die Kutsche fuhr vor, und sie brachen auf. Aus allen Fenstern von Banks' Haus strahlte Licht. Die Türen waren weit geöffnet, Kutscher schrien, Pferdehufe trommelten auf dem Pflaster, und Gäste in farbenprächtiger Gewandung gingen aufgeregt plaudernd die Stufen hinauf. In der Eingangshalle stand Banks und hieß seine Gäste willkommen; sein rundes Gesicht strahlte auf, als er James und Elizabeth sah. Die Männer umarmten sich. Banks drückte seine Befriedigung über James' anstehende Aufnahme in die Akademie aus; noch nie sei ein Mitglied mit solch ohrenbetäubendem Beifall gewählt worden, und wie sie sich auf James' ersten

Vortrag freuten, seine Jungfernrede, die ja gewiß von der wunderlichen Sozialordnung auf Tahiti handeln werde, den sexuellen Gewohnheiten der Eingeborenen, den Menschenopfern! James rüstete sich zu einer Antwort, doch Banks war bereits davongesprungen, um neuen Gästen Gehör zu schenken.

James nahm Elizabeths Hand und führte sie unter dem gewaltigen Kronleuchter durch die Eingangshalle und in einen Saal hinein. Auf einem Podest stand Omai und sang. Er trug ein weißes Seidengewand, das eher wie eine römische Toga aussah denn wie die Tracht der Insulaner. Die Augen geschlossen und den Mund weit aufgerissen, sang er mit lauter, heiserer Stimme ein monotones Lied in seiner Heimatsprache und stampfte dazu rhythmisch mit den nackten Füßen. Als er geendet hatte, hüpfte er von seinem Podest und begann, die Hände der Damen, die ihm mit Bewunderung und Grausen gelauscht hatten, mit Küssen zu überladen. Entzückt wie ein kleines Kind, nahm er ihre Komplimente entgegen. Jemand reichte ihm ein Glas, aus dem er hastig trank; dann ließ er sich vor Freude kichernd und kreischend von einer jungen Frau zu einem betagten Herrn mitziehen, der mit einem Notizbuch auf dem Schoß am Kamin saß. Von dem wüsten Wilden mit der herzzerreißenden Stimme, der er gerade eben noch gewesen war, schien nichts mehr übrig zu sein.

»Burney«, sagte James und zeigte auf den Mann am Feuer. Omai kniete zu Burneys Füßen und flüsterte ihm mit heftigen Kopfbewegungen ins Ohr. Auf eilig gezogenen Notenlinien notierte der Musikwissenschaftler die Rhythmen in sein Buch.

Elizabeth hoffte auf eine Unterhaltung mit diesem Mann. Er würde ihr alles über das Musikleben in der Stadt erzählen können, über den vielversprechenden Komponisten Haydn, von dem Palliser kürzlich gesprochen hatte, und vielleicht über die Möglichkeiten, die ein Geiger hatte, sich in der Musik eine Existenz aufzubauen.

James hatte Vorbehalte gegen Burney, weil dieser seinerzeit den schrecklichen Hawkesworth als Bearbeiter der *Endeavour*-Journale empfohlen hatte. Dennoch drückte er dem alten Mann herzlich die Hand und sprach sich lobend über den Einsatz und das Pflichtbewußtsein des seefahrenden Sohnes Jem aus. Der Vater strahlte. Omai verschwand im Gewühl, und in einem anderen Saal begann ein kleines Streichorchester zu spielen.

Sie wanderten umher, als wäre das Haus ein Park, und begrüßten überall Menschen.

»Nett, daß du das gesagt hast, über seinen Sohn«, sagte Elizabeth. »Der Junge war nicht auf der *Resolution*, oder?«

»Nein. Er war zwar bei mir eingeteilt, aber dann hat es im letzten Moment allerlei Verschiebungen gegeben, und er kam auf das andere Schiff. Er war enttäuscht, hat sich aber wie ein guter Seemann betragen. Er hat die Untersuchung des Mordes an der Besatzung des Beibootes in Neuseeland geleitet. Am Tag nach dem Drama ist Jem Burney in jener Bucht an Land gegangen und hat die halb verzehrten Reste seiner Freunde gefunden. Er hat einen guten Bericht darüber geschrieben.«

Lord Sandwich traf mit seiner Geliebten am Arm ein und steuerte sogleich auf James zu. Elizabeth trat nach der Begrüßung ein wenig zurück und lauschte dem Gespräch, das sich um Douglas' redaktionelle und gesellschaftliche Qualitäten drehte, aus der Distanz. Sie ließ den Blick über die Menge schweifen, sah zu, wie Fanny Burney mit Omai Verbeugungen und Tanzschritte übte, suchte nach Vater Burney mit seinem musikalischen Notizbüchlein, sah ihn aber nirgends. Plötzlich wurde sie sich bewußt, daß sie nach Hugh Palliser Ausschau hielt. Es war allerdings höchst unwahrscheinlich, daß er sich hier blicken lassen würde, er saß lieber in einem Kaffeehaus und unterhielt sich mit seinen Freunden. Vielleicht war er auch zu Hause bei seiner kranken Frau. Nicht hier, nicht bei ihr. Sie hatte ihn erst vor wenigen Tagen zum

Essen bei sich gehabt, würde ihn zweifellos in der kommenden Woche treffen, wenn er sich mit James die Schiffe ansah, sie konnte ihn sehen, wann immer sie wollte, es bestand keinerlei Grund, jetzt nach ihm zu suchen. Außer, daß sie ihn offenbar gern sehen würde. Sie straffte die Schultern und trat wieder einen Schritt näher, um das Gespräch besser verstehen zu können.

»Clerke«, sagte Sandwich, »Clerke soll die Expedition leiten. Er hat jetzt den erforderlichen Rang und die Erfahrung. Für das neue Schiff suchen wir noch einen weiteren Mann, in Absprache mit dir natürlich. Gut, daß du die Schreibarbeit aus den Händen gegeben hast, da können wir dich jetzt häufiger in Anspruch nehmen. Ich erwarte deine Meinung zu den Schiffen in der nächsten Woche. Die Zeit beginnt zu drängen, ich würde am liebsten ein Abreisedatum im März anvisieren. Du weißt, warum.«

Miss Ray, die extravagante Freundin, zog Sandwich am Ärmel. Man hatte zu soupieren, andere Gesprächspartner wollten auch berücksichtigt werden, die Gläser waren leer.

»Wir gehen«, sagte James, als sie mit einem Mal etwas verloren unter dem Kronleuchter standen. »Du mußt ruhen, du bist schwanger.«

Sie folgte ihm schweigend. Draußen atmete er tief ein, und sie sah, wie seine Wangen Farbe bekamen. Er winkte dem Kutscher und half ihr einsteigen. Gespannt schaute er aus dem kleinen Fenster; er sucht Wasser, dachte sie, und ja, er zeigte zum Fluß in der Ferne, sobald er ihn sah.

Sie blieben noch vor dem Haus stehen und blickten der Kutsche nach, in der eiskalten Nacht. Ein neues Jahr hatte begonnen.

Liebe Frances, schrieb Elizabeth, *ich habe schon so lange vor, Dir zu schreiben, aber der ganze Tisch lag voll mit den verschiedenen Fassungen von James' Journalen, mit Atlanten und Karten und Notizzetteln, die ich nicht wegzuräumen wagte. Jetzt haben wir alles mehr oder weniger geordnet und untergebracht. Die neue Fassung des Reiseberichts wurde zur Korrektur an Herrn Douglas geschickt. Er schreibt James immer wieder, daß er sich mit ihm beraten und die Verbesserungen mit ihm durchsprechen möchte, aber James überläßt alles ihm. Er ist froh, daß er davon befreit ist, glaube ich, obwohl er Wert darauf legte, es diesmal selbst zu machen. Ich habe ihm natürlich geholfen, darauf hatte ich mich wirklich gefreut, aber es wurde dann doch nicht so, wie ich es mir vorgestellt hatte. James fühlte sich nicht wirklich wohl dabei, ich hatte den Eindruck, daß er die Leser schon über seine Schulter blicken spürte und deshalb nicht frei war, so zu denken und zu schreiben, wie es ihm in den Sinn kam.*

Ich versäume völlig, mich nach Dir zu erkundigen, wie Du mit dem Sturmwetter zurechtkommst, mit Deinem Mann, mit der politischen Unruhe in Deinem neuen Land. Wir lasen hier, daß Euer Befehlshaber George Washington unserem König einen Versöhnungsbrief geschickt hat. Ich glaube nicht, daß es etwas genützt hat. Statt der so gewünschten Unabhängigkeit habt Ihr immer noch Krieg!

Wenn ich an Dich denke, was ich oft tue, vermisse ich Dich vor allem. Ich werde Dir auf immer dankbar sein für die Zusammengehörigkeit hier im Haus, wir beide und die Kinder. Seit Du fort bist, habe ich keine richtige Freundin mehr. Natürlich verkehre ich mit den Nachbarinnen und mit den Frauen von James' Kollegen, doch das sind oberflächliche Freundschaften, wenn man sie überhaupt so nennen kann, durch die Umstände bedingt. Ich erzähle nie, was mich wirklich beschäftigt. Nur manchmal, in schwachen Momenten, Hugh Palliser gegenüber. Aber den kann man nun wahrlich keine Freundin nennen!

Jamie scheint sich auf der Seefahrtsschule sehr gut zu machen. Er war Weihnachten zu Hause, größer, muskulöser und mit seinen neuen Weisheiten prahlend. Über Nat mache ich mir Sorgen, die ich nicht mit James teilen kann. Nat ist ein verletzliches Kind, ich sehe, daß er über allem möglichen brütet, aber er sagt nichts. Seit James zurück ist, ist Nat mir ferner. Er hat sich zurückgezogen.

Oder ich bin anders. Manchmal glaube ich, er weiß, daß ich schwanger bin. Ich habe noch nichts gesagt, aus Angst, es könnte ihm zusetzen. Eigentlich hat er nur erlebt, daß Kinder kamen, die wieder starben. Jedes Jahr war eines tot, und ich konnte eine Zeitlang nicht wirklich für ihn dasein. Ich zögere, ihn zu belasten, sehe ihn aber auf meinen Bauch schielen. Soll ich mit ihm reden? Die Musik ist sein einziger Trost, und kommenden Sommer, wenn auch er nach Portsmouth muß, wird er sie verlieren. Ich denke an die Abende, da Du für ihn gesungen hast, wie glücklich ihn das machte. Was ist es doch schwer, zu wissen, wie man handeln soll!

Wir bleiben hier in Mile End wohnen. James hat im Hospital nichts zu tun, und wir wollen uns gern unsere Selbständigkeit bewahren. Sein Posten ist eine Sinekure, höchstens einmal im Monat tagt er mit den anderen Direktoren. Auch um ihn mache ich mir Sorgen. Nach dem Weihnachtsessen hatte er eine akute Magenverstimmung, über die ich sehr erschrak. Er hat seit seiner Rückkehr stark abgenommen und sieht angespannt aus. Er möchte nicht darüber reden und sagt, er sei völlig gesund. In seinen Büchern las ich, daß er auf der Reise ernstlich krank gewesen ist und tagelang mit rheumatischem Fieber im Bett gelegen hat. Er konnte nicht einmal etwas essen! Ich denke, das englische Essen tut ihm gut, aber ich weiß nicht, ob das auch so ist.

Gestern fuhr er aufgeräumt zur Werft, wo Palliser ihn erwartete. Sie wollten ein Schiff auswählen, das im kommenden Frühjahr mit der Resolution *zusammen auf die Reise gehen soll, vermutlich unter dem Befehl von Kapitän Clerke. Abends kam er enttäuscht zurück. Das Schiff, das er habe kaufen lassen, sei zwar ordentlich, sagte er, es müsse nur noch mit einem dritten Mast und einigen anderen Dingen ausgestattet werden, ich weiß nicht mehr, was, aber der Zustand der* Resolution *habe ihn erschreckt. In den sechs Monaten, die sein Lieblingsschiff dort im Dock gelegen hat, ist bitterwenig geschehen. Er macht sich Vorwürfe, er hätte den Zimmerleuten und Reepschlägern auf die Finger sehen müssen. Ich fragte ihn, wie Palliser darüber denke, der ist nämlich verantwortlich und hätte den Verlauf der Reparaturen überwachen müssen. James sagte nicht viel dazu. Ich bekam den Eindruck, daß sie sich gestritten hatten. Aber das dürfte nicht lange anhalten, denn die beiden haben so vieles gemein. Das einzige, worin sie sich meiner Meinung nach wirklich unterscheiden, ist, wie soll ich sagen, der Umgang mit Höhergestellten. James scheint dabei immer auf der Hut zu sein und hat das Gefühl, sich beweisen zu müssen. Hugh Palliser ist das ganz einerlei, der tut, was er für richtig hält, und schert sich nicht darum, was andere davon halten. Ich habe ihn in letzter Zeit häufig gesehen, er ist eine große Stütze für mich.*

Das Wetter ist unfreundlich. Nasser Schnee und böiger Wind. Ich habe Strohgarben um die exotischen Pflanzen stellen lassen, der Garten sieht jetzt so aus, wie ich mir ein Indianerdorf vorstelle. Bei Elly blüht nichts. Ich habe einen Kranz aus Tannenzweigen und Stechpalme für ihr Grab gebunden. Jetzt kommt James nach Hause. Er läßt Dich grüßen. Schreib mir recht bald wieder! Und sei geküßt von Deiner Freundin Elizabeth.

Jetzt, da der Tisch leer war, könnte sie sich an die Weste für James machen. Sie öffnete die Kiste, die in einer Ecke des Zimmers stand, und hob vorsichtig den schweren Stoff heraus. Das Gewebe war mit nichts zu vergleichen, was sie sonst kannte. Es fühlte sich weich an, war aber so widerständig, daß man nur mühsam mit der Schere hindurchkam, wie sie von der Näherin wußte, die ihr tahitianisches Kleid geschneidert hatte. Die Weste wollte sie selber nähen, sie sah sich schon mit dem dunkelroten Stoff auf dem Schoß auf einem Stuhl am Fenster sitzen. Die Farbe war so intensiv, so tief, daß ihr schwindlig wurde, wenn sie lange darauf schaute. Ein Futter aus silberfarbener Seide würde gut dazu passen. Die Knopflöcher könnte sie mit Silbergarn umsäumen. Silberne Knöpfe, mit Steg angenäht. Sie breitete den Stoff auf dem Tisch aus und schaute, wie die Teile der Weste aus der rechteckigen Bahn geschnitten werden mußten. Denk an den Fadenlauf. Eine silberne Stickerei auf die Taschen? Oder würde die das überwältigende Rot beeinträchtigen? Erst einmal mußte sie die richtigen Maße haben, über die Verzierungen konnte sie später noch entscheiden.

Sie fand das Maßband im Nähkasten und ging in die Küche, wo James mit Bleistift und Papier am Fenster saß.

»Reparaturen!« sagte er. »Nicht zu fassen, wie wenig sie gemacht haben. Und was sie gemacht haben, taugt nichts. Ein Verbrechen, so ein prachtvolles Schiff verwahrlosen zu lassen. Korruption auch, glaube ich, denn sie erhalten gutes Material. Davon habe ich auf dem Schiff nichts wiedergefunden, womöglich verkaufen sie es, schmuggeln es vom Werftgelände und ersetzen es durch Gelump. Ein Skandal. Ich müßte jeden Tag dorthin, aber wo um Himmels willen soll ich die Zeit hernehmen? Alle naselang kommen Hefte von Douglas zurück, die ich durchsehen und verbessern muß! Soll er es doch selbst machen, das ist doch sein Beruf!«

»Stell dich bitte mal hin«, sagte Elizabeth. »Ich möchte deine neuen Maße haben.«

Er fragte nicht, warum, leistete ihrer Bitte einfach Folge. Stocksteif stand er vor ihr, und ihr war, als spürte sie die Wogen der unterdrückten Wut, die von ihm ausgingen. Er schwieg und atmete oberflächlich.

Der Brustumfang an der breitesten und der schmalsten Stelle. Schulterbreite. Vom Nacken bis zur Taille. Von der Taille bis zur Achselhöhle. Nach jeder Messung beugte sie sich, das Maßband zwischen den Zähnen, über den Küchentisch und notierte das Ergebnis auf einem Blatt Papier.

»Fertig. Das genügt.«

Er marschierte vor dem Fenster auf und ab, die Hände auf dem Rücken verschränkt.

»Der Vortrag vor der Akademie, über den müßte ich jetzt nachdenken. Der ist wichtig. Ich komme zu nichts; all diese Verpflichtungen, all diese Informationen, die in einem fort eingehen und eine Reaktion verlangen. Ich überschaue das nicht mehr, hier, es entgleitet mir, ich bin dem ausgeliefert, was um mich herum geschieht, und es hat gar keinen Sinn,

Pläne zu machen oder das Ganze steuern zu wollen. Es kommt immer etwas dazwischen, es nimmt immer wieder eine andere Richtung. Forster zum Beispiel, der sich nur querlegt und alles verzögert – ich sehe zu, aber ich kann nichts dagegen ausrichten. An Bord würde ich ihn zur Ordnung rufen. Dann wäre Schluß mit dem arroganten Gehabe.«

Sie nahm den Zettel mit den Maßen und ging zur Tür. Er fragt nicht einmal, was ich vorhabe, dachte sie. Es ist ihm zuviel. An seinem soeben vermessenen Körper vorbei sah sie draußen die Strohgarben im Schnee stehen. Es sah lächerlich aus.

»Das neue Schiff ist in einem guten Zustand«, begann er wieder, »aber diese ganze elende Expedition wird warten müssen, bis die *Resolution* instand gesetzt ist. Und keiner macht etwas, bevor ich nicht gesagt habe, was zu geschehen hat. Was bekommt Omai mit, und wieviel Raum nehmen die Sachen ein? Wie viele Wissenschaftler wollen sie mitnehmen? Wieviel Proviant, wie viele Kanonen, wie viele Marinesoldaten? Es geschieht rein gar nichts, und bald ist es zu spät, um noch mit einer gewissen Aussicht auf Erfolg auslaufen zu können. Dann müssen sie ein weiteres Jahr warten!«

Er hätte beinahe aufgestampft, wandelte die Bewegung aber im letzten Moment in einen Schritt um.

»Diese Sendung von Douglas lasse ich jetzt liegen«, sagte er. »Ich schaue erst mal, ob ich Palliser im Kaffeehaus finde.«

Er verließ das Haus, ohne sie noch einmal anzusehen. Mit dem Maßband in der Hand ging sie in die Stube, wo der tiefrote Stoff strahlte. Sie maß in dem Rot seinen Brustkasten aus und zeichnete mit Kreide vorsichtig die Punkte ein, an denen die Schere entlangfahren mußte. Sie zögerte, tatsächlich mit dem Schneiden zu beginnen, und legte den Stoff wieder zusammen. Besser noch kurz darüber nachdenken, bis morgen warten, bis zu einem Tag mit geringeren Hindernissen. Den Zettel mit seinen Maßen barg sie sorgsam in den roten Falten.

Am nächsten Tag schlug das Wetter um. Binnen weniger Stunden schmolz die dünne Schneeschicht. Elizabeth war nach einem Spaziergang, und sie trat vor die Tür, um sich den Straßenzustand anzusehen. Pfützen, Matsch, Schmutz. Ein Fuhrwerk wühlte sich durch die aufgeweichte Erde und kam direkt vor ihr zum Stehen. Hugh Palliser ließ sich vom Kutscher heraushelfen. Als sein schlimmes Bein den Boden berührte, verzog sich sein Gesicht einen Augenblick vor Schmerz, dann schritt er entschlossen auf Elizabeth zu.

»James ist nicht zu Hause«, sagte sie. »Er ist zum Graveur gegangen, um sich die Illustrationen anzusehen.«

»Aber du bist da.« Er küßte sie auf die Wange und ging an ihrer Seite ins Haus. Im Flur wurde ihr schwindlig, und sie suchte Halt an der Wand. Er zog umständlich seinen Mantel aus und rieb die kalten Hände.

»Port!« sagte er. »Oder Madeira. Ich weiß, daß welcher da ist. James hat noch einen kleinen Vorrat von der *Resolution*.«

In der Küche bekam sie sich wieder in die Gewalt, konnte mit Gläsern und Flaschen hantieren. Palliser ließ sich an einer Ecke des Tisches nieder und fragte, ob er sein Bein auf einen Stuhl legen dürfe.

»Hast du Schmerzen?«

Er nickte kurz. »Bei diesem Wetter. Feuchtigkeit. Wenn es friert, ist es besser. Im Sommer auch. Aber ich bin daran gewöhnt. Es ist nichts.«

Schließlich mußte sie sich doch hinsetzen, ihm schräg gegenüber, und säulengleich ragte die Stille über dem Tisch auf. Elizabeth suchte angespannt nach Gesprächsthemen, doch ihr fiel nur Konfliktträchtiges ein. Er trank. Er schwieg.

Nach einer Weile merkte sie, daß es eigentlich gar nicht unangenehm war, dieses stille Beisammensein. Es wurde nichts verlangt. Was sie ihm sagen oder ihn fragen wollte, hatte Zeit. Er sah sie ruhig an und drängte zu nichts. Sie atmete tief aus und hob ihr Glas. Sie lächelten einander an und begannen gleichzeitig zu sprechen.

»Wann –«, sagte er.

»Wie –«, setzte sie an.

Sie nahmen einen zweiten Anlauf, und er erkundigte sich nach dem voraussichtlichen Geburtsdatum des Kindes. Irgendwann im Mai, hatte sie ausgerechnet, wenn der ganze Garten in Blüte stehen würde.

»Ich kann es mir jetzt nicht vorstellen«, sagte sie. »Alles wird dann anders sein. James wird dasein. Er hat noch keines seiner Kinder aus der Taufe gehoben. Oder zu Grabe getragen.«

Palliser schüttelte den Kopf. »Es kann auch gutgehen, Elizabeth. Zwei Jungen hast du behalten. Die sind noch da.«

Er faßte ihre Hand und streichelte sie zerstreut. Ein heftiger Drang zu weinen überkam sie, und sie zwang sich, an das Schnittmuster für James' Weste zu denken, an das Essen für diesen Abend, an die Sämereien, die sie fürs Frühjahr besorgen wollte. Mai. Beinahe Zeit für Nat, von zu Hause wegzugehen. Nicht weinen jetzt, red einfach darüber.

»Nein«, sagte Palliser, »ich glaube auch nicht, daß dieser Junge auf See glücklich sein wird. Jamie schon, das sieht man, der ist dem gewachsen, der kann sich beweisen. Nat ist anders. Nun ist es aber schon so, daß die Marine Menschen jeden Schlags Platz bietet. Wenn er erst einmal die leidige Ausbildung überstanden hat, sieht es wirklich besser für ihn aus. Nicht jeder muß fortwährend auf einem Schiff sein. Es gibt auch Funktionen an Land. Und sie brauchen Musiker. Hornisten, Trommler, Trompeter. Nur schade, daß er schon so jung von zu Hause fort muß, und so bald nach der Geburt eines neuen Kindes. Nein, das ist nicht schön.«

Woher weiß er das, dachte sie, er hat keine Kinder, er fürchtet sich nicht vor der See, und trotzdem weiß er, was Nat empfindet. Sie sah, wie ihre Hand zitterte, als sie ihm nachschenkte. Von James werde ich nicht sprechen, beschloß sie. Er kennt ihn, er weiß, daß mit ihm nicht über einen anderen Beruf für die Jungen zu reden ist. Er weiß das sehr wohl.

»Schwierig für Nat, schwierig für dich.« Er drückte ihre Hand. Sie begann eilig, von der Arbeit an den Journalen zu sprechen, dem Ordnen und Verbessern, den freundlichen Bemühungen von Douglas.

»Schön, gut so«, sagte er nickend. »Dann hat James endlich Zeit, die Expedition vorzubereiten. Wir hatten in Deptford Differenzen darüber, das hat er dir doch sicher erzählt, nicht? Die Arbeiter dort haben gepfuscht. Wurmstichiges Holz mit Farbe überstrichen, morsche Teile nicht ausgetauscht – man traut seinen Augen nicht. James wurde wütend, und zu Recht. Ich hätte das beaufsichtigen müssen, da stimme ich ihm vollkommen zu. Ich habe mich natürlich entschuldigt, und er hat meine Entschuldigung angenommen, die Freundschaft hat nicht darunter gelitten. Ich mache mir selbst Vorwürfe. Eine unverzeihliche Nachlässigkeit.«

»Was war denn?« fragte sie. »Warum konntest du nicht?«

Ihre Hand zwischen seinen Händen. Er sah sie nicht an, streichelte mit den Daumen über ihren Handrücken.

»Dieses elende Unternehmen, den Wilden zurückzubringen. Der König will dies, Sandwich will jenes, und die Akademie wieder etwas anderes. Wo soll das Geld herkommen, wer soll den Befehl führen, wie sollen die Ordern lauten. Das beschäftigt mich, und ich komme zu keinem Ergebnis. Trotzdem: unverzeihlich. Ich hätte die Willensstärke haben müssen, täglich auf die Werft zu gehen. Das habe ich nicht getan.« Er verstummte kurz.

»Da ist noch mehr. Noch mehr, was mich ablenkt und verwirrt. Ich habe in diesem Herbst viel und fruchtlos gegrübelt. Ich werde alt, Elizabeth. Was ich früher leicht verkraften konnte, bereitet mir jetzt stets mehr Mühe und erschöpft mich. So viele Konflikte überall. Und zu Hause –«

Er hob das Bein vom Stuhl und setzte sich anders hin.

»Ich werde dich nicht mit meinen Problemen belästigen. Du hast den Kopf schon voll genug. Dieser Madeira ist vortrefflich, ein guter Kauf von James.«

»Wie geht es zu Hause?« fragte sie. »Hat sich etwas verändert?«

Er schüttelte den Kopf. »Alles noch dasselbe. Und so wird es auch bleiben. Sie ist krank, sage ich meistens. Doch krank ist sie nicht. Sie ist kerngesund, nur lebensuntüchtig. Der Arzt gibt ihr ungeheure Mengen Laudanum, so daß sie Tag und Nacht schläft. Ich schlafe sehr wenig. Wenn ich ruhe, macht mir mein Bein zu schaffen. Wenn ich mich hinlege, wird es unerträglich. Also sitze ich die ganze Nacht in meinem Sessel und warte auf den Tagesanbruch. Darüber möchte ich aber gar nicht mit dir sprechen. Ich möchte nicht jammern.«

»Du jammerst nicht. Du erzählst, wie es ist. Ich möchte das schon hören.«

Er strich sich über das Gesicht, massierte seine Stirn.

»Wenn sie keine Schlafmittel bekommt, irrt sie herum. Der Gärtner hat sie einmal vom Teich weggerissen. Ich habe ihre Schlafzimmerfenster von außen verriegeln lassen. Sie wird gepflegt und versorgt, aber eigentlich wird sie bewacht. Ich lasse sie permanent von Pflegern im Auge behalten, die eigentlich Bewacher sind. Es ist gut, daß sie derzeit so viel schläft. Wenn sie wach ist, weint sie. Das kann ich schlecht ertragen. Auch deshalb bin ich häufig fort. Nicht schön, aber so ist es.«

»Schlimm für dich«, sagte sie. »Was für ein aussichtsloser Zustand. Wie soll das weitergehen?«

»Es wird gehen, wie es geht«, sagte er dezidiert. »Die Situation ist schon seit Jahren stabil. Solange ich meine Tätigkeiten habe, halte ich das schon durch. Nur manchmal überkommt es mich, da bedaure ich, daß mein Leben nicht anders verlaufen ist, da sehne ich mich nach einem Neubeginn. Altmännerkummer! Ich bin froh, daß ich dich hin und wieder besuchen kann, froh, daß James wieder da ist, froh, daß ich Zeuge eures Familienlebens sein kann. Nein, ich möchte nicht klagen. Ich wollte, ich könnte ein Stück mit dir laufen, aber mein Bein will heute nicht.«

Es begann dunkel zu werden. Sie blieben am Tisch sitzen, ohne Licht zu machen.

»Sieh dir das an«, sagte James. Er hielt einen Stapel Hefte hoch. Einige lose Zettel mit Anmerkungen fielen heraus. »Er erwartet, daß ich das jetzt alles *noch mal* durchsehe und kommentiere. So wird es nie fertig. Er sagt, die Leser werden am Verhalten meiner Männer Anstoß nehmen. Unsittlichem Verhalten, sagt er. Ob ich das überall streichen könnte. Ich dachte, das hätte ich schon getan. Woher soll ich wissen, was er unsittlich findet?«

»Schreib ihm einen Brief«, sagte sie. »Wenn es dir wirklich einerlei ist, laß ihn doch entscheiden, was stehenbleibt und was nicht.«

James hob die hinuntergeflatterten Zettel auf und ordnete sie zu einem kleinen Stapel.

»Ich möchte eine möglichst getreue Beschreibung«, sagte er. »Die Insulaner verhalten sich anders als wir. Bei uns würde man das, was sie tun, als schamlos und ungezügelt bezeichnen. Aber sind die Insulaner selbst auch dieser Meinung? Nein, das sind sie nicht. Sie haben ihre eigenen Sitten. Deren Bedeutung kennen wir nicht, und weil uns die nackten Körper und die öffentlichen Intimitäten erschrecken, denken wir nicht nach und rufen: unsittlich! Muß man deshalb die Beschreibung dessen, was wir gesehen haben, aus dem Journal streichen? Ich würde lieber alles so stehenlassen, wie es jetzt dasteht. Aber es ist kein wissenschaftlicher Bericht für die Akademie, sondern ein Buch zur Unterhaltung der Leserschaft. Da muß ich mich, glaube ich, anpassen. Die Einwohner Tahitis kopulierten in aller Öffentlichkeit; ich sah einen alten Mann mit einem jungen Mädchen, einem Kind noch, würden wir sagen. Die Menschen standen im Kreis darum herum und riefen Ermunterungen, Anleitungen, Kommentare. Welchen Eindruck macht das auf die Leser hier? Wie soll ich das wissen? Das Kind schien es nicht schlimm zu finden, im Gegenteil. Droht mir ein Prozeß, wenn ich das niederschreibe? Und denk mal an die Frauen meiner Besatzungsmitglieder. Ich brauche zwar keine Namen zu nennen, aber Zank und Streit wird es trotzdem geben. Ich lasse alles streichen.«

Er warf die Hefte mit einem Knall auf den Tisch und marschierte wütend vor dem Fenster auf und ab.

»All diese Empfindlichkeiten. Regeln. Ich komme damit nicht zurecht. Sie müssen es mir erklären, und auch dann noch kenne ich mich nicht aus. Soll Douglas doch entscheiden. Ich lerne es nie, das ist eine Frage der Erziehung, denke ich, der Ausbildung, des Geldes. Ich misch mich da jetzt nicht mehr ein.«

Elizabeth wurde sich bewußt, daß sie ihn mit ihrem Vorschlag, Douglas die Regie zu überlassen, hatte provozieren wollen. Es war schmerzlich zu sehen, wie unsicher James wurde, wie schnell er bereit war, seinen eigenen Text zu zerstükkeln und seiner Meinung Gewalt anzutun.

Mit einem Mal kochte sie vor Wut. Sie richtete sich auf und stellte die Füße auseinander. Mit erhobenem Kopf sah sie James an.

»Du sagst ihm ab. Es ist *deine* Reise, *dein* Buch. Ich sehe nicht ein, wieso du dich an die Regeln anpassen solltest, die hier zufällig gelten. Wieso veränderst du die Regeln nicht, indem du an deinen eigenen Kriterien festhältst? Bist du etwa geringer als Douglas? Sandwich? Banks? Du bist doch kein Laufbursche der Admiralität! Du bist der Chef. Du hast die Entdeckungen gemacht, du gibst den Ton an. Ich verstehe deine untertänige Haltung nicht.«

Sie sah ihn vor ihren Augen einsinken, als verlören seine Muskeln plötzlich die Spannung. Ein alter Mann stand dort und schob linkisch Schriftstücke herum. Krummer Rücken, hängende Schultern. Abgewandtes Gesicht.

»Mir gefällt es auch nicht, daß deine Matrosen überall die Hosen runterlassen. Ich schäme mich gegenüber ihren

Frauen. Ich geniere mich, daß du das nicht unterbinden kannst. Ich finde, es ist eine Schande, daß sie Krankheit und Krätze verbreiten, deine Männer. Manchmal habe ich Angst, daß du auch schwach wirst und dir eine Prinzessin anbieten läßt. Das ist alles wahr. Aber wir hatten ein Übereinkommen, James. Wir wollten uns keinen Konventionen beugen, nichts glauben, was wir nicht mit eigenen Augen sehen können, die Tatsachen würdigen. Du bist bereit, diese Tatsachen zu streichen. Du verstößt gegen unser Übereinkommen. Das darfst du nicht tun. Ich möchte, daß du dich für uns entscheidest und nicht für das, was deine Auftraggeber zufällig für Anstand halten.«

Sie brach abrupt ab, erschrocken über ihre eigene Heftigkeit. Die Stille lastete unbehaglich. Elizabeth wollte in die Küche gehen, um gewöhnliche, alltägliche Dinge zu tun. Doch sie blieb stehen.

»Du hast recht.« Seine Stimme klang heiser und schwach. »Du hast vollkommen recht. Aber du verstehst das nicht. An Bord bestimme ich die Regeln, da kenne ich keine Unsicherheit, die sich nicht beheben ließe. Hier, in der Stadt, ist es anders, Elizabeth. Wenn ich mich hier behaupten will, werde ich ihre Regeln akzeptieren müssen. Und kennen müssen. Du weißt gar nicht, wie schwer das ist. Welche Perücke ich zu einem Empfang aufsetzen muß, weiß ich schon, doch was ich sagen soll, wenn es nicht um Wind und Gezeiten geht, weiß ich nicht.

Aber recht hast du. Ich sollte mein Buch so schreiben, wie ich es möchte, ohne Konzessionen an den guten Geschmack oder den Anstand. Wenn nur ein einziger Leser dadurch zum Nachdenken angeregt wird, statt empört oder wollüstig zu sein, wäre ich schon zufrieden. Nur ein einziger.

Ich esse heute abend nicht zu Hause. Sandwich und ich dinieren drüben bei Stephens. Hugh Palliser kommt auch. Wir müssen Beschlüsse über die Expedition fassen. Es wird wohl spät werden.«

Sie folgte ihm in den Flur und sah zu, wie er sich zum Gehen bereit machte. Hut, Mantel, Stiefel. Der ratlose Autor verwandelte sich binnen weniger Augenblicke in einen selbstbewußten Kapitän. Sie fröstelte. Es war eiskalt.

Er zog sie an sich und schlug die Mantelschöße um sie. »Du hast recht«, sagte er abermals. »Du bist klug. Ich werde gründlich über deine Worte nachdenken.«

Dann klopfte der Junge, der ihn hinüberrudern würde, an die Tür. Sie schaute ihnen nach, sah, wie James sich zu dem Jungen hinabbeugte, hörte ihre Stimmen verhallen, als sie auf dem Pfad zum Fluß liefen. Eisiger Nebel über der Stadt, dachte sie, es ist der neunte Januar, und die Stadt ist mit Nebel zugedeckt.

Sie schloß die Tür.

6

In der zweiten Januarhälfte wurde es bitterkalt. Der Fluß fror zu, doch aufgrund seiner Strömungen war es gefährlich, das Eis zu betreten. Eisschollen, groß wie Tischplatten, rieben sich aneinander, froren an den Rändern zusammen, lösten sich aber wieder, wenn das Wasser darunter keinen Halt mehr bot. Längs den Ufern war das Eis stabiler, dort saßen Jungen und angelten mit Schnüren, die sie durch ein Loch auf den Grund sinken ließen. Die Äste der Bäume hingen schwer vom Reif nach unten herab, und die Straße war eine Wüstenei aus gefrorenen Furchen, die die Kutschen ins Holpern und Schlittern brachten.

Es war unmöglich, das Haus frostfrei zu halten. Das Kaminfeuer in der Stube loderte den ganzen Tag, und dennoch wuchsen Eisblumen auf den Scheiben. Das Wasser, das in einer Kanne auf dem Tisch stehengeblieben war, fror und ließ den Krug zerbersten. Man sah es nicht, und doch wurde am hellichten Tag alles von der Kälte zerstört.

In der Küche war die Temperatur einigermaßen erträglich, weil der große Herd gefeuert wurde, was das Zeug hielt. Ganze Baumstämme verschwanden nach und nach in der bescheidenen Herdklappe, so daß die Luft über der Kochplatte flimmerte.

Nats Notenständer stand direkt neben dem Herd. James saß mit seinen Aufzeichnungen und Atlanten am Küchentisch. Elizabeth, die sich nach langem Warten ein Herz gefaßt und den Stoff aus Tahiti zugeschnitten hatte, saß dem Herd zugewandt auf einem Stuhl und nähte die Rückenteile der Weste aneinander. Draußen blies ein eisiger Sturm, drinnen tosten die eingesperrten Flammen.

Nat kam mit seinem Geigenkasten unter dem Arm herein. Er hatte sich einen alten Hut von James über die Ohren gezogen, sein Gesicht war blau vor Kälte. Er wollte die Geige auf den Tisch legen, erschrak aber, als James aufschaute, und trug den Kasten zur Anrichte. Seine Hände waren rot und aufgequollen.

»Warum hast du keine Handschuhe an?« fragte Elizabeth. Nat warf den albernen Hut in eine Ecke.

»Bei Hartland liegengelassen. Ich habe kein Gefühl mehr in den Fingern!«

Elizabeth zog einen Topf Wasser von der Herdplatte und prüfte die Temperatur. Lau.

»Tauch hier mal kurz die Hände hinein, dann ist es gleich vorüber.« Der Junge streifte die Ärmel hoch und streckte die Hände bis über die Handgelenke ins Wasser. So blieb er stehen, schweigend.

Der Abstand zwischen den drei Personen in der Küche betrug nicht mehr als einen knappen Meter. Alle waren darum bemüht, sich in ihre jeweiligen Verrichtungen zu vertiefen. James zog mit Bleistift Linien auf einer Karte, Nat bewegte langsam die Hände in dem Topf, Elizabeth trieb die Nadel durch den störrischen Stoff.

Nach dem Diner mit Sandwich, Stephens und Palliser war James erst gegen Morgen nach Hause gekommen. Elizabeth erwachte aus unruhigem Schlaf, als er sich zu ihr ins Bett legte. Sein nach Alkohol stinkender Atem verursachte ihr Übelkeit, und sie hatte sich so weit wie möglich von ihm weggedreht. Am nächsten Morgen war er im Bett liegengeblieben, und sie hatte ihn erst wieder gesehen, als sie von ihrem Spaziergang zurückkam. Nach ihrem Besuch bei Elly war sie auf dem Markt gewesen; viel zuviel hatte sie eingekauft, sie lud alles auf der Anrichte ab und begann, die Lebensmittel zu ordnen und zu verstauen. Ich werde ihn nicht fragen, wie es war, dachte sie. Es ist alles in Ordnung. Ich koche Suppe.

James hatte reglos in einer Ecke der Küche gestanden und ihr auf den Rücken geschaut. Ein paarmal räusperte er sich, und sie erwartete, daß er etwas sagen würde. Aber es war still geblieben.

Die Tage verstrichen, erfüllt vom Kampf gegen den Frost. James schien viel zu tun zu haben und ging jeden Tag aus dem Haus. Er fand keine Gelegenheit, ihr von dem Essen und dem Grund für seine Trunkenheit zu erzählen. Allmählich legte sich ihre Neugierde, und ihre Beunruhigung ebbte ab. Zwar fand sie ihn verschlossen und abwesend, doch das führte sie darauf zurück, daß er sich gedanklich mit dem Vortrag vor der Akademie befaßte, den er vorbereitete. Die Kälte verlieh allem etwas Unwirkliches, Zugedecktes, und das schien sich auch darauf zu übertragen, wie sie in ihrer kleinen Familie miteinander umgingen. Sie sah Nat mit blassem Gesicht vorübergehen und wußte nicht, was sie sagen sollte, um ihn zu erreichen. Sie wollte James etwas fragen, aber er war schon fort, bevor sie einen Satz formulieren konnte. Das Kind in ihr wuchs unverkennbar, es bewegte sich, es machte sich bemerkbar, doch auch für ihren schwellenden Bauch empfand sie ein vornehmlich distanziertes Interesse.

An einem klaren, sonnigen Morgen ging sie nach draußen, weil die stickige Küche sie beklemmte. Das Eis auf Straßen und Wegen war inzwischen mit Sand und Schmutz bedeckt, so daß sie keine Angst vor einem Sturz zu haben brauchte und kräftig ausschreiten konnte. Der Laufrhythmus befreite sie von der sonderbaren Gleichgültigkeit, sie begann Beine und Wangen zu fühlen, und es war, als kehre sie zwischen Weiden und Feldern wieder in sich selbst zurück. Lösungen, dachte sie, Probleme müssen gelöst werden. Sein Vortrag muß fertiggestellt, die Fehde mit diesem komischen Forster beendet und das Buch abgeschlossen werden, egal wie.

Nach ihrem Gespräch über die Streichung der anstößigen Passagen war sie davon überzeugt gewesen, daß James auf seinem Standpunkt bestehen und dem Druck, seine Beschreibungen anzupassen, nicht nachgeben würde. Doch als er am Morgen nach dem schweren Diner endlich aufgestanden war, schrieb er Douglas einen Brief, in dem er ihm freie Hand gab, alle Passagen zu entfernen, die gesittete Leser verärgern könnten.

»Ich habe keine Zeit dafür«, sagte er. »Schau mal eben, ob ich viele Fehler gemacht habe. Muß ich ihn noch einmal schreiben?«

Sie hatte den kurzen Brief gelesen; wie immer hatte seine übertriebene Schlußphrase »Euer bescheidener Diener« sie böse gemacht. Auch war sie über seine Kapitulation erstaunt gewesen, sie hatte ihn fragen wollen, warum, warum jetzt dieser Entschluß, was hinderte ihn daran, die Regie über seine eigenen Texte zu behalten – aber irgend etwas hielt sie davon ab. Siegel, Postkutsche, fertig.

Ohne es gemerkt zu haben, befand sie sich wieder auf dem Heimweg. Sie bog um die Ecke in ihre Straße ein und stieß beinahe mit Hugh Palliser zusammen. Er erschrak so heftig, daß er sich mit Hilfe seines Spazierstocks auf den Beinen halten mußte. Ihr überraschtes Lächeln erstarb, und sie standen einander auf einmal täppisch und unbehaglich gegenüber.

»Ich bin dir eine Erklärung schuldig«, sagte er nach einer zu langen Stille. »Laß uns kurz irgendwo reden, ja?«

Er gab ihr seinen Arm, und sie gingen langsam zum Kaffeehaus. Es fiel ihr auf, wie mühsam er sich bewegte, wie schwer er sich auf sie stützte. Drinnen war es behaglich warm, sie legten Mantel und Schal ab, ließen sich nieder, und Palliser bestellte warmen Wein.

»Ich habe es nicht verhindern können. Ich bedaure das mehr, als ich sagen kann. Du darfst das nicht falsch verstehen, wir haben ihn nicht überredet. Er will es selbst.«

Elizabeth sah ihn fragend an. Warm war es hier, sie schob die Haube zurück und lehnte sich an die Wand. Warum war er so nervös?

»Wir saßen im Turmzimmer. Stephens hatte eine Rehkeule braten lassen, und ein Faß Port war aufgemacht worden, das Sandwich für diesen Anlaß bewahrt hatte. Wir blickten über den Fluß auf der einen und die Sternwarte auf der anderen Seite.«

Port. Er sprach von dem bewußten Abend, der bewußten Nacht, in der James betrunken nach Hause gekommen war. Sie wärmte die Hände an ihrem Glas.

»Du weißt, daß es um die nördliche Durchfahrt geht? Es ist geheim, aber ich nehme an, daß James mit dir darüber gesprochen hat. Wir hatten eine Karte auf dem Tisch, die Weltkarte zwischen den Schüsseln und Gläsern, wir sprachen über die verschiedenen Möglichkeiten, die beste Zeit des Jahres, die benötigten Vorräte.«

Palliser legte sein schlimmes Bein über das andere und rieb sich andächtig den Knöchel.

»Erzähl weiter«, sagte sie.

»Die Besatzung«, sagte er mit gesenktem Kopf. »Wie viele Matrosen. Marinesoldaten. Ob Wissenschaftler dabeisein sollen. Darum ging es.«

Wieder verstummte er. Elizabeth hatte sich aufgesetzt und den Wein weggestellt. Irgendwo in ihrem Kopf dämmerte es ihr, daß sie nicht hören wollte, was er jetzt sagen würde. »Und?« fragte sie.

Er sah sie an. »Wer das Kommando über die Expedition führen könnte. Eine sehr erfahrene Person mit großen Fähigkeiten auf kartographischem Gebiet. Clerke wurde genannt, von Stephens, glaube ich. Die Namen verschiedener Offiziere gingen über den Tisch: Pickersgill, Gore. Ich entsinne mich, daß sich James sehr positiv über Clerke ausließ. Wie beliebt er bei der Mannschaft sei. Er sei ein Schürzenjäger, sagte Sandwich. Es wurde gezweifelt. War Clerke seriös genug, um einen so schweren Auftrag zu einem guten Ende zu führen? In den nördlichen Meeren ist es von größter Wichtigkeit, die Ernährung an Bord genauestens zu überwachen. Konnten wir Clerke das anvertrauen? Angenommen, er will sich bei seinen Männern beliebt machen und geht zu großzügig mit dem Proviant um? Es fällt ihm schwer, Bitten um größere Rumrationen auszuschlagen, das ist bekannt. Zu freundlich. Zu freigebig. Und er selbst trinkt auch gern ein Glas, das wissen wir.«

»Jetzt sag es schon«, sagte Elizabeth. Sie hörte, daß ihre Stimme starr und eisig klang, sie lauschte ihr, als wäre es die Stimme einer anderen, einer kerzengerade dasitzenden Frau, die sich nichts zu Herzen nimmt.

»Es ging hin und her«, sagte Palliser. »Ich trat für Clerke ein. Ich höre seine Männer immer nur Gutes über ihn berichten. Er ist nachgiebig, das stimmt, aber das hat Vorteile für die Atmosphäre an Bord. Und er geht sparsam mit der Peitsche um.«

Er stockte. Der Wirt kam mit einer dampfenden Kanne und schenkte die Gläser noch einmal voll. Palliser wartete, bis der Mann davongeschlurft war.

»Wir kamen zu keinem Ergebnis. Sandwich war ganz offensichtlich nicht glücklich mit der Entscheidung für Clerke. Er ergriff das Wort. Er sagte, daß er an diesem Nachmittag mit dem König über die Expedition gesprochen habe. Von seiten des Palastes seien spezielle Wünsche geäußert worden, Seine Majestät hätte gern, daß die teuerste und wichtigste Unternehmung der maritimen Geschichte von dem berühmtesten und erfahrensten Kapitän geleitet würde.«

»Laß die großen Worte«, sagte sie. »Erzähl einfach, was geschah.«

»James erhob sich. Ich mache es, sagte er. Wenn ihr mich darum bittet, bin ich bereit. Das waren seine Worte. Sein Gesicht war rot, wir hatten alle tüchtig getrunken. Wir jubelten und stießen darauf an. Alle waren erleichtert, weißt du, James lieferte die Lösung für ein großes Problem. Sandwich umarmte ihn und dankte ihm für seinen Entschluß. Stephens schenkte noch Port ein, wir setzten uns alle vier wieder und sprachen noch stundenlang über die Expedition. So ist es gegangen. Wir haben James nicht unter Druck gesetzt, nicht überredet. Er will es selbst.«

In der Stille hörte sie einen Wagen auf der Straße. Der Kutscher schrie, das Hufgetrappel verstummte, und ein lauter Rums ließ darauf schließen, daß ein Faß ausgeladen wurde. Der Wirt öffnete die Tür, und ein Schwall eiskalter Luft wehte herein. Elizabeth blieb reglos sitzen, bis das Faß hinter die Theke gerollt, der Lieferant bezahlt und die Tür wieder geschlossen worden war. Palliser hatte sich über sein Bein gebeugt, das er mit beiden Händen massierte. Der Wein stand unangerührt auf dem Tisch.

Es war keine Überraschung, eigentlich hatte sie es immer gewußt. Jetzt erst gestand sie sich ein, daß es sie angestrengt hatte, ihn zu Hause zu halten. Sie hatte in diesem Herbst ihr Bestes gegeben, hatte genauestens darauf geachtet, was sie tat und was sie sagte. Sie hatte, als es zu frieren begann, Stroh um die tropischen Pflanzen drapiert. Sie hatte sich bei den Gesprächen über Nats Zukunft zurückgehalten. Sie hatte sich besonders hübsch angezogen, wenn sie ihn zu Diners und Empfängen begleitete. Sie hatte alles nur Erdenkliche getan, um es ihm recht zu machen, hatte ihn unbedingt verstehen wollen, auch wenn sie ihn nicht verstand, und hatte Tag für Tag gegen die Fremdheit und die Spannung ankämpfen müssen, die einfach nicht weichen wollten. Und jetzt, Erleichterung?

Sie holte tief Luft und fühlte, wie ihr Kind von innen gegen die Bauchwand trat. Sie lächelte. Dann wurde sie sich einer langsam anschwellenden, eisigen Wut gewahr.

»Du«, sagte sie, »du hast mir etwas versprochen. Von dir aus, ohne daß ich dich darum gebeten hätte. Du wolltest dafür sorgen, daß er nie wieder auszufahren braucht. Wir hatten

Zweifel, weißt du noch? Zweifel hinsichtlich seiner Gesundheit, seiner Spannkraft, seines Vermögens, sich noch ein weiteres Mal auf eine so unmenschlich schwere Aufgabe vorzubereiten. Wir waren uns einig: Das würde nie wieder geschehen. Ich hatte blindes Vertrauen in unsere Abmachung. Ich habe auf dich gezählt.

Du sagst: Er will es selbst. Gewiß. Zweifellos. Du hast völlig recht. Natürlich will er. Die See ist sein Element. Er kann nichts anderes wollen, als in See zu stechen. Aber darum geht es nicht.

Du sagst: Wir haben ihn nicht gebeten, nicht überredet. Nein, gewiß nicht. Dafür seid ihr viel zu durchtrieben, viel zu diplomatisch und viel zu kultiviert. Geradewegs um etwas bitten, Gott bewahre! Die Admiralität bittet nicht. Sie befiehlt. Und wenn sich das nicht schickt, wählt sie einen anderen Weg. Nein, jemanden überreden ist viel zu gewöhnlich, viel zu gefährlich auch, denn damit gibt man seine Wünsche preis. Die Admiralität wünscht nicht. Sie fordert.

Du hast das geschickt angestellt. Meine Glückwünsche. Besser hättest du es dir nicht ausdenken können. Clerke zu empfehlen ist ein meisterlicher Schachzug. Du weißt, wie sehr James ihn mag. Und wie sehr James an ihm zweifelt. Hast du an diesen blödsinnigen Vortrag gedacht, den Clerke vor der Akademie gehalten hat, über die sogenannten Riesen in Patagonien, ohne daß er sie gesehen hatte? Das mußt du gewußt haben. Und du weißt auch, welchen Respekt James vor der Akademie hat. Hut ab!

Und dann diese subtile Anspielung auf den Wunsch des Königs. Ein Kunststück! Wie kann ein aus eigener Kraft aufgestiegener Mann die Wünsche des Königs unbeachtet lassen? Eines Königs, der ihn im Kampf um Harrisons Chronometer unterstützt hat, der lebhaftes Interesse an den Entdeckungen hat und ein Vermögen in das Unternehmen investiert?

Nein, du hast ihn nicht überredet. Du hast um nichts gebeten. Es ging ganz von selbst. Da wirst du aber überrascht gewesen sein.«

Mit einem Mal war ihr Feuer verraucht, ihre Wortflut erschöpft. Sie schlang das Umschlagtuch um ihre Schultern und zog ihre Haube zurecht. Dann stand sie auf. Palliser machte Anstalten, sich von seinem Stuhl zu erheben, aber sie bedeutete ihm, daß er sitzen bleiben könne. Einen Moment, einen zeitlosen Augenblick lang, schaute sie ihm direkt in die Augen. Enttäuschung? Verzweiflung? Verlangen?

Dann drehte sie sich um und verließ mit schnellem Schritt das Lokal. Die Tür knallte hinter ihrem kerzengeraden Rükken zu.

Sie streckte den Kopf zur Haustür hinein und rief ihn. »Er ist nicht da!« schrie Nat aus seinem Zimmer. Da zog sie die Tür wieder zu und begann, vor dem Haus auf und ab zu gehen. Sie fühlte Schweiß auf ihrem Rücken prickeln, ihre Wangen glühten. Ein Gespräch am Kamin, in der stickigen Stube? Ausgeschlossen. Nicht einmal der weite Himmel über dem Fluß erschien ihr groß genug für ihre Erregtheit und Wut. Gehen, umdrehen, gehen; sie registrierte kaum, daß sie wartete.

Sie sah ihn sofort, als er um die Ecke kam. Er schaute sie zögernd an, wollte hinein, ins warme Haus. Sie schüttelte den Kopf, gemessen, beherrscht, faßte seinen Arm und führte ihn um das Haus herum in den Garten. Auf die Bank unter der kahlen Quitte setzte sie sich, nachdem sie den Schnee weggefegt hatte. Mit einer schnellen Geste lud sie ihn ein, neben ihr Platz zu nehmen. Vor ihnen stand der Gartentisch, gekrönt mit einer prallen Ladung Schnee, in der die Vögel ihre zarten Spuren gezogen hatten wie Bleistiftpfeile auf einer Seekarte.

»Du wirst dich erkälten«, sagte er rauh, »warum gehen wir nicht hinein?« Sie sah ihn an und schwieg. Arme verschränkt, Füße im Schnee. Aus dem Haus war entfernt eine Tonleiter zu hören, die höher und höher hinaufstieg. Elizabeth wartete.

»Ich werde es erklären«, sagte er endlich. »Seit jenem Abend denke ich darüber nach. Warum habe ich es gesagt? Das geht mir unaufhörlich im Kopf herum. Ist es die Belohnung? Zwanzigtausend Pfund. Das würde viel ausmachen. Ein Haus in der Stadt mit Empfangshalle, Kronleuchtern, einem Stall für unsere eigenen Kutschen. Einen Abend wird bei Banks empfangen, am nächsten ist ein Ball bei Cook. Will ich das? Vielleicht. Aber das ist nicht der Grund dafür, daß ich fahre. Dieser Garten paßt besser zu mir, auch wenn mir die Mißgunst gegen jene, die von Geburt aus in größeren Gärten zu Hause sind, nicht fremd ist.«

Mit den Stiefeln drehte er Kreise in den Schnee. Weit weg spielte die Geige nahezu stillstehende Zusammenklänge, in denen sich hin und wieder sachte ein Ton verschob.

»Ansehen. Respekt. Auf dem Schiff führe ich das Regiment. Wo immer wir an Land gehen, betrachtet man mich als Herrscher. Das gefällt mir, keine Frage. Das Unbehagen, das mich hier manchmal befällt, lege ich ab, wenn ich an Bord gehe. Es ist schwer, diese Rolle einem anderen zu gönnen. Clerke würde ich sie ja noch überlassen, obwohl ich Zweifel habe, was seine wissenschaftliche Objektivität betrifft. Er hat ein Gefühl für die Atmosphäre an Bord, er ist freundlich und spielt sich nicht auf. Wenn sie John Gore ins Gespräch bringen, muß ich an mich halten. Der hat mich auf der *Endeavour* mächtig geärgert. Er brüstete sich mit seiner Tropenerfahrung und versuchte, sich meinem Befehl zu entziehen. Pedantisch ist er auch. Dennoch, vielleicht könnte er auf seine Art ein guter Kapitän werden. Irgendwann werde ich das Kommando einem anderen überlassen müssen, das weiß ich. Ich werde mich an Land einleben müssen, das weiß ich auch. Wenn nicht jetzt, dann in einigen Jahren. Daß mir das schwerfällt, spielt gewiß eine Rolle, aber es war nicht ausschlaggebend.«

Keine Geigenklänge mehr. Totenstill war es in dem verschneiten Garten, als hielten Bäume und Sträucher den Atem an.

»Nach meiner Geburt bekam meine Mutter noch vier Kinder, die allesamt starben. Sie verwandelte sich von einer fröhlichen, unternehmungslustigen Frau in einen grauen Schatten, der sich mühsam durchs Haus schleppte. Ich versuchte, sie aufzuheitern, ich dachte, es sei meine Schuld, daß sie solchen Kummer hatte. John, mein großer Bruder, war den ganzen Tag weg, er arbeitete mit Vater auf dem Land. Ich blieb zu Hause und kämpfte gegen die erstickende Trübseligkeit. Und verlor. Ich konnte sie nicht retten. Daß ich zur Schule durfte, war eine Befreiung. Skottowe, der Gutsherr, bei dem Vater arbeitete, versprach sich wohl etwas von mir und bezahlte das Schulgeld. Ich glaube, daß Mutter eine Rolle dabei spielte, und habe eine vage Erinnerung, daß ich die beiden zusammen im Schuppen stehen sah, heftig miteinander flüsternd, zu nah beieinander – vielleicht bilde ich es mir ein. Ich war noch klein.

Buchstaben und Zahlen wiesen mir den Weg aus dem düsteren Haus. Als ich die Schule beendet hatte, brachte Skottowe mich nach Staithes. Ein unglaublicher Anblick, wenn du das zum erstenmal siehst. Der Ort liegt auf einem schmalen Grat zu Füßen hoher Klippen, die Häuser kleben allesamt an dem steilen Hang, mit Blick aufs Meer. Ich bekam Arbeit im Dorfladen und verkaufte Zucker, Bohnen, Nägel und Seife. Ich füllte Papiertüten mit Trockenpflaumen, und wenn ich aufschaute, sah ich durch das Fenster die grauen Wellen der Nordsee. In Staithes geschieht rein gar nichts. In dem kleinen Hafen liegen Fischerboote. Nachts fahren sie aus, am Morgen kehren sie zurück. Die Fischer verkaufen den Fang auf dem schmalen Kai. Und das ist es.

An einem meiner ersten Arbeitstage tat sich etwas Sonderbares. Es ging auf sechs Uhr zu, mein Arbeitstag war beinahe herum, und es waren keine Kunden mehr im Laden. Auf einmal gab es draußen einen Menschenauflauf, der ganze Ort versammelte sich an der niedrigen Mauer längs des Wassers. Die See stand hoch, eine Welle schlug über die Mauer und noch eine; die Leute blieben stehen, ließen sich naß spritzen, standen mit den Füßen im schäumenden Wasser und klatschten und jauchzten bei jedem Brecher. Nach einer Viertelstunde begann sich die See zurückzuziehen, und die Leute trollten sich wieder in ihre Häuser. Das ist Staithes. Das Ablaufen der Flut ist der Höhepunkt des Tages.

Jenseits der Brandung sah ich schwere Schiffe vorüberfahren, mit Kohlen auf dem Weg von Newcastle nach London. Etwas dichter vor der Küste fuhren die Kähne, die Pisse zu den Alaungruben brachten. Das ganze Elend dieses Landstrichs ballt sich in diesem tristen Gewerbe. Tonnenweise schwelt und stinkt der mühsam herausgehackte Schiefer an den Klippen. Nach einem Jahr muß der Dreck dann in Laugentröge geschöpft und mit fauligem Seetang und menschlichem Urin vermischt werden. Wie das stinkt! Was am Ende herauskommt, ist Alaunkristall. Das wird zum Färben von Stoffen benutzt. Die Kähne, die an mir vorüberzogen, transportierten Urintonnen aus Londoner Wirtshäusern, denn die Küste ist so dünn besiedelt, daß dort nicht ausreichend gepißt wird.

Alles dort kam mir so armselig vor, so aussichtslos. Tagsüber die Erbsen und das Steigen der Flut, nachts die Erinnerungen an das düstere Haus im Hinterland. Mir brach schon der Schweiß aus, wenn ich nur daran dachte, daß ich Weihnachten nach Hause mußte. Dann kam die Nachricht, daß mein Bruder bei einem Misttransport vom Wagen gefallen war und sich das Genick gebrochen hatte.«

Elizabeth blickte reglos vor sich hin. Bei den Strohgarben um die Palme lieferten sich zwei Elstern eine Verfolgungsjagd. Ihr böses, ungeduldiges Gezwitscher hallte von der Gartenmauer wider und drang laut und unsanft an ihre Ohren.

»Wenn ich daran zurückdenke, wird mir immer noch ganz elend. Aus Feigheit bin ich nicht nach Hause gefahren. Ich schrieb einen Brief, daß ich nicht wegkönne, weil so viel zu tun sei. Viel zu tun! In Staithes! Endlos blickte ich auf das graue Meer, stand da und wartete und spähte, als würde etwas geschehen, als würde irgend etwas oder irgend jemand kommen und mich aus dieser Lähmung erlösen. Das Fenster in meinem kleinen Zimmer über dem Laden war ganz milchig von dem Salz, das sich darauf abgesetzt hatte. Ich öffnete es weit. Es regnete, kein Mensch war auf der Straße. Dann kamen zwei Jungen. Sie machten ein Boot los, ruderten zum Hafen hinaus und hißten, als sie jenseits der Brandung waren, ein kleines Segel. Ich blickte dem Schiffchen nach und wußte plötzlich, daß die See meine Bestimmung sein würde. Hundertmal hatte ich ein Boot ausfahren sehen, aber dieses Mal bezog ich das plötzlich auf mich. Die See breitete sich vor mir aus und bedeutete Befreiung. Am nächsten Tag bin ich zu Fuß nach Whitby gelaufen und habe mich bei Walker angemeldet.«

Sie hatte die Hände auf die Knie gelegt und schaute auf die rote, von der Kälte angegriffene Haut. Schmerzen verspürte sie nicht. Die Elstern waren weggeflogen, und der Garten war ein stilles, weißes Zimmer, in dem nichts geschah.

»Jenseits dieses erbärmlichen Lebens an Land, mit dem ich nichts anzufangen wußte, dieses Unwohlseins, das ich nicht beheben, und dieser Armut, an der ich nichts ändern konnte, lag eine immense, weite Welt, die ich über die See erreichen konnte. Das klingt nach Flucht, und das war es auch. Aber nicht nur. Da war noch etwas anderes, das mir nur langsam klar wurde, am Ende meines Fluchtwegs. Beherrschung, Kontrolle, Überblick. Damit hat meine Sehnsucht nach dem Ausfahren zu tun. Die Welt liegt dort, die Inseln, die Kontinente, und wir kennen diese Welt und die möglichen Wege, die über sie hinwegführen, nur sehr lückenhaft. Ich entwickelte ein großes Bedürfnis, Länder und Fahrtrouten zu entdecken und so zu beschreiben, daß die Generationen nach mir in meine Fußspuren treten könnten.

Ich möchte ein Netz von Wasserwegen über die Erde spannen, damit es keine unbekannten Regionen mehr gibt. Ich muß ausfahren, weil dort die Welt ist.«

Er deutete vage in Richtung Fluß. Es dämmerte, und der Frost schien zuzunehmen. Ein Zweig knackte; aus dem bleigrauen Himmel begannen glitzernde kleine Schneekristalle zu fallen.

»Das ist es, Elizabeth. Besser kann ich es nicht erklären. Es hat nichts mit dir zu tun. Du bist großartig, die beste Frau, für die ich mich je hätte entscheiden können. Es geht nicht darum, daß ich von dir fortlaufen wollte, viel lieber würde ich immer bei dir bleiben, bei dir am Tisch sitzen, neben dir gehen. Aber die See ist dort. Ich muß. Nicht, weil es ehrenvoll ist, nicht, weil der König darum bittet, sondern weil es meine Bestimmung ist.«

Die Schneeflocken wurden schwerer und größer. Sie rieselten ihnen auf Kopf, Schultern und Schenkel herab. Es war dunkel geworden.

»Du mußt das verstehen. Ich tue nichts gegen dich. Du hast nichts damit zu tun. Da ist etwas in mir, was ich nicht negieren kann. Ich spüre es, sobald ich über die Laufplanke gehe. Wenn ich an Deck stehe und über die See blicke, wenn ich fühle, wie sich das Schiff unter mir bewegt, und höre, wie die Stage gegen den Mast schlagen, werde ich ein anderer. Dann werde ich ich selbst.«

Im Lichtkegel einer fernen Straßenlaterne tanzten die Flocken lautlos durcheinander. Elizabeths Haube wurde schwer vom Schnee. Ein kalter Klumpen rutschte am Halstuch entlang in ihren Nacken. Sie rührte sich nicht.

Die Küchentür flog auf.

»Warum sitzt ihr da? Warum seid ihr nicht drinnen?«

Nats Stimme klang schrill. Er ist ein Kind, dachte sie, er weiß sich keinen Rat. Das Herdfeuer erlischt, die Küche kühlt aus, er hat Hunger, er ist allein. Mit einem Mal spürte sie die Kälte und begann, mit den Zähnen zu klappern. Mit den erstarrten Händen stemmte sie sich von der Gartenbank hoch. James' Hut war schneebedeckt. Auch er erhob sich. Sie standen steif nebeneinander und klopften sich den Schnee von der Kleidung. Er schlug seinen Hut gegen die Rückenlehne der Bank und wischte danach den Schnee von ihrer Haube. Mit unendlich verlangsamten Bewegungen gingen sie in die Küche, ohne einander anzusehen.

Sie zog die durchweichten Schuhe aus und schauderte. James war mit Holzscheiten am Herd zugange. Langsam schleppte sie sich die Treppe hinauf. Den nassen Rock ausziehen. Trockene Strümpfe suchen, ein anderes Kleid. Sie hängte die feuchten Kleider sorgfältig auf und ging gleich, als sie damit fertig war, nach unten. Es war Abend, ein normaler Abend, es mußte gegessen werden.

Nat hatte Brot auf den Tisch gestellt, Teller, ein Stück Käse und eine Schale mit aufgeschnittenem Schinken, alles aufs Geratewohl durcheinander. Sie sah Krümel und Käsekanten und einen irdenen Topf mit Gewürzgurken und dachte an den Garten, solche hübschen Pflanzen, diese kleinen Gurken, und was für ein Fest es war, sie mit Salz und Essig einzumachen, etwas Dill hinzu, das würde sie in diesem Jahr wieder tun – wo ist er eigentlich? Eine angebissene Schnitte Brot lag auf der Anrichte, aber Nat war nirgendwo zu entdecken. James kam mit einem Krug Bier aus der Waschküche. Sie griff zum Brotmesser und begann zu schneiden.

Dann saßen sie sich gegenüber. Elizabeths erstarrte Kiefergelenke waren noch nicht so weit, und so schaute sie zu, wie er vom Schinken, vom Käse, von den knackigen Gürkchen nahm. Ich muß etwas sagen, dachte sie, aber ich bin so müde, daß es einfach nicht geht. Noch nie bin ich so erschöpft gewesen, nie. Nicht nach einer Niederkunft, nicht nach einem Abschied, nicht nach einem Begräbnis. Noch nie so müde wie nach diesem Gartengespräch. Ich empfinde es schon als schwere Aufgabe, hier sitzen zu bleiben, zu atmen und den Kopf geradezuhalten. Sie sah, daß sie am ganzen Körper zitterte, und konnte es nicht verhindern. Dann nicht, dachte sie, dann zittre ich eben.

Sie hörte James kauen, schlucken, Bier trinken. Der Schnee schmolz von seinen Stiefeln, die Feuchtigkeit drang in die Fliesen ein und machte dunkle Flecken. Der Herd bullerte, James hatte das Feuer zum Glück wieder anbekommen. Wo ist Nat, wir müssen jetzt erst mal an Nat denken. Ein Kind, das selbst für sein Essen sorgen muß, weil seine Eltern unbeweglich im Schnee sitzen, das geht nicht, das darf nicht wieder geschehen. Sie bewegte die kalten, schmerzenden Hände. Sie räusperte sich.

»Hast du schon offiziell zugesagt?«

Er schüttelte den Kopf. »Ich muß Sandwich einen Brief schicken, um es zu bestätigen. Das habe ich noch nicht getan.«

Es ist noch nicht verloren, dachte sie. Noch gibt es einen Moment Aufschub, noch brauche ich dem nicht wirklich ins Auge zu sehen. Erst nach dem Brief. Der Gedanke machte überhaupt keinen Unterschied und erleichterte sie nicht. Die Last seines Beschlusses blieb gleichermaßen schwer und vermittelte ihr das Gefühl, in dichtem Nebel umherzuirren. Mechanisch räumte sie den Tisch ab. James zauderte noch, die Küche zu verlassen. Geh weg, dachte sie, ich muß allein sein, ich kann nicht denken, wenn du mich ansiehst. Oder wollte sie, daß er vier Schritte machte und sie in die Arme nahm, sagte, es sei ein Mißverständnis, eine vorübergehende Geistesverwirrung gewesen – er denke nicht im Traum daran, sie zu verlassen und alle ausgesprochenen und stillschweigenden Vereinbarungen zu brechen? Beinahe glitt ihr der Gurkentopf aus den Händen. Warum ging er nicht in die Stube und sah sich seine Karten an? Sie stellte den letzten Teller in den Schrank und wischte die Hände an ihrem Rock ab. Als ob er nicht da wäre, dachte sie – tu so, als wäre er schon fort. Du weißt, wie das geht, na los.

Er folgte ihr nicht nach oben. Vorsichtig öffnete sie die Tür zu Nats Zimmer. Der Junge lag angezogen auf dem Bett. Elizabeth setzte sich ans Fußende und zog ihm die Schuhe aus. Dann nahm sie erst den einen und dann den anderen Fuß ihres Sohnes in ihre Hände und rieb ihn warm. Der Junge wimmerte leise, öffnete kurz die Augen, schien sie aber nicht zu sehen. Sie zog die schwere Tagesdecke unter ihm weg und deckte ihn damit zu. Er rollte sich mit dem Gesicht zur Wand zusammen; sie blieb sitzen, die Hand auf der Wölbung, unter der sie seine Füße vermutete. Die Vorhänge waren offen, und sie sah die Schneeflocken schweben, stetig, unaufhaltsam.

Sie erwachte aus traumlosem Schlaf und fühlte, wie sich das Kind in ihr bewegte. Sie drückte auf ihren Bauch, und das Kind drückte zurück – mit einem Füßchen, einem Arm, dem kleinen Popo? Aufstehen. Das eiskalte Wasser im Gesicht ließ sie nach Luft schnappen.

Sie kochte Brei für ihren Sohn und warf einen kritischen Blick auf seine Kleidung. Das Hemd war schmutzig und die Jacke zu eng. Während er aß, suchte sie in Kisten und Schränken nach Abgelegtem von Jamie und fand ein hübsches Leinenhemd und eine blaue Jacke, die kaum verschlissene Stellen aufwies. Sie erschrak, als sie sah, wie mager Nat war. Die Wirbel staken wie spitze Knospen aus seinem Rücken, und die Haut war straff über die Rippen gespannt. Wie ein kleines Kind hielt er die Arme hoch, damit sie das Hemd über seinen Kopf gleiten lassen konnte. Sie zog ihn mit zum Spiegel und half ihm mit der Jacke. Er lachte, als er sich sah, und warf mit schneidiger Kopfbewegung die Haare zurück.

»Heute nachmittag gehen wir gemeinsam zum Schuhmacher«, sagte sie. »Du bekommst neue Stiefel. Iß jetzt deinen Brei, du mußt los.«

Gehorsam löffelte er seinen Teller leer. »Schnee ist Regen«, sagte er. »Kalter Regen, der auf dem Boden liegenbleibt. Wo ist Papa?«

»Bei der Arbeit. Er wählt Männer für die neue Expedition aus. Er hat viel zu tun. Kommst du nachher gleich aus der Schule nach Hause?«

Nat nickte, schnappte sich seine Tasche von einer Kiste und sauste zur Tür. »Jacke zu!« sagte Elizabeth. »Setz deine Kappe auf und gib mir einen Kuß.« Sie bückte sich und fühlte die schmalen, nassen Kinderlippen auf ihrer Wange.

Sie sah ihm nach. Wie ein unbesorgter Hirsch sprang er über die Straße, stets nach drei Schritten die Richtung ändernd.

Sie brachte den Tag zu wie hinter einem düsteren Schleier, als wäre auch in ihrem Innern alles mit Schnee bedeckt. Das Mädchen kam und machte gewaltigen Lärm in der Waschküche, während Elizabeth das Zimmer aufräumte. Im Schrank stieß sie auf die rote Weste, die sie James hatte nähen wollen, den Zettel mit seinen Maßen, eine Rolle Silbergarn. Sie wikkelte alles zusammen in ein Stück Papier und tat es in die große Kiste. Als sie sich aufrichtete, stand James in der Tür und schaute zu ihr herüber, schweigend. Sie nickte ihm zu, eine idiotische, völlig abwegige Reaktion, als wäre er ein entfernter Bekannter, dem sie auf der Straße begegnete. »Ich muß gehen«, sagte er.

Der Schuhmacher kniete vor Nat und maß penibel den Umfang seiner Füße. »Ich fertige sie auf Zuwachs«, sagte er und schaute mit in den Nacken gelegtem Kopf auf. »Aber nicht zu groß, denn dann fallen sie dir von den Füßen, wenn du rennst.« In der Werkstatt roch es nach Öl und Leder; Elizabeth hatte sich auf einen Hocker an der Tür gesetzt und studierte das Regalbrett mit abgetretenen, zu reparierenden Schuhen, die verstreut herumliegenden Werkzeuge, den gelichteten Scheitel des freundlichen Mannes.

Er zeigte Nat ein Stück Leder. »Fühl mal«, sagte er, »es ist weich und schmiegsam, aber sehr robust. Du mußt auch mal daran riechen.« Nat, der auf Socken in der Mitte des Raums stand, tat ohne Murren, was ihm gesagt wurde, und nickte beifällig, als er an dem Leder schnupperte.

»Zwei Wochen«, sagte der Schuhmacher, »in zwei Wochen bringe ich sie.« Er schaute fragend zu Elizabeth.

»Das ist gut«, sagte sie. »Vielleicht braucht mein Mann auch neue Stiefel, da könnt Ihr gleich seine Maße nehmen.«

Der Schuhmacher klopfte auf seine Westentasche. »Ich habe mein Maßband immer dabei. Zu Euren Diensten! Ich werde mein Bestes tun. Gnädige Frau, junger Herr, auf Wiedersehen!« Nat zwängte die Füße mit Mühe wieder in die alten Schuhe und gab dem Schuhmacher die Hand.

»Was wollen wir jetzt machen?« fragte Elizabeth, als sie wieder auf der Straße standen. Der Junge sah sie erstaunt an. »Gehen wir denn nicht nach Hause?«

»Wie du willst. Wozu hast du Lust?«

»Auf Oma«, sagte Nat. »Wir gehen zu Oma, Pfannkuchen essen.«

Elizabeth warf einen Blick in ihren Geldbeutel. Genug für eine Kutsche nach Barking. Sie faßte ihren Sohn bei der Hand.

Ihre Mutter schaute überrascht auf, als Elizabeth und Nathaniel die Taverne betraten. Sie kam hinter der Theke hervor und umarmte ihren Enkel. »Du hast Geburtstag gehabt«, sagte sie. »Elf Jahre alt geworden, nicht wahr? Ich habe noch etwas für dich, warte mal.« Aus der Kasse nahm sie eine Münze, die sie Nat in die Hand drückte. Erst danach wandte sie sich Elizabeth zu.

»Ist nicht so schlimm«, sagte sie. »Ich freu mich, wenn du kommst, ich werf dir nichts vor. Du bist mit einem berühmten Mann verheiratet, du hast viel zu tun, das weiß ich. Fühlst du es schon?«

Elizabeth nickte. Sie war sich auf einmal mehr als zuvor des Umfangs ihres schwangeren Bauches bewußt. Ihr Rock war eigentlich viel zu eng, und ihr Rücken schmerzte, sie wollte sitzen, ihre aufgequollenen Fesseln auf einen Hocker legen und jammern. In dem überheizten Raum roch es nach abgestandenem Bier. Sie löste ihren Rockbund und sank auf einen breiten Stuhl nieder. Nat schlüpfte in die Küche, sie hörte ihn mit ihrem Stiefvater schwatzen.

»Es läuft gut hier«, sagte ihre Mutter. »Genügend Kundschaft, und ich habe eine neue Hilfe für die Abende, an denen es voll ist. Aber meine Zähne machen mir zu schaffen. Sie fallen aus. Ich kann nur noch Suppe essen und Brei.« Die alte Frau riß den Mund weit auf und zeigte ihrer Tochter ein Trümmerfeld aus grauen Zahnstümpfen mit blaßrosa Lücken dazwischen. Widerwillig spähte Elizabeth in den Mund ihrer Mutter.

»Ich versuche es mit Gewürznelkenöl. Und trinke viel Gin, dann spüre ich die Schmerzen weniger. Was für ein lieber Junge, der Nat. Muß er jetzt auch schon auf das Institut? Na ja, sie müssen ja etwas lernen, die Kinder, damit kann man gar nicht früh genug anfangen. Du hast ja auch schon früh über den Kassenbüchern gesessen, was?«

Ich muß diesen Strom zum Stillstand bringen, dachte sie, ließ das Geschnatter aber ohnmächtig über sich ergehen. Erst als ihre Mutter kurz pausierte, um sich noch etwas einzuschenken, tat sich eine Lücke zwischen den Sätzen auf.

»Mutter«, sagte sie. Die Frau sah sie an, freundlich, abwartend. »Er geht wieder. Nat weiß es noch nicht.« Sie legte den Finger warnend an die Lippen. »Er hatte versprochen, zu Hause zu bleiben, aber er geht wieder.« Sie spürte das Brennen von Tränen hinter ihren Augen, so kindisch, so vorhersehbar, daß es sie wütend machte.

Die alte Frau kam mit schleppendem Schritt näher, die Flasche in der Hand. Sie setzte sich zu Elizabeth und nahm nachdenklich einen Schluck aus ihrem Glas. »Wird er viel verdienen?«

Elizabeth nickte. »Mit Sicherheit. Und obendrein bekommt er ein riesiges Preisgeld, wenn er den Auftrag gut vollbringt. Aber er verdient auch jetzt genug.« Ihre Stimme klang schwach, unsicher, sie hörte es selbst. Sie zog ein Taschentuch aus ihrem Ärmel, schneuzte sich die Nase und wischte sich über die Augen.

»Das läßt sich nicht ändern«, sagte ihre Mutter. »Männer bleiben eben Männer, nicht? Sie wollen raus.«

Unwillkürlich mußte Elizabeth über diese Frau in ihren dunkelgrauen Sachen lachen, die, vom Gin gestärkt, tröstende Weisheiten von sich gab. Ihre Mutter lachte mit und legte die Hand auf Elizabeths Knie.

»Gut so. Man kann nur darüber lachen. Was wollen sie bloß erreichen, wozu die ganze Mühe, wo wollen sie hin? Er wird schon wiederkommen, das hat er immer getan. Einfach warten, irgendwann hat er genug von der Reiserei. Und du kannst es ihm ja doch nicht ausreden, er ist dickköpfig wie ein alter Stier, das weißt du. Hier, nimm auch etwas.« Sie hielt die Flasche hoch.

»Ein kleines bißchen«, sagte Elizabeth. Vom scharfen Gingeruch wurde ihr unpäßlich, aber sie zwang sich, einen Schluck zu nehmen. Der Alkohol brannte ihr so in der Kehle, daß sie beinah wieder weinen mußte. Aus der Küche wallte der Dunst von sengendem Fett.

»Wann kommst du nieder?«

Elizabeth streckte sich noch ein wenig mehr auf ihrem Stuhl aus. »Im Mai. Dann ist er schon fort, wenn alles nach Plan läuft.«

»Na, du kennst es ja nicht anders, oder? Ich komme dir helfen, John schafft das hier leicht eine Weile allein. Oder hast du diese Freundin noch, Fanny, Franny?«

»Frances«, sagte Elizabeth. »Nein, die ist nach Amerika ausgewandert. Als Vater starb, wie war es damals für dich, allein zu sein? Du erzählst nie davon.«

Ihre Mutter schenkte sich das Glas wieder voll und massierte ihre schmerzenden Kiefer.

»Onkel Charles hat uns geholfen. Ich lernte auch bald deinen Stiefvater kennen. Es ist lange her, ich denke nie mehr daran. Du solltest nicht so viel grübeln. Die Dinge sind, wie sie sind, Kind. Es macht dich nur müde, wenn du sie ändern willst. Und enttäuscht, denn alles geht, wie es geht, und dagegen kannst du nichts ausrichten. Nichts.«

Ich kann nichts dagegen ausrichten, dachte sie. Wie James sagte: Es liegt nicht an mir. Ich habe nichts damit zu tun. Aber es geht doch um mich, um uns? Es ist doch so, daß er mich im Stich läßt? Warum denken alle an *seine* Beweggründe, und niemand versetzt sich in *mich* hinein? Sehe ich es falsch, verstehe ich irgend etwas nicht? Könnte ich doch wie meine Mutter sein. Nicht grübeln! Wo meine Zukunft in Scherben geht!

Sie leerte ihr Glas. Nat kam mit einem Teller dampfender Pfannkuchen herein. Er lachte.

Seit Ewigkeiten hatte sie sich nicht mehr so wohl gefühlt. Alle vier hatten sie beim Essen die Ellbogen auf dem schmutzigen, unordentlichen Tisch aufgestützt. Nat unterhielt sich angeregt mit ihrem Stiefvater, sie hörte Geschichten, die er zu Hause nie erzählt hatte. Fettflecken auf seinem neuen Hemd. Egal. Sie lehnte sich zurück und schob ihren Bauch heraus. Nachher wieder in dieser elenden Kutsche zu dem elenden Haus zurück; sie mochte nicht daran denken. Nat machte sich über seinen dritten Pfannkuchen her, während er mit vollem Mund von seiner Geige erzählte. Er sprach mit Stolz von seinem Lehrer, der alles könne: Orgel spielen, komponieren, streichen.

»Trompete kann er nicht mehr. Er hat keine Zähne. Singen schon, das bringt er mir auch bei.«

»Du mußt mal hier bei uns fiedeln«, sagte ihre Mutter. »Da kannst du dir was verdienen, am Samstagabend. Wenn du etwas älter bist.« Sie sah Elizabeth von der Seite an, die zustimmend nickte. Was tue ich denn, dachte sie, ich lasse mein Kind doch nicht in so einer schmuddligen Schenke voller betrunkener Matrosen spielen, damit bin ich doch gar nicht einverstanden! Sie hob das Glas und bekam noch Gin. Ein Glöckchen klingelte, schnelle Schritte wurden laut.

»Isaac!« rief ihre Mutter. »Lauter Überraschungen heute abend! Komm, setz dich, nimm einen Pfannkuchen. Sieh mal, wer hier ist: deine Kusine Elizabeth mit ihrem kleinen Musikanten.«

Elizabeth versuchte, ungesehen ihren Rock zu schließen, konnte aber die Häkchen nicht finden. Nat sprang auf und gab Isaac die Hand. Ach laß, dachte sie, ist doch egal. Ich bin zu Hause. Ihr Vetter war drahtiger geworden und sah nicht mehr so jungenhaft aus. Ihr fiel auf, wie sehr er ihrer Mutter, seiner Tante, ähnelte. Die Haare, bei ihm gesunde dunkelbraune Wellen und bei ihr grauschwarze Strähnen, fielen beiden auf die gleiche Weise ums Gesicht.

»Bleib sitzen, Tante Mary«, sagte Isaac, »ich komme schon heran.«

Er zog sich einen Stuhl herbei und setzte sich breitbeinig an den Kopf des Tisches, zwischen Elizabeth und Mary. Er löste sein Halstuch und knöpfte seine Weste auf. John brachte Bier, Isaac trank und wischte sich mit dem Handrücken die vollen Lippen ab. Nat schaute mit großen Augen zu.

»Weißt du noch, Nat?« fragte Elizabeth. »Isaac ist mit Papa mitgefahren. Wir haben ihn kurz vor dem Auslaufen auf der *Resolution* gesehen. Du hast dem Dudelsack zugehört. Und der Geige.«

»Ich war schon zweimal mit deinem Vater um die Welt«, sagte Isaac zu dem Jungen. »Er hat mich in Neu-Holland als ersten an Land gehen lassen. Das war auf der Reise mit der *Endeavour*. Wir fuhren in eine herrliche Bucht und gingen dort vor Anker. Alle waren aufgeregt und froh, daß wir endlich Land in Sicht hatten. Der Kapitän ließ das Beiboot herunter und winkte mir, daß ich einsteigen sollte. Wir ruderten an den Strand. Es war schwer zu erkennen, ob dort Menschen standen, vielleicht jenseits davon, zwischen den Bäumen. Er hatte das Fernrohr um den Hals, der Kapitän. Das Beiboot setzte auf, und wir erhoben uns. ›Du zuerst, Isaac‹, sagte der Kapitän, und er ließ mich in die Brandung treten. So wurde ich zum ersten Fremden, der den Fuß auf das neue Land setzte.«

»Waren Menschen da?« fragte Nat.

»Sie taten, als sähen sie uns nicht«, antwortete Isaac. »Ganz seltsam war das. Da lag ein riesiges Schiff in ihrer Bucht, sie hatten so etwas natürlich noch nie gesehen – aber es war, als existierten wir nicht. Sie machten einfach mit dem weiter, was sie gerade machten: Muscheln sammeln, ein Feuer schüren. Sie sahen durch uns hindurch. Der Kapitän versuchte, ihnen etwas zu schenken, er legte Nägel und Glasperlen vor eine Hütte. Sie ließen die Geschenke auf dem Boden liegen, ihr Blick glitt darüber hinweg. Sie müssen alles gesehen haben, aber sie ließen es nicht an sich heran. Wir mit unseren Schiffen und Sachen existierten nicht.«

»Hast du jetzt frei?« fragte Mary.

»Gerade zurück. Bin jetzt auf halbem Lohn. Ich habe mich auf die Liste für die neue Expedition setzen lassen. Ich warte.« Er schaute verlegen zu Elizabeth, während er weiterschwatzte. »Es gibt nichts Schöneres, als über den Stillen Ozean zu fahren. Beim letztenmal habe ich auch richtig beim Kartenzeichnen mitgemacht. Land, das noch keiner kennt! Durch unsere Zeichnungen existiert es auf einmal! Das möchte ich gerne noch einmal erleben, am liebsten natürlich wieder mit Kapitän Cook. Kommt er mit?«

»Es steht noch nichts fest«, sagte Elizabeth. »Sie üben Druck auf ihn aus, sie wollen gern, daß er fährt. Wir müssen noch darüber sprechen.«

Sie empfand nichts und sprach die gefährlichen Worte aus wie eine bloße Mitteilung. Doch mit einem Mal wurde ihr bewußt, daß Nat mithörte, und sie bedauerte, daß sie den Mund aufgemacht hatte. Die mögliche Abreise war eine Angelegenheit zwischen ihr und James, zwischen ihr und Palliser; die Kinder hatten nichts damit zu tun.

Nat aß ungerührt weiter. Als er den vierten Pfannkuchen verdrückt hatte, nahm er seinen Mut zusammen und begann, Isaac über die Ausbildung bei der Marine zu befragen.

»Wir hatten zwei Hornisten in der Klasse«, sagte Isaac. »Sie machten bei allen Unterrichtsstunden mit und mußten wie alle anderen in die Wanten, aber sie durften auch jeden Tag auf ihrem Instrument üben. Abends spielten sie immer ein Lied, bevor wir schlafen gingen. Das war schön, diese beiden Stimmen durcheinander, schrecklich traurig und zugleich so wunderschön. Du solltest Hornist werden, Nat.«

Elizabeth erhob sich und brachte ihren hinunterrutschenden Rock in Ordnung. Sie folgte ihrer Mutter in die Küche, einen Stapel schmutziger Teller in den Händen. Eine Öllampe flackerte in der Zugluft und sorgte dafür, daß sich ihre Schatten schaurig groß über die weiß getünchten Wände bewegten.

Mary zog ein Fläschchen Gewürznelkentinktur aus ihrer Schürzentasche und rieb mit dem Zeigefinger ihr schmerzendes Zahnfleisch ein. Elizabeth sank auf einen Hocker nieder. Bitte keinen Abwasch. Bitte überhaupt nichts mehr. Sie zog ihre Haube herunter und lehnte den Kopf an die Wand.

»Bleib heute nacht hier«, sagte Mary. »Isaac geht in die Stadt zurück, er kann eine Nachricht bei James abgeben. Du kannst mit Nat ins Gästebett.«

Sie nickte. Plötzlich weinte sie heiße Tränen, die sie einfach über ihre Wangen laufen ließ. Es war ein trauriges Gefühl, aber kein unangenehmes. Mary fummelte weiter an ihren entzündeten Kiefern herum; entfernt waren die Stimmen der Männer zu hören. Von Zeit zu Zeit klingelte das Glöckchen, wenn Kunden hereinkamen. Niemand störte die beiden Frauen in der Küche.

Mary nahm den Finger aus dem Mund.

»Wenn man etwas will, wird man nur enttäuscht«, sagte sie. »Es läuft immer anders. Du trägst dich mit irgend etwas, ich sehe es dir an. So bist du immer gewesen, schon als kleines

Mädchen. Du hast Pläne, du weißt, wie du es haben möchtest. Das macht dich verletzbar, Kind. Jetzt hast du die Bescherung.« Sie griff zu einem schmutzigen Geschirrtuch und gab es ihrer Tochter, die sich langsam damit über die nassen Wangen wischte.

»Das einzige, was du tun kannst, ist nachgeben. Du mußt wie das Gras sein. Sie trampeln dich mit ihren schweren Holzschuhen nieder, und du beugst dich. Irgendwann werden sie die Füße woandershin stellen, dann richtest du dich wieder auf. Wenn du starr aufrecht bleiben würdest, wie das Schilf, würdest du brechen. Es geht vorüber, Elizabeth, alles hat ein Ende, so oder so. Warten. Kein Widerstand, denn dann verlierst du.«

»Wie das Gras«, flüsterte Elizabeth. Das ist schön. Das Gras am Fluß: überschwemmt, vertrocknet, abgefressen, flachgeweht. Und es kommt immer wieder. Wie das Gras werde ich sein. Wie das Gras.

7

Sie sah sehr wohl, daß er sich ziemlich verlegen in die Stube zurückziehen wollte. Weil er die Tür nicht hinter sich schloß, hörte sie die verräterischen Geräusche: das Schaben von Stuhlbeinen über den Fußboden, das Öffnen des Tintenfasses, das Knacken von Papier und schließlich das Wispern der Feder. Ohne Unterbrechungen. Er wußte, was er schrieb.

Auf dem Flur liefen sie sich über den Weg; er hatte den versiegelten Brief in der Hand.

»Eine Formalie«, sagte er, »im Grunde ist es nur eine Formalie. Ich sage zu, was ich bereits versprochen habe, und widme mich jetzt den Vorbereitungen. Dann bin ich es, der die Besatzung auswählt, die Ladung bestimmt, die Zwischenhäfen, die Route. Ich habe Sandwich ersucht, mich wieder auf meinen Posten im Hospital zu berufen, sobald ich zurück bin. Damit du das weißt.«

Er hielt den Brief hoch. »Dies ist ein formeller Schritt im Lauf der Dinge. Er bedeutet nichts. Ich kann mich bis zum letzten Moment ablösen lassen, wenn ich das möchte.«

Sie nickte. Ein schwerer Stiefel, der das Gras niederdrückte, mehr war es nicht. Kardonen würde sie dieses Jahr säen, an der warmen Gartenmauer. Sie freute sich schon auf die meterhohen Pflanzen, die sie mit in Streifen gerissenen Laken hochbinden würde, die Blätter dicht ineinandergeschoben, damit sie vor der Sonne geschützt waren. Die weißen Stiele würde sie in Stücke schneiden und dünsten. Dann würde schon beinah Herbst sein, und sie würde hier mit flachem

Bauch stehen. Dann würde ein Kind in der Wiege liegen, dann würde ein anderes Kind fort sein. Es bedeutete nichts. Sie konnte es sich nicht vorstellen, wie sie auch nicht glauben konnte, daß je wieder etwas in dem gefrorenen Garten wachsen würde. Ein Tag nach dem anderen, dachte sie, Schritt für Schritt. Wer sollte die Kardonen eigentlich essen?

Mittags wurden zwei Briefe zugestellt, einer für ihn und einer für sie. Sie saßen einander gegenüber am Kamin im großen Zimmer und lasen. James schaute als erster auf. »Antwort von Sandwich«, sagte er. »Der ist schnell bei der Sache. Ich bin ernannt. Morgen hisse ich meinen Wimpel auf der *Resolution*. Mal sehen, ob sie mit den Reparaturen vorankommen, diese elenden Pfuscher dort im Dock. Ich kann nach Greenwich zurück, wann immer ich möchte, das steht hier schwarz auf weiß. Was hast du für Neuigkeiten?«

Sie faltete den Brief zusammen und steckte ihn in ihre Jacke. »Mutter. Daß es gemütlich war, neulich, als ich mit Nat zu Besuch war.« Zu ihrer Verblüffung errötete sie nicht, ja hatte nicht einmal über die Lüge nachzudenken gebraucht.

»Daß deine Mutter dir schreibt! Ich wußte gar nicht, daß sie es kann. Da mußt du ihr aber eine sehr große Freude gemacht haben. Ich gehe kurz weg. Man erwartet mich im Kaffeehaus.«

Erst als sie die Tür hinter ihm zuschlagen hörte, zog sie den Brief hervor und las ihn noch einmal.

Elizabeth, liebe Elizabeth!
Ich weiß nicht ein noch aus seit unserem so unselig verlaufenen Gespräch. Ich denke Tag und Nacht an Dich, Deine Enttäuschung, Deine Wut. Ich rede mit Dir, unaufhörlich. Du wirfst mir vor, daß James geht. Ich verstehe das. Er dürfte nicht gehen, er ist zu müde, es ist jedenfalls zu rasch nach seiner Rückkehr. Du mußt verstehen, daß ich ihn nicht davon abhalten kann. Ich kenne ihn länger und, als Seemann, besser als Du. Ich weiß, daß es zwecklos ist, ihn zum

Bleiben bewegen zu wollen. Glaub mir, liebe Elizabeth. Es ist nicht anders.

Was ich nicht ertrage, ist Deine Kühle. Wir dürfen einander nicht mißverstehen. Deine Freundschaft bedeutet mir mehr, als ich sagen kann. Erlaube mir bitte, einen Versuch zu machen, mich zu verdeutlichen. Empfange mich, wenn ich Dich heute nachmittag besuche. Bitte.
Hugh

Die Hand mit dem Brief sank auf ihren Schoß. Sie blieb bewegungslos sitzen, an Tätigkeiten denkend, für die Muskelkraft nötig war: Laken auswringen, Pflanzlöcher graben, Fußböden schrubben. Die Zeit verstrich.

Als sie den Türklopfer hörte, sprang sie auf, errötend, verwirrt. Sie hörte das Mädchen in den Flur laufen, eine fremde Männerstimme, ein Gespräch, Lachen. Neugierde trieb sie aus dem Zimmer, sie schoß auf den Flur hinaus und sah den Schuhmacher mit einem Paket in den Händen.

»Die Stiefel für den jungen Herrn«, sagte er triumphierend. »Möchtet Ihr sie sehen?« Knisternd fiel das Papier zu Boden. Der Mann strich über das bloßgelegte Leder und reichte Elizabeth die Kinderstiefel. Ach, solche breiten Füße hat er schon, dachte sie, doch wieder größer, als ich vermutete. Noch keine Knicke, keine abgestoßenen Stellen. Mit seinem bescheidenen Gewicht wird er diesen Schuhen seinen Stempel aufdrücken, sie werden die Form seiner Zehen, seiner Ferse annehmen. Sie strich mit der Hand über die makellosen Schäfte, mit den Fingern über die Naht der glatten Sohlen, hielt die Nase kurz zwischen die duftenden Zwillinge.

»Soll ich noch die Maße des Kapitäns nehmen?« fragte der Schuhmacher. Sie schaute auf und drückte die Stiefel an ihre Brust. »Das habe ich ganz vergessen«, sagte sie. »Er ist im Kaffeehaus, Ihr könnt ihn eben fragen gehen. Ich weiß es nicht.«

Der Mann nickte und ließ sie im Flur zurück, umgeben von Ledergeruch.

Es klopfte ein zweites Mal; sie war gewarnt und wartete still auf ihrem Stuhl in der Stube, bis Hugh Palliser hereingelassen wurde. Sie legte die Stiefel, die sie immer noch in den Armen hielt, auf den Tisch und schaute ihn an.

Er sah schlechtweg erbärmlich aus, blaß, mit rot umränderten Augen und schlampig zugeknöpfter Jacke. Ungefragt setzte er sich ihr gegenüber, schob die Stiefel beiseite und beugte sich, auf die Unterarme gestützt, zu ihr herüber.

Er, dachte sie, er. Er, der mir helfen würde. Er, der mich verstand. Er, der mich nicht fallenlassen würde. Der manchmal besser wußte, was ich dachte, als ich selbst. Der neben mir ging hinter dem Sarg meiner Tochter. Was geschieht denn bloß, worum geht es hier? Was hatte ich eigentlich erwartet – daß sich dieser Mann dafür einsetzen würde, meine Familie beisammenzuhalten? Warum sollte er das tun? Wenn er sich für irgend etwas einsetzt, dann für die Belange von James. Und ich bin so dumm, das eine mit dem anderen gleichzusetzen. Diese Enttäuschung, diese grausame Demaskierung ist meine eigene Schuld. Ich habe mich gehenlassen. Ich hatte Wünsche und Sehnsüchte.

Bilder wirbelten in ihrem Kopf herum: ihre Mutter, die mit einem Mund voller grauer Zahnstümpfe vom Gras sprach; James, der mit ihr zugewandtem Rücken der Geschichte von Ellys Tod lauschte; Palliser, der sie an seinem nackten Arm weinen ließ.

Auch Elizabeth legte die Arme auf den Tisch. Sie öffnete die Hände. »Ich habe dir nichts zu bieten, nichts zu sagen«, sagte sie. »Besser, du gehst.«

Blitzschnell faßte er sie bei den Oberarmen. Sie erschrak über die Kraft, mit der er ihr Fleisch umklammerte. Er kam mit seinem Gesicht ganz nah an das ihre heran und öffnete den Mund, als plötzlich die Tür aufgestoßen wurde. Erschrocken blickten sie beide auf James, dessen langer Leib den Türrahmen füllte. Sein Blick wanderte zu den ineinander verschlungenen Armen auf dem Tisch, zu dem verzerrten, bestürzten Gesicht Pallisers, zu den geröteten Wangen Elizabeths. Dann schaute er über sie hinweg in den Garten hinaus, und sie konnten einander endlich loslassen.

Er wird gleich ohnmächtig, dachte sie. Pallisers Gesicht war leichenblaß. Abwesend blickte er auf seine Hände, die ziellos auf dem Tisch lagen. Von ihm würde die Rettung nicht kommen. Sollte sie also jetzt die Stille durchbrechen? Wie? Es war kühl im Zimmer; sie schaute sich um und sah, daß das Feuer im Kamin nur noch schwach glimmte, ohne Flamme.

»Ich habe im Kaffeehaus auf dich gewartet«, sagte James. »Aber du bist hier. Kommst du mit? Ich bin soweit.«

Seiner Stimme war nichts anzuhören. Doch er war ein guter Beobachter. Auf seinen Reisen war er ganz und gar von seinem Beobachtungsvermögen abhängig. An Gesichtsausdruck, Körperhaltung und Gesten las er die Absichten seines Gegenübers ab. Friedfertig? Feindselig? Das mußte er können, denn eine gemeinsame Sprache gab es nicht. Warum sah er dann nicht, was sich hier abspielte?

Er hatte sich etwas ungeduldig umgedreht und richtete draußen vor dem Spiegel sein Halstuch. Einen Moment lang trafen sich ihre Blicke. Nichts geschah.

Hugh Palliser erhob sich langsam und ächzend. James kam ins Zimmer zurück und reichte ihm, allem Anschein nach gerade rechtzeitig, seinen Stock.

»Nicht der Schnellste heute«, sagte Palliser mit rauher Kehle. Er hustete umständlich in sein Taschentuch. »Laß uns erst mal etwas trinken gehen, danach wird es schon besser sein. Elizabeth, ich hoffe, dich recht bald etwas ausführlicher zu sprechen. Auf Wiedersehen.«

Sie war zu verblüfft, um auch nur zu nicken, und lauschte dem Gepolter auf dem Flur. Dann stand sie auf, um durch das schmale Fenster an der Straßenseite zu schauen. James hatte

Palliser den Arm gereicht, dicht nebeneinander schoben sich die Männer die Straße entlang. Sie sah, daß sich ihre Lippen bewegten, daß ihre Augen aufleuchteten, ein Kopfschütteln, ein Lächeln – sie sah zwei Freunde, die sich freuten, daß sie einander getroffen hatten. Ihr fiel auf, wie sehr sie sich ähnelten, so von hinten betrachtet. Groß, hager, schmale Waden und ausgeprägte Schultern. Die Gesichter unterschieden sich: James wirkte mit seinen schweren Augenbrauen und seinen stechenden Augen eher etwas wüst; Palliser hatte meistens einen freundlich-spöttischen Ausdruck auf dem ebenmäßigen, ovalen Gesicht. Aber das konnte sie jetzt nicht sehen.

Ich müßte etwas empfinden, dachte sie, Wut, Kränkung, irgend so etwas. Kummer oder die Niedergeschlagenheit, die sich einstellt, wenn man verlassen wird. Aber ich empfinde nichts. Ich warte darauf, daß da drinnen ein Sturm aufkommt, doch es ist windstill. Sie massierte ihren Bauch, bis sie fühlte, daß sich das Kind bewegte. Druck und Gegendruck, ein sich entfaltendes kleines Spiel.

Nat kam nach Hause und strahlte, als er die Stiefel sah. Sie tranken Tee und sprachen über die Pflege des Leders. Er holte den Topf Lederfett aus der Waschküche, und sie begannen, jeder mit einem Stiefel auf dem Schoß, zu putzen und zu reiben. Das Leder wurde dunkel, satter und kam glänzend unter den Putzlappen zum Vorschein. Nat seufzte. Er stieß seine abgetragenen Schuhe unter den Tisch und glitt mühelos in die geschmeidigen neuen Schäfte. Perfekt.

Liebe Frances!

Jetzt ist schon beinah wieder Frühling, in unserem Garten blühen Winterlinge und Krokusse, also höchste Zeit, daß ich Dir schreibe. Uns erreichen natürlich Nachrichten über den Krieg, ich lese darüber in den Zeitungen und denke an Dich. Ich kann nur hoffen, daß Du nicht in Gefahr bist und in der Abgeschiedenheit, in der Ihr lebt, nicht viel von dem Ganzen mitbekommst. Ich verstehe zwar nichts von Politik, aber daß mir die Arroganz und die Machtgier unserer Regierung zuwider sind, das weiß ich. Warum dürft Ihr keine selbständige Nation bilden? Was geht England das an? Und all diese Kämpfe, all diese unnötig gestorbenen Jungen – nein. Sinnlos.

Manchmal denke ich, daß ich es verstehe. Es gleicht dem Loslassen eines Kindes. Dann vergleiche ich Amerika mit unserem Jamie, der so begeistert von zu Hause weggegangen ist. Ich würde ihn auch gern mit einem Schiff voller Kanonen zurückholen. Doch wenn ich sehe, wie glücklich er in Portsmouth ist, legt sich dieses Verlangen. Dann lasse ich ihn.

Nathaniel hat in diesem Winter gegen seine Zukunft aufbegehrt. Er war sehr still und verschlossen. In letzter Zeit geht es ihm besser. Mein Vetter Isaac, an den Du Dich gewiß noch erinnerst, hat mit ihm gesprochen und ihn in bezug auf das Seemannsleben offenbar etwas beruhigt. Ich muß sagen, daß ich es schrecklich finde, Nat gehen zu lassen. Er ist so verletzlich, so ungeeignet für die rohe Gesellschaft in der Schule dort – aber vielleicht sehe ich es falsch, und er findet dort einen Weg, eine Möglichkeit, dennoch die Dinge zu tun, die er liebt. Als Mutter hinkst du immer hinterher, das Kind ist ständig weiter und beherzter, als du denkst.

Ich möchte Dir von James schreiben. Du weißt, daß er ans Hospital benannt wurde, ein Ehrenposten, eine Art Pensionierung zum Dank für seine Dienste. Ich war sehr glücklich darüber, denn das bedeutete endlich Ruhe, endlich ein Familienleben ohne Angst und Unsicherheit. Ich schreibe in der Vergangenheitsform, Frances, denn es sieht ganz danach aus, daß sich die Pläne schon wieder geändert haben. Die Akademie, die Admiralität, ja sogar der König – alle brennen vor wissenschaftlichem Feuer und Neugierde. Jetzt, da die südliche Halbkugel beschrieben ist, soll auch die Nordseite kartiert werden. James hat angeboten, die Expedition zu leiten. Sie haben sein Angebot natürlich sofort und nur zu gern angenommen. Da ich das jetzt so zu Papier bringe, scheint es, als hätte ich mich damit abgefunden, aber ich sage Dir ganz ehrlich, daß ich keine Ahnung habe, was ich davon halte. Werde ich diesen Sommer allein in diesem Haus sein? James auf See, die Jungen auf der Schule, und ich hier mit all den leeren Zimmern und Räumen. Und dem Baby, obwohl ich daran kaum zu denken wage.

Eigentlich glaube ich nicht, daß etwas daraus wird. Ich glaube, James tut nur so, als ob, um dann im allerletzten Moment seinem Kollegen das Kommando zu überlassen und einfach an Land zu bleiben. Das ist ein ganz starkes Gefühl, das ich nicht beiseite schieben kann. Ich weiß *es einfach.*

Er hat jetzt alle Hände voll mit den Vorbereitungen zu tun, er sagt, die Schiffe seien auf der Werft in Deptford ungeheuer verwahrlost worden, das muß er jetzt beheben; er macht Listen von Dingen, die mitmüssen, ich sehe sie auf dem Tisch liegen; er führt Gespräche mit Offizieren, die sich für die Reise angemeldet haben. Aber wenn alles getan ist, wenn er zufrieden sein kann mit der Ausrüstung der ganzen Unternehmung – dann wird er sich zurückziehen.

Oder mache ich mir selbst etwas vor? Ich möchte so gern, daß er dieses Kind zur Welt kommen und aufwachsen sieht. Was soll ich tun, Frances?

Neulich war ich bei meiner Mutter. Sie sagte: Nimm es, wie es ist, widersetz dich nicht. Ich wußte nicht, was ich davon halten sollte.

Ich umarme Dich, liebe Frances. Schreib mir recht bald wieder.

Er freut sich wie ein Kind, dachte sie, als sie ihn sah. Er ging mit federndem Schritt und geradem Rücken, er lachte sie an und winkte mit dem Brief in seiner Hand.

»Mitglied der Akademie!« rief er, zu laut fast, mit beinahe sich überschlagender Stimme. »Sie haben mich aufgenommen. Am siebten März halte ich meinen Antrittsvortrag.«

Sein Haar stand in die Höhe, und sein Mantel war offen. Das Gefühl, daß sie etwas sagen, etwas tun mußte, wurde unerträglich. Sie erhob sich, machte zwei Schritte auf ihn zu; wieso sollte sie so froh, so erstaunt sein, es war doch zu erwarten gewesen, daß er Mitglied werden würde, nie hatte sie daran auch nur einen Augenblick gezweifelt – er offenbar schon, aber warum? Sie schämte sich.

»Wie schön, James«, sagte sie, während sie ihn umarmte. Sie blies ihre Glückwünsche gegen seine Weste, sie fühlte seine Rippen, den Ansatz seiner Schulterblätter, das heftige Pumpen seiner Lunge.

Er löste sich aus ihrer Umarmung, mußte in Bewegung bleiben. »Sie loben jedes Jahr eine Medaille für den besten Vortrag aus, wußtest du das? Wenn man die bekommt, ist man wirklich wer, dann hat man sich gegen die gescheitesten Köpfe durchgesetzt. Dann gehört man zur Vorhut der Wissenschaft.«

Ein Faß ohne Boden, dachte sie. Es wird niemals genug sein. Man wirft haufenweise Anerkennung und Lob hinein, aber es hilft nichts. Ich muß aufhören zu denken, ich darf ihn nicht so sehen, aus dieser kritischen Distanz, sondern muß einfach mitmachen. Mich mit ihm freuen.

»Hast du deinen Vortrag schon fertig? Wie lange mußt du sprechen? Ist es öffentlich?«

»Nein, das glaube ich nicht«, sagte er. »Eine geschlossene Versammlung, ausschließlich für die Mitglieder. Der Vortrag muß eine Stunde lang sein. Ich habe zwar schon etwas aufgeschrieben, aber ich habe keine Ahnung, ob es ausreicht. Oder zuviel ist. Möchtest du es sehen?«

Sie nickte und ging ihm voran in die Stube, wo sie sich abwartend an den Tisch setzte, mit verschränkten Armen.

»Üben«, sagte sie. »Gib mir deine Uhr, dann schaue ich, wie lange du dafür brauchst.«

James zog einen Stapel Papiere hervor und ordnete sie. Er nahm seine Uhr ab und legte sie vor Elizabeth auf den Tisch. Dann stellte er sich breitbeinig in den freien Raum zwischen Tisch und Tür und begann zu sprechen.

»Langsamer«, sagte sie. »Stell dir vor, daß du in einem Saal stehst, einem riesigen Raum voller Menschen. Schau sie an. Wünsch ihnen einen guten Abend. Lenk ihre Aufmerksamkeit auf dich.«

Verdutzt sah er sie an. Er lächelte.

»Ich brauche ein Pult, genau wie dort. Worauf ich alles ablegen kann. Und ein Glas Wasser.«

Wie Kinder, die ein Theaterstück vorbereiten, sprangen sie hin und her. Er holte Nathaniels Notenständer nach unten, sie brachte eine Kanne Wasser ins Zimmer.

Er zupfte seine Manschetten zurecht, legte den Text vor sich hin und begrüßte die imaginäre Zuhörerschaft.

»Der Titel meines Vortrags lautet: Über die Gesundheit von Seeleuten.«

Er schaute auf und begann, ohne überhaupt noch auf das Papier zu sehen, begeistert zu reden. Zu erzählen eigentlich. Er riß sie mit, sie brauchte gar nichts dafür zu tun, gefesselt zu sein. Als er anfing, zwang sie sich, einen Blick auf die Uhr zu werfen. Elf Uhr fünfzehn, zehn Finger und ein Daumen, behalten, nicht vergessen.

Zunächst verhakte sich ihr Blick noch an ablenkenden Kleinigkeiten: einem Fleck auf der weißen Hose, dem gespitzten Finger, mit dem er in der Luft einige Punkte einer Aufzählung unterstrich, seinen Sohlen, die über den Fußboden scheuerten. Doch schon bald registrierte sie diese Dinge nicht mehr.

Farbig beschrieb er Gefahren für die Gesundheit an Bord: die liederliche Angewohnheit der Matrosen, sich, vor allem bei schlechtem Wetter, im Raum zu erleichtern; Wanzen, Flöhe und Läuse, die sich in ungewaschener Kleidung und schmutzigen Haaren wohl fühlten; die Hitze in den Tropen, die Kälte in Polnähe, um so schlimmer, weil die Männer dazu neigten, ihre Kleidung bei den Eingeborenen gegen Eßwaren und Liebe einzutauschen. Die Liebe selbst und die damit verbundene Krankheit. Schließlich die Schiffskost – Zwieback mit Maden, stinkendes Pökelfleisch, fauliges Wasser.

Er erzählte von den Maßnahmen, die er ergriffen hatte, und wie er die Mannschaft dazu bekommen hatte, seinen Anweisungen Folge zu leisten. Wenn erklären und vormachen nicht hülfen, drohe er Strafen an. Winterkleidung werde weggeschlossen, erst ausgeteilt, wenn es friere, und danach wieder eingezogen. Der Raum, in dem die Matrosen schliefen, werde regelmäßig inspiziert und müsse täglich mit Essigwasser aufgewischt werden. Frischkost habe Priorität vor allem anderen, mangele es daran, komme das Sauerkraut auf den Tisch.

Gegen die Liebe sei wenig auszurichten, er könne seine Männer nicht einsperren. »Ich erlaube es, weil ich es nicht verhindern kann«, sagte er. Es schmerzte ihn sichtlich. Natürlich kontrolliere der Arzt jeden, der von Bord gehe, doch es habe den Anschein, als könne die Krankheit auch in Männern stecken, die äußerlich einen sehr gesunden Eindruck machten. Es sei schrecklich, gegen Abend den Auszug von Matrosen und Marinesoldaten zu sehen, wie sie freudestrahlend und aufgekratzt den einheimischen Mädchen entgegenliefen, um lachend, tanzend und trinkend den Abend mit ihnen zu verbringen. Die Sonne gehe unter, und der Kapitän sitze in seiner Kajüte und denke daran, wie in diesem Moment eine Krankheit auf der Insel gesät werde, gegen die es keine Arznei gebe. Furchtbar. Manchmal sehe er die Folgen, wenn er Jahre später zufällig wieder dieselbe Insel anlaufe. Dann schäme er sich.

Zahlen! Sterberaten! Er verglich den Verlust an Besatzungsmitgliedern auf Marineschiffen und bei der Kauffahrtei mit seinen eigenen Resultaten während der beiden Weltreisen. Skorbut komme nicht mehr vor. Er skizzierte die abscheulichen Symptome. Aus der Welt geschafft! Und wenn doch einmal einer nach zehn Wochen Fahrt entlang dem Südpoleis die ersten leichten Symptome aufweise, werde sofort mit Möhrensaft eingegriffen. Wo immer sie an Land gingen, werde sofort ein Grüntrupp losgeschickt, um eßbare Gewächse zu sammeln. Es helfe. Hygiene, richtige Ernährung und Disziplin hätten die Krankheit vertrieben.

Sie war stolz auf das, was er bedacht und getan hatte und wie er davon erzählte. Er war am Ende seines Vortrags angelangt und setzte zu einer langen Aufzählung von Namen an.

Dankbezeigungen. Entschuldigungen für die Eigenmächtigkeit, mit der er an die Probleme herangegangen sei. Verherrlichung der Marine, eine Ode an die Langmütigkeit von Lord Sandwich, ein Lobgesang auf den König –

»Fünf Minuten zuviel«, sagte sie.

Er sah sie verdutzt an, ließ die Arme schlapp zu beiden Seiten des Körpers herabfallen und trat einen Schritt zurück.

»Ich dachte, es wäre zu kurz«, sagte er und klang plötzlich seltsam heiser und schwach. »Hast du auch genau hingesehen?«

Sie reichte ihm die Uhr. Zehn vor halb eins. Er lächelte und steckte die Uhr in seine Westentasche. Befreit trank er sein Glas Wasser aus.

»Wie war's, was meinst du? Wenn es zu lang ist, muß ich schneller sprechen. Oder soll ich die Passage über die Geschlechtskrankheiten weglassen? Das ist besser, glaube ich, ein unschickliches Thema. Und etwas, dem ich machtlos gegenüberstehe. Das streich ich, dann ist alles im zeitlichen Rahmen.«

»Unsinn«, sagte Elizabeth. »Dein Vortrag handelt von Krankheit. Das *ist* eine Krankheit, ob du nun etwas dagegen ausrichten kannst oder nicht. Das ist Wissenschaft, James, es geht nicht um Erfolg, sondern um Fakten. Wenn du darin nicht ehrlich bist und Dinge wegläßt, weil sie deiner Meinung nach nicht schicklich sein könnten, hat es überhaupt keinen Sinn. Du solltest diese Dankesworte und ehrenvollen Erwähnungen streichen, die sind unangebracht. Warum solltest *du* dankbar sein? *Sie* können froh sein, daß sie dich haben, es besteht keine Veranlassung, dem König und Sandwich Honig um den Bart zu schmieren. Einfach weglassen.«

»Meinst du? Geht das?«

»Aber gewiß. Du präsentierst deine Schlußfolgerungen, die Ergebnisse deiner Maßnahmen, und dann bedankst du dich beim Publikum dafür, daß es so gut zugehört hat. So macht man das.«

Woher nahm sie das Wissen? Als wüßte sie, wie man das macht. Aber sie wußte es, sie spürte, daß sie recht hatte, und seine erleichterte und zufriedene Miene bestätigte sie darin. Vielleicht geht es, dachte sie. Wenn sie ihn nur genug stützte, wenn sie ihn nur ausreichend verstand – dann konnten sie es zusammen gegen diese rätselhafte Gesellschaft aufnehmen, dann konnte er sich auch im Hörsaal und im Palast als Kapitän fühlen.

Auf einmal war sie erschöpft. Sie hing weit nach hinten gelehnt in ihrem Sessel und stützte ihren Bauch mit den Händen. Das freundliche Gesicht Pallisers kam ihr in den Sinn; sie wollte das Bild weghaben, er war doch ein Verräter, er hatte sie fallenlassen und James' Schiff vernachlässigt, ein doppelter Verrat, unverzeihlich. Aber, dachte sie, aber ... Sie versuchte, sich zur Ordnung zu rufen. Sie war jetzt auf sich allein gestellt, niemals wieder würde sie sich jemandem anvertrauen, der sich als Freund ausgab. Naiv war sie gewesen. Schwach. Er hatte sie getröstet, er hatte ihr seinen nackten Arm dargeboten. Ihr war, als tue sich in ihr ein schwarzer Abgrund auf. Darin versinken. Verschwinden. Sie schnappte nach Luft und richtete sich mühsam im Sessel auf, merkte, daß sie errötete. Aufhören, dachte sie, nicht denken. Es geht jetzt um James, um uns beide.

Er hatte seine Aufzeichnungen wieder in der richtigen Reihenfolge zusammengelegt und verstaute sie sorgfältig in einer Ledermappe.

»Du bist großartig«, sagte er. »Danke. Du hast mir enorm geholfen. Wenn ich diese Medaille bekomme, schenke ich sie dir.«

Sie stand auf, um ihn zu umarmen. Die zerknitterten Jakkenschöße strich sie ihm glatt, wischte ihm die Haare aus der Stirn und zog ihm die Manschetten über die Handgelenke. Arm in Arm standen sie vor dem Fenster und schauten in den Garten hinaus.

»Hier«, sagte er. »Das ist es also. Unser Gebiet. Hiermit müssen wir auskommen. Ich werde einige Pflanzlöcher graben lassen für deine Kardonenzucht. Dort hinten, an der Mauer. Dieser ganze Grund. Keinerlei Bewegung darin. Wir liegen hier fest.«

»Ja«, sagte sie. »Ein schöner Vortrag. Du wirst Erfolg damit haben. Auch wenn du festliegst, kannst du etwas Gutes zustande bringen. Laß die Dankbarkeit fahren. Du bist aus eigener Kraft dorthin gekommen, wo du jetzt bist.«

Er nickte, ohne den Blick abzuwenden.

»Gärten. Den Weltgartenplan hatte ich auch noch darin unterbringen wollen. Stell dir vor: Auf jeder Insel ein Gemüsegarten und Obstbäume, ein Kartoffelfeld, eine kleine Weide mit Ziegen und Schweinen. Hühner. Jedes anlegende Schiff kann seine Vorräte auffüllen. Verständige Eingeborene kann man zu Gärtnern ausbilden. Der König könnte sie dafür entlohnen. Ein Zaun darum herum, eine Eingangspforte mit Krone und englischer Fahne. Essen zu kaufen ist oft mit so einem gewaltigen Aufwand verbunden, tagelang ist man mit Förmlichkeiten und Intrigen beschäftigt. Manchmal ist überhaupt nichts zu bekommen. Welche Erleichterung wäre es da, wenn es einfach eine Art Laden gäbe. Soll ich das noch hineinnehmen?«

Sie lachte. Er sah sie einen Augenblick verstört an und lachte dann mit.

Ob er nun geht oder bleibt, dachte sie, ich werde ein Kind gebären, und irgendwer muß mir dabei helfen. In drei Monaten ist es soweit, es wird unweigerlich geschehen. Durch die Ungewißheit, ob James nun abreisen würde, schien alles ungewiß geworden zu sein, und die Versuchung, mit dem Rücken zur Zukunft auf einem Stuhl sitzen zu bleiben, war groß. Das Kind trat gegen ihre Bauchwand. Sie zog sich die schmale Treppe zum Dachboden hinauf, um die Wiege zu inspizieren. Die kleine Matratze und die Decken nahm sie heraus, die konnte sie schon einmal lüften, waschen. Die Wiege selbst war zu schwer und zu groß für sie, die mußte jemand anders nach unten schleppen. Es roch nach Schimmel und Feuchtigkeit, Helligkeit drang durch ein kleines Fenster am Ende des Raums, und die Wiege stand wie ein dunkles Tier im Dämmerlicht. Sie trat dagegen, mit einem Mal war sie wütend auf diesen unheilverkündenden Kinderkäfig. Drei Kinder waren in diesem Bettchen gestorben, sie war verrückt, daß sie es noch im Haus hatte, verbrennen mußte sie es, in Stücke hacken und in den Herd damit. Für das neue Kind mußte eine neue Wiege her, eine leichte, aus Schilfrohr, aus Bambus, was auch immer, etwas anderes jedenfalls. Diese verdreckte Matratze würde sie auch wegwerfen, mitsamt den Decken. Ellys Decken.

Sie preßte die schimmligen Fetzen an ihre Brust und wußte nicht mehr, was sie machen sollte. Sitzen, dachte sie, ein Weilchen sitzen, dort auf der Fußbank. Ich will nicht, das ist es, ich will nicht mehr, aber ich muß. Womöglich werde ich glücklich sein mit dem Baby, richtig glücklich. Das geht doch nicht, das ist Verrat an ihr. Ich kann nie wieder richtig glücklich sein. Aber das ist wiederum Verrat an dem neuen Kind.

Ihre Augen gewöhnten sich an das Halbdunkel, und sie entdeckte schräg hinter einer großen Kiste das Spielzeugpferd, mit dem ihre Tochter auf die Straße gelaufen war. Niemand hat es weggeworfen, es ist einfach noch da, Frances wird es heraufgetragen haben, außer Sichtweite, fort.

Sie holte das Tier hervor und nahm das Tau in die Hand. Das letzte, was Elly in ihrer vierjährigen Faust gehalten hat. Ihr Pferd. Das Ende des Taus war schmuddlig und zerfranst. Sie rieb sich damit über das Gesicht, über die Augen, versuchte, den Geruch ihres Kindes aufzufangen, forschte nach einem Hauch von salzigem Kinderschweiß. Da war nichts. Ein mottenzerfressenes Pferd mit einem Stück Tau daran. Verschimmelte Decken, eine schmutzige Matratze.

Sie drapierte die Decken sorgsam über das Pferd und schirmte das Ganze mit der Matratze ab. So konnte es stehenbleiben. Sie hatte nichts zu suchen hier auf dem Dachboden, zwischen den abgedankten Möbeln und den fremdländischen Gegenständen, die James herbeigeschleppt hatte. Es war ein staubiges Museum, das sie von Minute zu Minute stärker beklemmte. Masken, die sie aus schwarzen Augenhöhlen anstierten. Matten aus Schilfgeflecht, mit Federn verziert, kunstvoll gearbeitete Körbe, Speere mit scharfen Spitzen – und zwischen all den exotischen Sachen die kläglichen Überbleibsel aus einem traurigen Haushalt: ein Schränkchen ohne Tür, ein Stapel verschlissener Handtücher, ein Eimer mit einem Loch im Boden.

Der Gedanke an die Energie und Willenskraft, die es kosten würde, den ganzen elenden Plunder wegschaffen zu lassen, machte sie mutlos. Jählings schloß sie die niedrige Tür und ging nach unten.

Obwohl es noch eiskalt war, hing doch ein Hauch von Frühling in der Luft. Schneeglöckchen und Winterlinge blühten zwischen dem gräulichen Gras, und wenn sich der Wind kurz legte, fühlte sie die Sonne auf dem Gesicht.

Die Hebamme hatte die Hände um Elizabeths Bauch gelegt. Sie schloß die Augen und konzentrierte sich auf die Lage und den Umfang des Kindes. Zwei Monate noch, sagte sie. Ein lebendiges Kerlchen, er strampelt und tritt. Er? hatte Elizabeth erstaunt gedacht, ich trage doch die ganze Zeit eine Tochter, wie kann da auf einmal ein Sohn in mir sein? Die Frau fühlt das falsch, es kann nicht sein. Auch ein Mädchen kann strampeln und treten. Sie hatten Absprachen in bezug auf Laken, warmes Wasser und Windelvorrat getroffen. Bei den ersten Anzeichen der nahenden Niederkunft würde Elizabeth Nat losschicken, um die Hebamme zu holen. Stundenlang einsam zu warten müsse doch nicht sein, hatte die Frau gesagt. Ich leiste Euch Gesellschaft, wir warten zusammen.

James ist doch da, hatte sie gedacht, er sitzt neben dem Bett; während der Geburt geht er nach unten, wir rufen ihn, wenn das Kind da ist. Dann kommt er mit einer Flasche Port und drei Gläsern. Er wird seine Tochter halten, er wird strahlen vor Stolz und Freude. Dann trinken wir auf ihre Gesundheit, auf ihr Wohlergehen. Ich bin gar nicht allein. Aber sie sagte nichts.

Sie ging ein Stück am Fluß entlang. Das Wasser glitzerte in der Sonne, und die Teichhühner, diese nervösen Vögel, waren schon mit dem Nestbau beschäftigt. Einige hundert Meter vor ihr her liefen zwei Gestalten, ein schmächtiger Junge und ein Mann. Schlagartig erkannte sie ihren Sohn; so lebendig und energisch sah sie ihn sonst nie. Wer war der neben ihm? Sie beschleunigte ihre Schritte, bis sie den Mann deutlich sah: Isaac. Jetzt hörte sie auch ihre Stimmen, den aufgeregten, hohen Ton Nats und Isaacs helle Entgegnung. Sie verhielt den Schritt, als fürchtete sie, Nat würde in sich zusammenfallen, wenn er sie bemerkte. Laß ihn ruhig, dachte sie, er lacht, er stellt Fragen, er hat Interesse an Dingen, die Isaac ihm erzählen kann. Laß es geschehen; was es zu bedeuten hat, wirst du später sehen.

Sie wählte einen Pfad zwischen den Gärten und lief nach Hause zurück. Eine halbe Stunde später erschien Nat in der Küche, mit hängenden Schultern. Sie wollte ihn fragen, was er mit Isaac besprochen hatte, doch ehe sie sich's versah, war er schon wieder verschwunden, und sie hörte ihn sein Instrument stimmen.

Suppe. Sie fischte den Markknochen aus der heißen Brühe und machte sich ans Schneiden von Kohl und Wintermöhren. Sie erschrak, als an die Scheibe geklopft wurde, das Messer rutschte aus, und sie schnitt sich in die Finger. Mit den blutenden Fingerspitzen im Mund schaute sie Isaac an, der leise die Tür hinter sich schloß.

»Hab ich dich erschreckt? Das tut mir leid. Zeig mal her. Komm, ich pump etwas Wasser für dich. Du mußt das gut abspülen, sonst bekommst du Ärger damit.«

Dieses Schreckhafte, dachte sie, das muß ich ablegen. Ich benehme mich, als könnte man mich jeden Moment bei einem Verbrechen ertappen.

»Hast du einen sauberen Lappen?« Er faßte ihr Handgelenk und hielt ihre Hand unter den Wasserstrahl. »Der Schnitt ist nicht tief. Halt die Hand mal eben hoch, dann ist es gleich vorüber.«

Er wand ein Taschentuch um ihre Finger und zog einen Stuhl für sie herbei. Sie stützte den Ellbogen auf dem Tisch auf und hielt den Unterarm senkrecht in die Höhe, mit dem weißen Lappen wie einer Kapitulationsflagge im Topp. Sie mußten beide lachen.

»Ich sah dich vorhin mit Nat, ihr saht so fröhlich aus.«

»Ach, ich kläre ihn ein bißchen über die Regeln der Seefahrtsschule auf«, sagte Isaac. »Wie man sich dort am besten durchschlägt. Er hat Glück, daß Jamie schon da ist. Es ist sehr gut, einen älteren Schüler zum Beschützer zu haben, dann wagen sie es nicht so schnell, einen zu ärgern. Kapitänskinder können es schwer haben. Die anderen haben zwar Respekt vor ihnen, aber sie sind auch neidisch. Er muß die Knoten seiner Hängematte kontrollieren, bevor er zu Bett geht. Und die neuen Stiefel sollte er mit ins Bett nehmen, denn sie schneiden ihm glatt ein Stück davon ab! Das habe ich ihm alles erklärt. Und daß er sich gleich, am ersten Tag schon, einen Freund suchen muß. Schauen, wer nett aussieht, einen vertrauenswürdigen Eindruck macht. Nebeneinander schlafen, aufeinander achtgeben, einander helfen. Solche Dinge.«

So jung, dachte sie, so voller Begeisterung, so lebendig. Die Zukunft ist ein Fest, auf das er sich freut.

»Er muß etwas mit seiner Musik anstellen«, fuhr Isaac fort. »Geige ist nichts für die Seefahrt – in der Freizeit, ja, da kann er Lieder zum Tanzen und Trinken spielen. Aber es wäre viel besser, wenn er Trompete spielen könnte, dann könnte er Schiffsmusikant werden. Er will seinen Lehrer bitten, ob er nicht jetzt schon damit anfangen kann. In der Schule kann er dann weitere Stunden bekommen. Trompete finde ich großartig. Darüber haben wir geredet. Kommt der Kapitän noch nach Hause? Ich möchte ihn etwas fragen. Ob ich auf sein Schiff darf, nicht auf das andere. Ob er damit einverstanden ist, was meinst du?«

Elizabeth zog das Taschentuch von ihren Fingern und sah sich den blutigen Schnitt an. Das hier war wirklich, noch wochenlang würde sie die Wunde spüren, den straffen Strich sehen. Zeit. Körper.

»Aber gewiß möchte er dich bei sich haben«, sagte sie. »Wenn er fährt.«

»Wenn? Es ist abgemacht, wir haben alle die Benachrichtigung bekommen! Der Kapitän führt das Kommando. Man konnte sich einschreiben. Hab ich sofort gemacht, ich wartete nur darauf.«

Sollte sie ihn enttäuschen? Erklären, daß es eine Strategie war, ein Mittel, um die Expedition im Griff zu behalten? Besser darüber schweigen. Clerke würde auch gut für Isaac sorgen.

»Ich werde es dem Kapitän sagen. Ich richte ihm deine Komplimente aus und sage ihm, daß du dich darauf freust, wieder bei ihm am Zeichentisch zu sitzen. Gut?«

Isaac nickte strahlend. Er war stolz auf seine kartographische Kompetenz. Eine von ihm gezeichnete Karte werde in das Buch aufgenommen, ob sie das wisse? Und jetzt werde er wieder andere, nördliche, unbekannte Küstenlinien und Landzungen kartieren, unermüdlich, nach allen Regeln, bis die ganze Welt haargenau beschrieben sein würde. Er wippte auf seinem Stuhl vor und zurück und zeichnete imaginäre Küsten in die Luft.

»Ich muß jetzt ein Weilchen ruhen«, sagte sie. »Es freut mich, daß du mit Nat gesprochen hast, das braucht er, und ich kann es nicht. Danke.«

Isaac erhob sich, verdutzt über die Wendung des Gesprächs, den raschen Abschied.

»Paß auf deine Finger auf, daß du dir ja keine Entzündung zuziehst. Ich komme bald wieder.« Er küßte sie auf die Wange. Sie blieb sitzen und sah zu, wie er mit energischen Schritten davonging.

In der ersten Märzwoche hielt James seinen Antrittsvortrag vor der Akademie der Wissenschaften. Elizabeth hatte die Uniformjacke und ein neues Hemd für ihn herausgehängt und half ihm dabei, die Perücke zu befestigen. Ratternd fuhr die Kutsche vor, die ihn abholen kam; James steckte seine Aufzeichnungen in seine Innentasche, gab Elizabeth einen Kuß und rannte hinaus. Er ließ die Tür offenstehen. Sie winkte der Kutsche nach.

Stunden später kam er zufrieden nach Hause und erzählte von den Komplimenten, die ihm die anwesenden Gelehrten gemacht hätten. Alle seien dagewesen. Sogar Forster habe andächtig zugehört. Der Vortrag habe exakt eine Stunde gedauert, und danach sei leidenschaftlich diskutiert worden. Über Fakten, nicht Spekulationen, von den Männern der Praxis, den Ärzten, den Botanikern, und nicht von den Philosophen, die sich still verhalten hätten. Ein wunderbarer Abend. James war so aufgekratzt, daß er nicht gleich schlafen konnte. Sie saßen zusammen am erloschenen Kamin, und Elizabeth lauschte der Musik seiner Stimme, ohne daß die Worte sie erreichten.

Jetzt, da der Vortrag hinter ihm lag, hatte er Zeit, sich mit den Ernennungen zu befassen und die Offiziere zu empfangen, die einen Posten auf der *Resolution* bekommen hatten. Dazu blieb er am Nachmittag zu Hause. Die Fenster des großen Zimmers standen offen, das Wetter war ungewöhnlich mild, und Vögel hüpften im Garten umher. Elizabeth hielt sich während dieser Besuche versteckt und zog sich ins Schlafzimmer zurück. Dort war es an diesem Tag stickig. Sie war kurz eingenickt und wurde wach, als unten das Gartentor aufging. Männerstimmen, das Scharren von Ledersohlen auf

Stein. Sie glitt vom Bett und setzte sich auf das Bänkchen am Fenster, wo der Vorhang sie verbarg. Vorsichtig drückte sie das Fenster weiter auf.

James schlenderte mit den Händen auf dem Rücken durch den Garten. Neben ihm ging ein etwa fünfundzwanzigjähriger Mann in makelloser Uniform, der genauso groß und hager war wie James. Sie studierten die tropischen Pflanzen im Garten und sprachen über die Inseln, von denen diese Gewächse stammten.

»In den Gärten des Königs sah ich diese Pflanzen auch«, sagte der junge Mann. »Sie sind dort allerdings um einiges größer.«

»Dort arbeitet ein sehr guter Gärtner«, sagte James, »der uns wahrscheinlich auf der Reise begleiten wird. David Nelson heißt er. Banks hält große Stücke auf ihn, und das zu Recht.«

Der Mann nickte. »Wer kommt noch mit? Nelson ist kein Botaniker, oder? Mir scheint, es ist von größter Wichtigkeit, genügend Personen an Bord zu haben, die wissenschaftlich beschlagen sind, Gelehrte auf allerlei Gebieten, das ist doch ein besonderer Aspekt Eurer Reisen, etwas ganz Außergewöhnliches.«

Es war still. Dann explodierte James; Elizabeth erkannte seine Stimme kaum, so wüst und gellend schallte sie gegen die Gartenmauern.

»Der Schlag soll sie treffen, diese Gelehrten! Und die ganze Wissenschaft dazu! Verdammte, prätentiöse Unheilstifter sind das. Die Ordnung an Bord stören, das können sie! Denken, daß sie über alle Regeln erhaben sind, daß sie mehr wert sind als andere. Genug davon. Nie wieder begebe ich mich mit solchen Leuten auf die Reise – Philosophen, Professoren oder wie sie sich sonst nennen mögen, wenn sie bei mir an Bord kommen, werfe ich sie gnadenlos über die Reling. Wichtigtuer. Den Buckel sollen sie mir runterrutschen! Zum Teufel mit ihnen allen, zum Teufel!«

Starr vor Schreck, staunte der junge Mann seinen Kapitän an, der auf dem Rasen einen wahren Tobsuchtstanz vollführte. Einen Augenblick später blieb James stehen, zog ein Taschentuch aus seinem Ärmel und wischte sich das Gesicht ab. Dann nahm er das Gespräch in bedächtigem Ton wieder auf, als ob nichts geschehen wäre; sie hörte ihn einen gewissen Webber erwähnen, einen jungen Landschaftsmaler, der mitwolle. Der Besucher äußerte zögernd seine Bewunderung für den Künstler, wohl fürchtend, daß seine Worte falsch ankommen könnten. William Anderson wurde genannt, der Schiffsarzt, der inzwischen so versiert war in der Sprache der Insulaner; seine Assistenten Samwell, der musikalische Schürzenjäger, und Ellis, der mit wundersamer Leichtigkeit Vögel malen konnte. Keine Wissenschaftler, sondern gewöhnliche Besatzungsmitglieder, Gärtner, Zimmerleute und Wundärzte, die die Wissenschaft neben ihrer Arbeit her aus Liebhaberei pflegten. So wollte er es also.

Sie sah den jungen Mann sich mit schüchternem Händedruck verabschieden, den Hut in der anderen Hand. James setzte sich unter die Quitte und seufzte hörbar.

Elizabeth blieb ihrerseits auf dem Bänkchen hinter dem Schlafzimmervorhang sitzen. Die Heftigkeit, deren Zeugin sie geworden war, erstaunte sie eigentlich nicht; es paßte, daß er sich einem Fremden gegenüber so gehenließ. Zu Hause führte er sich nicht so auf. Zu Hause beherrschte er sich, genau wie sie. Zu Hause hatten sie sich vollkommen im Griff.

Sie blickte zur Seite, auf das große Bett. Dort hatte sie gelegen, kurz nach dem Tod Ellys, und nicht mehr ein noch aus gewußt. Da waren unregelmäßige Schritte auf der Treppe laut geworden, sachte war die Tür aufgegangen, und Palliser hatte sich zu ihr auf die Bettkante gesetzt. Sie hatte ihn nicht gesehen, aber gespürt, wie sich die Matratze senkte, und seinen Geruch aufgefangen. Pfeifentabak, Salz. Sie hatte in das Kissen gebrüllt, sich vor Schmerz gewunden, der Speichel war ihr aus dem Mund gelaufen vor Elend. Solange er dort saß, konnte sie ganz in ihre Verzweiflung eintauchen, ohne befürchten zu müssen, daß sie darin ertrank. Er tat nahezu gar nichts, hatte nur die Hand leicht auf ihren Rücken gelegt und flüsterte dann und wann ein Wort. Vergebens, hatte er gesagt, alles umsonst. Zerstört, hatte er gesagt, zerstörte Zukunft, verlorene Hoffnung. Ach, Kindchen. Schließlich hatte sie sich beruhigt, und er hatte sie mit nach unten genommen. Seltsam, daß sie sich nie vor ihm geschämt hatte. Es war einfach geschehen.

Schämte James sich für seinen Wutausbruch? Bei Tisch war nichts davon zu bemerken. Sie aßen Lammfleisch, der Fleischer hatte sie mit einem frühen Lamm überrascht, das sie mit Zwiebeln und Wintermöhren hatte zubereiten lassen, denn Frühlingsgemüse gab es noch nicht. Nat nagte an einem Wirbelknochen, und James zerlegte andächtig ein Rippenstück. Unter den tief hereinfallenden letzten Strahlen der Frühlingssonne sah alles so friedlich aus.

»Wer war das heute nachmittag?« fragte sie beiläufig.

James schaute auf. »James King. Hat auch seine Ausbildung unter Palliser gemacht. Sehr begabter Junge, hat einige Jahre pausiert, um in Paris zu studieren. Paris! Sohn eines Pfarrers. Aber er hat Astronomie studiert. Sehr nützlich, er ist genau der, den ich brauchen kann. Sympathischer, ruhiger junger Mann. Und ein guter Offizier. Macht verläßliche Berichte.«

»War es ein nettes Gespräch?« Weiter konnte sie doch nicht gehen.

»Ja«, sagte James. »Köstlich, dieses Lamm. Ein ausgezeichnetes Mahl, Elizabeth. Schmeckt es dir auch, Nat?«

Nat nickte und aß weiter. War er während des Wutanfalls seines Vaters zu Hause gewesen? Wahrscheinlich nicht, er hockte wieder jeden Nachmittag bei Hartland, der ihm im Anschluß an die Geigenstunde beizubringen versuchte, wie man einer Trompete Töne entlockte.

Ob er an Bord grausam war? Ob er in seiner Wut unangemessene Strafen verhängte? Sie hatte ihn immer als Inbild der Ruhe und Gerechtigkeit betrachtet. Er sah einen anderen nicht gern leiden, und öffentliche Folter und Hinrichtungen waren ihm zutiefst zuwider. Als Kapitän würde er mittels Überredung und Argumenten erzwingen, was er wollte, davon war sie immer überzeugt gewesen. Bis heute nachmittag. Die Marine handhabte ein strenges System von Leibstrafen. Matrosen wurden mit verstärkten Peitschen blutig geschlagen, in der brennenden Sonne an den Mast gebunden, man schnitt ihnen die Ohren ab. Sie wußte das, sie hatte die Listen gesehen, auf denen die Strafen fein säuberlich neben die dazugehörigen Missetaten geschrieben worden waren. Ob James auch solche Strafen erteilte? Ausführen ließ? Dabei zusah?

Hin und wieder hatte sie im Journal von Bestrafungen gelesen. So mußte ein ergriffener Deserteur an den Mast, und jemand, der absichtlich auf einen Eingeborenen geschossen hatte, bekam Peitschenhiebe. Es klang angemessen. Aber stand denn im Journal auch alles, was geschah?

Er schlug die Zähne in das Fleisch und nagte die schmalen Rippen ab. Vielleicht ließ er ja alles weg, was ihn in ein schlechtes Licht rücken könnte, und wütete wie ein Tier, ohne daß etwas darüber aufgezeichnet wurde. Er konnte böse werden, das wußte sie. Das zwanghafte Stehlen der Insulaner brachte ihn zur Weißglut. Alles nahmen sie mit, sie zogen die Nägel aus dem Schiff und ließen Teller, Knöpfe und Zirkel unter ihren Umhängen verschwinden. Über den Diebstahl persönlicher Habseligkeiten regte er sich nicht weiter auf, doch die Entwendung von Staatsbesitz war ihm unerträglich. Insulaner, die die astronomischen Instrumente mitgehen lassen wollten, sich mit dem Quadranten oder dem Fernrohr davonmachten oder gar den heiligen Harrison-Chronometer zu demontieren versuchten, würde er bestrafen. Mit der Peitsche. Aber nicht blutig schlagen lassen, das sicher nicht.

Die halsstarrige Weigerung, Lebensmittel zu verzehren,

die seiner Meinung nach heilsam waren, erregte ebenfalls seine Wut. Gesundes, aus Tannenspitzen gebrautes Bier sollten sie trinken, und wenn sie das nicht wollten, zog er die Rumrationen ein. Pädagogische Maßregeln. Politik. Was sie im Garten gesehen hatte, war etwas anderes. Sie hatte einen Mann gesehen, der für einen Moment völlig außer sich war, unbeherrscht, wild. Die Erinnerung ließ sich nicht mit dem ruhigen, genüßlich essenden Mann am Tisch in Einklang bringen. Sie schob ihm die Schüssel mit den eingemachten Preiselbeeren hin.

»Laß uns einen kleinen Ausflug machen«, sagte er. »Das Wetter wird noch einige Tage schön bleiben. Wir könnten morgen nach Kew fahren und uns den Pflanzengarten ansehen. Das Schiff ist mehr oder weniger fertig, ich brauche nicht zur Werft, und ich möchte gern mal raus. Ich bitte um ein Boot, sie können uns hinrudern, dann brauchst du nicht in so einem holpernden Wagen zu sitzen.«

Ja, wieso eigentlich nicht, dachte sie. Über den Fluß gleiten, Sonne auf dem Wasser, Geschrei von Möwen und Säbelschnäblern über ihren Köpfen – wieso nicht?

Das Boot lag an dem kleinen Steg am Ende des Pfads zwischen den Gärten. Sechs Ruderer in roten Jacken standen dort und erwarteten sie. Elizabeth stieg ein, einen Moment verunsichert durch die schaukelnde Bewegung des Bootes. »Beine auseinander«, sagte James. »Mitbewegen. Lockere Knie. Setz dich mal hierhin, auf das Kissen.«

Er ließ sie auf der Bank hinten im Boot Platz nehmen, blieb selbst aber noch stehen, während die Ruderer das Boot abstießen und es in Bewegung setzten. Dann ließ er sich neben ihr nieder.

»So fahren wir immer an Land«, sagte er. »Ich gehe in einer Bucht vor Anker, wir lassen das Beiboot hinunter und rudern an den Strand. Genau wie jetzt.«

Geschwind glitt das Boot an Wiesen und Wäldern entlang,

unter der Brücke hindurch, am Schloß vorbei, auf die Kuppeln und Kirchtürme Londons zu.

»Flut«, sagte James, »wir fahren mit dem Strom. Aber sie rudern auch gut. Es geht kaum Wind.«

Wie weiß der Ruderer, wohin er fährt, sinnierte Elizabeth. Die Männer saßen mit dem Rücken zur Bootsspitze und zogen sich verkehrt herum über den Fluß. Sie schauten vielleicht aus dem Augenwinkel ans Ufer, sie spürten vielleicht an den subtilen Temperaturunterschieden der Luft, ob sie offenem Wasser oder Land entgegenfuhren. Geheimnisse der Schiffahrt, von denen sie nichts wußte. Sie schlug die Augen nieder, um sich nicht von den sechs Ruderern angestarrt zu fühlen. Das Wasser hatte eine graubraune Farbe; wieder und wieder verschwanden die Ruderblätter darin, wurden unsichtbar und tauchten am Ende des Schlages wieder auf.

Das Boot glitt an Westminster Abbey vorüber und ließ das Getriebe der Stadt schon bald wieder hinter sich. Erneut fuhren sie an Weiden und Schilfgürteln entlang; James zeigte ihr die Kirchtürme von Clapham und Richmond in der Ferne. Sie ließ es geschehen, ließ die Stadt und das Land passieren, als bewegte sie sich nicht von der Stelle, und eine Riesenhand zerrte die Landschaft an ihr vorüber.

Sie legten an. Geschrei, triefende Ruder, ein Tau um einen Poller. James gab den Ruderern ein Trinkgeld. Kaum waren die Fahrgäste an Land gestiegen, verschwanden die Marinesoldaten in Richtung Wirtshaus. Nur einer blieb zurück, um das Boot zu bewachen und seinen Kameraden Bescheid zu geben, wenn sie wieder in Aktion treten mußten.

James reichte Elizabeth den Arm, und sie schlenderten auf das Eingangstor der königlichen Gärten zu.

»Banks ist hier ehrenamtlicher Direktor. Er hat sich der Gärten bemächtigt, weil er der Meinung ist, daß er am meisten davon versteht. Da hat er wahrscheinlich sogar recht. Der König findet es fabelhaft und heißt alle Pläne gut. Mehr Personal, Anlage von gläsernen Treibhäusern, Verlegung von Bachläufen, damit Wasserfälle und Teiche entstehen – es kann noch so verrückt sein, hier wird es gemacht, mit königlichem Segen. Schau mal, diese Blumenbeete! Hier arbeiten hingebungsvolle Menschen, das sieht man gleich. He, Nelson!« Ein über einen Strauch gebeugter hagerer Mann richtete sich auf, als er seinen Namen hörte. Das runzlige Gesicht verzog sich zu einem Grinsen, sobald er James erkannte. Schlurfende Schritte über den Kiesweg, ein Händedruck, eine Verbeugung.

»Ich habe schon Kisten und Kartons und Fließpapier herrichten lassen«, sagte der Mann. »Eine Blumenpresse, Etiketten, reichlich Formalin. Es steht alles bereit, um nach Deptford verschifft zu werden. Ich bin soweit. Bis wir abreisen, habe ich noch ein Auge auf die hiesigen Angelegenheiten, die Frostschäden, das Austreiben der Zwiebelgewächse. Darf ich Euch einen angenehmen Spaziergang wünschen?«

Landeinwärts liefen sie, eine leichte Steigung hinauf. Die Sträucher hier waren voller; da und dort sah Elizabeth hohe Bäume, deren Knospen kurz vor dem Aufbrechen waren. Jedes Jahr wieder, dachte sie, dieser dumme, elende Frühling ist nicht aufzuhalten. Unwiderruflich kam der im Winter erstarrte Saft in Bewegung, die Sonnenwärme gab einen Befehl, und die willenlosen Bäume gehorchten, vergaßen, wie sie, von den Herbststürmen gegeißelt, ihr Laub verloren hatten, und begannen von neuem, ohne Erinnerung, mit kindlicher Hoffnung.

»Schau«, sagte James, »der Baum dort, der bekommt Früchte, die wie Brot schmecken. Du tunkst sie in Salzwasser, und es ist, als würdest du Brot mit Salz essen. Dahinter stehen Bäume, aus denen du eine Art Gummi zapfen kannst. Am schönsten sind die Riesenfarne, aber die gedeihen hier schlecht. Und die Palmen! All diese Arten und Formen!«

Es war offensichtlich, daß er etwas anderes sah als sie. Er spazierte durch einen tropischen Wald, dunkelgrün und voller ökonomischer Versprechen. Sie ging über eine unfruchtbare Fläche mit halbtoten, grauen, von der Kälte gepeinigten Gerippen. Er sah volle Sträucher mit fremdartigen, wie Hände, wie Feuerzungen geformten Blättern; sie sah schlappe, farblose Stiele auf der kalten Erde liegen.

Sie hörten Stimmen, sie waren nicht allein in dem Garten. Am Ende eines überwachsenen Durchgangs sahen sie eine Menschengruppe. Lakaien, entdeckten sie, als sie näher kamen, vier Lakaien, geschart um einen Mann in einem einfachen grünen Mantel, barhäuptig, der Wind blies sein wirres Haar in die Höhe, wo war seine Perücke? In den Händen eines Lakaien, sah Elizabeth. Der Mann erblickte sie, als sie aus dem Wandelgang heraustraten, und sein Gesicht strahlte auf.

»Kapitän Cook!« rief er aus. »Welch perfekte Überraschung!« Er machte sich nicht die Mühe, seine Haartracht in Ordnung zu bringen oder seinen Mantel zuzuknöpfen, sondern kam sogleich mit ausgestreckten Armen auf sie zu.

»Guten Morgen, Majestät«, sagte James. Elizabeth hob leicht ihren Rock an und machte einen Knicks.

»Kapitän! Gnädigste! Gehen wir spazieren!« Der König bedeutete seinen Dienern mit wedelnder Hand, daß sie sich entfernen sollten, und sie zogen sich prompt in einen Schuppen zurück.

»Unser guter Freund, der gar nicht genug zu preisende Banks, hat es hier aufs Beste gerichtet. Und es wird noch schöner! Größer! Die Orangerie, die Gewächshäuser, die Pflanzenteiche! Die ganze Welt wird hier zusammengebracht. Dank Euch!« Der König faßte James und Elizabeth bei den Händen, und sie liefen wie drei kleine Kinder Hand in Hand an den trostlosen Beeten entlang.

»Das hier ist meine größte Wonne. Und ich freue mich sehr auf die kommenden Sendungen. Die arktische Flora! Rauschbeeren, Preiselbeeren, Moosbeeren! Die Zwergbirke! Ihr laßt mich doch nicht im Stich?«

Elizabeth fühlte heftige Krämpfe durch die königliche Hand gehen. Sollte sie die Hand streicheln, um den aufgeregten Herrscher zu beruhigen?

»Sie wollen, daß ich die ganze Welt unter meine Herrschaft bringe. Britische Handelsposten und Kolonien überall. Ich gebe nach, ich muß wohl, aber wißt Ihr, das ist mir ganz gleichgültig. Ich finde England groß genug. Man muß natürlich hie und da eine Fahne in den Boden pflanzen, das ist nun einmal Brauch, und den müssen wir respektieren. Aber mehr ist es nicht! Eine Fahne bekommt keine Wurzeln, nicht wahr?« Der König stieß ein seltsam hohes Lachen aus.

»Stellt sie ruhig irgendwo hin, diese Lappen am Stock. Mir ist das einerlei. Aber sagt es nur nicht weiter! Der Austausch von Gewächsen ist das eigentlich Wichtige. Dank der Entdeckungsreisen kann die Welt an den Segen unserer Felder teilhaben. Kartoffeln! Birnen! Dinkel! Ach, Kapitän, wißt Ihr, wie sehr ich es bedaure, daß wir geneigt sind, die Fauna zu vergessen? Ich habe einen Plan! Kommt!«

Er zog sie zu einer Bank unter einer mächtigen Trauerweide. Sie nahmen hinter einem Vorhang aus herabhängenden Zweigen Platz, die von einem gelblich-grünen Schleier beinahe aufplatzender Knospen gefärbt waren. Der König beugte sich zu James hinüber und begann nahezu flüsternd zu sprechen.

»Rindvieh – Kühe, Färsen, Kälber, auch Ochsen! Und natürlich die Hammel und die Mutterschafe, die Ziegen, Kaninchen, das Federvieh, das versteht sich ja von selbst. Aber auch Pferde, sechs an der Zahl, hatte ich gedacht.«

Der König machte ausholende Gebärden, als streichle er eine Pferdeflanke. Dann wieder umfaßte er James' Arm mit beiden Händen und sprach ihm hoch und heiser ins Ohr.

»Wir konzentrieren uns auf Tahiti, jenes prachtvolle Eiland soll unser Vorposten werden. Wie bewegen sich die Menschen dort fort?«

»Sie segeln, Majestät«, sagte James. »Sie fahren um die Insel herum, gehen an Land und laufen dann, wohin sie wollen.«

»Zu Fuß? Ein jeder geht zu Fuß? Ein jeder?«

»Es wird in der Tat viel zu Fuß gegangen. Die Personen, die man als heilig ansieht, der örtliche Herrscher oder der höchste Priester, werden auch schon mal getragen.«

»Ja, ja, in einem Tragsessel wohl«, rief der König. »Machtlos unter einem Baldachin. Und holpern und schaukeln und immer die Angst, daß ein Träger strauchelt. Jetzt bin ich ganz sicher: Ihr müßt Tahiti das Pferd bringen. Ein Geschenk vom britischen König. Durch Wälder und über Berge, im Galopp! Sie müssen natürlich reiten lernen. Die Ochsen hatte ich dazu gedacht, den Ackerbau auf ein höheres Niveau zu bringen. Die Kühe müssen auch mit. Was können Kühe? Die Weidegründe sauberhalten. Überdies bringen sie die gesamte Milchwirtschaft mit sich. Käseherstellung! Milchdistribution! Ich könnte mir denken, daß die Fruchtbarkeit der Insel durch meine Geschenke verzehnfacht wird. Welche Freude! Welche Dankbarkeit! Und Ihr werdet mir helfen.«

»Das wird Millimeterarbeit an Bord«, sagte James. »Die Tiere nehmen viel Raum ein, und das Futter, das wir für sie mitnehmen, noch weit mehr. Wasser. Ich werde einen Plan entwerfen. Großvieh verträgt die See schlecht. Es wäre zu überlegen, ob wir die Tiere von den Holländern am Kap kaufen sollten.«

Der König machte ein enttäuschtes Gesicht. »Aber ich möchte sie ihnen schenken! Englische Pferde, britische Rinder. Eine Geste von Insel zu Insel!«

Er sprang auf und setzte den Spaziergang fort. Elizabeth sah, daß die Lakaien ihnen in einigem Abstand behutsam folgten. Warum sagte James nicht, daß dieses Vorhaben unsinnig war? Bei tosendem Sturm Mist schaufeln und Wassertröge füllen, das klägliche Gebrüll der Tiere ertragen? Das Leben auf Tahiti erschien ihr, soweit sie aus den Schiffstagebüchern einen Eindruck davon hatte gewinnen können, gut, so wie es war. Unter der Tropensonne wartete niemand auf Milch und Käse. Sie stellte sich das Geräusch vor, das Pferdehufe auf Decksplanken hervorriefen, das Schiff ein immenser Klangkörper für das ängstliche Getrappel. Eine heillose Unternehmung.

James versprach, rasch mit einem Plan zu kommen. Die Lakaien rückten näher und erbaten die Aufmerksamkeit des Königs.

»Ich muß Euch verlassen. Ihr seht, man kommt mich holen. Es gibt einen Zeitplan, an den sie mich erinnern, von dem darf ich nicht abweichen. Ein Wunder, daß ich Euch hier getroffen habe, daß ich meine Pläne mit Euch besprechen konnte. Ich mache hier jeden Tag einen Spaziergang, wißt Ihr, das beruhigt, das gibt Gelegenheit zur Besinnung. Und dann kommen sie wieder. Ich wäre gern den ganzen Tag mit Euch spazierengegangen.«

Tief betrübt nahm der König Abschied. Sie sahen, wie die Lakaien ihm unter die Arme griffen und ihn in straffem Tempo wegführten. Er schien sich zu sträuben, und es gelang ihm, noch einmal den Kopf zu ihnen umzuwenden, mit im Wind flatterndem Haar.

»Britische Rinder! Versprecht mir das! Britisches Rindvieh!«

James nickte. Elizabeth war versucht zu winken, hielt sich aber zurück. Der König verschwand zwischen den Bäumen.

Die Wochen vergingen wie im Flug. Die Buschwindröschen blühten, die Ufer des Flusses wurden mit den grellgelben Sternen des Scharbockskrauts übersät, und auf dem Friedhof sah Elizabeth die Knospen der Primeln schwellen. April, der Monat des zum Durchbruch gekommenen Wachstums, kein Halten mehr.

Die Vorbereitungen für die Reise nahmen kein Ende; wenn die eine Frage gelöst war, stellte sich bereits eine andere. Sie verfolgte es nicht mehr, ließ die Tage verstreichen. Trotz ihrer fortgeschrittenen Schwangerschaft begleitete sie James zu Diners und Teegesellschaften, wo stundenlang über die anstehende Expedition gesprochen wurde. Sie saß dabei, als ginge es sie nichts an; sie schaute, ob James genügend aß, und legte die Arme um ihren Bauch.

Je bekannter die Reisepläne wurden, desto mehr Menschen kamen darauf, daß sie mitfahren wollten. Sie hörte, wie sich James über die Entbehrungen, die klirrende Kälte und die kärglichen Rationen verbreitete. Die meisten ließen sich abschrecken, doch der Schriftsteller James Boswell zeigte sich ungemein beharrlich. Er führte sich als Kollege auf dem Gebiet des Reisens ein und bekundete, daß schwierige Bedingungen ihn nicht schreckten. Elizabeth schätzte ihn auf etwa fünfunddreißig, obwohl er ein glattes, kindliches Gesicht hatte. Weste mit Goldstickerei und pelzbesetzter Umhang – kein seetüchtiges Material, dachte sie. Er hatte nur Augen für James und wechselte mit ihr kein einziges Wort.

»Er findet es spannend«, sagte James später. »Ein Abenteuer, mit dem er hinterher aufschneiden kann. Er wird es an Bord aber nicht aushalten. Doch er hat gute Ideen. Wir unterhielten uns darüber, daß man nach so einem Aufenthalt auf Tahiti zwar glauben kann, man wisse nun etwas, daß das aber eigentlich eine Illusion ist. Man spricht die Sprache nicht oder schlecht. Man kann auf einen Baum zeigen, sie sagen ein Wort, man spricht es nach. Dann glaubt man zu wissen, was ›Baum‹ in ihrer Sprache heißt. Aber vielleicht nannten sie den Namen der spezifischen Baumart, auf die man zeigte. Vielleicht sagten sie ›Holz‹. Oder gaben die Farbe des Stammes an. Man weiß es nicht. Geschweige denn, daß man etwas Wesentliches von unsichtbaren Dingen wie dem Strafrecht, der Liebe oder der Sprache versteht. Er fand, daß man für zwei, drei Jahre einen Sprachkundler dort plazieren sollte. Er hat recht. Wenn der König das subventionierte, würde er sich sofort dafür melden, sagte er.«

Boswell kam noch in derselben Woche zu Besuch, um

James ein Exemplar des Buches über seine Korsikareise zu bringen. Er hatte eine lange, bewundernde Widmung hineingeschrieben. Es war ein strahlender Morgen, und die Männer unterhielten sich im Garten. Elizabeth fing hin und wieder etwas auf – Reiseberichte, sprachlicher Ausdruck, Kapiteleinteilung? James schmeichelt sein Interesse, dachte sie, er bittet einen richtigen Schriftsteller um Rat. Sie hörte Boswell darlegen, daß man eine neue Figur am besten in direkter Rede einführen könne, damit die Erzählung lebendig bleibe. James wandte ein, daß er doch nicht behalten könne, was ein jeder wörtlich gesagt habe.

»Aber Ihr seid der Autor! Ihr könnt Euch das ausdenken!«

Sie erwartete einen Wutanfall, doch James begann zu lachen. Sie brachte selbst das Tablett mit dem Tee nach draußen und schenkte ein. James zog sie neben sich auf die Gartenbank.

»Ich fahre nicht mit«, sagte Boswell.

»Nein«, sagte James, »das dachte ich mir schon. Ihr werdet hier gebraucht.«

Es war still. In der Stille begann eine Amsel zu singen, zunächst verhalten, dann aber mit immer größerer Hingabe. Boswell lauschte mit geschlossenen Augen. James sah Elizabeth an und lächelte. Der Vogel saß auf dem Dachfirst, den dunkelgelben Schnabel hoch erhoben. Er pfiff eine Kadenz aus Dreiklängen, mit Trillern und triumphalen Stakkatotönen. Die virtuose Darbietung ging in ein Lied über, eine Melodie, die silberhell durch die Luft schwebte und sich wie eine Kuppel über dem verstummten Garten aufspannte.

Elizabeth lächelte ebenfalls.

8

Das Kind senkte sich ins Becken, und Elizabeth bekam wieder mehr Luft. Noch wenige Wochen, dachte sie, dann sehe ich meine Tochter. Es wurde Mai, die Kastanien blühten, und im Windschatten der Mauer waren die Keimlinge der Kardone hervorgekommen. Warten, in Erwartung sein. Geduldig der Geburt harren.

Es war ihr recht, etwas anderes erstrebte sie nicht. Sobald etwas Bedeutsames geschah, würde die Wirklichkeit wie schäumendes Wasser durch einen gebrochenen Flußdamm gewaltsam in ihr Leben eindringen: Nat würde in die Kutsche steigen, James würde die Leinen der *Resolution* losmachen lassen, und Elly würde toter als tot unter dem Gras liegen, wenn ein anderes Mädchen ihre Kleider trug. Warten bedeutet Beschlüsse aufschieben, Möglichkeiten offenhalten, schweigen. Mit einem hochschwangeren Bauch warten bedeutet zu Verpflichtungen nein sagen dürfen, zerstreut und abgelenkt sein dürfen, mitten am Tag auf dem Sofa liegen dürfen.

Sie weigerte sich, James zu dem Fest auf der Werft anläßlich der Fertigstellung der Reparaturen zu begleiten. Ihr graute im vorhinein vor dem Anblick beengter Kajüten und eines bis zum Rand vollgestauten Schiffsraums und vor dem Geräusch knarrenden Tauwerks. Teergeruch – nein, sie blieb zu Hause. Diese ganze Abreise mitsamt den Zeremonien darum herum war doch nur ein Spiel. Es mußte geschehen, und alle mußten daran glauben, doch es war nicht mehr als ein ritueller Tanz ohne eigentlichen Sinn. Wenn James die Nachricht von der Geburt seiner Tochter bekam, würde er von Bord springen und den Schiffen ade sagen, um nach Hause zu eilen, da war sie sich sicher. Oder würde die Niederkunft der Auftakt für die anderen sein, sie gänzlich zu verlassen? Solange das Kind in ihrem Bauch war, standen alle um sie, ihre Mutter, ihr Mann, ihr Sohn. Sie ließ keinen von diesen lieben Menschen wirklich an sich heran, war sich ihrer Anwesenheit und Aufmerksamkeit aber bewußt. War es denkbar, daß sie sich alle abwenden und davonrennen würden, sobald das Kind geboren war? Sie dachte es, denkbar war es also mit Sicherheit, aber sie dachte so vieles, und längst nicht alle Gedanken konnten sich in etwas Greifbares verwandeln. Das Gesicht Pallisers stand ihr plötzlich mit einer Deutlichkeit vor Augen, die sie erschreckte. Sie schauderte. Einen Moment hinlegen. Sie sank auf das Sofa nieder, das James für sie in die Stube hatte stellen lassen, und zog eine alte Tagesdecke über ihren Bauch. Sie drückte eine Kuhle in das Kissen und setzte die Haube ab. Das volle Grün von Bäumen und Sträuchern dämpfte das Licht.

Sie wurde von den schmetternden Tönen der Trompete geweckt. Einen Augenblick war sie völlig desorientiert, schaute um sich – Bücherschrank, Tischtuch, Öllampe –, nie zuvor hatte sie das Zimmer von diesem niedrigen Blickwinkel aus gesehen; sie spürte die Angst in ihrem Magen toben, wo war sie, wie weit war sie, war James noch da, und wo, wo war Elly? Erst als sie sich aufsetzte, wurde die Stube wieder vertraut, und sie konnte die Trompetenklänge einem bekannten Motiv zuordnen, langsam, traurig, das Nat in seinem Zimmer einstudierte. Ein bohrender Schmerz im unteren Rücken. Es würde doch nicht losgehen? Jetzt schon? Sollte sie die Hebamme benachrichtigen, ihre Mutter holen, James suchen lassen? Sie zwang sich, andächtig auf ihren Sohn zu lauschen. Nat setzte die einfachen Dreiklänge genau im richtigen Zeitmaß, nirgendwo übereilt, nirgendwo zu langsam. Sie lauschte so intensiv, daß das Lied in ihr mitklang, wodurch ihre Atmung regelmäßig wurde und auch sie selbst zur Ruhe kam.

Und jetzt? Sie war aufgestanden, um Wasser zu lassen, sie hatte Tee aufbrühen wollen, sah aber davon ab, als sie in der Küche stand und sich vorstellte, daß sie den schweren Wasserkessel hochheben mußte. Langsam war sie zum Sofa zurückgegangen, hatte ihre Schuhe ausgezogen, mühsam, den Kopf zwischen den gespreizten Beinen, den Schmerz, der ihr dabei in den Rücken fuhr, mit aufeinandergepreßten Zähnen verbeißend, hatte den Kopf aufs Kissen gelegt und ausgeatmet wie nach einer schweren Anstrengung.

»Mama?« Nat öffnete die Tür einen Spaltbreit und streckte den Kopf herein. Es dauerte einen Moment, bevor er sie entdeckte; sie sah seinen leicht verärgerten Blick, er zog die Augenbrauen genauso zusammen, wie James es tun konnte, und drehte den Kopf vom Tisch zum Bücherschrank, bis er sie sah. Er trat ein und kam zu ihr herüber, die Trompete in der Hand.

»Bist du krank? Warum liegst du? Hast du mich gehört?«

Elizabeth klopfte sachte auf das Sofa und rückte ein wenig zur Seite, damit er sich zu ihr setzen konnte. Hinter den dünnen Haaren, die ihm ins Gesicht hingen, schimmerte seine Kinderstirn hindurch, nicht mehr so makellos wie vor einem halben Jahr, sondern mit kleinen roten Unebenheiten übersät. Auf seiner Oberlippe wuchsen blasse Härchen. Nicht mehr lange, und es wurde Zeit, daß James ihm beibrachte, wie man sich rasierte.

»Du hast schön gespielt. Fein, daß es so gut geht.«

Nat strich über den Schalltrichter seines Instruments. Hartland habe einem Kollegen in Portsmouth geschrieben und sich erkundigt, bei wem er Unterricht nehmen könne, wenn er nach dem Sommer dort sein würde, erzählte er.

»Hartland sorgt für dich«, sagte Elizabeth. »Ich muß auch für dich sorgen. Sobald ich wieder auf den Beinen bin, machen wir uns an deine Kiste. Die Stiefel hast du schon.«

Nat schaute zu Boden. Er will meinen Bauch nicht sehen, dachte sie. Die Schmerzen in Rücken und Leisten wurden bohrender. Der Junge mußte fort, wie konnte sie mit einem ängstlichen Kind im Haus niederkommen? Wo blieb James? Konnte sie die Hebamme schon holen lassen und von wem? Das Mädchen, das konnte zu ihr laufen, nur war es zu früh. Sie geriet in Panik, das war nicht gut. Nachdenken. Ruhig bleiben.

Sonderbar, daß das Gedächtnis für die Beschaffenheit von Schmerzen nicht ausreichte. Die Tatsache, daß eine Geburt schmerzhaft war, hatte das Gedächtnis gespeichert, darüber konnte sie sprechen, die schlimmsten Schmerzen, die ich je hatte, konnte sie sagen, wahrheitsgemäß. Aber wie sich das anfühlte, wußte sie nicht mehr. Diese Erinnerung war im Körper selbst verborgen, und der begann sich nun zu regen. O ja, dachte sie, so fühlt es sich an, so war das damals, und so wird es nachher sein. Der Schweiß brach ihr aus.

»Nach Barking.« Sie sprach keuchend, atmete flach. »Du mußt was zum Anziehen einpacken. Ich gebe dir Geld. Für die Kutsche.«

Nat sah sie fragend an.

»Fahr zu Oma. Sag, daß sie herkommen soll. Du bleibst dort.«

Ihr war übel, und sie fühlte sich elend. Wo war James?

»Aber ich muß zur Schule«, sagte Nat, »und zur Stunde.«

Elizabeth biß sich auf die Innenseite ihrer Wange, um den Schmerz in ihren Leisten durch einen stechenderen Schmerz zu überdecken.

»Nur für ein paar Tage. Zu Besuch. Geh deine Sachen holen. Gib mir mal eben meinen Geldbeutel.«

Sie lehnte sich tief ins Polster und schloß die Augen.

Nat sprach in der Küche mit dem Mädchen. Die Küchentür wurde zugeschlagen, Holzschuhe klapperten über die Steine des Gartenwegs, jemand schoß die Treppe hinauf, verschob eine schwere Kiste und lief stampfend über die Dielen. Sie hörte alles haargenau, reagierte aber auf nichts.

Sie versuchte, den Prozeß, der sich in ihrem Körper in Gang gesetzt hatte, anzuhalten, bis ihr Sohn fort war. Er kam mit etwas Schwerem in der Hand herunter, das konnte sie der leichten Unregelmäßigkeit der Schritte und dem langsamen Tempo entnehmen. Er ließ seine Last mit einem Plumps im Flur nieder und trat ins Zimmer, die Jacke lose über der Schulter, die Trompete in einem Futteral auf dem Rücken.

»Mein Geldbeutel«, sagte sie. Der Junge machte sich auf die Suche: Kaminsims, Fensterbank, Tisch, Nähkorb.

»Vielleicht in der Küche? In meiner Schürzentasche? Warte, ich helfe dir.«

Sie ließ die Beine vom Sofa gleiten und stand auf.

»Du mußt das doppelte Fahrgeld mitnehmen, dann kann Oma auch ihre Reise bezahlen. Auf jetzt, du mußt gehen.«

Eine Woge warmen Wassers schwappte aus ihr heraus, auf einmal stand sie mit klatschnassen Füßen in einer lauen Pfütze. Nat, auf dem Weg in die Küche, blieb erschrocken stehen.

»Ich kann ja meine Sparbüchse nehmen.« Er rannte nach oben. Elizabeth setzte sich auf ihren triefnassen Rock. Ganz und gar falsch, dachte sie. Hoffnungslos. Er denkt, daß seine Mutter ihr Wasser nicht mehr halten kann, er schämt sich. Wenn ich ihm freilich erkläre, was wirklich geschieht, ist es vielleicht noch schlimmer für ihn.

Stimmen im Garten. Das Quietschen der Pumpe. Die Hebamme kam herein, James stand hinter ihr im Flur.

»Es ist gerade passiert«, sagte Elizabeth. Sie mußte plötzlich hemmungslos weinen. James schnellte auf sie zu, die Hebamme scheuchte ihn weg.

»Wir wollen jetzt erst einmal alles richten. Liegt eine Plane auf dem Bett? Handtücher? Wasser? Gnädige Frau, wir gehen nach oben.«

»Augenblick«, schluchzte Elizabeth, »gleich kann ich. Eine Wehe.«

Nat stand wieder im Zimmer, ein Sparschwein unter dem Arm. »Ich bekomm es nicht raus«, sagte er.

»Frag doch deinen Vater«, brummte die Hebamme. »Wir haben zu tun.«

»Deckplane von der Jolle«, murmelte James. Er verschwand in Richtung Waschküche und kam mit einer dunkelbraunen Plane zurück.

»Nach oben! Auf dem Bett ausbreiten. Handtücher darüber. Geht nur, wir kommen.«

Die Hebamme half Elizabeth auf. Nat stand blaß und verwirrt mitten im Zimmer.

»Gib ihm Geld. Er fährt zu Mary. Jetzt.« Elizabeth redete leise und dringlich auf James ein.

»Ja, natürlich.« Er legte die Plane auf den Boden, um in seine Tasche zu greifen. Nat nahm das Geld, suchte mit den Augen nach der Trompete und dem Koffer, setzte sich aber nicht in Bewegung.

»Es ist gut. Geh ruhig«, sagte Elizabeth. Von der Hebamme gestützt, machte sie ein paar Schritte, bis sie vor ihm stand. Seine flaumige Oberlippe zitterte.

»Vielleicht kannst du schon morgen wiederkommen. Wir schicken jemanden, der dich holt. Grüß Opa und Isaac.« Sie strich ihm übers Haar und schob ihn in Richtung Flur. Sich immer wieder umschauend, lief er mit seinen Sachen zur Tür hinaus.

»Kapitän!« rief die Hebamme. »Rauf mit der Plane!«

Endlich lag sie. Die Hebamme ließ den nassen Rock in den Wäschekorb gleiten und beugte sich zwischen Elizabeths angezogene Beine, um zu sehen, wie sehr sich der Muttermund schon erweitert hatte.

»Warten«, sagte sie. »Es dauert noch etwas.« Sie deckte Bauch und Beine zu und gab Elizabeth einen kleinen Klaps auf die Wange.

»Schön wach bleiben! Ihr müßt gleich arbeiten.«

»Wo ist mein Mann?« fragte Elizabeth. Durch das Schlafzimmerfenster sah sie den knallblauen Himmel. Scharf abgegrenzte grellweiße Wolken segelten darüber, angetrieben vom Wind, der auch die Baumwipfel bog und durch das Laub blies, als müßten vor der Geburt aller Staub und Schmutz mit Macht hinweggefegt werden.

Schändlich, ein Kind in eine Welt voll Wind und Unruhe zu setzen, dachte sie. Jetzt ist sie noch sicher, jetzt nimmt sie von mir, was sie braucht, und ich halte sie so warm, wie sie es sein muß. Nachher streicht die Zugluft über ihre nasse Haut, und sie wird weinen, zum erstenmal.

»Den habe ich weggeschickt«, sagte die Hebamme. »Er wird im Kaffeehaus um die Ecke sitzen, das ist am nächsten. Er wollte erst den Jungen zur Postkutsche bringen. Danach warten. Wir lassen ihn schon rufen, wenn es soweit ist.«

Als ob er das Kind prüfen muß, dachte sie. Ich presse es heraus, und ihm wird es zur Inspektion in die Arme gelegt. Er muß erkennen, daß er der Vater ist, er wird nach etwas im Körperbau, im Gesichtchen suchen, das ihm bekannt vorkommt. Vaterschaft bleibt eine unsichere Sache.

Sie dachte an den Abend, den sie Gin trinkend in der Taverne ihrer Mutter zugebracht hatte. Isaac hatte von der letzten Reise erzählt, von der Rückkehr, wo war das noch, eine Insel, auf dem Weg nach Hause? Sankt Helena. Sie wurden vom Gouverneur empfangen, den sie auf der Hinreise nicht gesehen hatten. Skottowe hieß er. Der Kapitän habe ihn von früher gekannt, hatte Isaac aufgeregt erzählt, was für ein Zufall, der Vater des Gouverneurs sei der Landbesitzer gewesen, für den James' Vater gearbeitet habe! Unfaßbar, daß bei der ersten Landung kein Treffen stattgefunden hatte, der Kapitän hatte damals so schnell wie möglich weiterfahren wollen, er hatte Zwiebeln eingekauft und Wasser geladen und gleich wieder die Segel gehißt.

Auf dem Rückweg hatten sie sich gesprochen, der Gouverneur und der Kapitän, die früher ein immenser Klassen- und Standesunterschied getrennt hatte, die aber nun wie gleich und gleich über die Insel schlenderten. Und seltsamerweise seien sie einander wie aus dem Gesicht geschnitten gewesen, hatte Isaac gesagt. Sogar ihr Gang sei der gleiche gewesen. Und der Augenaufschlag! Die Brauen!

Nun ja, die Männer seien beide auf demselben Stück Land aufgewachsen, hatte Isaac gedacht, vielleicht hätten der Kalkgehalt des Bodens, die Qualität der Luft, die sie einatmeten, das Wasser, das sie tranken, die auffallende Ähnlichkeit verursacht. Aber seltsam bleibe es.

Elizabeth hatte geschwiegen, an James' Mutter denkend, die mit dem alten Skottowe im Schuppen gestanden und flüsternd einen heftigen Disput ausgetragen hatte, der James, damals noch ein kleiner Junge, erschreckt hatte. Der bösartige alte Mann am Kamin in Yorkshire hatte vielleicht Grund, sich zurückgesetzt zu fühlen, die Schwestern hatten recht mit ihrer Mißgunst.

Ein stechender Schmerz brachte sie zurück zu dem, was jetzt anstand. Mutterschaft. Wie ein Kind ausstoßen, das sie lieber in sich behalten wollte? Die Hebamme kontrollierte erneut die Erweiterung des Muttermunds.

»Versucht es einmal«, sagte sie, »bei der nächsten Wehe.«

Aber sie wollte nicht. Sie zog zwar die Beine an und senkte den Kopf auf die Brust, sie hielt den Atem an und preßte, bis sie rot angelaufen war, doch es war ein halbherziger Versuch, der zum Scheitern verurteilt war.

Die Hebamme werkelte im Zimmer herum und ordnete auf dem Tisch Babysachen und saubere Tücher zu Stapeln. Es war stickig. Elizabeth bat, ob nicht das Fenster geöffnet werden könne, es verlangte sie auf einmal sehnlich nach dem Geruch ihres blühenden Gartens, dem Dunst der Kastanienblüten, einem Dufthauch von den Maiglöckchen, die wie weiße Perlen zwischen den aufrechten Blättern verborgen waren, Flieder – doch die Hebamme schüttelte den Kopf. Keine Zugluft. Zugluft sei fatal für Mutter und Kind. Die Niederkunft mußte in absoluter Windstille stattfinden.

Die Zeit verstrich. Pressen. Schmerzen. Ihr wurde schwarz vor den Augen. Zurück ins Kissen. Dann wieder die Ankündigung der nächsten Wehe. Das Sonnenlicht wurde gelblicher, der Wind legte sich. Jemand polterte die Treppe herauf.

Mary kam herein und stellte ein Tablett mit Gläsern und Flaschen auf den Tisch. Mit zusammengepreßten Lippen nickte sie der Hebamme zu. Sie trug ein buntes Tuch über den Schultern, gelb, rot und schwarz. Elizabeth wurde schon schwindlig, wenn sie nur darauf schaute.

»Wie steht es mit deinen Zähnen, Mutter?«

Mary brummte und füllte die Gläser, Bier für die Hebamme, Gin in einem Wasserglas für sie selbst. Mit dem Glas in der Hand setzte sie sich ans Bett.

»Er schläft heute nacht bei Isaac im Bett. Mach dir keine Sorgen. Als ich ging, waren sie gerade dabei, Tau zu spleißen. Da kann Nat sogar noch etwas lernen. Wie lange bist du schon zugange?«

Elizabeth, im Bann der Schmerzen, konnte nicht antworten.

»Zu lange«, sagte die Hebamme. »Es ist für Euch das fünfte Mal, nicht wahr? Es müßte schneller gehen. Ihr müßt Euer Bestes geben.«

»Sechste«, keuchte Elizabeth.

»Also noch schneller.«

Die Hebamme trank einen Schluck Bier und begann, sich über Elizabeths spitz aufragenden Bauch hinweg mit Mary zu unterhalten. Es dämmerte. Elizabeth fühlte Tränen aus ihren Augenwinkeln rinnen, feuchte, allmählich abkühlende Spuren über ihre Schläfen, in die Ohren, auf das Kissen. Greuliche Geburtsgeschichten gingen zwischen den Frauen zu beiden Seiten des Bettes hin und her – querliegende Kinder, unverrückbar feststeckende Kinder, Kinder, die zu groß waren, um jemals geboren werden zu können.

Es berührte sie nicht. Die Schmerzen waren so heftig, daß sie ihren Unterleib für immer lähmen würden. Bei jeder Wehe wurde die Unterhaltung eingestellt, und die Frauen beugten sich über sie, um ihre Beine zu halten und sie zu ermuntern. Sie roch die ungewaschenen Haare ihrer Mutter und fühlte die schwielige Hand der Hebamme auf ihrer Hüfte.

»Ich sehe das Köpfchen!« rief die Hebamme. »Ihr müßt weiterpressen, er zieht sich jedesmal wieder zurück, wenn Ihr zu früh aufgebt.«

Sie, wollte sie sagen, sie. Meine Tochter. Die Tochter, mit der ich hier gefangen bin. Wir sitzen in der Falle. Ich kann sie nicht preisgeben, aber ich kann es auch nicht umkehren. Ich werde platzen, zerspringen von den widerstreitenden Bewegungen. Es ist vorbei. Ich kann nicht mehr. Sollen sie doch machen. Ich sterbe. Es ist gut.

Von ganz weit her hörte sie eine Männerstimme. Eine hochgewachsene Gestalt füllte den Türrahmen. Sie glitt weg. Schwarz.

Als sie wieder zu sich kam, schaute sie in das bleiche Gesicht von James.

»Der Kapitän geht besser nach unten«, sagte die Hebamme. »Wir brauchen den Platz hier.«

Elizabeth atmete flach. Ja, weg, dachte sie, scher dich fort, verschwinde, laß los. Diese schwere Hand auf meiner Stirn würde ich abschütteln, wenn ich die Kraft dazu hätte, diese Klammer um meinen Arm wegreißen, diese massive Gegenwart wegtreten. Alle wünschen sie das Kind heraus. Ich kann nicht mehr.

James' Rücken. Die Hebamme mit einem nassen Lappen, um ihr das Gesicht abzutupfen. Die grauen Zahnstümpfe in Marys Mund, fauliger Atem stieg ihr in die Nase, was sagt sie? Es geht wieder los, aber ich kann nicht.

Sie preßte, bis ihr die Augen aus dem Kopf quollen. Ihr Unterleib war ein Ozean flutender Schmerzen, die ihr den Atem abschnitten. Die Hebamme schrie. In der Flaute nach der Wehe schaute sie durch das Fenster. Es war schon dunkel.

Sie hörte James unten auf und ab gehen. Das Kind würde Grace heißen, nach seiner Mutter.

»Es kommt so viel Blut«, sagte die Hebamme, die zwischen Elizabeths Beine gebeugt war. »Das geht so nicht. Sie muß mehr Kraft daransetzen.«

»Kann ich nicht«, flüsterte Elizabeth.

»Natürlich könnt Ihr das. Was hineingeht, kann auch wieder heraus. Es muß sein. Denkt an das Kind!«

Der Schmerz rollte heran wie eine haushohe Welle. Darin würde sie ertrinken. Na gut, dann mußte es wohl so sein. Niemand konnte sie retten. Die ganze Aufmerksamkeit galt dem Kind, dem Bauch, den Beinen. Hinterköpfe sah sie. Ja, sie mußten versuchen, das Kind zu retten. Und sie würde gespalten und zerstört zurückbleiben.

»Jetzt!« rief die Hebamme. »Durchhalten!« Sie warf sich auf Elizabeths Bauch und schob das Kind nach unten, während Elizabeth preßte, aussichtslos, zwecklos. Das Gesicht ihrer Mutter. Ein Glas. Alkoholgeruch. Der Gin lief ihr über das Kinn und den Hals hinab, sie leckte sich die Lippen, bekam noch einen Schluck, trank, Gift war das, Terpentin, reinstes Gift, aber was kümmerte es sie? Gras, fuhr es ihr durch den Sinn. Wie das Gras. Nachgeben unter der Wucht des Wassers, das gleichgültig daran entlangstreicht. Die Frauen zwangen ihre Beine hinauf, bis sie die Knie in den Ohren hatte. Sie dachte nicht mehr. Vorbei.

Die Stimmen kamen von ganz weit her. »Die Schultern«, sagte die Hebamme. »Ich drehe ihn, seht, ja, so, da kommt er! Reicht mir mal den Faden.«

»Ogottogott, was für ein Scheusal.« Marys Stimme, tief und rauh.

»Ein bißchen eingerissen.« Das war wieder die Hebamme. »Nicht so schlimm. Das heilt wieder. Zuerst das Kind. Einen Hieb auf den Podex muß er bekommen, wir bringen ihn zum Weinen, auf! Na, los!«

Das schwache Schreien eines Babys. Elizabeth atmete aus und begann leise zu weinen. Sie hörte die Frauen mit Schüsseln, Schere, Tüchern und Windeln hantieren. Sie ist da, dachte sie, sie lebt. Mein Mädchen. Jetzt wird alles gut.

Sie dämmerte kurz weg, kam aber wieder zu sich, als James die Treppe heraufrannte. Mary zeigte ihm das Kind, das schon gewaschen und gewickelt war, ein schmales Bündelchen Stoff mit zornig gerunzeltem Gesichtchen darüber.

Mit dem Kind im Arm setzte sich James zu ihr. Seine Hände sind viel zu groß, dachte sie, sieh doch, ihr ganzer kleiner Leib verschwindet unter einer Handfläche.

»Unser Sohn«, sagte James sanft. »Ich lege ihn zu dir.«

Sohn? Wovon redet er da? Das ist Grace, das ist meine Tochter, meine zweite Tochter. Sie ist verstimmt, auch sie hat unter der Geburt gelitten, sie muß sich jetzt an den Lärm gewöhnen, an das Licht, und deshalb schaut sie so böse, unser Mädchen. Er muß ihr Köpfchen stützen mit seinen Kohlenschaufeln. Gib her. Komm.

Sie schloß das Kind in die Arme und hielt die Nase an das verkniffene Gesichtchen. Ja, so roch ein frisch geborenes Kind. Nicht zu beschreiben, aber unfehlbar und mit Freuden wiederzuerkennen, um dann bis zum nächstenmal erneut vergessen zu werden. Sie schnupperte den reinen, unverdorbenen Atem des Kindes.

»Wir haben keinen Namen für ihn«, sagte James. »Er braucht einen Namen. Wir trinken auf seine Geburt.«

Sie hörte Glas klirren, Mary ging mit einem Tablett herum. Die Hebamme warf blutige Lappen in eine Ecke und ließ sich dann mit einem Glas in der Hand in einen Sessel fallen. Sie prostete Elizabeth zu. »Herzlichen Glückwunsch!« sagte sie. »Auf ein langes und glückliches Leben für Euer Söhnchen. Prosit!«

Keinen Namen? Söhnchen? Sie schaute zu James, der die Hand mit der Narbe um die Wange des Kindes legte und ihm mit dem Daumen eine Speichelspur wegwischte.

»Grace«, sagte sie. »Sie heißt Grace.«

»Es ist ein Junge, Elizabeth. Du hast einen Sohn geboren.«

Sie schüttelte den Kopf. Der kalte Schweiß brach ihr aus. In einer fernen Ecke des Zimmers schimmerte Marys buntes Umschlagtuch. Sie versuchte, ihre Mutter scharf zu bekommen, es war so dunkel hier, man sah überhaupt nichts, kein Wunder, daß sich alle irrten.

»Licht«, sagte sie, »laßt mehr Lampen kommen, ich brauche doch hier nicht im Dunkeln zu liegen!«

Mary näherte sich mit einer Kerze. »Ich dachte einen Augenblick, du würdest es nicht schaffen«, sagte sie, »aber du bist nicht so leicht unterzukriegen. Das hast du gut gemacht. Ein weiterer kleiner Kerl. Jetzt mußt du trinken. Für die Milch.« Sie hielt ihrer Tochter ein Glas Bier hin, aber Elizabeth ignorierte es und sah ihre Mutter weiterhin fragend an.

»Es ist wirklich ein Junge. Er hat mir über die Hände gepinkelt. Du warst sicher kurz bewußtlos, daß du es nicht gesehen hast.«

»Das ist nicht wahr«, sagte Elizabeth. »Ich glaube das nicht.«

Mary begann, das Tuch um den kleinen Unterleib abzuwickeln, und entblößte die spillrigen Beinchen. Sie schlug die Windel zurück. Ein winziges Pimmelchen auf geschwollenem Skrotum, rot und runzlig wie ein alter Granatapfel.

Das falsche Kind. Elizabeth ließ ihre Arme auseinanderfallen, und das Kind rollte über die Decke zu ihren Füßen hin.

»So. Ich packe ihn wieder ein. Er kann in seine Wiege. Er muß schlafen.«

Sie fühlte, wie Mary das kleine Gewicht von ihren Beinen hob. Fortscheren sollten sie sich, allesamt. Das falsche Kind. All das Elend, all die Schmerzen, all die Warterei. Für das falsche Kind.

»Du mußt auch schlafen. Erst geben wir ihm noch einen Namen, und dann ruhst du dich aus.« James' Stimme an ihrem Ohr. Noch ein Matrose, dachte sie, für ihn. Haben sie

Babys vertauscht, als ich nicht achtgab? Das kann doch nicht sein, es ist nur ein Baby hier. Aber wo ist dann mein Mädchen? Es stimmt nicht. Es ist falsch.

»Hugh«, sagte James. »Er heißt Hugh. Ein Ehrenerweis an Palliser. Das wird ihm gefallen.«

Er benennt seine Kinder, wie er Inseln und Buchten einen Namen gibt, dachte sie. Hugh! Wenn er wüßte! Hugh! Das bekam sie ohnehin nie über die Lippen, das war zu verrückt, um wahr zu sein. Sie brach in ein nervöses Gelächter aus, sie konnte gar nicht mehr aufhören, eine Farce war das, sie hatten hier im Schlafzimmer Komödie gespielt, und der Höhepunkt war die Ankunft des falschen Kindes. Das Hugh hieß. Schallendes Gelächter. Applaus. Vorhang.

Mit aller Macht saugte das Kind mit seinem Altmännermund an ihren Brustwarzen.

»Ich verstehe das nicht«, sagte Elizabeth. »Ich habe immer Milch gehabt.«

»Wird schon werden«, brummte Mary. »Bier. Tag und Nacht Bier. Dann schießt sie ein.«

Zwei Tage und Nächte hatte das Kind geschrien. Jedesmal, wenn Elizabeth es an die Brust legte, begann es hoffnungsvoll zu saugen, um nach wenigen Minuten wieder verzweifelt loszuschreien.

»Das wird nichts«, seufzte Elizabeth. »Schau doch, er wird ganz schlapp, er magert ab, er trocknet aus.«

Ihre Mutter beugte sich über das Bett und pflichtete ihr bei. »Ich gebe ihm Zuckerwasser, dann schläft er ein Weilchen. Aber er braucht Milch.« Sie bettete den Kleinen an ihre Schulter und ging mit ihm im Zimmer umher. Das erschöpfte Gesichtchen zeichnete sich bleich gegen das grellbunte Umschlagtuch ab. Eine Amme, das sei die Lösung. Die Hebamme kenne gewiß eine Mutter, die ihr Baby verloren habe und verzweifelt mit gespannten Brüsten dasitze. Sie werde sich gleich darum kümmern.

Elizabeth ließ sich in die Kissen zurückgleiten. War die Tatsache, daß sie ihr Kind nicht stillen konnte, eine Niederlage, ein Beweis für ihre Untauglichkeit? Es war ihr egal. Sechsmal am Tag würde sich nun eine bekümmerte Frau in die Küche schieben, sich auf einen niedrigen Stuhl am Herd setzen, und Elizabeth würde ihr das Kind bringen. Nach einer Viertelstunde würde die Frau wieder verschwinden, und Elizabeth könnte ihren neuen Sohn säubern und schlafen legen. Würde das Kind mit der rettenden Milch auch den Kummer und die Wut der Amme in sich hineinsaugen? Ein schlechter Beginn. Aber besser falsche Milch als keine Milch. Sie schloß die Augen.

»Mama?« Nat stand neben dem Bett, mit gekämmten, nassen Haaren. Er hatte eine Matrosenbluse an, die ihm viel zu weit war. »Von Isaac bekommen. Schon mal für die Schule. Trägt sich unheimlich gut. Isaac hat mir den Kompaß beigebracht. Und ich kann schon sechs Knoten. Ich hab gespielt, abends. Zweimal. Sie haben mitgesungen und getanzt, die Leute.«

Sie lächelte und schaute auf die langen, spindeldürren Arme ihres Jungen, die schlapp zu beiden Seiten des mageren Leibs herabhingen.

»Möchtest du das Kindchen mal sehen?«

Nat sah sie forschend an und nickte kurz. Elizabeth stand auf, hielt sich einen Augenblick am Kopfende des Bettes fest, um das Gleichgewicht zu finden, ging dann zur Wiege und winkte ihrem Sohn.

»Ein Junge. Ein Brüderchen. Ich dachte, wir würden ein Mädchen bekommen, aber es ist ein Junge geworden.«

Nat blieb gerade stehen und blickte von oben auf das Baby herab. »Ist er krank? Er sieht ein bißchen blaß aus.«

»Ich habe keine Milch für ihn. Oma holt eine Frau, die ihn stillen kann. Dann wird er sich erholen.«

»Wie heißt er eigentlich?«

Elizabeth setzte sich auf die Bettkante und zog Nat neben sich. »Hugh heißt er. Das hat sich dein Vater ausgedacht.«

»Nach Kapitän Palliser?«

»Ja. Findest du, daß der Name zu ihm paßt?«

Nat dachte einen Augenblick nach und schüttelte den Kopf. »Er sieht nicht aus wie ein Hugh. Er sieht aus, als heiße er Benny, finde ich.«

Benny, Benjamin, dachte sie. Das jüngste Kind. Das letzte.

»Möchtest du ihn kurz halten?«

Nat stand schon an der Tür. »Nein. Ich gehe mit Isaac Schiffe ansehen. Wo ist Papa eigentlich?«

»Beim Maler. Er posiert. Für ein Porträt.«

Nat nickte und ging.

Mary kehrte mit einer in der Tat traurigen Frau zurück, die sich jedoch mit Begeisterung daranmachte, das Kind zu stillen. Es wurden Absprachen in bezug auf Zeit, Geld und Zugang zu Haus und Wiege getroffen. Elizabeth lehnte am Türrahmen und schaute auf die Amme, die ihr Kind an sich drückte. Die falsche Mutter mit dem falschen Kind. Sie zuckte die Achseln und ging in den Garten. So schnell wie möglich wollte sie wieder wie früher werden: hager, aufrecht, beherzt. Sie versuchte, die Schmerzen in ihrem noch wunden Unterleib zu ignorieren und die Bauchmuskeln anzuspannen. Jetzt, da die Versorgung des Kindes geregelt war, konnte sie eine Bestandsaufnahme von der aktuellen Situation machen. Womit beschäftigte sich James? Wie stand es um die Herausgabe des Reiseberichts? Wann würde sie mit dem Paten konfrontiert werden? Sie legte die Arme auf den Gartentisch und wandte sich der Sonne zu.

Erst als ein Schatten über ihr Gesicht fiel, realisierte sie, daß sie leise Schritte gehört hatte. So geht es in der Wirklichkeit zu, dachte sie, daran muß ich mich gewöhnen. Zuerst jemanden kommen hören, dann die Person sehen. Nicht andersherum. Zuerst weggehen, dann nach Hause kommen. Zuerst das Kind sehen, dann einen Namen überlegen.

James setzte sich ihr gegenüber. Blendend sah er aus, gekleidet in der vollen Pracht seines hohen Ranges. Goldene Knöpfe an seiner schneeweißen Hose, Manschetten, die wie weiße Blütentrauben aus den goldgeränderten Ärmeln quollen, und eine perfekt frisierte graue Perücke auf dem Kopf.

»Wie mußtest du sitzen?«

Er machte es vor: Die Beine etwas auseinander, die rechte Hand auf einer ausgebreiteten Karte ruhend, die er mit der linken an einer Ecke festhielt. Der Hut neben Karte und Hand auf dem Tisch. Der Blick wohlwollend-ernst auf einen Punkt etwas seitlich von der Sichtachse des Malers gerichtet. Von den elf goldenen Knöpfen der Weste waren an willkürlicher Stelle fünf nicht geschlossen.

»Ein Staatsporträt«, sagte er, während er die Pose aufgab und Arme und Beine ausschüttelte. »Ich mußte stundenlang so sitzen bleiben. Und der Maler hat kein Wort gesagt. Nathaniel Dance. Er ist berühmt. Übermorgen muß ich wieder hin. Kein Ende in Sicht. Ich habe die ganze Zeit an Forster gedacht. Weißt du, daß Sandwich ihm aufgetragen hat, ein Probekapitel zu schreiben? Das hat er abgelehnt. Es ist völlig unklar, was jetzt geschehen wird. Womöglich haben wir nachher zwei nahezu identische Bücher in einem Band, denn er schreibt schließlich über dieselbe Reise wie ich. Das will Sandwich natürlich nicht. Wenn er Forster aber vor die Tür setzt, hat er gar nichts für das versprochene Honorar. Das ist ihm auch nicht recht. Jedenfalls ist Forster jetzt wütend, weil die Admiralität anzweifelt, daß er richtig Englisch schreiben kann. Ich hoffe, er zieht sich entrüstet zurück, das wäre die beste Lösung. Bevor ich abreise, möchte ich einen Vertrag mit dem Drucker gemacht haben, und dazu muß ich wissen, ob ich allein publiziere oder mit Forster zusammen.«

Bevor er abreist, dachte sie. Bevor er angeblich abreist, denn er reist natürlich nicht ab, nicht wirklich. Er wird nach Plymouth oder Portsmouth fahren oder wie diese elenden Häfen heißen, er wird die Mannschaft mustern und die Takelage anbringen lassen, aber im letzten Moment läßt er sich von

Clerke vertreten und steigt in die Postkutsche nach London. Und dann?

In der Pose, die der Maler von ihm erbeten hatte, sah er wie ein kompetenter Herrscher aus. Ein Mann auf der Höhe seines Könnens, von einem ruhigen Selbstvertrauen strotzend, an dem niemand zweifeln konnte. Ein Mann, der auch dann nicht um Ansehen und Respekt zu fürchten brauchte, wenn er kurz vor seiner Abreise sagen würde, daß er es sich anders überlegt habe und das Kommando lieber seinem Kollegen übergebe. Aber welcher Mann würde dann, müde von der stundenlangen Schaukelei in der Postkutsche, zu ihr zurückkommen? Derselbe Herrscher? Der in die Enge getriebene Verfasser der Journale? Der aufbrausende Vertreter der Admiralität? Oder der hilflose, einsilbige Kranke, der sich Weihnachten in den Eimer übergab?

»Banks«, sagte James. »Weißt du, daß ich bis zum Ende aller Tage bei Banks im großen Salon über dem Kaminsims hängen werde? Er bezahlt das Porträt, er hat es in Auftrag gegeben. Ich konnte es nicht ablehnen, obwohl es mir gar nicht gelegen kommt.«

Was habe ich damit zu tun, dachte sie, worüber reden wir? Worüber reden wir nicht? Warum spreche ich nicht von mir aus die Dinge an, die besprochen werden müssen, warum sitze ich hier so feige herum und warte auf die schaurigen Worte: das Kind, die Abreise, der Pate. Ich lasse die Zeit verstreichen, sie füllt sich mit Larifari, bis zum Rand ist der Becher der Zeit mit Büchern, Bildern und Galauniformen gefüllt, und ich bin außerstande, etwas dagegen zu tun.

»Die Admiralität spart das Gehalt für einen Astronomen ein, weil King mitkommt. Und weil ich meine Freude an der Sternkunde habe. Wir beide zusammen können sämtliche Berechnungen anstellen. Er kann genauso gut mit der Apparatur umgehen wie ich. Das macht zwei- bis dreihundert Pfund aus, weißt du das? Ich werde Sandwich vorschlagen, diesen Betrag oder zumindest den größten Teil davon dir zur Verfügung zu stellen. Das steht uns zu. Ich möchte, daß du dir um nichts Sorgen zu machen brauchst. Eine mehr als reichlich bemessene Apanage. Freier Zugang zu allen Vertretern der Admiralität, falls du einen Rat möchtest, zum Beispiel was die Jungen betrifft. Die Einnahmen von dem neuen Buch müssen direkt an dich fließen. Ich gehe zum Notar, es muß ein Testament aufgesetzt werden. Ich möchte dich offiziell ermächtigen, alle nötigen Entscheidungen zu treffen. Alles muß perfekt geregelt sein. Wie immer es auch kommen sollte.«

Er hatte immer schneller und lauter gesprochen und erhob sich, als er bei dem Testament angelangt war. Eigentlich ist es kein Wunder, daß er sich nicht auf die häusliche Wirklichkeit einlassen kann, dachte sie, er hat so viele verschiedene und wichtige Angelegenheiten im Kopf. Pökelfleisch, Sauerkraut, Wissenschaft, morsches Tauwerk, königliche Kühe, Zeitpläne.

Die Amme huschte durch den Garten; Elizabeth hatte das Tor nicht aufgehen hören, doch auf einmal bewegte sich der Schatten an den Mauern entlang. Die Frau war in Schwarz gekleidet, natürlich, sie trauert noch um ihr eigenes Kind, dachte sie, wie schrecklich, dann das Kind einer anderen stillen zu müssen. Wie kann sie nur?

Die Frau nickte ihnen mit verschlossener Miene zu und ging in die Küche.

»Mußt du nicht helfen«, fragte James, »oder macht sie alles selbst?«

Das Baby schrie, das beunruhigende Geräusch war bis in den Garten zu hören. »Sie macht es selbst«, sagte Elizabeth.

Sie gab sich alle Mühe, Anschluß an das Leben um sie herum zu finden, aber irgendwie schien es ihr immer wieder zu entgleiten. So intensiv sie auch James' Erzählungen über die Probleme mit dem Buch zuhörte – erhitzte Gespräche mit Sandwich, eine Besprechung beim Drucker, die beinah auf Vertragsbruch hinauslief, schwer zu deutende Briefe von

Forster –, es entschwand ihrem Gedächtnis, sowie sie wieder allein war. Auf dem Tisch sah sie die Listen liegen, auf denen James genauestens notiert hatte, welche Güter geladen werden mußten, säuberlich in verschiedene Kategorien eingeteilt. Grundrisse der Räume an Bord, in die er Ziffern gezeichnet hatte, die den Ziffern auf der Liste entsprachen. Das hier ist wirklich, hielt sie sich vor, schau doch: Branntwein, Dufflecoats, Essig. Das hier sind konkrete Dinge mit Umfang und Gewicht, jemand wird sie an Bord tragen, am Bestimmungsort absetzen, sich den Staub von den Händen klopfen und zufrieden von dannen ziehen.

James ging im Sauseschritt aus und ein, sie sah ihn wenig. Er schaffte Fernrohre und Sextanten an, trug alle Bücher über die nördlichen Meere zusammen, deren er habhaft werden konnte, und ließ sich bei Banks vorfahren, um Omais Mitgift zu inspizieren. Zwischendrin posierte er für Dance, gequälte Ruhe ausstrahlend.

Mitte Juni wurde bekannt, daß Forster seine Mitarbeit am Buch aufkündigte. Es folgten Besprechungen mit Sandwich, mit Palliser. Die Herren dinierten an Bord der *Resolution* in der halb eingerichteten großen Kajüte. Alkohol. Flüche. Unentschiedenheit. Sandwich bat James, noch einmal mit Forster zu reden, um zu einer Lösung zu gelangen. Fürchtete er Konkurrenz von Forsters Buch, wenn die Reiseberichte gleichzeitig herauskamen? Wer durfte Hodges' Stiche verwenden? Was tun, wenn Forster in seinem Text die Admiralität verunglimpfte?

Vor Verärgerung aufstampfend, erstattete James Elizabeth Bericht. Es interessierte sie rein gar nicht. Seiner Bitte um einen klugen Rat konnte sie nicht nachkommen. Da ging er wieder, auf zum nächsten Termin.

Das Abreisedatum wurde von Woche zu Woche hinausgeschoben. Omai machte eine Abschiedstour durch die Stadtpaläste und Landhäuser seiner Gönner. Clerke nahmen familiäre Probleme in Anspruch, und er überließ die Reisevorbereitungen James. Immer wieder war etwas, worauf alle warten mußten.

Unterdessen wuchs das blasse Baby. Der Junge wurde genauso still wie seine Amme, aber er trank, und er schlief. Die Amme wechselte nun selbst seine Windeln, wusch ihn und wiegte ihn nach dem Stillen in den Schlaf. Elizabeth wurde nicht hinzugezogen. Sie ließ es dabei.

Jamie schickte einen Brief aus Portsmouth. Die Sommerferien nahten, er kam nach Hause und fragte sich, ob er seinen Vater noch sehen würde und wie weit sein Bruder mit dem Füllen seiner Kiste war.

Elizabeth seufzte und machte sich daran, ihm eine Antwort zu schreiben. Sie schrieb irgend etwas. Sie wußte nicht, was.

Im Garten lagen die Blätter der Kardonen am Boden, weil sie vergessen hatte, sie hochbinden zu lassen, ein wilder Urwald längs der Mauer. Das war jetzt vergebliche Liebesmüh.

James suchte den Notar auf und ließ sein Testament aufsetzen. »Du bekommst eine Abschrift. Bewahr sie gut auf. Ich habe es genau so abfassen lassen, wie wir es besprochen haben.« Sie konnte sich an nichts mehr erinnern, nickte aber bestätigend.

Gut eine Woche später fiel die endgültige Entscheidung über das Buch. James kehrte von einer extrem unangenehmen Besprechung mit Forster zurück. Gezänk über die Stiche und endloses Hin und Her, wer das Recht hatte, welche Information zu geben, und das alles in einem Ton, den James nicht ertrug, der ihn reizte und mit ohnmächtiger Wut erfüllte, so daß er plötzlich zu einem Beschluß gekommen war. Allein. Er würde allein publizieren. Keine Zusammenarbeit mehr, keine Abhängigkeit. Es war das beste so. Er würde ohnehin nichts mehr an seinem Text ändern, alles war von Douglas geprüft und für gut befunden worden, warum dann noch unsicher sein, er stand hinter seinen eigenen Worten, und wer sie nicht wollte, las sie eben nicht. Punktum. Er hatte Forster großmütig angeboten, daß er Gebrauch von den Stichen machen könne, vereinbarte jedoch mit dem Drucker, daß er die Platten erst aus den Händen geben sollte, wenn James' Buch in den Läden lag. Damit war alles geregelt. Und jetzt!

Auf einmal war es soweit. Sie sah es vor ihren Augen geschehen. Der kleine Sekretär aus schwarzem Tropenholz wurde aus dem Haus getragen, die Kiste Bücher, die Kleidung. Sie sah James an der Wiege stehen. Er beugte sich über das Kind, zögerte aber, es zu wecken. Vorsichtig legte er die Hand auf das Babyköpfchen. Nahm er für immer Abschied von seinem Sohn, oder sagte er ein unhörbares »Auf Wiedersehen«? Von seinem Gesicht war nichts abzulesen. Er ging auf einen letzten Besuch ins Kaffeehaus.

»Clerke hat sich in Teufels Küche gebracht«, sagte er, als er zurückkam. »Sein Bruder hat Bankrott gemacht, und Clerke, dieser gutgläubige Optimist, hatte für ihn gebürgt. Jetzt ist dieser Bruder auf und davon, und Clerke muß für die Schulden geradestehen. Sie haben ihn festgenommen! Er sitzt hinter Schloß und Riegel! Sandwich kocht. Ein Rückschlag nach dem anderen, als dürfe diese vermaledeite Expedition einfach nicht in Gang kommen. Wir können nicht länger warten, wir sind schon Monate im Verzug. Durch diesen Unfug verlieren wir ein ganzes Jahr!«

»Was willst du jetzt machen?« fragte sie. Die Frage hatte Bezug zur Alltagswirklichkeit. Gläubiger, die Macht der Admiralität, der Polarwinter. Die Wirklichkeit dahinter war nicht in Worte zu fassen. Was wirst du *tatsächlich* tun, wie soll es mit uns weitergehen? Wo liegen die Grenzen der Schauspielerei? Diese Fragen konnte sie nicht stellen.

»Ich reise morgen nach Chatham ab. Ich nehme Omai mit, der Ärmste ist schon ganz erschöpft vom Weinen, er nimmt seit Wochen Abschied und heult sich die Augen aus dem Kopf. Wir fahren nach Plymouth, und dort warte ich auf Clerke; Sandwich und Banks versuchen, ihn so schnell wie möglich freizubekommen. Sobald er eintrifft, segeln wir zum Kap.«

Morgen. Heute nacht die letzte Nacht. Wir segeln, sagt er. Oder segelt Clerke allein? Ist das morgen ein Abschied für zwei Wochen, drei Monate, vier Jahre?

»Was …«, setzte sie an. Ihre Stimme klang seltsam heiser und zögerlich, sie erschrak darüber. »Was hast du jetzt eigentlich vor, James?«

Er erstarrte, und sie sah, wie seine Schultern einsanken. Seine Arme fielen schlapp zu beiden Seiten des Körpers herunter, die weiße Narbe im rechten Handteller wurde bloßgestellt, wehrlos. Stille hing im Zimmer. Es dauerte.

»Eigentlich bin ich mir noch nicht im klaren«, sagte er schließlich. »Ich kann zurückkommen, wenn Clerke in Plymouth eintrifft. Oder ich kann ihm das Kommando am Kap übergeben, nachdem ich die Ankäufe für den König getätigt habe. Pferde, Ochsen, du weißt schon. Wenn das geschehen ist, könnte ich mit einem Kauffahrteischiff zurückkommen. Das wäre möglich. Ich erwäge das. Clerkes Verhaftung ist ein komplizierender Faktor. Er muß schleunigst freikommen, die Umstände dort sind abträglich, naß, kalt, man hält es nicht für möglich. Ich fürchte, daraus wird ein Prestigekampf zwischen den Instanzen. Vielleicht kann der König in eigener Person intervenieren. Eine Riesendummheit von Clerke, er hätte sich niemals in eine solche Lage bringen dürfen. Damit gefährdet er die gesamte Expedition. Und sich selbst. Unverantwortlich.«

Eine Antwort, dachte sie, damit ich weiß, worauf ich mich einstellen muß. Liege ich heute nacht zum letztenmal mit dir im Bett? Wirst du das Kind aufwachsen sehen? Kommst du jemals zur Ruhe zwischen Häusern und Straßen?

Sie bewegten sich in getrennten Welten, mochten sie sich auch noch so sehr anstrengen, einander zu erreichen. Sie verfolgten, was der andere tat, hielten von Zeit zu Zeit inne, um einander anzusehen und aufeinander zuzugehen, stießen aber auf einen unsichtbaren Zaun. Seit der Niederkunft gelang es ihr nicht mehr, bei James wahrhaft längsseits zu kommen, und jetzt, da der Moment der Abfahrt nahte, konnte er nicht mehr bei ihr verharren. Er berührte nochmals das Köpfchen des Kindes und schwieg. Sie lauschte seinen Tiraden nach und ließ ihre Gedanken abschweifen.

»Was soll ich Nat sagen?« sagte sie, mit einem Mal in Tränen aufgelöst. »Wir können ihn doch nicht anlügen, nicht behaupten, daß du in einigen Wochen wieder hier bist, wenn das nicht stimmt? Oder andersherum.«

Sie schluchzte laut auf und war außerstande, sich zu beherrschen. James schaute auf sie herab, wie sie da am Tisch saß und sich mit einem Taschentuch über Nase und Augen wischte; er schaute auf ihre zuckenden Schultern, holte schnell und tief Atem, als wolle er etwas sagen, drehte sich dann aber plötzlich um und lief aus dem Zimmer. Die Tür schlug zu.

Elizabeth weinte weiter. Die Leere zwischen ihnen bot Raum für unüberprüfbare Vermutungen. Sie nahm an, er sei davon überzeugt, daß sie eine viel zu intime Beziehung zu Hugh Palliser unterhielt, er könne das Bild von ihren ineinander verschlungenen Armen auf dem Tisch nicht aus seinen Gedanken verbannen. Hatte er nicht verstört auf die Tischplatte gestarrt? Vielleicht dachte er sogar, daß Palliser der Vater des Kindes sei, und die Tatsache, daß sie die Mutterschaft so schlecht ertrug, bestätigte ihn in dieser Vermutung. Er hatte das Kind nach Hugh Palliser benannt, um ihm mit seiner vermeintlichen Großmut seine Verachtung unter die Nase zu reiben. Er reiste aus Wut ab.

Ach, Unsinn. Er wurde zwischen Land und Meer zerrissen, so einfach war das. Palliser hatte nichts damit zu tun. Oder doch? Er hatte versäumt, James davon abzuhalten. Jetzt ließ er ihn auf einem verwahrlosten Schiff in See stechen. Ein entschlossener Liebhaber entfernte seinen Rivalen, um sich endlich zu seiner Geliebten zu gesellen. Perfide nutzte er eine alte Freundschaft aus. Verrat, wohin man schaute, niemandem war zu trauen.

Das Schluchzen klang ab, und Elizabeth fing sich wieder. Es führte zu nichts, sich abstruse Geschichten auszudenken; was ihr da in den Sinn kam, glich ja schon einem Opernlibretto, so unwahrhaftig und unmöglich.

Als die Amme kam, zwang sich Elizabeth dabeizubleiben. Sie werkelte mit Leinzeug und schmutziger Wäsche herum, während das Kind an der Brust lag. Am liebsten hätte sie der Frau gegenüber Platz genommen, um sich die Szene in aller Ruhe anzusehen, aber das traute sie sich nicht. Es war eigenartig still im Zimmer, sie hörte das Kind saugen und schlucken. Die Amme sprach nicht; das ist sonderbar, dachte Elizabeth, man schwatzt doch mit einem Baby, man sagt: Warte, jetzt nehmen wir die andere Brust, na los, sch, du hast noch Hunger, du bekommst noch mehr. Doch die Amme schwieg, das Kind trank, und Elizabeth stand still in einer Ecke.

»Ich nehme ihn Euch ab«, sagte sie, als es vollbracht war. »Ihr könnt gehen.«

Die Frau reichte ihr das Kind, wobei sie sorgsam das Köpfchen stützte. »Er wächst gut«, sagte sie, »ich kann es fühlen.« Sie zog die schwarzen Fetzen, in die sie gekleidet war, fest um sich und verschwand.

Elizabeth setzte sich in den Sessel der Amme, das Kind auf den Knien. Die kleinen Füße drückten gegen ihren Bauch. Sie zog ihre Beine ein wenig an, und das Kind hob sich. Wie damals, dachte sie, wie damals mit ihr, ihr, mit den Augen wie funkelnde Sterne, ihr, die über das ganze Gesicht lachte, wenn ich für sie sang, die aus der reinen Höhle hinter ihrem Mündchen kleine Wonneschreie ausstieß.

Dieser Junge hielt die Augen geschlossen. Sie lagen silbrig zart und wie Muscheln gewölbt in dem länglichen Gesichtchen. Er verzog den Mund, die hohe Stirn furchte sich, und mit einer krampfhaften Bewegung hob er kurz die Ärmchen in die Höhe. Dann fiel der Kopf zur Seite, ein kleiner Strahl Milch rann aus dem Mundwinkel, er stieß auf und schlief ein.

Dann kam die Nacht. Elizabeth hatte das Bett frisch beziehen lassen. Spät am Abend kam die Amme, das Kind wurde mit Milch vollgegossen und bis zum Morgen weggelegt. Elizabeth wusch sich und bürstete ihr Haar. Sie legte die Uniform auf einem Stuhl aus, die Schuhe stellte sie darunter, die Strümpfe rollte sie zusammen, das blütenweiße Hemd hängte sie über die Rückenlehne.

James schmunzelte, als er den platten, leblosen Kapitän auf dem Stuhl hängen sah. Er kam auf sie zu, näher und näher kam er, die Dielen knarrten, der Schein der Lampe verschwand hinter seinem Rücken, sein Geruch – frische Luft, Schweiß, Rauch – stieg ihr in die Nase. Noch stand sie frei, unangerührt, als wäre sie nicht da, als würde der Mann mitten durch sie hindurch zum Fenster gehen, um in den dunklen Garten hinauszuspähen. Er legte die Handflächen um ihre Brüste, und sie wurde zu Fleisch.

Zu ihrem eigenen Erstaunen prickelte das Blut unter ihrer Haut, und die glasartige Versteifung, an die sie sich schon so gewöhnt hatte, verflog. Auch das ruhelose Kreisen ihrer Gedanken hörte auf; sie konnte sich an die quälende Denkarbeit erinnern, die Achseln darüber zucken und sie abtun.

Die Lampe ließen sie brennen. Es mußte geschaut werden, die Form von Schultern und Hüften eingeprägt, die Farbe der Haut, der Haare gesehen werden. Augen. Mein Körper wird ihn sich merken, dachte sie, auch wenn ich es nicht mehr weiß, werden meine Muskeln und Knochen wissen, wie er war. Seine Wärme, sein Gewicht, seine gezeichnete Hand auf meiner Haut.

Sie war sich bewußt, was geschah, sie war ganz und gar dabei, doch zugleich machte sie eine Bestandsaufnahme, was ihr in Zukunft fehlen würde. Die merkwürdigsten Dinge eigneten sich dafür. Der Geruch seines Halses. Der jungenhafte, beinah fröhliche Klang seiner Stimme, wenn er entspannt, gedankenlos zu ihr sprach. Die Neigung der Matratze, die sie zu ihm hintrieb. Zum letztenmal? Sie keuchte plötzlich vor Entsetzen.

Am Nachmittag hatte er ihr eine Abschrift des Testaments gegeben. Sie hatte mit distanziertem Befremden darauf geblickt. Eine bescheidene jährliche Zuwendung für seinen Vater, seine Schwestern; kleine Legate für seine Freunde von früher, die sie kaum kannte. Das Haus für sie, das Kapital und die Rechte an den Reisebüchern auf sie und die Kinder verteilt. Sie hatte angespannt gelesen: Die Söhne würden vom Zeitpunkt ihrer Volljährigkeit an über ihren Anteil verfügen können, *meine Tochter oder Töchter nur, wenn sie mit Billigung meiner Frau verheiratet sind.* Tochter? Sie verstand das nicht. War er verwirrt? Hatte er versehentlich ein altes Testament mitgenommen? Aber er hatte noch nie ein Testament gemacht, so viel Geld hatten sie nicht gehabt. Töchter? Das Kind war doch jetzt da, geboren und als männlicher Nachkomme eingetragen, bevor James den Notar aufgesucht hatte.

Plötzlich wußte sie: Er will mich schwanger zurücklassen. Er konnte eine Insel erst verlassen, wenn er dort einen Garten angelegt hatte. Dann konnte er den Abstand zwischen sich und ihr vergrößern, bis in dem leeren Raum keine Möglichkeit mehr bestand, einander zu erreichen. Zurücklassen. Den Rücken zukehren. Im Stich lassen. Loslassen.

Sie dachte diese Dinge in dem Moment, da sie noch an seinen Körper geschmiegt war, und wußte mit ruhiger Gewißheit, daß es möglich war. Zum letztenmal.

Er hielt ihre Hand. Sie schwiegen.

Nat kam in den Garten gerannt. »Er ist da! Ihr müßt kommen!« Er zog Elizabeth am Arm mit. James hob das Baby hoch und folgte ihnen. Vor dem Haus stand die Karosse von Sandwich, die Gepäckablage mit Koffern und Kisten vollgeladen, ungeduldig trampelnde Pferde davor. Omai stieg die ausgeklappten Stufen herunter auf die Straße und fiel James schluchzend in die Arme. Das Kind, eingeklemmt zwischen der Schulter seines Vaters und der glühenden Wange Omais, begann laut zu schreien.

James reichte Omai sein Taschentuch. »Komm, richte dich wieder her, wir gehen uns verabschieden.« Während Omai sich das Gesicht abwischte, übergab James Elizabeth das Kind. Sein Gesichtchen war wütend gefurcht, das Brüllen hielt an. Elizabeth sah James zu Nat gehen; er zog seinen Sohn an sich, klopfte ihm zu hart auf den Jungenrücken und flüsterte Dinge, die sie nicht hören konnte. Nat nickte.

Omai ergriff ihre Hand. Sie hielt den Kleinen ungeschickt auf einem Arm, während Omai tief die Knie beugte und ihren Handrücken küßte, ausdauernd. Ihr schwindelte. Dann schob James den schluchzenden Tahitianer in den Wagen; der Kutscher zurrte die letzten Reisetaschen fest; Omai öffnete das Fensterchen, um zu sagen, daß er allen in seinem Land von den Wundern und Wohltaten erzählen werde, die er hier, in Britannien, habe erleben dürfen. »Lebet wohl, hohe Frau Cook!« rief er. Nat hatte Elizabeth das Baby abgenommen und zog sich mit seinem Brüderchen auf die Eingangstreppe zurück – dann stand sie in seinen Armen, der kühle Morgenwind schlug ihr gegen die Wangen, und seine Hutkrempe stieß ihr gegen das Gesicht. »Elizabeth«, begann er. »Geh nur«, sagte sie. »Es ist gut. Geh nur.«

»Ich laufe von dir weg«, sagte er. »Ich möchte das nicht. Ich kann nicht anders. Ich komme zu dir zurück, sobald ich kann. Ich schreibe dir.«

»Geh nur«, sagte sie wieder. »Jetzt geh doch, sie warten.«

Sie wollte ihn sanft in Richtung Kutsche schieben, doch ihre Muskeln gehorchten nicht. Er stieg ein, die Wagentür schlug zu. Alles war grau, das Morgenlicht, die Hausfassade, die Unterseite des Laubs an den Bäumen. Die grauen Pferde setzten sich in Bewegung, der graue Kutscher schwang seine Peitsche, ihr Mann wurde aus der grauen Straße hinausgefahren.

Einige Wochen später kam Jamie zu den Sommerferien nach Hause. Braungebrannt, mit schnellen und sicheren Bewegungen lief er ins Haus und schaute staunend in die Wiege. »Wie heißt er?«

»Er heißt Hugh«, sagte Elizabeth, »aber wir nennen ihn Ben.«

Sie saßen in der Küche und tranken Tee. Draußen flimmerte die Hitze im trockenen Garten, aber hier war es kühl.

»Sie liegen in Plymouth«, sagte Jamie. »So was Dummes. Ich wäre gern mal an Bord gegangen. Habt ihr den Wilden gesehen, den sie zurückbringen?«

Nat berichtete von der Abfahrt. »Sein Kleid schleifte durch die Pferdeäpfel, aber das kümmerte ihn gar nicht! Er biß Mama in die Finger!« Die Jungen verschwanden nach oben; sie hörte Nat seinem Bruder die einstudierten Fanfarenstöße vorspielen. Nat hatte seine Musik verloren, die Geige lag schon seit Wochen unangerührt in ihrem Kasten, und sie hatte Nat verloren. So fühlte es sich an. Die Ankunft des Kindes hatte Nat noch weiter von ihr fortgetrieben. Sie sollte froh sein, daß er mündiger, selbständiger wurde. Daß er die Gesellschaft seines großen Bruders suchte und sich ohne Streit oder Zwang mit der Seefahrtsausbildung abgefunden hatte.

Doch sie war weder froh noch bekümmert. Sie legte letzte Hand an Nats Ausstattung und nahm der Amme alle Arbeiten bis auf das Stillen ab. Sie mußte dieses Kind kennenlernen. Sie war die Mutter. Eines Vormittags nahm sie den Kleinen mit auf den Friedhof. Er lag schlafend im Gras, während sie die Pflanzen goß und die verwelkten Blüten herauszupfte. Als sie fertig war, setzte sie sich so hin, daß ihr Schatten über ihn fiel. Er schlief. Sie saß. Es geschah nichts.

Zu Hause lag ein Brief aus Plymouth. Sie übergab das Kind der Amme, die schon wartete, und zog sich in die Stube zurück. Sie erbrach das Siegel, legte die Seiten vor sich auf den Tisch, zog einen Stuhl heran und begann zu lesen.

Omai weint die ganze Zeit und weiß nicht, ob er verzweifelt oder vielmehr ausgelassen sein soll. Daß er ständig seekrank ist, lenkt ihn zum Glück von seinem Zwiespalt ab. Ich habe mich eigenartig gefühlt während der Fahrt. In Chatham ging ich feierlich an Bord, die Männer standen Spalier, und die Trommler und Pfeifer spielten. Sie machten etwas daraus. Da freute ich mich, für einen Moment. Sie sind voller Tatendrang. Sie haben Vertrauen. Sie sehen mich und denken: Jetzt geht es los. Trotz der großen Ungewißheit – denn wohin fahren wir, was treffen wir dort an? – glauben sie genau zu wissen, woran wir sind. Ich habe die strengsten Wachen angeordnet. Burney segelte Clerkes Schiff nach Chatham und ließ wegen irgendeines Vergehens gleich jemandem Schläge erteilen. Er bildete sich ein, schon Kapitän zu sein. Gestern abend kam er auf ein Glas zu mir in die Kajüte und erzählte von seiner Abreise. Der vor Alter zitternde und bebende Vater war da. Und diese Schwester natürlich. Man mußte sie ihm vom Hals reißen. Ich bin froh, daß wir zu Hause Abschied nehmen konnten.

Ich schreibe den ganzen Tag Briefe. Jetzt geht es noch. Die Akademie hat mir die jährliche Medaille für den besten Vortrag verliehen! Eine goldene Medaille in einer samtgefütterten Schachtel. Die erwartete mich hier. Ich schicke sie dir. Bewahr sie gut auf, sie verkörpert den Sieg des Sauerkrauts über die Philosophie.

Der Koch trägt jetzt die Schüsseln herein. Ich habe meine Instruktionen erhalten und unterzeichnet. Es bedeutet nichts, Elizabeth. Gerne hätte ich hier, an unserer eigenen Südküste, auf Clerke gewartet, doch die Instruktionen befehlen mir, ans Kap zu fahren und dort zu bleiben, bis mein Kollege eintrifft. Sie wissen es besser als ich. Ich werde also übermorgen von hier aufbrechen. Dem Geruch nach gibt es Kalbfleisch. Mit jungen Möhren und Schnittbohnen. Das Vieh steht vorerst noch auf dem Achterdeck. Die Tiere brüllen Tag und Nacht.

Ein dunkler Schemen schob sich am Fenster vorüber. Hatte sie doch schon wieder versäumt, das Kind selbst zu säubern. Sie seufzte, nahm die Papiere vom Tisch und legte sie hoch oben in den Bücherschrank. Sie sah Nat durch den Garten laufen. Er trat lustlos gegen den Stamm der Quitte, pflückte sich ein paar Himbeeren vom Spalier und setzte sich ins Gras. Sein Haar war schon wieder zu lang. Vor seiner Abreise schneiden.

»Mama?« Er kam in die Stube, noch ein Büschel Gras in den Fingern.

»Langweilst du dich?« Er zuckte die Achseln, schaute auf seine Hände und wandte sich ab. Sie ging ihm nach, sah, wie er das Gras in den Garten warf und unentschlossen stehenblieb. Jetzt einfach Mutter sein. Himbeersaft in eine Kanne gießen, sich hier draußen mit ihm hinsetzen. Ein Gespräch. Er vermißt Isaac natürlich. Und ihm graut vor seiner Abreise.

In knapp zwei Wochen würde er fahren, mit Jamie und der für ein ganzes Schuljahr vollgestopften Kiste. Wenn sie schon kaum daran denken konnte, wie sollte er es da ertragen? All die zeitlich begrenzten Verbindungen, Allianzen mit jener trügerischen Patina des Ewigen, die unvermittelt zerfielen, so daß die Welt vollkommen anders aussah und man desorientiert, verwirrt, enttäuscht und mit einem schwer zu erklärenden Gefühl von Beschämung dastand. Wie konnte sie es ihm erklären? Sie verstand es ja selbst nicht. Dinge tun, handeln, das war am besten. Dann gab es etwas, worauf man seine Gedanken ausrichten konnte, eine Aufgabe, die erfüllt werden mußte. Dieses ziellose Herumsitzen, dieses Gestarre auf die blaßgelben Rosen, die mit sinnlosem Optimismus am Zaun emporkletterten, war einfach gefährlich. Der Junge brach zusammen. Sie konnte es nicht verhindern und drohte mit ihm zusammenzubrechen.

»Auf, nach oben«, sagte sie heiser, »wir packen deine Kiste. Schauen, was du mitnehmen mußt.« Er erhob sich und folgte ihr. Auf seinem Jungenbett lag ein Knäuel aus Strümpfen und Hemden. Die Kiste stand daneben auf dem Boden, randvoll, überquellend.

»Es geht nicht hinein«, sagte er. »Es paßt nicht.« Ungelenk mit den langen Armen schlenkernd, marschierte er in dem engen Raum auf und ab.

»Deine Stiefel ziehst du an. Ein zweites Paar Schuhe muß hinein. Eine Hose. Ein paar Bücher. Wieso ist die Kiste so voll?« Elizabeth tauchte mit beiden Armen in die Tiefe, hob Bücher und Kleidung heraus, Isaacs Matrosenbluse, die Trompete, James' alten Hut. Ihre Hände stießen auf einen harten Gegenstand, einen großen Block Holz zwischen raschelndem Papier. Die Geige lag auf dem Boden, begraben unter einem Stapel Notenblättern. Nat hatte seinen Schatz mit Bäuschen aus Strümpfen und Taschentüchern verankert.

»Man darf nur die Kiste mitnehmen. Ich kann alle Sachen, die nicht hineinpassen, übereinanderziehen. Und darüber ziehe ich dann meinen Wintermantel an. Es ist ja nur für einen Tag.«

Er muß die Geige zu Hause lassen, dachte sie. Feinfühligkeit, Schönheit. Das wird ihn hinunterziehen. Diese Seite von ihm muß hierbleiben. Bei mir.

»Er ist doch weggefahren. Ich dachte, er kommt zurück, wenn er den Wilden an Bord gebracht hat.« Nat sprach vor sich hin, gegen die Wand.

»Es ist wegen Kapitän Clerke. Der kann nicht weg. Es gibt Probleme. Bis die gelöst sind, muß dein Vater auf seinem Posten bleiben, das wirst du verstehen.«

Sie kniete vor der Kiste, und Nat schaute über ihre Schulter hinweg zu.

»Weißt du was? Wir tun die Kleidung, die du wirklich brauchst, bei Jamie ins Gepäck. Er hat noch Platz.«

Wintermantel, Hemden, Schuhe. »Hier, bring das mal zu deinem Bruder.« Die Instrumente deckte sie mit Unterhosen zu. Der Deckel ließ sich ganz leicht zuklappen.

»Danke«, sagte Nat.

Sie gingen. Der Gärtner zog das Gepäck auf einem Karren zur Haltestelle der Postkutsche. Elizabeth folgte zwischen ihren beiden ältesten Söhnen. Das Baby blieb zu Hause in den Armen der Amme.

»Kommst du uns mal besuchen?« fragte Nat. Er war im Stimmbruch und schien selbst über die Registerschwankungen in seiner Stimme zu erschrecken.

»Wenn es mit dem Kleinen weiterhin gutgeht, bitte ich Oma einmal, auf ihn aufzupassen. Dann komme ich ein paar Tage nach Portsmouth, um zu schauen, wie ihr es dort habt.«

»Benny«, sagte Jamie, »er heißt doch Ben?«

Sie spürte, wie sich Nats kalte Hand in die ihre stahl. Es standen Leute um die Kutsche herum. Vorwärts, weiter. Es mußte geschehen.

An einem Sonntag rodete sie die verwahrlosten Kardonen. Sie warf die ausgefransten Blätter und die angefressenen Stiele hinten im Garten auf einen Haufen und harkte das frei gewordene Stück. Sie hatte ihren Rock hochgebunden und fühlte das Brennen der Sonne auf ihren Waden. Die Amme war schweigend gegangen, das Kind schlief, die Kirchenglocken hatten ausgeläutet.

August. James würde seine Schiffe jetzt über den Äquator führen. Oder war er noch auf Sankt Helena, bei dem Gouverneur, der so rätselhaft große Ähnlichkeit mit ihm hatte?

Sie las die Zeitungen. Über das Auslaufen der *Resolution* war ausführlich berichtet worden. Am zwölften Juli, bei strömendem Regen und Gegenwind. Die Journalisten bejubelten die Vergabe der Copley-Medaille für den herausragendsten wissenschaftlichen Beitrag des Jahres; sie schilderten das Ziel der Expedition in heroisierenden Worten und beschrieben die Kälte in den Polarmeeren so schauerlich, daß es einen fröstelte. Von Clerke, der im kalten Kerker fror, kein Wort. Sollte sie Banks einen Besuch abstatten, um zu fragen, wie es um seine Freilassung stand? Sandwich einen Brief schreiben? Taten sie auch genug, um Clerke, ihren Erlöser, freizubekommen? Vielleicht bewirkte es das genaue Gegenteil, wenn sie zu größerem Einsatz drängte, vielleicht würde Sandwich den Grund ihres Interesses erahnen und Clerke ruhig weitermodern lassen, damit er sicher sein konnte, daß sein Lieblingskapitän die ganze Expedition anführte.

Nat schrieb einen Brief, eine Seite nur, aber feierlich unterzeichnet mit *Nathaniel Cook*. Seine Hängematte hänge zur Wand hin, das sei gut, schrieb er, und Jamie sehe er selten. *Seine Klasse ist oft auf See. Wir sind noch in der Schule, um zu lernen. Morgen habe ich Trompetenstunde. Wie geht es Ben? Ich habe noch keinen Freund, aber ich werde mir einen suchen.*

Sie hatte den Brief zu den Seiten von James oben in den Schrank gelegt. Wenn James nicht zurückkam, würde sie Nat von der Schule nehmen. Sie erschrak über den Gedanken. Wieso, nicht zurück? Wenn Clerke in Gewahrsam blieb, mußte James schlimmstenfalls geraume Zeit warten. Und dann zurückkehren, um zu sehen, daß sein Sohn die Schule aufgegeben hatte? Wie kam sie dazu? Und doch hatte sie es gedacht.

Eigentlich hätte sie James schreiben müssen, einen Brief an den Hafenmeister dort, an der Südspitze Afrikas. Einen hoffnungsvollen, unterstützenden Brief. Sie tat es nicht. Wovon bin ich so müde, dachte sie, ich habe kaum noch einen Haushalt zu führen, das Kind wird von einer Fremden gestillt, ich tue nichts, aber ich bin erschöpft. Ich könnte meine Mutter besuchen, ich könnte James' Weste fertignähen, ich könnte – sie setzte sich seufzend unter den Quittenbaum.

Dann kam Hugh Palliser. Sie hatte nicht mehr mit ihm gerechnet; nach der Geburt des Kindes hatte er James für die Namensgebung gedankt und über ihn seine Glückwünsche an die Mutter ausrichten lassen, die noch das Bett hütete. Ein silberner Trinkbecher, in den der Graveur *Hugh Cook* geschliffen hatte, war zwei Wochen später zugestellt worden. Um die

Abfahrt der *Resolution* herum war sie auf eine Begegnung gefaßt gewesen, nicht wissend, wie sie sich verhalten sollte. Seither hatte sie das Kind Benny genannt, wenn sie an ihn dachte, und damit verbannte sie den Gedanken an den Paten.

Aber nun stand er, auf seinen Spazierstock gestützt, im verdörrten Garten und schaute sie an. Er sah schrecklich aus: alt, müde, abgezehrt. Dennoch lächelte er, und seine Stimme klang überraschend heiter.

»August! Wendepunkt des Jahres! Gute Nachrichten!«

Sofort vergaß sie alle ihre Vorsätze. Distanziert hatte sie sein wollen, unverletzbar, ohne Erwartungen. Ihr Herz tat einen Sprung in ihre Kehle, und ihre Stimme war weg.

»Gestern haben sie Clerke freigelassen. Oder er ist ausgebrochen, da möchte ich mich nicht festlegen. Jedenfalls ist er nach Plymouth abgereist, hat den Pferden die Peitsche geben lassen und beabsichtigt, sofort auszufahren, bei Tag oder Nacht. So ist es, Elizabeth. Endlich.«

Ungebeten setzte er sich auf die Bank. Elizabeth ließ sich neben ihn fallen, keuchend, weinend, lachend. Er legte den Arm um ihre Schultern und zog sie an sich. Fast unmerklich wiegten sie sich unter den harten, blaßgrünen Quitten gemeinsam hin und her.

»Zwei Monate wird er schon brauchen«, sagte Hugh leise. »Dann noch die Rückreise. Vor Weihnachten wird er nicht hier sein. Im neuen Jahr, das ist realistisch.«

Es waren nur Worte. Aber es war, als fiele ein heilender, lauer Regen auf den verdorrten Garten, eine Rettung, eine Erlösung, als wäre sie endlich wirklich heimgekehrt, und alles wäre gut.

Sie spürte seine Lippen an ihrem Ohr, auf ihrem Hals. Was tat er? Seine Zunge längs ihrer Ohrmuschel, heiße, unverständliche Worte in ihrem Nackenhaar; schwindlig wurde ihr, sie fühlte sich leicht, abwesend, und doch wundersam hergehörig. Er hatte ihre Haube weggezogen und grub mit den Fingern durch ihr Haar, er umfaßte ihr Gesicht, sie sah in seine Augen, und da war nichts anderes, nur dieser Weg, dem gefolgt werden mußte, gut, daß sie ihre Haare gewaschen hatte, wie eigenartig das Sonnenlicht durch die eiförmigen Blätter der Quitte spielte, Augen zu jetzt, Augen zu für den Kuß.

Was tue ich, dachte sie, warum lasse ich mich in meinem eigenen Garten von einem alten Mann anfassen, warum stehe ich nicht auf, schüttele ihn nicht von mir ab, warum trinke ich seinen Speichel, lecke seine Nasenlöcher? Sie dachte an den Arm, seinen nackten Arm. Er legte die Hände auf ihre Brüste. Ja.

Es war so, wie sie sich das Schwimmen in hohen Wellen vorstellte, immer wieder kam sie an die helle Oberfläche und dachte: Niemand wird uns stören, die sauertöpfische Amme kommt erst in einigen Stunden wieder, zwischen uns und dem Küchenfenster stehen dichte Sträucher – dann sank sie wieder in die Tiefe und dachte nicht, bewegte sich nur.

Warum bin ich so glücklich, so erleichtert? Ach ja, James kommt zurück, sein Nachfolger ist unterwegs, fliegt nur so über die Wellen dahin, um James abzulösen, und dann, und dann … Sie erschrak, zog sich abrupt aus der Umarmung zurück und strich ihre Kleidung glatt. Sie spürte ihre Knochen auf der harten Bank. Gerade sitzen. Gleichgewicht.

Die Blumen neigten sich zur Erde und starben. Die Dunkelheit drängte sich jeden Abend früher auf. Das Kind begann zu essen, die Amme kam nur noch zweimal am Tag.

Elizabeth besuchte ihre Söhne; sie logierte über einer Hafenwirtschaft und spazierte mit Nat die Klippen entlang, Hand in Hand. Die Geige lag beim Trompetenlehrer zu Hause, bereit, gespielt zu werden, wenn Nat der Schule einmal entrinnen konnte. Er beklagte sich nicht.

Von Zeit zu Zeit erschien Hugh Palliser. Sie tranken Tee am großen Tisch. Er sprach von seiner kranken Frau, und Elizabeth hörte zu, ohne sich über irgend etwas zu wundern. Daß er manchmal erwäge, sie mit einem Daunenkissen zu erstikken, sagte er das? Sie schnitt auf Ellys Grab das welke Laub weg, hockte in Kälte und Regen an dem kleinen Beet und merkte erst bei der Heimkehr, daß sie wie versteinert war. November, eine Gans im Ofen für Mary, für den Stiefvater – und wo blieb James? Nicht lange mehr, noch ein Weihnachten. Das Kind konnte sitzen und steckte sich eigenhändig einen Kanten Brot in den Mund. Sie gab acht, daß sich der Tisch nicht mit Plunder füllte, er erwartete James mit glänzend poliertem Holz.

Dann kam der Brief. Jamie und Nat, zu den Weihnachtsferien zu Hause, saßen in der Küche und aßen und schwatzten. Sie hatte das Kind ins Bett gelegt und kam gerade die Treppe herunter, als an die Tür geklopft wurde. Nat hatte schon aufgemacht, bevor sie unten war. Er hielt das schwere, versiegelte Paket in die Höhe und reichte es ihr. Sie erkannte die Handschrift.

»Lies vor!« rief Jamie. Er stieß Nat gegen die Schulter. »Da haben wir was zu erzählen, wenn wir zurückkommen!«

Einen Augenblick war sie in Verwirrung. Küche oder Stube? Allein oder mit den Jungen? Sie drückte den Brief an ihre Brust und blieb unentschlossen in der Tür stehen.

Sie betrachtete die vollgeschriebenen Seiten, ohne sie zu lesen. Das sah ja aus wie ein Tagebuch, das jeweilige Datum war zwischen die randvollen Zeilen gekritzelt. Die Handschrift, so bekannt, setzte mit der ihr vertrauten Regelmäßigkeit an, wurde aber weiter unten durch starke Schwankungen beeinträchtigt. Unlesbar winzig gekritzelte wechselten sich mit unbeherrscht ausufernden Buchstaben ab. Die Zeilen tanzten wie Wellen auf und ab, gekrönt von Ausrufungszeichen wie aufspritzender Gischt. Sie begann zu lesen.

7. August. Ich verfluche die Admiralität. Leck wie ein Weidenkorb ist dieses Schiff. Bei den ersten Schauern regnete es geradewegs in die Vorratskammern hinein. Durchweichte Mehlsäcke, der Boden klebrig vom aufgelösten Zucker. Mußte auf Teneriffa einen Zwischenstopp machen, um die schlimmsten Schäden zu reparieren und frischen Proviant einzukaufen. Was das Vieh hier an Bord jeden Tag frißt, ist unvorstellbar. Jede Ecke und jeden Winkel habe ich mit Heu und Hafer vollstauen lassen. Bei der ersten Bugwelle kann ich alles wegwerfen, verflucht. Wie soll ich diese elenden Viecher am Leben erhalten?

12. August. Zu schlafen will mir kaum gelingen. Ich liege in diesem lächerlichen Segeltuchschlauch, schaukle an Seilen über meinem Schreibtisch und horche auf die Tiere. Ein Pferd wiehert oder schnaubt, denkt man, doch ein Pferd in Not brüllt! Und ich höre diese riesenhaften Tiere in Todesangst toben, Nacht für Nacht. Sie erbrechen den halbverdauten Hafer, lange Speichelfäden hängen ihnen aus dem Maul. Ich ertrage das nicht. Der Schlafmangel macht mir zu schaffen, gestern habe ich das Schiff beinahe ins Verderben geschickt. Ich hatte Wache und unterhielt mich, an der Reling stehend, mit Anderson, dem Doktor. Das Schiff machte tüchtig Fahrt. Die See war dunkelblau. Ich fragte Anderson, ob ihm nicht ein Beruhigungsmittel für die Pferde einfalle. Johanniskraut ins Futter mischen, davon redeten wir. Plötzlich: Wellen, die sich an einem Riff brachen, zehn Meter vor uns! Nichts gesehen! Panik, ich schrie dem Steuermann zu, über Stag gehen, alle Mann an die Leinen. Heute noch Halsschmerzen vom Brüllen. Spitz wie Messer staken die Felsen aus dem Wasser. Sie hätten den Schiffsbauch aufgeschnitten wie eine Gans. Es fehlte nur eine Sekunde. Anderson wurde leichenblaß. Ich verstehe das nicht. Ich sehe immer alles. Boavista. Kapverdische Inseln. Ich weiß sehr wohl, daß sie dort liegen. Wenn nur die Pferde mal einen Moment aufhörten mit ihrem Gebrüll!

19. Oktober. Es ist, als seien wir versehentlich ans Kap gespült worden. Ich habe nicht das Empfinden, bewußt hierher navigiert zu sein. Als wir vorgestern ankamen, überwältigten mich die Emotionen. Ich kenne das nicht von mir und hüte mich, es irgenwo anders als hier niederzuschreiben. Der Tafelberg mit seiner dicken Decke aus grauen Wolken, die aus dem immensen Überfluß langsam die steilen Hänge herabrollten. Warum trieb mir das Tränen in die Augen? Es fühlte sich an, als käme ich nach Hause, als deckte mich jemand mit Daunendecken zu, damit ich ausruhen kann. Verrückt. Habe alle Tiere an Land bringen lassen. Schlafe selbst auch nicht an Bord. Kann dieses morsche Gelump eine Weile nicht mehr sehen.

5. November. Die Holländer lassen keine Gelegenheit aus, einen zu belügen und zu betrügen. Das war schon in Batavia so. Unsere Schafe sind von ihren Hunden totgebissen worden, aber sie weigern sich, irgendeine Entschädigung zu zahlen. Ich habe gleich neue Schafe gekauft, dürre Gerippe, etwas Besseres ist hier nicht zu bekommen. Ich kaufte auch einen Bullen und zwei Kühe mit Kälbern. Schweine. Vier weitere Pferde. Hühner, Ziegen, Kaninchen. Alles zusätzlich zu dem Vieh, das wir schon haben. Ich muß und werde mein Versprechen an den König einlösen. Wir haben ein Pfauenpaar an Bord. Die Vögel überstehen die Reise gut. Omai hat seine Kajüte geräumt, um Platz für die Pferde zu machen. Er schläft jetzt bei den Unteroffizieren, und das gefällt ihm, glaube ich, besser als die Einsamkeit. Es beginnt hier Sommer zu werden. Die Herren machen Ausflüge in das wunderschöne Tal bei Stellenbosch. Sie besuchen Weingüter und bewundern die Bergketten. Sie saufen und huren und geben ihr Geld aus. Ich kann mich noch nicht darum kümmern, habe alle Hände voll mit den lügnerischen Kaufleuten hier zu tun.

Warte jeden Tag auf das Eintreffen Clerkes. Wenn er mich ablöst, wird Gore die Discovery *bekommen. Ich kann ihn nicht übergehen, würde aber lieber King auf diesem Posten sehen. Burney ist mir doch zu labil. Die Männer unterhalten sich noch gelegentlich über das Gemetzel auf Neuseeland. Dann wendet er den Kopf ab, bricht völlig zusammen und kann nur noch flüstern! Eine überempfindliche Familie.*

Ich erwäge, William Watman mit nach England zurückzunehmen. Er ist zu alt. Er wollte so gern wieder mit, aber ihm fehlt die Kraft, um an den Schoten und dem Gangspill eingeteilt werden zu können, und schon während dieser Fahrt von nur wenigen Wochen ließ seine Kondition sichtlich nach. Ich frage mich, ob die Seefahrt Menschen nicht so viel abverlangt, daß es ab einem gewissen Alter einfach nicht mehr geht. Der Kraftaufwand. Die fortwährende Wachsamkeit. Der Wind um den Kopf.

11. November. Clerke ist eingetroffen. Er hat gleich Rum ausgeben lassen, und nicht wenig. Er verspricht, einen Teil des Viehs auf der Discovery *zu transportieren. Er hat gerötete Wangen, und seine Augen glänzen. Alle sind frohgemut, freuen sich über das Wiedersehen und blicken voller Erwartung neuen Abenteuern und alten Paradiesen entgegen. Ich werde verrückt vor Sorgen und ziehe mich mit den Karten und den Vorratslisten in meine Kajüte zurück. Heute abend oder morgen muß ich mit Clerke sprechen. Ich werde ein Manual mit detaillierten Instruktionen für ihn schreiben. Alles muß ich allein machen, verdammt noch mal, und sie schlemmen und singen, als wären wir auf einer Vergnügungsreise. Die Pferde trampeln sich die Beine an den Wänden von Omais Kajüte kaputt, ich muß Strohsäcke drannageln lassen.*

31. November. Elizabeth, es tut mir leid, ich kann nicht anders. Als ich Clerke umarmte, wandte er das Gesicht ab, das war merkwürdig, ich dachte: Er möchte nicht, daß ich seinen betrunkenen, schlechten Atem rieche. Er hat FIEBER. *Diese geröteten Wangen. Er zittert und bebt. Nicht vor Begeisterung, sondern von der Krankheit, die er sich in dem feuchten Kerker zugezogen hat. Vorige Woche begann er zu husten, ein trockenes Bellen, das gar nicht mehr aufhört. Wir wissen alle, was das bedeutet. Ein jeder bleibt auf seinem Posten. Morgen laufen wir aus. Ich kann mein Versprechen an Dich nicht halten. Das schmerzt mich. Aber es ist nun einmal so. Ich werde Dir weiterhin schreiben, auch wenn Du es nicht mehr lesen kannst. Ich bleibe bei Dir, auch wenn ich nicht mehr da bin. Ich habe große Fehler gemacht. Unverzeihliche Fehler. Hier an Bord und zu Hause. Morgen steuere ich auf den schrecklichen Südpol zu. Ich bitte Dich nicht, mir zu vergeben. Das kannst Du nicht. Das Eis muß mich reinigen, abbeizen, freisprechen.*

Dritter Teil

9

Elizabeth erwachte im eiskalten Zimmer. Schwarzblau schimmerte die Nacht hinter dem Fenster. Jemand weinte, das klägliche Schluchzen drang von weit her in den Raum. Sie drehte sich auf den Rücken und legte die Arme auf die Decke.

Das Kind. Natürlich, das Kind. Sie stieg aus dem Bett und zündete die Kerze an. Es war, als schwimme sie durch die kalte Luft, die die Grenzen ihres Körpers markierte. Auf dem Flur hörte sie es deutlicher. Benny rief nach der Amme. Dreieinhalb Jahre war er jetzt alt, und Charlotte kam noch immer. Als er noch kein Jahr alt gewesen war, hatte Elizabeth entdeckt, daß die Frau unter falscher Flagge segelte und ihm nicht die Brust gab, sondern ihn aus einem Schnabelbecherchen abgekochte Kuhmilch trinken ließ. Charlotte hatte den Jungen auf dem Schoß, sie redete mit ihm. Er lachte! Elizabeth, unerwartet von einem Besuch zurückgekehrt, von dem sie mit einem Mal genug gehabt hatte, sah es durch das Küchenfenster. Es hatte eine Konfrontation gegeben. Ein Gespräch.

»So ein lieber, stiller Junge«, hatte die Amme, die keine Amme war, gesagt. »Ich freue mich jeden Morgen auf ihn. Ich habe keine Milch mehr. Schon seit zwei Monaten nicht mehr. Aber ich liebe ihn.«

»Er wächst«, hatte Elizabeth gesagt. »Auch ohne deine Milch wächst er gut. Glaube ich.«

Nach dem Gespräch hatte sich die Atmosphäre im Haus verändert. Charlotte blieb jetzt länger, half Elizabeth oft bei dem, was zu tun war, und manchmal unterhielten sie sich, während der Junge zwischen ihnen auf dem Fußboden saß und schweigend Holzklötzchen in ein altes Kohlenbecken füllte. Wenn alle Klötze verstaut waren, hob er das Gesichtchen und schaute Charlotte an. »Gut gemacht«, sagte sie, »alles ist weg.« Dann lächelte er. Elizabeth sah es sich an. Er muß wachsen, dachte sie. Wenn er größer ist, werde ich ihm die Buchstaben beibringen.

Jetzt schrie er. Sie ging in das Zimmer, wo er in dem schmalen Bett lag, das Nat gehört hatte. Sie stellte die Kerze auf den Waschtisch, die Flamme flackerte kurz und kam zur Ruhe. Der Junge sah sie an, kniff die Augen wieder zu und weinte weiter. Trost, dachte sie, ich muß ihn trösten, ich muß mich auf das Bett setzen, den Jungen an mich ziehen, etwas sagen, etwas, das ihn beruhigt. Aber was? Fürchtet er sich im Dunkeln? Hatte er einen bösen Traum? Ich kann doch einfach fragen, was mit ihm ist?

»Salott, Salott!« rief er. Das Kissen erstickte die Worte. Elizabeth sah eine feuchte Wange, eine spitz aufragende Schulter. Vorsichtig trat sie einen Schritt näher. Sie räusperte sich.

»Charlotte kommt morgen. Du mußt jetzt schlafen. Wenn du aufwachst, kommt sie.«

Sie konnte ihn nicht berühren. Es ging einfach nicht. Sie zog Laken und Decken zurecht und deckte das weinende Kind fest zu. Er lag auf der Seite, die Fäuste am sabbernden Mund. Er schluchzte laut.

Die Kerze ließ sie stehen. Sie schloß die Tür und blieb dagegengelehnt stehen. Durch die Ritzen hindurch hörte sie, wie sich der Junge zu ermannen versuchte.

»Slafen. Morgen. Salott.« Das Brüllen ging in Flüstern über. Aus dem Schluchzen wurde ein langgezogenes, trauriges Weinen, das allmählich verstummte. Von Zeit zu Zeit stieg noch ein zitternder Seufzer auf. Wie er da lag, dachte sie. Hellwach. Mit fest zugedrückten Augen auf den befreienden Morgen wartend, reglos, beherrscht.

Leise kehrte sie zu ihrem Bett zurück.

Auch sie lag stocksteif da und wartete auf den Morgen. Wenn James erst einmal wieder da ist, dachte sie, versuche ich es aufs neue. Dann wird Benny zu unserem Kind, dann werde ich es schon schaffen. Fast vier Jahre ist er jetzt fort, er muß einfach im Laufe dieses Jahres, dieses meterhohen Jahres, das gerade erst begonnen hat, wiederkommen. Todmüde, wenn ich nur daran denke. Wieder dieses ganze Theater. Aber nun bleibt er wenigstens zu Hause. Vielleicht sollten wir irgendwo anders hinziehen, wo einen die Vergangenheit nicht aus allen Ecken anspringt, weiter fort vom Wasser. Abstand wirkt Wunder, manchmal bringt er Ruhe, und manchmal nährt er einen Orkan erhitzter Gedanken, so daß man nicht mehr ein noch aus weiß. Was mache ich heute? Am besten ist ein geregelter Tagesablauf. Das ist das einzig Wahre. Sorge tragen, daß die Feuer nicht ausgehen. Es friert zwar nicht, aber kalt ist es. Zehnter Januar. Nun ja, jeder Monat ist ein Greuel. Charlotte kommt. Ich tröste mich genauso wie das Kind. Wir setzen uns an den Herd. Die Näharbeiten fortsetzen. Charlotte schneidert eine neue Hose für das Kind. Benny. Denk doch seinen Namen. Seinen falschen Namen. Ich werde weiter an der Weste sticken. Sie lag noch da, im Papier, tiefrot. Die Knopflöcher habe ich Weihnachten gemacht. Jetzt die kleinen Ranken aus Silbergarn auf den Taschen. Der Junge schaute aus anderthalb Metern Abstand zu, er fand das interessant, wagte aber nichts zu fragen. Die Farbe hat ihn sicher angezogen.

»Für Papa«, sagte Charlotte. »Mama macht eine Weste für Papa. Wenn er zurückkommt, zieht er sie an. Ich mache eine Hose für dich, schau mal her.«

Er lehnte sich gegen Charlottes Knie und legte die Hand auf den aschgrauen, dicken Stoff. Sie selbst schnitt den silbernen Faden ab, steckte das fransige Ende in den Mund, hielt die Nadel gegen das Licht und schickte das angefeuchtete Garn auf Anhieb durch das Nadelöhr. Wenn es trocken blieb, konnte Charlotte mit dem Kind nach draußen, nachmittags, wenn sie selbst in die kleine Schule ging.

Es hatte mit einer Begegnung auf den Stufen des Admiralitätsgebäudes begonnen. Sie hatte drinnen über Geld geredet und war mit einem Gefühl des Triumphs wieder nach draußen getreten. Eine Frau, etwas jünger als sie, fünfunddreißig vielleicht, stand zögernd am Fuße der Treppe. Elizabeth hatte zu ihrer eigenen Überraschung das Gespräch eröffnet, hatte sich vorgestellt, ihre Hilfe angeboten. Die Frau war, wie sich zeigte, mit David Nelson verheiratet, dem versierten Gärtner der königlichen botanischen Sammlung in Kew. Sie wollte um Geld bitten, die Herren ließen sich Zeit, und sie sei in Verlegenheit. Elizabeth hatte sich sofort solidarisch gefühlt, sie beide gemeinsam gegen die Männer mit ihren Seidenstrümpfen unter den strammen Kniehosen. Mit einem Mal war ihr bewußt geworden, daß wohl hundert Frauen in ihrer Lage sein dürften, wartend, den Haushalt aufrechterhaltend, bis das Schiff wieder einlief. Die Frau hieß Jane; Elizabeth war mit ihr zusammen wieder hineingegangen.

Kinderlos war sie. Nelson hatte seine Pflanzen, sie organisierte eine kleine Schule für Matrosenkinder, die kein Geld für eine richtige Schule hatten. So hatte es angefangen.

Seit zwei Jahren half Elizabeth ihr. Lesen, singen, zählen, zeichnen. Aufräumen, Hände waschen, tanzen. Das Bezahlen der Miete hatte sie Jane gleich abgenommen. Das Gebäude war Eigentum der Kirche, und das Geld mußte monatlich zum Pfarrer gebracht werden. Jane ließ sich von dem Mann einschüchtern, er erkundigte sich nach dem Stundenplan und mischte sich in die Auswahl der Lesetexte und der Lieder ein. Elizabeth hatte sich da schon zu helfen gewußt.

Im Laufe der Zeit hatte sie Zuneigung zu Jane Nelson gefaßt, und ohne daß sie sich hätten absprechen müssen, war eine Aufgabenverteilung entstanden, bei der sie sich beide gut fühlten. Sonderbar, wie das geht, dachte Elizabeth. Wenn man zu zweit ist und sich gut ineinander einfühlen kann, macht jede von sich aus die Dinge, die ihr am besten liegen. Oder ihm.

Es geht also schon. Daß es mit James nicht so ging – Unsinn, nicht daran denken jetzt.

Janes selbstverständliche, praktische Fürsorglichkeit gegenüber den Kindern hatte sie überrascht. Ein Mädchen stolperte über eine viel zu lange Schürze – Jane legte einen Saum hinein. Zwei Jungen konnten nicht kommen, weil ihre Mutter sie nicht gehen ließ – Jane holte sie jeden Tag persönlich ab. Elizabeth sorgte für die Disziplin und das eigentliche Lernen, wenn es dazu kam. Jane grub den Garten hinter der Schule um und ließ die Kinder Bohnen und Kartoffeln in die Erde stecken. Elizabeth stand dem entrüsteten Pfarrer Rede und Antwort. Im Schulgarten war jetzt, im Winter, wenig zu erleben. Und drinnen machten sie schon um drei Uhr nachmittags die Lampe an. Die Kinder setzten sich nah beieinander auf den Boden, und Elizabeth erzählte. Sie hatte das Buch über die zweite Reise auf dem Schoß. Eigentlich hatte sie es einfach so vorlesen wollen, wie es dort geschrieben stand, geschrieben von James, von ihr selbst zurechtgefeilt, von Douglas redigiert; doch schon bald schaute sie kaum noch auf die engbedruckten Seiten, sondern sprach frei in ihren eigenen Worten. Jedes Kind zu ihren Füßen hatte einen Vater an Bord. Manche Passagen ließ sie weg. Väter sollten nicht wegen Ungehorsams Schläge bekommen. Manches erfand sie auch hinzu. Väter sollten an London denken, ihre Kinder vermissen und sich fragen, wie es zu Hause zuging. Sie hielt das Buch in die Höhe, um Hodges' Stiche zu zeigen, und die Kinder bestaunten das Porträt von Omai, zeigten mit den Fingern auf die wunderlichen Bilder von der Osterinsel und schüttelten sich beim Anblick des Südpolareises.

Heute nachmittag werde ich von der Heimreise erzählen, dachte sie. Wie die Matrosen das abgenutzte Schiff nach Hause fahren, zu uns. Wie sie sich auf Gänsebrust und echtes englisches Bier freuen. Was sie in ihren Seekisten als Mitbringsel zusammengetragen haben. Für uns.

Sie war doch noch eingenickt, denn das Schlagen der Küchentür weckte sie. Einen Augenblick blieb sie noch liegen, schreckte noch vor dem Steilhang des neuen Tages zurück. Ein Schlurfen auf dem Flur, nackte Füße auf den Treppenstufen. Benny schlich sich zu seiner Retterin. Elizabeth erhob sich aus dem Bett. Sie wusch sich, band die Haare hoch, zwang sich, ihren Leib fest einzuschnüren, ein sauberes Kleid auszuwählen und Strümpfe anzuziehen, die dazu paßten. Jetzt nach unten, dachte sie, zu Tisch mit dem Kind.

Charlotte stellte gerade den Breiteller vor Benny auf den Tisch, als Elizabeth hereinkam. Der Junge wartete auf seinem erhöhten Stuhl, ein Geschirrtuch war sorgfältig um seinen dünnen Hals geknotet; er bewegte sich nicht, folgte mit seinen tiefliegenden kleinen Augen aber jeder Bewegung Charlottes. Die zarte Haut seiner Wangen wies rote Flecken auf.

»Setz dich«, sagte Charlotte, »der Tee ist gleich fertig.«

Benny löffelte am Rand des Tellers entlang, systematisch, so daß die kleine Vertiefung in der Mitte, in die Charlotte den süßen Sirup gegossen hatte, bis zuletzt bleiben würde. Als er alles ausgelöffelt hatte, blieb er reglos sitzen und sah Charlotte gespannt an. Er wartet auf etwas, dachte Elizabeth, warten kann er wie kein anderer, wie schlimm, so ein kleiner Junge sollte Wünsche herausschreien und mit dem Fuß aufstampfen, wenn sie nicht schnell genug erfüllt werden. Doch das ergebene Warten ist eingeschliffen, vielleicht vorgemacht worden. Ich sollte eingreifen, jetzt. Wir gehen nach draußen, sollte ich sagen, zu den Schwänen. Wir holen deine Klötze und bauen ein Haus. Ich lese dir vor. Komm.

Sie sah aus dem Fenster. Alles war grau. Kein Regen, aber dichter Nebel, der die Pflastersteine feucht und speckig glänzen ließ. Sie verschränkte die Arme.

Eisenbeschlagene Wagenräder rumpelten über das Straßenpflaster, eine Männerstimme brüllte einen Befehl, woraufhin auch das Trommeln der Pferdehufe verstummte. In der darauffolgenden Stille wurde an die Eingangstür geklopft.

Wenn man nur lange genug wartet, geschieht etwas, dachte Elizabeth. Na bitte, noch bevor ich mich zu langweilen beginne, hält eine Kutsche vor der Tür. Warum rennt der Junge nicht nach draußen, um sich die Pferde anzuschauen? Das Warten scheint einfach weiterzugehen, für uns beide. Was schreckt ihn wohl mehr als das Warten?

Charlotte hatte aufgemacht. »Elizabeth«, sagte sie, »da sind zwei Herren, die dich sprechen möchten. Ich habe sie in die Stube geführt.«

Träge erhob sie sich. Sie blickte auf den blitzsauber ausgelöffelten Teller ihres Sohnes und blieb kurz hinter seinem länglichen Kopf stehen. Dann verließ sie die Küche und zupfte ihr Kleid zurecht.

Stephens und Sandwich standen Schulter an Schulter vor dem großen Tisch. In vollem Ornat. Mit Perücke.

»Nehmt doch Platz«, sagte sie. »Kann ich Euch etwas bringen lassen?« Sie dachte an Störung, an Neuigkeiten, die die Ruhe des Wartens durchbrechen würden. Die Rückkehr. Die wer weiß wievielte Heimkehr.

»Vielleicht solltet Ihr Euch einen Moment setzen, Gnädigste«, sagte Stephens mit seiner hohen Stimme. Er war kleiner als Sandwich, untersetzter auch, die graublaue Jacke spannte in der Schulterpartie. Noch keiner hatte gelächelt.

Sandwich zog einen Stuhl unter dem Tisch heraus und lud sie mit einer Handbewegung ein, Platz zu nehmen. Sie blieb stehen. Niemand sagte etwas. Aus der Küche war ganz vage die Stimme Charlottes zu hören, auf Stein prasselndes Wasser, das Quietschen der Pumpe.

»Es gibt Neuigkeiten?« Sie hörte den ungeduldigen Unterton in ihrer Stimme. Sandwich räusperte sich, schwieg jedoch. Stephens trat einen Schritt vor und rieb sich die Hände vor dem Bauch. »Setzt Euch doch bitte«, sagte er wieder. Nichts geschah.

»Elizabeth«, sagte Sandwich, »wir müssen dir etwas sagen.« Sie erschrak über die intime Anrede, als gehe mit dem Wegfall der Förmlichkeit auch aller Schutz verloren und könne das, was er sagen würde, sie wirklich berühren. Wie in einem bizarren Gesellschaftsspiel standen sie zu dritt um den leeren Stuhl.

»Es kam ein Brief von Kapitän Clerke. Auf dem Landweg. Wir sind sofort gekommen. James ist nicht mehr. James ist tot.«

Sie blickte auf die Träne, die Sandwich aus dem Auge und die Nase entlangrann. Sie hörte das Stocken seiner Stimme.

»Im Namen der Admiralität möchten wir Euch unser Beileid ausdrücken.« Stephens nickte mitleidig und deutete noch immer auf den Stuhl, der zwischen ihnen stand.

Setz dich doch selbst, du Hofschranze, dachte sie, hör auf, zu befehlen und einzuschüchtern, und laß mich in Ruhe, laß mich – sie schwieg, Sandwich sprach weiter.

»Ich habe Banks bereits informiert. Und Solander. Wir fahren anschließend zum König. Aber wir wollten zuerst hierher, das versteht sich von selbst. Du wirst uns jetzt gewiß entschuldigen, wir müssen die furchtbare Nachricht im Palast verkünden, und das rasch.«

Natürlich, dachte sie, die Akademie, die Marine, das komplette königliche Haus, ein jeder muß sofort in Kenntnis gesetzt werden, damit sie fein trauern können, alle zusammen. Mein Mann ist schließlich öffentlicher Besitz und wird vom Königreich bezahlt. Wurde bezahlt. Vergangenheitsform.

Es erreichte sie nicht, sie empfand nur eine unerklärliche, beschämende Erleichterung. Und das heftige Verlangen, die Herren mit einem Tritt zur Tür hinauszubefördern. Sie mußte denken und Fragen stellen, Fakten zusammentragen.

»Wann ist es passiert?« fragte sie mit flacher Stimme. »Und wie. Und wo«, fügte sie nach kurzer Stille hinzu. Die Herren sahen einander an. Stephens schlurfte mit seinen Schnallenschuhen über die Dielen, und es klang wie eine davonhuschende Maus; los, dachte sie, sagt was und verschwindet dann, zu eurem König, na wird's bald?

»Der Brief ist vom Juni vorigen Jahres datiert«, sagte Sandwich. »Clerke hat ihn in Kamtschatka einer Handelsmission mitgegeben. Über Sankt Petersburg gelangte der Brief zu uns. Das beschriebene« – er zögerte kurz, gab sich dann aber einen Ruck, als sei er sich der Aufgabe bewußt geworden, die ihn noch erwartete –, »das beschriebene Geschehen fand im Februar statt. Am vierzehnten Februar, um genau zu sein. Kapitän Cook, ich meine James, ist in einem Gefecht mit Eingeborenen einer Insel gefallen, die er auf seiner Reise über den Stillen Ozean entdeckt hatte. Clerke nennt sie Hawaii.«

Stephens übernahm. »Wir werden Weiteres erfahren, wenn die Schiffe zurückkehren. Aber Ihr könnt schon jetzt versichert sein, daß Kapitän Cook in Ausübung seiner Pflicht aufs ehrenhafteste umgekommen ist. Wir halten Euch selbstverständlich auf dem laufenden.«

Ehrenhaft, dachte sie. Wovon reden sie denn da. Als ob mich das interessierte. Sieht James aber gar nicht ähnlich, sich auf ein Gefecht mit Eingeborenen einzulassen. Sie reden irgendwas daher. Ehrenhaft, wieso? Was ist schon ehrenhaft an einer Keilerei? Wie bekomme ich die Kerle aus meinem Haus? Ich muß in die Küche und Charlotte holen, sie kann sie hinauslassen.

Sie wollte sich umdrehen und zur Tür gehen, doch die Beine versagten ihr den Dienst. Es ging einfach nicht. Da rief sie nach der Amme, mit erhobener Stimme. Sandwich und Stephens erschraken. Charlotte kam eilig in die Stube.

»Würdest du die Herren hinauslassen?« bat Elizabeth leise. »Der Besuch ist beendet.«

Sie waren zu verdutzt, um ihr auch nur die Hand zu drükken, und schlichen still hinter Charlotte auf den Flur hinaus. Im Vorübergehen beugte Sandwich seinen länglichen Pferdekopf zu ihr hin. »Kann ich etwas für dich tun? Jemanden benachrichtigen, den Pfarrer vielleicht, einen Arzt?« Es schien ihr das beste, überhaupt nicht zu reagieren. Als die Tür zufiel, sank sie auf den leeren Stuhl nieder.

Schwarz, dachte sie, ein neues schwarzes Kleid muß ich besorgen. Die Vorhänge müssen zugezogen werden. Ich muß zu den Jungen. Sie müssen erfahren, was passiert ist. Bevor es in den Zeitungen steht. Unmöglich. Selbst wenn ich auf der Stelle in die Postkutsche springen würde, schaffte ich es nicht. Jamie ist irgendwo auf See. Schreiben. Jetzt gleich.

Sie blickte zum Tisch. In seiner Mitte prunkte die rote Weste, säuberlich zusammengelegt, die Rolle Silbergarn und die Nadel obendrauf. Sie konnte sofort weitermachen. Oder den prächtigen Plunder gleich ganz wegwerfen, das ging auch.

Charlotte kam mit dem Jungen an der Hand herein. Wie sehr er James ähnelt, dachte sie, diese Augen, dieser lange Leib. Benny blieb betreten an der Tür stehen und lutschte an einem Holzklotz. Charlotte sah Elizabeth an.

»Ist es das, was ich denke?«

Elizabeth nickte. »Gefecht. Februar. Vor fast einem Jahr.« Sie merkte, daß das Sprechen sie große Mühe kostete. Charlotte strich mit der Hand über Elizabeths Arm. »Wie schrecklich. Die ganze Zeit umsonst gewartet. Wie furchtbar für dich. Was jetzt?«

Elizabeth zog die Schultern hoch. Der Junge hatte X-Beine. Unmöglich sah das aus. Charlotte hatte recht, mit einem Mal war das Warten vorüber. Da stellte sich in der Tat die Frage, wie es weitergehen sollte. Sie hoffte nur, Charlotte würde es wissen.

Gegen Abend kam Mary mit der Kutsche aus Barking. »Ich habe deine Mutter rufen lassen«, hatte Charlotte gesagt. »Dann seid ihr nicht allein heute nacht.«

Mary hatte sich alle Zähne ziehen lassen und sah sonderbar aus mit ihrem eingefallenen Mund. Ist sie es auch, dachte Elizabeth kurz, oder kommt eine unbekannte Frau herein, die sich als meine Mutter ausgibt? Sie kennt sich freilich in meiner Küche aus, wuchtet Töpfe auf den Herd und weiß, wo die Butter steht.

»Du mußt das Kind zu dir ins Bett nehmen«, sagte Mary, »das hilft.«

»Nein«, sagte Elizabeth. »Benny schläft heute nacht bei Charlotte.«

Sie gingen zu Tisch, genau wie gestern, vorige Woche, voriges Jahr. Keiner sagte, daß sie essen müsse. Sie hielt die Arme fest an den Magen gedrückt und schaute. Benny saß nah bei Charlotte und beobachtete seine Großmutter heimlich aus dem Augenwinkel. Wenn Mary das Wort an ihn richtete, erschrak er und barg das Gesicht an Charlottes Seite. Als sie fertig waren, ging die Amme mit dem Kind nach oben, um ein paar Kleidungsstücke einzupacken.

»Du bekommst bestimmt Besuch«, sagte Mary. »Sie werden dir ihre Aufwartung machen, die Herren. Und ihre Damen. Ich bin kurz bei der Schneiderin gewesen, sie kommt morgen früh. Satin, habe ich gesagt. Es ist Winter. Bis dahin ziehst du eben das alte Kleid an, von damals. Ich schaue gleich mal in deinen Schrank. Ist dir kalt? Nein, du empfindest natürlich gar nichts. Keinen Hunger, keine Kälte, keine Müdigkeit. So ist das. Port war es doch, was du magst, nicht?«

Elizabeth trank und sah sich mit James in dieser nämlichen Küche sitzen, halb beschwipst vom nämlichen Getränk. Nein, sie empfand nichts. Wie sie damals nach oben gepoltert waren, zum erstenmal wieder zusammen im Bett. Nichts.

»Der mit dem Hinkebein«, sagte Mary, »ob der es schon weiß? Der steht bestimmt gleich bei dir vor der Tür. Oder ist er tot? Ich bekomme das ja alles nicht so mit.«

»Nein, tot ist er nicht«, antwortete Elizabeth. »Er mußte vor ein paar Jahren bei der Admiralität aufhören. Er hatte seinen Auftrag vernachlässigt. James hatte auch Streit mit ihm. Man hat ihn dann wieder auf See geschickt, in den Kampf gegen die Amerikaner. Aber nach Meinung der Marine hat er nicht hart genug gekämpft. Er kam vor ein Kriegsgericht, erinnerst du dich nicht? Es stand in der Zeitung. Das Kriegsgericht wurde an Bord eines Schiffes gehalten, in einem Hafen. Dort herrschen andere Gesetze als an Land. Absonderlich. Er wurde freigesprochen, aber er arbeitet nicht mehr.«

Trinken, dachte sie, ganz viel trinken, so daß mir fast schlecht wird und ich betäubt bin und vielleicht, vielleicht nachher schlafen kann. Palliser. Weit fort auf seinem Landsitz. Schlaflos vor Schmerzen in seinem Bein. Woran mochte er wohl jetzt denken? James' Tod würde ihm zusetzen; ein wahrer Freund, ein Freund von früher fällt weg, und das Leben wird geschmälert. Schuldig wird er sich auch fühlen. Zu Recht.

Hinter der Müdigkeit spürte sie ihre Wut. Sie war jedoch zu erschöpft und merkte, daß sie leise weinte.

»Früher«, sagte sie zu Mary, die sie fragend ansah, »früher kam er immer, wenn ein Unglück geschehen war. Immer.«

Mary füllte die Gläser nach. »Das wird er dann wohl jetzt auch tun, Kind, sobald er es erfährt.«

Elizabeth schüttelte den Kopf. Nichts würde mehr sein wie früher.

Mitten in der Nacht erwachte sie mit einem heftigen Gefühl der Unruhe. Mary lag neben ihr in dem großen Bett und schnarchte. Vorsichtig stand sie auf. Die Kerze zündete sie erst auf dem Flur an. Es ist Winter, es ist kalt. Sie schlüpfte in Bennys Zimmer, zog die Decke von seinem Bett und schlang sie sich um die Schultern.

Der Herd strahlte noch etwas Wärme ab. Sie stellte die Kerze auf den Küchentisch. Witwe, ich bin Witwe. Ein albernes Wort. Nach dem Tod kam das Begräbnis. Jetzt nicht. Man würde James schon bestattet haben, vor elf Monaten, vielleicht am Strand jener neu entdeckten Insel, vielleicht im Wasser, wie es sich für einen Seemann ziemte. Wie konnte sie den Jungen schreiben, wenn sie nicht wußte, wie es sich zugetragen hatte? Sandwich und Stephens hatten kaum etwas gesagt. Gemeinplätze. Verschleiernde Phrasendrescherei für die Zeitungen. Die würden morgen voll davon sein. Was wirklich geschehen war, blieb vorerst ein Rätsel.

Sie holte Feder und Papier aus der Stube und machte sich an einen kurzen Brief an ihren ältesten Sohn. Es mußte eine Nachricht für ihn daliegen, wenn sein Schiff in den Hafen von Portsmouth einlief. Es war nicht schwer. Sie schrieb, was sie wußte. Jamie hatte keine Phantasie und keine Angst. Wenn ihn irgend etwas beunruhigte, würde er sich schlicht an sie wenden, ohne Umwege, ohne Zögern.

Der Brief an Nat war schwieriger. Sie begann stets wieder von vorn, auf einem sauberen Blatt Papier. Denk doch erst nach, spornte sie sich an, mach irgendwo auf einer Rückseite einen Entwurf, liste die Dinge auf, die in den Brief hineinmüssen, ruhig, es ist noch Zeit.

Dein Vater ist gestorben gefallen verunglückt umgekommen – es gab viel zu viele Wörter, wie konnte man da je das richtige auswählen? Der Brief mußte mit der ersten Post mit, in Nats Seefahrtsschule würde die Nachricht heute oder morgen bekannt werden. Es mußte sein.

Weihnachten war er zu Hause gewesen. Er war kräftiger geworden, breiter. Die Haare trug er kurz. Er war im letzten Lehrjahr und gehörte zu den Großen. Viel hatte er nicht erzählt. Sie hatten in Barking Weihnachten gefeiert. Nat hatte seinen alten Geigenlehrer besucht. Ehe sie sich's versah, winkte sie schon wieder der Postkutsche nach.

Komm für ein, zwei Wochen nach Hause, wenn Dir das lieber ist. Die Schulleitung wird es schon verstehen, wenn sie weiß, warum. Oma ist jetzt hier. Ich beabsichtige, in den kommenden Tagen bei Lord Sandwich vorzusprechen. Er liest jetzt die mit eingetroffenen Journale, und ich hoffe, daß er mir danach mehr erzählen kann. Dann kann ich Dir auch besser erklären, was passiert ist. Bring Deine Geige mit, wenn Du beschließt zu kommen.

Sie las, was sie geschrieben hatte. Nicht an ihm zerren, dachte sie, er ist fünfzehn, er geht in die Welt hinaus. Oder nicht, er konnte natürlich auch zu Hause bleiben und Geige studieren. Nein, so durfte sie nicht denken. Neutral wollte sie sein. Nat sollte selbst über seine Zukunft entscheiden können. Aus Loyalität zu seinem Vater würde er die Ausbildung gewiß abschließen wollen.

Mary kam mit dem Nachttopf in der Hand die Treppe herabgepoltert. Elizabeth fuhr hoch und machte ihr die Tür zur Waschküche auf.

»Das bin ich gewohnt«, sagte Mary und ließ offen, ob sich das nun aufs Wasserlassen in einen Nachttopf oder dessen Leerung bezog. Elizabeth blickte auf den dünnen grauen Zopf auf dem Rücken ihrer Mutter. Es war noch dunkel draußen.

Sie saßen am bullernden Herd und tranken Tee. Charlotte war kurz mit Benny dagewesen; sein Besuch bei ihr wurde verlängert, nun gingen sie zu den Enten ans Wasser, mach schön winke, winke zu Mama, zu Oma, bis morgen –

»Morgen«, echote das Kind, und das Gartentor schlug zu.

»Was hast du vor?« fragte Mary.

»Nichts. Ich habe den Jungen geschrieben. Ich werde zu Sandwich müssen. Herausbekommen, was passiert ist. Und wie. Danach Briefe schreiben. An diese Schwestern in Yorkshire. An Walker. Was hast du gemacht, als mein Vater starb?«

Mary schaute weg. Ihr Mund stand ein bißchen offen, vielleicht, weil sie keine Zähne mehr hatte.

»Schade, daß es nicht friert, da könnte ich ein Gläschen Gin trinken. Das ist gut gegen den Frost. Ich koche heute für dich, darüber brauchst du dir also keine Gedanken zu machen.«

»Mutter, antworte doch!«

Mary seufzte und rieb sich über das eingefallene Kinn. »Nicht zu vergleichen, Kind. Wir hatten ein normales Begräbnis. Danach haben wir im Lokal gesessen und was getrunken. Was gegessen. Du hast auf meinem Schoß gesessen, daran erinnere ich mich noch genau. Du warst zwei. Dein Vater war ein gewöhnlicher Mann. Du bist mit einer bekannten Persönlichkeit verheiratet. Sie werden dir alles wegnehmen, wenn du nicht aufpaßt. Alle seine Briefe und was weiß ich was für Texte werden in die Zeitung kommen, und ein jeder wird eine Meinung dazu haben. Wo bleibst du dann? Sein Porträt hängt bei diesem reichen Kauz über dem Kamin. Und was sollst du dir ansehen? Wart's nur ab, du wirst es erleben. Alle wissen genau, wie er war, was er wollte, was er sagte und wie er aussah. Und wie sie erst über gemeinsame Erlebnisse posaunen und sich als Freunde brüsten werden. Alles Humbug! Wenn du das ernst nimmst, weißt du am Ende selbst nicht mehr, was du denkst, da fängst du vor lauter Elend an, alle diese Geschichten zu glauben, und verlierst deine eigenen Erinnerungen.«

Elizabeth hörte ihr andächtig zu.

»Sie haben aber doch auch ihre eigenen Erinnerungen! Sie vermissen einen anderen. Den Kapitän.«

»Eben«, sagte Mary. »Und dieser Kapitän kann dir gestohlen bleiben. Ha, da geht es schon los!«

Jane Nelson klopfte ans Küchenfenster. Sie hatte keine Haube auf. Ganz außer Atem trat sie in die Küche, eine Zeitung an den flachen Busen gedrückt. Ihr spitzes Gesicht war rot gefleckt, und als sie Elizabeth ansah, schossen ihr Tränen in die Augen.

»Banks' Haushälterin hat es mir erzählt«, sagte sie. »Ich habe gleich eine Zeitung gekauft. Hier.« Sie breitete die *London Gazette* auf dem Tisch aus.

»Das ist meine Mutter«, sagte Elizabeth. »Mutter, das ist Jane. Ihr Mann fährt mit James.«

Jane wischte sich mit dem Ärmel die Tränen weg. »Er ist eigentlich Gärtner und arbeitet in den Gärten von Kew. Er war noch nie auf See.«

Mary trug die Tassen weg, damit der Tisch ganz frei war für die Zeitung. »Gärtner«, murmelte sie, »ein Gärtner auf See. Im Weglaufen sind sie gut.«

Elizabeth starrte auf den gedruckten Text, konnte die Buchstaben aber nicht scharf bekommen. Jane las ihr vor, Berichte in hehrer Sprache, ging es um James? Sie bekam keinen Zugang zu den Formulierungen. Ein heldenhafter Kampf für die Fahne gegen die unberechenbaren Wilden, die den Kapitän, den Wohltäter der Menschheit, wie einen Gott verehrt, dann aber heimtückisch angegriffen hätten. Näheres würde folgen. Der König habe geweint, als er die Todesnachricht vernommen habe. Die Admiralität trauere. Die Akademie fasse eine Gedenkfeier ins Auge. Ein schwarzer Tag für die Wissenschaft, für das Land, für den Fortschritt.

Es wollte kein Ende nehmen. Jane zitierte und zitierte mit ihrer scharfen Stimme. Elizabeth faßte nach ihrer Hand.

»Laß«, sagte sie. »Wir wissen Bescheid. Danke für die Zeitung, lieb von dir. Erzählst du es den Kindern?«

Jane nickte. »Heute nachmittag. Sonst hören sie es zu Hause. Sie werden weinen und Angst bekommen. Ihre Väter, du weißt schon. Und es wird ihnen so leid tun für dich!« Sie schluchzte erneut.

»Port, der geht eigentlich den ganzen Tag«, sagte Mary. »Da geht es einem immer gleich besser. Leg mal die Zeitung weg, Kind, ich brauche ein bißchen Platz.« Sie klimperte mit Karaffe und Gläsern, während Elizabeth die Zeitung zusammenlegte und in die Stube brachte. Dort blieb sie einen Moment ganz still vor dem Fenster stehen.

Sie drückte die Stirn gegen das kühle Glas. Ich muß, dachte sie. Zuerst muß ich wissen, wie es passiert ist. Alles. Mein Rücken ist kerzengerade. Es macht mir gar nichts. Da ist jemand tot, der nichts mit mir zu tun hat. Die mich trösten kommen, sind trauriger als ich. Nachher kommt die Schneiderin, da muß ich das Kleid anprobieren. Sie arbeitet wie eine Besessene, morgen ist das Kleid fertig. Dann ziehe ich es an, wenn ich Sandwich aufsuche. Sie gehen vorsichtig mit mir um, aber ich zerbreche nicht, ich empfinde einfach gar nichts.

Sie schlug in einem wiegenden Rhythmus mit dem Kopf gegen die Scheibe, erschrak über das dumpfe Geräusch und wandte sich ab. Die Weste aus dem tahitianischen Stoff hatte sie heute nacht an den Tischrand geschoben. Sie hob sie hoch und wickelte sie fest in die Zeitung. Mit dem Paket im Arm schaute sie sich im Zimmer um. Nein, nicht oben in den Schrank, nicht hinter die Bücher. Eigentlich wollte sie in den Garten, eine Grube unter der Quitte graben, darin die Weste und die Zeitung bestatten. Erde drüber, Spaten wegstellen, Hände waschen, fertig.

In der Ecke am Fenster stand die Kiste, in der sie die verschiedenen Tagebuchversionen von der zweiten Reise aufbewahrte. Der Deckel ging schwer auf, sie mußte Kraft aufwenden. Sie nahm die Papiere aus der Kiste und legte das Paket auf den Boden. Dann deckte sie es mit den großen Seiten zu, die die regelmäßige Handschrift von James, die Bleistiftstriche, die sie selbst darin angebracht hatte, und die Korrekturen in roter Tinte von Douglas zierten. Der Deckel fiel zu.

[…] Es ist Nacht, Frances. Mir ist nichts anzumerken, abgesehen davon, daß ich nachts aufstehe, um Briefe zu schreiben. Tagsüber sitze ich in meinem neuen Kleid aus schwarzem Satin in der Stube, um allerlei Menschen zu empfangen, die mir kondolieren wollen. Meine Mutter hat hier ihren eigenen Ausschank eröffnet, scheint es fast, sie läuft in einem fort mit Tabletts und Karaffen hin und her. Nächste Woche fährt sie nach Barking zurück.

Heute nachmittag war ich in der Admiralität. Ich hatte Sandwich um eine Unterredung gebeten und wurde von einer Kutsche zu Hause abgeholt. Ich war froh, daß ich mit dem Kleid nicht in ein Ruderboot mußte.

James hat unzählige Male in dem Zimmer dort gesessen, an jenem Tisch, vielleicht auf demselben Stuhl. Stephens war auch dabei, aber ich sah Sandwich an. Er formuliert kurz und bündig und sagt nichts Überflüssiges. James fand das auch immer. Ich fragte, ob sie mir ein wenig mehr über den genauen Hergang erzählen könnten, nun, da sie die Journale gesichtet hätten. Sie nickten beide und strahlten vor Wohlwollen.

Die Reise sei von Anfang an von gewaltigen Verzögerungen gekennzeichnet gewesen, begann Sandwich. Die Detention Clerkes, der Aufenthalt am Kap, die Irrfahrten, ehe die Schiffe endlich in Tahiti anlangten, um Omai nach Hause zu bringen – das sei nur der Anfang gewesen. Ob der Zustand des Schiffes etwas damit zu tun gehabt habe, fragte ich. Sie machten darauf beide ein etwas pikiertes Gesicht, räumten aber ein, daß immer wieder umfassende Reparaturen hätten ausgeführt werden müssen. Ein damit zusammenhängender langer Verbleib auf der Insel Tonga sei zum Beispiel Anlaß für freche Diebstähle seitens der Bevölkerung gewesen, so daß James gezwungen gewesen sei, strenge Maßnahmen zu ergreifen. Dahingehend habe ich nicht weiter nachgefragt. Das Vieh wurde teils auf Tonga, teils auf Tahiti von Bord gebracht. Man hat ein Haus für Omai gebaut, nicht auf Tahiti selbst, sondern auf einer anderen Insel. Alles nahm mehr Zeit in Anspruch als erwartet. Endlich fuhren sie dann gen Norden, im Dezember 77, wenn ich es recht verstanden habe. In diesem unbekannten Ozean haben sie dann eine Inselgruppe entdeckt, auf der die Menschen dieselbe Sprache sprachen wie auf Tahiti. Ein Wunder. James taufte sie die Sandwich-Inseln, das mußte Sandwich natürlich kurz anfügen. Die Menschen selbst sagten »Hawaii«. Sie sind nicht lange dort geblieben, James wollte den zweiten Teil seiner Instruktionen ausführen und setzte Kurs auf die Nordwestküste Amerikas, um dort über die Beringstraße nach der Durchfahrt zu suchen. Du mußt dir eine Karte holen, Frances, oder den Globus, denn bei den vielen Orten und Richtungen wird einem schwindlig.

Es gab keine Durchfahrt. Es gab Eis, Eis und nochmals Eis. Nach fast einem Jahr fuhr James nach Hawaii zurück, das schien ihm der geeignete Ort zu sein, um nach den Entbehrungen des Polarmeers wieder zu Kräften zu kommen. Bevor sie zur Landung übergingen, umsegelten sie die gesamte Insel, um die Küste komplett zu kartieren. Das wird die Mannschaft nicht erfreut haben, aber es ist, wie Sandwich sagte, eine sehr schöne Karte dabei herausgekommen. Einmal an Land, wurde James wie ein König empfangen und wie ein Gott verehrt. Für die Schiffe und ihre erschöpften Mannschaften bekam er jede nur erdenkliche Unterstützung. Sie blieben etwa drei Wochen. James wurde zu allerlei Festlichkeiten mitgeschleppt. Watman, der alte Matrose, den James so gern hatte, starb und wurde auf der Insel begraben. Die Segelmacher und die Zimmerleute arbeiteten tagaus, tagein. Alle taten sich an Ferkeln und Zuckerrohr gütlich.

Ich hörte mir das nickend an. Mach mal voran, dachte ich, komm doch endlich zur Sache. Und das tat er.

Die Schiffe seien am 4. Februar 1779 zu einem erneuten Versuch abgefahren, die Nordwestpassage zu finden. Sandwich zog ein Papier hervor. Es war ein Brief, den James im Oktober 1778 an ihn geschrieben hatte und den er auf der Insel Unalaska dem dortigen Gouverneur übergeben hatte, ein Russe, glaube ich. James schreibt, er habe wenig Hoffnung, daß es eine Durchfahrt gebe, verfüge noch über Proviant für ein Jahr und wolle diese Zeit darauf verwenden, die Geographie zu verbessern. Sandwichs Hände zitterten. Der Brief sei eine Woche vor der Todesbotschaft bei ihm eingegangen. Ich sah die Handschrift, die ich so gut kenne, und mit einem Mal wurde mir bewußt, daß der Tisch, an dem wir saßen, völlig leer war. Keine Logbücher, keine Briefe, keine Karten. Tja, was man nicht ins Zimmer mitbringt, kann man auch nicht zeigen. Ich fragte danach, sollen sie doch von mir denken, was sie wollen.

Die Papiere würden eingehend studiert, sagte Stephens, von verschiedenen Experten. Sie seien nicht verfügbar. Ich dachte, sie wollten mich vielleicht vor blutigen Augenzeugenberichten des Mordes bewahren und enthielten mir die Tagebücher Clerkes und der Offiziere deshalb lieber vor. Aber James' Tagebuch? Was konnte denn darin Schlimmes stehen? Ich sprach das an, und Sandwich pflichtete mir bei. Es stehe gar nichts darin. Der gesamte Aufenthalt auf Hawaii sei von James nicht beschrieben worden. Seine Aufzeichnungen endeten am 17. Januar. Ich war fassungslos.

Unterdessen erzählten sie weiter, im Wechselgesang. Abreise am 4. Februar. Schweres Wetter. Gegenwind. Dennoch weitergefahren. Dann zersplittert der Fockmast der Resolution *in einem Sturm. Am elften waren sie wieder zurück. Mast an Land gebracht, Zimmerei eingerichtet, Handel in Schweinen und Kokosnüssen wiederaufgenommen. Diesmal Geplänkel mit der Bevölkerung, es wurde gestohlen, und von der Verehrung, der die Expedition beim ersten Besuch teilhaftig geworden war, keine Rede mehr. Die Männer wurden gezwungen, auf Diebe zu schießen, weil diese sich am Chronometer zu vergreifen drohten. Die Atmosphäre war grimmig.*

James war immer äußerst zurückhaltend mit Feuerwaffen. Wenn er überhaupt schießen ließ, dann mit Schrot. Bei schwerwiegenden Diebstählen hatte er eine andere Strategie: Er nahm den Stammesfürsten oder Hohepriester als Geisel und wartete dann in der großen Kajüte ruhig mit ihm ab, bis ein Kanu längsseits kam, um die gestohlenen Güter zurückzubringen. Das funktionierte immer.

Jetzt erzähle ich Dir, was passiert ist, Frances. Am dreizehnten Februar gab es Streit, es wurde Werkzeug gestohlen, und die Matrosen, die die Wassertonnen füllten, bekamen Steine an den Kopf. Der örtliche Häuptling konnte für Ruhe sorgen. Am nächsten Morgen freilich war ein Beiboot der Discovery *gestohlen. James ließ sich mit einigen Marinesoldaten an Land rudern. Er begab sich in das Dorf, um den Häuptling als Geisel zu nehmen. Der schickte sich auch an mitzugehen, denn er kannte James und mochte ihn. Seine beiden kleinen Söhne nahm er mit. Da hörten sie Schüsse auf der anderen Seite der Bucht, es entstand Verwirrung, Unruhe, Protest. Plötzlich war James von schreienden Insulanern umringt und beschloß, zum Boot zurückzulaufen. Jemand griff einen der Marinesoldaten an, ein anderer bedrohte James mit einem Dolch. Es wurde geschossen. James gab den Befehl, an Bord zurückzukehren, und winkte das Boot heran; der Leutnant im Boot mißverstand das und begann, vom Strand wegzurudern. Die Meute drängte näher, aber James lief langsam und zielstrebig in die Brandung hinein. Da schlug ihm irgendeiner mit einem Knüppel auf den Hinter-*

kopf – an dieser Stelle entschuldigte sich Sandwich, so schmerzlich, so schlimm, sagte er, und seine Stimme wurde dünn und stockte –, James fiel, bekam einen Dolchstoß, richtete sich noch auf, das Gesicht dem Boot zugewandt, und wurde dann unter Wasser gedrückt, ein Knäuel Eingeborener stürzte sich mit Messern und Steinen auf ihn. Das Boot fuhr weg. Vier Marinesoldaten und James blieben am Strand zurück. Es war erst kurz nach acht, der Tag hatte noch gar nicht richtig begonnen, der ganze Vorfall hatte nicht einmal eine Stunde gedauert.

Nach diesen Worten wurde es still in dem Amtszimmer. Sandwich schneuzte sich die Nase, und Stephens blickte zu Boden. Ich hatte das Gefühl, als blickte ich auf mich selbst herab, als schwebte ich die ganze Zeit irgendwo in einer Ecke des Raums und sähe eine Frau in schwarzem Kleid aufrecht den beiden Herren gegenübersitzen. Ich hatte nicht das Empfinden, daß ich das war.

Clerke habe keine Rache nehmen wollen, was hätte es für einen Sinn gehabt, wo das Unglück schon geschehen war. Die Treue zu James verpflichtete ihn, so schnell wie möglich nach Norden zu fahren, um den Auftrag zu Ende zu führen. Sandwich beschleunigte sein Erzähltempo, sie dachten sicher, die Unterredung habe nun lange genug gedauert, aber ich war mit meinen Gedanken noch am Strand von Hawaii und fragte nach der Bestattung.

Stephens ergriff das Wort. Clerke habe tagelang über die Herausgabe der Gefallenen verhandelt. Der gebrochene Mast sei schleunigst an Bord gebracht worden, die Männer hätten auf dem übervollen Vordeck an der Reparatur weitergearbeitet. Bestattung, sagte ich. Er räusperte sich. Schließlich seien die »sterblichen Überreste« Kapitän Cooks von den Priestern in einer Prozession feierlich ans Ufer gebracht und Clerke übergeben worden. Am 21. Februar, spätnachmittags, habe James ein Seemannsgrab in der Bucht erhalten. Am Tag darauf seien die Schiffe ausgelaufen.

Stephens setzte zu einem Loblied auf James an. Sandwich unterbrach ihn mit Mitteilungen zu meiner Pension. Ich erhalte eine Zuwendung vom König, Witwengeld von der Marine und noch vieles mehr. Ich bin eine reiche Frau, Frances. Aber das drang gar nicht in mein Bewußtsein, ich dachte noch über Stephens' Wortwahl nach: sterbliche Überreste. Da stimmte irgend etwas nicht, irgend etwas, was mir nicht ersichtlich wurde. Mein Mann ist zu »sterblichen Überresten« geworden, dachte ich, und ist mit einem Plumps im Ozean verschwunden. Über diesen Plumps konnte ich nicht hinausdenken. Kann ich auch jetzt noch nicht.

Nach dem Gespräch war ich so unendlich müde, daß ich fürchtete, in Ohnmacht zu fallen. Ich wurde nach Hause gebracht, legte mich hin und schlief.

Draußen wird es langsam Tag. Ich kann Dir nicht sagen, wie es mir geht, ich weiß es selbst nicht. Ich lege jetzt meine Feder hin und umarme Dich, liebe Frances.

Der Brief hatte sie erschöpft, sorgte aber auch für etwas Ordnung in ihrem Kopf, so daß sie noch eine Weile schlafen konnte. Kaffeeduft weckte sie. Das Kind muß wieder her, war ihr erster Gedanke. Sein Platz ist hier, so schlimm es auch sein mag. Ich werde für Benny sorgen, werde jedenfalls bei ihm sein, im selben Zimmer. Ich werde ihm vorlesen, ihm von seinem Vater, seinen Brüdern erzählen. Der Tod im Haus läßt einen gute Vorsätze fassen, die niemals verwirklicht werden, weil man so unvorstellbar müde ist. Man sollte sein Leben vielmehr vereinfachen, wenn der Tod kommt, man sollte jeden Tag dasselbe essen, stets dieselben Kleider anziehen und alle Menschen, die einen ermüden, hinauswerfen. Ich lasse besser Charlotte für das Kind sorgen. Aber von jetzt an schläft es hier.

Benny sah sie verschreckt an, als sie nach unten kam. Er saß bei Charlotte auf dem Schoß. Sie schauten sich die Stiche im Reisetagebuch an, das vor ihnen auf dem Küchentisch lag.

»Ich versuche, es ihm zu erklären«, sagte Charlotte, »aber ich weiß nicht, ob er es versteht. Wo ist Papa, Benny?«

»Mit dem Schiff fort.« Er legte den Finger auf eine Abbildung von der *Resolution*, die in einer Bucht bei Tahiti ankerte. Im Vordergrund fuhren Eingeborene in Kanus und Booten mit hohen, schmalen Segeln; man sah eine halbnackte Mutter mit Kind, man sah Wellen und majestätische Berge, aber Benny blickte andächtig auf einen dicken Hahn auf einem Steg. »Hahn? Hahn?«

»Wo ist Mary?« fragte Elizabeth. Fortwährend nach dem Verbleib von etwas oder jemandem zu fragen, war vielleicht auch eine Folge davon, daß der Tod Einzug gehalten hatte. Das verunsicherte und beunruhigte. Bevor eine Antwort erfolgte, kam ihre Mutter in die Küche gepoltert. Ein kleines Holzfaß in den Armen haltend, stieß sie die Tür mit dem Hinterteil auf.

»Gin«, sagte sie. »Von nebenan. Du wohnst neben einer Ginfabrik, weißt du. Ich habe einmal Kontakte geknüpft, dich sehen sie nie, sagen sie. Der Aufseher ist ein patenter Kerl. Er wird mich beliefern. Dafür dieses kleine Werbegeschenk hier. Hast du leere Flaschen? Ungemein praktisch, einen kleinen Ginvorrat zu haben, wenn du viel Besuch bekommst. Gib mir mal einen Trichter, dann bringe ich das gleich in Ordnung.«

Mary machte sich daran, den Gin sorgsam in Flaschen umzufüllen. Charlotte erzählte Benny leise murmelnd von Kokosnüssen und Bananen. Was tue ich? dachte Elizabeth. Das ist mein Haus, meine Küche, mein Mann ist am anderen Ende der Welt von Wilden niedergesäbelt, ertränkt und erstochen worden, und wir sitzen hier und erzählen Geschichten und legen Alkoholvorräte an. Draußen hängt Nebel, seit Tagen schon, man kann nicht einmal das andere Ende des Gartens sehen. Existiert das hier überhaupt? Es fühlt sich nicht so an. Vielleicht sind wir hier auch nicht mehr als eine Geschichte.

Mary nahm eine Kostprobe von dem Gin und schmatzte anerkennend. »Hast du ein Glück mit solchen Nachbarn! Du solltest mehr trinken, du siehst käsig aus.«

Sie reichte Elizabeth ein Glas. Der Gin schimmerte hell gelblich und verbreitete einen intensiven Fuseldunst. Sie nahm das Glas an und stellte es auf den Tisch. Man sagte besser zu allem ja und tat dann nichts, als daß man verhandelte und stritt. Kräfte sparen.

Das Dienstmädchen kam mit der Post herein. Briefe, Briefe, Briefe. Douglas drückte in dezenten, geschliffenen Worten sein Beileid aus und bot seine Hilfe an. James' Schwester Margaret beklagte in nahezu unleserlich wüster Handschrift den Verlust des berühmten Bruders, den sie kaum gekannt habe, so kurz nach dem Tod ihres Vaters, und es sei ja so kalt, und sie und ihre Schwester hofften, daß das Testament bald abgewickelt werde, denn sie lebten in Armut – Elizabeth legte den Brief ermüdet zur Seite.

Da war auch eine kurze Nachricht von Nat: *Wir mußten alle in die Aula kommen, und der Lehrer erzählte von Kapitän Cook. Wir haben gesungen und eine Schweigeminute eingelegt. Danach spielte ich auf der Trompete. Ich war nicht nervös. Bei der Ansprache schon. Ich dachte, daß mich alle anstarrten, und mir wurde ganz heiß. Jamie ist auf See, er weiß noch nichts, und das tut ihnen leid. Mama, ich glaube nicht, daß ich nach Hause komme, bald ist die Abschlußprüfung, und ich bleibe lieber hier, dann komme ich im Sommer zu Dir. Papas Hut, den ich aufhatte, als Schnee lag, ist der bei Dir? Würdest Du ihn mir bitte schicken? Grüße an Oma (ganz liebe) und Benny. Schreibst Du mir bald wieder?*

Der Notar schrieb formelle Beileidsworte und lud sie, gemeinsam mit ihrem »gesetzlichen Vertreter oder Berater«, zu einer Unterredung über James' Letzten Willen ein. Berater, dachte sie, Vertreter? Bin ich etwa nicht recht bei Sinnen, kann ich mich nicht selbst vertreten, kann ich seine Sprache nicht verstehen? So ein aufgeblasener Laffe, der wird sich noch wundern, wenn ich mit meinen Papieren komme, wenn sich erweist, daß ich lesen kann.

In der Stube war es still und kalt. Sie ordnete die Korrespondenz: den Brief vom Notar zum Testament, Douglas auf den Beileidsstapel. Den mußte sie demnächst abarbeiten, sich eine nüchterne und bündige Antwort einfallen lassen. Kommt schon noch, dachte sie, nicht jetzt. Sie zögerte mit dem Brief aus Yorkshire in der Hand und legte ihn schließlich auf den von Douglas. Keine Eile. Nats Brief mußte auf den Tisch. Den Hut suchen. Antworten.

In dem Schrank, in den sie die kleinen Stapel legte, lagen Berge von Papieren von James. Flüchtig ließ sie den Blick darüber wandern. Seine Briefwechsel mit Sandwich, mit Douglas, mit Walker, Banks, Forster. Die Listen von Besatzungsmitgliedern, Proviant, Instrumenten, Tieren. Unmengen von Papier eines lebenden Mannes mit Plänen, Gedanken, Ideen. Sie würde alles durchsehen müssen, Seite für Seite, Zeile für Zeile. Die Briefe an sie hatte sie gesondert in eine Schublade gelegt; sie zog sie auf und sah den letzten, beunruhigenden Brief mit der entgleisenden Handschrift und dem nicht existenten Datum. Geheim, dachte sie, das darf niemand sehen. Niemals. Einen Augenblick lang war sie versucht, alles zu vernichten, weg mit den belastenden, verwirrenden Informationen, so daß sie nur ihre eigene Erinnerung haben würde, in der sie sich James bewahren konnte, wie er gewesen war. Sie schob die Lade zu und schloß den Schrank. Sie hatte keine Ahnung, wie er gewesen war. Monatelang, wenn nicht gar jahrelang würde sie alle diese Zeugnisse studieren müssen, nächtelang nachdenken, lange Spaziergänge machen müssen, um dahinterzukommen, wer ihr Mann war. Gewesen war.

Es hat sich nichts geändert, dachte sie, er ist nach wie vor fort, so wie er die vergangenen dreieinhalb Jahre fort war, es sollte sich nichts verändert haben, und doch hat eine einzige Nachricht, ein einziger Besuch dafür gesorgt, daß die Stube nicht mehr wiederzuerkennen ist, daß der Schrank vollkommen neue Gedanken in mir wachruft und ich mich selbst nicht mehr wiedererkenne. Als Banks hier vor einigen Tagen saß, mit Solander wie einem treuen Hund an seiner Seite, benahm ich mich, wie ich mich noch nie benommen hatte. Ich nickte bestätigend zu all ihren Lobliedern, meine Zustimmung zu ihrer Elegie kam mir ungemein honett über die Lippen – man sah mir an, daß mir die Verehrung meines Gatten guttat. Wohltäter der Menschheit. Zierde des Königreichs. Vorreiter der Wissenschaft. Guter Hirte für seine Männer. Weise, bedächtig, uneigennützig. Der Verlust ist eine offene Wunde.

Es nahm kein Ende. Solander preßte ein Taschentuch zwischen seinen Wurstfingern zusammen. Und sie nickte immer schön und lächelte im richtigen Moment ein schwaches Lächeln. Keine Träne, kein ungebührliches Wort. Die perfekte »Witwe eines großen Mannes« hatte sie gegeben. So gut wie mühelos noch dazu.

Ich verliere mich, dachte sie, ich spiele so gut eine andere, daß ich noch vom Weg ins Innere abkomme. Es muß aber sein. Je mehr ich ihnen beipflichte, den Anbetern, desto eher werden sie mich in Ruhe lassen, mit James allein lassen. Ich beschütze ihn vor seinen Verehrern. Zum Vermissen komme ich nicht. Das steht jetzt nicht an. Wenn ich jemanden vermisse, dann ist es Elly. Zwölf, fast dreizehn wäre sie jetzt. Jamie und Nat kennen sie noch, die waren acht und sieben, als sie starb. James hat sie nur ein knappes Jahr lang miterlebt. Wer denkt sie jeden Tag wieder ins Leben? Frances? Mary? Man kann das von niemandem verlangen. Man muß es selbst tun. Tagtägliche Arbeit ist das. Aber wessen soll ich gedenken, wenn ich James' gedenke? Nicht des James von Banks, von Sandwich, vom König. Wessen dann?

Sie hörte, daß wieder Besuch kam, Stimmen auf dem Flur, Gescharre bei der Garderobe; sie war bereit, verwandelte sich in die öffentliche Witwe und wartete. Doch niemand kam. Es mußte etwas mit dem Kaminfeuer geschehen, es war viel zu kalt, um jemanden zu empfangen. Sie seufzte, straffte die Schultern und ging in die Küche.

Hugh Palliser saß neben seinem Patenkind am Tisch und zeichnete Hühner auf ein Stück Packpapier. Mary hockte auf einem Bänkchen am Herd und kostete von dem neuen Gin, und Charlotte lehnte mit verschränkten Armen an der Anrichte.

»Das Feuer ist aus«, sagte Elizabeth.

Palliser erhob sich, auf die Tischplatte gestützt, griff zu seinem Stock und wollte etwas sagen.

»Es ist wirklich eiskalt da drinnen. Ich weiß nicht – kannst du dich nicht darum kümmern, Charlotte?« Die Worte strömten immer weiter, Palliser kam nicht dazwischen. »Es liegt noch trockenes Holz in der Waschküche, glaube ich. Vielleicht mußt du ihn erst ausfegen, den Kamin, meine ich, es ist unheimlich viel Dreck darin, scheint mir.«

Charlotte band sich eine Schürze um und ging mit dem Ascheimer aus der Küche.

»Hahn?« fragte der Junge. Niemand antwortete.

»Ich hoffe, du verübelst es mir nicht, daß ich unangemeldet hereinplatze«, sagte Palliser schließlich. Elizabeth schwieg. Hätte sie es abgelehnt, ihn zu empfangen? Sie wußte es nicht. Sie sah ihn an. Aschfahles Gesicht, tränende Augen, schmerzverzerrter Mund. Was sollte sie tun? Es gab keinen Raum im Haus, in den sie sich mit ihm zurückziehen konnte. Wegschikken ging auch nicht. Sie standen zu beiden Seiten des Tisches, flach atmend, abwartend.

»Wir gehen nach draußen«, sagte Elizabeth. »Mutter, gibst du solange auf Benny acht?«

Mary schrak aus ihren Träumereien auf und nickte.

»Es ist naßkalt«, sagte sie, »zieh dir was über. Das geht durch und durch. Hier, nimm mein Tuch.«

Sie zog den bunten Fetzen von ihren Schultern und drückte ihn Elizabeth in die Hände, die verblüfft damit auf den Flur hinausging. Pallisers Stock tickte hinter ihr auf den Fliesen.

Der Nebel war so dicht, daß er sich wie eine fettige Haut auf ihr Gesicht legte. Die Stämme der Bäume glänzten, als hätte man sie geölt. Sie blickte geradeaus und stapfte zügig die schlammige Straße hinunter. Neben ihr humpelte Palliser, außer Atem. Sie wußte es, kümmerte sich aber nicht darum.

Wenn er jetzt nur nicht, dachte sie, wenn er jetzt nur nicht auch noch anfängt, zu verehren und zu vergöttern. Sie konnte eigentlich nicht mit ihm sprechen, aber *wenn* sie sprach, mußte es echt sein, nicht sentimental, nicht den Konventionen gehorchend, nicht so, niemals so, wie sie mit anderen sprach. Er keuchte. Ihr Satinkleid schleifte durch die Pfützen. Marys karierte Pferdedecke kam ihr vor wie ein Joch, das auf ihren Schultern lastete.

»Warte doch mal«, sagte Palliser schließlich, »ich halte das nicht durch.«

Sie blieb abrupt stehen und wandte ihm das nasse Gesicht zu. »Na und?! Wie, glaubst du, halte *ich* das durch?«

Er hob den freien Arm, als wolle er sie berühren, ließ ihn aber langsam wieder fallen.

»Wir können ins Prospect of Whitby gehen. Da sitzt man um diese Zeit ruhig. Es ist hier um die Ecke.«

»Am Wasser! Mit Blick auf diese elenden Docks gegenüber! Was denkst du dir eigentlich!«

Sie ging weiter, in etwas gemäßigterem Tempo. Stramme kleine Schritte machte sie, mit einer gewaltigen Spannung geladen.

»Was willst du dann?«

»Weiß ich nicht. Du kommst *mich* besuchen. Ich will nichts.«

»Ja«, sagte er. »Ich komme dich besuchen, denn dein Mann ist tot, du wirst von Herren belästigt, die dir ihre Aufwartung machen, du mußt alles mögliche regeln und an alles denken. Ich komme, um zu sehen, wie es dir geht, wie es um mein Patenkind steht und ob ich dir helfen kann. Ich komme, um dir zu zeigen, daß ich an dich denke. Daß ich deinen Kummer teile. So ist das. Und das würde ich lieber in einem warmen Wirtshaus tun als auf dieser kalten Straße.«

»Was du lieber tätest, interessiert mich nicht. Wenn es dir nicht zusagt, kannst du ja gehen. Darin bist du doch gut, nicht wahr?«

»Jetzt beruhige dich doch, Elizabeth. Wir sind naß. Gib mir deinen Arm, dann kann ich besser laufen. Wir haben doch hier irgendwo in der Gegend schon einmal zusammengesessen, da hatten wir auch Streit. Komm mit.«

Er preßte ihren Arm fest an sich. Genau wie damals, dachte sie, vor gut vier Jahren. Ich war schwanger. Er wollte dafür sorgen, daß James zu Hause bleibt. Ich zählte auf ihn.

Sie saßen in derselben Ecke. Der nämliche Wirt schenkte ihnen den nämlichen warmen Glühwein ein. Elizabeth drapierte das monströse Tuch ihrer Mutter über die Stuhllehne und sah Palliser an.

»Eigentlich kann ich es nicht glauben«, begann er. »Es dringt nicht wirklich in mein Bewußtsein, daß James nicht mehr ist. Vielleicht, wenn die Schiffe ohne ihn einlaufen. Ich denke immerzu daran, wie es für dich sein muß, diese Leere, an die du dich zwar gewöhnt hast, die aber nun plötzlich permanent ist. Die Jungen, die keinen Vater mehr haben. Alles ist auf einmal anders. Nie mehr mit ihm zusammenarbeiten. Unvorstellbar. Ich bin natürlich schon seit Jahren nicht mehr bei der Admiralität, ich würde ohnehin nicht mehr mit James zusammenarbeiten. Mein Leben hatte sich schon verändert, nach diesem abersinnigen Kriegsgericht. Ich lebe jetzt allein, meistens in Chalfont. Es gefällt mir auf dem Land; wenn ich im Erker sitze, blicke ich auf den Park hinaus. Rasen, hie und da eine dunkle Buche, und wenn man geduldig wartet, sieht man einen Hirsch. Meine Frau ist in ein Pflegeheim aufgenommen worden. Dort geht es ihr besser. Das wußtest du noch nicht. Ich wünschte, du würdest einmal zu Besuch kommen, bei mir könntest du dich vielleicht ausruhen. Du siehst gehetzt aus.«

Er rieb sich über das Gesicht und sah sie, stets wieder den Blick abwendend, verstohlen an.

»Sie haben mich hinausgeworfen, Sandwich und Stephens. Von einem Tag auf den anderen wurde ich meines Postens enthoben, hat man mich aus meiner Arbeit hinauskatapultiert. Ich durfte mich nicht mehr auf der Werft blicken lassen, und sie ließen mein Büro räumen. Sie schoben mir ein Schiff unter den Arsch, und ich mußte wieder auf See, wie früher. Nun ja, du weißt, wie das ausgegangen ist. Nach den juristischen Scharmützeln wollte ich selbst nicht mehr, obwohl ich Recht bekommen hatte. Sie mußten mir etwas anbieten, es wurde Greenwich. Ich hatte keine Lust. Da haben sie mich ehrenvoll entlassen, wie man das so schön nennt. Es sticht mich wie diese alte Wunde, weißt du das? Ich hatte Probleme in jenem Jahr, als James seine Reise vorbereitete. Aber sie hatten nicht das geringste Mitgefühl. Entlassung. Erledigt.«

Er schüttelte den Kopf. »Was rede ich die ganze Zeit von mir. Aber ich mußte das kurz loswerden. Verzeih, Elizabeth. Das kannst du jetzt nicht brauchen. Erzählst du mir, wie es dir geht, wie es deinen Kindern geht, was du jetzt denkst? Bitte? Dein Jüngster ist so groß geworden. Er hat etwas von James im Gesicht. Freut dich das, Elizabeth?«

Sie streckte sich und begann leise zu reden. Sie hörte, wie flach und farblos ihre Stimme klang, und sie sah ihre Hände in ihrem Satinschoß liegen, als gehörten sie einer anderen.

»Wir nennen ihn Benny. Er ist ein ruhiges Kind. Meistens sorgt Charlotte für ihn, das hat sich so ergeben. Ich muß mich immer noch an ihn gewöhnen. Er hängt an Jamie, der kommt zwischen seinen Reisen oft nach Hause. Ich glaube, daß Benny ihn mit James verwechselt oder die beiden für ein und dieselbe Person hält. Fort mit dem Schiff und dann plötzlich wieder zurück. Er versteht das nicht. Ich hoffe, daß Jamie bald wiederkommt. Er weiß noch nichts. Nat schon, ich habe ihm gleich geschrieben.«

»Auch über den Hergang?«

Sie wandte ihm das Gesicht zu. »In groben Zügen. Ein bißchen. Ich will ihm keine Angst einjagen. Eigentlich würde ich ihn gern vor dieser elenden See behüten, aber ich darf ihn nicht beeinflussen. Er muß selbst entscheiden.«

»Er wird schon kommen«, sagte Palliser. »Er kommt nach Hause und macht wieder Musik. Weißt du selbst überhaupt, was genau passiert ist? Was haben sie dir erzählt? Hast du die Journale gesehen?«

»Nein. Ja. Es gibt ein Tagebuch von James, über die Reise an sich natürlich. Sie hatten es nicht da und sagten auch wenig darüber. Es stand nicht zur Debatte. Nach dem Mord hat King das Journal übernommen. Sein Bericht wurde auch geschickt, mit einem langen Brief von Clerke, soweit ich verstanden habe. Eigentlich weiß ich nicht, was passiert ist. Warum eine Landung, die hundertmal gutgegangen war, nun plötzlich einen so fatalen Verlauf nahm. Ich weiß, was in der Zeitung stand, daß James von den Menschen dort verherrlicht und bewundert wurde. Wieso sie ihn dann ermordet haben, kann ich nicht verstehen. Er hatte auch noch zehn Marinesoldaten bei sich. Stell dir vor, in diesen knallroten Jacken.«

Die Sonne, dachte sie, noch nicht sengend, sondern behaglich. Das Geräusch ins Wasser tauchender Ruderblätter. Ein Vogel. James, der entschlossen zum Strand späht, verärgert über den unguten Tagesbeginn. In Gedanken schon mit der Abreise befaßt. Noch kurz das gestohlene Boot wiederholen, den reparierten Mast aufrichten und dann die Segel hissen. Sie hielt mit aller Macht ihre Tränen zurück.

»Wir sehen es falsch«, hörte sie Palliser wie von weit her sagen. »Wir verfügen über Kultur, und deshalb denken wir, daß die Eingeborenen froh sind, wenn wir kommen. Wir bringen ihnen Geschenke, die wir selbst ganz fabelhaft finden: Lederschuhe, Ordnung und Regelmäßigkeit, aufgereihte Bohnenstangen in umgegrabener Erde. Die Seekarte. Das geschriebene Wort. Sie lassen uns in diesem Wahn, indem sie sich wie ein Schwarm toller Kinder auf unsere Sachen stürzen. Unter Lebensgefahr stehlen sie Seidenstrümpfe unter unseren Kopfkissen hervor. Uniformknöpfe, Eisenzangen, einen Kompaß, einen Geißfuß – alles wollen sie haben. Die andere Seite sehen wir nicht. Wir unterminieren mit unseren allmächtigen Feuerwaffen die Autorität ihres Häuptlings. Wir erwarten die tägliche Lieferung von Schweinen, Laufvögeln und Bananen – wir fressen *ihre* Vorräte auf. Wir schlafen mit ihren Frauen und stören ihre soziale Ordnung. Kannst du dir vorstellen, was wir dort hinterlassen, wenn wir wegfahren? Zerstörte Ehen, leere Felder, entthronte Machthaber, halb weiße Kinder. Daran denken wir nicht. Kein Wunder, daß sie feindselig werden. Angst vor unseren Kugeln ist das einzige, was diese Feindseligkeit im Zaum hält. Es verwundert nicht, daß es einmal außer Kontrolle gerät. Es ist eher verwunderlich, wenn es gutgeht.«

Elizabeth wiegte den Oberkörper vor und zurück. Dabei drückte sie die Finger gegen den glatten Satin über ihren Rippen und hielt sich gut fest. Warum muß ich mir das anhören? Er kommt, um mir zu helfen, sagt er, aber er beklagt sich nur über seine Entlassung und nörgelt über die Expeditionen und deren Nutzen, das ist alles. Was hab ich davon? Es kommt mir vor, als säße er meterweit von mir entfernt, weit weg, ich verstehe ihn kaum. Wenn er sich neben mich setzt, wird alles anders. Ich weiß es. Dann kommt der Trost.

Unvermittelt stand sie auf.

»Ich gehe.« Sie nahm das Tuch und marschierte zum Ausgang. Palliser hievte sich hoch, warf einige Münzen auf den Tisch und humpelte ihr nach.

Im Sprühregen draußen atmete sie auf. Das Straßenpflaster glänzte in dem goldenen Licht, das durch die grauen Wolken hervorlugte. Mitten auf der Straße blieb sie stehen und wandte sich Palliser zu.

»Du«, sagte sie, »du. Mein sogenannter Freund. Mein Beschützer, bei dem James ruhigen Herzens seine Familie zurückließ. Ich zählte auf dich, vor vier Jahren. Du hast mich ohne Zögern fallenlassen, so sehr mußtest du vor Sandwich katzbuckeln. Ich habe versucht, es zu verstehen, dir zu vergeben. Aber ich kann meinen Sohn nicht mit deinem Namen ansprechen. Dennoch wollte ich dich nicht verlieren. Ich habe mein Bestes gegeben. Aber du, Hugh Palliser! Du hast mich ein zweites Mal betrogen, verdammt noch mal! Du brauchst gar nicht so erstaunt zu schauen. Ja, ich fluche wie deine Matrosen. Was jetzt passiert ist, ist deine Schuld. Weil du zu lasch warst, auf der Werft Aufsicht zu führen, mußte James mit einem mangelhaften Schiff in See stechen. Verzweifelt schrieb er mir vom Kap, die frischen Vorräte durch eindringendes Wasser vernichtet, Leinen gerissen, Taljen geborsten. Zu Beginn der Reise!

Weil du deine Pflichten versäumt hast, mußte er überall zu lange bleiben, um den lecken Kahn wieder zu flicken. Wenn du für gutes Material gesorgt hättest, würde er jetzt noch leben. Die brüchigen Schundmasten, die du auf das Schiff setzen ließest, brachen beim kleinsten Sturm. *Deshalb* mußte er zurück! *Deshalb* haben sie ihn totgeknüppelt! Wie kannst du dich da nur bei mir beklagen, daß man dich schlecht behandelt hat, und dumm über Machtdemonstration daherphilosophieren. Um mir helfen zu wollen! Wie bekommst du das nur über die Lippen? Von jemandem, der mich gleich zweimal schamlos im Stich gelassen hat, akzeptiere ich keine Hilfe. Niemals!«

Sie schrie und stampfte mit dem Fuß auf. Tränen der Wut rannen ihr über die Wangen.

Da warf Palliser seinen Stock zu Boden. Der Silberbeschlag klirrte auf den Steinen. Er trat zwei Schritte auf sie zu, packte sie mit eisernem Griff bei den Schultern und schüttelte sie durch.

»Jetzt bist du aber mal einen Moment still und hörst *mir* zu.«

Sie schaute in sein verbissenes Gesicht und schluckte vor Schreck ihre Worte hinunter.

»Du hast recht, wenn du mir Versäumnisse vorwirfst. Ich habe meine Aufgaben in Deptford nicht nach Gebühr erfüllt. Deine Enttäuschung darüber, daß James entgegen unserer

Erwartung, unserer Hoffnung doch wieder wegfuhr, ist vollkommen logisch und verständlich. Doch diese extreme Wut habe ich nicht verdient. Die akzeptiere ich auch nicht. Du vergißt eines: James war auch noch da! Du tust gerade so, als sei er ein willenloser Spielball gewesen, den Listen und Wünschen der Admiralität und des Königs ausgeliefert. Aber so war es nicht, Elizabeth. Er war selbst dabei. Und bei seinem Status konnte er sich alles erlauben. Er hätte sich sein Material besser ansehen können, wenn er gewollt hätte. Er hätte sich weigern können, mit einem Schiff in diesem Zustand in See zu stechen. Selbst am Kap hätte er noch nein sagen können. Er hat es nicht getan. Er machte weiter. *Er.*«

Die Wärme seiner Handflächen drang in ihre Schultern. Sie spürte, wie er mit den Daumen über ihre Schlüsselbeine strich.

»Deine Vorwürfe gegen mich sind gerechtfertigt. Ich nehme mir das zu Herzen. Aber daß du derart erbost bist, hat eine andere Ursache. Wie könntest du auch jemandem zürnen, der ein so grausames Ende gefunden hat? Das geht nicht; deswegen wetterst du gegen mich. Du bist wütend auf deinen eigenen Mann. James hat dich verlassen, nicht ich.«

Sie hörte die Tropfen von den Zweigen fallen. Sie fühlte seinen Atem an ihrer Stirn, heiß. Er hat recht, dachte sie, es ist alles umsonst. Sie drehte sich um und rannte mit klappernden Schuhen und wehenden Röcken nach Hause.

10

Stepney, 1. November 1780

Verehrte Frau McAllister!
Mein Name ist Jane Nelson. Nehmt es mir bitte nicht übel, daß ich mich so einfach an Euch wende. Ich schreibe namens und wegen Eurer Freundin Elizabeth Cook. Sie ist auch meine *Freundin. Mein Mann segelte auf dem Schiff unseres seligen Kapitäns. Die Schiffe sind letzten Monat nach gut vierjähriger Reise in London eingelaufen. Aber davon soll mein Brief nicht handeln. Frau Cook, Elizabeth also, und ich haben uns angefreundet. Wir betreiben schon seit einigen Jahren eine kleine Schule für bedürftige Seemannskinder. Vielleicht hat sie Euch darüber geschrieben. Sie kann wundervoll vorlesen.*

Ich möchte Euch um einen Rat bitten. Denn ich muß Euch eine neuerliche Unheilsbotschaft übermitteln. Ihr wißt, denke ich, daß Nathaniel diesen Sommer seine Ausbildung an der Seefahrtsschule abgeschlossen hat, mit guten Zeugnissen. Aber sein Herz schlug nicht für die Seefahrt. Er beabsichtigte, nach Hause zurückzukehren und sein Geigenstudium wiederaufzunehmen. Elizabeth war froh darüber. Aber jetzt!

Nathaniel war der Marinestation in Westindien zugeteilt, nach dem Sommer. Seine erste richtige Anstellung. Trompeter und Matrose. Dieser Verpflichtung wollte er in Würdigung des Andenkens seines Vaters nachkommen. Weihnachten wollte er den Vertrag dann lösen und die Seefahrt ein für allemal aufgeben.

Vor seiner Abreise war er noch einige Tage bei seiner Mutter. Er war erleichtert über seine Zukunftspläne. Aber auch aufgeregt über die Reise, er war noch nie so weit fort gewesen. Wenn sie könnte, würde Elizabeth Euch gewiß selbst schreiben. Wir haben zum Glück Hilfe von Charlotte, die wie eine Mutter für Benny sorgt. Es gab einen Orkan. Am 5. Oktober. Dreizehn Schiffe sind vor der Küste der Insel Jamaika gesunken. Alle ertranken. Nathaniel war erst fünfzehn. Ich schreibe Euch, um Euch das mitzuteilen. Die Nachricht kam vor zehn Tagen. Seither liegt Elizabeth oben. Sie ißt nichts. Sie will nichts. Sie liest die Briefe nicht, die für sie eingehen. Ich öffne sie und lese sie ihr vor. Aber sie scheint es nicht zu hören. Ich hoffe, daß sie zuhören wird, wenn ein Brief von Euch kommt. Verzeiht, daß ich so konfus schreibe. Wir wissen uns hier keinen Rat mehr. Elizabeths Mutter kann nicht kommen. Sie muß in Barking, wo sie wohnt, das Bett hüten. Sie hat sehr an Nat gehangen. Es ist zuviel für sie, als alte Frau. Meine Bitte lautet: Könntet Ihr vielleicht einen aufmunternden Brief an Elizabeth schreiben, daß sie essen und aufstehen und nach draußen gehen soll? Soll ich Herrn Palliser kommen lassen? Haltet Ihr das für eine gute Idee? Die Offiziere von den zurückgekehrten Schiffen haben hier vorgesprochen, Herr Burney und Herr King. Sie wollten natürlich über den Kapitän reden. Das gehe jetzt nicht, habe ich gesagt. Dabei hatte sie sich darauf gefreut, Elizabeth, meine ich, auf die Rückkehr der Schiffe, weil sie hoffte, mehr über den Tod von Herrn Cook zu hören. Aber jetzt ist alles anders. Wenn sie doch nur etwas essen wollte! Der Arzt kommt jeden Tag. Er gibt ihr Laudanum gegen den Kummer. Dann kann sie ein Weilchen schlafen. Ich hoffe, Ihr schreibt bald und vergebt mir meine Bitte. Eure Adresse schreibe ich von einem alten Kuvert ab. Mit der gebührenden Hochachtung und den wärmsten Grüßen, Eure Jane Nelson.

P. S. Ich vergaß, mich zu erkundigen, ob es Euch und Eurem Mann gutgeht. Weil der Brief gleich wegmuß, kann ich ihn aber nicht noch einmal schreiben. Und ich muß ihn ihr noch vorlesen, denn ich möchte nichts hinter ihrem Rücken tun. Das ist schwer. Ich weiß, es ist unhöflich, und ich bedaure es sehr. Mit der Bitte um Entschuldigung, Eure Jane N.

Meistens hatte sie die Augen zu. Das Flackern der Kerze und die sich verschiebenden Schatten störten sie. Sie bewegte sich möglichst wenig, hatte ihren Körper auf die Matratze niedergelegt, die Beine nebeneinander, die Arme über der Brust gekreuzt – so ließ sie die Gliedmaßen liegen, bis sie sie eigentlich nicht mehr spürte. Ihr Kopf lag seitlich auf dem Kissen, das Gesicht dem Fenster zugewandt. Sie kehrte in ihr Inneres ein, als wollte sie eine Bestandsaufnahme von dem machen, was sich darin befand, nun, da die Herrschaft über die Dinge außerhalb von ihr zunichte war. Es glich einem Schwimmen unter Wasser, wobei sie sich mit aller Kraft dem Grund zubewegte. Kinn auf der Brust. War es gut, daß Nat nicht schwimmen konnte, hatte es ihm einen langen Todeskampf erspart? Nein, nein, nicht an die Wasseroberfläche, fort vom Licht. Sie hörte sich selbst ein tierhaftes Wimmern ausstoßen, widerwärtig. Dann tauchte sie wieder unter, es war Sommer, und sie saß mit ihren Söhnen im Garten. Benny saß bei seinem ältesten Bruder, der in ein Skizzenbuch vertieft war, auf dem Schoß. Der schmale Kinderleib lehnte an Jamies Brustkasten. Der junge Seemann nahm seine Aufgabe ernst und zeichnete konzentriert eine Auswahl von Hühnervögeln für das Kind. Was für ein merkwürdiges Interesse, hatte Elizabeth gedacht, ein Junge in seinem Alter redet doch von Heuwagen, Postkutschen, galoppierenden Jagdpferden. Sie hatte die Zeitung vor sich ausgebreitet und lauschte dem Gespräch zwischen ihren Kindern. »Hahn«, sagte Benny. »Schneehahn. Fasaaan!«

»Huhn«, brummte Jamie.

»Schwan! Birkhahn!«

»Benny liebt das a«, sagte Nat bedächtig. »Es klingt auch schön, da hat er recht. Sag ruhig Perlhahn, Benny.«

»He! Du mußt ihm nichts beibringen, was nicht stimmt. Ich zeichne hier ein Tier, das Schnee*huhn* heißt. Nicht Hahn.«

»Er kommt doch bald in die Schule«, sagte Nat. »Da kann er lernen, wie alles wirklich heißt. Oder lachen sie ihn aus, wenn er Birkhahn sagt? Du solltest ihm einen Pfau machen, Jamie.«

Nats Haar glänzte in der Mittagssonne. Elizabeth hatte sich stark gefühlt, zum erstenmal seit der Nachricht von James' Tod. Ich habe diese Kinder, hatte sie gedacht, sie sind da, sie reden miteinander, ich bin ihre Mutter.

»Papa hatte Pfauen an Bord«, hatte Nat sich erinnert. »Ein Pfauenpaar. Die laufen jetzt vielleicht am Strand herum. Auf Tahiti.«

Jamie konzentrierte sich auf die imposanten Rückenfedern des Pfaus. Er hatte ein neues Blatt genommen, damit er das riesige Pfauenrad in voller Pracht wiedergeben konnte. Benny folgte dem Bleistift mit den Augen.

Sie hatte das Gefühl, sich übergeben zu müssen, so groß war der Verlust. Die Erinnerungen an Nat machten sie wirklich krank, und doch konnte sie an nichts anderes denken. Sie wollte das auch. Und sie wollte es nicht. Wenn der Doktor mit seinen Tropfen kam, nahm sie das für einige Stunden gebotene Vergessen dankbar an. Mitten in der Nacht ließ die Wirkung der Betäubung nach, und sie erwachte in der grausigen Welt, die nicht mehr die ihre war. Sie biß fest in ihren Handballen und wartete mit angespannten Muskeln auf das Morgengrauen. Manchmal konnte sie sich nicht beherrschen und schrie. Es kam einfach heraus, sie konnte nichts dagegen machen. Dann erschien Charlotte oder Jane, sie wechselten sich offenbar ab, im Flanellnachthemd, mit einer Kerze, mit einem Becher Wasser, mit einem feuchten Lappen, um ihr das Gesicht abzuwischen.

Mitunter waren beide Frauen gleichzeitig im Schlafzimmer anwesend, und Elizabeth fing Gesprächsfetzen von ihnen auf. Waren sie wirklich Freundinnen, oder posierten sie nur als solche, um zu verschleiern, daß sie Handlangerinnen der Welt waren, die sie wieder an Bord schleifen wollten?

»Noch Wochen, bis eine Antwort kommt.«

»Wir können nicht warten.«

»Nein, gläubig ist sie nicht. Sie haßt Pfarrer. Das können wir nicht machen.«

»Nimm mir bitte mal eben die Kanne ab, dann kümmere ich mich um das Kissen.«

»Zum Glück kommt Jamie morgen. Armer Junge.«

Wasser schwappte in eine Schüssel. Eine Öllampe ersetzte die flackernde Kerze. »Elizabeth? Elizabeth!«

Sie registrierte alle Geräusche, reagierte jedoch auf nichts. Ich beobachte, dachte sie, ich befolge die Gesetze der Wissenschaft. Es ist Lärm im Zimmer, die Frequenz und die Intensität der Schritte nehmen zu, das Flüstern geht in gedämpftes Reden über. Um meine Aufmerksamkeit zu erregen, rufen die Frauen meinen Namen. Das ist eine Annahme, keine Wahrnehmung. Sie berühren meinen Körper, zuerst den von der Decke bedeckten Rücken, dann die bloßen Hände, zum Schluß das Haar, das Gesicht. Sie machen diverse Mitteilungen: daß sie Suppe gekocht haben, daß es vier Uhr ist, daß Briefe gebracht wurden, daß mein ältester Sohn kommt. Die eine, die mit dem scharfen Klang in der Stimme, sagt, daß es jetzt genug ist. Sie liest einen Brief vor, den sie jemandem geschrieben hat. Er handelt von mir. Ich höre ihre Stimme zittern, sie überschlägt sich fast. Essensdünste dringen ins Zimmer. Auf das Tischchen neben dem Bett wird eine Schüssel gestellt. Dampf steigt davon auf. Sie ziehen mich an den Schultern hoch. Der Beobachter ist zum Objekt geworden.

Charlotte fütterte sie, wie sie früher Benny gefüttert hatte. Nach einigen Löffeln Suppe rutschte Elizabeth kraftlos wieder unter die Decke. Seufzend trugen die Frauen ihre heilkräftigen Erzeugnisse wieder nach unten. Elizabeth tauchte in ihre wirre Erinnerung ab, in der Elly und Nat Lieder sangen, zwei vor Vergnügen krähende blonde Kinder, drei und sechs Jahre alt. Alles, was sie gelernt haben, die Wörter, die Sätze, wie man jemanden begrüßt, was man anzieht, wenn es schneit – umsonst. Die Fingerhaltung, die Gesetze der Bogenführung, die Takelung eines Kriegsschiffes, die beste Methode, eine Seemannskiste zu packen – vergebens. Die Kiste war auch gesunken. Der Gedanke schlug ein wie ein Blitz. Seine Kleidung. Ein Heft vielleicht, in das er seine Erlebnisse geschrieben hatte. Die Trompete. Könnte sie doch selbst, könnte sie doch auch, könnte sie doch auf der Suche nach ihm im schwarzen Wasser untergehen.

Jemand saß neben ihrem Bett unter der Lampe und las etwas vor. Janes Stimme. Durch ihre Wimpern hindurch sah Elizabeth den Rock mit den schmalen Streifen, die zitternden Hände, die eisern ein bleiches Papier hielten. Ihr Mann ist zurück, dachte Elizabeth, und dennoch sitzt sie hier. Sie muß nach Hause gehen. Die Freundlichkeit, die Fürsorge, der Aufwand sind bei mir vergebliche Liebesmüh.

»Ich hoffe, daß Ihr Trost in dem strahlenden Andenken an unser aller geliebten Kapitän finden könnt, der stolz darauf war, daß sich seine Söhne ganz der Seefahrt verschrieben hatten.« Elizabeth machte eine abwehrende Bewegung. *»Ich darf Euch meines tiefen Mitgefühls versichern, Euer Joseph Banks«*, sagte Jane mit nachlassender Stimmkraft. Sie ließ den Brief sinken. Elizabeth drehte das Gesicht weg.

»Meine liebe Elizabeth«, begann Jane wieder. *»Jetzt hat das grimmige Schicksal erneut zugeschlagen, und wieder bist Du der Amboß, auf den der schreckliche Schmied hämmert. Wie schwer, noch an Fortgang zu glauben, wenn Du diesen Preis dafür zahlen mußt. Er war so ein lieber, empfindsamer Junge. Ich vermisse ihn mit Pein im Herzen, und ich vermag mir nicht vorzustellen, wie es erst für Dich sein muß. Ich würde so gerne –«* Elizabeth drehte sich brüsk um und schlug Jane den Brief aus der Hand. Während das Papier mit der deutlich sichtbaren resoluten Unterschrift Pallisers schaukelnd zu Boden schwebte, schossen Jane die Tränen in die Augen. Sie wischte sie mit einem Zipfel ihrer Schürze ab, bückte sich, um die Briefe aufzuheben, und zog sich nach unten zurück.

Elizabeth war schwindlig vor Erschöpfung. Es gab keinen Unterschied mehr zwischen Tag und Nacht, die Zeit war zu einem richtungslosen Klumpen geworden. Sie hörte Nat in der Kirche Corelli spielen, sie sah sein Profil hinter dem erhobenen Arm verschwinden, der den Bogen auf die Saiten setzte, sie spürte James' gespannte Anwesenheit neben sich. Der Arzt. Die Tropfen. Eine neue Kerze. Laute Schritte, die zielgerichtet in ihr Zimmer eindrangen.

»Mutter, du mußt aufstehen!« Jamie stand breitbeinig am Fußende. Sie sah Janes unsicheres Gesicht hinter seinen kräftigen Schultern.

Wenn nun *er*, fuhr es ihr durch den Sinn, statt Nat? Wäre das besser zu ertragen gewesen? Es stand nicht zur Debatte. Ein kranker Gedanke, der schon wieder weg war, bevor sie darüber erschrecken konnte. Straffe Wangen hatte er, Jamie. Einen Mund mit schmalen Lippen, die nicht lächeln wollten.

»Wir alle essen. Du mußt es auch. Das ist ein Befehl.«

Charlotte brachte einen Teller mit einem Stück Fleisch zwischen bleichen Kohlstreifen. Sie schüttelte den Kopf und rutschte tiefer unter die Decke. Im nächsten Moment war das Fett geronnen, der widerliche Geruch verschwunden.

Jamie hockte sich neben das Bett und sah sie an. Das hellgraue Fenster hinter seinem quadratischen Kopf. Tag? Nacht?

»Ich muß wieder weg. Ich möchte, daß du etwas ißt, bevor ich gehe.«

Sie wollte ihm etwas sagen, bekam aber keinen Laut heraus. Die Haut ihrer Lippen war gesprungen, sie spürte die fransigen Fetzen, als sie zu sprechen versuchte. Jamie machte Anstalten, sich zu erheben. Sie streckte die Hand nach seinem Knie aus, zeigte dann auf den Becher, der auf dem Tischchen stand. Er reichte ihr das Wasser. Sie hörte sich schlucken, ohrenbetäubend.

»Die Sachen, Jamie«, flüsterte sie. »Wo sind Nats Sachen?«

»Zerbrichst du dir darüber den Kopf? Daran solltest du

nicht denken. Du solltest essen. Dich aufrichten. Aus dem Bett herauskommen.« Was für eine laute Stimme er hatte. Sie erfüllte das ganze Zimmer; aus dem Bett, aus dem Bett, hallte es in ihrem Kopf wider.

»Ich werde mich erkundigen«, sagte Jamie etwas leiser, »aber ich bin mir ziemlich sicher, daß nichts da ist. Die Kiste hat man immer bei sich. Da ist alles drin.«

Sie schloß die Augen und ließ ihn gehen. Jemand hatte das Fenster geöffnet, und sie roch den Nebel, der ins Zimmer hereinwehte, vermischt mit dem Geruch von brennendem Holz. Ihr war nicht kalt. Ihr war gar nichts.

»Schau mal, Elizabeth«, sagte Charlotte, »dieser Brief wurde gerade gebracht. Soll ich ihn dir vorlesen?« Charlotte hielt das Kuvert in ihr Blickfeld. Dünne, spitze Buchstaben, wie von einer zitternden Hand geschrieben. Sie schwieg, Charlotte schlitzte den Brief auf.

»Ich habe gezögert, Euch zu schreiben. Der Kummer war allzu übermächtig. Ich habe die Partituren der Stücke zusammengesucht, die er gespielt hat. Sie liegen hier vor mir, und ich lese darin. Meine körperliche Verfassung macht es mir leider unmöglich, Euch aufzusuchen. Ich gehe seit einigen Monaten nicht mehr aus dem Haus. Aber Ihr würdet mir mit Eurem Besuch eine große Freude machen. Ich weiß, daß das viel verlangt ist, doch Euer Sohn war für mich ein Licht, eine brennende Lampe. Ich würde seiner gerne mit Euch gedenken. Sein Spiel trage ich in Gedanken immer mit mir.«

Ein rauher Wind blies durch die Straße. Wolkenfetzen schossen am Himmel entlang. Die Bäume waren schon fast wieder kahl. Ein einsamer Vogel, der die Schwingen auszubreiten wagte, wurde vom Wind herumgewirbelt.

Elizabeth lief mitten auf dem Weg, barhäuptig. Sie verbarg die Hände unter den Achseln und hielt den Rücken gerade. Nach Ellys Tod hatte sie sich nicht auf die Straße getraut und das Gesicht hinter einem Schleier versteckt, wenn es doch einmal sein mußte. Entstellt hatte sie sich gefühlt, verunstaltet, für jedermann sichtbar angegriffen und schwach. Sie hatte sich für ihren Zustand geschämt, hatte ihren Verlust nicht zeigen können, weil er schändlich war. Jetzt aber stellte sie ihr bleiches Gesicht mit den tiefen Furchen jedem Passanten zur Schau. In dem verwitterten kleinen Spiegel über ihrem Waschtisch hatte sie sich die dunkelgrauen Ringe um ihre Augen angesehen. Sie hatte versucht, das flachgedrückte, leblose Haar in Fasson zu bringen, hatte den Kamm aber rasch beiseite gelegt. Es kümmerte sie nicht, wie sie aussah und wie man über sie dachte. Sie war zehn Jahre älter als damals, eine vierzigjährige Frau war anders als eine dreißigjährige – aber das ist es nicht, überlegte sie, während sie gegen den Wind ausschritt, es schien eher, daß sie jetzt eine Gleichgültigkeit beschlichen hatte, von der sie als Dreißigjährige noch keine Vorstellung gehabt hatte. Daß man so losgelöst sein konnte von den Menschen um einen herum, die für einen sorgten und kochten und sich Gedanken über einen machten, daß man so inständig gar nichts mehr wollen konnte, wodurch mit einem Mal allerlei seltsame Impulse zum Zuge kamen und man sich selbst nicht mehr wiedererkannte; eine unendliche Müdigkeit war es, die zwar schon mit der Zeit, aber nicht wirklich mit dem Alter zusammenhing.

Ohne Zögern bog sie von der einen in die andere Seitenstraße ein, bis sie bei dem Organisten vor der Tür stand. Sie klopfte an. Als eine junge Frau mit keckem Kopftuch öffnete, wurde ihr bewußt, daß sie noch das Bild von der alten Haushälterin in sich hatte. Es verwirrte sie. Auch hier waren zehn Jahre verstrichen. Sie schaute wohl eigenartig, denn das Mädchen fragte, ob sie hier auch richtig sei. Es komme nie Besuch, sagte sie.

»Früher schon«, sagte Elizabeth, »da kam ich. Herr Hartland hat mir einen so freundlichen Brief geschrieben. Ich bin Elizabeth Cook.«

Das Mädchen schlug die Hand vor den Mund und zog die Tür weiter auf.

»*Natürlich*, kommt herein. Da wird er sich aber freuen! Meine Mutter arbeitete früher hier, sie hat mir von Euch erzählt, voriges Jahr noch, als der Kapitän – oh, es tut mir leid, gnädige Frau, darf ich Euch mein Beileid ausdrücken. Ich habe den Brief gestern gebracht, folgt mir doch bitte, wie schön, daß Ihr gleich gekommen seid, der gnädige Herr sitzt am Kamin. Er schläft sehr wenig, er wird Euch mit Freuden empfangen.«

Der kurze, breite Korridor mit den schwarzen und weißen Fliesen. Die Haken an der Wand, wo Nat seine Jacke aufhängte, wenn er zur Geigenstunde kam. Die Tür aus ungestrichenem Eichenholz, die anders aufging, als man erwartete. Das Mädchen zog sie auf, tat einen Schritt zurück und ließ Elizabeth in das Musikzimmer eintreten.

Der alte Mann saß mit einer Decke über den Knien am Kamin und starrte ins Leere.

»Seht doch, Herr Hartland, Besuch für Euch! Die gnädige Frau ist gekommen! Ich werde Tee machen, setzt Euch doch, hier.«

Sie huschte an Elizabeth vorbei ins Zimmer, schüttelte in dem Sessel am Kamin ein Kissen auf, berührte kurz die mürben Knie Hartlands und schien sich nur mit Mühe bremsen zu können, den Gast ins Zimmer hereinzuziehen.

Elizabeth blieb stehen und schaute sich um. An den Wänden hingen Instrumente: eine Geige mit Bogen, daneben eine weit größere Geige. Das ist eine Bratsche, dachte sie. Eine Trompete, Blockflöten, das mattglänzende, eingerollte Rohr eines Horns. An der Wand gegenüber dem Kamin, weitestmöglich vom Feuer entfernt, stand ein Cembalo, offen, als sei gerade darauf gespielt worden.

Sie sah den Schrank mit den Partituren, Stapel über Stapel, neben- und aufeinander. Vor dem Schrank stand ein Tisch, auf dem noch mehr Notenblätter lagen und Papier, Feder und Tinte. Langsam kehrte ihr Blick zum Kaminfeuer zurück. Das Mädchen war längst aus dem Zimmer gehuscht und klapperte in der Küche mit Geschirr.

Hartland hatte eine Partitur auf dem Schoß. Knochige Hände mit langen Fingern umklammerten das Papier. »Corelli«, las sie. Die Blätter sahen fleckig aus und waren an den Rändern eingerissen. Sie trat einen Schritt vor. Hartland hob das Gesicht zu ihr auf. Seine Wangen glänzten von Tränen. Er weinte lautlos, mit offenem Mund. Gelbgraue Haarsträhnen hingen ihm um den Hals. Seine Mütze war vom Kopf gerutscht und lag auf seiner Schulter.

Elizabeth schwieg. Sie war ganz ruhig, konnte keinerlei Unbehagen bei sich ausmachen. Sie blickte in die alten, weinenden Augen und spürte, wie ihre eigenen Augen brannten. Ganz langsam ging sie auf Hartland zu. Sie legte kurz die Hände auf die seinen und setzte sich in den Sessel ihm gegenüber.

Stille. Der Alte nickte ihr zu. Er lächelte nicht. Sie nickte zurück und legte den Kopf an die Lehne.

Das Mädchen kämpfte mit der Tür und kam, das Teetablett auf einer Hand balancierend, herein. Flink schenkte sie ein, stellte die Tassen auf Beistelltischchen neben den Sesseln, plapperte etwas davon, wo sie die Teekanne hinstellen würde, dann könnten sie sich selbst nachschenken, Vorsicht, noch sehr heiß – und verschwand wieder.

Ein Scheit im Kamin knackte, Funken sprangen in hohem Bogen heraus und senkten sich auf den Fußboden, wo sie nacheinander erloschen. Hartland griff zu seiner heruntergerutschten Mütze und wischte sich damit die Wangen trokken. Er nahm die Partitur auf.

»Wenn ich hierin lese, höre ich ihn spielen.« Seine Stimme war leise, aber kräftig, und paßte nicht zu dem abgezehrten Körper. »Er hatte einen so schönen, warmen Geigenton. Wo Ihr jetzt sitzt, hat er gesessen, diesen Sommer. Er war glücklich, weil Ihr einverstanden wart, daß er die Seefahrt aufgibt. Er freute sich auf das, was danach kommen würde. Aber zuerst die Verpflichtungen, sagte er. Die Reise war ihm ein leichtes, weil er wußte, daß es zum letztenmal war. Er fühlte sich stark. Mir schien, er war glücklich.«

Hartland streichelte die Partitur. »Ich habe noch haargenau vor mir, wie er lächelte. Haargenau. Er hatte ein Lächeln, das den Tag gut machte.«

Das Knistern der Flammen. Das Schweigen. Elizabeth hatte die Augen geschlossen. Sie sah Elly vor sich, in einem Kinderstühlchen. Wie alt? Ein Jahr, höchstens anderthalb. Sie schmierte in einem Holzschälchen mit Brei herum, es war in der Taverne in Barking. Morgens, dunkel noch, Geruch von abgestandenem Bier. Ein Gast war da, obgleich noch nicht geöffnet war, ein Reisender vielleicht, der dort übernachtet hatte und nun frühstückte. Er starrte fasziniert auf das Kind. Elly schaute ihn an, und ein strahlendes Lächeln erschien auf ihrem runden Gesichtchen. Der Mann fingerte in seiner Westentasche nach einer Münze, die er mit seiner Serviette, in die er zuvor hineinspuckte, polierte. Wie Mondlicht blinkte das Silber. Dann erhob sich der Mann und legte die Münze vor das Mädchen hin. Elizabeth, die hinter dem Schanktisch mit Gläsern zugange war, hatte aufgeschaut.

»Ihr Lächeln läßt sieben Jahre Trauer verblassen«, hatte der Mann gesagt und sich wieder an seinen Tisch gesetzt. Elizabeth hatte plötzlich Angst bekommen. Ach ja, sie war auch noch schwanger gewesen, mit Joseph; James war gerade wieder auf die Reise gegangen. So war das. Sie hatte Elly aus dem hohen Stühlchen gehoben und nach hinten in die Küche getragen. Das Kind hatte die Münze fest in der klebrigen kleinen Faust gehalten. Keine Ahnung, wo sie geblieben war. Ihre Kinder besaßen ein Lächeln, das andere glücklich machte. Sie mußte sich dieses Lächeln merken, durfte das Bild von dem lächelnden Kind niemals aus dem Gedächtnis verlieren, damit sie es jederzeit wachrufen konnte, genau wie Hartland mit seinem betagten Hirn. Alles in Erinnerung behalten. Wie Nat in der Küche auf einem Stuhl saß, um sich die Haare schneiden zu lassen. Im schmalen Nacken eine kleine Rinne. Sie hatte seine Haare noch, in ein Papier gewickelt, gedankenlos irgendwo aufbewahrt.

»Erstaunlich, wie der neue Verlust den alten wachrüttelt«, sagte Hartland, als hätte er Zugang zu ihren Gedanken. »Als Eure Tochter beigesetzt wurde, habe ich Euch angesehen. Ich wollte Euch trösten, wie ich es auch jetzt möchte. Aber Trost ist eigentlich etwas für unversehrte Menschen, die nicht mehr als eine kleine Beule abbekommen haben. Ihr könnt keinen Trost brauchen, glaube ich.«

Er ruhte kurz aus und rieb über die Noten auf seinen Knien. Dicke, dunkelblaue Adern auf seinem Handrücken. Nat hatte Angst gehabt, daß das Gezurre an den Seilen seinen Händen schaden könnte.

»Ihr nehmt es mir doch hoffentlich nicht übel, daß ich mich Euch gegenüber ausspreche?« fragte Hartland mit einem dringlichen Ton in der Stimme. Sie schüttelte den Kopf und blieb ruhig sitzen.

»Unser Kummer ist nicht von Belang. Er beschäftigt uns zwar jede einzelne Stunde, er nagt an uns und erschöpft uns, aber im Grunde ist er Nebensache. Es geht nicht um uns, die Hinterbliebenen. Ihr denkt vielleicht: Warum ist Nathaniel nicht hier, bei uns? Warum war ihm nicht die Zeit vergönnt, sein Talent auszukosten? Das denke ich auch, mit Verbitterung. Dennoch ist das unerheblich. Er ist dagewesen, er hat existiert. *Daran* sollten wir denken. Unser Leben ist durch seine Anwesenheit unendlich bereichert worden. Es klingt wie ein Fluch, aber so versuche ich zu denken. Dankbar, daß es ihn gab, daß ich auf meine alten Tage sein Spiel, seine Stimme habe hören können. Es schmerzt. Aber der Gedanke daran, wie er wirklich war, ist das einzig Wichtige.«

Er weinte nicht mehr. Der Tee dampfte nicht mehr.

»Ich fürchte so sehr«, flüsterte Elizabeth, »ich fürchte so sehr, daß er verzweifelt war, in Todesangst, von allem und allen verlassen. Daß er nach uns geschrien hat. Wenn ich an ihn denken möchte, schiebt sich immer davor, wie er starb. Schwarze Wellen, Sturm. Zersplitterndes Holz. Dann kann ich nicht weiter. Ich erreiche ihn nicht, sein Tod steht im

Weg. Was er empfand, als er starb, steht im Weg. Ich kann es nicht.«

Hartland beugte sich vor und ergriff ihre Hand. Die Noten glitten zu Boden.

»Wer mit Musik lebt, hat ein gutes Leben. So kurz es auch sein mag. Nat ist nie allein gewesen, nie verloren. Er hatte immer Musik im Kopf. Auch im Augenblick seines Todes. Er war nicht verlassen. Er war erfüllt vom Schönsten, das er kannte, aufgehoben im einzigen, das Erlösung bieten kann.«

Durstig fühlte sie sich, und es war, als gebe er ihr klares Wasser zu trinken. Was er da sagt, dachte sie, das muß ich bewahren, sonst ist es weg, unerreichbar geworden. Der Kummer ist nicht von Belang, sagt er. Wer mit Musik stirbt, ist nicht verloren, sagt er. Sie atmete tief aus und spürte, wie die Erschöpfung von ihren Schultern glitt.

»Ich möchte etwas für Euch spielen«, sagte Hartland und stemmte sich aus seinem Sessel hoch. Elizabeth blieb sitzen und schaute zu, wie der alte Mann zum Cembalo schlurfte.

»Ein Lied. Eine Arie.« Er setzte sich schräg auf das Bänkchen, das vor dem Instrument stand, und stützte sich mit einem Arm auf dem Notenständer ab, während er zu ihr herübersah.

»Bach. Der Größte. Dreißig Variationen hat er zu diesem Lied geschrieben. Es ist ein vollkommenes Werk, das alles umfaßt. Nathaniel liebte es. Wir haben es noch zusammen einstudiert, als er zum letztenmal hier war.«

Hartland setzte sich gerade vor das Klavier und blickte auf die Ebenholztasten. »Nat zu Ehren. Um seiner zu gedenken«, sagte er vor sich hin.

Dann hob er den Kopf und hielt die Hände über die Klaviatur. Es erklang noch kein einziger Ton, doch das Stück hatte schon begonnen. Langsam entfaltete sich das Lied über einer ruhig fortschreitenden Baßlinie, die die dicken Saiten mit hörbarem Schnalzen erzittern ließ. Ist das eine Klage, dachte

Elizabeth, ein Klagelied? Die absteigenden Melodielinien ließen das vermuten, doch immer wieder wurden die Seufzer in der festen Umarmung der unter ihnen liegenden Akkorde aufgefangen. Ein Frage- und Antwortspiel. Eine Stimme, die sich aussprach, die Stellung nahm, die schlicht und einfach erzählte, wie es war.

Der Organist wiederholte den ersten Teil und verzierte die Melodie mit Trillern und Girlanden aus perlenden Tönen, zwischen denen die Erinnerung an das ursprüngliche Lied aufklang. Ein flüsterleiser Akkord bildete einen vorläufigen Abschluß. Im zweiten Teil war sogar die Baßlinie von Verzweiflung geprägt. Darüber füllte die Melodie den straffen Taktrhythmus bis zum Bersten mit kläglichen Schluchzern und Ausrufen. Alles sank, fiel, stürzte nieder.

Dann geschah das Wunder. Aus der Tiefe schritt die nun von regelmäßigen, sicheren Tönen gebildete Melodie stetig nach oben, gestützt von dem fest mitkletternden Baß. Elizabeth kam es vor, als fliege ein Fenster auf und gebe den Blick auf eine unendliche Weite frei. Dort könnte sie gehen, mit erhobenem Kopf und ohne Tränen, in dem Bewußtsein, daß ihr Sohn diese Musik geliebt hatte. Bei jedem Schritt würde sie ihn vermissen. Sie würde diesen Schmerz ertragen können, weil dieses Lied bestand.

Hartland saß nach dem feierlichen Schluß minutenlang still an dem Instrument. Draußen vor den Fenstern hatte die Dämmerung eingesetzt. Das Holz im Kamin flammte nicht mehr, sondern schwelte leise vor sich hin. Ganz langsam, in ihrem eigenen Tempo, begann sich Elizabeth der Zeit außerhalb des Musikzimmers zu fügen. Schließlich erhob sie sich, drückte dem Organisten wortlos die Hand und stieß die Tür zum Korridor auf.

Kapitän King war der Hartnäckigste unter den zurückgekehrten Besatzungsmitgliedern. Die Offiziere, die mit James gefahren waren, schrieben seiner Witwe Briefe mit Beileidsbezeigungen und sorgfältig formulierten Erinnerungen; manche machten ihre Aufwartung und hinterließen einige Zeilen, wenn Charlotte oder Jane sie fortschickten. King dagegen ließ nicht locker, bis Charlotte ihn an einem trüben Januartag in die Stube führte.

Elizabeth saß in einem ihrer schwarzen Kleider am Tisch und schrieb Dankesbriefe. Sie musterte den hochgewachsenen Mann, auf dessen langem Leib der Kopf ein wenig zu klein wirkte, unterdrückte beim Anblick der Kapitänsuniform einen schmerzhaften Stich und reichte James King die Hand. Sie dachte an den Wutausbruch ihres Mannes, als King sich vorgestellt hatte.

»Mein Mann sprach mit großem Respekt von Euch«, sagte sie.

King lächelte wie ein Kind, das es nach Komplimenten hungert. Er kondolierte ihr zum Verlust ihres Sohnes und begann dann sogleich von James zu sprechen.

»Wir hatten die Liebe zur Astronomie gemein, und wir waren beide gleichermaßen von der Bedeutsamkeit einer guten Berichtführung überzeugt. Ich habe in der letzten Zeit mit Bewunderung das Journal von der zweiten Reise gelesen. Ein wunderbares Buch mit gut gewählten Illustrationen. Es vermittelt ein umfassendes Bild von der Größe Eures Mannes.«

»Ich hörte, daß Ihr das Schreiben des Logbuchs übernommen habt?«

King nickte. »Kapitän Clerke machte selbstverständlich auch Aufzeichnungen, er war nach dem Tod Eures Mannes schließlich der Expeditionsleiter. Doch sein Gesundheitszustand schränkte ihn sehr in seinen Aktivitäten ein. Es ist Euch bekannt, daß er im August desselben Jahres gestorben ist? Wir haben ihn an Land begraben können, auf Kamtschatka. Nach ihm bekam John Gore das Kommando. Und ich wurde Kapitän der *Discovery*. Gore ist kein Liebhaber des geschriebenen Wortes, daher fiel weiterhin mir diese Aufgabe zu.«

Gore auf der *Resolution*, das hätte James schlimm gefunden, dachte sie. Unentschlossen, illoyal und ein Kopf wie eine Kartoffel. Besser nichts sagen. Es würde natürlich ein Buch über diese letzte Reise erscheinen. Und sie würde sich mit diesem King über die Tantiemen abstimmen müssen. Er habe wahrlich etwas von James, sagte sie ihm. Er errötete.

»Wißt Ihr, daß ich manchmal für den Sohn des Kapitäns gehalten wurde? Die Insulaner dachten, wir führten ein religiöses Ritual aus, wenn wir mit unseren Fernrohren und Sextanten den Himmel studierten. Wenn wir irgendwo für längere Zeit blieben, brachten wir den Chronometer an Land und stellten ihn in einem speziellen Zelt auf, bei dem immer zwei Marinesoldaten Wache hielten. Kapitän Cook und ich hatten natürlich freien Zugang, weil wir die astronomischen Beobachtungen ausführen mußten. Sie dachten, er sei der Hohepriester dieser fremden Religion und ich sein Sohn und Nachfolger! Wir hätten ihnen gerne erklärt, wie es sich verhielt, aber das war in der fremden Sprache zu kompliziert. Ich ließ hin und wieder einen von ihnen durch das Fernrohr spähen. Es war ein Heidenschrecken für sie, daß man einen Gegenstand aus der Ferne so nah heranholen konnte. Ein Wunder. Ich ließ sie gern in dem Glauben der Verwandtschaft. Ich empfand das als Ehre.«

»Die Reise«, fragte Elizabeth. »Ich weiß, daß man keine Durchfahrt gefunden hat, aber was ist aus den anderen Zielen der Reise geworden? Omai? Den Tieren?«

Sie wußte eigentlich gar nicht, ob sie die Antworten auf ihre Fragen wirklich hören wollte, es interessierte sie kaum, was er erzählte, aber es mußte geschehen, die Stunden mußten gefüllt und die guten Manieren gewahrt werden.

»Kapitän Cook machte sich große Sorgen um Omai. Er mochte ihn, er schätzte sein heiteres Wesen und seine Begeisterungsfähigkeit, aber er hatte auch seine Bedenken. Keine Feuerwaffen, sagte der Kapitän. Omai würde sich schwerlich beherrschen können, wenn seine Stammesgenossen ihn angriffen. Aus Furcht vor neidischen Vergeltungsaktionen haben wir Omai schließlich auf eine kleinere Insel gebracht, wo ihn niemand kannte. Wir haben ihm ein Haus gebaut, mit einer Eingangstür, die ein richtiges Schloß hatte. Und einem Garten darum herum, aufs beste angelegt. Der Abschied war anrührend; er hielt sich wacker, bis zu dem Moment, da er den Kapitän umarmte. Da weinte er laut und klammerte sich an ihm fest. Der Kapitän hoffte, daß Omai sich um den Garten und die bei ihm zurückgelassenen Schafe und Ziegen kümmern würde, aber große Zuversicht hatte er nicht. Omai hatte ein Kanu gekauft, ein prächtiges Boot, das er *Der königliche George* taufte. Sein Haus nannte er *Britannien*. Anrührend, ja.«

Fürsorglichkeit, dachte Elizabeth. Väterliche Fürsorglichkeit. Warum machte sie das so wütend? James trug doch auch Sorge für seine eigenen Kinder, half ihnen bei ihrer Laufbahn, dachte an sie. Oder?

»Der Transport der Tiere war eine große Belastung. Der Kapitän hielt es für außerordentlich wichtig, daß das mitgeführte Vieh über die verschiedenen Inseln verteilt wurde. Er hatte da ausdrückliche Vorstellungen. Auf der Insel, die sie Tonga nennen, ließen wir einen Bullen, eine Kuh, einen Hengst und eine Stute zurück. Der Kapitän war empört, als die Bevölkerung nach dieser großzügigen Schenkung eine Ziege stahl und einige Puten, die er für die kleineren Inseln rund um Tahiti vorgesehen hatte. Er ging mit aller Härte gegen die Diebe vor. Zu hart, fanden einige. Sie arbeiteten seinen Plänen entgegen, das war der Grund.

Auf Tahiti erwartete uns eine große Enttäuschung. Wir hatten uns auf die ungläubige Begeisterung der Insulaner angesichts unserer Pferde gefreut, doch es stellte sich heraus, daß die Spanier bereits ein Jahr vor unserem Besuch Pferde hierhergebracht hatten. Sehr schöne, sehr große Pferde. Wir fügten unser Vieh dem Bestand hinzu. Die Überraschung war dahin, doch alle waren erleichtert, als die Tiere endlich für immer von Bord gingen. Die Mission des Königs war vollbracht. Übrigens wurden auch auf Tahiti zwei Ziegen gestohlen. Es brachte den Kapitän sehr in Rage.«

King verstummte. Elizabeth wollte weiterfragen: Wie wütend war James gewesen, was tat er, um den Diebstahl zu rächen, warum unterbrach King seine Erzählung? Sie wartete. King trank seinen kalten Tee und blickte auf seine Schuhe.

»Der Kapitän hatte ein starkes Pflichtgefühl. Die Eingeborenen verhielten sich für gewöhnlich freundlich gegen uns, doch dabei spielten zweifellos auch Phantasien, ja vielleicht sogar Pläne mit, von denen wir nichts ahnten. Sie wollten uns und unsere Macht in interne Zwiste einbeziehen und wurden böse, wenn wir das ablehnten; sie waren vielleicht auch neidisch auf unseren Reichtum. Wir mußten immer mit Bedrohung und Gefahr rechnen, mochte die Situation auch noch so entspannt aussehen. Der Kapitän fand es ratsam, von Zeit zu Zeit zu zeigen, wer der Überlegene ist.«

Charlotte kam mit einem Tablett in die Stube und schenkte Madeira ein. »Darf ich auf das Andenken des Kapitäns trinken?« fragte King. Sie erhoben die Gläser.

Was tue ich, dachte Elizabeth. Auf James trinken. Bin ich denn verrückt? So festlich ist mir nicht zumute. Er erzählt zwar viel, dieser King, aber mit großen Lücken dazwischen. Selektiv, genau wie die Herren von der Admiralität. Bin ich zu argwöhnisch? Vielleicht ist es unmöglich, eine dreijährige Reise binnen anderthalb Stunden zu schildern. Vielleicht gibt er sich die größte Mühe, bekommt es nur nicht hin.

Der Alkohol hatte King offenbar neuen Mut gegeben.

»Aus der Nordwestpassage, Ihr sagtet es bereits, ist nichts geworden. Auf dem Weg nach Norden kartierten wir freilich die Westküste Amerikas, so daß die Fahrt nicht fruchtlos genannt werden kann. Wir wurden vom Frost an der Weiterfahrt gehindert, konnten die Schiffe nur mit Mühe und Not aus dem Eis retten. Erschöpft und enttäuscht nahmen wir Kurs auf die Insel Hawaii, die wir auf dem Hinweg entdeckt hatten. Ihr wißt, wie unser Aufenthalt dort ausgegangen ist.«

King schüttelte verzweifelt den kleinen Kopf.

»Ihr spracht von Bedrohung, und ich fragte mich, ob es denn wohl klug war, den Aufenthalt auf den Inseln derart auszudehnen«, sagte Elizabeth leise. »Vielleicht wäre es anders verlaufen, wenn –«

»Es hatte einen Grund, mehrere Gründe sogar.« Er fiel ihr ins Wort und sprach schneller.

»Wir hatten zeitraubende Reparaturen durchzuführen, das wißt Ihr. Aber da war noch etwas. Der Kapitän wollte möglichst viele Fakten sammeln, die Licht in das Rätsel Südsee bringen konnten. Wie ist es möglich, daß auf diesen winzigen Tupfen Land, durch tausende Meilen Meer voneinander getrennt, überall dieselbe Sprache gesprochen, derselbe Typ Kanu gebaut, dasselbe Gewebe aus Baumrinde hergestellt wird? Er wollte über die Gegenstände hinaus, wollte Einblick in die Regierung des Landes, die Umgangsformen, die Religion gewinnen. Das geht nur bei einem längeren Aufenthalt. Der Kapitän bemühte sich, die Menschen kennenzulernen und zu beobachten. Er besuchte religiöse Festlichkeiten, er verkehrte mit Königen und Priestern, er wohnte sakralen Tänzen bei und machte bei geheimen Ritualen mit. Später schrieb er alles, was er gesehen hatte, in sein Journal.

Er versuchte, auch unsere Errungenschaften zu erklären. Er zeigte einem klugen Insulaner eine Karte der Insel, die er gerade selbst gezeichnet hatte. Er strahlte, als der Mann seine Insel auf Anhieb erkannte. Sie nannten es ›tattow‹, wenn sie uns schreiben oder zeichnen sahen. Das ist ihr Wort für die Verzierungen, die sie auf ihrem Körper anbringen. Dieser Mann hatte erfaßt, daß unsere Tattows etwas bedeuten, sich auf etwas beziehen, etwas zusammenfassen können. Das freute den Kapitän in hohem Maße. Welche Götter wurden verehrt? Wie war die Nachfolge des Königs geregelt? Welche Rolle spielte seine Frau? Warum schien der junge Königssohn mächtiger zu sein als der König selbst? Auf all diese Fragen suchte der Kapitän eine Antwort. Er fand sie nicht, noch nicht, aber er trug alle Bausteine zusammen, die ihm helfen konnten.«

»Bereitete ihm das Vergnügen?«

King dachte kurz nach. »Eine gewisse Befriedigung war mitunter spürbar, ja. Aber es fiel dem Kapitän auch schwer. Die Sprache war ein gewaltiges Problem. Und am schlimmsten war, daß seine guten Absichten und Bemühungen nicht immer gewürdigt wurden. Die Zerstörung seiner sorgfältig angelegten Gärten, die Schlachtung des mühsam verschifften Viehs. Das war schwer zu ertragen.«

Wie bekommt man ein Pferd an Land, dachte Elizabeth. An einem Flaschenzug in das größte Beiboot hinunterlassen? Kaum noch Platz für die Ruderer neben dem sterbensbangen Tier. Festgebundene Beine, so ein Huf durchschlug ja ohne weiteres den Holzboden. Dann setzte das Boot in der Brandung auf dem Sand auf, und sie mußten das Pferd ins Wasser treiben. James würde mit dem Fernrohr auf dem Deck der *Resolution* stehen, mit verkniffenem Mund und gespannten Kiefern, fluchend.

»Er begab sich in Situationen, denen andere vielleicht lieber aus dem Weg gehen würden. Seine Neugierde war größer als seine Vorsicht. Wir können das Mut nennen. Oder Fortschrittseifer.«

King verstummte. Elizabeth, mit einem Mal von völliger Erschöpfung übermannt, dankte ihm für seinen Besuch und verabschiedete sich. Der hagere Kapitän zog sich, den Hut an die Brust gedrückt, eilends auf den Flur zurück.

Benny stand auf einem Hocker neben Charlotte an der Anrichte. Sorgfältig drückte er Haselnüsse in die Teighäufchen, die vor ihm auf dem Backblech lagen. Elizabeth trat zu ihm und hörte ihn flüsternd zählen. Ich muß meine Hand auf seinen Kopf legen, dachte sie, seinen Nacken streicheln, seinen steifen Rücken berühren. Eine ganz gewöhnliche Gebärde. Er würde erschrecken, also lasse ich es lieber. Der Junge schien ihre Gedanken zu erraten und rückte näher an Charlotte heran. Elizabeth setzte sich schweigend an den Tisch.

Jemand stieß die Waschküchentür auf, und Schuhsohlen scharrten über die Steine.

»Seid ihr zu Hause?« Die Stimme von Isaac. Etwas dunkler geworden, dachte sie, wie schön, daß er wiederkommt. Er ist jetzt ein erwachsener Mann, er fühlt sich fest an und riecht nach frischer Luft.

Nach der Umarmung blieben sie einander gegenüber stehen. Er hatte einen ernsten Ausdruck auf dem Gesicht, das immer röter wurde.

»Gut, daß du wieder hier unten bist«, sagte er. »Ich weiß gar nicht, was ich sagen soll. Es ist so schlimm. Der Kapitän, das ist ein Unglück. Aber Nat, das ist, das ist –« Tränen spritzten umher, als er wild den Kopf schüttelte. Elizabeth legte die Hand an seine Wange. Wie warm er war, er glühte.

»Mary liegt im Bett, die Schürze über dem Kopf. Sie ißt nicht, sie redet nicht. Nur heute morgen hat sie etwas zu mir gesagt, du mußt zu Elizabeth, hat sie gesagt. Sie denkt also schon an dich. Damit du das weißt.«

»Bevor du zurückfährst, mußt du kurz nach nebenan«, sagte Elizabeth. »Nimm ein Fäßchen Gin für sie mit. Vielleicht tut ihr das gut. Sie hat Nat so sehr geliebt. Sie ist alt. Ich verstehe das schon.«

Charlotte hatte die Plätzchen in den Ofen geschoben und schickte sich an, mit Benny nach draußen zu gehen. In der Küche duftete es so stark nach Zimt und kandiertem Zucker daß Elizabeth übel wurde. Sie ließ Isaac das Fenster öffnen.

»Seit dem Polarmeer kann mir Kälte nichts mehr anhaben«, sagte er, »aber du mußt achtgeben.«

»Mir ist nicht kalt. King war hier. Alles nur Loblieder und Erfolgsgeschichten. Wie es wirklich war, finde ich nicht heraus. Das kannst du mir vielleicht erzählen.«

Isaac schwieg. »Muß das nicht raus?« fragte er nach einer Weile, auf den Ofen zeigend. Elizabeth öffnete die Klappe, zog das Backblech heraus und stellte es in der Waschküche auf ein Regalbrett. Tür zu, Gestank weg, Fenster wieder schließen.

»Ob James die Reise Vergnügen machte, habe ich King gefragt. Er wußte nicht viel darauf zu antworten. Und du, Isaac?«

Isaac stützte die Ellbogen auf dem Tisch auf und bettete den Kopf in die Hände.

»Ein unheimliches Theater mit den Tieren war das. Schrecklich. Der Kapitän, James, meine ich, wurde fuchsteufelswild, wenn sie ein Tier stahlen. Aber als wir diese elenden Pferde endlich auf Tahiti an Land bekommen hatten, galoppierten Clerke und er zusammen am Strand entlang. Die Bucht dort hat einen mindestens einen Kilometer langen schwarzen Strand. Über den ritten sie, immer schneller, am Ende machten sie eine rasche Wende, die Pferde richteten sich auf den Hinterbeinen auf, als stünden sie aufrecht, der Sand spritzte auf wie eine Fontäne, und James lachte aus voller Kehle; lachend ließen sie die Pferde über den nassen Sand zurückpreschen, unmittelbar an der Brandung entlang. Die Insulaner sahen mit offenem Mund zu. Und wir auch. Wir hatten James noch nie so ausgelassen gesehen.«

Sie sah es vor sich, sie hörte die an den Strand spülenden Wellen und die Pferdehufe, die dumpf auf den Sand stampften, angetrieben von den Kapitänen, die jetzt alle beide tot waren.

So einfach ist es, im Gefühl der Vergeblichkeit zu versinken, dachte sie. Nichts ist von Belang, nichts spielt irgendeine Rolle. Meine Wißbegierde ist ein Floß, an dem ich mich festklammere, aber genausogut kann ich mich ins Wasser gleiten lassen. Nein, das kommt für mich nicht in Frage. Es ist meine Aufgabe herauszubekommen, wie James gestorben ist. Und warum. Das muß einfach geschehen.

»War er krank, Isaac?«

Isaac erhob sich. »Du solltest selbst aufpassen, daß du

nicht krank wirst. Wollen wir ein Stückchen laufen? Komm, ich nehme dich mit, ob du willst oder nicht. Zieh dir was an.«

Sie ließ sich führen. Ein Wolkenfeld hing tief über dem Fluß. Sie sog die feuchte Luft ein und hielt sich an Isaacs Arm fest. Schritt für Schritt. Sie wiederholte ihre Frage.

»Ich weiß nicht so recht«, sagte Isaac. »Er hatte mitunter Schmerzen. Rheuma, Gicht, irgend so etwas. Dann konnte er sich kaum bewegen. Die Tahitianer kannten ein Mittel dagegen, kaum zu glauben! Es kam ein Kanu voller Frauen, die am Schiff heraufkletterten und sich in die Kajüte drängten, James mußte sich auf den Boden legen – wir fragten uns noch, ob er nun endlich einmal der Versuchung erliegen würde, schon ein seltsamer Anblick, Elizabeth, so eine Horde junger Mädchen und Frauen mit nackten Brüsten und bemaltem Gesäß –, sie wimmelten auf ihm und um ihn herum und begannen ihn feste zu massieren. Man hörte seine Knochen knakken! Er schrie vor Schmerzen, aber die Frauen lachten ihn aus und fuhren ruhig mit ihrer Arbeit fort. Eine hockte mit ihrem vollen Gewicht auf seinem Kreuz, eine andere puffte ihn mit ganzer Wucht in die Hüfte, zwei weitere zogen ihm fast das Bein aus dem Gelenk, und er ächzte und stöhnte nur so. Als sie fertig waren, stand James mühelos auf, wie ein junger Mann. Die Frauen blieben in dieser Nacht an Bord und wiederholten die Behandlung noch einige Male. Sie haben James von seinen Schmerzen erlöst.«

Er warf Elizabeth einen Seitenblick zu. »Ob sie ihn noch von etwas anderem erlöst haben, weiß ich nicht. Wir hatten alle Freundinnen, sie waren so gastfreundlich, so fürsorglich und lieb, manche von uns wollten gar nicht mehr fort. James war dagegen. Selbst wenn ihm eine Frau angeboten wurde, das ist die dortige Form von Höflichkeit, weißt du, lehnte er das mit einem kleinen Scherz ab und sagte, dafür sei er zu alt, zu kraftlos.«

Elizabeth setzte einen Fuß vor den anderen. Sie sollte beruhigt sein, ihr Mann war ihr treu gewesen, selbst wenn er von einem Dutzend nackter Frauen besprungen wurde, doch sie wurde die vage Unruhe in ihrer Brust nicht los.

»Wie war er, Isaac, hast du viel mit ihm geredet, hat er dich aufgesucht, war er freundlich?«

»Manchmal arbeiteten wir zusammen an einer Karte, dann lud er mich in die große Kajüte ein. Das war schön. Er sagte nicht viel. Wir saßen zusammen und maßen und skizzierten. Aber oft war das nicht. Er stand unter Druck, ständig gefährdeten der Zeitmangel oder das Verhalten der Eingeborenen oder Diebstähle seine Pläne. Er war schon streng, fand ich. Fanden wir alle.«

»Grausam?«

Isaac schwieg. Sie spazierten an dem mattgrauen Fluß entlang. Wie ich das Wasser hasse, dachte Elizabeth, warum ziehe ich nicht woandershin, zwischen Wiesen und Wälder, möglichst weit fort von diesem furchtbaren Fangarm der See.

»Er schien manchmal außer sich zu sein vor Wut«, sagte Isaac leise. »Jemand hatte eine Ziege gestohlen, und das machte ihn rasend. Er gab den Auftrag, den Dieb kahlzuscheren und ihm die Ohren abzuschneiden. King hat den Barbier noch im allerletzten Moment darin hindern können und ließ den armen Mann über Bord springen. Ich sollte dir das vielleicht nicht erzählen. Wir verstanden es nicht. Wenn er wirklich rot sah, ließ er Kanus zerstören und Hütten anzünden. An so einem Kanu arbeiten die Menschen dort Jahre. Prächtige Boote, mit Bemalungen und Schnitzereien. James hatte große Achtung davor. Und dennoch diese Zerstörungen. Das war natürlich schon grausam. Aber aus Wut, aus Ohnmacht. Nicht, daß ihm die Grausamkeit etwa Vergnügen bereitet hätte. Verstehst du?«

Sie nickte. »War noch etwas? Andere Dinge, die dir Sorge machten?«

Ich muß aufhören, dachte sie. Es ist ihm unangenehm, das sehe ich ihm an. Sein Kapitän, Lehrmeister, Vater. Aber wenn er nichts erzählt, haben wir uns bald nichts mehr zu sagen, vielleicht für immer. Das möchte ich auch nicht.

»Was ich viel grausamer fand, sind die Geiselnahmen«, sagte Isaac. »Ich weiß, daß viele es für eine kluge Strategie hielten, denn es führte eigentlich immer zu einer Lösung ohne Blutvergießen. Aber ich fand das grausam. Die Geiseln hatten doch nichts getan. Sie litten Angst. Der Falsche wurde bestraft. Als wir Omai endlich untergebracht hatten, fuhren wir nach Raiatea, du weißt schon, wo Orio König ist. James und er sind Freunde. Waren Freunde. Sie hatten die Namen getauscht. Es war die letzte Insel des Archipels, wo wir anlegten. Viele Männer taten sich damit schwer, sie wollten bleiben und machten sich davon. Zwei von den Deserteuren waren unauffindbar, James vermutete, daß sie von der Bevölkerung versteckt und geschützt wurden.

Da hat er Orios Tochter, Poetua, als Geisel genommen. Es dauerte fünf Tage, während der ihr Vater die Entlaufenen aufspüren mußte. Und die ganze Zeit saß die wunderschöne Prinzessin in der großen Kajüte. Überdies war sie schwanger. Webber hat sie gemalt, wo sie ohnehin da sei, sagte er. Sie mußte sich Blumen hinter die Ohren stecken und sich an eine Wand stellen. Sie tat alles, was ihr aufgetragen wurde, ohne Protest. Ich habe es gesehen, denn ich arbeitete an einer Karte und brauchte Tabellen aus der Kajüte.

Die Frauen des Dorfes versammelten sich um das Schiff, in unzähligen Kanus. Sie standen aufrecht und weinten und schrien. Sie kratzten sich das Gesicht mit scharfkantigen Muschelschalen auf, so daß ihnen das Blut über den nackten Leib rann. Das Kreischen war schon in der Kajüte nicht zu ertragen. Aber draußen war es ganz und gar ohrenbetäubend. Poetua blieb ruhig und höflich. Würdig, wie eine wahre Prinzessin. Die Männer schielten natürlich auf ihre Brüste. Ich hoffte die ganze Zeit, daß James sie freilassen und das grauenhafte Geschrei endlich verstummen würde. Er tat es aber nicht, sondern gab den Auftrag, ein Stück aus der Bucht hinauszufahren. Das war der einzige Moment, da ich Angst in Poetuas Gesicht sah. Sie fürchtete, glaube ich, daß man sie nach England bringen und sie ihren Vater nie wiedersehen würde. Wo sie doch an nichts schuld war!«

Sie gingen ein Weilchen schweigend nebeneinander her.

»Du wirst jetzt gewiß befördert«, sagte Elizabeth.

Isaac lachte. »Von der Vorpiek rücke ich langsam weiter auf. Bei der nächsten Reise darf ich im Mittelschiff schlafen, denn ich denke schon, daß sie mich jetzt zum Leutnant machen. Und dann ist der Weg frei, um schließlich als Kapitän aufs Achterdeck zu kommen. Mich graut allerdings schrecklich vor diesem Krieg. Keine Entdeckungsreisen mehr, sondern gegen die Franzosen kämpfen, wenn ich Pech habe.«

»Mit wem war James denn nun wirklich befreundet?«

Isaac dachte kurz nach. »Mit Clerke kam er gut aus. Der konnte ihn aufmuntern. Aber Clerke war auf dem anderen Schiff, sie sahen sich nur, wenn wir irgendwo an Land gingen. Auf der *Resolution* fühlte sich James, glaube ich, mit Anderson am wohlsten. Also dem Arzt. Der sprach die Sprache dort sehr gut, und da konnten sie zusammen über das Erlebte beratschlagen, was das alles zu bedeuten hatte. Er starb auch, unser Doktor. Genau wie Clerke, an derselben Krankheit. Sie wußten es beide. Auch, daß es sich verschlimmern würde, wenn wir wieder in die Kälte fuhren. Eigentlich hätten sie auf Tahiti bleiben müssen, das Klima dort ist günstig für ihr Leiden. Beide sind auf ihrem Posten geblieben, zum Glück für James. Watman, der alte Matrose, den wir auf Hawaii begraben haben, war auch ein Freund. James war völlig unzugänglich, als Watman starb, er machte sich Vorwürfe, daß er einen so betagten Mann mitgenommen hatte. Er hatte seine Pension dafür geopfert, er war schon in Greenwich!

James hat ihm ein großes Begräbnis ausgerichtet, in einem Heiligtum dort, das erlaubten die Priester. Er hat selbst den Bibeltext gelesen. Sein Gesicht war hart und steinern wie ein Fels.

Ich glaube, King hat er auch sehr gemocht, und mich. Aber eher wie ein Vater. Clerke und Anderson waren richtige Freunde für ihn. Und die wurden langsam von der Schwindsucht ausgezehrt. James konnte nichts dagegen tun.«

»Er hätte sie zwingen können, in den Tropen zu bleiben. Dort zu sterben.«

Isaac schüttelte den Kopf. »Das hätten sie niemals gemacht. Man hat doch seine Ehre als Offizier. Sie haben untereinander darüber gesprochen, aber gemacht hätten sie dergleichen nie und nimmer. Als wir endlich nach Norden fuhren, mußte ich fortwährend an die Krankheit denken. Ich behielt Anderson im Auge. Man gleitet ganz allmählich in die kalte Luft hinein, unmerklich fast; eine frische Brise, denkt man, bald wird es wieder warm, aber nach ein paar Tagen bibbert man in seinem Hemd, und noch etwas später teilt der Bootsmann Dufflecoats und Handschuhe aus. Ich fand das eigentlich nicht unangenehm, Winterwetter. Wir sahen die Westküste Amerikas daliegen, gigantische Bergketten, weiß vom Schnee. Wenn man Wache hatte, haftete sich Reif an die Haare. Man begann sich nach heißer Suppe zu sehnen.

An der Küste wohnten Indianer, die eine andere Sprache sprachen als die Insulaner. Wir verstanden sie nicht. Sie trugen Tierfelle. Jäger. Denken immer an Tiere. Dort habe ich diesen Vogel für Benny gekauft, für eine Pfeife und ein Taschentuch.«

»Damit hast du genau ins Schwarze getroffen, Benny ist ganz vernarrt in den Vogel.«

Elizabeth hatte zu nichts imstande oben gelegen, als Isaac in London eingetroffen war und sie sogleich besucht hatte. Plötzlich habe ein Mann mit wildem Haarschopf und einem großen Paket in den Armen vor der Tür gestanden, erzählte Charlotte später. Ein Raubvogel, aus nahezu schwarzem Holz geschnitzt, war seither Bennys Kamerad. Die Flügel leicht aufgewölbt, die Fänge um einen Ast gekrallt. Bleischwer. Das

Kind schleppte ihn Tag für Tag die Treppe hinauf und hinunter. Er stand auf dem Tisch, wenn Benny aß.

»In der Bucht, in der wir lagen, war es schön, trotz der Kälte. Wir erforschten die Flüsse, um zu sehen, ob wir darüber ans Eismeer gelangen könnten. Ich erinnere mich an einen Tag, so einen bewölkten, beinahe englischen Tag, als wir im Beiboot auf Entdeckung auszogen. James war so entspannt, so umgänglich. Er schwatzte mit uns, fragte allerlei persönliche Dinge. Von den Bergen um uns herum hörten wir die Eingeborenen singen, der Klang schwoll an und nahm wieder ab, das machten sie so kunstvoll und schön, daß einem Tränen in die Augen sprangen. Und dabei waren es so schmutzige Menschen, sie starrten nur so vor fettigem Schlamm, und wie sie stanken! Wir ruderten an dem Tag gut dreißig Meilen weit, todmüde waren wir, aber es kam uns vor wie ein Ausflug auf der Themse. Irgendwo pflückten wir am Ufer Heidelbeeren und hatten alle blauverschmierte Münder. James schnitt auf seinen Knien getrocknetes Fleisch und bot uns der Reihe nach ein Stück auf seiner Messerspitze an. Auf unsere Ruder gestützt, kauten wir still vor uns hin. Ein Fischadler flog über uns hinweg, segelte eine Zeitlang dem Flußlauf folgend dahin. Ich glaube, daß alle im Boot an jenem Tag glücklich waren.«

Sie hatten das Flußufer verlassen und spazierten über einen Landweg zwischen den Feldern auf das in der Ferne sichtbare Kirchtürmchen zu. Ich frage nach Freunden, und er nennt zwei todkranke Männer, dachte sie. Ich frage nach Zufriedenheit, nach Glück, und er nennt zwei nichtige Begebenheiten. Warum war James so angespannt, woher die Raserei, was trieb ihn dazu? Dachte er an uns, hatte er die Kinder, mich im Kopf, und tröstete ihn das? Sprach er von der Zukunft, und wenn ja, wie? Ich werde es nie erfahren, mag ich diesen treuherzigen Mann neben mir auch noch so sehr unter Druck setzen.

»Würdest du mir vom Ende erzählen, Isaac? Was *du* gesehen hast?«

Isaac drückte ihren Arm fest an seine Rippen. »Du quälst dich. Warum willst du alles so genau wissen? Es ist doch schon schlimm genug, daß es passiert ist!«

»Es muß sein. Ich möchte darüber nachdenken können. Ich möchte es vor mir sehen. Die Tatsachen. Das habe ich von James gelernt.«

Isaac ließ ihren Arm los und kratzte sich am Kopf. »Ich weiß nicht, ob das gut für dich ist. Ich bin besorgt, weißt du. Du siehst so schlecht aus. Du ißt nichts. Du scheinst meilenweit entfernt zu sein.«

»Niemand kann mir erzählen, wie Nat umkam«, flüsterte sie, »da bin ich ganz meiner Phantasie ausgeliefert. Aber du warst dabei, als James starb. Du kannst mich vor meiner Phantasie behüten.«

Isaac legte den Arm um ihre Schultern. »Ich habe nichts gesehen«, sagte er. »Ich war einfach an Bord, in der Kajüte. Verpackte die Karten und die Skizzen in Kartons, weil wir auslaufen wollten. Ich hörte zwar, daß jemand zu James kam und sie zusammen die Treppe hinaufgingen. Aber daß das etwas mit dem gestohlenen Beiboot zu tun hatte, realisierte ich nicht. James fluchte. Doch ich habe dem keine Aufmerksamkeit geschenkt, weil so oft etwas war. Später hörte ich, wie es knallte, Schüsse natürlich. Da hatte ich, ehrlich gesagt, gerade eine Karte von der amerikanischen Küste in der Hand und dachte, daß sie recht gelungen war. Erst als das Geschrei und die Lauferei an Deck nicht aufhörten, bin ich nach oben gegangen. Und da war schon alles vorbei. Ich habe nicht gespürt, daß etwas Schlimmes passierte. Ich malte mir die Publikation der Karten aus. Wie stolz ich sein würde. Dafür schäme ich mich.«

»Aber wie es weiterging, später, das kannst du mir doch erzählen?«

»Ein einziges Chaos. Alle waren wie vor den Kopf geschlagen. Sie wollten Rache nehmen, die Insel in Trümmer schießen, sie schickten sich schon an, die Kanonen auszurichten. Die Bucht abriegeln und alle niedermetzeln, das ganze Dorf in Brand setzen, das schwebte ihnen vor. Clerke hatte große Mühe, diese Rachsucht ein wenig zu beschwichtigen. Ich sehe ihn noch an Bord kommen, keuchend, bleich, die Wangen am oberen Rand hochrot. Plötzlich war er unser Kapitän geworden. Warum noch mehr Tote, sagte er, damit ist nichts gewonnen. Er trug natürlich selbst den Tod in sich, deshalb blieb er so gelassen. Alles hat er nicht verhindern können, denn der Trupp, der den Mast von der Insel holte, hat mindestens zehn Eingeborene ermordet, und der größte Teil des Dorfes ging in Flammen auf. King ließ sich mit einer weißen Fahne in der Hand an die Küste rudern, um im Namen von Clerke, dem es so schlechtging, daß er kaum an Deck bleiben konnte, zu verhandeln. Das Hin und Her dauerte noch eine ganze Woche, bis wir James bestatten konnten.«

»Bevor sie seinen Leichnam aushändigten, meinst du?«

Isaac bückte sich, um die Schnalle seines Schuhs fester anzuziehen. Mit rotem Kopf richtete er sich wieder auf. »Die sterblichen Überreste, ja. Am einundzwanzigsten fand die Zeremonie statt. Abends, gegen sechs. An Deck.«

Wieder dieser idiotische Ausdruck. Was veranlaßte Isaac dazu? Es wäre naheliegender gewesen, daß er »James« gesagt hätte oder notfalls »die Leiche«.

»Sie hatten die gesamte Bucht für tabu erklärt, das bedeutet, daß niemand dorthin kommen darf. Totenstill war es. Kein Wind auch. Ich sah plötzlich, wie drohend die hohen Berge dort aufragten. Wir kamen allesamt an Deck, jeder in seiner besten Uniform.«

Wo sind die Kleidungsstücke eigentlich, dachte sie, die blaue Jacke, der Hut? Mindestens zwei Uniformen hatte er mit. In einer davon werden sie ihn beigesetzt haben, aber die andere? Eine dritte Jacke hing oben im Schrank, für die Zeit, wenn er nach Hause kam.

»Kapitän Clerke ließ mich vortreten. Weil ich ein Angehöriger bin. Die Trommler hatten ihre Instrumente mit Tüchern bedeckt und spielten ganz langsam. Der gedämpfte Klang war unheilverkündend, als bahne sich unabwendbar etwas Entsetzliches an. Dort hinter der Reling ist die See, dachte ich, dahinein muß er, gleich. Ich war eigentlich vollkommen betäubt. Daß das alles tatsächlich geschah, überstieg meine Vorstellungskraft. Clerke hatte nicht genug Luft, um die Schriftlesung zu übernehmen, und Gore kann so etwas nicht. Leutnant King hat gelesen. Der Sarg stand auf einer Planke, die Fahne lag darüber. Der Dudelsack spielte ein Lied. Danach schwollen die Trommeln an, ihre Wirbel wurden kräftiger und schneller, bis sie alle zugleich verstummten. Im selben Moment wurde die Planke angehievt, und die Leinen, mit denen der Sarg befestigt war, wurden gefiert. Wir hielten den Atem an. Der Plumps war eigentlich nicht laut, es schien, als öffnete sich die See bereitwillig, um den Sarg aufzunehmen. Wir blieben mit gesenkten Köpfen stehen, bis Clerke mit einer Handbewegung den Befehl zum Abrücken gab.

Ich weiß nicht mehr, wie es weiterging, an jenem Tag. Wir werden wohl gegessen haben. Wir bereiteten die Abfahrt vor. Ich kann mich an nichts davon erinnern.«

Sie waren zügig ausgeschritten, ohne auf die Umgebung zu achten, und standen plötzlich bei der Kirche. Dort war das kleine Grab von Elly, überwuchert von graubraunem Gras. Elizabeth lehnte sich an die Mauer, die den Friedhof einfaßte. Sie sah das Deck der *Resolution* vor sich, zum Bersten gefüllt mit niedergeschlagenen Männern, die ihre Hüte und Mützen in der Hand hielten. Eine Reihe Marinesoldaten in roten Jacken gegenüber den Offizieren in Blau; Isaac betreten daneben. Das Bild kam ihr komplett und in sich geschlossen vor, wie ein eingerahmtes Gemälde.

»Er hätte niemals fahren dürfen. Hat einer von euch daran

mal einen Gedanken verschwendet? Ihr erweist ihm die letzte Ehre, als gehörte er euch. Der Führer. Der Vater. Ganz selbstverständlich. Ihr seid ratlos, wenn er fortgeht, in tausend Nöten. Und wir? Seine Kinder, seine Frau? Wie sollen wir dieses Fortgehen stets wieder ertragen? Du erzählst, wie er sich für euch ins Zeug gelegt, sich für euch abgearbeitet hat. Er saß mit einer nackten Prinzessin in der Kajüte, aber hätte er nicht bei mir in der Küche sitzen müssen? Er ruderte mit euch an diesen bewaldeten Hängen entlang, nicht aber mit seinen Söhnen über die Themse. Du erzählst, wie schlimm es war, ihn gehen zu lassen, aber wie war es erst, ihm immer wieder ade zu sagen? Hast du daran mal gedacht?«

Isaac sah sie verstört an, als begreife er nicht, wovon sie sprach.

»Wir«, sagte sie nochmals, »seine Familie. Lebend, tot.«

Er wandte ihr den Rücken zu und lief einige Schritte auf die Straße hinaus. Dann drehte er sich plötzlich um, stampfte auf und schlug sich mit der flachen Hand vor die Stirn.

»Dumm, dumm, dumm! Du hast recht!« Er trat neben sie. »Nie dran gedacht. Als existierte das alles hier nicht. Weißt du, ich freute mich nur, daß ich wieder mitdurfte, war stolz, wenn ich eine Skizze machte, die ihn zufriedenstellte, und gespannt, wenn wir in einer fremden Bucht anlegten. Ich habe nur an mich selbst gedacht. Dumm.«

Elizabeth hatte die Arme verschränkt und blickte zu Boden. Palliser hatte recht, dachte sie, in mir schlummert ein Vulkan blanker Wut, die einem Unerreichbaren gilt. Und weil ich ihn nicht erreichen kann, bekommen es alle anderen ab. Der arme kleine Benny, der für nichts etwas kann. Die treuen Freunde von James, die mich stützen wollen und von Charlotte hinausgeworfen werden. Weil James nicht da ist, setze ich dem armen Isaac zu. Sieh doch, wie sehr ihn Dinge reuen, die man ihm überhaupt nicht zur Last legen kann. Ich muß damit aufhören, aber wie macht man das? Wenn ich an mich heranlasse, wie es wirklich ist, zerreißt es mich.

Isaac stieß sie an. Er hakte seine Zeigefinger ineinander und bewegte die Hände auf und ab.

»So machen die Insulaner, wenn sie zeigen wollen, daß ihnen etwas wirklich ernst ist. Daß sie die Wahrheit sprechen. Es ist ein Eid. Ich werde für dich sorgen. Und für Benny. Das schwöre ich dir, Elizabeth, ich lasse dich nie mehr im Stich.«

Er legte die Arme um sie und hielt sie. Reglos stand sie in der heißen Umfriedung. Sie biß die Zähne zusammen.

11

»Hier sitze ich nie«, sagte Hugh Palliser. »Es ist mir zu weitläufig, ein Ballsaal geradezu.«

Elizabeth wiegte sich in den Hüften und machte einige Tanzschritte. Sie blieben vor dem riesigen Kamin stehen. Auf dem Rost schwelte ein mächtiger Holzscheit, ein ungespaltenes Stück Baumstamm, das völlig verkohlt zu sein schien. Sie ging in die Hocke und begann zu blasen, zu kräftig zunächst, so daß eine Wolke feiner Asche aufwirbelte, dann mit Ruhe und Gleichmaß. Auf dem Rücken des Holzes erschien eine blaue Linie, die sich in unzählige tanzende Flämmchen teilte. Elizabeth erhob sich und fächelte mit ihren Röcken Luft in das Feuer, bis der Stamm in lodernde Flammen aufging. Triumphierend sah sie Palliser an. Er lachte und legte die Hand an ihre erhitzte Wange.

»Komm, wir gehen in mein Arbeitszimmer, dort schenke ich dir einen Kaffee ein.«

Glastüren gingen auf die Terrasse hinaus. Jenseits davon erstreckte sich der Park, so weit man blicken konnte, die Bäume im zeitigen Frühjahr mit verschiedenen Grüntönen geschmückt, die später, wenn sich der Sommer dem Ende zuneigte, allesamt in die gleiche müde, dunkle Färbung übergehen würden. Unter den Baumkronen Pfützen von Blau; Glockenblumen, dachte sie, die hatten wir früher auch im Garten, aber sie wollten nie so recht. Hier sitzt er also und starrt auf diese Hirsche. Daß ich noch nie hiergewesen bin, schlimm eigentlich. Dazu mußte ich erst dreiundvierzig werden. Mußte er mich zwanzigmal einladen. Mußte mich praktisch entführen, in der auffälligen Karosse, die er vorfahren ließ.

Palliser sank in seinen Lehnsessel und legte das Bein auf ein abgewetztes Kissen. Er sah für seine Verhältnisse nicht schlecht aus, und seine Augen leuchteten. Er klopfte auf den Sessel zu seiner Rechten.

»Ich finde es schön, wenn du neben mir sitzt. Besser als einander gegenüber. Ich möchte sehen, was du siehst.«

Sie glitt in den Sessel. Machte diese Stille einen verrückt, oder war sie gerade gut? Er fand sie offenbar angenehm. Das Buch über James' zweite Reise stand aufgeschlagen auf einem Lesepult. Im Bücherschrank sah sie die Rücken des vierbändigen Werkes von Hawkesworth.

»Wann kommt das neue Buch heraus? Das müßte doch jetzt fertig sein. Hast du etwas darüber gehört?«

Palliser schüttelte den Kopf. »Douglas befaßt sich damit, das ist das einzige, was ich weiß. Und daß es drei Bände werden, zwei von James und einer von King. Das weißt du doch auch, du müßtest doch einen Vertrag haben. Läßt Douglas dich keine Druckfahnen sehen?«

»Bis jetzt nicht. Es ist auch nichts Dahingehendes vereinbart worden.«

»Also weißt du eigentlich immer noch nichts, bis auf das, was Stephens und Sandwich dir erzählt haben.«

»Und King«, sagte sie. »Und Isaac natürlich. Ich weiß alles. Aber du hast recht, eigentlich weiß ich nichts. Nicht, wie und warum es geschehen konnte, nicht, was der Bestattung vorausgegangen ist; ja, ich könnte eine Menge darüber erzählen, aber im Grunde weiß ich nichts. Ich möchte Isaac nicht unter Druck setzen. Habe ich zwar schon getan, aber er weiß auch nicht viel. Er war nur gewöhnlicher Matrose, damals. Ich habe immer gedacht, ich müsse das Erscheinen der Journale abwarten. Jetzt denke ich: Das ist auch nur eine Geschichte, eine von der Admiralität zensierte Version dessen, was James niedergeschrieben hat. Und der letzte Teil?

Ich weiß es nicht. Es wird auf alle Fälle etwas sein, was sie in dieser Form in die Welt hinausschicken wollen. Ob das die Wahrheit ist?«

Er hatte ihre Hände ergriffen und streichelte ihre Finger, einen nach dem anderen.

»Worauf bist du aus?«

»Verstehen«, sagte sie, ohne zu zögern. »Wenn ich verstehe, was ihn beseelte, kann ich vielleicht endlich Ruhe finden. Ich führe jede Nacht Gespräche mit ihm. Auseinandersetzungen. Vorwürfe. Davon möchte ich befreit sein. Es geht nicht mehr. Ich bin so müde.«

Er küßte ihre Finger. Sie reagierte nicht darauf, sondern spähte in den Garten, während sie ihre Hand in seinen Händen ließ.

»Isaac erzählte von der Bestattung. Oder wie man das nennt, wenn man jemanden ins Meer kippt. Ich stelle es mir vor. In allen Einzelheiten, aber es genügt nicht. Ich habe keinen Frieden damit.«

»Man muß gehen«, sagte Palliser. »Man muß ihn wegtragen. Wegbringen. Schritt für Schritt, während man weiß, daß es der letzte Gang ist.«

Elizabeth sah ihn an. Wie selbstverständlich hatte er sie mitgenommen, als Elly begraben wurde. Er war neben ihr gegangen. Er wußte um derlei Dinge.

»Das Schlimmste, was es gibt«, sagte sie. »Es ist eigentlich nicht machbar, und doch macht man es. Es muß auch ein Grab geben, zu dem man gehen kann, selbst wenn das genauso schlimm ist. Ich sitze zu Hause und höre Regen und Wind über das Grab hinwegfegen. Schrecklich. Doch am nächsten Morgen kann ich die heruntergewehten Zweige wegräumen. Ich weiß, wo sie ist. Ich könnte sie ausgraben. Ich könnte ihren Schädel halten.«

Nicht weiter, dachte sie. Ich spreche hier Gedanken aus, die in meinen Kopf gehören und nirgendwohin sonst. Ich muß damit aufhören. Warum eigentlich? Er kann es sich offenbar anhören. Er versteht etwas davon. Ich würde am liebsten zu ihr in die feuchte Erde kriechen. Ich würde am liebsten die Wangen an ihre Knochen schmiegen.

»Wir werden gleich etwas essen. Du bist immer noch viel zu mager. Danach möchte ich dir etwas zeigen, im Park. Vielleicht findest du es furchtbar, geschmacklos, übertrieben. Aber ich wollte es gern so. Wir sprachen ja gerade darüber, daß es kein Grab gibt, keinen Ort. James war mein Freund, was immer auch geschehen ist. Er fehlt mir. Ich habe ihm ein Denkmal setzen lassen. Von hier aus kannst du es nicht sehen, es steht weiter weg, wir laufen heute nachmittag dorthin, ich möchte es dir zeigen. Es ist eine viereckige Säule, deren Flächen rundherum beschriftet sind. Seine Lebensgeschichte. Seine Taten. Seine Bedeutung. Der Text ist der Gedenkschrift der Admiralität entnommen. Ich selbst hätte es anders formuliert, aber ich wollte, daß es offiziell ist. In meinem privaten Park, aber so offiziell wie möglich. Wenn wir längst gestorben sind, werden Menschen hier spazierengehen und einen Moment stehenbleiben, um den Text zu lesen. Sie werden an ihn denken, in hundert Jahren noch. Ich habe außerordentlich beständigen Marmor ausgewählt.«

»Manchmal weiß ich nicht mehr, wie er aussah«, sagte Elizabeth. »Dann erinnere ich mich nur noch an seinen Rücken, etwas zu schmal für seine Größe, weißt du noch? Und leicht gekrümmt. Sein Gesicht kann ich mir nicht in Erinnerung rufen. Wenn ich es versuche, sehe ich das Porträt von Dance. Nur seinen Rücken.«

Sie schauten nach draußen. Ein Gärtner war mit Kübelpflanzen zugange. Auf dem Rasen stand eine Schubkarre mit einem Spaten darin.

»Redest du mit deinem Jüngsten, meinem Patenkind, über ihn?«

Elizabeth machte ihre Hand los und rieb sich über die Wangen. »Nenn ihn doch Benny. Das ist der Name, auf den er hört. Er liest. Er verschlingt die Reisebücher. Ob ihm klar ist, daß es dabei um seinen Vater geht, weiß ich nicht. Nein, ich spreche kaum mit ihm darüber. Eigentlich weiß ich gar nicht, was ich ihm sagen soll. Er geht mit Begeisterung in die Schule und saugt alles auf, was er dort zu hören bekommt. Besorgniserregend ist das. Aber ich bin außerstande, dem entgegenzuwirken, leider. Vielleicht fällt ja alles, was sie ihm dort erzählen, in eine offene Grube, die ich in seinen Kinderjahren zu füllen versäumt habe.«

Palliser zog die Augenbrauen hoch. Elizabeth redete weiter, mit etwas zu schriller Stimme, das hörte sie selbst.

»Als er geboren wurde, war ich trübsinnig. Und anschließend zornig. Als ich wieder bei Kräften war, begann ich mich um die Matrosenkinder zu kümmern. Ich dachte immer, ich würde ihm schon näherkommen, wenn er etwas älter wäre. Jetzt, da es soweit ist, klammert er sich an seine Lehrer, und ich werde nicht gebraucht.«

Palliser massierte sein Fußgelenk.

»Schmerzt es dich, daß ich dein Patenkind vernachlässigt habe? Bist du böse?«

In der Stille hörte sie das Feuer am Brennholz nagen. Eigentlich war immer irgendein Prozeß im Gange, bei dem das eine Element das andere vernichtete oder dauerhaft in sich aufnahm. Man mußte sich in einem fort zur Wehr setzen, um nicht selbst inkorporiert zu werden. Kein Wunder, daß sie so müde war.

»Um was sorgst du dich denn? Zeugt es nicht von einer Art Lebenslust, wenn er so gerne lernt?«

»Er ist gläubig geworden. Ich bringe ihn zu Bett und wünsche ihm eine gute Nacht, und wenn ich dann auf dem Flur stehenbleibe und durch einen Spalt in der Tür luge, sehe ich ihn aus dem Bett steigen und niederknien, die Hände gefaltet, die Augen zugedrückt, er murmelt Worte, die ich nicht verstehe, minutenlang! Dann schlüpft er wieder unter die Decke, und ich schleiche mich lautlos davon.«

»Eine unerwartete Entwicklung«, sagte Palliser. »Aber ich kann sie nicht unlogisch finden. Auch nicht wirklich besorgniserregend übrigens. Eine kindliche Anwandlung, die sich schon wieder geben wird, scheint mir.«

Elizabeth schnaubte. »Man darf das nicht als Bagatelle abtun. Du müßtest mal sein ernstes Gesicht sehen. Ich bringe es nicht fertig, ihn darüber zu befragen. Ich fürchte mich viel zu sehr vor dem, was ich dann zu hören bekomme. Aber ich glaube, James würde erwarten, daß ich ihn korrigiere und ihm die Pracht des wissenschaftlichen Weltbildes vor Augen führe.«

»Das tust du doch. Du liest ihm vor. Du gibst ihm Bücher. Unabhängig davon braucht er derzeit offenbar noch etwas anderes. Das ist bei ganzen Volksstämmen so, das weißt du doch auch. Du scheust dich, ihm das zu nehmen, weil du nicht genau weißt, was es ihm bedeutet.«

»Ich kann ihn nicht erreichen. Papa ist bei Gott, sagt er. Nein, sage ich, dein Vater ist tot. Er ist nicht mehr. Doch, Papa ist im Himmel, er singt mit den Engeln und schaut auf uns herab. Im Himmel sind die Sterne, sage ich, dunkelblaue Leere mit Sternen; ich zeige ihm den Polarstern, Orion, die Milchstraße. Dahinter, sagt er, darüber, dort ist Gott. Der Lehrer sagt das, denn es ist so. Dann fehlen mir die Worte. Er singt Psalmen, bevor er einschläft. Ganz rein. Im nächsten Schuljahr darf er im Kirchenchor mitsingen. Im Grunde fühle ich mich ausgeschlossen, ohnmächtig. Es ist meine eigene Schuld. Engel! James konnte überhaupt nicht singen.«

Die Verärgerung ließ sie aufspringen. Palliser erhob sich langsam aus seinem Sessel und tastete nach seinem Stock. Die Türen weit auf, hinaus auf die Terrasse, in die prickelnde Frühlingsluft. Arm in Arm gingen sie die Stufen zum Park hinunter. Sanft geschwungene Felder, mit einem Netz aus Steinmäuerchen bedeckte Hügel, hier und da verteilt kleine Gruppen dunkelroter Buchen. Nirgendwo Wasser, nirgendwo Meer.

»Laß ihn doch«, sagte Palliser. »Ich kann nichts Böses

darin erkennen. Es spendet ihm Trost. Wie alt warst du, als du zu zweifeln begannst?«

Sie lachte und legte den Kopf an seine Schulter.

»Du hast mir gefehlt«, sagte er. »Du hast mir so sehr gefehlt.«

Aus dem Gebüsch kam ein Geruch nach Zwiebeln und Knoblauch geweht, leicht und rätselhaft. »Bärlauch«, sagte Palliser und zeigte auf ein im Schatten liegendes weißes Blütenfeld.

Er führte sie zu dem Denkmal. Auf dem pompösen Sockel war eine verhältnismäßig kleine Weltkugel angebracht. Elizabeth sah die Stille Südsee, aus der hie und da eine kleine Erhebung ragte. Ein Nichts, dachte sie, und dafür so viel Elend, so viel Aufregung. Stecknadelköpfe sind sie, diese Theater des Fortschritts. Der Strand von Hawaii, die Bucht von Tahiti.

Sie machte eine unwillkürliche, tierhafte Bewegung mit den Schultern, als wollte sie den Gedanken an die Unheilsorte von sich abschütteln. Das Gefühl der Vergeblichkeit lähmte sie so sehr, daß es ihr nicht gelang, Palliser ein Kompliment für sein Denkmal zu machen. Langsam kehrten sie wieder zum Haus zurück.

Sie hatte zuviel getrunken, das löste Worte und Tränen. Palliser fragte, wie es ihrer Mutter gehe, und Elizabeth weinte, zu ihrer eigenen Verblüffung. Sie schneuzte sich die Nase in sein Taschentuch.

»Nicht so gut«, sagte sie. »Sie dämmert immer mehr dahin. Sie haben das Lokal verpachtet und wohnen darüber. Es ist groß genug. Die neuen Leute sind nett, die Frau kocht für sie. Ich höre das von Isaac, ich selbst komme nicht oft dorthin. Sie bricht in haltloses Schluchzen aus, wenn sie mich sieht. Dann denkt sie an Nat. Dieser Kummer ist jedesmal wieder überwältigend. Mein Vater, Stiefvater, muß ich sagen, ist schon ganz krumm vom Alter und vom Rheuma. Ich weiß nicht, was sie den ganzen Tag machen, und möchte auch lieber nicht daran denken. Alle vierzehn Tage laß ich ihnen ein Fäßchen Gin bringen, den mag sie so gern. Dann hat sie wenigstens etwas, was ihr Freude bereitet. Eine Hölle, das Alter. Ich bin eine schlechte Tochter.«

»Gut genug«, sagte Palliser, »so gut du kannst.«

»Ich bin dir auch eine schlechte Freundin gewesen. Die Tür habe ich dir gewiesen, so zornig war ich.«

»Es stürmte in jenen Jahren. Bei uns beiden.«

»Du hattest es dir gewiß anders vorgestellt. Ich bedaure das sehr.«

Palliser schwieg und starrte in sein Glas. »Was ich mir vorgestellt habe«, sagte er nach einer langen Stille, »übersteigt jedes Maß. Ich brauche es dir nicht zu sagen, zwischen uns bedurfte es nie vieler Worte. Wir waren Seelenverwandte, Elizabeth. Dafür bin ich dir dankbar.«

»Sind wir das nicht noch immer? Ich sitze an deinem Kamin, ich halte deine Hand!«

Er zog seine Hand zurück und schenkte ihr Glas voll.

»Du bist noch jung. Ich bin ein alter Mann«, sagte er mit belegter Stimme. »Wir würden – es wäre eine Katastrophe, Elizabeth. Ich bin nicht dafür geeignet. Du hast noch ein Leben vor dir. Du hast zwei Söhne. Du solltest dir keinen gebrechlichen Greis aufhalsen. Das ist mein Ernst. Es ist zu spät.«

»So empfinde ich es ganz und gar nicht«, sagte sie prompt. »Wie kommst du darauf, ich denke nie an dich als einen alten, invaliden Mann.«

»Und doch ist es so. Es fällt mir schwer, darüber zu reden. Diese Verwundung, weißt du, die hat viele Funktionen beeinträchtigt. Invalide, sagst du. Ohnmächtig. Ja.«

Sie erschrak. »Also *deshalb* hast du keine Kinder, konnte sie keine Kinder bekommen!«

Palliser setzte sich auf. »Ich. Ich kann seit dieser Verletzung keine Nachkommen zeugen. Davor schon. Ich habe einen Sohn, George heißt er.«

Sie war perplex. »Einen Sohn? Mit wem denn?«

»Der Schneiderin meiner Mutter. Ich war gerade sechzehn. Ich sehe ihn nie, aber ich habe seine Ausbildung bezahlt. Er wird das alles hier erben. So viele Geheimnisse, Elizabeth. Geheimnisse, von denen du wissen mußt, weil sie Folgen für uns haben. Ich habe keine Frau so sehr, so wie von selbst geliebt wie dich. Das wird auch so bleiben, das ändert sich nicht. Du bist ein unverzichtbarer Teil von mir.«

Er verstummte und begann sich wieder das Bein zu reiben.

»Aber weiter kann es zwischen uns nicht gehen. Nicht über das hier hinaus, einen Besuch am Sonntagnachmittag. Ich würde dich todunglücklich machen, das weiß ich genau. Es geht nicht. Ich kann nicht.«

Sie sah ihn verständnislos an.

»All diese Versprechen«, fuhr er fort, »zwischen uns. Diese seltsamen, unweigerlichen Berührungen, die nie zu – nun ja, dem, wozu sie führen müßten, führen werden.«

»Das ist mir doch einerlei«, rief sie mit hoher Stimme. »Du bist mein Freund. Du *mußt* mein Freund sein.«

Sie hörte, wie kindlich ihre Worte klangen.

»Und die Jahre«, sagte er leise. »Ich bin am Ende angelangt, um mich her kommt immer mehr zum Stillstand, und das paßt, das ist gut. Dann kommst du und rührst meine Seele in Wallung, ich weiß nicht, ob man das so sagen kann, aber so fühlt es sich an. Wenn du mich ansiehst, erhebt sich in meinem Innern ein Sturm. Das halte ich nicht mehr aus. Das zerreißt mich. Ich kann dir niemals geben, was du nötig hättest, was dir zustünde, was ich dir geben wollte und müßte.«

Es stimmt nicht, dachte sie. Er darf nicht so schwach sein, wie er sich gibt. Ich lasse mich nicht fortschicken. Alles hat er abgestreift, hat seinen Posten niedergelegt, seine Frau untergebracht, seinen unbekannten Sohn verleugnet. Und jetzt entledigt er sich meiner. Läßt mich wie einen Stein ins Wasser fallen.

Ein intensives Bild von ihrer Tochter drängte sich auf. Auf ihrem Schoß, der runde Kinderrücken in ihrer Armbeuge, der Heuduft ihres Haars. Die Höhepunkte, die ikonischen Momente treten ein und gehen vorbei. Kummer und Wut überwuchern die Erinnerung wie Efeu. Dunkle Hügel voller Spinnen und haariger Zweige, man möchte ihnen möglichst fernbleiben, doch es sind die Anker des Daseins. Warme Kinderschenkel auf dem Schoß. Ein nackter Männerarm an der Wange. Nicht wegschieben. Nicht leugnen.

»Natürlich bleibe ich dein Freund«, sagte er, »und nehme weiterhin an deinem Leben Anteil. Ich werde dir bei allem helfen, wo du meine Hilfe benötigst. Aber du bist jung, gerade vierzig, du solltest einen jungen Mann an deiner Seite haben.«

Ich will keinen jungen Mann, dachte sie, ich will *ihn*. War das so? Wer war er denn für sie? Wollte sie ihm näherkommen, gerade weil er sie so selbstsüchtig wegschob? Oder durfte sich einfach nichts ändern, hatte sie immer insgeheim auf ihn gehofft und ertrug es einfach nicht, daß es jetzt zu Ende sein sollte?

Er schämt sich, daran besteht kein Zweifel, das steht im Vordergrund. Aber nicht nur seine Lenden sind lädiert. Da ist noch eine andere Blessur, mit der er mich nicht konfrontieren möchte. Er weist mich ab, und doch spüre ich, daß ich ihm wichtig bin. Ich schäume vor Wut, und doch höre ich ihm weiterhin zu.

»Keiner von uns beiden kommt von James los«, sagte Palliser. »Er steht ein für allemal zwischen uns. Wir würden ihn vielleicht aussperren wollen, indem wir uns aneinanderklammern, aber ich glaube, das ist nicht möglich. Mein Gewissen züchtigt mich jeden Tag. Und dir sehe ich an, daß du keine Ruhe findest, bevor du nicht weißt, warum er ging. Es beschäftigt dich, tagtäglich. Es hindert dich daran, dein Kind zu lieben. Du weißt dir keinen Rat damit und kommst zu mir, der es auch nicht besser weiß.

Ich habe noch nie so viel zu dir gesagt. Schrecklich all das. Wollen wir essen gehen? Ich habe Wachteln bestellt, ich sah sie gestern schon in der Waschküche hängen.«

Später wußte sie nicht mehr, wie sie dieses Mahl überstanden hatte. Blickte sie auf sein starres, gequältes Gesicht, dann verging sie vor Mitleid. Blickte sie auf den zerlegten Vogel auf ihrem Teller, dann kam eine Wut in ihr auf, die sie sprachlos machte. Verwirrende Gedanken waren ihr durch den Kopf geschossen: Daß er von ihr getrunken und gegessen hatte und sie nun, da sein Hunger gestillt war, wegwarf. Daß es bei der ganzen Debatte nur um seine Nöte ging und die ihren nicht zählten. Viel hatte sie nicht gegessen, das wußte sie noch.

Der Abschied. Er auf der Freitreppe, mit Stock. Sie in der Karosse, die schon anfuhr. Er streckte den Arm nach ihr aus, rief etwas, sie sah seinen weit geöffneten Mund. Die Räder knirschten durch den Kies. Brüsk hatte sie das Gesicht abgewandt. Und als sie im Schutz der Auffahrt fuhr, schlug sie mit dem Kopf gegen die Kutschenwand, vorsichtig, damit der Kutscher nicht stutzig wurde.

Die kurzen Sätze hallten in ihrem Kopf nach, Tage und Wochen nach ihrem Besuch in Chalfont.

»Es wäre eine Katastrophe.«

»Wir kommen nicht von James los.«

»Es hindert dich daran, dein Kind zu lieben.«

Die Worte kreiselten in ihrem Kopf herum, sie konnte ihre Gedanken nicht davon befreien.

Sie sah ihren jüngsten Sohn, diesen ernsten, langen Jungen, mit neuen Augen. Wie traurig, dachte sie, daß ich keine Verwandtschaft mit ihm empfinden kann. Wir sind vom selben Mann im Stich gelassen worden, warum ist dann diese Kluft zwischen uns? Mir ist, als hätte James mir dieses Kind als Stellvertreter für ihn aufgedrängt – an meinen Küchentisch gesetzt: Hier, mit ihm mußt du dich behelfen –, so daß ich das Kind nur lieben kann, wenn ich mich mit seinem Vater versöhnt habe. Der Gedanke verschaffte ihr eine gewisse Erleichterung, sie sah deutlich die Logik, die darin steckte. Doch kurz darauf war diese Empfindung verflogen, und sie wußte nur noch, daß sie einen Pfad gesehen hatte, der irgendwohin führte, der einen Ausweg aus der kräftezehrenden Beklemmung bot, an die sie sich so gewöhnt hatte – den Weg selbst jedoch konnte sie nicht mehr finden.

Sie sorgte dafür, daß sie da war, wenn Benny aus der Schule kam. Sie aß mit ihm. Sie ließ ihn seine Aufgaben am Küchentisch machen und blieb bei ihm sitzen, nicht mit einem Buch, sondern mit einer Stickarbeit, damit sie seine Fragen gleich beantworten konnte, ohne sich von ihm gestört zu fühlen. Daß sie damit eine Aufgabe verrichtete, die sie große Anstrengung kostete, merkte sie erst, wenn er abends schlief. Dann griff sie zur Portweinkaraffe und zog sich in die Stube an den Kamin zurück; sie ließ sich tief in den Lehnsessel sinken, starrte in die Flammen und fühlte sich erschöpft. Charlotte, mehr und mehr zur hingebenden Haushälterin geworden, war in der Küche mit den letzten Verrichtungen beschäftigt und schrubbte die Töpfe sauber, die sie mit leisem Klingeln umgekehrt auf die Anrichte stellte.

So ein Abend war es – April, das Fenster zum Garten stand offen, es war mild, nachmittags hatte es noch geregnet, aber gegen Abend war der Himmel aufgerissen –, als der Klopfer schwer gegen die Haustür fiel. Elizabeth richtete sich leicht auf und hörte Charlotte durch den Flur gehen, um die Tür zu öffnen. Eine Männerstimme mit fremdländischem Akzent dröhnte durch die Diele.

»Darf ich Euch Euren Mantel abnehmen? Ich schaue mal eben, ob die gnädige Frau Euch empfangen kann. Ihr könnt hier warten.«

Die Bank im Flur knarrte, als werde eine gewaltige Last darauf abgelegt.

»Ein Herr«, sagte Charlotte durch die einen Spaltbreit geöffnete Tür. »Er bringt einen Brief. Ein Fremder.«

Hinter Charlotte erschien eine breite Gestalt. Ein Bär, dachte Elizabeth, ein Braunbär kommt mich besuchen. Sie erhob sich. Der Mann trat einen Schritt ins Zimmer und zog eine große Pelzmütze vom Kopf. Schwere schwarze Augenbrauen standen über seinen Augen wie ein durchgehender Wall. Eine rote Narbe auf der linken Wange, volle, rosige Lippen unter einem herabhängenden Schnurrbart. Er reichte ihr seine große, etwas schmutzige Hand. Der Nagel seines kleinen Fingers ragte zentimeterlang über den Finger hinaus, ein merkwürdiges, mattglänzendes Anhängsel, das ihr in die Handfläche schnitt und sie schaudern ließ.

»Madam! Endlich! Eine friedliche Nacht wünsch ich Euch!«

Sie starrte den Besucher verdutzt an. Er hatte eine ausgebeulte Reisetasche mit ins Zimmer gebracht.

»Boris Afanisowitsch der Name!« brüllte der Mann, während er eine kleine Verbeugung machte. »Chlebnikow. Pelzhändler. Felle. Tierhäute.« Er deutete auf sein Gepäck. »Wolf. Bär. Seelöwe!«

Warum will mir jemand so spät am Abend einen Pelzmantel aufschwatzen, dachte sie, was sucht der Mann hier?

»Reise um die ganze Welt, Euch zu finden. Mile End, Stepney, an grauem Fluß. Ihr wollt meine Häute sehen?«

Elizabeth schüttelte den Kopf. »Warum habt Ihr mich gesucht?«

Er bückte sich und öffnete seine Tasche. Seine Hose, gemacht aus einem Material, das an Samt erinnerte, spannte um seine Hüften. Er fing ihren Blick auf und strich mit der Hand über den Stoff.

»Säugling von Seehund«, sagte er. »Ihr findet interessant? Alles in Tasche, Ihr werdet sehen. Aber *zuerst* ...«

Aus den Tiefen der Reisetasche hatte er ein flaches rechteckiges Paket hervorgezogen, das er nun in die Höhe hielt.

»Zweck von Reise! Aushändigen an Madam Cook oder Söhne. Von Hand in Hand.«

Sie nahm das Paket von ihm entgegen.

»Vollbracht«, seufzte der Mann und begann erneut in seiner Tasche zu kramen.

»Setzt Euch doch«, sagte Elizabeth. »Möchtet Ihr etwas trinken? Von wem kommt dieser Brief?«

Der Mann setzte sich an den Kamin, und dankbar ließ sich Elizabeth wieder in ihren Sessel sinken. Das Paket war in Segeltuch gewickelt und mit kleinen Stichen Eisengarn sorgfältig zugeheftet. Das Tuch war fettig und mit dunklen Flecken beschmutzt. In schwungvoller Handschrift stand ihr Name darauf. Ihre Adresse. Mit Ausziehtusche, wie gemalt. Sie ließ das Paket auf ihren Schoß fallen und legte die Hände darüber. Der Mann hatte sich ein Glas eingeschenkt und trank schmatzend von dem Port.

»Ich erzähle Euch Märchen. Ihr hört. Ich kaufe Felle von Jägern. Sie können nicht Handel machen, sprechen keine Zunge. Sprache. Ich reise nach Kamtschatka mit Geld, reise zurück mit Pelz. Mit Pferd, mit Schlitten, zu Fuß. Ich habe Schiffe gesehen. Kranker Kapitän kam nicht an Land. Aber Männer von ihm wollten meine Häute kaufen! Für Mütze! Sogar für Schuhe! Sie erzählten kranker Kapitän von meiner Reisekunst.«

»Kapitän Clerke ist schon vor mehr als vier Jahren gestorben«, sagte Elizabeth. »Seine letzten Briefe trafen hier 1780 ein.«

»*Dies* ist letzter Brief«, polterte der Mann, während er mit einem Riesenfinger auf ihren Schoß deutete. »Andere Briefe waren für Admiralherren. Gab er Gouverneur. Das war öffentlich. Aber dann. Aber nachts! Etwas kratzt an meinem Fenster. Vogel, denke ich. Klopfen. Flüstern. Ein Matrose! Zieht mich am Arm. Wir schleichen durch Schnee. Ich muß in kleines Boot! Durch Nebel über Wasser. Nichts sehe ich, blind bin ich! Ich sage Euch: Angst packte mich. Weiße See nahm kein Ende. Dann: schwarzer Berg. Das Schiff. Tauleiter mußte ich hinauf, ich sah nicht, wohin. Fürchtete mich. Bin Mann von Land. Sie brachten mich zu kranker Kapitän. Schlechte Luft. Er spuckte in Schüssel. Weg, sagte er zu Dienern, Tür zu, laßt mich allein mit berühmtem Pelzhändler! Sein Gesicht weiß wie alter Schnee. Er grub unter Kissen und gab Brief. Sehr geheim, sagte er. *Nur* an Madam geben. Oder Söhne. Sonst in Wasser von grauem Fluß. Ihr fahrt im Herbst? Ich fahre im Herbst, sagte ich. Moskau, Warschau, Paris. Mit Fellen. Ihr könnt beruhigt sein. Ich kümmere mich!«

»Es hat Verzögerungen gegeben, nehme ich an.«

Der Mann riß die Augen weit auf. »Verehrte Madam! Handel geht nicht immer gleich. Erster Pfannkuchen Klumpen? Pech. Noch einmal versuchen! Und immer Brief von kranker Kapitän auf Brust!« Er klopfte sich auf den Brustkasten, der Schlag hallte wie ein gedämpfter Gong wider. In bildhaften Beschreibungen schilderte er die Gefahren des Reisens, einen Überfall, eine Schlägerei, und wies dabei dezent auf den Preis der Fahrt über das verhaßte Wasser hin. Was den Verkauf der Felle betraf, sei es auch nicht nach Wunsch verlaufen, und den rechten Zugang zu bemittelten Londoner Damen habe er noch nicht gefunden.

Er zog einen gräulichen Pelz aus der Reisetasche und breitete ihn auf dem Boden aus.

»Für Euch? Echter Frauenwolf! Ich mache Euch Sack für müde Füße. Und hier, Wunder von Sibirien, für Mantel bis Ewigkeit. Für Euch!«

Er warf einen immensen Pelzhaufen auf ihren Schoß, ein silbrig glänzendes Fell, das im Kerzenlicht mal blaugrau, mal goldfarben aufschimmerte. Sie fuhr mit der Hand über die kurzen glatten Haare und dachte an die Schönheit des Tieres, das diese Haut besessen hatte, wie unfaßbar es war, ein solch wunderschönes Überbleibsel auf dem Schoß zu haben.

»Ja, ich sehe! Ihr Pelz, ab in Körbchen! Ihr kauft Schönheit von Seelöwe. Ich sehe.«

Sie schüttelte den Kopf und versuchte, das schwere Fell zusammenzulegen und dem Mann zurückzugeben. Er sah sie enttäuscht an und schien nicht gewillt, ihr die Last abzunehmen. Da legte sie die Haut auf den Boden, neben die Tasche.

»Ihr seid bekannt mit Admiralsfrauen. Sie kaufen alle meine Häute. London kalt. Ihr gebt Namen von berühmten Frauen, ich bringe Wärme. Alle froh. Ich habe Euch Brief gebracht, und nun bin ich müde in fernem Land. Kein Geld mehr. Muß handeln. Ihr helft. Wir helfen gegenseitig! Aber zuerst: Bett für Nacht. Bei Euch. In großem Kapitänshaus.«

Na, lieber nicht, dachte Elizabeth. Sie mußte sich ermannen, um bei diesem Ansturm einen guten Plan fassen zu können. Zuerst etwas geben, dann erst wegschicken. Nicht andersherum. Aber wer, um Himmels willen, würde ihm diese fürchterlichen Felle abnehmen wollen?

»Banks«, sagte sie dezidiert. »Ihr müßt morgen früh gleich zu Joseph Banks gehen. Er ist der wichtigste Mann in London, ein Freund unseres Königs. Er besitzt die größte Kennerschaft und das größte Interesse in bezug auf Tiere und ihr Fell. Ihre Haut. Ich werde Euch die Adresse aufschreiben. Er wird beglückt sein über Euren Besuch.«

Das Aufstehen, um ein Blatt Papier zu holen, durchbrach die Beklemmung des Gesprächs. Die Feder noch in der Hand, rief sie Charlotte herein.

»Der Herr ist weit gereist, er verdient eine gute Nachtruhe.«

Charlotte blickte verdutzt auf die quer im Zimmer ausgebreiteten Tierfelle.

»Mütze für Euren Kopf?« fragte der Händler hoffnungsvoll. »Muff vielleicht? Hier ist Steppenkaninchen, Schneehase. Weiß!«

Elizabeth zog ihren Geldbeutel unter dem Rock hervor. »Wir können Euch leider keine Unterkunft hier im Haus anbieten, aber ganz in der Nähe, am Fluß, findet Ihr eine Reihe guter Gasthäuser. Zwei Minuten zu Fuß. Charlotte wird Euch den Weg weisen. Es ist nicht schwer zu finden. Darf ich einen Beitrag zu den Kosten liefern?«

Sie drückte dem Mann das Geld in die Hand, bevor er etwas entgegnen konnte. Sie blieb stehen.

Der Wolf verschwand wieder in der Reisetasche. Der Seelöwe. Der Hase. Boris Chlebnikow ergriff ihre Hand und küßte ihren Handrücken. Seine überraschend standfesten Schnurrhaare kitzelten auf ihrer Haut, und sie mußte schmunzeln. Charlotte nahm den Mann und seine Pelzschätze mit.

Bevor sie mit dem dreiarmigen Kerzenleuchter nach oben ging, holte sie noch ihre Schere aus dem Stickkorb. Im Schlafzimmer setzte sie sich auf die Bettkante. Vorsichtig schnitt sie die schwarzen Stiche auf und bog das steif gewordene Segeltuch auseinander. Aus einem versiegelten Kuvert, auf dem wiederum ihr Name stand, befreite sie schließlich einige dicht beschriebene Seiten. Sie zog den Leuchter heran und las.

Verehrte, geschätzte Elizabeth!
Erlaube mir, daß ich Dich so nenne. Ich schreibe von der Resolution, *vor Anker bei der Halbinsel Kamtschatka an der sibirischen Küste. Gestern habe ich dem hiesigen Gouverneur, dem zuverlässigen und beflissenen Major Behm, das kostbare Journal unseres seligen Kapitäns mitgegeben, nebst einigen Karten, den astronomischen Beobachtungen Baylys, einem Bericht über die unglücklichen Geschehnisse aus der Feder Leutnant Kings und einen Brief von mir selbst. Behm reist nach Sankt Petersburg und wird Sorge dafür tragen, daß die Dokumente zügig und sicher an die Admiralität in London versandt werden. Dann wird die furchtbare Nachricht auch Dich und Deine Kinder erreichen, und mir bricht das Herz, wenn ich mir diese Szene vorstelle.*

Über einen separaten Brief an Dich habe ich lange nachgedacht.

Die Schwindsucht hat ihre Klauen in meinen Körper geschlagen, und ich weiß, daß ich nicht von dieser Reise zurückkehren werde. Wie gerne hätte ich Dir unter vier Augen erzählt, was wirklich am Strand von Hawaii stattgefunden hat, doch es soll nicht sein. Jetzt ist meine Kraft noch ausreichend, um selbst die Feder zur Hand zu nehmen und sicherzustellen, daß mein Brief an Dich Mile End unter Umgehung aller offiziellen Kanäle erreichen wird. Du wirst dann zweifellos bereits die Version der Admiralität über den Hergang vernommen haben.

Warum ich Dir dennoch schreibe? Weil Du ein Recht auf die Wahrheit hast. James sprach mit dem größten Respekt von Deiner Wahrheitsliebe. Das gibt mir den Mut zu diesem Brief.

James hat sein Leben der Beobachtung der Wirklichkeit geweiht, das wissen wir beide. Dabei scheute er keine Mühe. Ich habe das stets bewundert. Doch jetzt, am schmerzlichen Abend meines Lebens, zweifle ich am Wert der Wahrnehmung. Diejenigen, die die Geschehnisse am Strand mit angesehen haben, haben Zeugnisse darüber geschrieben, ergreifende, zu Herzen gehende Geschichten. Aber: Geschichten! Was die Sinnesorgane wahrnahmen, ist von der Geschichte verstellt worden, und was man von ganzem Herzen wollte, hat die Erinnerung verzerrt.

Ich habe nichts mehr davon, die Wirklichkeit in irgendeiner Weise zu verdrehen. Versteh mich recht, ich möchte meinen Kollegen nicht untreu werden, und ich möchte auch der Admiralität nicht in den Rücken fallen. Die Geschichte von dem feigen, heimtückischen Angriff, bei dem James sein Leben ließ, paßt zu seinem heroischen Andenken. Ein jeder wird es, in dieser Form, in Ehren halten wollen. Dagegen ist auch gar nichts einzuwenden – nur: Es ist nicht die Wahrheit. Es ist eine glänzende Schale um die grausame Wirklichkeit, darübergepinselt von Männern, die ihrem Kapitän gegenüber loyal sind, die ihn achteten und sich dadurch blenden ließen.

Ich kann die Wahrheit nicht mit mir sterben lassen und bin aus meiner Koje aufgestanden, um niederzuschreiben, was ich weiß. Es ist eine windstille Nacht.

In einigen Stunden wird der Pelzhändler Boris Chlebnikow von meinem Bootsmaat abgeholt. Ihm vertraue ich den Brief an, weil er einen tatkräftigen und findigen Eindruck macht. Auch sieht er sehr stark und einschüchternd aus.

Doch zur Sache. Während der gesamten Reise wurden beide Schiffe von Diebstählen heimgesucht, sobald wir wo auch immer an Land gingen. Für James war das schwer erträglich, zumal wenn es um Staatseigentum ging. Diebstahl muß bestraft werden, da waren wir ganz einer Meinung, aber ich muß sagen, daß ich James' Härte bei der Strafzumessung stets weniger nachvollziehen konnte. Mir schien, daß er keine Distanz zu den Vorfällen wahren konnte und nicht mehr überblickte, welche Folgen sein Handeln auf längere Sicht haben würden. Es kann sein, daß mein Urteil durch meine Krankheit beeinflußt ist. Wer unheilbar krank ist, hat zwangsläufig mehr Abstand. Ich gebe Dir ein Beispiel.

Wenn auf meinem Schiff, der Discovery, *ein Dieb ertappt wurde, ließ ich den Barbier die eine Hälfte seines Haupthaares abscheren, da ich der Meinung bin, daß der Spott von Familie und Freunden für den Vandalen eine größere Strafe darstellt als die Furcht, die wir ihm einjagen, Menschen, mit denen er keinerlei Verwandtschaft empfindet. Der halb geschorene Dieb wurde über Bord gesetzt, schwamm an den Strand und wurde ausgelacht. Das funktionierte.*

James verstand das nicht. Er ließ die Diebe schlagen, als wären sie desertierte Soldaten im Krieg. Die Grausamkeit stand in keinem Verhältnis zu den begangenen Vergehen. Er ließ einem Eingeborenen tiefe Kerben in die Arme ritzen, bis auf den Knochen. Er erteilte den Auftrag, jemandem die Ohren abzuschneiden. Ich habe viel darüber nachgedacht, aber bis heute nicht erfassen können, was die Triebfedern für sein Handeln waren.

Es schuf böses Blut, bei den Eingeborenen, aber auch bei der Besatzung, die das Verhalten der Offiziere oft spiegelt. Die Grausamkeit nahm allgemein zu. So kam es mir zumindest vor.

Der Aufenthalt auf Hawaii verlief anfangs reibungslos, weil die Bevölkerung eine eigenartige Verehrung für James entwickelt hatte. Er konnte gar nichts Falsches tun. Vielleicht haben wir das mißbraucht, und unter der schon fast sklavischen Unterwerfung wuchs insgeheim ein starker Groll heran. Der Abschied war ein beeindruckendes Großereignis. Ich war froh, daß wir ausliefen, obwohl ich wußte, daß das Polarklima meine Krankheit ungünstig beeinflussen würde. Mir war nicht wohl bei dieser Vergötterung.

Dummes Pech nötigte uns, binnen weniger Tage mit einem zersplitterten Mast wieder zurückzukehren. Jetzt war die Atmosphäre deutlich anders, die Eingeborenen verhielten sich störrisch und abweisend und verlangten hohe Preise für die Lebensmittel, die sie uns zuvor zu schenken pflegten. Es kam zu Schikanen und Diebstählen. James strafte hart und hatte überhaupt keine Geduld mehr. Der Diebstahl unseres Beiboots an jenem schicksalhaften Morgen war der Tropfen, der das Faß seiner Raserei zum Überlaufen brachte.

Er beabsichtigte, den Häuptling zur Geisel zu nehmen. Ich lag handlungsunfähig in meiner Koje. Doch die Beunruhigung trieb mich an Deck. Von dort beobachtete ich die Geschehnisse mit Hilfe des Fernglases.

James ruderte mit einem Trupp Marinesoldaten an den Strand. Sie wurden abgesetzt und rannten durch das aufspritzende Wasser. Das Boot wartete diesseits der Brandung. Leutnant Williamson führte den Befehl. Am Waldrand, hinten auf dem Strand, wurde beratschlagt. Nach einiger Zeit erschien James mit dem Häuptling und dessen beiden kleinen Söhnen. Zahllose Hawaiianer strömten herbei. Ich sah ihre ungeduldigen Gebärden und stampfenden Beine. Sie umzingelten James und die Marinesoldaten auf dem Strand.

Da gab James den Befehl zu schießen, seine Stimme schallte über das Wasser. Die Soldaten legten an und feuerten, nicht mit Schrot, wie es gebräuchlich war, sondern mit scharfer Munition. Auch James schoß. Ein Eingeborener nach dem anderen fiel blutend in den Sand. Es war ein Gemetzel.

Mitten im Gefecht drehte James sich um und ging langsam ins Wasser, den Rücken den Eingeborenen zugekehrt. Jemand stieß ihn nieder.

Da war es geschehen. Er hob den Arm zu Williamson im Boot hin, um das Feuern auch von dieser Seite her zu ermuntern. Doch fünf Mann stürzten sich auf ihn, da war nichts mehr zu machen. Die überlebenden Marinesoldaten, vier waren schon gefallen, schwammen panisch zum Boot. Die Leichen wurden am Strand zurückgelassen. Ich ließ fassungslos das Fernglas sinken. Die hoch aufragende Bergkette, die bis dahin immer ein ästhetischer Genuß für mich gewesen war, hatte auf einmal einen düsteren, vorwurfsvollen Anstrich. Ich fröstelte, obgleich die Sonne schon erbarmungslos aus dem Morgennebel emporgestiegen war.

Die Grausamkeit verbreitete sich wie eine Plage. Die Mannschaft hätte am liebsten alle Insulaner mitsamt ihrem Besitz vernichtet. Mit tiefer Scham denke ich an jene Tage zurück. Das ganze Dorf in Flammen. Dutzende brutaler Morde beim Wasserfassen. Enthauptungen. Einem Mann, der als Gefangener an Bord gebracht wurde, hängte man die triefenden Köpfe vors Gesicht, und er fiel vor Angst in Ohnmacht. Ja, es war eine Krankheit.

Das einzige, was ich wollte, waren die Körper der Toten. Um das zu erreichen, mußten die Racheakte aufhören und Verhandlungen über einen Waffenstillstand in Gang kommen. Im Schutz der Dunkelheit brachten uns zwei Priester ein Paket, das wir in meiner Kajüte schaudernd öffneten. Ein Fleischklumpen in Bananenblättern: eine Gesäßhälfte von James. Ausgeblutet, gelblich.

Erst sechs Tage nach dem Gefecht gelangten wir zu einem Übereinkommen. Danach kamen die Insulaner mit Opfergaben und einem Bündel aus diesem prächtigen, feuerroten Gewebe, das sie aus Baumrinde machen. James' Kopfhaut war darin, die Haare steif vom geronnenen Blut. Die Knochen von Armen und Beinen. Der Schädel, seltsam klein, weil der Kiefer fehlte. In ein separates Tuch waren die Hände gewickelt. Daran war noch Fleisch, eingeschnitten und mit Salz gespickt. Wir erkannten die Narbe an seiner rechten Hand.

Die Marinesoldaten waren von der Bevölkerung verspeist worden. James' Leichnam war in Stücke gehackt und unter die Häuptlinge der verschiedenen Provinzen der Insel verteilt worden. Deshalb dauerte es so lange, alles wieder zusammenzubringen. Was mit Rippen und Beckenring passiert ist, weiß ich nicht. Was meiner

Meinung nach mit dem Fleisch, den Geschlechtsteilen und den Augen passiert ist, wage ich nicht zu Papier zu bringen.

Am nächsten Morgen meldete sich der Häuptling erneut und brachte uns die Füße, die Schuhe, den Kiefer mit den gesunden, makellosen Zähnen noch darin, und den verbogenen Gewehrlauf. Am Tag darauf haben wir alle Reste von James bestattet. Wir beschwerten den Sarg mit Kanonenkugeln.

Einen furchtbaren Vorfall muß ich noch schildern. Ich war selbst nicht dabei, ich lag im Bett, in James' Bett, das nun mein Bett war, denn ich war auf die *Resolution* umgezogen, als mir das Kommando zufiel. In der Nacht des 14. Februar kamen die Offiziere zusammen; sie tranken große Mengen Branntwein und Rum und grölten laut. Zwischen ihnen auf dem Tisch lagen Kleider und Habseligkeiten von James auf einem Haufen, um die sie würfelten – seine Hemden, seine Uniform, seine Stiefel, Uhr, Taschentücher, Besteck, Bürste, Perücke, alles, alles, Elizabeth, alles haben sie sich angeeignet und untereinander aufgeteilt. Ich hörte es erst Wochen später von einem der Leutnants, der sich im nachhinein schämte. Ich werde seinen Namen nicht nennen.

Den Grund für dieses respektlose Verhalten kenne ich nicht. Es ist nie mehr darüber gesprochen worden, und James' persönliches Eigentum wurde von jedermann versteckt gehalten, als hätte es sich in Nichts aufgelöst.

Jetzt weißt Du alles. Ich fühle mich erleichtert. Vielleicht habe ich Dich mit Tatsachen belastet, die Du lieber nicht gekannt hättest. Ich bin mir darüber im klaren, daß Du sie jetzt nie mehr *nicht* wissen kannst, und falls ich die Notwendigkeit dieses Briefes falsch eingeschätzt haben sollte, bedaure ich das. Ich übereigne Dir die Tatsachen. Ob Du sie der Öffentlichkeit preisgibst oder sie in Deinem Herzen bewahrst, ist eine Frage, über die nur Du allein entscheiden kannst.

Ich schätze mich glücklich, daß ich James gekannt habe. Ich nehme jetzt, an der Schwelle zum Tod, Abschied von der Frau, die ihn liebte. Ich grüße Dich, Elizabeth, auf immer.
Charles Clerke

Jane Nelson war nicht sie selbst. Schon seit Monaten nicht, dachte Elizabeth. Schreckhaft, nachlässig, schnell aus der Fassung gebracht. An diesem Morgen hatte sie in der Pause einen Jungen geohrfeigt, der versehentlich seinen Kakao umgeworfen hatte. Danach war sie in Tränen ausgebrochen. Elizabeth hatte sie ins Konsistorialzimmer geführt, in den Lehnsessel des Pfarrers gesetzt und selbst die Leitung der Schule übernommen. Als die Kinder nach Hause gingen, setzte sie sich zu Jane.

»Geht es?«

Jane zerknüllte ein Taschentuch zwischen den spitzen Fingern. »Nervös«, sagte sie. »Ich weiß nicht, was mit mir ist. Keine Ruhe. Ich kann auch überhaupt nicht schlafen. Sollte ich mit der Schule aufhören, was meinst du? In diesem Zustand bin ich nicht gut für die Kinder. Voriges Mal, als David auf See war, hat mir das gar nichts ausgemacht. Wie kann das sein?«

Warten vergiftet, dachte Elizabeth. Es wird mit den Jahren nicht besser, sondern schlimmer. Man wird erschöpft und hält es immer schlechter aus. Die Haut hängt loser um die Knochen, und neue Falten graben sich ins Gesicht. So ist das.

David Nelson war erst vor zwei Monaten mit Kapitän Bligh auf der *Bounty* abgereist, die Samen und Setzlinge des Brotbaums von Tahiti holen sollte. Tausend Töpfe habe er mitgenommen, hatte Jane erzählt. Sie wollten die jungen Bäumchen dann auf Jamaika einpflanzen. Preiswerte und gesunde Nahrung. Dank James und seinen Südseekontakten komme der Handel in Gang, Banks stecke dahinter, er sei ganz verrückt auf den Brotbaum.

»Komm, wir laufen ein Stück«, sagte Elizabeth. »Hier, dein Mantel. Natürlich darfst du nicht mit der Schule aufhören, jetzt mußt du erst recht weitermachen. Weißt du nicht mehr, daß du das zu mir gesagt hast, als Nat starb, vor sieben Jahren? Ich konnte es nicht, ich wußte nicht, was ich eigentlich im Klassenzimmer suchte, und wußte die Namen der Kinder nicht mehr. Und doch bin ich hingegangen, jeden Tag. Es half. Es war ein guter Rat.«

»Ich sitze aufrecht im Bett, wenn es stürmt. Ohne Sinn und Verstand, denn David ist ja am anderen Ende der Welt. Wie hast du das gemacht?«

»Raus an die frische Luft«, sagte Elizabeth. »Lesen. Ein wenig im Zimmer umhergehen. Ein Gläschen Port. Das habe ich von meiner Mutter gelernt.«

Mary war vor einigen Jahren endgültig in den Nebel der Demenz entschwunden und lag nun neben Elly begraben. Elizabeth hatte sie auch in dieser letzten Phase nicht oft besuchen können, weil Mary unendlich traurig wurde, sobald sie ihre Tochter erblickte. Sie hatte niemanden mehr erkannt, doch die Reaktion auf Elizabeth war bis zum Schluß unverändert geblieben.

»Menschen im Haus, so wie du es hast, das hilft«, sagte Jane. Sie liefen Arm in Arm, die Köpfe im Wind.

»Sie kommen, sie gehen. Wenn sie sich verabschieden, fürchte ich, sie könnten nie wiederkommen, jedesmal. Zum Glück sind es stets kurze Reisen, für beide. Isaac ist erster Wachoffizier geworden, wußtest du das? Jamie ist zur Zeit Reservist. Er reitet jetzt, als sei er auch an Land nur in schaukelnder Bewegung glücklich. Benny ist natürlich immer zu Hause.«

Der Junge würde im Frühjahr zwölf werden. Sie mußte ihn vom Wasser fernhalten, es war undenkbar, ihn auf die Seefahrtsschule zu schicken. Es gab auch niemanden mehr, der darauf drängte.

Sie verabschiedete sich von Jane und ging nach Hause. Der vertraute süße Dunst von der Ginfabrik, das ewige Glitzern des Flusses, wo sich ein Durchblick zwischen den Häusern bot. Das frisch gestrichene, glänzende Tor ihres eigenen Gartens. Davor, mitten auf der Straße, immer das sich aufbäumende Pferd und die Wagenräder über einem reglosen Mädchen.

Isaac hatte eine Karte auf dem Küchentisch ausgebreitet. O nein, dachte sie, ich will diese Zeugnisse der See nicht im Haus haben, das ist hier keine Kajüte.

»Schau mal«, sagte Isaac. Es war ein Stadtplan von London und Umgebung. Die Themse schlängelte sich durch die Mitte wie eine Ader auf einer Altmännerhand.

»Clapham!« Isaac zeigte mit einem Bleistift darauf. »Am Ende der Hauptstraße, du blickst über Felder und Weiden, und doch sind die Geschäfte ganz in der Nähe. Ein großes Haus, in gutem Zustand. Wir können gleich einziehen.«

Siebenundvierzig bin ich jetzt, dachte sie. Zeit, diesen Warteraum zu verlassen, endlich einmal irgendwo zu wohnen, wo Wasser nicht die Hauptrolle spielt. Warum sollte ich hierbleiben? Weil James hier Abschied nahm. Weil Nat hier auf seiner Geige spielte. Weil Hugh mit mir im Garten saß. Weil Elly …

»Ich habe mich erkundigt«, sagte Isaac. »Nach Schulen und dergleichen. Es gibt dort eine fabelhafte Schule für unseren kleinen Professor. Ganz in der Nähe. Sie bereiten auf die Universität vor.«

Als hätte man ihn gerufen, kam Benny in dem Moment herein. Er schaute neugierig auf die Karte, fragte aber nichts.

»Wir ziehen um, Ben«, sagte Isaac. »Deine Mutter stellt einen Hausdiener ein. Jede Woche Empfang für Freunde und Bekannte. Mit Fasanenschenkeln und Kerbelsuppe.«

»Kommt Charlotte mit?« fragte der Junge. »Und Jamie?« Er blickte forschend in das Gesicht seiner Mutter.

Jetzt, dachte Elizabeth, jetzt muß ich ihm zeigen, daß Veränderungen erlaubt sind. »Isaac kommt mit, und Jamie wohnt bei uns, wenn er nicht auf See ist. Charlotte wird sich um den Haushalt kümmern. Und du gehst in Clapham zur Schule.«

Isaac zog einen Zettel aus der Tasche und las vor. »Philosophie, Literaturwissenschaft, Logik, Eloquenz! Das wirst du dort alles lernen. Latein. Geometrie. Du kannst nach dem Sommer anfangen.«

Benny nickte. Sein Gesicht verriet keinerlei Regung, doch er blieb dicht an den Tisch gedrückt stehen.

»Jamie wird ein Pferd kaufen«, fuhr Isaac fort. »Ein Stück dic Straße hinunter ist ein Stall. Wenn er zu Hause ist, kann er reiten. Du bekommst ein großes Zimmer mit Bücherschrank. Das Eßzimmer ist ein Saal! Hinten im Garten stehen Pflaumenbäume. Es wird großartig, du wirst sehen.«

Die Quitte, dachte Elizabeth. Die bleibt hier. Isaac muß mir helfen. Der Dachboden. All der Plunder von James. Die mottenzerfressenen Federmäntel, die Körbe aus Schilf und Baumrinde, die Speere, die Ruder – was sollen wir damit? Vielleicht können wir alles in ein Zimmer stopfen, ganz oben im Haus, und die Tür abschließen. Um die Papiere kümmere ich mich selbst. Die kommen in die Kiste mit Geheimnissen. Der Nippes ist für die Öffentlichkeit. Diese blöde Gedenkmünze aus Gold. Das alberne sogenannte Familienwappen. Diese Rarität lege ich in eine Vitrine im Eßzimmer, zusammen mit den Reisebüchern. Soll ich das Buch auf den Seiten mit Kings Schilderung von James' tragischem Tod aufschlagen? Um zu erfahren, wie es wirklich war, muß man in die Kiste vordringen. Der Schlüssel hängt unter meinem Rock. Ich kann dem Geheimnis nicht entgehen, selbst wenn ich alles in den Fluß würfe. Es ist in mir.

Nach dem Besuch des Pelzhändlers hatte Elizabeth erwogen, eine Kutsche nach Chalfont zu nehmen und Clerkes Brief Hugh Palliser vorzulegen, als habe sich nichts geändert. Sie hatte sich Zeit genommen, über dieses Vorhaben nachzudenken und ihre Beweggründe zu untersuchen. Ich bin erschrokken, hatte sie gedacht, ich möchte beruhigt werden. Aber das geht gar nicht, die Tatsachen selbst sind beunruhigend, und niemand kann sie ändern.

Sie war über den gewundenen Pfad zwischen den Wiesen gelaufen, allein. Ich möchte seine Hilfe, hatte sie gedacht. Er soll mit mir reden, damit ich weiß, was ich zu tun habe. Die

Admiralität informieren? Isaac aushorchen? Den ganzen Zirkus der Heldenverehrung sprengen? Vielleicht weiß ich sehr wohl, was ich tun möchte, und suche nur nach einer Ausrede, um bei Hugh sein zu können. Sie schüttelte den Kopf und biß sich auf die Lippe. Sonnenlicht glitzerte in den Pfützen auf dem Weg. Sie sprang von einem Grasbüschel zum nächsten, damit ihre Schuhe trocken blieben. Das nahm ihre ganze Aufmerksamkeit in Anspruch.

Sie hatte den Brief von Clerke weggeräumt, ohne mit jemandem darüber zu sprechen. Der Bericht über die dritte Reise kam heraus, eine prächtige Ausgabe in drei Bänden, die binnen weniger Tage ausverkauft war. Wie ein Wissenschaftler hatte sie die Schilderung von James' Tod gelesen: distanziert, darauf achtend, daß ihre Beobachtungen nicht durch eine voreilige Interpretation getrübt wurden. Durch die Lükken in der Erzählung sah sie die Geschehnisse, die Clerke ihr beschrieben hatte. Die Worte auf dem weißen Papier stellten eine Wahrheit dar, was weggelassen worden war, eine andere.

Sie konnte sich nicht vorstellen, daß es um ihren eigenen Mann ging. James, dachte sie, wie er sich anfühlte, wie er roch, wie seine Stimme klang. Ich *muß* mir das ins Gedächtnis zurückrufen. Sie umgeben ihn mit Lügen, und ich beteilige mich daran. Wie oft sitze ich nicht bei diesem oder jenem am Tisch und erzähle, wie besonnen, menschenfreundlich und erfindungsreich er war. Dann kramt wieder jemand die Sauerkrautsaga aus, und ich nicke brav. Isaac erzählt, wie James ihn den ersten Schritt auf das große Südland tun ließ, und ich lächle ein wenig betrübt, aber tief zufrieden. Banks ergeht sich in einer lobenden Beschreibung, welche Gewächse James für ihn sammelte, aus Liebe zur Wissenschaft, aus Liebe! Mein Mann hatte große Achtung vor allem, was wächst, pflichte ich ihm bei, ohne mit der Wimper zu zucken.

Nichts davon stimmt. Er ist ein Rätsel. In explosionsartigen Wutausbrüchen zerstörte er alles, was ihm lieb war. Warum? Ich muß das herausfinden, ich will verdammt noch mal meinen Mann zurück, ich will an ihn denken können, ohne in einen enigmatischen Sumpf zu versinken. Ich will ihn verstehen.

Sie hatte lange auf die Abbildung von Prinzessin Poetua gestarrt, die Webber während ihrer Geiselhaft in der großen Kajüte gemalt hatte. Die leicht seitwärts vorstehenden kleinen Brüste. Die Tätowierungen. Der Blick: ergeben, verächtlich? Sie ist schwanger, hatte sie gedacht, der linke Arm liegt über ihrem schwellenden Bauch, und das macht sie stärker als all die Kerle in der stickigen Kajüte. Wie konnte James eine halbnackte schwangere Frau tagelang gefangenhalten, nur um eine gestohlene Ziege zurückzubekommen?

Isaac erlöste sie schließlich. Er zwang sie, den Grundriß des neuen Hauses zu studieren und Entscheidungen in bezug auf Tapeten und Möbel zu treffen. Er war für einige Monate auf halbem Lohn an Land und hatte alle Zeit, ihr beim Packen zu helfen. Es war nie konkret beschlossen worden, zusammenzuwohnen, das hatte sich ganz von allein ergeben. Nach und nach war er bei ihr eingezogen, nach jedem Urlaub ließ er weitere Habseligkeiten in ihrem Haus zurück. Sein Mantel hing im Flur.

»Wir ziehen um, sobald Benny mit der Schule fertig ist«, sagte Isaac. »Was hast du mit dem Garten vor, willst du viel daraus mitnehmen? Dann machen wir uns ans Ausgraben.«

»Nur die Malven«, sagte Elizabeth. »Wir fangen in Clapham von vorne an. Keine exotischen Pflanzen mehr. James zuliebe brauchen wir es nicht zu tun, alles steht auch in Kew. Und besser dazu.«

Der Garten des neuen Hauses war hell und übersichtlich. Martin, der Hausdiener, mähte das Gras unter den Pflaumenbäumen mit der Sense. Sie schauten von der überdachten Holzveranda aus zu.

Elizabeth fühlte sich ungewöhnlich zufrieden. Ihr großes, L-förmiges Schlafzimmer bot Raum für das große Bett, einen

Waschtisch, einen Schreibtisch, und immer noch war jede Menge Platz. Auch die Kiste mit Geheimnissen hatte sie nach langem Überlegen in diesem Zimmer untergebracht, weit hinten in einem Wandschrank. Nachts schien ihr manchmal, als komme ein Beben, ein feindseliges Rauschen aus dem Schrank, und sie mußte sich aufsetzen und eine Kerze anzünden, um sich davon zu überzeugen, daß alles in Ordnung war.

Jeden Donnerstagnachmittag gab sie einen Empfang. Eine Frau aus Clapham kam zum Kochen, Martin ließ die Gäste herein und bediente bei Tisch.

»Du hast Freunde«, hatte Isaac gesagt, »Menschen, die es schön finden, dich zu sehen. Organisier was Nettes für sie. Laß dir ein neues Kleid schneidern. Denk dir ein Essen aus. Du kannst das.«

Wen sollte sie denn bloß einladen? Charlotte, in ihrer Doppelrolle als Freundin und Haushälterin, war ohnehin immer da. Jamie gesellte sich in seinem Urlaub dazu. Benny aß mit, immer dicht neben Charlotte und schweigend, es sei denn, jemand stellte ihm eine direkte Frage. Jane Nelson kam aus Stepney. Sie hatte neue Hilfstruppen für die kleine Schule rekrutiert; Elizabeth ging nur noch einmal die Woche zum Vorlesen hin, finanzierte die Unternehmung aber weiterhin. Alle zwei, drei Wochen kam Douglas aus Windsor. Bei diesen Gelegenheiten blühte Benny auf. Elizabeth sah sie zusammen flüstern, der Junge gestikulierte und nickte, sein Gesicht bekam Farbe.

»Worum ging es denn?« fragte sie einmal nach dem Diner.

»Was man studieren kann«, antwortete ihr jüngster Sohn. »Was man später werden kann. Pfarrer zum Beispiel. Ich darf mir Bücher von ihm ausleihen.«

Gerne hätte sie den alten Organisten an ihrer Tafel gesehen, doch daran war nicht zu denken. Elizabeth besuchte ihn an den Tagen, da sie zu der kleinen Schule ging. Hartland lag im Bett. Er spielte nicht mehr. Vor seinem Haus war sie einmal einem jungen Mann begegnet, der ein Instrument in einem großen Futteral bei sich hatte. Er wollte gerade die Tür zuschlagen, als er Elizabeth erblickte.

»Robert Hartland«, sagte er, ihr die Hand reichend. »Neffe des Alten. Ich habe für ihn gespielt. Er freut sich auf Euren Besuch. Darf ich Euch einmal zu einem Konzert einladen? Mein Onkel erzählte, Ihr liebt die Musik.«

Robert spielte Cello in einem Londoner Orchester. Elizabeth war mit Isaac zu einer Aufführung gegangen. Es wurden Werke von Haydn gespielt, eine Sinfonie und eine Reihe langsamer Stücke für Streichorchester, die in ein gewaltiges Getöse mündeten, das ein Erdbeben darstellen sollte.

»Und«, fragte Robert in der Pause, »brillant, nicht? Die Tinte ist noch naß! Es war ursprünglich ein Chorwerk, er hat es bearbeitet. Sieben Adagios. Daß er sich das traut! Ein großer Musiker, der größte. Wir versuchen, ihn nach London zu holen, aber der ungarische Fürst, bei dem er in Dienst ist, hält ihn fest und verlangt ihm alles ab. Er muß für diesen Esterházy jede Woche neue Kammermusik schreiben. Eine künstlerische Gefangenschaft ist das. Ausbeutung! Gleich kommt das Violinkonzert, da gehen einem die Ohren über.«

So war es in der Tat gewesen. Der Konzertmeister hatte sich erhoben, frontal vor dem Orchester, und sie in die unermeßliche Höhe mitgenommen. Sie vergaß den Geruch der Menschen um sie her, das hörbare Atmen, das Herumgerutsche auf den harten Bänken. Als das Stück zu Ende war, hatte sie sich betrübt und zugleich dankbar gefühlt. Seither war Robert Hartland ein willkommener Gast an ihrem Tisch.

»Müßtest du Palliser nicht mal einladen?« fragte Isaac. »Er möchte bestimmt wissen, wie es seinem Patenkind geht. So ein einsamer Mann in so einem großen Haus ist doch froh, wenn er mal herauskommt. Lade ihn ein. Oder soll *ich* ihm schreiben?«

Sie stellte sich vor, wie sie in dem heiteren, hellen Eßzimmer zusammen am Tisch sitzen würden. All diese Loyalitäten, die Geheimnisse, der Betrug. Die Schauspielerei und die

Wut dahinter. Sie hatte jetzt, dank Isaac, ein Dasein gefunden, das lebbar und auszuhalten war. Wenn sie sich bewußt machte, wie gnadenlos Palliser sie im Stich gelassen hatte, zerstörte sie sich alles, was sie jetzt gewonnen hatte. Er ist ein alter Mann, redete sie sich ein, er schämt sich, er empfindet sich als gescheitert, ist gekränkt. Er geniert sich für seinen gebrechlichen Körper. Ich muß Verständnis haben, Mitempfinden. Er vertraut mir nicht. Er schiebt mich beiseite, als wäre ich ein alter Stuhl. Und dann das andere, das Schwierige: James stehe zwischen uns, sagte er. Ich weigere mich, darüber nachzudenken.

»Keine gute Idee«, sagte sie. »Lad lieber mal einen Kollegen von dir ein. Junge Menschen am Tisch, das wird auch Benny besser gefallen.«

Doch im Grunde war ihr ein Rätsel, woran ihr Jüngster überhaupt Gefallen fand. Er lernte Latein, er las eifrig in den theologischen Schriften, die Douglas ihm gegeben hatte, und er sang auch in der neuen Schule im Chor. Manchmal hörte sie ihn in seinem Zimmer üben; seine hohe Stimme hatte einen metallischen Klang. »Bleib bei mir, Herr, der Abend bricht herein«, sang er. Aus unerklärlichen Gründen wurde ihr dabei sterbensbang.

Er studierte das Familienwappen, das Elizabeth 1785 verliehen worden war. Sie hatte das Recht, es an einer Kutsche zu führen, wenn sie eine Kutsche besaß. Ein unsinniger, übertriebener Ehrenerweis, fand sie. Auf azurblauem Untergrund lag die pazifische Halbkugel, gefangen im Netz der Längen- und Breitengrade. Eine rote Linie gab James' Weg an, endend auf Hawaii. Benny zeichnete das Wappen auf ein Blatt Papier ab. Oberhalb der Südsee ragte ein mit Lorbeer umkränzter Arm in Kapitänsuniform empor, der die englische Fahne schwenkte.

»*Circa orbem* steht da«, sagte Benny. »Das heißt: Um die Welt. Habe ich Großeltern?«

Elizabeth setzte sich ihm gegenüber. Sein Haar gleicht dem von Nat, dachte sie. Warum schneide ich es nie selbst, warum schicke ich ihn mit Isaac zum Barbier?

»Sie sind tot. Deine Großmutter war dabei, als du geboren wurdest. Sie hat dich gesehen.«

Der Junge schrieb die Namen auf: Grace und James, Mary und John. Hinter jeden Namen zeichnete er ein Kreuz.

»Bei uns ist Jamie der Älteste. Wer kommt danach?«

»Nat«, sagte Elizabeth. »Elly. Joseph. George. Und dann du.«

Quälend langsam formte sein Stift die Kreuze. Warum fragt er nichts, dachte sie, wie George aussah, wer Joseph war, warum er selbst noch lebt und all die anderen nicht? Er würde meine Antwort nicht ertragen. Und warum frage *ich* nichts? Kann er sich noch an Nat erinnern, möchte er einmal mitkommen, wenn ich nach Stepney fahre, zu Elly, wie fühlt es sich an, so viele tote Kinder über sich zu haben? Ich könnte seine Antworten nicht anhören.

»Jamie muß Kinder bekommen, sonst sterben wir aus«, sagte Benny. Er zeichnete fleißig an seinem Stammbaum weiter.

Willenskraft und Pflichtbewußtsein veranlaßten sie, ihn jeden Abend, wenn er im Bett lag, aufzusuchen.

»Schlaf schön, Benny.«

»Gute Nacht, Mama.«

Wenn sie weg war, schlüpfte er wieder aus dem Bett und kniete auf dem nackten Fußboden nieder. Tock, tock. Sie lauschte auf dem Flur mit angehaltenem Atem.

»Herr, erbarme dich der Toten. Nat, Elly, Joseph, George, Papa und aller meiner Großeltern. Amen.«

Im Kamin loderte ein Feuer. Die Fenster des Eßzimmers, schwarz in der früh einsetzenden Dunkelheit, spiegelten die Flammen wider. Über dem Tisch hing ein Kronleuchter mit dreißig Kerzen. Martin hatte Teller und Schüsseln in die Küche getragen und ein Tablett mit Portwein und Gläsern auf den Tisch gestellt. Elizabeth lehnte sich auf ihrem Stuhl zurück und schaute auf die Gesichter ihrer Tischgenossen. Isaac ihr gegenüber, freundlich und vertraut; Charlotte; Jamie, gerade zum Leutnant befördert, in nagelneuer Uniform; der lebhaft redende Robert Hartland. Nächstes Jahr werde ich fünfzig, dachte sie, und immer noch bin ich da. Ich bin mehr da denn je, seit wir umgezogen sind. Isaac zwingt mich, zu leben, gut zu essen, mich auszutauschen, in Konzerte zu gehen. Ich hätte nie gedacht, daß ich das je wieder könnte. Warum ist Benny jetzt verschwunden? Bestimmt oben bei seinen Büchern. Ein Vierzehnjähriger sitzt nicht gern so lange am Tisch.

Jamie hatte jetzt das Wort ergriffen, und alle hörten ihm fasziniert zu. Auf einem Indienfahrer war Kapitän Bligh in Portsmouth angekommen. Die Marinebasis schwirrte von Geschichten.

»Die Meuterer haben Bligh und die Männer, die ihm die Treue hielten, in einem Beiboot ausgesetzt, einem offenen Boot! Sie haben so gut wie keine Vorräte mitbekommen. Es ist eine Höllenfahrt gewesen, aber sie sind durchgekommen und schließlich sicher irgendwo auf Java gelandet. Das ist alles nur passiert, weil er keine Marinesoldaten mithatte, da fehlen einem dann die Mittel, sich Geltung zu verschaffen. Es wird eine Verhandlung vor dem Kriegsgericht geben.«

Arme Jane, dachte Elizabeth. David Nelson, betraut mit dem Heranziehen und Versorgen von tausend Brotbaumsetzlingen, war seinem Kapitän in das Beiboot gefolgt und hatte die gefährliche Reise gut überstanden, doch an Land war er in kürzester Zeit dem Sumpffieber erlegen. Morgen gehe ich sie besuchen – welche Sinnlosigkeit, welch absurder Zufall, welche Ohnmacht.

Um Aufstand und Revolution drehte sich das Tischgespräch. Was jetzt in Frankreich geschehe, werde nach England herüberwehen, es hänge in der Luft, und vielleicht sei die Meuterei auf der *Bounty* ein Vorzeichen. Nein, meinte Isaac, ein hemmungsloses Blutvergießen wie bei den Franzosen werde es in England nicht geben, die Verhältnisse zwischen den verschiedenen Ständen seien hier anders, und die Menschen seien stärker der Tradition verhaftet. Die Meuterer würden mit Sicherheit verurteilt und mit jedermanns Zustimmung an der Rah des Großmastes aufgehängt werden. Paris! Verrückt seien die Menschen dort. So eine Verschwendung! So ein Chaos!

Robert Hartland war in London bei einer französischen Theatervorstellung gewesen, einem Stück über den Tod James Cooks; in Paris habe es massenhaften Zulauf gehabt. Weil die armen Eingeborenen kurzen Prozeß mit den wohlhabenden Besuchern gemacht hätten? Möglich, er wisse es nicht. Hier, in England, kämen die Menschen des Spektakels wegen, man denke nur an den Erfolg des Stücks über Omai vor einigen Jahren. Das Stück über James werde jetzt in Covent Garden aufgeführt, mit Musik, Ballett und prächtigen Kostümen mit Flitter und Federn. Drei Akte! Die Handlung sei Unsinn, sagte Robert, irgend etwas mit einer Liebesgeschichte und einem eifersüchtigen Liebhaber, James setze sich für diesen oder jenen ein und werde ermordet. Es habe weder Hand noch Fuß, aber die Musik sei wunderschön, sehr gut ausgeführt auch. Auf der Bühne habe man einen Vulkan aufgebaut, der im dritten Akt echten Rauch ausstoße.

Über den Tisch hinweg suchte Elizabeth Isaacs Blick. Sie sahen einander an und schüttelten beide fast unmerklich den Kopf. Diese Aufführung würden sie nicht besuchen.

Das Gespräch über die Revolution in Frankreich klang in ihr nach. Wie der Henker dem Opfer die Haare im Nacken wegschnitt. Wie das Messer der Guillotine herunterfiel. Wie der Körper auf einmal kein Ganzes mehr war. Sie konnte den Gedanken an James' Ende nicht zurückhalten; mit Messer und Beil hatten sie ihn in Stücke gehackt, wie ein Schwein, das sich sechs Familien teilten. Der Fleischer verstand etwas von

Gelenken und schnitt Sehnen und Bänder so durch, daß jeder das Seine bekam. Ihr wurde übel. Ihr wurde kalt. Wie konnte er es so weit kommen lassen? Warum mußte er alles, was er erreicht hatte, so achtlos verlorengehen lassen?

Sie zwang sich, Isaac zuzuhören, der von den Freuden der Kartographie sprach, dem Glücksgefühl nach einer gelungenen Zeichnung von einer unbekannten Küste, der Zufriedenheit, wenn man eine Insel nach ihrer Umsegelung komplett kartieren konnte.

»Die ganze Welt kann man zeichnen, und das wird auch geschehen. Jede Entdeckungsreise liefert einen Schatz an Fragmenten, und dank der genauen Ortsbestimmung seit der Erfindung des Chronometers können wir sie alle miteinander verbinden. Wie Steinchen eines Mosaiks. Was wir gezeichnet haben, besteht. Ich hatte furchtbar schlechte Laune, wenn wir uns von der Küste entfernen mußten, zu weit, um noch etwas erkennen zu können. Ärgerlich, daß hinter Nebel und Wolken eine Landschaft liegt, die man nicht zu sehen bekommt. James haßte das auch, er segelte manchmal zurück, wenn das Wetter aufklarte. Die Männer nahmen ihm das übel, aber ich verstand es.«

»Man muß alles durch seine Hände gehen lassen«, sagte Robert. »Mit der Musik ist das genauso. Jede Note muß man spielen, man streicht sie an, und dann besteht sie, dann ist sie dagewesen, auch wenn man sie nicht mehr hört. Deshalb möchte ich alle neuen Sinfonien von Haydn spielen, gleich, wenn er sie geschrieben hat. Es ist, als könnte ich sie zum Leben erwecken.«

Isaac schien kaum zu hören, was der Musiker sagte. Er sah Elizabeth unverwandt an und sprach weiter, über James.

»Du hättest ihn sehen sollen, wenn Land in Sicht kam! Er konnte das schon aus großer Entfernung vermuten, er sah das am Wellenschlag, an der Farbe des Wassers. Dann schickte er jemanden zum Ausguck hinauf. Nach einer Weile kamen die Vögel, dann wußten wir, daß etwas in der Nähe sein mußte, wo sie ausruhen konnten. Oder es trieben Äste im Wasser, ein Baumstamm, eine Kokosnuß. Dann schrie der Matrose von der Mastspitze herunter, und wir stellten uns an die Reling und spähten, bis die Küste am Horizont auftauchte. James dachte sich einen Namen aus. Er taufte die Insel und fügte sie dem hinzu, was wir bereits wußten. Dann war er glücklich. Wir haben heute Gewinn gemacht, sagte er zu mir, die Unwissenheit um ein kleines Fragment Wissen erleichtert; nimm deine Bleistifte und zeichne sie! Er hat einen Standard gesetzt. So machen wir es bis heute. Oder so würden wir es machen, wenn wir nicht ständig Krieg führten.«

Isaacs Wangen hatten sich gerötet. Elizabeth löste sich von seinem Blick und schaute auf ihren Schoß. Alles hat er gewonnen, Ruhm, Ansehen, Akzeptanz in Kreisen, in denen er nichts zu suchen hatte. Eine Familie. Zur See fahrende Kinder. Die Freiheit zu entscheiden, was er auf sich nehmen wollte und was nicht. Alles gewonnen, alles verloren. Er segelte mit der Zeit, gespannt, was nun wieder am Horizont auftauchen würde. Auf Hawaii, der letzten Insel, ist er aus der Zeit gefallen und hat nicht mehr in sein Logbuch geschrieben. Gab es keine Fragmente der Wirklichkeit mehr, die er seinem Wissenskorpus hinzufügen mußte? Hatte die Uhr ihre Wichtigkeit verloren? Wodurch?

Ich kenne das, dachte sie, ich bin selbst aus der Zeit gefallen, als die Kinder starben; ich stand außerhalb dieses Stroms, in den alle anderen aufgenommen zu sein schienen. Ich wußte nicht mehr, welche Stunde des Tages, der Nacht es war und ob Ereignisse vor kurzer oder langer Zeit stattgefunden hatten. Die Zeit in mir stand still, daher konnte ich sie nicht mehr abschätzen. Es war auch ohne Belang.

Später merkte ich, daß alles weitergegangen war und ich nachging. Ich versuchte, dem Strom zu folgen, stolpernd, auf den Knien, halbherzig. Ich blieb hintendran und schaute mich nach früher um, nach der Zeit, in der ich sein wollte. Ich kenne das.

Das Gespräch war eine Geräuschwolke, ein plätschernder Hintergrund für ihre Gedanken. Sie mußte besser achtgeben, es ging um ihre Tafel, ihre Gäste, ihre Zeit.

»Er nahm ein frisches Blatt Papier«, sagte Isaac, »und wir räumten den Tisch ab. Wir zeichneten die Längen- und Breitengrade ein. In einer Ecke begann ich mit der Windrose, herrlich war das. Dann trugen wir alles, was wir wußten, zusammen, und vor unseren Augen entstand etwas Neues, ja, die Insel kam uns vollkommen neu vor, obwohl wir alle Teile kannten, sie wuchs unter unseren Bleistiften zu einem übersichtlichen Ganzen zusammen, als würden wir sie erst wirklich kennen, wenn sie ganz und gar auf dem Papier stand.«

»Ich finde es immer schade, daß es nur der äußere Rand ist«, sagte Jamie. »Nur die Küste, denn weiter kann man meistens nicht sehen. Im Innern eurer Inseln ist ein weißer Fleck. Ja, einen einzelnen Berg, den vermutlichen Lauf eines Flusses, einen Vulkan kann man noch hineinsetzen. Aber sonst? Man müßte sich im ganzen Land tummeln. Messen. Wissen.«

Ich auch, dachte sie. Sie erzählen mir, was ich tun soll. Daten sammeln, die Dinge, die ich weiß, miteinander in Zusammenhang bringen, sie so nebeneinander legen, daß etwas Neues entsteht, etwas, das ich verstehen kann. Dank Isaac und den Jungen laufe ich wieder am Gängelband der Zeit, jetzt müßte ich das in Angriff nehmen können. Ich bin es James schuldig.

Ihr fiel ein, daß die Karte von Hawaii von William Bligh, dem unglücklichen Opfer der kürzlichen Meuterei, unterzeichnet war. James war nicht imstande gewesen, seine Beobachtungen selbst zusammenzufügen. Wenn er es schon nicht geschafft hatte, wie sollte sie es da können?

Sie lehnte sich zurück und spürte die Glut des Kaminfeuers. Vor ihren Augen zeichneten sich die Umrisse der Insel ab, und ihre ganze Aufmerksamkeit wurde in deren leeren Mittelpunkt gezogen, ein vor weißer, gleißender Hitze pochendes Herz.

12

Sie hatte die vergangenen Jahre mit belanglosen Kleinigkeiten vergeudet und vertan. Die Entschlossenheit, mit der sie die Nachforschungen nach James' Tod in die Hand hatte nehmen wollen, hatte sich unbemerkt verflüchtigt. Unaufhaltsam schob sich eine Aufgabe, eine Verpflichtung nach der anderen davor, und es schien, als sei ihr das gerade recht.

Jane Nelson hatte ihre Aufmerksamkeit in Anspruch genommen. In der Zeit ihrer frischen Witwenschaft besuchte Elizabeth sie nahezu täglich. Sie machten lange Spaziergänge und suchten zusammen Joseph Banks auf, um eine Pension für Jane zu erwirken. Von der Wand blickte James streng auf Elizabeth herab.

»Es ist und bleibt ein wunderbares Porträt«, sagte Banks. »Dance hat ihn so gut getroffen. Genau so, wie man ihn kannte.«

Unsinn, dachte sie. Er ist abgebildet, wie er vielleicht sein wollte, aber nicht, wie er war. Mit Schmerz erinnerte sie sich, wie James ihr im Garten die Pose vorgemacht hatte.

Ihre kleine Schule leerte sich, weil stets mehr auch für die Ärmsten bezahlbare Schulen errichtet wurden. Elizabeth hatte darauf gedrängt, noch eine Weile als Auffangstation für die Kinder weiterzumachen, die nach der Schule in ein leeres Haus zurückkehren würden, doch am Ende entschieden sie sich für die Auflösung.

Jane erholte sich erstaunlich gut. Sie war immer hager und drahtig gewesen, wurde nun aber regelrecht dick. »Ich weiß nicht, was das ist«, sagte sie verwundert. »Ich mußte mir schon zweimal neue Kleider zulegen. David hätte das gefallen, er sagte immer, ich sei viel zu dünn.«

Rege bleiben, dachte Elizabeth, es muß etwas an die Stelle der Schule treten, sonst hat der Tag keine Form, und sie sitzt nur untätig herum. Von Jane selbst kam schließlich der Vorschlag, Nachmittage für junge Seemannsfrauen zu organisieren.

»Als David wegfuhr, wußte ich nicht, wie mir geschah«, sagte sie. »Wenn ich dir damals nicht begegnet wäre, wäre es übel mit mir ausgegangen. Wir müssen die jungen Frauen miteinander in Kontakt bringen, dann helfen sie sich gegenseitig. Passen gegenseitig auf ihre Kinder auf, tun etwas füreinander, geben ein wenig aufeinander acht. Es ist bestimmt eine darunter, die gut nähen und es den anderen beibringen kann. Oder eine, die etwas von Geld versteht. Zweimal in der Woche ein Nachmittag. Ausflüge! Wir können mit ihnen nach Kew fahren.«

Elizabeth hatte Jane bei der Organisation geholfen, war danach aber doch rasch abgesprungen. Die Idee gefiel ihr besser als deren Umsetzung, das merkte sie gleich, als die Frauen zum erstenmal in dem kleinen Saal hinter der Kirche zusammenkamen. Mädchenhaft waren sie noch, kichernd, verlegen, keck, forsch, schlank, kräftig, schwanger. Elly, hatte sie gedacht, sie wäre jetzt fast fünfundzwanzig, sie hätte hier bei uns sitzen können. Die Mißgunst war so heftig und bitter, daß sie aufstehen und eine Weile draußen umherlaufen mußte. Hochsommer war es, die Frauen hatten nackte Arme. Durch das offene Fenster hörte sie Janes Stimme und danach das Plappern der Frauen, ein aufspritzendes Lachen, einen Ausruf. Ich kann das nicht, hatte sie gedacht. Ich sollte das nicht machen, ich verderbe es allen.

Jane hatte sie verstanden und allein weitergemacht. Sie erzählte bei den Donnerstagsdiners von dem Projekt und machte einen zufriedenen Eindruck.

Der alte Organist starb in der Saison, als der auch von ihm bewunderte Haydn nach London kam. Ohne Angst oder Schmerzen entschlief er, kurz nachdem Robert die Sarabande aus der fünften Suite von Bach für ihn gespielt hatte. Jetzt sind Hartlands Erinnerungen an Nat verloren, dachte Elizabeth. Gut, daß er mir so viel erzählt hat, da kann ich daran denken. Sie pflanzte Christrosen auf sein Grab.

Die Musiksaison, die im Herbst 1791 begann, war aufregend. Haydn hatte neue Sinfonien geschrieben, um das englische Publikum zu erfreuen, und Elizabeth hörte sie sich an. Eine langsame, feierliche Einleitung, so daß man geradezu überfallen wurde, wenn rasant das Thema einsetzte. Ein Menuett, so schnell, daß man wohl kaum darauf würde tanzen, sondern höchstens schweben und fliegen können. Das Orchester sah voller aus als sonst. Sie hörte nicht nur Hörner und Oboen, sondern auch Klarinetten, Flöten, Fagotte. In der Mitte hinter seinen Kollegen saß der Paukist, er sah dem Dirigenten geradewegs ins Gesicht. Der klare, durchdringende Klang der Trompeten versetzte sie unvermittelt in Gedanken an die Unschuld und den Ernst ihres musikalischen Sohnes.

»Es ist zuviel für dich«, sagte Isaac. Aber sie wollte alles hören. Er ergriff ihre Hand, wenn es ihr zu arg zu Herzen ging. Es war eine schöne Saison.

Der Sommer überraschte alle. Es wurde einfach nicht warm. Die Pflanzen wuchsen nur bis zu ihrer halben Höhe und verfaulten dann im Schlamm. Eisige Regenschauer geißelten das Land, und die Tiere krochen an den Steinmäuerchen um die Felder zusammen. Martin, der den Garten schön herrichten wollte, wußte sich keinen Rat mehr.

»Laß es«, sagte Elizabeth. »Vielleicht bekommen wir einen schönen Herbst. Sonst warten wir aufs nächste Jahr. Es ist nicht schlimm.«

Weil es herbstlich dunkel war, hatte sie schon mittags die Lampe an. Sie las. Sie schrieb an Frances, an Douglas, an Robert. Sie dachte nach.

Die Männer, die sie bei ihren Nachforschungen zu James' Schicksal hätte zu Rate ziehen können, waren einer nach dem anderen gestorben. Clerke schon vor langer Zeit, danach King, kürzlich Burney und Gore. Es hätte sie beunruhigen müssen, doch es tangierte sie nicht, so als sei ihr Verständnis von James nicht von Fakten abhängig, die ein anderer ihr hätte erzählen können, als liege alles Material schon bereit und es gehe nur noch darum, die Fragmente in einen neuen Zusammenhang zu bringen. Sie konzentrierte sich, ließ das Buch in ihren Schoß sinken und schloß die Augen, um durch nichts abgelenkt zu werden. Ehe sie sich's versah, dachte sie über die ertrunkenen Anemonen nach, das Menü für Donnerstag, den Zustand des Kaminfeuers. Dann ging sie eben nach draußen und lief durch Wind und Regen, damit sie zumindest etwas spürte, Kälte, die ihr in die Wangen biß, Nässe auf ihren Schultern, die Schwere ihrer schlammigen Schuhe. Zeit, dachte sie, es ist doch Zeit. Nicht alles muß jetzt gleich sein. Ich kann mit Isaac schwatzen, Jamie zusehen, wenn er auf seinem Pferd umhertrabt. Tun, was zu tun ist. Nicht mehr.

Bennys achtloser kleiner Satz über das Aussterben der Familie war in ihren Gedanken hängengeblieben und sorgte dafür, daß sie ihren Ältesten genau im Auge behielt.

»Ich sah Jamie durch die Hauptstraße laufen«, sagte Charlotte. »Mit der Tochter des Doktors, ein liebes Mädchen, etwas mollig. Susanna heißt sie.«

Weihnachten kam sie zum Essen. Sie bedachte Jamie mit bewundernden Blicken und fragte Benny mit aufrichtigem Interesse, was er mache. Schüchtern und errötend sprach sie Elizabeth im Flur an: »Ich finde es so schlimm für Euch, wen Ihr alles verloren habt, ich traue mich gar nicht, darüber zu sprechen. Aber ich möchte, daß Ihr wißt, wie außergewöhnlich ich es hier finde und daß Ihr das fertigbringt, so einen gemütlichen Abend.«

Elizabeth war gerührt und erwiderte etwas Nettes. Isaac wollte auf das neue Paar anstoßen, und Jamie blickte stolz.

Sie dachte an Hugh Palliser, vielleicht nicht täglich, aber doch oft. Von Zeit zu Zeit gingen Briefe zwischen Chalfont und Clapham hin und her, oberflächliche Briefe, in denen sie ihn über das Leben seines Patenkindes informierte; nichtssagende Briefe, in denen er von den Tieren auf seinem Landsitz erzählte; Briefe mit eigenartigen unterschwelligen Anspielungen, die sie ganz krank machten. Er schrieb ihr an den Todestagen von Nat und Elly. Das schätzte sie. Zumindest die Intention. Die mutlose Distanz, die aus seinen Worten sprach, machte sie ärgerlich.

Es hat keinen Sinn, daß wir uns sehen, schrieb er, *mein Leben bewegt sich mittlerweile in engen Grenzen, und ich möchte es gerne dabei belassen. Mir genügen die Erinnerungen. Schade, daß wir einander nicht den Trost geben konnten, den wir brauchten, aber so ist es nun einmal. Wir müssen uns damit abfinden.*

Rasend machte sie das. Die Wut raubte ihr den Schlaf, sie komponierte scharfe Repliken, die sie mit kratzender Feder niederschrieb, aber schließlich in einer Schublade liegenließ.

Niemand hat mich je so gestützt wie er, dachte sie, und ich bin zu niemandem je so offen, so unbefangen und ohne Hintergedanken gewesen wie zu ihm. Daß er sich weigert, etwas miteinander zu teilen, während wir noch da sind, daß er in Erinnerungen versinkt, während wir noch existieren – sie knurrte und fluchte vor Demütigung und Entrüstung.

Dann kam das Morgengrauen durch die Fenster herein, und sie sah sein gequältes Gesicht vor sich. Wie er will, dachte sie. Ich richte mich ganz nach ihm und mache es ihm nicht schwerer, als es schon ist. Ich verstehe zwar nicht recht, womit er zu ringen hat, aber ich liebe ihn genug, um ihn zu lassen.

Sie vermutete ein Geheimnis, mit dem er sie nicht belasten wollte, und konnte seine Bemerkung über James nicht vergessen. Es gelang ihr nicht, klar weiterzudenken, zu viele Stränge liefen durcheinander. Dann legte sie ihre bösen Briefentwürfe weg und machte sich in der noch kalten Küche Kaffee.

Benny wurde sechzehn. Er war größer als sie und begann auszusehen wie James, als sie ihm zum erstenmal begegnet war. Er war ein anpassungsbereiter, stiller Junge geblieben, der manchmal zu ihrem Erstaunen schon stundenlang im Zimmer saß, ohne daß sie ihn bemerkt hatte. In die aufgeregten Gespräche zwischen Isaac und Jamie, immer über Klatsch und Mißstände bei der Marine, mischte er sich nie ein. Die Erzählungen von Robert Hartland über die spannende neue Musik ließen ihn kalt; Einladungen zu Konzerten schlug er aus, weil er noch lernen wollte. Das einzige, was er von sich aus mit großer Leidenschaft unternahm, war, in die Kirche zu gehen. Er konnte begeistert davon erzählen, was der Pfarrer diesmal wieder in seiner Predigt angeschnitten hatte. Elizabeth fiel nichts Besseres ein, als Bennys Beiträge zur Unterhaltung zu ignorieren. Sie verachtete sich selbst dafür. Der Junge bekundete, was ihn beschäftigte, dafür sollte sie Interesse aufbringen. Wovor fürchtete sie sich?

»Dich sehe ich nicht zur See fahren, wenn du mit dieser Schule fertig bist«, sagte Isaac. »Was willst du eigentlich werden?«

Benny warf seiner Mutter einen Seitenblick zu. »Pfarrer. Ich werde Theologie studieren. In Cambridge.«

Er errötete und schaute auf seinen leeren Teller.

Sie fühlte ihr Herz rasen. Weil ihr eigener Sohn der Zunft beitreten wollte, die sie als heuchlerisch betrachtete? Weil es ihr nicht gelungen war, ihm so viel Geborgenheit zu geben, daß er ohne Glauben auskam?

»Fabelhaft!« sagte Jamie. »Auf eine echte Universität. Das ist mal was anderes als Knoten schlingen und Besteck nehmen. Ein Gelehrter in der Familie, sehr gut.«

Nat glaubte an die Musik, Benny glaubt an Gott. Warum ertrage ich das eine und das andere nicht? Ich muß mit ihm reden. Er entgleitet mir.

Abends saß sie allein im Zimmer, als Benny gute Nacht sagen kam. Isaac war ausgegangen.

»Komm, setz dich kurz zu mir.«

Der Junge trat zögernd an den Kamin. »Ich muß ins Bett. Hab morgen eine Prüfung.«

»Na, komm, setz dich.«

Er ließ sich vorsichtig auf dem äußersten Rand eines geraden Stuhls nieder und sah sie fragend an.

»War das dein Ernst, heute nachmittag?« Was für eine Frage, Benny meint immer alles ernst, was er sagt. Genau wie James.

»Cambridge ist am besten, sagt der Direktor. Für Theologie.«

»Und das ist es, was du am liebsten möchtest.«

Er nickte. Jetzt nicht abschweifen, nicht von allerlei wunderbaren Fächern faseln, die man studieren kann, Literatur, Jura, Philosophie – hüte dich.

»Da bist du bestimmt richtig aufgehoben«, sagte sie. »Jemand, der so gerne und gut lernt wie du, gehört auf eine Universität. Aber warum Theologie, Benny?«

Er wippte vor und zurück und schwieg.

»Hat der Direktor dir das empfohlen? Ein Lehrer?«

»Ich habe morgen eine Lateinprüfung. Stammformen. Ich möchte sie mir gern noch kurz anschauen, oben.«

»Ist es, weil du so gern in der Kirche bist?«

Benny schien auf einmal in sich zusammenzufallen und saß mit gekrümmtem Rücken auf seinem Stuhl. Er stützte die Ellbogen auf die Knie und ließ den Kopf auf seinen Fäusten ruhen.

»Man weiß, wie es zu sein hat«, sagte er, »wie man zu leben hat. Was wichtig ist. Das muß man tun. Dann ist es gut. Ich bin gerne in der Kirche, es ist sehr schön dort, vor allem wenn wir singen. Aber es geht um das, was der Pfarrer sagt. Was in der Bibel steht. Daß man gerettet werden kann.«

Sein Gesicht hatte sich dunkelrot gefärbt. Elizabeth bemühte sich, ihn nicht anzusehen und ihm trotzdem das Gefühl zu vermitteln, daß sie ihm zuhörte. Sie sah ihre Hände verkrampft vor Anspannung auf den Stuhllehnen liegen.

»Er erklärt schwierige Dinge. Das möchte ich auch lernen. Warum Menschen sterben. Wie es danach weitergehen soll. Über Trost und Gnade. Gott sieht alles. Daß man nie allein ist. Nie.«

Es war, als vertraue sie sich jetzt, da sie zweiundfünfzig geworden war, endlich wieder dem Leben an und könne ihre zusammengebastelte Familie, ihre Freunde, ihren Garten genießen.

Abends spazierte sie an Isaacs Arm tief in den Obstgarten hinein. An die kunstvoll geschichtete Steinmauer gelehnt, blickten sie über das hügelige Land voller grasender Tiere.

Benny bestand seine Aufnahmeprüfung für die Universität mit Glanz, und Elizabeth half ihm beim Einpacken von Büchern und Kleidung. Der Holzvogel, den Isaac von der dritten Reise mitgebracht hatte, mußte auch mit.

»Ich glaube doch, daß es ein Fischadler ist«, sagte Isaac.

»Nein.« Benny klang entschieden. »Es ist ein Aar.«

Jamie, schon vor einiger Zeit zum ersten Wachoffizier befördert, bekam das Kommando über ein bescheidenes Schiff. Dreißig Jahre alt, dachte Elizabeth. Ein erwachsener Mann. Soll er doch endlich Ernst machen mit dem Mädchen, warum zaudert er so?

»Sie möchte schon«, sagte er. »Es liegt an mir. Kann ich ihr das antun, denke ich immer, jemanden zu heiraten, der ständig fort ist? Sie hat Angst, wenn ich auf See bin. Das habe ich anfangs nicht verstanden, ich bin nicht ängstlich veranlagt. Was kommt, das kommt. Aber dann habe ich angefangen, mir Gedanken zu machen. Du warst immer allein, wir fanden das normal, aber für dich muß das doch schlimm gewesen sein, oder?«

»Du mußt nicht für sie entscheiden. Wenn sie dich liebt, ist sie dem gewachsen, du wirst sehen.«

Enkelkinder, dachte sie. Leben im Haus, Spielzeug, Holznäpfe mit Breiresten. Verdutzt registrierte sie, daß ihr diese Vorstellung Freude machte.

Vorerst blieb eine Verlobung freilich aus. Er muß nachdenken, so alt ist er ja noch nicht, James war weit in den Dreißigern, als wir heirateten. Doch in seiner freien Zeit bummelte Jamie nicht mehr mit seiner Freundin durch die Hauptstraße. Er ging in seinen glänzenden Stiefeln zum Stall, trieb sein Pferd über die Hügel und kam abends verschwitzt zurück.

»Jamie ist kein Grübler«, sagte Isaac. »Abwägen und entscheiden ist nicht seine Sache. Er wartet, bis es klar ist, und dann tut er, was zu tun ist. Mach dir keine Sorgen.«

Benny reiste nach dem Sommer ab. Er schlug Elizabeths Angebot, ihn zu begleiten, aus. Gott ist ihm wohl genug, dachte sie bitter. Mit zwiespältigen Gefühlen sah sie ihn mit Koffer und Adler zur Kutsche gehen. Im letzten Moment gab sie ihm Handschuhe und Schal mit. Sie küßte ihn unbeholfen, sich ihres Bedürfnisses bewußt, eine gute Mutter abzugeben. Isaac hatte den Jungen an sich gedrückt und ihm gezeigt, daß er ihn vermissen würde. Winken, rufen, schauen. Das Kind verschwinden sehen.

Es kamen Briefe, mit eiserner Regelmäßigkeit. Das Curriculum entspreche den Erwartungen, die Dozenten verstünden ihn zu fesseln, der Aar stehe auf seinem Bücherregal. Weihnachten werde er nach Hause kommen, Grüße an Charlotte.

Er kam Weihnachten nicht nach Hause. Er war krank geworden und lag mit hohem Fieber im Bett. Der Hausmeister schrieb einen kurzen Brief, er habe den Doktor kommen lassen und verlasse sich darauf, daß die gnädige Frau ihm die

Kosten erstatten werde. Es stehe schlecht um den jungen Herrn.

Elizabeth packte eine Reisetasche. Isaac, zufällig auf Urlaub, begleitete sie ungefragt. Als sie abends in Cambridge ankamen, betäubt von dem Lärm und dem Geschaukel der Fahrt, als sie verloren mit den Taschen zu ihren Füßen vor dem Tor der Studentenunterkunft standen, als der Hausmeister ihnen öffnete, schweigend, mit starrem Gesicht – da wußte Elizabeth, daß ihr jüngster Sohn gestorben war.

In dem spartanisch eingerichteten Studentenzimmer lag Benny ausgestreckt auf dem Bett, das Kinn hochgebunden und die Hände fromm auf der Brust gefaltet. Der Hausmeister wirbelte die Treppe wieder hinunter, um den Arzt zu holen. Isaac, außer sich vor Kummer, setzte sich auf das Bett und küßte Benny auf das wächserne Gesicht. Elizabeth zog sich ans Fenster zurück. Ihr war, als wäre sie nicht da.

»Schwere Fieberattacken«, sagte der Arzt. »Heute früh ist er dem erlegen. Der Pfarrer war dabei. In der Nacht habe ich noch einen Aderlaß gemacht, aber es half alles nichts mehr. Grausam, so ein vielversprechender Knabe.«

Er drückte Elizabeth die Hand. Isaac trocknete seine Tränen mit einem riesigen Taschentuch und bot sich als Gesprächspartner für die geschäftliche Abwicklung an. Er bezahlte den Arzt auf dem Flur; er habe es für unehrerbietig gehalten, das in Gegenwart Bennys zu tun, sagte er später.

Es wurde ein Gasthaus gesucht. Isaac traf Absprachen für das Begräbnis, den Gottesdienst, die Räumung des Zimmers. Verstört saßen sie in ihrem Quartier zu Tisch.

»Ich muß einfach etwas essen, ich kann es auch nicht ändern«, sagte Isaac. »Tut mir leid.«

Nur zu, iß ruhig, wollte sie sagen. Aber sie sagte nichts.

»Geh doch nach oben und leg dich ein Stündchen hin. Du bist ganz grau im Gesicht.«

Sie lag unter ihrem Reisemantel auf dem Bett. Isaac war zu

Benny zurückgegangen, um nochmals Abschied zu nehmen und ein Weilchen bei ihm zu wachen.

Sie wußte sich mit diesem Verlust keinen Rat. Eine unerträgliche, unziemliche Erleichterung hatte sie verspürt, und zugleich den dumpfen Kummer, der mit vertanen Chancen einhergeht. Sie fiel in Schlaf.

Einer von Bennys Dozenten leitete den Gottesdienst. Benny hätte es so gewollt, hatte Isaac gesagt, und wir müssen tun, was er möchte. Charlotte kam, verweint und durcheinander. Palliser schrieb, um sich zu entschuldigen und sein Beileid zu bekunden. Im allerletzten Moment kam Jamie, vom Hafenmeister von seinem Schiff gezerrt, sowie er anlegte.

Elizabeth erhob sich und kniete zum richtig Moment. Sie lauschte dem Chorgesang und blickte während der Gebete auf ihren Schoß. Den Text hatte der Pfarrer, selbst noch ein junger Mann, dem ersten Brief des Petrus entnommen: »Denn alles Sterbliche ist wie Gras, und all seine Schönheit ist wie die Blume im Gras. Das Gras verdorrt, und die Blüte verwelkt.«

Elizabeth blickte scharf in sein ernstes Gesicht, als er die Predigt mit diesen Worten begann, so als würde er etwas sagen, was sie mitnehmen, bewahren, benutzen konnte, woran sie die Erinnerung an diese absurden Tage knüpfen konnte. Doch schon bald hörte sie nicht mehr, was er sagte.

Im Mittelschiff der Kirche war ein Grab ausgehoben worden. Sie fand es eigenartig, daß die Hinterbliebenen nicht nach draußen zu gehen brauchten, aber Isaac sagte, dies sei das allerbeste. Benny habe sich doch für die Kirche entschieden, und so könnten sie diese Wahl würdigen.

Jamie und Isaac suchten Bennys Habseligkeiten zusammen; der Adler kam mit der Postkutsche mit nach Hause, auf Charlottes Schoß, die immer wieder mit der Hand über den Hals des Vogels fuhr.

Du hättest dabeisein müssen, schrieb Elizabeth an Palliser. *Dein Patenkind. Ich weiß, er war nur ein Schemen für dich. Aber dennoch. Der Kummer scheint mir bei diesem Kind, das mir immer fremd geblieben ist, schwerer zu fallen. Das macht mir sehr zu schaffen. Isaac und Charlotte weinen und vermissen ihn. Ich bin aus Eis. Jamie, mit seiner praktischen Art, hat den Vogel aufs Büfett gestellt und ist am ersten Tag des neuen Jahres nach Portsmouth abgefahren. Er ist Kommandant eines Kriegsschiffes, der* Spitfire.

Sie stellte Bennys Bücher in sein Zimmer zurück. Mit eiserner Disziplin setzte sie sich dort jeden Tag kurz an seinen Schreibtisch. Sie warf einen Blick in eine theologische Schrift, sie schnupperte an einem Hemd, sie strich über die Tischplatte. Es war Januar, sie blickte durch die kahlen, schwarzen Pflaumenbäume hindurch ins Leere.

In der Nacht kam ein Sturm auf. Sie saß aufrecht im Bett und war sich sicher, daß ein Unglück bevorstand und sie dieses Unglück würde erdulden müssen. Am nächsten Tag räumte Martin die abgerissenen Zweige im Obstgarten auf. Elizabeth wartete am Fenster. Abends weigerte sie sich, ins Bett zu gehen.

Um zehn Uhr am nächsten Morgen fuhr die Karosse der Admiralität vor. James Cook junior, Kommandant der *Spitfire*, im Hafen von Portsmouth ertrunken, als er während des bereits tosenden Sturms noch eilends mit einer offenen Jolle zu seinem Schiff wollte. Die Jolle an den Felsen zerschellt. Jamies Leiche, mit eingeschlagenem Schädel, seines Geldes und seiner Uhr beraubt, am Strand angespült. Die Besatzung der Jolle flüchtig. Die Admiralität ganz Bedauern. Der Wortführer voll des Beileids. Das Wetter plötzlich wundersam ruhig. Die Vorhänge zu, die Tür verriegelt.

Sie bestatteten ihn bei seinem jüngsten Bruder. Isaac bewies beachtliche Tatkraft und organisierte die gesamte Feierlichkeit. Anschließend machte er seinen ganzen Einfluß geltend, um bei der Marine in Erfahrung zu bringen, was tatsächlich in jener Nacht des fünfundzwanzigsten Januar geschehen war. Er fand es nicht heraus. Ein ordinärer Raubmord unter dem Deckmantel des aufkommenden Sturms, sagte man. So etwas passiere, man könne Pech haben mit den Ruderern, sie schlügen einen nieder, wenn sie wüßten, daß man Geld in der Tasche habe. Oder auch nicht.

Isaac zerbrach. Er kam kaum mehr aus dem Bett und aß nicht mehr. Wenn er doch im Schlafrock herunterkam, weinte er. Seine dunklen Locken klebten ihm verschwitzt und wirr um den Kopf, und er hatte schwarze Schmutzränder unter den Nägeln.

Elizabeth drängte in ihrer Korrespondenz mit der Admiralität über Jamies Nachlaß darauf, ihren Vetter Isaac Smith schnellstmöglich wieder in den aktiven Dienst zu berufen. Sie war erleichtert, als ihm bald darauf ein Schiff zugewiesen wurde. Pflicht tat ihm gut. Er ermannte sich, ließ sich eine neue Uniform für seinen abgemagerten Körper machen und reiste ab.

Dann konnte sie sich endlich gehenlassen. Jahre danach entnahm sie Briefen von Frances, daß Nachbarsfrauen und Freundinnen verzweifelt über ihren beklagenswerten Zustand nach Amerika geschrieben hatten. Daß sie nicht mehr nach draußen, ja nicht einmal mehr von oben herunterkomme. Daß sie innerhalb von drei Wochen nicht mehr als ein kleines Stückchen Fisch gegessen habe. Daß sie seit Monaten jeden Morgen und jeden Nachmittag eine Stunde lang weine und schreie. Daß ihr nichts helfen könne.

Es war ein Kampf gegen ihren Körper. Sie verlor. Ihre dreiundfünfzigjährigen Knochen, Muskeln und Organe feierten den Sieg, beschädigt, aber intakt. Elizabeth stand auf, zog sich an und ging nach draußen.

Sie hatte erwartet, daß alles grau sein würde, farblose Schattierungen von Schwarz und Weiß, wie auf den Stichen von Hodges im Reisetagebuch, doch statt dessen sprangen ihr die dunkelgrünen Ladenfronten mit ihren goldenen Lettern entgegen, und das Sonnenlicht prallte schonungslos von einem roten Kutschermantel, einem Korb lila Veilchen, einem himmelblauen Fassadenstein zurück.

Sie hatte erwartet, daß sie wie nach Nats Tod auf jedermann wütend sein würde, der sie ansprach, ohne an den Verlust zu rühren – als wäre nichts geschehen, als wäre sie dieselbe wie zuvor! –, doch sie registrierte, daß es ihr nichts ausmachte, wenn die Menschen um sie herum sie ohne weiteres in das Leben einbezogen, das jetzt anstand. Da gab es nichts mehr auszutauschen; was ihr widerfahren war, entzog sich den gängigen Gesprächen und den damit verbundenen Gedanken. Es war leichter, nicht nach Mitgefühl zu trachten.

Sie nahm ihre Empfänge am Donnerstagnachmittag wieder auf, auch wenn Isaac auf See war. Sie begleitete Robert Hartland zu einem Kammermusikkonzert, bei dem Streichquartette eines jungen Komponisten aus Österreich gespielt wurden, die dem großen Meister Haydn gewidmet waren. Es berührte sie mehr als der volle Klang des Sinfonieorchesters, sie konnte jetzt, da nur vier Musiker ihre Melodielinien miteinander verwoben, besser differenzieren, was dort geschah. Sie merkte sich den Namen des Meisters: Mozart.

Sie schrieb mit einiger Regelmäßigkeit Briefe; es mußte geschehen, und sie machte es. Wenn Isaac zu Hause war, umsorgte er sie treu. Er konnte nicht über die Jungen sprechen, denn sobald er den Mund öffnete, übermannten ihn Weinkrämpfe. Beim Anblick von Bennys Adler auf dem Schrank kamen ihm immer wieder die Tränen. Einmal im Monat mietete er eine Kutsche und brachte Elizabeth zu Elly. Zweimal im Jahr besuchten sie Cambridge und legten Blumen auf das Doppelgrab im Mittelschiff der Kirche.

Warum schlafe ich nicht mit ihm, dachte sie, während sie

im Gasthaus die Treppe zu ihren getrennten Zimmern hinaufgingen. Wäre es nicht für sie beide besser, miteinander ins Bett zu gehen? Als was sah Isaac sie eigentlich? Wenn er ihr eine gute Nacht wünschte, knetete er mit seinen kräftigen Händen ihre Schultern und Oberarme. Sie blieb in seiner Umarmung stehen, zu lange, in der Hoffnung, ein Zeichen ihrer Wünsche zu bekommen. Alles an ihm strahlte Trost aus. Doch wenn sie sich seinen gesunden, unschuldigen Körper an den ihren geschmiegt vorstellte, wurde ihr unwohl. Diese Wärme. Dieses Liebkosen. Es verursachte ihr nichts als Widerwillen. Sie konnte das nicht.

»Er ist sehr krank«, sagte Isaac. »Ich hörte es in der Admiralität, es geht zu Ende mit ihm. Er ist ja auch schon betagt. Und richtig gesund war er nie, mit dieser Verwundung. Komisch, daß er dir überhaupt keine Nachricht hat zukommen lassen.«

In jener Nacht blieb sie auf, um ihrem Freund in aller Stille zu schreiben.

Was immer auch zwischen uns steht, es darf einen Abschied nicht verhindern. Ich möchte nicht viel, so gut wie alles tue ich, weil es sein muß, nicht, weil es mir Spaß macht. Aber das Verlangen, Dir in die Augen zu sehen, ist geblieben. Ich würde es schrecklich finden, wenn Du aus dem Leben glittest, ohne daß ich Dir Lebewohl sagen kann. Bei Dir sein kann. Es ist Nacht. Charlotte und Isaac schlafen. Ich wache und denke an Dich.

Drei Tage später wurde die Todesnachricht in Clapham zugestellt. *Admiral Hugh Palliser ist am 19. März 1796 nach tapfer ertragenem Krankenlager von uns gegangen. Er wurde vierundsiebzig Jahre alt.*

»Der Titel geht auf einen Neffen zweiten Grades über«, sagte der Notar, ein kleiner, spitzer Mann, der Elizabeth an einen Vogel erinnerte. Mit schnellen, ruckartigen Bewegungen beugte er den Kopf über ein Dokument nach dem anderen, als pickte er Getreidekörner auf. Elizabeth saß ihm an dem vollgeladenen Schreibtisch gegenüber und schaute zu.

»Es war ein ansehnliches Legat für Euren Sohn, Patenkind des Verstorbenen, vorgesehen. Nach dessen Hinscheiden haben wir das Testament leider abändern müssen.« Der Notar hüstelte nervös.

»Außergewöhnlich. Ein außergewöhnlicher Mann. Schenkungen für wohltätige Zwecke. Damit werde ich Euch nicht ermüden. Das Vermögen als Ganzes, der größte Teil davon, meine ich, geht an den außerehelichen Sohn. George Palliser. Überraschend, darf ich wohl sagen. Wir haben den Letzten Willen zu respektieren. Selbstverständlich. Kann ich Euch etwas anbieten? Nein? Zur Sache denn. Warum ich Euch einlud, hier zu erscheinen. Dafür mein aufrichtiger Dank. Testator hat mich über die juristische Abwicklung des Nachlasses hinaus mit einer weiteren Aufgabe betraut. Nämlich der Aushändigung eines Dokuments an die Frau Witwe des namhaften Kapitän Cook.«

Sie fuhr hoch. Der Notar pickte eine Mappe zwischen seinen Papieren heraus und legte sie vor sie hin.

»Ich wurde einbestellt. Einige Tage vor Eintritt des Todes. Erblasser mußte das Bett hüten. Das Sprechen fiel ihm schwer. Doch der Auftrag war eindeutig. Genannte Dokumente sollen der gnädigen Frau persönlich ausgehändigt werden. Ohne irgendwessen Einsicht. Ich habe mich dafür verbürgt. Ihr seht: Das Paket ist versiegelt. Ich, für mein Teil, habe mich Eurer Identität versichert. Nichts steht der Ausführung des Wunsches des Verstorbenen im Weg. Ich danke Euch nochmals für Euer Kommen. Es ist eine Freude für unsere Kammer, wenn das Publikum an einer zügigen Abwicklung der Angelegenheiten mitwirkt.«

Sie nahm die Mappe in Empfang und ging. Der Notar hüpfte hinter ihr her durch das Vestibül. Was sie bekommen hatte, preßte sie an ihre Brust, den ganzen Weg nach Hause in der träge dahinrollenden Kutsche.

Das Paket bestand aus drei Teilen. Da war eine kleine Mappe mit Briefen in ihrer eigenen Handschrift. Sie schaute flüchtig hinein, bevor sie sie in die Kiste legte, in der auch die Briefe von James lagen. Alles war dabei: neutrale Berichte über die Kinder, emotionale Briefe aus einer späteren Zeit und die doppeldeutigen Botschaften der letzten Jahre. Ihre letzten Worte. Alles.

Dann war da ein großer, separat versiegelter Umschlag. Und da war ein Brief, datiert vom 17. März 1796, an sie gerichtet. Sie zog den Kerzenständer heran und begann zu lesen.

Liebe, liebe Elizabeth!
Heute nachmittag empfing ich Deinen Brief. Ja, ich werde sterben, aus dem Leben gleiten, wie Du es nennst. Es hat keinen Sinn, Abschied von Dir zu nehmen. Ich möchte nicht, daß Du mich in meinem jetzigen Zustand siehst. Ich könnte es nicht ertragen, Dich zu sehen. Das ist keine Zurückweisung, das ist die Wirklichkeit. Auch wenn Du nicht physisch anwesend bist – mit Deinem schlanken, aber starken Körper, der mich oft so heftig verwirrt hat –, Du bist immer hier. Ich denke an Dich, Du bist der Hintergrund aller meiner Gedanken. Ein Abschied ist unmöglich, ich nehme Dich bis zum Ende mit.

Es hätte anders zwischen uns gehen müssen. Wir hätten hier – Bäume, Hirsche – oder anderswo, aber zusammen, zusammen. Vergib mir meine Inkohärenz. Ich bin im Begriff, etwas zu tun, was ich nie beabsichtigte.

James. Mein Freund. Dein Ehemann. Über sein Fortgehen und seinen Untergang haben wir gesprochen, und wir hatten beide auch unsere eigenen, verborgeneren Gedanken dazu. Dein Vorwurf hinsichtlich meines Anteils an dem unglücklichen Ausgang hat mich nie losgelassen und quält mich bis zu dieser Stunde. Ich weiß, daß Du hartnäckig weiter nach den Tatsachen geforscht hast, und denke, daß Du zu einem wenn auch vorläufigen Schluß gekommen bist, bei dem sowohl Nachlässigkeit auf der Werft als auch James' Alter und Ermüdung eine Rolle spielen, die Hauptrolle jedoch dem grausamen Zufall gebührt. Wir haben kaum darüber gesprochen in den letzten Jahren. Ich habe mich dagegen gesperrt. Ich habe mich gegen Dich gesperrt. Und hier ist der Grund dafür.

Als Sandwich Anfang Januar 1780 die Sendung von Clerke mit der Todesbotschaft erhielt, war er in heller Panik. Er mußte zu Dir, zum König, zu Banks. Auf seinem Schreibtisch lag ein Haufen Logbücher, Briefe und Karten. Und James' Journal. Der todkranke Clerke hatte alles Material hastig und ohne irgendeine Ordnung zusammengeschoben, ich denke, er hat es sich nicht einmal angesehen. Alles mußte nun schnellstmöglich gesichtet und beurteilt werden. Sandwich wandte sich an mich. Er ließ mich holen, drückte mir das Journal in die Hand und beauftragte mich, es zügig, aber aufmerksam zu lesen und jegliche darin formulierte Kritik an der Admiralität zu notieren. Binnen drei Tagen sollte das Manuskript zurück sein, mit einer Zusammenfassung und einem Kommentar. Sie haben mich seinerzeit hinausbefördert, aber sie wußten auch, daß ich über die ganze Vorgeschichte der Reise am besten informiert war. Er hatte eigentlich keine Wahl.

Ich ging nach Hause und las. Du kennst die Geschichte, Du hast Douglas' Version gelesen. Du hast gesehen, daß James seine letzten Notizen am 17. Januar 1779 machte, einen Monat vor seinem Tod. King übernahm. Vorzeitig. Seltsam, nicht wahr? James war ein begeisterter Journalschreiber, und er soll eine Insel betreten haben, auf die noch niemand zuvor den Fuß gesetzt hatte, und nichts darüber aufgeschrieben haben? Unmöglich, wirst Du gedacht haben. Du hattest recht. Er hat sein Journal bis zum frühen Morgen seines Todestages weitergeführt. Ich habe es gelesen. Es war, als stünde ich am Kraterrand eines Vulkans, und die Rauchwolken trieben fort, so daß ich einen Blick in die beängstigende Tiefe seiner Seele werfen konnte. Ich war verwirrt, aber überzeugt, daß diese Schrift nicht an die Öffentlichkeit durfte. Der Zufall hatte sie mir in die Hand gespielt, bevor irgendein anderer sie las, und das war gut. Ich habe so viele Fehler begangen, daß es mir gebührt, eine schwere Last zu tragen.

Ich untersuchte die Bindung der Schrift. Sie bestand aus einzel-

nen, mit Garn zusammengenähten Heften. Ich zerrieb den Faden mit einem stumpfen Messer, damit man die Zerfaserung gewöhnlicher Abnutzung zuschreiben konnte. Ich war versucht, zwei Hefte zu entfernen, denn in den Aufzeichnungen vom Dezember fand ich eine furiose Passage über die Untauglichkeit des Materials und die schändliche Laschheit der Marine. Segeltuch, Tauwerk, Taljen – unbrauchbarer Plunder sei es, von unbrauchbaren Verantwortlichen für die Ausrüstung des Schiffes verwendet. Ich habe dieses Heft dringelassen. Sandwich sollte es lesen. Ich mußte es erdulden. James hatte recht.

Das andere Heft gedachte ich mit ins Grab zu nehmen. Leider hat man selbst nicht mehr die Hand darauf, wenn es einmal so weit ist. Das ist mir erst in diesen letzten Wochen richtig bewußt geworden. Wenn ich nichts tue, wird irgendwer dereinst diese Papiere finden und das Bild von James für immer besudeln. Ich könnte sie vernichten, der Kamin in meinem Zimmer brennt hell. Aber was ist dann mit Dir? Darüber habe ich nächtelang nachgedacht. Wenn ich Dir das Journal zu meinen Lebzeiten gegeben hätte, wäre es so gewesen, als hätte ich Dich dazu angestachelt, Dich über James hinwegzusetzen – und mir zuzuwenden. Nichts hätte ich lieber gewollt, doch das habe ich nicht fertiggebracht. Es wäre falsch gewesen. Lauterer ist es, Du liest es erst, wenn ich nicht mehr bin. Dann kannst Du Deine Nachforschungen nach seinem Tod ganz unbelastet abrunden und Deinen Schlußfolgerungen entsprechend handeln, wie es Dich richtig dünkt. Ich ziehe mich zurück und lasse Dich mit James allein. Es steht mir nicht zu, Informationen vor Dir zu verbergen. Wenn jemand das tut, dann Du selbst: Du kannst das Journal ungeöffnet verbrennen. Es ist an Dir.

Und jetzt lasse ich Dich gehen, Elizabeth, liebe Freundin. Unsere Lebenslinien wanden sich stets umeinander herum, und dort, wo sie sich trafen, gab es jeweils so eine moderne elektrische Entladung. Jetzt gehst Du allein weiter.

Ich merke, daß es mir schwerfällt, diesen Brief zu beenden. Laß Isaac gut für Dich sorgen. Ich hörte, daß er seine Beförderung zum Kapitän erhalten hat.

Heute morgen kam mein Hausdiener, um mich zu rasieren. Als er fertig war, ließ er mich das Resultat sehen. Ich sah Dein Gesicht im Spiegel. Du bist ein Teil von mir. So ist es.
Hugh

Sie räumte alles in die Kiste, auch das versiegelte Journal. Todmüde fiel sie ins Bett, wo sie fast die ganze Nacht wach lag. Ruhig, dachte sie, keine übereilten Handlungen, erst auf Ruhe warten. Irgendwann stand sie auf, um die Kiste wieder in den tiefen Schrank zu bugsieren. Holz ächzte gegen Holz. Sie schloß die Schranktür zu und fiel mit dem Schlüssel in der Hand in Schlaf.

Ende März reiste Isaac mit dem Bescheid ab, daß er bestimmt vier Wochen fortbleiben werde. Gut, dachte sie, jetzt nur noch all die in Dienst gestellten Mädchen wegschicken, dann habe ich Ruhe. Charlotte hatte einen zeitigen Frühjahrsputz in Angriff genommen, und überall im Haus waren Mädchen damit beschäftigt, die Teppiche mit Teeblättern zu bürsten, die Kerzenhalter zu polieren und mit Gänsefedern den Staub von den Büchern zu wedeln.

»Ich kann das jetzt nicht ertragen«, sagte sie zu Charlotte. »Laß sie in einem Monat wiederkommen, dann ist es immer noch früh genug.«

Da wurde es still im Haus. Im Obstgarten blühten die weißen Buschwindröschen. Und die Knospen der Pflaumenbäume schwollen. Elizabeth schloß sich in ihrem Zimmer ein, zog das Journal aus der Kiste und legte es auf ihren Tisch. Sie erbrach das Siegel und zog die engbeschriebenen Seiten aus der Verpackung. Es war Zeit.

Sie hatte in den vergangenen Tagen noch einmal das offizielle Journal gelesen. Die mühsame Fahrt entlang der amerikanischen Küste, der hoffnungslose Versuch, eine nördliche Durchfahrt zu finden, und schließlich der Beschluß, auf den gerade getauften Sandwich-Inseln zu überwintern. Nun las sie die Worte ihres Mannes und stellte sich vor, wie er sich gefühlt haben mochte. Enttäuscht und wütend, als er entdeckte, daß sich die gefürchtete Geschlechtskrankheit im Laufe des Jahres, das nach ihrer ersten Landung verstrichen war, über alle Inseln ausgebreitet hatte; wimmernd kamen die Eingeborenen mit rot aufgequollenen Geschlechtsteilen an Bord, hoffend, daß man sie hier heilen werde. James verbot seinen infizierten Besatzungsmitgliedern jeden Kontakt mit Eingeborenenfrauen und wußte doch, daß sie sein Verbot ignorieren würden.

Gleichermaßen enttäuscht war er, als die Matrosen das heilsame Bier verschmähten, das er aus frischem Zuckerrohr brauen ließ. Sie las von der enervierenden Umseglung der großen Insel Hawaii. Die Männer wollten vor Anker gehen, an den Strand, ins Paradies. James lavierte, hielt sich hier auf, um eine Küstenform zu studieren, dort, um ein Korallenriff zu kartieren, und nahm sich alle Zeit. Aus jeder Einbuchtung, die sie passierten, kamen Kanus mit Gemüse und Obst; Mädchen sprangen in die Wellen und führten ein Wasserballett für die Matrosen auf, die so weit über der Reling hingen, daß sie beinahe über Bord fielen. Endlich, am 16. Januar 1779, gab er seinen unzufriedenen Männern nach und ließ die Schiffe in einer geräumigen Bucht ruhen, beschattet von mächtigen Bergen.

Ich nahm King, Bayly und Webber mit ins Beiboot. Landung an einem schmalen Strand, wohinter eine Art Heiligtum, wie wir es aus Tahiti kennen. Koa, der Priester, erwartete uns mit Palea. Er ist unser Handelskontakt. Ich paßte scharf auf, denn die Informationen, die man bei einer ersten Landung sammelt, wiegen schwer. Der Priester faßte meine Hand und führte uns zum Altar. Sein Daumen fuhr tastend über meine Narbe, bevor er den Griff schloß. Mit einem Mal wurde mir bewußt, daß es eigenartig still war, der Strand war verlassen, und man konnte die Vögel kreischen hören, die ihre Nester in der Bergwand haben. Als wir uns weiter von der

Brandung entfernten, fing ich eine Art Gemurmel auf. Wir blieben vor einigen Holzskulpturen stehen, Koa begann zu beten, und ich hatte die Gelegenheit, mich umzusehen. Am Waldrand hatten sich Hunderte Eingeborene versteckt. Sie verneigten sich, als sie uns erblickten. Aber es war keine normale Verbeugung, nein, sie warfen sich zu Boden. Das ist einmal etwas ganz anderes als der übliche Empfang, bei dem sie einem die Knöpfe von der Jacke reißen und einem von dem Tumult Hören und Sehen vergeht. Diese Menschen flüsterten stets dieselben Laute, die ich auch schon von Koa gehört hatte: »Lono, Lono, Lono.« Wir schritten weiter zum Altar, und während Koa mir half, ihn zu besteigen – er war beängstigend hoch –, traf eine Prozession von Menschen ein, die Schweine und Palmblätter trugen. Ihr Anführer, ein Alter ohne Zähne, gab Koa ein rotes Tuch. Das hängten sie mir um die Schultern. Eine Entdeckungsexpedition zu leiten ist wahrlich eine schwere Aufgabe. Allein die Funktion des Kapitäns verlangt einem außerordentlich viel ab, wenn ich an die Erhaltung des Friedens und der Gesundheit an Bord, das Navigieren, das Proviantieren und die Instandhaltung des Schiffes denke. Und dazu kommt dann noch das ganze andere! Ich habe den Eindruck, daß sich die Herren von der Admiralität gar nicht darüber im klaren sind. Die Menschen, denen wir begegnen, mit ihren fremden Sprachen, Gewohnheiten, ihrem Aufzug! Die Landschaften, die Gewächse, die Tiere! Das erfordert unablässige Neugierde und ein perfektes Gedächtnis. Aufmerksamkeit, nie erlahmende Aufmerksamkeit. Ich muß diese Passage später umschreiben.

Als ich diesen Altar erklommen hatte, verspürte ich eine tödliche Erschöpfung. Dort stand eine Statue mit genau so einem roten Tuch, wie ich es hatte, über den ausgebreiteten Armen. Ein Schwein verweste zu ihren Füßen. Der Priester hob es hoch, die Gedärme fielen heraus, von dicken Maden bedeckt. Mit bloßen Händen schob er die stinkenden Innereien zusammen und stopfte sie in den Bauch des Kadavers zurück. Sie zogen an meinen Armen, ich sollte mich genauso hinstellen wie die Statue, wie Christus am Kreuz. Ich ließ sie gewähren. Koa zupfte Fleisch aus einem anderen Schwein, zer-

kaute es und spuckte es in seine schmutzige Hand, um es mir anzubieten. Bis auf das Geflüster war nichts zu hören, obwohl es um den Altar herum von Menschen wimmelte. Ich hielt den Mund fest geschlossen. Nur den Kava trank ich, obwohl auch in ihn reichlich hineingespuckt wurde, das ist ein wesentlicher Bestandteil der Zubereitung. Er schmeckte schärfer und würziger, als ich es gewohnt bin, und erhöhte meine Betäubung. Man muß nicht nur alles beobachten und sich merken, sondern es auch noch aufschreiben.

Die Müdigkeit ist gewichen, jetzt, da ich in der Kajüte sitze. Ich hatte den Eindruck, daß die Menschen mich erwartet hatten und mit einer gewissen Ehrfurcht willkommen hießen. Bin ich an einem Ort angelangt, wohin ich gehöre?

18. Januar, mitten in der Nacht. Ich bin aus dem Bett aufgestanden, um an dem kleinen Sekretär zu schreiben. Mit einem Mal wußte ich, woran mich diese Küste erinnerte. Die dunkle Felswand, die das Dorf ins Meer zu schieben wollen scheint: Staithes! Das heißt, daß das Landesinnere dahinter meine Heimat ist. Ich muß so schnell wie möglich dorthin. Jetzt, da ich hier wach sitze, springt mich das Bild vom Eismeer an, das wir hinter uns ließen. Meine Haare stinken nach Kokosöl. Damit haben sie uns heute nachmittag gesalbt. Eis entsteht auf dem offenen Meer, dafür braucht es keinen Fluß. Das weiß ich jetzt mit Gewißheit. Wo Asien und Amerika einander beinahe berühren, fuhren wir nordwärts. Es gibt dort keine Passage. Kein Triumph. Keine zwanzigtausend Pfund. Es ist völlig zwecklos, im kommenden Sommer nochmals dorthin zu fahren. Wieder werde ich mit einem negativen Ergebnis heimkehren. Voriges Mal kein Südland, jetzt keine Handelsroute. In gewisser Hinsicht befriedigt mich das; ein verlockendes schwarzes Gebiet, alles, was nicht ist. Kein Erfolg, keine Frau, keine Tochter. Dies sind Arbeitsnotizen. Mein Gedächtnis bedarf einer Stütze, so wie Hugh Palliser seinen Stock benötigt. Die kommenden Tage werde ich der Erforschung von Sitten und Gebräuchen widmen, namentlich der Religion. Gore kann die täglichen Routineaufga-

ben erledigen. Nach meinen Recherchen fasse ich alles in einem neuen Kapitel »bemerkenswerte Begebenheiten« zusammen. So mein Plan.

20. Januar. King hat das Beobachtungszelt nahe dem Altar aufgestellt. Nördliche Breite 19°30', westliche Länge 155°30'. Ein jeder kann in Ruhe seiner Arbeit nachgehen, denn die Priester haben das Gebiet mit ihren Zauberstäben, die mit Hundehaar verziert sind, für tabu erklärt. Ich brauche nur auf etwas zu deuten, schon bringen sie es. Wo immer ich gehe, fallen die Menschen aus Ehrfurcht vor mir auf den Boden. Für den Proviant bezahlen wir nicht mehr. Alles steht mir zu. Koa, mein Hohepriester, hat es erklärt. Alljährlich rudern die Eingeborenen zu Ehren ihres Gottes Lono ein mit einem weißen Laken bedecktes Staket im Uhrzeigersinn um die Insel herum. Sie bringen Lono Opfergaben, um ihn milde zu stimmen. Wenn der Monat Januar anbricht, harren sie seiner Ankunft. Jetzt ist Lono tatsächlich gekommen, auf einem riesigen Schiff voller weißer Segel. Ich wußte nicht, daß ich ein Gott bin. Die Insulaner verfügen über eine Weisheit, die nicht durch Prunksucht und Ehrgeiz verdorben wurde. Meiner Mannschaft gegenüber, argwöhnischen und mißgünstigen Leuten, tue ich so, als wäre nichts. Bekommt Lono nur Schweine, oder gebührt ihm das äußerste Opfer? Wie sonderbar, daß ich in dem Moment, da mich der Mißerfolg niederschmettert, zum Gott erhoben werde. Ich muß alles um hundertachtzig Grad drehen, um es zu begreifen. Jahrelang habe ich mich abgeplagt, um diese Inseln wirklich zu besitzen. Mit Besitzen meine ich: Verschlingen.

Senfsaat legte ich in den Boden, Kürbiskerne, Steckzwiebeln. Ich setzte Ziegen und Rinder aus, ich tat alles, um die dunkle Erde zu durchbohren und abzugrasen. Besitzen, ja.

Meine niederträchtigen Matrosen nennen Koa »den Bischof« und machen demütigende Witze über den Respekt, der mir entgegengebracht wird, wenn sie nicht gerade dabei sind, die hawaiianischen Frauen zu bespringen und sich zu besaufen. Überall, wohin ich kam, habe ich Berge bestiegen, um über das Land zu blicken.

Hier befängt mich ein Zaudern, eine Angst vielleicht. Sollte ich die Vorstellung vom Beherrschen und Besitzen vielleicht besser aufgeben? Meine Gedanken gehen in eine Richtung, der ich nicht folgen möchte.

26. Januar, jedenfalls nach britischer Zeitrechnung. Heute erschien der König. King nennt ihn ein abgezehrtes altes Kerlchen, täte aber gut daran, Respekt für diesen Herrscher aufzubringen, der sich spontan den Königsmantel vom Leib riß, um ihn mir um die Schultern zu legen. Insgesamt bekam ich sieben Mäntel zum Geschenk, dicht gewebt aus den feinsten Vogelfederchen in kräftigen Farben. Gore lag mir in den Ohren, daß wir Brennholz fassen müßten, ansonsten habe er alles für die Abreise an Bord, sagte er: Wasser, gepökelte Schweine, Kokosnüsse. Ich schritt hinter meinen Mänteln her zum Beiboot, zwischen zwei Reihen auf dem Bauch liegender Eingeborener, und dachte an die Bedeutung von Geschenken. Ich wies Gore auf die einfallende Umfriedung des Tempels hin. Wenn er die geborstenen Pfähle einlädt, hat er genug. King hatte Bedenken und mischte sich ein. Zwischen den Pfählen stünden Holzfiguren von ihren Göttern, sagte er. Aber wer ist hier der höchste Gott? Ich beherrschte mich und sagte, sie sollten sich mit Koa beraten. Man fühlt sich geschmeichelt, wenn einem ein Geschenk gemacht wird. Zumal ein Geschenk von unschätzbarem Wert stellt den Empfänger weit über den Schenkenden. Ich versuche, meine geheime Denkoperation der Umkehrung darauf anzuwenden, und erkenne, daß das Geschenk auch ein Anschlag ist, ein Versuch des Schenkenden, den Empfänger in seine Macht zu bekommen. Warum sonst schleppte ich die Pferde nach Tahiti? Hierüber muß ich heute nacht gründlich nachdenken. Sie wollen mich haben, das ist offensichtlich. Ich bin kein Zuschauer mehr. Meine Gedanken gehen zu unserem Aufenthalt auf Tonga zurück, wo ich gegen jedermanns Wunsch Zeuge des Menschenopfers sein wollte, von dem wir so viel gehört hatten. Das größte Geschenk. Hemd und Hut und Perücke mußte ich ablegen, nackt, mit offenem Haar, saß ich zwischen den Priestern und starrte auf den bereitliegenden Mann. Sie hatten ihm Hände und Füße an einen Pfahl gebunden und ihm mit einem Knüppel auf den Kopf geschlagen. Sie erhitzten Steine in einem großen Feuer und legten sie mit gegabelten Zweigen in eine Grube. Darauf wurde das Opfer hinabgelassen und mit Erde bedeckt, bis das Fleisch gar von den Knochen fiel. Großes Schwein, sagen sie. Es gibt Schwein und großes Schwein. Das schmeckt am besten. Götterspeise.

Langes Gespräch mit Koa geführt. Ungehalten, daß ich ihn so schlecht verstehe. Wenn hier jemand mit königlichem Blut stirbt, schneiden sie den Leichnam in Stücke, die sie über alle Provinzen der Insel verteilen, so daß die Erde überall gleichermaßen an der königlichen Kraft partizipiert. Derjenige, der die Knochen schließlich begräbt, wird danach feierlich ermordet, damit er nichts mehr enthüllen kann. Was geschieht mit dem Fleisch? Koa verstand mich nicht. Keine Antwort. Mir wurde ganz leicht im Kopf bei der Vorstellung, daß sich so ein verstorbener Prinz über die ganze Insel erstreckt, gleichsam in sie eindringt, um aus der Tiefe heraus seine Kräfte auszustrahlen.

2. Februar. Die an Bord nötigen mich zu einem Dasein als Kapitän. Gezänk und Genörgel über diese heiligen Pfähle. Als stünden sie mir nicht zu! Ein tragischer Unfall brachte mich in meine alte Funktion zurück. William Watman, mein ältester Matrose, stürzte, als er eine Rolle Tau aufhob. Schaum flog ihm aus dem Mund, und er zuckte furchterregend mit allen Gliedmaßen. Als es vorüber war, konnte er seine rechte Körperhälfte nicht mehr gebrauchen und nicht mehr sprechen. Wir legten ihn in Kings Koje. Samwell wachte bei ihm. Er starb am Morgen. Gestern haben wir ihn begraben. An Land! Auf Ersuchen der Priester, dachten alle. Doch die Priester führten aus, was ich ihnen eingeflüstert hatte. Mein treuester Diener einstweilen von dieser Erde umschlossen. Die Insulaner warfen Nüsse und Bananen in das Grab. Als wir unseren Gottesdienst beendet hatten, stimmten sie ihren Trauergesang an, der bedeutend mehr hermacht als der unsrige.

3. Februar. Meine Leutnants sind ungeduldig. Sie wollen fort. Zum Abschied türmten die Eingeborenen Berge von Eßbarem am Strand auf, im Tausch gegen einige winzige Brocken Eisen. Es ist eine komplexe Verschwörung. Koa nahm mich beiseite und bat mich, meinen »Sohn« bei ihm zurückzulassen. Er meint King. Warum King?! Seine Bitte gilt mir, *denke ich. King ist lediglich ein Emblem. Ich sagte, daß ich meinen Sohn noch bräuchte. Vielleicht im nächsten Jahr. Koa nickte und drängte nicht weiter. Auf dieser Insel weiß man um die Bedeutung der Ernährung. Die Matrosen essen am liebsten, was sie von zu Hause mitgebracht haben, doch an eine Heimkehr ist auf die Weise nicht zu denken! Ich aß Pinguine am Südpol, Seelöwen oberhalb von Unalaska und Schildkrötenfleisch bei den Koralleninseln. Verschlingen bedeutet: sich ausbreiten, sich etwas Neues aneignen. Ich habe beschlossen, nichts zu tun. Das Komplott wird sich entfalten.*

6. Februar. Ein jeder ist gerührt über den Abschied. Alles ist hier anders gewesen als auf den anderen Inseln. Nirgendwo wurden wir mit größerem Respekt behandelt. Dennoch wirken meine Männer erleichtert, da wir wieder auf See sind. Auf dem Weg nach Norden, denken sie. Ich habe angekündigt, daß wir zunächst die kleineren Inseln dieses Archipels erforschen werden. Mir wurde unwohl, als ich das sagte. Erforschen! Ich weiß jetzt, daß Forschung nichts löst. Fakten sammeln, beobachten, protokollieren – sinnlos. Das verleiht den Anschein von Wissen, ein Schamtuch für die Machtlosigkeit. Die Zeit des Forschens ist vorbei! Das wahre Verstehen entzieht sich dem Forschen. Ich weigere mich, an Deck zu gehen, ich suche die Erschöpfung, die ich auf dem Altar erfuhr. Da war das wahre Verstehen ganz nah, es entglitt mir nur um ein Haar. Gott, wie hasse ich diese stinkenden Matrosen. Es geht eine kräftige Brise. Wird nicht meine Sorge sein.

9. Februar. Mit dröhnendem Krachen brach der Fockmast und verursachte an Deck ein komplettes Chaos. Ich tat, als sei ich erzürnt, erging mich in einer Tirade gegen die Marine und be-

schimpfte den schuldlosen Bligh. Stampfte auch wutentbrannt auf den Planken auf, doch der Sturm toste noch so heftig, daß es wenig Eindruck machte. Sie wollten die am nächsten gelegene Küste ansteuern; ablandiger Wind machte das freilich unmöglich. Ich ließ die Offiziere selbständig zu dem Beschluß kommen, daß uns nichts anderes übrigbleibe, als nach Hawaii zurückzukehren. Dort kannten wir die Lage des Landes und würden von Dieben und Quertreibern unbehelligt eine rasche Reparatur durchführen können. In meiner Kajüte legte ich mich schmunzelnd zu Bett. Lono kehrt zurück!

12. Februar. Ich stieg an Deck, um den Tempel auftauchen zu sehen. O mein Land! Es war, als rufe der Vulkan mir leise grollend ein Willkommen zu. Ich hatte erwartet, daß die Bucht im Nu mit Kanus gefüllt sein würde, doch man zeigte keinerlei Interesse an unseren Schiffen.

Abends kam der König an Bord. Er war zurückhaltend und kurz angebunden. Ich bewunderte ihn für sein Theaterspiel. In dieser Nacht konnte ich nicht schlafen.

13. Februar. Sie stellen mich auf die Probe. Die Eingeborenen, angeführt vom König, beschweren sich über die Werkstatt, die wir natürlich auf unserem angestammten Platz neben dem Tempel eingerichtet haben. Die Zimmerleute arbeiten an einem neuen Mast. Zangen, Sägen und Feilen werden ihnen unter ihren Händen geraubt.

Die Priester stehen auf meiner Seite, doch ihr Protest ist halbherzig. Ich konnte mich nicht zurückhalten, an Land zu gehen, und stürmte mit gezückter Pistole ins Dorf. Kein Spalier aus sich verneigenden, ehrerbietigen Bewunderern, sondern hinterlistig fortspringende Unholde mit Steinen in den drohend erhobenen Händen! Sollte ich mich denn so getäuscht haben? Im Wasser brach nahe den Felsen eine Schlägerei um ein Boot aus, Eingeborene und Matrosen schlugen sich gegenseitig mit Paddeln und Rudern auf den Kopf. Palea war darin verwickelt. Ich habe den Männern be-

fohlen, nur noch bewaffnet an Land zu gehen. Clerke will mich sprechen, er sandte einen Bediensteten, mich zu holen. Ich habe ihn weggeschickt.

Es ist Nacht. Heute nachmittag fragte ein frecher Eingeborener, ob ich denn überhaupt kämpfen könne. Er wollte Beweise meines Mutes sehen. Ich zeigte ihm meine rechte Hand mit der Narbe. Es hing etwas Drohendes in der Luft. Ich habe mich abgesondert, um nachzudenken. Ich muß alles übersetzen, drehen und wenden. Bedrohung bedeutet Verführung, eine Einladung, näher zu kommen. Gerade eben bin ich beinahe an meinem Schreibtisch eingenickt. Kurz bevor ich wegglitt, kam mir eine wichtige Einsicht. Ich muß sie mir vergegenwärtigen. Es hatte etwas mit dem Austeilen von Geschenken zu tun. Der Schenkende ist übermächtig. Ich schenke diese Insel, meine Insel, das größte nur denkbare Geschenk, und sie wird für immer an mich gebunden sein. Jetzt weiß ich es. Das äußerste Opfer.

Vollkommene Ruhe seit diesem Gedanken. Habe sogar kurz geschlafen, ganz und gar angezogen. Verstehe nicht, daß ich das nicht schon früher habe denken können. Auf der Insel ist es längst bekannt, Palea weiß, daß ich deswegen zurückgekehrt bin, Koa ist informiert, der König ebenfalls. Alle Eingeborenen machen mit. Und ich dachte, sie hätten sich gegen mich gekehrt! Im Gegenteil, ein jeder beteiligt sich an meinem Vorhaben. Palea kam gestern an Bord und lehnte eine Einladung zum Abendessen ab, weil er angeblich über die Attacke mit den Rudern erbost war. Er lief hochmütig an mir vorüber, und ich fühlte in meiner Unbedarftheit sogar Wut aufkommen! Jetzt erkenne ich seinen findigen Vorsatz. Er trug einen kurzen Dolch, den er vermeintlich drohend kurz auf mich richtete. Eine vorzügliche List! King fiel darauf herein, zog Palea mit, fort von mir. Der Priester wandte das Gesicht mürrisch und verärgert von mir ab. Kurz davor zog er ganz schnell eine Augenbraue hoch. Ich sah es. Ich verstand.

Durch das Bullauge der bleiche Himmel des anbrechenden Tages. 14. Februar, müßte ich schreiben, hätte ich nicht das Band zwischen mir und der Zeit durchtrennt. Vollkommen gelassen warte ich auf das Zeichen, das sie mir geben werden. Dann werde ich mich zu der Maskerade aufmachen, die meine Erlösung einläutet. Es ist auf den Weg gebracht!

Rasiert. Beste Uniform angezogen. Die Sonne leckt am Bergkamm. Der Kochsmaat fragte, ob ich etwas essen wolle. Lächerlicher Vorschlag. Im Gegenteil, wollte ich sagen – ich fühlte hemmungsloses Gelächter aufkommen. Essen! Das Wunder der Umkehrung ist an diese Männer verschwendet. Ich verbarg das Gesicht hinter meinem Taschentuch und schickte den Mann fort.

In Eile jetzt. Es ist soweit. Clerke wurde mit besorgter Miene vorstellig. Das große Beiboot der Discovery *wurde heute nacht gestohlen. Um ganz sicher zu sein, erkundigte ich mich nach allen Einzelheiten. Schließlich hörte ich, was ich hören mußte: Die Leine, mit der das Boot befestigt war, war durchtrennt worden. Er hatte selbst nachgesehen: mit einem einzigen Hieb eines scharfen Messers glatt durchgehackt.*

Ich weiß genug. Die Marinesoldaten stehen bereit. Williamson, meinem nörglerischen dritten Wachoffizier, der immer alles falsch macht, gebe ich das Kommando über die Ruderer. Ich greife zu meiner Waffe, die mit Kugeln geladen ist. Noch eine kleine Weile muß ich wachsam sein, um meine Rolle in diesem großartigen Spiel perfekt zu erfüllen. Ich nehme meinen Hut. Ich schließe die Tür meiner Kajüte. Ich verlasse mein Schiff.

Elizabeth erhob sich bedächtig und zog die Vorhänge weit auf, um die Sonne hereinzulassen. Sie kniete sich vor die große Kommode und mühte sich, die unterste Schublade aufzubekommen. Da lag die Uniform, bedeckt mit vergilbtem Papier. Vorsichtig hob sie die blaue Jacke mit den goldenen

Tressen aus ihrem Versteck und legte sie auf dem Bett aus. Dann griff sie zu der weißen Kniehose mit den goldenen Knöpfen. Anschließend die Weste. Das Hemd, das sie kurz ausschüttelte, bevor sie es so drapierte, daß die Rüschen an den Ärmeln wie große weiße Schmetterlinge durch die Sonnenstrahlen flatterten. Die Seidenstrümpfe, zu einem glänzenden Ball zusammengerollt, wickelte sie auseinander. Der Hut mit dem goldenen Rand lag ganz hinten und war ein wenig eingebeult. Mit geballter Faust drückte sie den steifen Stoff hoch.

Breitbeinig stand sie vor dem Bett und knöpfte ihr Kleid auf. Sie zog die Nadeln aus dem Brusttuch, band die Schlüsselkordel ab, die sie um ihre Mitte trug, und stieg aus dem Unterrock. In Hemd und Korsett trat sie vor den mannshohen Spiegel. Strümpfe, ihre Baumwollstrümpfe mußte sie natürlich ausziehen. Sie warf sie in eine Ecke. Und dann streifte sie James' Seidenstrümpfe über ihre Beine und befestigte sie weit oberhalb der Knie mit ihren eigenen Strumpfbändern. Darüber kam die Hose, in die sie ihr Unterhemd steckte, möglichst flach. Sie zog sie bis weit oberhalb der Taille hinauf und zurrte die Schlüsselkordel darum herum. Anschließend setzte sie sich auf die Bettkante, um die Knöpfe an den Knien zuzumachen. Das Oberhemd mit den Rüschen lag noch da. Vergessen. Sie zog es an, machte den improvisierten Hosengürtel wieder auf und wiederholte die Handlungen zur Befestigung der Hose. Geduld. Die Ärmel band sie so hoch, daß die Rüschen gerade eben über ihre Handrücken fielen. Halstuch. Lag noch in der Schublade. Sie band das weiße Tuch fest um ihren Hals und schlüpfte in die perlweiße Weste. Sie reichte ihr bis weit über die Hüften. Nun mußte sie ihre eigenen Schuhe anziehen, denn die von James waren viel zu groß. Zögernd ging sie vor dem Spiegel auf und ab, bis sie Mut faßte und die Jacke über ihre Schultern zog. Sie nahm den Hut unter den Arm und betrat den Strand.

Der König schläft noch in seiner Hütte. Seine beiden Jungen spielen mit Kokosnüssen vor dem Eingang und wollen ihren Vater gern wecken. Es dauert und dauert, die Dorfbewohner kommen aus ihren Hütten und drängen sich um die Marinesoldaten. Als der König endlich herauskommt, ungewaschen, in Schlafgeruch eingehüllt, beginnen die Frauen, an seinem Mantel zu ziehen. Die Jungen sind schon zum Strand gerannt, der Ältere ist in das Beiboot geklettert und wartet dort auf seinen Vater. Ein Knall erschallt, auf der anderen Seite der Bucht fallen Schüsse. Die Frauen schreien, sie lassen ihren König nicht gehen. Drohend rücken die Insulaner vor, alle bewegen sich durcheinander, man fühlt die von den Körpern abstrahlende Wärme. Ein Nicken zu den Marinesoldaten, und sie heben ihre Waffen. Die Eingeborenen knurren, heben Steine und Stöcke vom Boden auf; sie strecken die Zungen heraus und rollen mit den weit aufgerissenen Augen. Ein Dolch, der Stahl blitzt im Sonnenlicht; der Stoß ist nur mit Mühe zu parieren. Es ist die Einladung zu einem Schuß. Feuer! Jetzt ist Krieg, jetzt stürzen sie sich von allen Seiten auf uns, ein unentwirrbares Knäuel aus Soldaten in roten Jakken und Eingeborenen in Kampfmatten aus Schilf tanzt auf dem schwarzen Strand. Wir müssen zum Beiboot fliehen, sagt der Leutnant der Marinesoldaten, das geht nicht ohne Blutvergießen aus, Mission gescheitert.

Im Gegenteil. Ich gebe dem dummen Williamson im Beiboot ein Zeichen, schießen, los, wir brauchen Rückendekkung. Rücken? Ja, ich befehle den Soldaten, sich mit mir umzudrehen, und wir stehen in Reih und Glied entlang dem Wasserrand der rasenden Eingeborenenmeute gegenüber. Anlegen! Feuern! brülle ich den Männern zu. Sie zögern, blicken erstaunt, aber gehorchen schließlich. Ich mache mit. Kein Schrot, sondern Kugeln. Ein Hawaiianer nach dem anderen fällt, wir mähen sie einfach um. Als Verwirrung und Wut ihren Höhepunkt erreichen, spüre ich, daß der Moment gekommen ist.

Ich lasse meine Waffe sinken und drehe mich um. Ich wußte die ganze Zeit das Wasser hinter mir, wie es sich ausstreckte, Welle nach Welle, wie es mit einem Seufzer vom Vulkansand aufgesogen wurde. Jetzt setze ich, langsam, mit behäbiger Achtlosigkeit, die Füße auf den feuchten Boden. Sonnenlicht blinkt auf den beweglichen kleinen Wellen, es spiegelt sich in meinen goldenen Knöpfen, es wärmt meinen Rücken. Das Beiboot hat sich weit von der Küste entfernt, wie vorhergesehen wünschte dieser dämliche Leutnant meine Gebärde nicht zu verstehen.

Beinahe rutsche ich auf den mit Algen überwucherten Steinen aus. Ich kann zum Glück das Gleichgewicht wahren. Das muß sein, es geht nicht an, selbst zu fallen, so soll es sich nicht fügen. Seelenruhig schreite ich ins Meer hinein. Noch wenige Augenblicke, dann wird der Stein meinen Kopf treffen, das Messer meinen Rücken aufschlitzen; noch ein Moment, und ich falle erlöst in meine Zukunft, um wahrhaft heimzukehren …

Schritt für Schritt stieg sie die Treppe hinauf. Seit Isaacs Tod kam sie nur noch selten in ihr altes Schlafzimmer mit den großen, auf den Obstgarten hinausgehenden Fenstern. Sie schlief jetzt unten, wie es einer Frau von über neunzig geziemte, umgeben von Zeichnungen und Gemälden aus Isaacs Sammlung an den Wänden. Lauter Eisberge und Seestücke. Er hatte nie befriedigend erläutern können, warum ihn die Kälte so faszinierte; der Frost beißt dir in die Wangen, sagte er, die Eisberge segeln still vorüber, bis unverhofft einer umkippt und eine Flutwelle auslöst.

Er war zufrieden gestorben, Konteradmiral Isaac Smith, ihr Freund und Hausgenosse.

Sie trauerte kaum um ihn; es war, als spitze sich alles zu einem möglichst kahlen Ende zu. Leere zu schaffen war das einzige, was sie beschäftigte.

Sie sah sich in dem Standspiegel: eine kerzengerade, hagere Frau in Schwarz. Goldene Ringe an den kräftigen Fingern, graues Haar, im Nacken zum Knoten gerollt und zusammengesteckt, ausgebleichte Augenbrauen. Der Blick aus den dunklen Augen noch scharf, doch von Distanz zeugend.

Sie öffnete den Wandschrank und zog die Kiste hervor. Der Schlüssel hing noch an ihrem Schlüsselbund, er paßte, das Schloß klickte mühelos auf. Jetzt vorausdenken, sie mußte etwas haben, worin sie die Papiere bergen konnte. Kissenbezug. Sie zog ein Bänkchen heran und setzte sich mit dem Bezug auf dem Schoß neben die Kiste. Stapel von Dokumenten hob sie aus ihrem Versteck: den Briefwechsel mit Hugh Palliser, die Briefe von James, den von dem Pelzhändler zugestellten Bericht Clerkes und schließlich das geheime Logbuch. Bei den Briefen von Jamie und Nat zögerte sie einen Moment, bis sie auch diese in den zusehends praller werdenden Bezug stopfte.

Die rote Weste mit Silbergarn ließ sie liegen.

Der Frost war noch nicht aus dem Boden, doch durch den Überschwang des Sonnenlichts schien im Obstgarten schon der Frühling eingekehrt zu sein. Im hinteren Teil, an der Mauer aus quergeschichteten flachen Steinen, stand der Feuerkorb, in dem Martin von Zeit zu Zeit Reisig und Knorren verbrannte. Elizabeth schritt durch den windstillen Garten, den dreiarmigen Leuchter mit brennenden Kerzen vor sich hertragend und den Kissenbezug an einem Zipfel hinter sich herziehend. Eine Prozession, dachte sie, ein Aufzug von Erinnerungen auf dem Weg zur feierlichen Vernichtung.

Sie saß auf dem Hackklotz, auf dem der Gärtner das Holz spaltete, und zog die Papiere nacheinander aus dem Bezug, um sie in die Flamme zu halten. Brennend trudelten die Briefe in den Korb. Hellgraue Asche fiel auf die Steine darunter. Über dem Feuer flimmerte die Luft.

Ich verbrenne mein Leben, dachte sie, es müßte mich bitter

stimmen, doch es ist eher wie eine Erleichterung. Alles ausmerzen: die seltsame Liebe zu Hugh, die Reste der Kinderleben, James' Schande. Alles umwandeln in ein sengendes Nichts.

Jenseits der Mauer begann das hügelige Land. Auf rautenförmigen, an die Hänge geschmiegten Feldern grasten Schafe und Kühe. Heißt mich die Landschaft willkommen, dachte sie, tröstet sie mich? Nein. Dieser Landschaft ist jegliche Einmischung fremd. Sie ist auch nicht fügsam, nicht ergeben. Es geht Ruhe von ihr aus, so ganz anders als beim Wasser, das nervös und launisch ist und viel zu anpassungsbereit, ja beinah gefallsüchtig.

Das Land hier ist gleichgültig, aber das ist nicht das richtige Wort; was suche ich nur, welches Wort entfällt mir stets? Akzeptiert mich diese Landschaft? Nein, das ist zu stark. Sie duldet mich.

Die spitzen Steine der Mauer bohrten sich in ihre Hüftknochen. Die Verbindungen zu den Liebsten sind da; dann gehen sie vorüber und sind gewesen. Daß man Teil davon war, ist das einzige. Sie fliegen auf dem flirrenden Wind davon, sie zerbröseln wie Asche auf dem Boden, sie werden mit Erde bedeckt. Man braucht nichts aufzubewahren. Das ist die Weisheit der Schafe am Hang.

Glasklar sieht sie James. Er zieht sie durch den Regen mit, sie rennen zu ihrem Unterschlupf, und er küßt ihr kaltes Gesicht. Da ist Nat, er kommt auf sie zugelaufen, den Geigenkasten in der Hand, ein schiefes, verlegenes Lächeln hinter seiner blonden Haarlocke. Ein Mann, der sie liebt, streift seinen Ärmel hoch, und sie weint an seinem nackten Arm, als sei sie endlich heimgekehrt.

Das Mädchen steht auf dem Küchenfußboden, das fettige Tau ihres Spielzeugpferds fest in der kleinen Faust. Ihre Augen sprühen Wonnefunken, ihre Freude ist so greifbar, daß man zu atmen vergißt und sich der Moment für immer im Gedächtnis festnagelt, so stark, daß es schmerzt – ein klarer, willkommener Schmerz.

Elizabeth legt die Arme auf die Mauer und blickt über die geduldige Landschaft.

Elizabeth Cook, von einem unbekannten Maler.
Mitchell Library, Sydney.

Nachwort

Über Leben und Tod von James Cook ist viel bekannt. Ich habe mich bei der Komposition dieses Romans im Rahmen des Möglichen an die historischen Fakten, an Geburts- und Sterbedaten, Daten von Abreise und Rückkehr, von Briefen und Versammlungen gehalten. Um diese festen Gegebenheiten herum ist die Geschichte gewoben. Leser, die die genaue Grenze zwischen Fakten und Fiktion abschreiten möchten, verweise ich auf die in der Literaturliste genannten Biographien.

Bis auf den Organisten Hartland und seinen Neffen Robert, die Amme Charlotte, den Pelzhändler Boris Chlebnikow und Jane, die Ehefrau von David Nelson, haben alle Personen, die in diesem Roman auftreten, tatsächlich gelebt.

Ein Buch wie dieses schreibt man nicht ohne Hilfe. Ich möchte daher an dieser Stelle die Personen und Instanzen nennen, die mir diese Hilfe gaben, und ihnen Dank sagen.

Am Anfang der Unternehmung stand ein Besuch im Captain Cook Memorial Museum in Whitby. Viel gelernt habe ich aus mehreren Exkursionen zum National Maritime Museum in Greenwich, durch die Website der Captain Cook Society (www.captaincooksociety.com) und aus einem Rundgang auf dem Nachbau der *Endeavour*, der im Frühjahr 2004 in den Niederlanden anlegte. Die Bücher, von denen ich Gebrauch gemacht habe, sind in einer gesonderten Literaturliste aufgeführt.

Im Herbst 1992 wanderte ich mit meiner Freundin Joan Baggerman durch Cooks Geburtsregion nach Staithes und Whitby. Seither hat sie Recherchen und Schreibprozeß unterstützt und mit Interesse verfolgt.

Da die unentbehrliche Biographie von Beaglehole vergriffen war, setzte ich eine Anzeige in die Zeitung. Herr D. Greidanus war so freundlich, mir sein Exemplar zu schenken. Das Buch wurde zur Grundlage meiner Recherchen.

Bereits in einem frühen Stadium nahm sich Roland Fagel, damals bei meinem Verlag De Arbeiderspers tätig, ganze Nachmittage Zeit, um sich mit mir über Cook und einen eventuellen Roman zu unterhalten. Die Gespräche öffneten mir die Augen dafür, daß man als Autor in die Geschichte eindringen kann.

Wirklich zu schreiben begann ich erst im Herbst 2003, angespornt durch die Bekanntschaft mit Diederik van Vleuten, einem begeisterten Cook-Kenner, der mir aus seiner reichen Bibliothek lieh, was immer ich lesen wollte. Wir unterhielten einen elektronischen Briefwechsel, der mich zwang, mich über Form und Inhalt des Buches zu äußern, was in hohem Maße zu dessen Fertigstellung beigetragen hat.

Mein Lektor Peter Nijssen hat über Jahre hinweg ein nicht nachlassendes Interesse an dem Projekt aufgebracht, ohne je den leisesten Druck auf mich auszuüben. Seine wohlwollende und interessierte Haltung, die auch mein Verleger Lex Jansen teilte, habe ich sehr zu schätzen gewußt.

Ratschläge in bezug auf das Schreiben bekam ich in der unangenehmen Phase, bevor man endlich am Schreibtisch Platz nimmt, von Heleen Brokmeier (»mach es aus der Perspektive seiner Frau«), Hugo Claus (»nie mehr und nie weniger als zwei DIN-A4-Seiten pro Tag«) und Marcel Möring (»nicht planen, einfach hinsetzen und anfangen«). Davon habe ich sehr profitiert.

Die folgenden Personen schickten mir im Laufe der Jahre wichtige Informationen, von wissenschaftlichen Artikeln bis hin zu Kardonsamen: Marleen Chrisstoffels-Speelman, Luc Coorevits, Roelof van Gelder, Leo van der Kamp, Simon Kuper, Tjark Kruiger, Harriët Mastboom, Frau I. E. Sprey, Herr P. H. Spruit, Ger van Unnik und Manfred Wolf.

Allen genannten Personen danke ich für ihre Unterstützung, ihr Interesse und ihren Beitrag zum Zustandekommen dieses Buches. Mein besonderer Dank gilt meiner Familie. Bengt gab mir im konkreten wie im übertragenen Sinne Raum, dieses Buch zu schreiben. Wouter erkundigte sich nahezu täglich, wie ich vorankäme. Beide haben das Manuskript gelesen, als die ersten beiden Teile fertig waren, und gaben mir das Gefühl, daß es etwas sein könnte.

Margit, der ich nicht mehr danken kann, rief mich kurz vor ihrem Tod an, um mir zu erzählen, daß ein Bericht über Cook in der Zeitung stehe. Das Wissen, daß sie um mein Vorhaben wußte und neugierig darauf war, hat mir geholfen, daran festzuhalten.

Anna Enquist, Januar 2005

Literatur

Alexander, Caroline, *Die Bounty*, Berlin 2004

Beaglehole, J.C., *The Death of Captain Cook*, Wellington 1979

Beaglehole, J.C., *The Life of Captain James Cook*, London 1974

Collingridge, Vanessa, *Captain Cook: A Legacy Under Fire*, Connecticut 2002

Cordingly, David, *Captain James Cook*, Sydney 1988

Dash, Mike, *Der Untergang der Batavia*, München 2003

Dugard, Martin, *Farther than Any Man*, New York 2001

Gelder, Roelof van, *Naporra's omweg. Het leven van een VOC-matroos*, Amsterdam/Antwerpen 2003

Gelder, Roelof van, *Das ostindische Abenteuer*, Hamburg 2004

Hardyment, Christina, *The Housekeeping Book of Susanna Whatman, 1776–1800*, London 1987

Horwitz, Tony, *Cook. Die Entdeckung eines Entdeckers*, Hamburg 2004

Hough, Richard, *Captain James Cook. A Biography*, London 1994

Hough, Richard, *The Murder of Captain James Cook*, London 1979

Leuftink, A.E., *Chirurgijns Zee-Compas*, Baarn 1963

Macintyre, Captain Donald, *Abenteuer der Segelschiffahrt 1520–1914*, München 1971

Moorehead, Alan, *The Fatal Impact. The Invasion of the South Pacific, 1767–1840*, London 1966

Obeyesekere, Gananath, *The Apotheosis of Captain Cook*, New Jersey 1992

Quilley, Geoff/Bonehill, John, *William Hodges, 1744–1797. The Art of Exploration*, New Haven/London 2004
Smith, Bernard, *European Vision and the South Pacific*, New Haven/London 1985
Sobel, Dava, *Längengrad*, Berlin 1995
Thomas, Nicholas, *Discoveries. The Voyages of Captain Cook*, London 2003
Wain, John, *The Journals of James Boswell 1762–1795*, London 1992
White, T. H., *The Age of Scandal*, London 1962
Wilford, John Noble, *The Mapmakers*, New York 2000
Williams, Glyndwr, *Captain Cook's Voyages, 1768–1779*, London 1997

Chronologischer Überblick

1728 Geburt James Cook

1741 Geburt Elizabeth Batts

1746 J. C. geht bei J. Walker in Whitby in die Lehre

1755 J. C. tritt in den Dienst der Marine

1762 Heirat James und Elizabeth

1763 Geburt Sohn James (»Jamie«)

1764 Geburt Sohn Nathaniel (»Nat«)

1767 Geburt Tochter Elizabeth (»Elly«)

1768 Beginn erste Reise (*Endeavour*)
Geburt und Tod Sohn Joseph

1771 Tod Tochter Elly
Ende erste Reise
J. C. zum Fregattenkapitän befördert

1772 Beginn zweite Reise (*Resolution* und *Adventure*)
Geburt und Tod Sohn George

1775 Ende zweite Reise

1776 J. C. wird Mitglied der Royal Society
(Akademie der Wissenschaften)
Geburt Sohn Hugh (»Benny«)
Beginn dritte Reise (*Resolution* und *Discovery*)

1778	Entlassung Hugh Palliser
1779	Tod J. C. auf Hawaii
1780	Ende dritte Reise Tod Sohn Nathaniel
1784	Veröffentlichung Bericht dritte Reise
1788	Elizabeth zieht mit Isaac Smith nach Clapham um
1793	Tod Sohn Hugh
1794	Tod Sohn James
1796	Tod Hugh Palliser
1831	Tod Isaac Smith
1835	Tod Elizabeth

Anna Enquist

Kontrapunkt

Roman. 224 Seiten. 2008

ISBN 978-3-630-87282-7

In Anna Enquists grandiosem neuem Roman will sich eine Mutter nicht damit abfinden, dass die Erinnerung an ihre tragisch verstorbene Tochter zusehends schwindet. Sie stemmt sich gegen die Zeit, will die Erinnerung in allen Einzelheiten lebendig halten – und verzweifelt fast daran. Erst als sie, die ausgebildete Pianistin, wieder beginnt, Bachs Goldberg-Variationen am Klavier einzustudieren, erkennt sie, dass ihr die Auseinandersetzung mit der Musik eine Brücke zu ihrer Tochter sein kann.

»Anna Enqist erweist sich als wahre Meisterin im Kontrapunkt, in Polyphonie, in der Verknüpfung vieler gleichberechtigter Stimmen … Ein geistiger Abenteuer- und grandioser Liebesroman.« *Elmar Krekeler, Die Welt*

Luchterhand

www.luchterhand-verlag.de